贾富军/著

图书在版编目 (CIP) 数据

狩猎甲午 / 贾富军著 . — 大连 : 大连出版社 , 2012.7
ISBN 978-7-5505-0314-4

Ⅰ . ①狩… Ⅱ . ①贾… Ⅲ . ①长篇小说 – 中国 – 当代 Ⅳ . ① I247.5

中国版本图书馆 CIP 数据核字（2012）第 113990 号

出 版 人 : 刘明辉
策划编辑 : 郭朝晖
责任编辑 : 郭朝晖
封面设计 : 霍雨佳
版式设计 : 对岸书影
插画绘制 : 洪生光　丛龙强　丛　鹏
责任校对 : 姚　兰
责任印制 : 徐丽红

出版发行者 : 大连出版社
地址 : 大连市西岗区长白街 10 号
邮编 : 116011
电话 : 0411-87619816/83627430
传真 : 0411-83610391
网址 : http://www.dlmpm.com
邮箱 : cbs@dl.gov.cn
印 刷 者 : 大连美跃彩色印刷有限公司
经 销 者 : 各地新华书店

幅面尺寸 : 170mm × 240mm
印　　张 : 25
字　　数 : 515 千字
出版时间 : 2012 年 7 月第 1 版
印刷时间 : 2012 年 7 月第 1 次印刷
书　　号 : ISBN 978-7-5505-0314-4
定　　价 : 45.00 元

《金县志》载，甲午年间，日寇于花园口登陆后，金州有两名铁匠操利刃袭击了第一师团长山地元治；金州城南三道沟村教书先生阎世开，宁死不给日寇带路，被剖腹挖心仍骂声不绝；也有自发组织起来的老百姓，配合清军打击侵略者。还有史书载，日寇在进犯金州途中，某村村长陈宝财带领五六十个村民用鸟枪、土炮、锹镐和木棍袭击了日寇。范文澜所著《中国近代史》载，金州红枪帮组织在落凤沟设伏，袭击了日寇，后因寡不敌众，全部战死，后人曾为他们立了一块石碑，但已经无法找到……

这部小说，算是为那些在甲午年间不甘心当亡国奴的人们，立一块碑。

——题记

目 录

第一章 狗儿相亲

公元1894年，即清光绪二十年，因岁在甲午，老百姓也把这一年叫甲午年。

初春，大和尚山，苍苍莽莽，迷迷蒙蒙。

这山，说大不大，说小也不小，论个头，在辽东半岛南部，算是最高峰。从海边向北望去，这山的形状，挺像一个坐禅的和尚，气定神闲，五心向天。山名“大和尚”，大概由此而来。这山里林莽苍郁，杂草狰狞，沟沟岔岔里边，猛禽野兽不少。这几天早晨雾大，颇像锅里熬的苞米面糊糊，稠稠的，黏黏的，推也推不开，挥也挥不去；一眼望出去，顶多有十头驴远近。

狗儿背着俄式“别拉弹克”猎枪，牵着小青驴颠颠在林间小路上缓缓地走着，围狗亮亮兴奋地吐着舌头，跑前跑后。浓雾笼罩下的山林，四处弥漫着一股发霉的淡淡腐叶气味，大颗晶莹的水珠顺着墨绿色的松针尖出溜下来，滴到狗儿的手背上，落在小青驴粉嫩的嘴唇上，驴子吃了一惊，忙将湿漉漉的身子贴紧主人。狗儿觉得挺可乐，用手拍了拍驴腚，嘀咕道，没出息！忽然，亮亮低沉地吼了一声，“嗖”的一下蹿到主人前面一丈远的地方，跳着脚“汪汪”地大叫起来。小青驴耷拉着尾巴，浑身直哆嗦，原地踏着步子，再也不肯往前走……

仿佛有一种死亡的气息在悄悄逼近。狗儿身子一缩，肩膀一晃，猎枪已然端在了手中。他警惕地向四周撒目（方言，音sámu，意为四下观望），无奈天地一色，灰雾混沌，啥也瞧不清。

霎时间，亮亮又不叫了，四周隐隐地有窸窸窣窣的声响，一股腥臊味直打鼻子，朦朦胧胧中，几匹山狼的影子在前方两侧闪动，不时交叉换位移动……

狗儿知道春天山里的食物少，山狼会由于饥饿变得格外凶残。为了壮胆，他气沉丹田，大喊了一嗓子：啥野牲口？滚出来！

狗儿的手指扣在了猎枪的扳机上。他打猎，从来不瞄准，眼睛只盯着猎物。蓦地，见两匹狼蹲在一块石砬子上，前爪拄地，头高高地向后昂起、昂起，长长的嘴巴发出“唔唔——唔嗷——”的嗥叫声，声音朗润，响彻山谷。

狗儿心下一紧，心想今天撞见鬼了，这群狼真要下狠茬儿！

他的手指紧贴在扳机上，有点汗渍渍的，心直扑腾，暗忖：除非能瞬间置群狼于死地，否则不能轻易开枪。这大雾天，要做到一下子灭掉群狼，不可能！老天爷呀，快点说话——我该啥时候开枪？！

雾，像变戏法的手中那方薄薄的手绢，谁知道手绢后面还有啥东西。

奇怪？那山狼偏不怕人，两眼望天，一边嗥叫着，一边潇洒地转动着毛茸茸的脑袋……狗儿定睛一瞧，认出这两匹狼来，兴奋地高声叫道：

大宝、二宝——是你们俩吗？快滚过来！

仿佛听见老友的召唤，两匹狼欢实地飞奔过来，粗壮的尾巴使劲地摇晃着，抽得狗儿裤腿“叭叭”直响。狗儿扔下猎枪，一手抱一个滚在一起。见到山狼跟主人这般亲热，围狗亮亮伫在一边，有些妒忌地抽了抽鼻子，哼哼了两声。

这两匹山狼跟狗儿结识快两年了，说起来还真有点因缘。

在这辽东的大山里，猎人们都喜欢穿一种特殊的狼皮背心。这种狼皮背心穿在身上或者铺在身子下面，暖和，还有报警的作用：一有风吹草动，狼毛便立刻硬挺扎人。这种狼皮在死狼身上得不到，非得从活狼身上扒下来，而且整个过程需要技巧、耐心和狠心。首先，猎人要踩点找到狼窝狼洞，待大狼生下小崽后，趁大狼出去觅食时，偷偷地溜进狼洞，学着大狼的叫声靠近小狼，然后用一根钢针，将小狼的眼睛挨个扎瞎，再退出。大狼叼着食物进洞后，照常一口口地喂它们。可大狼始终弄不清，小狼为什么看不见东西并不时地痛苦呻吟。等一个夏天过去，深秋时，瞎狼一个个长成了大狼，但它们瞎，不敢出洞，这时猎人要趁老狼不在时再次溜进洞去，将瞎狼一只只装进袋子，回来吊在树上活着剥下狼皮，然后做成背心或者褥子……

老猎手李大个子跟狗儿说起这事儿时，还显摆地让狗儿看他身上的狼皮背心。狗儿看那狼毛发出蓝幽幽的光泽，手一摩挲，柔柔的又有弹性，心中喜欢，说道，这有啥难！等我给老爹和自己都弄一件这宝贝穿穿。李大个子说，狗儿别逞能，黄嘴丫子未褪，等你长大了再说吧。

狗儿不听邪，立刻踩点侦察。十天后，狗儿钻进了一个狼洞，用烀熟的野兔肉把两只小狼崽子逗引出来，这两个小肉乎蛋真是甜乎人，把狗儿当做了狼妈妈，直往怀里拱，不住地舔他的手和脸。玩了这么一阵子，狗儿喜欢得了不得，怎么也下不去手用针去扎狼崽子的眼珠子……怕大狼回来，他赶紧把狼崽子扔进洞里去，用松枝扫净脚印走了。过了一阵子，狗儿又想起那两只狼崽子，心里怪痒痒的，便又带着烀熟的野兔肉去偷偷探望它们。一来二去，他们成了朋友。狗儿见一只狼眉心上方有一黄点，是三只眼，便说三只眼是二郎神，武艺高强，连孙悟空都打不过他，算是老大，叫大宝；另一只狼是双眼上方均有一黄点，是四只眼，就叫二宝。

有一天，狗儿又去看大宝和二宝。在距离狼洞有半里来路的地方，听见一声声凄惨的狼嗥。狗儿闻声靠近过去，发现原来是一匹山狼被猎人下的夹子夹住了腿，狼的嘴丫子流着血，显然是为了逃命，猛劲啃铁夹子弄的……

狗儿仔细观察那匹山狼，肚子底下的奶头鼓胀胀的，奶水还不住地向外渗着。心想，莫非这匹母狼是大宝、二宝的娘？如果是的话，母狼要是死了，大宝和二宝就得饿死。他是从小就没了娘亲的人，对失去母亲的滋味比谁都清楚。他打定主意，要解救母狼的性命。他试图缓慢地靠近母狼，但每前进一步，母狼都会呲着尖利的牙齿，发出"唔唔"的低吼，准备跟他玩命！

这法子不灵，狗儿心想，得先建立点感情，才能靠近它。他从背囊中拿出事先给大宝、二宝吃的野兔肉，扔到山狼的跟前。山狼十分狡猾，连看都不看一眼，两只眼睛射出凶巴巴的光芒……

这招也不行。狗儿灵机一动，心想母子连心，这时候母狼最关心的，一定是自己的小崽子。他迅速离开了这儿，跑到狼洞那里，把大宝、二宝抱在怀里，又跑了回来。他想，万一这两只小崽子不是它的儿子，事儿就办砸啦，母狼肯定会掏了这两个小东西。可要是不这么做，就没法解救母狼……只有赌一把了！

他把小狼崽撂在地上，用树棍把它们往前推。小狼崽嗅觉十分灵敏，早已嗅到母狼的气味，都迫不及待地爬过去，拱到母亲的肚子底下，"咕叽咕叽"地吃起奶来。狗儿坐在地上，欣赏着这一家子的天伦之乐，心里很是受用。更令他高兴的是，母狼的心情也好了，叼起地上的野兔肉，大口大口地吞吃起来，眼睛里的光也变得柔和了许多。

过了许久，狗儿把枪放在地上，空手缓缓地凑了过去。他盯着狼眼，一步步地靠近，母狼也不错眼珠地盯着他，大张着嘴，半伸着舌头，喉咙里发出"嗬嗬"的声音……

狗儿伸出一只手，轻轻去抚摸那条受伤的狼腿，还好，狼的眼神是温和的，似乎读懂了狗儿的来意。狗儿大胆地掰开铁夹子，发现狼腿靠爪子的地方已经断了，鲜血直流。他马上从怀中拿出一个小瓷瓶，那里面装着上好的止血药，洒在伤口处……

母狼弯起这条伤腿，兴奋得长嗥几声，又用发烫的舌头不住地舔着狗儿的手。那两只小崽子显然也熟悉狗儿的气味，哼哼着朝他拱过来。过了一会儿，母狼一瘸一拐地领着两只小崽子向自家的山洞方向奔去。

一晃两年过去了，狼崽子长成了大狼，狗儿也有半年多没见到它们了，想不到今天在这儿不期而遇。瞥见四周还有几匹狼伫着，狗儿心里明镜一般：大宝、二宝出息了，竟成了这群狼的狼王。要不是大宝、二宝，今天这大雾天，让狼群跟踪围住，真是凶险得很呀！

疯玩了一阵子，狗儿搂了搂大宝、二宝湿漉漉的身子，站起身来说，回去吧，今天算我欠你俩一份情！别再送了——

大宝、二宝依依不舍，尾随其后。狗儿见状大声说，快回去吧——今天我有事儿，不陪你们玩了！

大宝、二宝终于停下了脚步，眼巴巴地望着狗儿一行。狗儿回转过身子，有些感动地大声说：

大宝、二宝，你们是想问我干啥去吧？我——狗儿，今天去相亲，就是去看媳妇，懂了吗？男大当婚，女大当嫁。行了，说多了你们也不懂，哈哈哈……

大宝、二宝双爪拄地，头又高高地昂起，长长的嘴巴里发出“唔——唔嗷——”的嗥叫声，不同的是，那声音悠扬，有点贺喜的意味。

狗儿听了，挥挥手，走了。转过一道山冈，一阵泛着海腥味的南风掠过，浓雾如同一片片薄丝飞也似的散去，狗儿顿感天地清爽，心情为之一振，再回头看去，哪里还有山狼的影子。

狗儿今天去凤凰村相亲，是三天前老爹黄大河在金州城跟吴长贵老汉订下来的。今年二月二刚过，黄大河郑重地对儿子说，狗儿，你也老大不小了，上秋娶媳妇成家吧。

狗儿回答说不急，我才十七八岁。再说，眼边前的村屯、堡子，没见过可心的姑娘，往后再说吧。

黄大河叹息一声说，你是还没野够哩。要不是家里就你一根独苗，我也不指望你早早结婚成家。这家里头要是没个女人撑着，就不像个家样儿。

狗儿说，老爹，要不你去找个老伴儿吧——

放屁！你别跟我耍贫嘴，要找，老子十多年前就找了。黄大河缓了口气说，邻近没有可心的姑娘，怕啥？金州城这么大，还怕说不上好媳妇？到时候非让你挑花眼不可。说完，又嘀咕道，就凭我这儿子，虎头虎脑的，谁家闺女嫁过来，还不烧高香呀！

狗儿咧嘴“嘿嘿”地傻笑道，我……我有那么厉害吗？不瞒老爹说，我一见到这些小脚女人，心里就揪得慌。咱村的李二妈、楚大娘，那算是能干的，可小脚一走三晃，全凭两个脚后跟扭来扭去，天天喊脚疼——

胡扯！大脚女人有什么好……走起路来“嗵嗵”直响，多寒碜！老爹有些生气地说，旗人家女子放脚，是天足，可跟咱们不搭界。满汉不通婚，你又不是不知道。再说，小脚有小脚的好处，往后你就知道了，你就认命吧——

命，啥是命？狗儿反驳道，鱼找鱼，虾找虾，才是命。我是个大脚男人，为啥非得娶个小脚女人？就像是狼，咋能找个兔子当媳妇？！

老爹一阵咳嗽，用烟袋杆指着他说，你……你非得跟我搅牙（方言，指不听话、不顺从、没事找事）较劲是不是？

狗儿打小没了娘，与老爹相依为命，凡是遇到跟老爹意见相左的时候，从不惹老爹生气。今天看老爹动了气，便忙缓和口气说，得得得，就算我是胡嘞嘞，行了吧！不过，你要是硬给我找媳妇，有一个条件你得答应才行。

说吧——

这媳妇没进门之前，我要先见上一面，相中了再娶；相不中，我就脚底抹油——溜之乎也。行不行？老爹——

见过大世面的黄大河略一沉吟，心道：虽说当地的风俗，是婚姻大事，主之父母，成于媒妁。但小儿女们的意见也不能完全轻视，毕竟……将来是他们在一起过日子。他使劲地吸了口烟，吐出一句冒着浓烟的话：中！就依你。

春分刚过，黄大河带上几筒狍子皮和几只野兔，径直奔向金州城。

黄家住在大和尚山里的乌龙村，距离金州城有二十里路程，一个多时辰就到了。在金州城南门外的集市上，黄大河把背来的野物出手后，遇见了老熟人卖大煎饼的吴长贵。

老吴头儿是城东凤凰山凤凰村人，他家的煎饼摊得又薄又香，每次进城，黄大河都要买些卷上香葱、鸡蛋饼的煎饼馀子，美美地嚼上一顿，临走还要带回一些给儿子换换口味。两个老汉一见面，便扯起了家长里短。也是巧了，吴长贵听黄大河唠叨要给儿子说媳妇，忙接茬儿说，我家大闺女小凤也没找婆家呢。这边黄大河夸自家的狗儿如何孝顺、懂事，身体结实得像头牛，打猎更是一把好手……那边吴长贵说狗儿我见过，挺有甩头儿，说话也挺风趣，不错！接着夸自家闺女好，比儿子还能干，大煎饼全是小凤一手磨的糊；论长相，你没见过，怎么说呢，啧啧……反正是没说的，提亲的媒婆都踢破了门槛，小凤没一个相中的，说非要自己看上不可，说这话脸也不红，真是愁死我了！

听到这句话，黄大河一拍大腿叫道，绝啦！这叫不是冤家不聚头呀，我家狗儿也是这个话。俩老汉就这么夸了一回孩子，再一论年庚，狗儿属牛，十八岁，小凤属狗，大狗儿三岁。

黄大河说，女大三，抱金砖。

吴长贵说，狗配牛，到白头。

两人约下了时间，让狗儿去吴家相亲。到了分手的时候，黄大河一拍脑门说，他们这是龙凤配呀！

吴长贵问，咋讲？

黄大河说，小子是大和尚山下乌龙村的，丫头是凤凰山里凤凰村的，这一龙一凤，不就是龙凤绝配嘛！

……

黄大河回到家中，把见到吴长贵的事跟狗儿枝枝蔓蔓一学说，狗儿说，爹呀，真是难为你了。咱们是山里的老百姓，怎么能扯到龙呀凤呀的，那龙是天子，是皇上；那凤是皇后娘娘、贵妃娘娘，当今的慈禧老太后，那才是真凤凰呢！

这就是打比方呗，老百姓结婚，不也叫龙凤呈祥嘛；下婚柬，不也叫龙凤帖子嘛。黄大河反驳着儿子的说法。

说归说，扯归扯，末了，狗儿还是遵照老爹的意思，同意去凤凰村相亲。

今天一大早，黄老爹就把小青驴颠颠牵到井沿儿，用棕刷子细细地给驴子从头到尾、从脊梁杆子到四条腿刷了个遍。小青驴舒服得直眯眯眼，嘴角朝上直咧，那是在笑哩。狗儿看见这情景，轻轻地摩挲着小青驴缎子样的毛皮，说，爹呀，又不是定亲、下聘礼，送什么驴呀？留着进城时帮你驮东西吧。

黄大河说，送礼就要像点样，表达咱们老黄家的诚意，吴家要是有了它，小凤姑娘不是省了力气推磨了？今天有大雾，走路小心点——带上猎枪和亮亮！不过也不用愁，早晨放雾，晌午晒葫芦。

真让老爹说着了，辰时刚过，阳光就上来了。此时，整个山谷里好像蒸笼一般，又潮又湿，与狗儿的复杂心情颇为相似。狗儿心想：相亲这事儿，像猎人狩猎，哪有一上山就能撞上大牲口的？十有八九成不了。走一遭，转一圈，成不成不打紧，关键是按老爹的意思办了，堵住老人家的嘴，省得日后落下埋怨。

转过一个山脚，终于来到凤凰村的村口，光线一下子暗淡下来，一条幽深的沟趟子出现在狗儿眼前。小路渐渐逼仄，山坡陡峭，山腰间岩层裸露，层层岩片似波浪一般蜿蜒起伏。一条小溪在沟下闪着银白的光芒，路边的野草已经生出一寸来高，绿茸茸的挣扎着探出头来，白杨和龙须柳的树皮皆泛出绿意，零星的杏树枝头上，已绽出花骨朵。想不到，凤凰沟里的风景真不赖！狗儿正感叹着，亮亮突然紧贴在他的腿边，他知道围狗发现了什么可疑的东西。

他顺手把小青驴拴在一棵桑树上，端起猎枪，蹑手蹑脚地走进一片半人高的茅草丛中。走着走着，突然“噗噜噜”一阵响声，把狗儿吓了一大跳，但见几只漂亮的大鸟从草丛中斜刺楞地飞入半空中，画了一个弧形，又远远地落下。亮亮冲动地钻入草棵中，叼回一根彩色的翎毛，狗儿拿来一看，嚯！原来刚才飞起来的是一群野鸡，这根翎毛是雄性野鸡的尾巴毛。

狗儿哪里知道，这凤凰山正是因为野鸡多而得名。野鸡学名锦雉，雄性的羽毛色彩斑斓，且拖曳着长长的尾巴，这形象颇像画中的凤凰。当地的老百姓也有另外一种说法，传说在大唐年间，唐王李世民带兵来此征伐高丽时，有凤凰飞来栖居在山沟里，山因此而得名。

走过沟趟子，眼前豁然开朗，几小块平展展的田地上，有二三农民正赶着黄牛扶犁翻地，吆喝之声隐约传来。转过一道山弯，出现一片低洼地，仔细一瞧，是一片塔头甸子，原来山间的小溪就是从这里流出去的。正朝前走着，忽听一声吆喝，四下一瞅，没见到人影，倒是看到甸子里面有一个人弯腰在干着什么。

狗儿寻思着，春水冰人肌骨，这人在那里干啥呢？

哎！喊你呢——

是喊我吗？狗儿答应着，已瞧见是甸子里头那个人伸直腰，在唤他，忙疾步走过去。

那人头上包着一方家织碎花蓝布，原来是个年轻女子，只见她扎撒着两只泥水涟涟的手，问狗儿：是外村的，干啥来了？

我……我是来送驴的。

原来是送驴的……正好，借你的毛驴使使。来来，帮我把这刚逮的蛤蟆驮回家。

狗儿忙回答说，行行，大嫂，你家住在哪儿？

“哈哈哈……”清凉的空气中，突然飘荡出一串笑声，像风中的银铃，脆生，清爽，真好听。那女子的笑声又突然止住，脸一红，顺手把头巾摘下来，捂住嘴，低下头。

狗儿定睛一瞧，傻了，这女子盘在头上的两条辫子一下子掉了下来，人家原来是个姑娘！但见姑娘满月般清秀的脸上，一双丹凤眼斜睨着他，嘴角一抿，满脸含嗔。

狗儿从小到大，从未跟一个年轻姑娘独处过，更何况这姑娘美得清纯，俏得大胆，因为自己的失言，一时有点手足无措。片刻间，狗儿缓过神来问，哎，你的蛤蟆在哪儿？这小毛驴闲着也是闲着。

那姑娘一手拎一只铜盆，一手拎起地上一只草编的袋子，从水塘边吃力地走上来。狗儿连忙接过那只袋子，抖了抖上面的水珠，一手将脑后的大辫子绕在脖子上，一手顺势将袋子甩在自己的肩膀上。

你瞅你，怎么把自己当驴使呀！那姑娘说完这句话，想笑，又忍住了。

这些蛤蟆不算沉，搁在驴背上也得用手扶着，没事儿。狗儿说完又好奇地问道，这么多蛤蟆是怎么逮的？

这一问，姑娘兴奋起来，她双手比画着说，我这地方，春分一过，地上地下两头通，蛤蟆都醒过腔来，正是逮蛤蟆的好时候。在甸子里头拦一个水塘，用铜盆把水淘干，蛤蟆都在泥里头，伸手摸就逮着了。这春天的蛤蟆虽说是瘦了点，可肚子里干净，这东西大补，好吃得很哩！

狗儿道，想不到，你对逮蛤蟆还挺在行。

那是，三百六十行，行行出状元嘛！姑娘说道。

大清国哪会出什么女状元？狗儿有些揶揄地说道。

姑娘不吱声了，撇了撇嘴，歪头问道，哎，你这是给谁家送驴去？小毛驴长得不赖，挺俊气——

狗儿脸皮一热，有些不好意思正面回答，便反问道，卖煎饼的老吴家……住在哪儿？

姑娘指了指前方小石桥边的房子，说，不远——在那儿。话刚出口，姑娘好像想起了什么，偏过脸来细细打量起狗儿：小伙子身材健壮，眼睛细长，高挺的鼻梁下，嘴唇红润，稚嫩的面孔棱角分明，有一股子英气。浑身打扮朴素、利落，半新的玄色圆领小褂，打着补丁的青色紧腿裤子，一双黑色方口大洒鞋上沾满了露水和尘土。看着看着，姑娘脸上不禁腾起一抹红晕，但面上却装出若无其事的样子问道，你……你叫啥名儿？

我姓黄，叫我狗儿吧——

“黄……狗……”姑娘小声地嘀咕着，“扑哧”一下笑出声来。

不是黄狗，我大名叫黄勇，小名是狗儿——

姑娘忍着笑，说，那你的这条狗叫什么名字？

亮亮——

亮亮，好名字。

狗儿心想，你一个劲问我，我也得问一问你，便问道，大姐，你贵姓呀？

姑娘脸一红，头一低说，我先给你破个闷儿，你来猜：梁山诸葛是先祖，三国东南有一枝……

原来你姓吴——狗儿话音刚落，不远处一扇柴门打开，一位年届五十的妇人大声喊道，小凤——跟谁在一块儿呢？一个大姑娘，造得这么埋汰……

狗儿身边的姑娘响亮地喊了一声：娘——有客儿来啦！

小凤娘问道，谁呀？

小凤姑娘答道，他就是黄大叔家的儿子，叫狗儿。

小凤娘连忙说，哎哟，刚刚和你爹念叨着呢，这人就来了。快，麻溜地进屋。他爹，家里来客了——

到此时，狗儿全明白了：这位姑娘就是此行要来相看的人——吴小凤；中年妇人，自然就是未来的岳母大人了。

吴家大院很敞亮，一顺水三间石头茅草屋，左手一间磨房，对面一间仓房，紧靠大门是一个大柴火垛，院落里边有一围栏，养着几头半大的猪，十几只大大小小的鸡满院子乱跑，看家的黑狗此时已经不叫了，跟亮亮互相嗅着，身体蹭来蹭去，显然已经成为朋友了。狗儿牵着毛驴，站在院子中间正不知所措，小凤的弟弟祥子跑过来接过缰绳，狗儿对吴家二老深施一礼，说，我爹说，这头毛驴是送给你们的。

吴长贵连声道谢，乐哈哈地把狗儿领进屋里。

俗话说，丈母娘看女婿，愈瞧愈顺眼。人还没坐稳，小凤娘就张罗着拿出花生、瓜子、山核桃、山梨干这些零嘴儿，摊在炕上，让狗儿品尝。狗儿心里一阵感动，心想家里有个老娘多好哇！知冷知热。他小时候是吃百家饭长大的，长大之后，两个男人相依为命，日子过得粗粗拉拉的，虽说是不短吃不短穿，但毕竟单调，冷清得很。这大家庭人丁兴旺，和谐温馨，真让人觉得从心里往外暖和。吴长贵为了不使狗儿尴尬，从墙角拿过烟笸箩递过去，打开了话匣子：

我跟你爹是老相识了，我们老哥儿俩认识那会儿，还没你呢，连你娘我都见过。

狗儿连忙问，我娘是啥模样？

吴长贵回忆说，你娘呀可不是一般乡下娘们儿，人长得文静，知书达理，一看就知道是大户人家修炼出来的。那工夫我在南城牲口市做点小买卖，有一天，你爹和你娘来，买了一匹走马，枣红色的。闲唠时，知道他们是从山东老家来的，到这儿时间不长。跟你爹处长了，隔三差五地能吃到你爹打的野味，才知道你爹爱玩枪，喜欢打猎。有时到晌午了，我们老哥儿俩还下小馆喝两盅，你爹酒量大，我不是对手。这两年，你打的野味我家也没少逮。

狗儿知道当地大部分人是山东人的后裔，习惯把吃叫做“逮”。他客气地说，你家的大煎饼和煎饼馅子，我也没少逮。

那都是小凤配的料、磨的糊。小凤娘接过话茬儿说，别看凤丫头大咧咧的，手还挺巧，前些日子她陈大娘还夸她绣的枕头顶，在咱这村里数一数二哩。

吴长贵哈哈一笑说，这当娘的护犊子，就爱夸自家闺女，这凤凰村加一块儿才六十多户人家，数一数二能有多大能耐呀。

谁又在背后编排我呢？话音落地，小凤姑娘前脚也跨进了屋门。狗儿顿觉眼前一亮：小凤姑娘身穿一件十分合身的卡腰蓝布碎花大褂，上罩一件紫色对襟小坎肩，面如皎月，眉似柳叶，一双丹凤眼含嗔带怨，两条大辫子高高盘起，用一根绿绒绳扎一蝴蝶结，令整个人显得活泼、清爽又喜气。

吴长贵脸凑近狗儿悄悄说，瞅见没有，除了逢年过节，平时她可不捯饬自己。狗儿忙低下头，不好意思起来。

吴长贵拉长了音调说，有一句老话怎么说来着，女子为谁打扮了？

狗儿知道他说的那句话是"女为悦己者容"，但他不便解释出来。倒是小凤那边沉不住气了，嗔怪地说，爹——咋还说这话呢？！

狗儿此时不知说什么才好，便顺口问道，大姐，读过书吧？话一出口，才觉得有些唐突。

没等闺女吱声，吴长贵接茬儿道，山里的女孩子家，上啥学？不是有句老话说，"女子无才便是德"嘛！

"嘭"的一声，祥子推门闯进来，毛毛愣愣地报告说，已经给小青驴喂了草料，加了一些杂豆，嚼得可香啦，这下子，咱家的小灰驴有伴儿了。祥子对竖在狗儿身旁的那杆钢枪颇感兴趣，抓起来左看右看，问道，大哥，这是洋枪吧？

狗儿答道，老毛子造的枪。老毛子话叫"别拉弹克"，能打连发，是杆好枪。

哦，咋搞来的？祥子"打破沙锅——问（纹）到底"。

大前年冬天，雪下得凶，我在山里遇到一个猎手，被夹野猪的铁夹子弄伤了脚，差点儿冻死，我把他背回来缓醒过来。这人长得像个二毛子，他诚心谢我，非把他这杆好枪送我。他说他是从北边大兴安岭来的，还能搞到这种枪，我也就没再客气，收下了。狗儿轻描淡写地说了一遍。

祥子惊叹道，大哥——你太了不起了！你刚才说的老毛子、二毛子，是啥人呀？

狗儿说，这是咱老百姓的土话，老毛子就是俄罗斯人，他们的皇帝叫沙皇，在大北边；二毛子，就是老毛子和中国人生的混血儿。

祥子扯着狗儿不放，我求你一件事……教我打枪！

成！狗儿说，有机会，哥也给你弄一杆钢枪。

外屋地，吴家娘儿俩正忙活家宴。看着女儿在一边摘菜，娘放下手中的活儿，悄悄问，闺女，咋样？

小凤不好意思地说，就那个样儿呗——

小样儿！小凤娘知道，闺女中意了。

坐在里屋的狗儿抽了两袋烟，对吴长贵说，大叔，我也到下屋去忙活忙活——

好好好，你也是闲不住。不过，别干活儿，四处溜达溜达吧——吴长贵说着，挥了挥手。

狗儿来到下屋厨房，见小凤扎着围裙，手里拎着把大笊篱，在锅台旁忙活着，四下里蒸气弥漫，忙问，大姐，干啥呢?

别大姐、大姐的，多难听！小凤说。

那叫啥?

叫小凤。凤姑娘白了狗儿一眼，说，给你做土豆炖蛤蟆，先用开水焯一下，这一焯，蛤蟆肚子里的脏东西就全出去了。你看，这些蛤蟆不算少，可一进开水里边，总共就两种姿势……能不能看出来?

狗儿俯身朝锅里一看，不解地摇摇头。

看不出来好，我以后再告诉你。小凤说。

你不说，这蛤蟆我就不敢吃了。狗儿说。

我又没念过书，能知道个啥，还不都是庄稼院里那点事。小凤姑娘说完，拿眼睛瞟了一下狗儿。

正在菜墩上备料的小凤娘忙说，咱家又不吃斋念佛，啥都能吃。这蛤蟆是老天爷送给咱们的好嚼咕，小凤为这点东西，在甸子里面忙碌小两个时辰呢。做好了，你可得多逮点!

狗儿赶紧对小凤娘说，大婶，你放心吧，到时候肯定逮个够！我现在干点啥?

小凤娘说，帮我往灶坑里加点柴火吧——

狗儿答应着，往灶坑里添劈柴。接着问小凤娘，我来帮你剁馅吧。

小凤娘说，不用，这是野鸡肉，馅要剁得匀、剁得细，汆出的丸子才好吃。

狗儿说，这地方野鸡真厚——来的时候，我的脚都踩到了。

那就对了，要不怎么叫凤凰村呀。小凤娘说。

这野鸡是用啥法子逮住的？狗儿问。

小凤娘悄悄用胳膊肘拐了一下狗儿，朝小凤那边努努嘴。狗儿立时会意了，便凑到小凤身边，问道，小……小凤，这野鸡是咋逮住的，用啥绝招儿，教教我。

小凤头摇晃得像拨浪鼓，说，不能说呀！这招儿倒是不绝，药却是本姑娘多年琢磨、独家配制的，现在不能传。

瞧瞧这疯丫头，越说越离谱，不着调！小凤娘笑着说。

狗儿也被小凤幽默的神态逗乐了，瞧着姑娘娇美的神情，霎时间感到姑娘美不可言，自己一颗心像掉进了蜜罐里。

一个多时辰，菜肴就置办齐备了。一桌下酒菜摆在炕中间的桌子上，热气腾腾的。狗儿被请上炕，坐在吴大叔、大婶的旁边，正对着小凤和祥子。吴长贵以一家之主的身份发话说，祥子，上酒！咱爷们儿喝小烧儿，她们娘儿俩喝黄酒——

好嘞！祥子忙站起身，提着酒壶，往大家面前的酒盅里倒上酒水。

吴长贵满面红光地端起酒盅，说，今天没请外人，家宴。老汉我今年已过半百，今天就俩字：高兴！狗儿，你爹的酒量大得邪乎，不知道你的本事咋样，今儿个喝个痛快，来，先干一杯——

山里人豪爽，酒盅一撞乒乓山响，沾唇全干了。小凤忙给爹妈夹菜，小凤娘给狗儿——未来的姑爷——夹了一只“母抱子”（方言，指雌蛤蟆），又舀了两个野鸡肉丸子放到狗儿的碗里。狗儿边吃边夸，哎呀，真是太好吃啦！紫禁城皇上的御宴也不过如此吧……我可是从来没逮过这么好的嚼咕——

小凤在一边低头“哧哧”地笑，不做声。

小凤娘说，闺女，笑啥呢？

小凤说，狗儿嘴巴抹蜂蜜了，是不是想要骨头啃了，来——边说，边夹了一只汤汁淋漓的鸡腿放进狗儿的碗里。这一举动，惹得大家都笑起来。

狗儿说，还没摇尾巴呢，就赏骨头了，主人对我真是太好了——这句话一落地，小凤娘“噗”的一下，半口汤喷到了老伴儿脸上。祥子乐得仰头哈哈大笑，手里的筷子早已掉在炕上。小凤一手给娘递上手绢，一手捂着肚子笑得直不起腰来……狗儿像没见着一样，埋下头去，仔细地啃起鸡腿来……

三杯酒下肚，吴长贵老两口儿话多了起来。吴老汉说，今年是马年，俗话说，“牛马年，好种田”，今年是个好年头哇！狗儿，大叔有一句话，不想憋在心里头，趁现在高兴就先说出来。你和小凤也不小了，中秋节，就把你们的婚事办了，咋样？

不知是因为害羞，还是喝酒上脸，狗儿和小凤脸都红红的，谁也不吱声。祥子小大人似的喊了一句，我看行——就这么着吧！逗得大家都笑起来。

小凤娘给狗儿夹了口炒鸡蛋，说，孩子，你要多逮……你也算是苦命的孩子，娘亲过世得早。往后哇，我就是你的亲娘……

狗儿听了这话，顿时十分感动，端起酒壶，给小凤娘斟满酒，郑重地说，我娘是生我时过世的，我一辈子欠亲娘一条命。从小又吃了百家的饭、几个娘的奶，永远是欠娘的情……娘亲在上，请受孩儿一拜——

狗儿说完，就在炕上跪倒，“咣当”一声磕了一个响头，慌得吴长贵和小凤娘赶紧将狗儿拉起。

正在这时，屋门打开，一个秃顶、紫色脸膛上生着浓密大胡子的老汉跨了进来，这人手里拎着一条二尺来长的鲜梭鱼，人到洪钟般的大嗓门也到：

谁是狗儿？让我端详端详——

狗儿赶紧躬身施礼，不知来者是怎样的人物，不敢搭腔吱声。

这哪里是狗儿，分明是虎儿啊！哈哈哈……

大胡子老汉大声地笑，冲着小凤挤挤眼说，丫头，好福气呀！

小凤忙上前接过老汉手中的鱼，说道，老小孩——不请自到。

大胡子说，谁让祥子把炖的蛤蟆端我家去了，这不明摆着给老汉我通风报信吗？

行了，别胡扯六拉了，上炕吧！吴长贵拉扯大胡子上了炕，让到中央的位置，待坐好后，才向狗儿介绍说：你这位大爷姓陈，不是外人，是我的拜把子大哥，也是咱这一片的甲长。

狗儿忙给大胡子斟满一杯酒，说道，有幸认识陈大爷——我这是最后一杯酒，敬您老，干一杯！

陈老汉一摆手，说，这话咋说的，最后一杯酒？是老吴家没酒了，还是瞅我陈宝财不顺眼？

狗儿赶紧解释道，都不是。我爹说了，这回是来认认门，中午逮完饭就得回家，路还挺远呢——

我说嘛，凤凰村的金凤凰都给你了，你哪能拍拍屁股就跑哇！陈老汉双手一捋胡须，接着说道，在这地面上，我老陈头儿说了算，今天你不用回家，晚上到我那儿住，明天放行，咋样？看看我这张老脸，值当不值当你赏光。

狗儿本是率性之人，又喝了些酒，一见这位相貌威风、性情豪放的陈大爷热情相邀，拿话相逼，顿时豪气大发，对陈大爷一拱手说，中！那我就不客气啦——

小凤见狗儿心眼儿太实，这种场合下也不好出言劝阻，只好对陈大爷使了激将法，说，狗儿年纪轻，又喝得不少了，陈大爷您老可是海量呀！

陈宝财一听这话，哈哈大笑起来，心想，看来这一对年轻人是对撇子了。便大着嗓门说，好你个凤丫头，没等过门呢，这胳膊肘就开始往外拐了。行！我用大碗喝——

大碗上来了，狗儿端起酒坛子“哗哗”地朝碗里倒了半下，陈老汉一点也不含糊，二话未说，端起酒碗“咕咚咕咚”喝了个底朝天。

狗儿见状，兴奋地大叫道，好爽快！我陪你，也换大碗喝，中不？

吴家老少闻听此言，面面相觑。

中！想不到狗儿有这等酒量和气量——不是我老汉顺情说好话，你小凤丫头好福气哇！

小凤说，有豆腐吧！

小凤娘禁不住嘀咕了一句：这是俩酒疯子哟……便下地做鱼去了。小凤见状，也连忙跟着下地忙活去了。

三碗酒下肚，陈宝财话匣子打开了。他有些神秘地说，听说没有，今年十月初十，是慈禧老太后的六十大寿，要大操办呢。全国各地州府以上衙门忙坏了，四处张罗置办寿礼，生怕弄不好被摘了顶子。

吴长贵抿了口酒，问道，咱们这金州同知衙门送点啥呀？

陈宝财说，那是他们当官的事，我哪能说清楚。我那个在金州雕厂当差的外甥，前些日子跟我讲，往年雕厂都选一批各色雕翎进奉朝廷，今年内务府下令，要的数量猛地翻了一番，说是皇上和慈禧皇太后到时候要嘉奖大臣用。这些官儿们分官阶大小，翎戴品种可真不少，有什么重尾雕翎、芝麻雕翎、虎斑雕翎、鹤雕翎和皂雕翎，光是芝麻雕翎今年就让金州进奉六百副。

祥子年纪小，有些不解地问，这雕翎子不就是个鸟毛吗，能有啥用场呢？

陈宝财说，说书唱戏的不是说，皇上一高兴，就赏顶戴花翎嘛，就是这玩意儿。什么品级的大官戴什么翎子，我也说不大清楚，我那外甥说，官儿多大，从顶子的颜色和补子的图案上就能分辨出来。像一品文官、武官的帽冠顶戴是红宝石的，二品就是珊瑚，依次是蓝宝石、青金石、水晶石啥的。补子呢，就是官员袍子上绣的图案，一品文官穿的是仙鹤补服，一品武官穿的是麒麟补服，咱们今天桌子上的野鸡，官名叫锦鸡，二品文官补服上绣的就是这东西。不光是飞禽走兽，也有海里的海马，九品武官穿的就是海马的补子，那海马看上去就跟地上跑的马一样，白色的，我那外甥穿的就是这个。这翎子和黄马褂，都是格外的恩赏，是一种荣誉，听说跟洋人的勋章似的，戴上就荣光……

狗儿调皮地问，陈大爷——那你的甲长顶戴是什么色的？戴什么翎子？穿什么补子？

陈宝财一阵大笑，气喘吁吁地说，好你个狗儿，耍你大爷呀！大爷我这个官，是个民官，说白了就是个村长。有一年，皇帝老子遇见了我，本来是要恩赏我，一看我头上没毛，就说，得了，不用赏了，你有顶戴了。我急了，问皇上，咋有顶戴了？皇上说，这不有秃顶了嘛！

一席话，逗得大家又是一阵笑。

陈宝财正色道：笑归笑，乐归乐，今儿个我来，是还想说一件事，这事我一寻思就生气——我那在北洋水师当兵的老疙瘩，昨天来信了，这不——说着话，从怀里掏出信递给狗儿。

狗儿从信封中抽出信纸，看了几眼后，说还是我给大家念念吧。正在这时，小凤捧着一大盆刚刚炖好的梭鱼，小心翼翼地端上炕桌。顿时，满屋鱼香四溢，大家赶紧动筷子，边吃边听狗儿读信。

父母大人在上：

小儿恭祝金安！

近日，舰上有喜事了，每个士兵都领到了新的战靴和号衣裤、号帽，舰艇也油漆一新。这是因为，再过一段时日，朝廷的北洋大臣李鸿章大人要来旅顺口校阅大清水师。

也有许多不尽如人意之事。听长官们说，小日本近些年来买了大量的新舰快艇，其实力已超过我北洋水师，而北洋舰队六年来未添置一艘新船，且弹药不足。国内所造炮弹尺寸大小不一，有的铜箍直径过大，打靶前须锉小方能用；有的铁质不佳，炮弹表面净是小孔，真有些担心没等射出去就先炸了。我是军械工，船上截堵水门用的橡皮，年久破烂，上报请示更换，上也不批，说是没钱，气得管带邓世昌大人直发火。现今都在传，海军大笔军费被挪用，修了给老太后享受的三海和颐和园。听说老太后今年又要庆祝六十大寿，花起银子像流水，真不知这些人是咋想的。海防不强，万一有一天洋鬼子来叫阵，该如何是好！

……

听到这儿，小凤发问道，陈大爷，这朝廷咋这么不会过日子呢，有点钱就乱花，不置点家底哪能行呀！

人家是天，咱老百姓是地，他们说咋的就咋的。陈大爷说。

唉，这洋鬼子都那么凶吗？小凤娘问。

陈宝财说，洋鬼子红头发、绿眼睛，依仗着洋枪洋炮，到处欺负人！咸丰七年那咱，美国鬼子和法国鬼子的炮船就溜达到咱大连湾……咸丰十年春天，英国鬼子三十多艘船侵入到青泥洼、和尚岛、大孤山一带。到了夏天，英国炮船像狗连裆似的来了一百多艘，一万来号人牵着马、扛着枪，凶凶耀耀地爬上南海沿，大片大片的庄稼都变成了马料，站在大和尚山山顶上往下一瞅，洋鬼子们的帐篷像马粪包似的，一个挨一个，老百姓可倒了霉，被祸害了一个多月……

吴长贵接过话茬儿说，你说的是西洋鬼子，现如今东洋的小日本也不消停。我听城外卖鱼的唠叨，这几年，总有些小日本的渔船在三山岛后面转悠，让巡海的官兵抓着了，就说是大风刮来的；没抓着，就在那儿四处撒目，还拿一些稀奇的家什在海水里比量，有人说是在量海潮呢——这不，刚刚听了老疙瘩的来信，小日本一个劲地买船买炮，想干啥？我琢磨着，没安什么好下水！唉，到时候可咋办呢？

狗儿急切地问，这小日本在东边的岛子上住，他们还能作什么妖？听老人讲，明朝永乐年间，有一位叫刘江的将军，在咱金州柳树园一带就收拾过他们，那次仗打得真漂亮！倭寇一千多人全部被包了饺子，光是拉俘虏的马车，就有五十多辆……他们还敢再来得瑟呀！

陈宝财说，哼！他们再得瑟能怎么着，真要是敢来，我老陈集合全村人，攥紧一个拳头，拿火枪、鸟铳、大刀片也能收拾他们一气！

吴长贵说，那不是拿鸡蛋往石头上撞吗？他娘的！这些年，也不知怎么的了，大清国跟谁对阵，都是“孔夫子搬家——净是输（书）”。我就纳闷，洋鬼子都成了狼，中国人咋像羊呢？

狗儿说，怨谁，兵㞞㞞一个，将㞞㞞一窝儿，就是当官的不争气！别怕他们，咱中国人有四万万，一人一口唾沫还不淹死他们？

小凤说，人家是狼，是野兽……人多有啥用？

狗儿说，你说小日本、洋鬼子狼性，野兽，这个说法……不对！狼，山狼，我见过，有的还挺有情有义的……日本人，没见过，野兽？我就喜欢有点野性的东西……

说啥呢？小凤有点云山雾罩。

狗儿说，这，你就不……不懂啦。

小凤说，我看呀，你一准儿是喝醉了。

第二章　谍影初现

这天晚上，狗儿是在甲长陈宝财家睡下的。

寅时末刻，天刚放亮，狗儿正迷糊哩，蓦地听见狗的狂吠声，紧接着，听见陈大娘的喊叫声：不好了，不好啦！野猪来了——

狗儿一激灵翻身坐起，慌忙穿衣服趿拉着鞋子，拎起猎枪就往外跑。到院子里一看，满地狼藉：高大的苞米楼子被野猪拱倒了，金黄的苞米捧子、通红的干辣椒、成串的萝卜瓜子和成辫儿的紫皮大蒜满地都是……

陈大娘告诉狗儿，野猪窜后山黑松林了，你大爷拿根扎枪撵下去了——

狗儿打了声响亮的唿哨，亮亮“嗖”地朝野猪方向追了下去。狗儿知道，野猪是杂食动物，此时正值初春，山里能吃的东西还少，这个家伙肯定是饿急了眼，才偷偷溜进村里拱苞米楼子的。狗儿腿脚利落，往东翻过一道马鞍形的山梁，但见此地山势逶迤，松林黑苍苍的一片，早已望见那头野猪在一堆烂倒木中间拱着什么……

野猪大嘴吧唧着，在嚼吃着新生发的草根和蘑菇样的东西，听见有人的脚步声，机警地转过腚来，脖子上的鬃毛扎撒开来，两根弯曲的大獠牙呲着，一双贼亮的小眼睛暴出凶巴巴的光芒……

狗儿一看，这家伙好大的个头，身子不禁打了一个冷战。野猪的特点与习性，狗儿心里明镜一般：野猪劲力奇大，动作灵活，奔跑迅猛，加上一身粗糙、坚实、一般土枪喷出的枪砂难以穿透的皮毛，连有经验的猎手都不愿意碰见它，眼前又是这种凶猛的“孤猪”。山里猎手有一句行话：“宁打一头熊，不碰一孤猪。”原来，野猪在一般的情况下，都是一帮一伙儿的出去觅食或者迁徙，如果是放单出来活动的，大多是十分凶悍的主儿，就连山里的“大力士”大黑瞎子都惧它三分。

这头孤猪今天也遇上了对手。狗儿虽然年纪不大，可他是个山里通，七八岁时就会下各种套子，那些野兔、獐子、黄鼠狼和刺猬常是他的囊中之物。到了十三四岁，他就跟着老爹在山中狩猎打大野牲口了。冬天，大雪一封山，狗儿和老爹套上毛毡乌拉，带上一挂马爬犁就往北边的大山里进发了，三四天或者六七天后，回来时，爬犁上总会有数只狍子，有时还会有大黑瞎子哩！狗儿已经成为大和尚山一带小有名气的猎手。

围狗冲上去，不住地叫着，紧紧地牵制住野猪。一身蛮力的野猪再也不甘心跟围狗纠缠，大吼一声，低头铲了过去。围狗灵巧地一扭，野猪的獠牙把地皮犁出两道沟来，它又一掉腚，正待向围狗重新出击时，躲藏在大树后的陈大爷见时机已到，手捻一根红缨扎枪，一招“横空出世”，猛然朝野猪的头上刺去。

这野猪见来势凶猛，身子朝后一挫，猛地跃起，用獠牙将扎枪“咔嚓”一下挑飞，大嘴巴一甩，竟把陈宝财掀了个大跟头。

狗儿一看不好，举枪向空中放了一枪，“砰”的一声，野猪吓了一跳，愣怔了一下，陈大爷趁机一头钻进倒木中。野猪见状，猛地摆脱围狗的纠缠，放弃了躲向一边的陈宝财，朝着枪声响处猛扑过来……

野猪来势凶猛，盯准了谁是想要它性命的人。狗儿端着枪，一时无法射击，便就近绕到一棵松树后面……他知道野猪的要害只有两处，一处是那张呲着獠牙的大嘴，一处是后腚眼，他一心想找个好角度再开这一枪。

野猪从下边朝坡上奔来，其势如箭；狗儿顺势往左下坡闪挪，七拐八拐绕着树跟野猪藏猫猫。这个地方平时大概人迹罕至，脚下满地是枯枝朽叶，有石头的地方布满了厚厚的青苔，既挡脚又松软滑溜，狗儿一不留神，脚下一出溜，一头栽了下去……

野猪见状，大喜过望，张开满是白沫子的大嘴，抖擞鬃毛，腾空跃起，直扑狗儿的咽喉……

狗儿一翻身，见野猪已经扑了上来，下意识地用枪托朝上狠狠一顶，那野猪借劲从他身上掠过。这野猪真不含糊，一骨碌站直身子，一觑小眼，挺着獠牙，又朝狗儿直扑过来……

就在这时，“砰”的一声炸响，一颗子弹顺着野猪的大嘴直射进去。“呜——”野猪发出一声低低的沉闷的吼叫，一口血穿箭似的喷出一丈多远。

山林里吼声回荡，接下来是一片寂静。

狗儿摇晃着站起身子，忽然觉得头有些晕，一迈步，让一根松枝一绊，一屁股坐在地上。没承想，身子突然下陷，这枯枝败叶遮掩的地面下方，竟然是一个洞窟……狗儿眼前一黑，顿时啥也不知道了……

过了不知有多久，狗儿苏醒过来，伸手摸了摸四周，俱是硬冷、湿滑的石壁。嗅嗅鼻子，闻到一股浑浊的异样气味，心想这是狐狸特有的骚味，刚才在洞外，就是被这个气味熏迷糊的。他缓缓站起身子，点着火折子，眼前一亮，原来这里是一个老大的洞穴。正想往里边探寻，洞口处传来亮亮的叫声。

狗儿爬出洞口时，发现自己被许多人围着，除了陈大爷外，几个手拎鸟铳和棍棒的后生全不熟悉。只听陈宝财高兴地说，好了，好了，总算找到你了！狗儿连忙问道，我刚才是咋的了？

陈大爷说，你掉进一个暗洞里，是你的围狗找到了你……

狗儿忙起身去看那个暗洞，见洞口不大，只有潮湿发霉的气味，却已然没了狐骚味。一时有些纳闷，忙动手捡一些枯树枝将洞口遮掩住。陈宝财见狗儿没事儿了，便指挥那些年轻的后生去抬那头大野猪。

打死的野猪足有两百多斤，陈宝财老汉又是绝境逢生，一时间，老吴家小凤未来的女婿——狗儿，成了凤凰村的英雄。

这两年，小山村屡次受到这头野猪的侵扰，乡亲们巴不得早早除了这一祸害。闻听喜讯，大家伙儿纷纷撂下手中的活计，七手八脚地把野猪抬到村中央的井沿边，爷们儿就地支起两口大铁锅，烧水的烧水，剥皮的剥皮，开膛的开膛，陈宝财乐哈哈地指挥着，让人将猪肠子拽出来首先犒赏围狗亮亮，将猪肉切成大方块儿，往锅里投了些葱段、花椒、大料和盐粒，炖了满满当当两大锅。一个时辰后，小小的凤凰村里，四处弥漫着诱人的野猪肉香气。

这山村里的老百姓大多是几十年前从山东来的流民，他们秉承了山东老家人豪爽的性格和朴实的为人，向来是有福同享、有难同当。山村不似平原地带，少有大片的农田，好地大多属于地主，大部分农民种的地都是租来的。但只要人勤快点，无主的生荒地还是不少，不过三年，生荒地就变成了熟地。大部分佃农须向地主缴纳五六成地租，不遇灾年，生活基本还过得去。这金州地界的土地，虽然比不上山东老家沿海一带的土地肥沃，但上苍养人，这一带自然灾害却十分少见。今天虽然不是什么节日，但却是一个喜庆的日子，各家的男女老少都从家中走出来，刘二愣子、张铁柱拿来自家酿的米酒，白高丽带来自家做的高丽咸菜，大家大块肉、大碗酒边吃边喝，那场面像赶庙会一般热闹。喝到兴奋时，白高丽等几个朝鲜族的后生还跳起了舞蹈……

吃罢饭，天阴了上来，陈宝财吩咐村民捞些排骨和方子肉，让狗儿回家时带上。吴长贵让小凤把小青驴牵出来，安上驴驮子，左边装上新煮熟的野猪肉，右边装上自家酿的四坛子米酒，说这是犒劳未来的亲家公的。

狗儿望望天，见大块的云彩似嵯峨的山峰一般一座连着一座从天边层层叠叠地低压过来，从海上刮来的风，裹挟着一股浓浓的海腥味，直冲鼻子，他心想：这雨看样子不小呀！便赶紧跟大家伙儿辞别，准备上路了。众人见小凤拿着一件蓑衣匆忙赶来，便都知趣地走开了。

小凤把蓑衣给狗儿披在身上，一边仔细地系上带子，一边说，“云乱翻，淋倒山”，看样子雨不小。这是我爹的东西，借给你的，别忘了，好借好还，再借不难——

狗儿借着酒劲，笑嘻嘻地说，看来，人还得有个老婆呀！

小凤脸一红，说，谁说要嫁给你了？还“老婆老婆”地叫，不害羞。记住，往后少冒险！多注意点身子，少喝酒，多吃饭……

狗儿哼哈地答应着，大咧咧地走在前面，小凤牵着小青驴跟在后边，走了一程后，狗儿说，回去吧，有空儿我就过来。

小凤说，下次来，最好也带我去你们乌龙村瞅瞅。对了，这是包药野鸡的药末，你带上——

说着，小凤从怀里拿出一个布包递给狗儿。狗儿接过揣进怀里，问道，咋个用法？

简单，把苞米粒子钻上小眼儿，把药末填进去，野鸡吃了，不一会儿就迷糊过去。小凤嘱咐道，不过眼下开春了，就别用了，野鸡正踩蛋、抱窝呢——

小凤又从怀里拿出一个刺绣缎面烟荷包，在狗儿眼前晃了晃，说，稀罕不？

狗儿接过来一看，好精致的一个烟荷包，上面绣的是一个武松打虎的图案，绛红色的缎面为地，一棵青枝绿叶的松树下，英雄武二郎头戴红缨帽，右手拎一根哨棒，左手叉腰，一只脚踏着刚刚咽气的花斑大老虎。看做工，针脚细密平整，彩线配得鲜明匀净，人物活灵活现……狗儿反复端详，爱不释手，他真有点不相信，这个看上去风风火火、大大咧咧的姑娘，竟能绣出如此精致动人的东西，禁不住说道，小凤，你找人绣的吧？

话刚一落地，小凤的拳头已落到狗儿的身上，她说，好你个坏狗儿，良心让狗吃了吧！为了这个烟荷包，我足足绣了两天一宿——你也不想想，这种东西，能找人代绣吗？整个一个傻瓜——

狗儿从小到大，都是在男人堆里长大的，到凤凰村之前，从没有恋爱过，对这种年轻人的打情骂俏，还是第一次经历，内心禁不住涌动着一股暖流，又有些尴尬，觉得自己不会说话，刚才是得罪了小凤。

小凤见狗儿傻愣愣的模样，不禁“扑哧”一笑，心想：狗儿很单纯，心地像山间溪水般透明澄澈，里面藏着的那些小草虾、细鳞子，一眼就瞧得清清楚楚。跟这样的人相处相伴，不用整日提心吊胆地防他变心，也不用每天察言观色揣摩对方心思，这不正是自己做梦都想找的丈夫吗！这人现今就在眼前，多想跟他挨得紧紧的，让他把自己使劲地搂在怀里……想到这儿，小凤姑娘的脸，不知不觉地涌上了红潮。

狗儿哪里知道姑娘心里在想啥，他不是视而不见，而是压根不敢看小凤那张娇艳的脸……只是两条腿机械地迈步走着。

哎——到村口了，慢些走呀！小凤姑娘喊住狗儿，牵着小青驴缓步走过来。

狗儿这时才醒过腔来，忙转过身，看见小凤掂着小脚缓慢地走过来。狗儿的目光一下子触到小凤那双脚上，心里顿时“咯噔”一下，暗忖道：老天爷呀——她要是有一双大脚该有多好啊！他接过缰绳说，别送了，走远了你那脚该不舒服了……

没啥，习惯了——

这驴又送回来了，又是酒又是肉——不过最贵重的，还是你绣的烟荷包。

行了，别酸了。小凤说，这小青驴算是我借你用的……路上要当心，早点……早点来还驴……

狗儿这时才大胆地瞅了一下小凤姑娘，没承想，小凤也正巧抬头看他，两人四目相对，如通电一般，狗儿忙低下头，半天才又想起什么，从绑腿上抽出一把锋利的匕首，递了过去，说，给，留个念想——

小凤接过说，行啊，我先收着吧。

两个年轻人恋恋不舍地在村口分手。直到狗儿的身影隐于山谷中，小凤才怀揣那把匕首回转家中。

午后未时，风婆子驱赶着乌云，终于把天空全部染成墨黑，一道刺眼的闪电划过天际，雷公将一串炸雷抛向半空，震得狗儿直觉得头皮一阵发麻……刹那间，豆粒大的雨点噼里啪啦地洒将下来，山路上顿时腾起一片尘土。

狗儿忙撒目观瞧，见前方半里来路的高坡处，有数株老大的榆树，仿佛几把淡绿色的大伞在那儿撑着，忙牵着小青驴朝那能遮雨的去处奔去。

天空乌云翻滚，猛地一道炫目的闪电在眼前迸射，如同万千金蛇狂舞，紧接着“咔嚓”一声雷响，震得狗儿立时刹住了疾跑的脚步……从来也没有听过如此响亮的雷声，就在这雷声过去之后，他真切地看见老榆树下，一根粗大的枝丫突然弯下腰来，树下好像有一个人摇晃了一下，随之栽倒在地。

真是天生的好眼力，狗儿所见一点也没错：倒下的是一个身量短小的和尚。

狗儿牵着小青驴来到树下，将驴拴好，忙过来看倒地的和尚。小个子和尚仰面倒地，前胸处有一个烧焦的洞，灰布衫还在冒烟。狗儿抓起和尚的一只手摸脉，脉象全无，已经赴西天见佛祖去了。细一打量，见这个小和尚黑黄的面皮，二十出头的样子，狗儿心想，这和尚在哪座寺庙挂单呢？他解开和尚的青衫前襟，见有一张折叠的纸，纸的一个边角已被烧焦，展开一看，见上面画着一些不规则的线条，线条旁边还标着一些数字，一些文字勾勾巴巴的似鬼画符一般，中间夹杂着一些汉字，看不大明白。他把图纸重新叠好，想放回和尚怀里，迟疑一下，最后还是揣入了自己怀中。

雷声小了，雨却大了……

狗儿渐渐地感到不安起来，心中暗忖：此地不宜久留，说不定啥时候再劈下一个炸雷，我可不是铁打的金刚，咋能抗得住雷公这一铜锤呀！

狗儿脱下了衣服，把猎枪裹紧，放在驴驮侧面。他是担心雨水会把心爱的猎枪弄出锈来。

眼下，这和尚的尸体怎么处理呢？要是草草将他掩埋了，又不知他是哪个庙里的沙弥，寻他的人怕又着急……还是先让他这么卧着吧，想来出家人也不会计较这一时半会儿的。

正寻思着，一片嘈杂的声音传来。

左侧的岔道上，跌跌撞撞地跑来一行人，待这群人呼呼啦啦地跑到大树下，狗儿才看清，原来是三个衙门中的捕快，个个腰间都别着腰刀，后面还用铁链子牵着一个蓬头垢面的汉子……这群人个个让雨淋得像落汤鸡似的，十分狼狈。

一个三十多岁，长着两撇黑胡子的捕快大着嗓门呵斥道，妈的！简直就是一条癞皮狗，牵着不走打着倒退——等到了金州城，看我怎么收拾你！一边骂，一边从脸上撸了把雨水往地上一甩。

这边观景的狗儿一听这话，气得脸发青，腮帮子一鼓一鼓的。原来，狗儿对“狗”字最敏感，最忌讳别人骂狗撒气，借狗说事，就像那皇帝老儿忌名讳一般。狗儿心想，这帮衙门里的差役，长年横行乡里，仗势欺压百姓，没几个是好东西！他压着内心的怒火，搭讪道，喂——你们三个打一个，太不公平，他犯了哪条王法？

捕快们和那个被捆绑的汉子，目光“刷”地朝狗儿投来。

一个生得瘦猴似的捕快尖声叫道，谁的裤裆露了，钻出这么个小崽子。真是“狗拿耗子——多管闲事”！

狗儿心想，这个瘦猴也拿狗说事，真不是个东西！他说，我是看着不公，人家一个穷百姓，有什么大不了的，被你们捆成个粽子似的！

瘦猴尖声笑了，说，告诉你吧，这位大爷可不是个穷鬼，他在辽东这一带是有一号的，山狸猫邱峰，听说过没？这家伙富得放屁都油裤裆，嘻嘻嘻……前些日子，他独闯二十里堡，趁大通钱庄金老板娶三姨太的工夫，卷走人家那么多金银财宝。要不是我哥儿几个手脚麻利，拿他个人赃俱获，保不住又让他溜了！

放屁！金高丽这个王八蛋，色胆包天，仗着财大气粗就强抢民女，我不收拾他谁收拾他！山狸猫邱峰显得有些理直气壮，使劲嚷嚷。

瘦猴上前朝邱峰的伤腿处猛劲踢去，疼得邱峰“哇哇”怪叫……瘦猴这才得意地说道，耿捕头，这回咱哥们儿可是要发上一笔啦！

那个长着两撇黑胡子的捕快原来姓耿。只听耿捕头说，那是小菜一碟，上阵亲兄弟嘛，立功请赏自然个个有份！

是狗改不了吃屎！耿捕头，咱们还得防着点这个山狸猫，他可是江湖有名的飞贼呀。生得矮胖的捕快终于说话了。

狗儿听得真切，心想：这个家伙也在骂狗，看来他们是真拿豆包不当干粮啊！

那个胖捕快接着说，加上这回，他可是“三进宫”了。俗语说得好，再一再二，可不能再三再四。到了秋后问斩，他的山猫野兽的脑袋瓜，就会“咔嚓”一声……

哈哈哈……

嘻嘻嘻……

狗儿这才仔细打量外号叫“山狸猫”的大盗。这人身材瘦小干枯，肌肉虬结，三十出头的样子，头上的辫子早已散了，稀稀拉拉的头发像一蓬野草，神情疲惫，一条腿皮开肉绽还流着血……这个飞贼在江湖中名声不小，常听人唠起过，说他是个独脚大盗，从不与人搭伙结伴，作案总是独往独来。对他看不上眼的人敢下死手，手段十分凶悍。只是有一点特殊，作案杀人后，总是在“死倒儿”（方言，指死尸）身上扔下一个死螃蟹：官大的扔一个“赤角红”，普通的角色扔一个“花盖”……这件事极新鲜，辽南一带老百姓都把他的事儿编成了瞎话（方言，指添油加醋后的传言）讲。

狗儿瞧着这帮捕快得意忘形的样子，联想到他们刚才又说了一通呛自己肺管子的话，什么“一条癞皮狗”了，“狗拿耗子”了，“狗改不了吃屎”了……刚刚你们说了，这再一再二也不能再三再四啊！

想到这儿，狗儿带着有些挑衅的声调说，哎，你们说人赃俱获，我咋没见到赃款赃物呀？

你叫唤个鸟啊！耿捕头有些生气地说，这事能告诉你吗？我还没问呢，你，打哪儿来的刁民？

话音刚落，只听瘦猴尖声叫道，大哥，快来呀！这树下，还躺着一个和尚呢！

你咋呼啥！人家出家人，自然是六根清净，心无杂念。胖捕快说。

耿捕头的目光被吸引过去，他朝躺倒的和尚走去，边走边调侃道，什么六根清净、心无杂念，大概是裤裆里面的玩意儿不老实吧，是不是昨晚累着了……

耿捕头来到和尚跟前，叫道，小师傅，如来佛祖驾到，请起吧——

和尚不吱声。

耿捕头朝和尚屁股使劲踢了一脚，见还是没反应。捕快的职业敏感，使他觉察到事情有些异样，他左手扶了一下腰刀，右手往和尚的颈上一搭，锐利的目光四下里撒目了几个来回，嗓音低沉地说道，和尚死了——

死了？

死了！

……

是个死和尚！狗儿也叫了一声。

你怎么知道这是个死和尚？耿捕头站起身厉声问道。

我，我怎么会知道呢？狗儿反唇相讥，刚才不是你喊的嘛！

少打哑巴禅！耿捕头怒吼道，径直朝狗儿这边走过来，鹰隼似的目光上下打量着狗儿，一字一句地质问道，你给老子说实话，和尚是怎么死的？从实招来！

狗儿望了一眼漫天的雨幕，双手抱膀，打了一个寒噤，有些胆怯地说，大老爷，我一个山里的孩子，哪里见过世面，看见衙门里带刀的爷儿，心里就直打鼓。我真害怕呀，那我就实话实说……

捕快们纷纷聚拢过来，把狗儿团团围在中间。一个个手紧握刀柄，一副立刻拔刀抓人的架势。

山狸猫邱峰一双贼溜溜的眼睛也紧盯着狗儿，却也禁不住大声嚷嚷道，你们逞啥能！别吓着孩子——

狗儿听见邱峰的话，立刻显出害怕的神情，他瞅瞅这个，瞧瞧那个，然后才不紧不慢地开口道，这实话实说，就是不编瞎话，对吧？那我就直说，我牵驴过来避雨那工夫，就看见和尚在那歪着。人家是出家人，咱一个俗人，哪能去打扰人家清修呢，是吧？其实，我跟你们这些大爷想的是一回事，就以为和尚在睡大觉哩，嘿嘿嘿……

放你娘个狗臭屁！

比狗屁还臭！

瘦猴和胖子一迭声地叫骂。

哈哈哈……山狸猫邱峰在一边放肆地大笑着，抖得铁链子“哗哗啷啷”直响。

狗儿是一个心里藏不住事的人，刚刚听到捕快又骂了两声狗，而且更为恶毒的是，其中一句是骂了娘。狗儿心想：我自打从娘胎出来，就没见过娘亲的面，我的老娘是你们这群满嘴喷粪的乌龟王八蛋骂的吗？看我一会儿怎么收拾你们！

狗儿向山狸猫扫了一眼，见大盗满口白牙，心想，这个大盗可不是一个纯粹的山野匹夫，倒像一个挺有教养的人；虽然身为囚犯，却不失大丈夫本色，不畏强权，同情弱者，刚才还关心过自己。一时间，对山狸猫产生了一些复杂的、耐人寻味的情愫。

狗儿定下心来，镇定地朝小青驴踱了过去。

这当口，捕快们正忙着翻检和尚的尸体，七手八脚地把和尚扒个一丝不挂……

瘦猴说，真是赤条条，来去无牵挂——

胖子说，汝从何处来，该到何处去——

耿捕头果然是一个断案的好手，他从和尚胸口烧焦的痕迹处找到蛛丝马迹，嗫嚅道，像是老天爷作的案！瘦猴和肥猪探头探脑，有些莫名其妙……

耿捕头把和尚的布袜子一下子扒下来，果然，左脚心处赫然露出一个烧黑的小洞。耿捕头说，看看这疙瘩，这就对了，这小子不知造了什么孽，让雷给殛死了。不过，他好像是一个假和尚，你们看这儿……

狗儿此时也凑了过去，探身一看，只见和尚后背刺着图案，一个太阳放光的图案。他心里一凛，这和尚肯定有些来头，自己在江湖没有历练过，瞧不出文着太阳图案的人是哪一门派、哪一路人，只听说和尚堆里分喇嘛教、黄教、红教的，没听说有什么太阳帮、月亮帮的。对了，应该问问山狸猫，这家伙亦匪亦盗，见多识广……

山狸猫大哥，打听个事儿，这和尚后背上文着放光的烧饼，有这么大，是哪一路货色？狗儿比画着说。

烧饼，放光的？哦——是太阳，一道道地放光吧？

狗儿点点头。

山狸猫邱峰用肯定的语气低声说，这和尚不是真的，也不是咱大清国人，是倭人，就是小日本。说到这儿，邱峰警觉地瞥了一眼那伙儿捕快，悄声说，小兄弟，能帮个忙吗？

狗儿点点头。

要是有机会，去趟金州城，找到城西“刘寡妇鲜鱼铺”的老板娘，告诉他我出事了。刚说到这儿，山狸猫邱峰突然提高了音调，大着嗓门说，小孩儿家不懂事，和尚哪有假的呀，啊——

原来是捕快们朝这儿望过来。

狗儿忙接茬儿道，有什么了不起的，你算什么山狸猫，我看就是个三脚猫，瘸猫！说完，径直朝自家的小青驴走去……

雨淅淅沥沥地下着，比开头那一阵子暴雨小多了。狗儿掀起驴背上驮筐的蓝布碎花盖头，从左边的筐里捧出一个酒坛子，撕开草纸封口，一仰脖，“咕咚咕咚”喝了两大口，喝完，兴奋地叫道，酒是水棉袄，一喝就发烧；穷人弄几口哇，心里不长草啊！这上好的高粱烧，祛寒又解馋，过瘾啊！说完这席话，又从右边的筐里，抓起一大块儿野猪肉，头不抬眼不睁，自顾自地大嚼大咽起来。

狗儿这一饮一吃，酒肉香气四溢，捕快们你瞅瞅我，我看看你，一个个抽抽鼻子，肚子里的馋虫早就爬了出来。原本想再训斥狗儿几句的捕快们，现在一个个变了脸，成了笑面虎，打着哈哈，纷纷向狗儿献着媚眼。

胖子说，这身上让大雨一淋，还……还真是又冷又饿，小兄弟，有福同享嘛！

瘦猴说，有道是“四海之内皆兄弟”，见面人人都有一份。大兄弟，这酒是家酿的，还是烧锅出的？这肉哇，肉丝挺粗，看样子是野味哩——

狗儿说，这酒和肉啊，是我孝敬老丈人的，你们要是用了，是不是有点不太讲究呀。

瘦猴尖声叫道，这小子，想占咱们哥们儿便宜呀！

胖子说，别……别，有话好好说……

耿捕头出门办差，一向小心翼翼。他一直在一边不动声色地观察，见狗儿神态从容，傻呵呵地又吃又喝，心里有了底儿：这里面没啥问题！弟兄三个昨晚蹲坑抓人，今天早晨到现在是水米未进，着实饥渴难耐。他大喊了一嗓子，弟兄们——难得这小子有一份孝心，咱们就敞开肚皮可劲造吧！

犹如一声令下，三名捕快饿狼一般扑过去，又是搬酒，又是抓肉，个个甩开大腮帮子，吃得“吧唧吧唧”山响。

狗儿带着哭腔喊道，你们不能“嘴巴抹石灰——白吃”呀！我可咋跟媳妇交代呀……

狗儿见没人答理他，索性上前夺过半坛子酒，摇摇晃晃地来到山狸猫跟前，大咧咧地说，我说山狸猫哇，你是个戴罪之人，肉是没你的份了，你呀——就来点小酒吧。说着，将酒坛子一倾，朝邱峰那条伤腿上浇去，痛得邱峰大叫一声，浑身痉挛起来。狗儿也不言语，从布衫上撕下一绺布条，给邱峰包扎好伤口……

山狸猫邱峰呆呆地望着这个山村野小子，疑惑中，心中不禁漾起感激之情，但嘴上却说，记住我刚才跟你说的话了吗？

狗儿不言语，只是用眼角扫了一下捕快们……

捕快们个个酒足肉饱，伸胳膊撂腿地歪靠在大树底下，脸红绛绛的，瘦猴和胖子已经出溜到树根下……倒是耿捕头酒量大些，挣扎着想站起来，腿一软，又摔倒在地上。耿捕头颤巍巍地抬起手，指着狗儿说，你……你人小鬼大……想不到，老子竟栽到你……你的手上……

狗儿一个高儿蹦了起来，拍着巴掌叫道，美酒香肉，可劲造呀！世上没有免费的美酒，小爷哪能让你们白吃呀——他逐个在捕快身上搜着，划拉不少散碎的银子。又从耿捕头身上摸出了钥匙，来到山狸猫邱峰跟前，打开了铁锁说，还寻思啥？赶紧逃命吧！

邱峰被刚刚发生在眼前的这一幕惊呆了，懵懵懂懂地问道，小兄弟，这伙儿公人是你给放倒的？你是咋鼓捣的？大爷我今天是开了眼，哈哈哈……遇见高人啦！

狗儿笑着说，谁让这帮家伙仗势欺人，你没听见吗？他们一连气骂了我五次……五次啊！

骂你！我怎么没听出来？邱峰站起身来，活动了几下被勒麻的手腕。

我叫狗儿，他们一个劲地骂狗，不就是跟我过不去嘛！

哈哈……狗儿，太有意思啦！邱峰说，他们是狗……不对！是“狼”眼看人低——

我这人是君子报仇，不用三年，立马兑现！用我老婆配的药山鸡和兔子的迷药，把他们三个麻翻。

好，狗儿兄弟，你老婆这药行，劲头不小，加上这酒劲，他们一时半会儿醒转不过来。邱峰上前一把抱住狗儿的肩膀，又重重地拍了拍，说，好兄弟，大恩不言谢，后会有期！

狗儿把刚才划拉来的碎银子，一下子塞到邱峰手里说，拿着，赶紧走吧。

邱峰说，这些捕快怎么处置，留不留活口？他挥手做了个砍头的姿势。

狗儿说，他们罪不至死，算了吧——

那——将来可是要找你的麻烦……还是我来把他们做了吧！

别——今天这个样子，大哥你恐怕也拿不出死螃蟹来。

哈哈哈……山狸猫邱峰大笑道，兄弟呀，你说话太有意思了！大哥的底细，你门儿清呀……兄弟，你救了我山狸猫一命，今后但凡有为难之事，山狸猫当舍命为你效力。就此别过，再会——说完，跨步前行，却身子一晃，险些摔倒。

狗儿慌忙上前搀扶，说，大哥，你的腿……伤得挺重，怕是走不多远。这样吧，我这头小毛驴脚力不错，就先借给你了，赶紧骑上，逃命要紧。

狗儿将小青驴颠颠牵了过来，卸去驮筐，将缰绳递到邱峰手里，扶他上了驴，拍了拍驴腚说，走吧——

邱峰一抱拳说，难为老弟一片侠肝义胆！驴，我骑走了，我在城西“刘寡妇鲜鱼铺”等你，早点来——

狗儿点点头，心想我咋能不去，那驴是老吴家的……

看着山狸猫邱峰的身影消失在霏霏细雨中，狗儿打了个响亮的唿哨，带着亮亮朝乌龙村奔去。

第三章　指点迷津

雨渐渐收住了脚，天空亮出海蓝色……

这种天气，只要太阳一露脸，空气就湿热难耐。狗儿脱下身上的小褂朝肩上一搭，从腰间抽出烟袋锅来，装上烟丝，用火镰打着火，美美地吸起来。狗儿这件烟具，可是不一般：王八骨头做的烟杆又细又长，紫铜烟锅却硕大，足足有小孩拳头大小，样子颇为滑稽——这可是狗儿的防身之物。

绕过一道山梁，在一个转弯处，一个身材粗壮的和尚风风火火地走过来。狗儿一见，自言自语道，这大和尚山果然和尚多，刚见一个死的，又来一个喘气的。正思忖着，壮和尚已经疾步来到他的面前，一双铁杵般的胳膊张开，拦住了狗儿的去路。只听和尚用生硬的话说道，死主（施主），贫僧这厢有礼了——逆（你），有没有看到一个……一个这么高的和尚？

狗儿定睛一瞧，这和尚一脸横肉，一双眼睛凶巴巴的，最显眼之处，是左眉间有一道一寸来长的紫红疤痕，使整个人平添了几分狰狞。他不慌不忙地将烟袋锅在路边的石头上磕了磕，然后将烟袋杆插入腰间，正色问道，你是说一个矮个儿的和尚吗?

哟西，你的见过？凶和尚说。

西边，不对。我在北边见过他。

北边……他的什么样子?

他呀，好像犯了王法，被一伙儿衙门里的人逮住了。你顺着这条路追下去，兴许就能看见了。狗儿比比画画说得很细致。

凶和尚听罢，那道蚯蚓似的伤疤在眉间抽动了几下，便急不可耐地朝狗儿指点的方向奔去。

黄昏时分，正在家门口编筐的黄大河见儿子匆匆归来。

狗儿也不吱声，来到水缸边，操起水瓢狂喝了一个西瓜肚……

咋啦，上火了？爹问。

……

小凤那丫头，咋样？相中没？老爹放下手中的编活儿，关切地问。

……

哑巴了！老爹有些火了，咋了，出啥事儿了？

爹，你老见多识广，先看看这是啥东西——狗儿从怀里掏出了一叠纸，递给父亲。黄大河接过来，见天色灰茫，忙一头钻进屋子，点上油灯，把油捻子挑亮，然后在小炕桌上展开这张图纸。面对这张鬼画符般的图纸，黄大河从上至下，从左至右，仔细地观看，还不时地以手当尺，在图纸上比画着。大约过了半个多时辰，他才抬起头来，把儿子招到近前，神情凝重地说，狗儿，这东西你是打哪儿淘弄来的？

狗儿这才一五一十地把此次去凤凰村的经历说了一遍。

黄大河说，孩子呀，这可不是一般的图啊！你说是巫婆的鬼画符，只说对了一半，这东西的确跟鬼子有关系。

啊！和鬼有关系？！狗儿吃了一惊。

不是鬼，是小日本鬼子。这是一张军队打仗用的地图，上面画的是金州东侧，就是大和尚山附近地区的主要交通线。看看这儿，有路，有河流、关口、炮台、武备、村庄、人口，这是水井……这张图，八九不离十是日本军队奸细画的，看看，这上头还有日本字呢……

狗儿听着老爹满口新鲜名词，心里着实纳闷：父亲啥时候知道这么多东西，以前可从未听他老人家叨咕过……他问道，老爹，这小日本奸细要搞啥名堂呀？

奸细是军队的眼睛，搞这么详细的图纸，说明小鬼子要跟咱大清动手呗！黄大河神情激动地说完这句话，垂下了眼睑，沉默不语了。

狗儿望着神情肃穆、雕像般的父亲侧影，心中暗忖：老爹从来是快人快语，今晚有点不大对劲……

他哪里了解此时此刻父亲的心思呢？

狗儿爹黄大河，是山东登州府黄县人，早年父母双亡，由哥嫂抚养长大，并拜流落在黄县的一隐世高手为师，学得一身好武功。同治四年（1865年），已在时任两江总督的李鸿章手下担任兵勇。当时，正值朝廷全力剿捻，刚刚举兵剿灭了太平军的曾国藩被朝廷任命为钦差大臣，赴山东前线督军剿捻，其得意门生淮军领袖李鸿章在署理两江总督之后，奉清廷之命，在调兵、集饷两个方面支持曾国藩剿捻。这李鸿章用人不重门户、不重出身、唯才是举是出了名的。一次，黄大河随军押运饷银，半路遇到一伙儿悍匪打劫，黄大河以其超群的武功独擒匪首，抢回饷银，立了大功一件。李鸿章闻听奏报，立即令人把黄大河带至衙门中，亲自召见。叙谈间，李鸿章见黄大河人虽木讷些，但为人忠厚，文化不高，却也念过几年私塾，便有心擢拔于他。李鸿章令人召来亲兵护卫，当厅让黄大河演练武艺。黄大河当众把一套形意拳打得出神入化，引来声声喝彩。而后又接连上来三个武功高手，跟他过招，均被他一个个打翻在地。李鸿章见状大喜，当即下令：擢升黄大河为八品武职，帐中效力。并亲自赏赐一把淮军宝剑给他，以表彰他的功劳。

两年后，曾帅督军至河南一带，急需一批粮食接济军用，李鸿章命淮军两营兵勇火速由山东往河南送粮。为确保万无一失，李鸿章派出已经是六品军官的黄大河担任粮队裨将，协助督运。这支两千多人的运粮队伍行至途中，遭到捻军的偷袭，一场恶战中，粮食虽然保住了大半，可黄大河却身受十余处伤，被送到总督府养伤。半年后，黄大河伤口痊愈，身体却伤了元气。李鸿章感念其功劳卓著，便将夫人赵氏的干女儿、府中一名叫香翠的侍女许配给他，为此，李鸿章的夫人赵氏还馈赠了一份丰厚的嫁妆，令其与黄大河归乡养病。临别时，李鸿章手书一帖相赠，上写“神勇可嘉”。这段经历，黄大河从来是缄口不提。

黄大河带着新婚夫人回到故乡时，其哥嫂已在家乡遭灾时举家迁移到辽东半岛。为找寻亲人，大河偕夫人从龙口搭乘一火轮船，直奔旅顺。未想到行至中途，恰遇台风，船到金州抛了锚。上岸后，小两口儿进了金州城，在茂达客栈暂时安顿下来。

一日晚上，黄大河心情郁闷，便邀客栈老板一起坐坐。老板姓何名亮，性情豪爽，很健谈，且对辽东一带风土民情颇为熟悉。小酌间，何老板闻听眼前这位黄爷是行伍出身，又喜欢打猎，就推荐他到大和尚山里去安家，并答应代为寻找其兄长一家的下落。黄大河回乡之际，已是五品武官在身的人，为啥甘做平头百姓、远离人群，隐身于大山之中呢？说起来也挺简单，就是他年纪轻轻时便在血雨腥风的战火中拼杀，内战内耗的景象，杀人如麻的生涯，已令他十分厌倦。为躲避纷纭的争斗，他宁愿远离繁华的市井……

不久，黄大河夫妻便来到大和尚山腹地，在乌龙村落了脚。黄大河为人低调，仗义助人；夫人贤惠，持家勤勉。过不多久，他们就受到乡亲们的信赖和倚重，成了附近村庄有威望的人物。遗憾的是，夫人香翠在生下儿子后，便撒手人寰，离他而去……为了将儿子抚养成人，不让儿子受委屈，他坚持不续弦娶妻。狗儿刚过六岁的坎儿，黄大河就进城找何掌柜聘请私塾先生到村中教书。这先生名叫阎世开，字梅一，学问好，为人大气，给村里村外十几个孩子授业。拿不起钱的穷人家，都由黄家来资助，乡亲们更是感恩戴德。

念了三年书，狗儿背会了《三字经》《千家诗》《龙文鞭影》和《朱子治家格言》后，脑袋就再也不进盐酱，说什么也不学了。阎先生对黄大河说，狗有狗道，猫有猫路，生逢乱世，谁又能知道是枪杆子好用，还是笔杆子好使？只要成才，俱堪大用。

有了先生的话，黄大河便不再打狗儿的屁股了，开始亲手调教狗儿。狗儿天性好动，喜交朋友，酷爱武功，加之本来是一块习武的好坯子，几年光景下来，不仅把老爹的东西掏光，还经常打些野味到山外拜师学艺，并在此基础上，自己琢磨着弄出一套怪模怪样的拳法来。

……

沉吟良久，黄大河郑重地拉过狗儿的手说，孩子，你长这么大，还从未单独出过远门闯闯……这次，爹想让你单独去一趟旅顺口。再过些日子，直隶总督、北洋大臣李鸿章大人要来旅顺校阅水师，你把这张图纸呈上去，一定要亲自送到。你……敢不敢去?

狗儿"腾"地站起身，原地翻了一个空翻，兴奋地叫道，太好了！长这么大，我早就想出去闯一闯，长点见识——昨天在凤凰村，就听说朝廷李大人要来旅顺校阅大清水师。

黄大河说，像个急猴子似的，这事儿先别急，到时候我自然要交代与你。狗儿，就这么定了，咱们先好好睡上一觉儿，明天一大早，咱爷儿俩去一趟朝阳寺，见见正觉大师。

翌日一早，天边现出鱼肚白，黄家父子便朝朝阳寺方向奔去。

这朝阳寺又叫明秀寺，是因山明水秀而得名。寺院北面被山遮护着，阳光从东、南、西三个方向照耀寺庙，叫朝阳寺是名副其实。寺院依山而建，如带的院墙逶迤而上，进了南边圆形的寺门，就见香烟缭绕处，寺院的住持正觉大师在大雄宝殿前的一棵高大的桧树下，正坐禅。但见老僧凝神趺坐，双目微阖……看样子已经禅定多时。黄家爷儿俩见状，不敢吱声，恭敬地垂手肃立一边。

小半个时辰后，正觉大师张开双目，轻抖袈裟，离开蒲团，笑容可掬地说，幸会，多日不见黄施主、狗儿，请进禅房说话吧——

狗儿抬眼一望，但见大师精神倍爽，一对长长的寿眉下，双目湛然澄澈，仿佛仙人下凡，只是看到大师肩头落下几星点鸟粪，便禁不住说道，大师，你的肩头有脏东西……

非也，非也，山雀焉知人之宠辱，人又何必计较……大师话语神秘、深奥，令人一时难以破解。

黄大河悄声对儿子说，你先在外边候一小会儿……狗儿知趣地止住了脚步，转身来到大院内。这里古树参天，流水叮咚，山崖间的灌木丛中，鸟鸣雀啼，音色动人，狗儿触景生情，精神陡增……他轻舒猿臂，一抬腿，就地腾起连翻几个跟斗。见时间尚早，索性又打了一套形意拳。

大约过了半个多时辰，只听"吱呀"一声，禅门开启处，正觉大师与黄大河携手而出，行至庙门口，大师双手合十说，阿弥陀佛，恕老衲不远送。嘱吾之事，吾将尽心去办，请黄施主放心。

黄大河也连连拱手说，让大师费心啦，费心啦——

狗儿见没人管理自己，一时间有些丈二和尚——摸不着头脑。不一会儿，正觉大师返身回来，拉起他的手，一边朝寺内缓缓踱去，一边亲昵地说，孩子，你要出山送图纸的事儿，汝父已经跟老衲说了。你知道老衲为什么要把你留下来吗?

狗儿侧脸瞧了一下大师慈祥的面孔，说，这个嘛，是不是……想教我几招儿呀?

鬼精灵。大师微微一笑，言道，老衲不是你的师傅，谈何教你几招儿。再说，狗儿已经长大了，会武艺，会狩猎，识文断字，可对儒学不甚喜欢，对佛经亦无心涉猎，老衲如何教你呀！

狗儿说，我听说，出家人以慈悲为怀，拯民于水火，解民于倒悬。狗儿眼下正处于水深火热之中，烦请大师赐教！说完，狗儿跨前一步就要跪倒……

正觉大师单手一托，狗儿顿时感受到一股沛然之气从地面腾起，双膝无论如何也无法跪下去了，他大吃一惊，想不到大师的内功竟有如此修为！心里蓦地一酸，说，难道大师不想让孩儿有出息吗?

非也，非也！正觉大师拉着狗儿的手，来到一棵大柏树下的石头上坐下，然后正色道：汝父说你性情浮躁，是炮仗脾气，一点就着，担心你难当大任，怕你出去闯祸。常言道，知子莫如父，汝父是了解你的。可老衲的想法是，少年浮躁，亦是天然，你性格刚烈，秉性要强，好冲动，敢作为，不矫饰，甚有可爱之处。冲动要比麻木不仁不知强上多少倍呀！年轻人就像一块璞玉，机缘不到，它永远是一块无人识得的石头……你此次出山，据老衲算来，倒是难得的机缘。虽说人之天性难改，可是机会却要把握。

狗儿问道，如何把握呢?

大师似乎没有听到问话，依然侃侃而谈，“国家有难，匹夫有责”，爱人爱国，原是一理：在国为忠，在人为诚，这就谓之忠诚，你要永远做一个忠诚之人。老衲是出家之人，可出家人不是无根之树、无水之萍，佛不避世，寺庙建在中国的土地上，和尚亦食中国农人种的五谷杂粮。和尚既要出世，也要入世，否则何言普度众生。唉，如今的大清，垂垂老矣！半个世纪以来，咱们国家饱受洋人欺负，那情景仿佛是一伙儿强盗从一个久病的老人身上抢掠东西，这个老人只要还一下子手，就会惹来更多的强盗一窝蜂地扑上来……

这……还有希望吗?狗儿急切地问。

如今朝廷大搞洋务，救国图存，买来洋枪洋炮洋炮舰，请来洋人帮助修建炮台，巩固海防，这些虽然重要，但却不是根本之法。“人但知船炮为西夷之长技，而不知西夷之所长，非徒船炮也”，此话不是我说的，乃魏氏之言，但老衲深有同感。这数年以来，常有一些日本僧人来本寺谈经论法，从中知道日本国今非昔比。自二十多年前明治天皇上台后，日本加紧扩军备战，国内二十岁以上的男子均要应征入伍，实行全国范围的义务兵役制度，还对国民教育制度进行了改革，使学校的布局变得适合于军管区、镇台和兵营的体制。他们的目标，就是要先把朝鲜占为己有，再把朝鲜当做侵略中国的跳板。今日听汝父谈起日本间谍侦察我海岸线一事，甚感他们已经武装到牙齿，快向中国下口了。

听到这席话，狗儿血脉贲张，双目喷火，他猛地站起身来说，大师，日本已经全民皆兵，那我大清为何看不出紧迫之感。我虽山野小民，可生长之地，处于黄海岸畔，是我国之前沿，照理，朝廷也应该有旨下发，令边防重地的老百姓提高警惕、效力国防才是。

正觉大师笑道，难得小小狗儿有如此见识呀！他摆摆手，示意狗儿坐下，然后捋了捋银白的胡须说，少安毋躁……关于日本的举动，朝廷岂能没有察觉，只怕是皇上、慈禧太后和大臣们各有所想吧。

大师，是不是皇上已经胸有成竹，只要倭寇胆敢来犯，就让他们有来无回？！

双方备战之形势，我等草民岂能清楚……有些事情只是管中窥豹、略见一斑而已。大师沉吟了一下，然后意味深长地说：听日本僧人说，日本为了补充军费的不足，在光绪十四年（1888年），他们的皇帝……哦，就是天皇，下令从皇室经费中挤出三十万元作为海军补助费。他们的内阁总理大臣伊藤博文，利用赐款的机会，四处鼓动，全国上下纷纷给海防捐款，一年之间民间的捐款多达二百万元，连日本的出家人也捐了不少。光绪十八年（1892年），就是前年，日本天皇还疾呼："国防一事，苟拖延一日，将遗恨百年。"再次决定皇室成员要节俭度日，节省开支，每年从皇室的经费中抽出三十万元补充海军军费。还有，从各级官员的薪俸中抽出十分之一上交国库，用于制造军舰。对比之下，我们大清呢？对于潜在的危机，仿佛隔雾看花……听说，慈禧太后为了过六十岁生日和享受晚福，这些年忙于修"三海"、建园子，把用于购买军舰及其武备的钱也刮来花了，把民间的海防捐也挪来用了，这怎么得了啊！两国皇室一比，高下不同，境界不同哇！一旦两军接仗，后果不堪设想呀！

舒了口气，正觉大师又说，也许早一点让朝廷知道小日本的动向，抓紧防范，也是亡羊补牢之策呀！孩子，你肩上担子不轻啊！不过，此去麻烦也不会少，你在获得此图后，药倒了公差，放走了强盗，他们岂能轻易放过你。另外，你还与日本间谍照过面，他们也会找你要图纸，还有可能杀人灭口……

我是"虱子多了不咬，债多了不愁"，狗儿笑笑说，倭贼的狼爪子已经踩到咱们家门口，我不惧它，就是手里没家伙，也能踹断它狼腿，拧折它狼头！

大师笑吟吟地听着，说，俗语说"道高一尺，魔高一丈"，"小心行得万年船"嘛！听说你还自创了两套功夫，可有此事？

狗儿脸一红，有些不好意思地说，这不是在关老爷面前耍大刀、鲁班爷门前耍凿子、大师跟前唱佛经嘛！

贫嘴！不过，难得狗儿也有谦虚的时候，不妨，不妨，说说看。

狗儿说，大师，你老是了解狗儿的，打小就没了娘亲，吃百家奶长大，念了几天书，也不甚了了，说到底，就是山里的一个野孩子。说起学武艺，从小跟老爹打下些根基，学了一套形意拳，再就是看哪位武师有点啥绝活儿，黏着人家学一点，就像吃百家奶一样，杂得很，说是自创，那不过是小孩子家的把戏而已。乡亲们都叫我狗儿，从小就跟狗有感情，觉得这世上属狗最懂感情、最机灵、最能咬，也最能打架，而疯狗又是最厉害的，便琢磨了一套"疯狗拳"……

不雅，太恶！正觉大师立刻反对说，还是叫"看家拳"吧——狗能看家护院嘛。

狗儿说，还有一套，叫“龙文拳”。

龙文拳，好雅的名字！正觉大师赞道。

狗儿说，我在阎先生那儿读书时，先生将《龙文鞭影》一书让我记诵，文中四字一句，都是小故事，一段一段的，挺精彩，孩儿特别喜欢，久而久之，就从中摘出一些句子，和我喜欢的一些杂七杂八的招式串联在一块儿，这样，既学了文字，又练了拳脚。

正觉大师听着眼前这个年轻人的叙说，心中暗忖：难得这孩子冰雪般的聪明，学古而不拘泥于古，将文武两道化成自家心中的武艺，可谓难得的奇才。

大师抑制住内心的激动，有意再点化升华于他，便轻声问道，你可知道，何为“龙文”？

听阎先生说，“龙文”是古代的一种千里马的名字。据说，这种马只要看见鞭子的影子，就会撒欢飞奔。

大师夸赞道，好，好！你要做一匹这样的千里马，自觉，自信，不用着鞭自奋蹄！来吧，把你的拳脚亮一亮吧——

狗儿微微一笑，说，这套“疯狗拳”，不，是“看家拳”，样子有些不雅，要让大师见笑了。说毕，整理了一下衣服，紧紧腰间的板带，站好桩，长吸了一口气，双臂微抬，抬脚一跺，立时亮出第一招：兴奋抖毛。

只见狗儿全身劲抖，刹那间，如同烈火烧身，将全身的劲力聚集在双臂双手和双腿双脚之中，衣襟飘拂，衣袖鼓荡，四周生风，这分明是搏斗前的准备动作。

第二招：流星滚地。此招运用的是形意拳中的“斩”字诀，左右大劈挂，一个上步虎扑加头钻，人已射出一丈开外。起落呼吸之间，运用少林七十二艺中的“穿帘功”“霸王肘”和“鹰爪功”，兼攻带守，出其不意，完全展示了自然界中的狗虽然身形矮小，但却攻击灵动、出击迅猛的特点。

第三招：撕胸断喉。此招是这套拳法的精华与高潮，一色的贴身搏杀招式。但见狗儿脚踏中门，运用形意拳中的上钻下打、肩肘双行，结合少林武功中“空手夺白刃”的绝技和武当紫霄宫九宫八卦门中的“穿花扑蝶功”，高低往来，穿梭纵横，前进后退，左转右折，仿佛对御群敌，如入无人之境……加上指法、掌法运用巧妙，变幻莫测，令人看去眼花缭乱，大师情不自禁地叫了声“好”！

第四招：偏腿撒尿。此招要点是前攻用手，后攻用足，远则进击，近则接迎。其中主要精华是少林硬气功中的“足射功”与武当派“地龙功”的结合：前抓后踢，攻其不备，出其不意，攻杀从后面偷袭之敌。狗儿偏身弹腿，动作象形，大师连称：有趣，有趣……

第五招：滚打包吃。此招意为在陡遇强敌或被敌袭击瞬间倒地之后，以臀部或肩部为轴心，先是手为虚招，腿为实打，攻敌下盘，腿形似剪如帚，滚腾翻跃，其势如秋风扫落叶一般。忽而腿攻为虚，手攻为实，以少林金刚指法为主，其势如巨蟒吐信，急点敌之会阴、委中、阳陵泉、足三里、三阴交等中、下盘要穴，使敌顿失战斗能力。

收势为一个“乌龙摆尾”，身子平地一拧，接一个“蜻蜓倒立”，然后再接一个“鲤鱼打挺”……

一套自创的“看家拳”打完，狗儿已是大汗淋漓。

正觉大师双手击掌，笑吟吟地说，好孩子，来来来……快快歇息一会儿吧——

狗儿说，烦请大师指点，孩儿洗耳恭听……

大师轻捋银须，缓缓地说，大凡习武之人，敢言说独出心裁、独创了什么，要么是胡吹乱扯，要么是人中龙凤、武术天才。我中华各门派之武功，历史长者数千年，历史短的如形意拳怕也有数百年的光景了。其中糟粕或不实用之处，均遭淘汰，剩下的俱是精华，后辈学人能传承下来，已属不易。好在你说的是“自创”。老衲看出，你刚才练过的这套拳，分解开来有五六十个招式，大都出自名门的招法，尽管你掌握得不精，有些甚至是皮毛。你的“自创”在于构想、连接和组合，将其融会贯通，使其浑然一体。这其实也很重要，实属不易！值得庆贺的是，你的构想、连接和组合，很自然，且勇猛、迅捷、怪异，这符合武术的灵魂：出其不意，攻其不备，进则如弩箭在发，退则如飞鸟投林……

狗儿听到这儿，扯着大师的衣襟说，别夸了，再夸就上天了，说说不足吧。

要说有什么不足，对于一个年轻人来说，是先天的，因为武术是需要从实战中去体味、去磨砺、去提高的。这很像农民种地、铁匠打铁，光是学会一连串的架势、姿势还远远不够。俗语说得好哇，“十年寒窗出一个读书人，三代长出一个贵族，一百年出一个大戏子”，这大戏子是“妖精”，一切全凭机缘和自身的灵光。习武之目的，并非只是强身健体、战场拼杀，重要的是锤炼意志和品质，以期担当大任。大千世界，形态千变万化，面对危急、繁杂的局面，心中寂空，方能与天地万物相接；无念无想，方能浑然与天地融为一体。如来佛祖曰：“空而不空，不空而空，是谓真空。”这不但是武学之不二法门，亦是侠义之人修炼之根本……

正觉大师的话愈说愈玄，最后的话仿佛不是与狗儿言说，而是喃喃自语……那寿眉下的目光，亦变得清湛如潭，深不可测。

此时，狗儿的耳际，松风飒飒，流水潺潺，静默之中，他终于鼓起勇气问道，什么叫做武者的“机缘”呢？

机会和缘分，是天赐的，可遇而不可求。咱们这东北关外，亦将不会太平多久，虎狼之邦，早已觊觎已久……大师侃侃而谈，时值乱世，民族危难，国家正需要一代青年披肝沥胆、激流勇进、有所作为，你的尚武精神会有用武之地的。

大师，我还想把“龙文拳”三十六式练一趟，请您赐教。

孩子，不用了，念一遍招式的名称我听听……

狗儿起身，恭敬地站立在大师对面，朗声诵道：

君起盘石，人始亚当。

伏羲画卦，宣父删诗。

尧眉八彩，重华大孝。
西山精卫，东海麻姑。
伍员覆楚，勾践灭吴。
汉祖歌风，圣祖吟虹。
庄周鼓盆，湘妃泣竹。
义士田横，刺客荆轲。
操诛吕布，膑杀庞涓。
神威翼德，义勇云长。
精忠武穆，飞雁苏卿。
异人彦博，男子天祥。
塞翁失马，渔人鹬蚌。
孔融了了，黄宪汪汪。
达摩面壁，弥勒同龛。
五湖范蠡，三径陶潜。
……

念罢，正觉大师夸奖道，好，人物好，典故好，中华精英罗列，生存境界高远，赤子之心可嘉，侠义之为可敬，汝有如此见识，令老衲欣喜呀！英雄出于少年，此言不谬也。只是知识贵精不贵多，依老衲之见，有四句足够了……

忽然，大师换了话题，对狗儿说，你说说看，这世上什么东西脚大，什么东西脚小?

狗儿回答道，自然是男人脚大，女人脚小——

大师嘿然一笑说，非也非也！是鸭脚大，鸡脚小。我再来问你，什么东西个头高，什么东西个头矮?

那自然是鹭鸶个头高，蛤蟆个头矮了。狗儿说完，“嘻嘻”地笑起来，有些得意。

大师说，错！是日本人个头高，中国人个头矮。

话音刚落，狗儿“哧哧”地笑个不住……有些岔气地说道，大师呀，黑就是黑，白就是白，黑白岂能颠倒过来啊！自古以来，连日本人自己也承认自己的国家是倭国，人是倭人。这“倭”，明明是矮小的意思嘛。

老衲可没骗你！大师一捋银白的胡髭说，日本人要是腿短个头矮，岂能跨洋过海，到中国的地面上闹事儿；中国人要是腿长个头高，咋没跨过大海，到日本岛屿上去抢点啥?

大师，这是咋回事？狗儿惊诧地问道。

大师说道，问得好！咱们中国人自古讲究的是天人合一，师法自然，爱好和平，静心和气处世、处人，凡事讲究以柔克刚，自然是不会去搞侵略扩张。那个小岛子上的人就不同了，生怕哪一天掉到海里去，他们情绪紧张，性子暴烈，成天琢磨着窜到中国的土地上来，抢占一块地盘。

狗儿忙问：那心性平和的人咋能斗过性子暴烈的强盗，岂不要吃亏吗？！

大师说，是啊，一个民族心性平和、和风细雨固然好，但是，也因此缺少了杀气！

何谓“杀气”？

“杀气”乃王者之气象，霸者之威风！正觉大师回答说。

那岂不是让日本人钻了空子？狗儿说，千百年来，倭寇没少来中国沿海一带烧杀抢掠，都说日本人像狼，狠着呢！

正觉大师说，是啊，敌人是狼，既凶狠又狡诈，要想对付它，一味和气地跟它讲大道理是没用的，只能助长它骄横的气焰。

那怎么办呀？

狼闯进了你的家园，办法只有一个，你自己也要变成狼，变成一匹更加凶猛的狼，以爪对爪，以牙还牙，毫不留情！它要敢龇牙，你就冲上去，一口咬断它的喉咙。这是啥？这就是杀气！这个世界不光认理，还认血！中国的老百姓多么向往和平、宁静啊，可要得来，有时是需要代价的。

狗儿点点头，有点似懂非懂。

正觉大师拉起狗儿的手，别光说大道理了，对付小日本，要特别注意日本刀的用法……

这一夜，狗儿住在庙中，受到正觉大师的悉心点拨，着实获益匪浅。待狗儿回到家中时，已是翌日上午辰时。

见儿子返回家中，老父亲将一个小包袱从箱底捧出，从中拿出当年李鸿章亲笔手书的墨宝——一张写着“忠勇可嘉”四个行书的宣纸，同狗儿从日谍身上淘弄来的地图摆在一起，说，你带上这两张纸走吧，到旅顺口去，一定要当面呈给李鸿章大人。告诉他老人家，别看小日本成天点头哈腰的，其实是贼心不死，开始打咱们大清的主意了，这奸细画的地图，铁证如山！这幅字嘛，李大人看到了它，就能认定你是我黄大河的儿子。

说到这儿，黄大河又打开包袱里的一个小木匣，从里面拿出一把有着黄灿灿剑鞘的短剑，郑重地说，这是当年我立了功，李大人赏赐的物件，你带上它，一来可以防身，二来给李大人看看，儿子正式接了我的衣钵了。这么多年来，我身上有伤，愧对国家，如蒙大人垂爱，把你留下，日后你也有个报效国家、光宗耀祖的机会。

狗儿接过这把沉甸甸的宝剑，从鞘中抽出剑身，但见双刃闪闪发光，剑尖寒气逼人……

狗儿说，老爹，真是一把宝剑！我咋从未见过？

你……淘气都淘出花儿来，我怎么敢把它亮出来！这东西，也该算是咱们老黄家的传家宝了，今儿个我就正式传给你了。记着，宝物不要轻易示人，对外人显摆炫耀，最容易惹是生非。剑出鞘，就要杀鬼子，杀敌人！

狗儿将宝剑还于鞘内，说，记住了，老爹。对了，你是咋知道李大人要来旅顺的？

黄大河猛吸一口旱烟，悠悠地说，这事三年前我就知道了。光绪十七年（1891年），李大人第一次来旅顺进行会校，按着《北洋海军章程》的规定，北洋海军正式成军后，每三年进行一次会校，如今三年过去了，李大人一定会来的。

这校阅海军，是咋回事？

校阅海军嘛，就是在海面上亮亮咱海军的家底，展示下咱大清海军的威仪。各色的铁甲战舰、鱼雷艇要摆开阵势，还要实弹打靶。一方面，是验看一下平时的训练水平；另一方面，是让各国洋鬼子看看，让他们也小心着点！

狗儿说，可我听说，咱们北洋海军好几年没买新船了，弹药也不足，船上的机械要维修也没有钱。

黄大河有些疑惑地问，这事儿你咋知道？

狗儿把在小凤家听到的致远舰上的事，一五一十学说了一遍。

黄大河咳嗽了几声，说，这皇帝家的事儿，咱们老百姓别乱嚼舌头根子。慈禧太后要真的把银子挪用了，那将来会遭报应的！唉，就怕上梁不正下梁歪呀……

夜里，爷儿俩挤在一块儿睡。

爹对儿说，这一去，你要是真当了兵，有点对不起人家小凤……

儿对爹说，没啥！能不能成一家人，凭的是缘分哩。

爹说，缘分也靠处……你跟我说实话，小凤到底咋样？

狗儿说，模样挺俊的……心肠也挺好，就是个小脚……

爹说，你别打啥歪歪主意，小凤那闺女不错……

第二天一大早，黄大河早早地给儿子打点好了行装，无非是些干粮、衣服和一点散碎的银子，还有一瓷瓶疗伤的云南白药，通通裹在一个小包里，亲自给儿子缚在背上。

狗儿说，老爹，猎枪和亮亮交给你了，一个人在家要小心。

黄大河点点头，亲昵地拍拍狗儿的肩膀，示意儿子可以上路了。

第四章　出山惹事

狗儿算计了一下，时间绰绰有余，他想好了，先到金州城，寻到山狸猫邱峰，把小青驴牵回来，送到凤凰村小凤家去，然后再去旅顺口也不迟。

辽东半岛的金州城，是一座历史悠久、赫赫有名的古城。有文献记载，商周时代，这里人烟就比较稠密，到了战国末期，秦灭掉燕国之后，仍沿袭旧制，属辽东郡辖境。到了汉武帝元封四年（公元前107年），金州地区正式建立了行政区，叫沓氏县，归辽东郡管辖。金州城雄踞辽南第一山大和尚山西麓，这里左揽黄海，右拥渤海，是联系关外腹地与旅顺军港要塞的咽喉，自古以来，就是兵家必争之地。用下围棋的术语说，金州城是辽东半岛这片棋子的"眼"。"眼"就是根据地的意思，守住这"眼"，这片土地就活了。这"眼"要是丢了，整个大连湾、旅顺口就等于被人家抄了后路、包了饺子。到那时候，任你海岸线上修筑了多少威猛的炮台、阵地，摆上了多少长长短短的洋炮，也全不济事。

不知是因为没背枪没带狗的缘故，还是第一次出远门兴奋，一个半时辰后，狗儿就来到金州城南门外了。抬头一望，灰褐色的城墙拦住了视线，"承恩门"三个字已赫然入目。

这金州城在辽金时代还是座土城，到了明朝洪武年间，才在土城的旧基上增修续建成砖城，到了嘉靖年间，又添设了角台四处，使整个城池显得很有威势。城设四座门，东门谓春和门，西门谓宁海门，南门谓承恩门，北门谓永安门。四座门均建有城楼，城墙高两丈，宽一丈六尺。到了清朝乾隆年间，金州城又再次重修，砖城改筑成长方形，门外加筑了瓮城，城外修了护城河，河宽约五丈，令城池更为壮观。

光绪二十年（1894年）那会儿，金州城已成为辽东半岛南端的军事、政治、经济和文化的中心，金州副都统（清代正二品官员）连顺统辖金州、复州、海城、盖州等地的军政要务。金州厅设同知衙门，老百姓又叫“民衙门”，由海防同知（清代正五品官员）谈广庆执掌民务。另有金州协领衙门，统管金州地界的旗民，俗称“旗衙门”。两个衙门，同辖一地，各管其民。金州厅同知衙门管辖的地盘不小，简单地说，约为辽东半岛碧流河东岸至普兰店以南的全部，大连、旅顺等地皆归其管辖掌控。

金州城南门外，是一个大牲畜交易市场。今天正好是个集日，狗儿到这儿的时候，早市已过，猪、羊已经交易完毕，牛马和骡子、毛驴等大牲畜还在。看着那些拉犁、驾车的马，狗儿很眼馋，心想，要是有一匹这样的马骑骑，也挺展扬（方言，意为很露脸、很有面子）……可一摸口袋，银子太少，只好溜达过去，摸摸这个马脸，拍拍那个马腚，眼馋了一回，吁了口气，朝镌着“承恩门”三字的南门口走去。

嚯！这儿真热闹呀……

由南向北，街道两侧，挤满了卖小吃的铺子和大棚，炸大果子、煎丸子、烤海鲜、烙馅饼，鲜香气味四处弥漫，直劲往鼻孔里钻……惹得狗儿直流口水。他想了起来，以前跟老爹进城时，曾在这儿吃过吴家摊上的煎饼……再往里面走，是卖海货、山货的铺面，饭店、客栈的布幌和招牌也多了起来，杂货铺、中药铺、茶叶铺、成衣店、典当行、估衣铺……一家挨一家，向前铺排着。街上人流很稠，狗儿不知不觉地来到一个十字路口处，这里更是另一番景象：算卦的、说书的、唱落子的、剃头的、卖布头的……各有各的吆喝和声音，再加上进城卖蘑菇、栗子和山鸡、野兔、狍子皮等土产的声声叫卖，令狗儿眼神有些不够用……

一处打把式卖艺的，吸引了狗儿的目光。他凑上前一瞅，见场中一个大汉把一女孩的腰拧得跟麻花一般，看着难受，便转身到一处舞枪弄棒的地方卖呆儿。只见一对青年男女枪扎刀砍，刀劈枪拦，你来我往，叮叮当当，俱是熟套子玩意儿，花架子。狗儿看了不过瘾，看看日头，见时辰还早，便继续漫无边际地四处撒目……

见前面有一处场子，被人群遮得密不通风，狗儿好奇，身子一偏，不一会儿就蹭到了前排。只见一位头皮锃亮、生得五短身材的年轻人立在场中央，这人一身青缎衣裤，一条宽宽的红色板带扎在腰间，酷似一只印一肚标的大酒坛子，样子颇滑稽可笑。一张嘴，一口浓浓的山东腔：

今儿个天气不孬，我给各位老少爷们儿露一手绝活儿，功夫练得好，你就给鼓鼓掌，呱唧呱唧，道声好！

说着话，在案上摆上一把上好的紫砂壶，在茶壶嘴儿上放一枚大铜子儿，铜子儿上放个泥球蛋儿，又在茶壶前边放个茶碗，底朝天扣着，然后在茶碗底上放一个泥球蛋儿。他用手指着这东西说，今儿个我练这手功夫，是用我手中这把弹弓子把茶碗底上的球儿打出去，跟一条线儿似的，先打在茶碗底上，打不坏茶碗，把茶碗上的泥球儿打飞了，飞起来的球儿，能把茶壶嘴上的球儿打掉，不光是茶壶嘴儿打不坏，茶壶嘴上的大铜子儿，还不能打下来，这功夫名叫“蛋打蛋”，又叫“球打球”。今天我露一手，好教众位给我传个名，回到家去，你就说我铁弹子陆途的弹弓玩得真干净（方言，在这里指好、出色、绝）。

一番调侃过后，人头愈聚愈多……

狗儿眼睛紧盯着，唯恐漏掉这精彩的瞬间。陆途抱拳冲周围的人群作了几揖，亮开嗓子说道：

我要练好了，大家除了叫好之外，会寻思，这小子还得要几个钱吧？众位放心，我一文钱也不要。我若要一文钱，就是跟我祖宗要呢！咱们是分文不取、毫厘不收。如今国力日强，二十二省百业兴盛，谁家也不缺几个大子儿，洋鬼子眼红着哩！我要是练好喽，众位给传名，切记切记……不过，可千万别传我这“蛋打蛋”的名声，“蛋打蛋”，多恶心的名儿，要传你就传这个名儿……

陆途说着，把弹弓往身上一背，伸手从案子上拿起一大包膏药来，高叫道，众位要传名，就说我铁弹子陆途的膏药最好！

狗儿一愣，心道：陆途，这家伙原来是个跑江湖卖药的。想拔腿走，可人太多，索性再待会儿，长长见识，瞧瞧这家伙还有啥章程。但听陆途又滔滔不绝地侃起来：

想当初，我们这些练功习武之人，要是有个腰疼、腿疼、筋骨麻木、跌打损伤，贴上这“陆家神膏”，立马就能舒筋活血，疼痛立止。那位看官问：“你这膏药卖多少钱一张？”你要买我可不卖，待会儿我把这手功夫练好喽，每个人我给一张，自己有病自己贴。这位说：“你这膏药里有什么药材呀？”这里头没有珍珠玛瑙，没有麝香面子，更没有熊胆、鹿茸、老虎鞭，有的是几十种草药，值钱的就一味——海马。这几十味药，用香油樟丹文武火熬成了，效力最大。我自己说了不算，卖瓜的不说瓜苦，卖酒的不说酒薄，众位若是不信，咱们试验试验。说着话，陆途把膏药放下，从案子上又拿起一个大铜子儿来，放在膏药内，说，用不了一袋烟的工夫，保准凭膏药的力量化成末儿。

狗儿看着陆途由案子上拿起一沓膏药来，将一大铜子儿放入膏药内，见他一边向观众张罗一边说道，真金不怕火炼，好货不怕试验，哪位伸把手吧，从这沓膏药里给我挑出一张来，我要自己拿出一张来不算数，哪位来拿——

狗儿兴致来了，伸手拿出一贴膏药递了过去。陆途左手拿着那一沓子膏药，右手接过狗儿这一贴膏药，走到案子前，把那一沓膏药放下，拿起火纸点着了，把这一贴膏药烤开了，当着众人的面把铜子儿放在膏药油里，然后把膏药折一下合上，绕场三匝，又调侃一通，再把膏药打开，叫众人上眼，大家伙儿一看，那铜子儿没啦，只见膏药内留下不少铜末子。顿时，场子内爆发出一阵掌声……唯有狗儿冷冷一笑。

陆途见众人捧场，愈发精神抖擞，向观众说，献丑，献丑！试验完毕，不白试验，每人一贴，我可先交代明白，小孩子不送，聋子哑巴不送，因为他们不能给我传名。哪位买我一贴膏药，我再白送一贴，这叫买一送一。膏药不好找我，立马退钱。我要昧了良心赚了你的钱，管教我抛尸在外死不归家！

见陆途这膏药这般有效力，又如此便宜，人家又发了毒誓，众人一窝蜂地张开手要膏药，有的手里的钱直往陆途手里塞……

慢！且慢——

打雷一般的声音，令众人从闹嚷嚷的气氛中回过神来……

陆途惊愕地转过身来，一眼扫见高声喝叫之人，见此人一身短打扮：上身穿一件玄色褂子，下身着一条家织布蓝裤子，腰扎一条锈色板带，脚下一双家做千层底系带布鞋，上面布满了尘土。人长得细腰窄背，粗壮的大辫子在脖梗儿上绕了一圈，四方脸上，浓眉下嵌着一双细长的眼睛，嘴巴四周生着一圈绒绒的细毛。整个人土得掉渣儿，一个乡下的小生荒子……

请赐教！陆途态度有些不屑地说。

赐教谈不上。山外有山，天外有眼，你这一套唬人的招儿快收拾起来吧！狗儿说着话，跨前一步，闪电般地用左手叼住对方的右手腕，右手将案子上的狗皮膏药一掀，一枚大铜钱赫然跃入围观者的眼帘……

这就是铜末子，各位老少爷们儿，都看出来了吗？狗儿给陆途揭了老底儿。

一时间，群情激愤，叫骂声音像开了锅：

这家伙，不知骗了大伙儿多少钱！

到底还是卖狗皮膏药的，差点儿上了他的当！

唉，买的没有卖的精，自古有之，没啥稀奇！

更多的人一拥而上，从陆途手里夺回自己那份钱……有的趁机推倒案桌，脚踏膏药，那把紫砂壶也应声而碎。

尴尬不已的陆途手腕一阵阵发麻，挣了几下，竟然没法脱出，心知遇到了对手，一发狠，左手朝狗儿面门虚晃了一下，右腿突然发力，一记“撩阴腿”踢出。敏捷的狗儿身子一旋，用手一带，既躲过了这记毒招儿，又将对手顺手牵羊，甩了个大马趴。这陆途也真不含糊，一个就地十八滚站起身来，身上竟然贴了几块膏药，引来围观的人一阵哄笑声。

陆途面皮顿时涨得通红，手指着狗儿叫喊道，臭小子！你今天砸了我陆途的盘子，这事不算完！你要有种，咱们明天早晨见，日头出来前，西门外海王庙前，别忘啦——

好！陆先生，我等你就是，不见不散！

像一出戏唱罢，主角一退，观众便似潮水一般散去。

蓦然间，一个熟悉的面孔在人群中一闪，那人眉骨上有刀疤，很像日前遇到的那个凶和尚，只不过和尚的装束变了。狗儿有些莫名其妙，难道是自己眼花了？还是那个小鬼子奸细进城了？再想仔细寻找时，那人连影子都不见了。

狗儿仰脸看看天光，时辰已经过了正午，心想，该去城西头“刘寡妇鲜鱼铺”了，山狸猫邱峰现在干什么呢？

情绪一放松，狗儿才感觉肚子一阵咕噜噜叫……向旁边一撒目，看到一家挂幌的小饭店，饭店里飘溢出煎炒菜肴的诱人香气，双腿不由自主地朝那边挪去。

狗儿拣了个角落里的空位子坐下，见店面不大，其他六张桌子都有人占着，靠西头窗子下是一张大桌子，聚集了七八个人，围着一个看相的先生，那先生正在侃侃而谈……许是见有陌生人进屋，看相的先生把写着“小诸葛”三字的卦幌轻轻摆弄了一下，亮着嗓了说道，有凶断凶，有吉断吉，平生无谎话，憨直不奉承……

狗儿把小二倒满的茶水一饮而尽，瞄了一眼那位看相先生，见这人年近三十，白净的面皮，留着一部挺展扬的胡须，有飘然欲仙状，想是故意扮成这副得道成仙相。在山里，狗儿从来未见过算卦看相测字的，只有当有人得病时，见过又敲又打、乱蹦乱跳的跳大神的巫婆和神汉……狗儿对小二喊了一嗓子，来碗炸酱面——便好奇地朝小诸葛那边凑了过去。

这时，只见一个商人模样的人，恭敬地来到算卦先生面前，递上一把铜钱，说，先生，你给我好好看看相，随便说说……

小诸葛慢悠悠地说，看相不看手，必定没传授，请把手伸过来一看——

商人乖乖地把手伸了过去，但见小诸葛右手托住这只手，左手将其五指推开展平，说，指为龙，掌为虎，宁叫龙吞虎，不叫虎吞龙。龙吞虎必享福，虎吞龙必受穷。大指为君，小指为臣，四指为宾，二指为主。宾主相齐，群臣得配，你这掌，可算是个好掌法了……

被相的商人脸上绽露出开心的微笑，忙点头说，再给算算今生的财运……如何?

小诸葛抓住这只手一翻，说看看你这手背，手背要看这三道浮筋，若露，终身必受苦；浮筋不露，终身必记福。看你这浮筋如土中之蚯蚓，似露非露，今生大富大贵没有，但一生食禄无忧呀！

仿佛意犹未尽，被相之人又掏出几块散碎的银子说，先生，你整个朗儿地给我看看，细说说——

你是说把这一生看全合了？小诸葛念念有词道，少时必定受孤贫，若问富贵何时有？到了四十才逢春。快了，不久就要交好运啦，发了财，可别忘了请我喝杯酒啊！那商人听罢，满意地抽回手，哼着小调，退到一边。

先生……先生给我也看一看。我就这五个大子儿了，你别嫌少哇。一位黑脸汉子说着，递上几块铜板，然后张开满是粗茧的大手。但见小诸葛瞟了一眼这位干粗活的，不紧不慢地说：

你的手不看也罢，常言道，眉为保寿官，眼为监察官，鼻为审辨官，嘴为出纳官，耳为采听官。五官若有一官好，必起十年旺运，若有一官不好，十年败运走定了。就拿眼睛来说吧，龙眼人登基坐殿，凤眼人执掌朝阳，狮子眼登台拜帅，虎眼人威震朝纲，鸡眼人好斗，狗眼人脸酸，蛇眼人曲曲弯弯，猴子眼生来伶俐，鸽子眼性软好绵，牛眼人主于大富大贵，猪羊二眼不得善终。远的不讲，就拿当朝中堂大人、直隶总督、北洋大臣李鸿章老大人来说吧，他在天津直隶总督府时，我见过，那就是一眼为狮子眼，一眼为老虎眼，所以老大人既登台拜相，又能威震朝纲……得，还是说你吧，你的眼说起来挺精神，双眼暴皮，属于马眼，相书有言：骡马之眼不可夸，套上夹板自己拉，有人上前拉一把，酒换酒来茶换茶。老弟呀，听了这话别生气，我只不过是据实而言。钱嘛，请拿回去，换两张肉馅饼吃吧——

这一席话，妙趣横生，围观者哄然一笑。那壮汉也不在乎，收回那些个铜板，站在一旁嘿嘿傻笑。

狗儿看在眼里，心想这看相的先生嘴真巧，见啥人说啥话，死人也能说活了……其实明眼人都能瞧出那个商人和这壮汉的底细。看来，这江湖果然是像小凤说的那样，“三百六十行，行行出状元”。至于说那李鸿章大人的两只眼睛，甚为有趣！不久就能见到李大人，倒要仔细瞧瞧那一双狮虎眼……

正沉吟处，小二已将一大碗面条端了上来。但见托盘里，装有一小瓷碗深褐色炸酱，里面汪着油，肉丁清晰可见，外带一碟咸萝卜条和一碟黄豆芽。狗儿见状，食欲大振，他飞快地将这炸酱和小菜倒入面碗内，用筷子使劲地搅和了几下，挑起一大筷子面条送入口中，嘿，果然咸香适度，美味可口！将来要是有钱了，顿顿吃这种炸酱面条！原来，狗儿娘亲去世早，父亲亦不擅长做饭菜，在家中吃喝，均是以吃饱肚子为标准，粗茶淡饭吃惯了，冷不丁下一顿馆子，自然是美滋滋的。

正当狗儿大口享受炸酱面的时候，饭馆的门“哗”地被推开了，一个家奴躬身挑起门帘，一个生得白胖、富态的人大摇大摆走了进来，后面一顺水跟着四个花枝招展的女人。这些旗装打扮、衣着鲜艳的人物令屋子里的人眼前一亮，饭馆老板赶快抢上前去让客，店小二来到相面的这张大桌前，客气地请大家把这张桌子让出来，于是这伙儿人纷纷离座来到狗儿这张桌子前坐下。那位大富商派头的人一边吩咐着拣好的上一桌儿，一边朝让桌的这群人扫了一眼，嘴里念叨着，小诸葛——哟嗬，请问小诸葛先生，可曾投师受业呀？

小诸葛朗声回答，没有拜过门户。

哦，原来是自学成才……

这位富商姓关，名恩崇，沙河口人，靠养大车拉脚发家，对江湖中事颇为熟悉，面对这位年轻的算卦先生的回答，心里已经有了谱：这人不“使腥”（弄虚作假）骗钱，不调侃得过名师真传，想必有些作为。他接着问道，先生都读过哪一类算命书籍？

《奇门遁甲》《十筮正宗》《三元总禄》《麻衣相》《柳庄相》……给有缘之人看相，混口饭吃。小诸葛不卑不亢地言道。

狗儿心想，这位小诸葛大概是生于书香门第，读了不少书……这些个书，我一看就想睡觉。他大概是家业萧条，门第式微，才出来摆卦摊相面谋生。这看相算命挺好玩的，每天跟各式各样的人打交道，不闷得慌！虽然不如我狩猎惊险刺激，却也活得挺自由自在……

等菜的工夫，关恩崇坐着有点无聊，便想拿算命的开开心，也想考校一下小诸葛的本事。他干咳了一声，从袖子里拿出一锭五两重的银元宝，重重地敲在桌子上，冲小诸葛一抱拳，说：

在下关恩崇，日前发了笔小财，今日心情颇佳，有缘得见小诸葛，实是三生有幸。我一不看相测财运，二不打卦问卜看吉凶，我今天与四位太太携手还家，路过此地打尖，你能否指出来，这四位太太里面，哪一位是二太太？说得准，这锭银子归你，算是赏银！如何？

小诸葛一听这话，先是一喜，紧接着一阵发憷，心想：真是无商不奸啊！这比看财运、望吉凶要难得多，姓关的分明是要看我的笑话，给太太解解闷……

狗儿背对着姓关的商人，正面对着小诸葛，只见相面先生先是面有难色，而后微微一笑，手托下颌，轻拈胡髭，慢悠悠地说，古人云，“吉人自有天相”，这二太太和其他太太秉性各异，长相不同，是老天爷造物使然。就拿二太太的头发来说吧……

说到这儿，他故意停顿了一下，只见有两个姨太太的目光游移了一下，投向一位身着紫红旗袍、梳荷叶式发型的女人。狗儿转过身将这一切都看得清清楚楚，心想，她们已着了道了。

只听小诸葛又云山雾罩地侃了一会儿，蓦然间手指伸向“紫红旗袍”，说此佳丽正是关先生的二太太。

关恩崇兴奋地站起身，连连叫好说，果然是江湖高人，高人哪！紧接着，便拿起桌子上那锭银子走过来打赏。狗儿看得眼热，心中暗忖：这银子挣得也太容易啦！五两银子，五张好狼皮的价，二百斤党参的钱，可那得来多辛苦哇！想到这儿，一冲动站了起来，响脆地叫道，慢，我有话说——

大家伙儿一看，是刚才吃面条的年轻人。关恩崇一愣，见是个小生荒子，便大度地说，请讲——

这位关爷，刚才小诸葛先生中了彩，从众夫人中猜中二太太，你就赏了五两银子；我能从众夫人中，猜出谁是最小的姨太太，你能否也赏五两银子？

关恩崇正在兴头上，心想此地真是藏龙卧虎呀，连这个山里的少年也是个半仙？他放言道，好哇！我一碗水端平，就按你说的，如果猜中了小姨太太是谁，没说的，照样五两银子打赏。不过，你要是猜不中呢？有啥说法？

面对这一将军，狗儿眉头一皱，片刻，便一抬右腿，右手顺势从小腿外侧抽出一把短剑，但见寒光一闪，惊得关大爷后退了半步。狗儿言道，此宝刃是我家的传家宝，如果猜不中，此宝就归关爷了！

关恩崇不禁哈哈大笑起来，说这么个小攮子，能值几个钱？

狗儿顺手将剑鞘从腿上拔出，还剑于剑鞘之内，双手递上，说，请先生鉴赏——

关恩崇接过宝剑，但见镀金的剑鞘上，镶嵌有七颗蓝宝石，呈北斗七星形状。轻轻抽出剑身一看，有一行金籀文，仔细辨认，上面铭刻着“淮军总督李鸿章监制”九个字，不禁吃了一惊，万万未有料到，这土里土气的乡下小子还有一番特殊来历。他客气地将短剑奉还，连说不敢、不敢，此乃宝刃，朝中李中堂大人所赐，无价之宝，鄙人岂敢拿来打赌。敢问，如何称呼？

山里人，名字贱，就叫我狗儿吧——

狗儿的坦荡，引来一片嬉笑……

相面先生小诸葛心头一沉，心想这野小子有一番来历，凭什么来拆我的台，是奔五两银子来的？是也非也，真猜测不出。看这小子长相虎头虎脑，一派天真无邪，虽说刚直有余，沉稳不足，却是聪慧过人，胆识不凡，如在江湖历练一番，日后定有一番大的作为……

但听见关恩崇说道，这乳名岂是我辈人叫得，我痴长几岁，就称你为小老弟吧。小老弟，现在就请你指正一下，哪一位是我的小夫人呢？

狗儿二话不说，抬手一指。大家伙儿顺其手指处一看，见是一位身着水绿色旗袍，头梳燕子抄水式发型的年轻姨太太。关恩崇抚掌大笑，说：

一语破的——果然猜中！英雄出于少年，此话不虚！不知小老弟是怎么猜测的，能否解释一二，让我开开眼、长长见识。

小诸葛心里明镜一般：就在狗儿说能够从众夫人中猜出谁是最小的姨太太的当口，有两位姨太太曾情不自禁地瞥了一眼小姨太太……这小子，学得倒快！

狗儿说，此乃玄机，泄露是要折寿的。不过，有一点我可以说，读懂人情才是仙。我是现学现卖，这位小诸葛先生，就是我的师傅。

此言一出，小诸葛感到脸皮一阵热，心想，这野小子哪里是在夸我，分明是揭我的老底儿，踢我的场子。

正当大伙儿一头雾水的时候，狗儿已经泰然接过那锭银子，头也不回地开门走了。走出没多远，忽然听到身后有异样响声，他身形一晃，伸手抓住打来的卦幌……

狗先生，请留步。小诸葛大叫。

猪先生，有何见教？狗儿转过身来问。

我叫你“狗先生”，是因为你叫狗儿。你叫我“猪先生”，是何道理呢？

你自称小诸葛，小诸葛就是小猪哥，小猪哥自然是猪先生，这岂能算错！

看来，你是蓄意来拆台的！

老话说得好，“宁修十座庙，不拆一个台”，我没当众说破，怎么能算是拆台？

你面似忠厚，原来却是一个伶牙俐齿的奸诈之徒！

你状似潇洒，原来心胸却这般狭窄——

两个人一句一递，唇枪舌剑。气得小诸葛一跺脚说，明天，敢不敢跟我袁方单练一下？

无所谓，请袁先生画出道来！

好，有种！明儿早日头冒头前，西门外海王庙前见——

狗儿一听，有点纳闷，低头喃喃自语道，这海王庙是个啥好地方，卖药的、算命的，都寻这块儿地方跟我叫阵决斗……再一抬头，算命的早已不见了踪影。

“刘寡妇鲜鱼铺”是个小铺面，门前贩鱼，门后住家，住宅的后院又建有库房和柴房。狗儿老远就望见铺子前一个女人在高声吆喝：

刚出海的“长脖儿”，新鲜呀！看这老板鱼，一窝的，一样的大小……

农历三月，正是黄、渤海出鱼的季节。上市的海鲜，论颜色，有黄鱼、大小黄花、直嘎巴嘴喘气的黑鱼、青幽幽的燕鲅、蓝瓦瓦的台鲅；论形状，有梭鱼、刀鱼、针鱼、面条鱼、辫子鱼、牛舌……一条条码得十分齐整。狗儿走到鱼铺跟前，见卖海鲜的是一位身形苗条的妇女，腰间扎条皮围裙，精神头十足，便主动搭讪道，你就是刘寡妇吧？

那女人白了他一眼，耳聋了一般，不言语，顺手将一只大螃蟹朝上一拎，但见这种叫“赤角红”的蟹子口吐白沫、相互撕扯着连成一大串，看上去既鲜嫩丰美，又活泼好看……

只听女人口中甩出一串脆生生的话儿，哎——快看呀，这东西嘴冒白沫，磨磨唧唧，咋就不会说人话呢？

狗儿顿时醒悟过来，这女人一定是忌讳别人叫寡妇的。自己真是太嫩，连这种常识都不懂。可也是怪了，你这招牌明明叫“刘寡妇鲜鱼铺”，原来是只准看，不兴叫的。狗儿忙赔笑脸道，那你是刘大姐吧，我叫狗儿，来找山狸猫邱大哥的。

刘寡妇一听此言，警惕地歪头朝两边看看，而后冲后屋喊了一嗓子，小山子，你出来，替我看一下铺子——

话音刚落地，从台阶下蹿上来一个十一二岁挺机灵的少年。刘寡妇对狗儿悄声说，兄弟，跟我来——

下了几个台阶，进了屋子，弯过灶房，推门进到里屋。屋子是对面炕的格局，地中央靠里墙根摆设一张八仙桌，刘寡妇麻利地搬开桌子，掀起一个布幔帐，“吱嘎”一声，里面的一个暗门被推开，冲里面嚷嚷道：

邱哥——你看是谁来啦！

哎呀！救命恩人驾到——

邱峰一个高儿蹦到地上，腿伤痛得他一咧嘴。他一把抱住狗儿，连连叫道，可把你盼来了，兄弟——想死我啦！

刘寡妇说，你们哥儿俩先唠着，我去弄点下酒菜，为兄弟接风。说完，身子一扭走出屋子。

狗儿忙说，我吃过面条，不用费心了。

邱峰说，外道了不是，我在你这个岁数，腿跨过一道门槛，就能再吃一大碗高粱米干饭。今天，说啥也要喝个痛快！

那我就恭敬不如从命。狗儿说，不过，也不能多喝，明天一大早，还要去海王庙还愿哩！

还愿，你又不打鱼摸虾，还什么愿？邱峰不解地问。

狗儿把当天遇到的事情，根根梢梢地说了一遍。邱峰听得神采飞扬，情不自禁，用拳头擂得炕桌“嘭嘭”直响，兴奋地叫道，好！我兄弟是个爷们儿，是个大侠士！能公开比武打架玩，多美的事儿呀！

正当邱峰激动得大呼小叫之时，刘寡妇端着一大托盘菜肴推门进来，炕桌上立时有了热气腾腾的黑鱼汤，红艳艳的“赤角红”大螃蟹，金灿灿的清蒸大黄花鱼，家常酱焖梅花参，盐水煮花生米……

邱峰对刘寡妇说，谢谢老婆子……一会儿过来陪兄弟喝两碗。接着又对狗儿说，兄弟，春天火大，明天一大早又有事，咱们今天不喝白的，喝黄的，这黄酒叫绍兴花雕，听说过没有？狗儿直摇头……

邱峰说，去年冬天，南方有客船来，我买了十大坛子，一直存着，正好，今天咱们就尝尝。

狗儿趁刘寡妇出去拿酒的工夫，小声问邱峰，你家是咋回事，你老婆咋成了寡妇？

邱峰诡秘地一笑，说这事等会儿再唠，眼下先整这八加一……

正说到这儿，刘寡妇抱着酒坛子进屋。邱峰赶紧接过提到炕上，“嘶”的一声，拆开泥封的坛口，花雕特有的醇香顿时溢出，很是诱人。狗儿在山里从来喝的只是烧锅上的白酒和家酿的黄米酒，这南方运来的花雕从未尝过，喝干一大碗后，咂巴咂巴嘴，说劲小，有点糊了吧唧的味，不过回味倒是挺香。谢谢大哥，今天让我开了眼——

兄弟真是太客气啦！大哥我不是口吐狂言，在这辽东一带，什么样的好酒你大哥没喝过？这种黄酒是浙江绍兴府产的，你可别小瞧它，在大清，这也是名酒，江浙那边的人没有这黄汤，都没法活——

狗儿有些惊诧，有那么神？

大哥我跟南蛮子客商喝过酒，他们管喝酒叫“吃酒”，吃起来，不像咱们关外人这么痛快，那碗端起来，用嘴唇一碰，使劲咂巴几下，喝得那个细致哟，像关东的老财主品茶，看不惯。不过，他们的酒量也不小。头一回跟南蛮子较劲，人家是一小口一小口地弄，咱们是大嘴一张，咕咚咕咚地往里灌，结果，咱自己先晕了，差点儿掉海里面，哈哈哈……

狗儿截住邱峰的话头，说这酒挺绵软，解渴，来——再干一碗！

俩人干完这碗酒，狗儿说才喝出点味来。

邱峰说，兄弟，你可别喝瞎了。绍兴黄酒名堂不少，除了这花雕呀，还有什么“状元红”“女儿红”的名儿……生儿子的家里，待儿子满月时，用糯米酿上几十坛子黄酒，埋在地下，待儿子长大成人，考中秀才、举人、进士、状元什么的，再从地里取出来喝，就叫“状元红”。如果生了女儿，照样酿上些酒，待女儿出阁嫁人时，当做陪嫁品抬过去，那酒就叫“女儿红”。

狗儿说，这倒是挺有意思的，要是儿子考不中，这酒岂不是喝不到了吗？

那倒也不是，真要是不能金榜题名，难道说就没有洞房花烛夜了吗？！对了，兄弟文武兼备，有胆有识，是否准备在功名上搏上一搏？

“哈哈哈……”狗儿大笑道，你看我像吗？我是山里人，野惯了，最喜好的事儿是漫山遍野地打猎，将来再娶一个大脚丫的漂亮媳妇，这辈子就行了！

咋还要娶一个大脚丫的媳妇儿……你是旗人？

不是。大脚丫的女人好，能跟我到处跑。狗儿说，大哥你说起话来一套套的，哪里还像个江湖大盗山狸猫？还是给我讲讲你的故事吧——

我那点破事儿，兄弟都是知道的。邱峰说，长话短说吧，我是庄河人，小时候，家里面有些房产，还算富裕，父亲是个教书先生，我和我大哥也做过科举的梦。可好梦不长，一个县吏看好我家的房产，暗中勾结土匪前来强买，爹说这是祖上传下来的产业，不卖。他们就绑了大哥的票。爹妈都是实诚人，只好变卖家产，结果土匪还是撕了票。大哥一死，爹妈也都气死了。那时我的年纪和你差不多，一不做二不休，一天夜里，我潜到那个县吏家中，杀了他们一家五口……

杀得好！痛快！狗儿大叫道，后来呢？

为了逃难，我跑到安东上了排子，木帮头老刘头儿收留我当了木帮……在长白山猫了两年。不幸的是，老刘头儿往安东放排过哨口时，木排被暗礁撞碎了，连个尸首也没见着。木场的大掌柜要拿他闺女卖到窑子里顶债，我去跟他们理论，结果挨了一顿削，一气之下，我把大掌柜宰了，拉上刘姑娘坐上排子跑到安东，又从安东跑到金州……后来的事就简单了，刘姑娘变成了你嫂子，为了逃避通缉，以你嫂子的名头开了这个刘寡妇鲜鱼铺，如今儿子都十多岁了，小山子就是你大侄儿。至于后来出手杀人，都是因为气不过，看到官商勾结欺负穷人，就想打抱不平……

那你这次被逮着是咋回事？

邱峰叹了口气说，本来我都金盆洗手不做了，可还是气愤不过。说起来，我跟二十里堡大通钱庄的金老板并无私仇。邱峰回忆起来……

那是开春的一天，两个家丁模样的人赶着一挂车前来采购海鲜，在鱼铺这儿买了不少鱼虾海货，出手挺阔绰。一打听，原来是二十里堡大通钱庄金老板要纳妾。卖货过秤的时候，那家丁跟我唠扯，说真是人比人得死，货比货得扔，我娶一个老婆都差点儿把裤子当了，东家不但娶仨，而且模样一个赛一个。这个三姨太甭提多俊了，啧啧啧……

这三姨太是哪儿的人呀？我好奇地打听。

听说是安东那边的，是“唱木帮”的，哦，就是给木帮们唱二人转的……硬让我东家给撬来的。家丁有些神秘地说。

我听说那金老板是安东人，来了兴致，忙打听，那人就侃开了：

金老板是个高丽人，在朝鲜和安东之间倒腾蚕丝和牲口发了家……五年前来二十里堡开钱庄，因为太太和姨太太只给他生了两个丫头，不甘心，偏要讨小生儿子，其实他是“老牛吃嫩草”，看上了人家彩云年轻、模样俊俏，愣是设计给撬过来了……那计策也真是歹毒，先是勾结土匪，绑了彩云相好的——一个秀才的票，后来又抓了彩云的师傅，先把彩云相好的捆上扔进大海里头，又把彩云的师傅一只耳朵割下来……这小子真是坏透腔了！那彩云姑娘后来逃走了，可命不好，转悠了这几年，前些日子竟然又被金老板给撞上了……

我听了这一席话，简直如五雷轰顶！你知道，我是吃过官匪勾结的大亏的，如今又听了这一桩商匪勾结的事，真是气得要命。本来我已是金盆洗手，现在决计要路见不平，拔刀相助！于是，我谎说正好要去二十里堡办事，便搭了这挂车去了。当天晚上，趁着金老板入洞房时，我把他按住了，提出三个条件：一是立即放人，给彩云自由；二是你干了那么多坏事，要拿出一千两银子给彩云；三是要命的话就留下一只耳朵，二者不能两全。金高丽说，放人、给银子都行，第三条请大爷手下留情……我也没客气，一刀片他一只耳朵下来。当晚我把彩云带到了金州，她说金州城有一个亲戚。银子当时凑不齐，金高丽答应让我五天后来取。我也是大意，五天后来取银子时，就被捕快拿下了……

狗儿听了哈哈大笑说，事儿干得不赖，就是太粗心……往后啊，大哥遇事要慎之又慎。

邱峰不好意思起来，说，行了，说说你吧，为啥不想考取功名？

狗儿此时酒劲上来了，浑身燥热兴奋，话匣子就打开了：

读书人活得累，没劲！哪能有你活得痛快——他们天天被立功、立德、立言的小绳拴着，像咱们辽南皮影戏后面的驴皮，让人家摆弄来摆弄去，这一辈子还有什么自由可言。再说，这立功，非得没完没了地读那几本四书五经，会写八股文，会写馆阁体吗？本朝太祖皇帝连个秀才也不是，也算不上什么读书人，可他靠谋略、武艺，十三副遗甲从建州起家，四十多年，先后打了百来次仗，最终靠古勒山之战、萨尔浒大战、辽沈大战，奠定了本朝的王基大业……

这一席话，着实令邱峰吃惊不小，他虽然是个浪迹江湖之人，可血管里流淌的却是文化人的血液，骨子里面佩服有文化、有学识的人，他说，哎哟哟，我的兄弟呀，就凭你这一番见识，至少中个举人呀！

两人又干了一碗酒。狗儿接过刚才的话茬儿说，大哥呀，中什么举呀，你……你不要忘了，我的小名叫狗儿，什么意思？命贱！你瞅见那狗没有，狗，大鱼大肉能逮，大饼子米汤也可以下肚，没啥造的，还吃屎哩！说到底，命旺！对了，这狗跟狗还不一样呢。听说人家城里大户人家养的狗，活得好滋润，整天陪小姐、太太溜溜达达，摇头摆尾的。我是大山里的狗，天生野性，是有血性的狗，敢和任何野兽，包括豺狼虎豹、熊瞎子野猪较劲，记住了吗？大哥——兄弟我是大山里的狗！

兄弟是大山里的狗，我是山里的狸猫，咱们俩结拜吧！结拜成异姓兄弟，今后咱们生死相依，永不背离，咋样？邱峰恳切地说着，一把抓住狗儿的手，你答应吗？

异性兄弟结义、磕头拜把子，狗儿过去只是听说过，如今头一遭出远门，就碰上这回事，一时有些不知所措，但他心性爽快，便说，你是兄，我是弟，你说咋的就咋的！

等等——

不知啥时，邱大嫂已经进了屋，她兴奋地说，我去拿香炉和檀香去。

邱峰说，说起磕头拜把子的事儿，原先我只跟一个人拜过，就是高大哥。去年夏天，我到南方来的一艘船上买酒，成交后，开始喝酒，没想到那伙儿商人见财忘义，在酒里下了蒙汗药。正当他们把我绑上要扔进大海里头时，高大哥出手相救，一顿拳脚，把那帮王八蛋打得七零八落……

狗儿问，高大哥是哪儿的人？

看样子是南方人，富商，见多识广，说话有点生硬。邱峰说，唉，自从拜完把子，再也没见到他。不过，两座山不碰面，两个人总有碰头的一天！

面对三支檀香冒出的袅袅香烟，邱峰从腰间抽出一把锋利的匕首，割破手指，让血滴入酒碗，狗儿如法炮制。没等大哥发话，狗儿郑重地说：

大哥，我有个秘密，要在拜把子前跟你说一下。

邱峰先是一愣，继而点点头。

既然是结拜为异姓兄弟，就要肝胆相照，掏心窝子相处，有啥事儿也不能藏着掖着……狗儿说，我这次出来，并非只是来看你，把驴牵走，而是有一件重要的事要去办。还记得吗？咱们俩头一回见面那天……

接下来，狗儿把发现日本间谍的军用地图一事详细地说了一遍。最后说，我爹说，此事干系重大，一定得赶在李鸿章大人来旅顺口阅兵的当口，亲自将此图的来历向大人禀告。

李大人啥时来旅顺阅兵？邱峰问。

大约在四月份，还有二十多天的光景。我又怕李大人来的时间提前，就提前下山了。秘密说完了，狗儿长吁了一口气。

邱峰一时间沉默了。

狗儿问，咋啦？

差点儿走了眼，想不到黄老弟不是凡人，背负重任，身系国之安危！山狸猫邱峰突然感伤起来，老弟呀，你如今可以堂而皇之地见大清朝一品大员，而我呢，像一只耗子，被捕快们撵得四处躲藏，不得不深居简出，不敢窥见大清的阳光啊。将来，你是大清的功臣，是英雄，而我是贼，是盗，是匪，还枉称什么山狸猫，咱们两个搁到一块儿不合适，不般配！我不配做你大哥，要是真的拜了把子，我会玷污你的英名。兄弟，你掂掇掂掇，是不是这么个理儿？说完这句话，一伸手，将香炉里正燃着的三根香齐根掐断。

一时间，空气凝固了。两个人谁也不说话。

许久，狗儿猛地一拍桌子，几只煮得通红的螃蟹从盘子里落到了炕上，他说，有啦！有啦——

有啥了？邱峰和邱大嫂不约而同地问。

狗儿微微一笑说，江湖上这几年都在传说，大哥你杀一个歹人，就在他尸体上扔一只死螃蟹，不知道是咋回事？兄弟想亲耳听大哥说说。

这帮坏蛋，视老百姓如草芥，有的是官商勾结、欺行霸市，有的是仗势欺人、抢男霸女，总之，都是横行霸道，跟海里的螃蟹没什么两样。我明人不做暗事，也怕牵连无辜，宰了之后就在他们尸首上扔一只死螃蟹，告诉他们，杀人者，山狸猫邱峰是也！我这一招是跟梁山好汉武松学的。想当年武松杀了人，怕连累别人，不也是在墙上写“杀人者武松是也”吗？

这就对啦！狗儿兴奋地说，老兄，你这是梁山好汉所为，是在替天行道，是在为一无钱、二无势的老百姓撑腰杆子，这是英雄呀！不过，老兄，我有一句话，你听了可别生气，咱这辈子不能老是这样躲躲藏藏过日子，如今是国家要遭难，国难当头，匹夫有责！这次找李大人送图纸，我需要帮手，俗语说得好，“一个篱笆三个桩，一个好汉三个帮”，你跟我一起走，咱们立了功，你过去得罪朝廷、衙门的事就有可能一笔勾销……往后咱们兄弟在一块逍逍遥遥、风风光光过日子，就是种地咱也在日头底下种，好不好？

一席话，听得山狸猫邱峰嘿嘿傻笑，仿佛久旱的秧苗遇见了一场喜雨，人立马精神起来，喜得胡子都扎撒开来，大嘴咧得像个瓢儿，说，兄弟，你这是江湖上的“及时雨”呀！我算是服了你了，应了那句老话，“有志不在年高，无志空活百岁”，打今天起，你就是我的主心骨，我的“老大”！我是跟定你了——从今往后，你说往东，我不往西；你说打狗，我不骂鸡。得，又说错话了，怎么能打我兄弟哟……

狗儿也被他逗乐了……

邱大嫂莫名其妙地问，瞧你们两个，笑啥呢？谁打我兄弟？

兄弟名叫狗儿，以后不准骂狗、拿狗说事……懂了吗？邱峰说。邱大嫂笑着点点头。

狗儿说，“老大”不敢当，“及时雨”更说不上，及时雨宋江，那是个大财主，大把的元宝到处送，那叫做仗义疏财；我穷，做不到。

兄弟，不，老大！邱峰说，金子银子不打紧，我有你就有，我的就是你的。

狗儿道，好！反正你弄来的都是不义之人的不义之财，花在正地方也对……

至此，狗儿已经自觉不自觉地成了“老大”。

邱大嫂在一旁激动得直抹眼泪，此时接过话头说，太好了，我做梦都盼望着，有出头那一天……

三支新的檀香重新点燃，香烟氤氲……

兄弟两个跪倒下去，狗儿道，苍天在上，老天爷有眼，我狗儿跟邱大哥结为异姓兄弟，永远一心，共赴国难，如有二心，天地不容，天诛地灭！

邱峰接着起誓道，苍天在上，我邱峰跟兄弟黄勇结为异姓兄弟，从此跟定老大，刀山敢上，火海敢闯，永不变心；若有背叛，天诛地灭，万劫不复！

两人磕了头，喝了血酒，一时间亲如兄弟。尤其是邱峰，性情本就豪爽，此时面对狗儿这个将他从鬼门关拉回的救命恩人、从今往后追随的老大，深深感到生命又燃起了希望，生活又有了盼头，高兴得手舞足蹈，一把拉起狗儿说，老大，走，到后院去，我有一样东西送你，看你稀罕不？

此时，正值黄昏，后院内的马棚里，拴着两匹马：一匹毛色如黑炭一般的乌骓马，一匹毛色似干草一样的黄马。邱峰拍了拍黄马说，老大，这是当年秦琼骑过的黄骠马，宝马配英雄，瞧一瞧，喜欢不？

狗儿借着夕阳的余晖，眯着眼睛一瞅，见这匹马浑身上下、全鬃全尾，一色的干草黄，竹签子耳朵支棱着，一对蛤蟆眼透着灵性；后腚如龟，结实有力，人言“十龟九走”，铁定是一匹快马。他凑上前去，在马背上摩挲了几下，又拍了拍马脸，那黄骠马先是打了几个响鼻儿，而后又亲热地用马脸在狗儿胸前蹭了蹭，狗儿心下一喜，说，有缘分！这宝贝我笑纳了……

邱峰问道，此话咋讲？

干草黄？姓黄，我也姓黄，是一家人哩！

老大说得太好了，太好了！邱峰哈哈大笑着说，咋也比那匹叫驴强，大姑娘小媳妇骑上它还将就，像老大这等人物，只能骑这个！邱峰说着，用拳头擂了一下干草黄。

狗儿问，这马不是你偷的吧？

邱峰说，看看，又埋汰你哥了，要是偷来的，再好的马，我也不敢献给你呀。老大为人太正，我哪敢玩邪的呀……这匹马呀，是西域那边的伊犁种，去年一个蒙古马贩子到复州卖马，被一伙儿强人劫了道，也是巧了，让我遇见了，把那伙儿强人吓唬跑了。马贩子为了谢我，就把他的这匹坐骑送给了我。要是送我钱我还真不要，可这是匹千里驹呀，才两岁口，我也就笑纳了。这回可好了，有了新主子，往后你就骑它，我骑这匹乌骓，跟老大走遍天下，哈哈哈……

不瞒你说，我真想有一匹好马啊……今天上午，我在城南门外的集市上，看见那些拉车的马，还眼馋呢……

这就是了，老大你想啥来啥！

我那头小青驴呢？

哈哈哈……邱峰笑道，老大干啥也不吃亏，人家是骑着驴骡思骏马，你是牵着千里驹找毛驴。放心吧，弄不丢——那天，我骑着小青驴往回走，在城外遇见了一个熟人，是个杂货商，旅顺黄泥川人，叫张本真。那小子一看见你家这头小青驴，眼睛就放光，还说了一套顺口溜夸那头驴，说这是张果老倒骑的驴转世什么的……还说，他现在手里这十几头驴，都是板凳驴，长耳朵大肚子小短腿，没一头赶上这头小青驴。我问他这驴好在哪儿呀，他说这驴骨架匀净，毛色锃亮，四蹄踏雪……非要买不可，我说多少钱也不卖。他说，他稀罕这头驴，绝不会让它来拉脚，是要培养它当个头驴使。

他的话打动了我，心想姓张这小子会使驴更会养驴，要是放在我手里，驴就踢蹬了。说话这工夫，小青驴就跟张本真那些个驴混熟了，还跟在一头灰色的草驴后边，又是打响鼻儿又是献殷勤……我一寻思，这驴跟人一样，乐意扎堆，干脆就先让它快活几日。我就跟张本真说好，这驴先寄放在他那儿，啥时我来要就取走。他一口答应，说中！谁让我稀罕它哩。就这样，小青驴乐呵呵地跟那群驴走了……

狗儿一听，有点急，说这驴是我爹送给小凤家的礼物，下次看见姓张的，就取回来吧。

邱峰问小凤是谁？狗儿说，头回见面，算是我没过门的媳妇吧。

闹了半天，老大还没娶媳妇呢！邱峰哈哈地笑起来。

兄弟两个手拉手，钻回屋子，头刚沾枕头，呼噜声就震得纸棚颤。

第五章 日谍狼窝

狗儿眼贼，与卖膏药的陆途分手后，瞥见的那个熟悉的刀疤脸，果然是日前在山道上遇见的凶和尚，他的名字叫猪口一郎，是一个日本间谍。

那天，猪口一郎在山路间与狗儿邂逅后，便匆忙赶往三岔口的大榆树下，正巧赶上捕快们刚刚醒转过来。猪口一郎一眼就看见他的同伙川冈岩仰面朝天躺在地上，近前一看，发现人已经死了，身上除了莫名其妙的两个被烧焦的伤口外，片纸皆无……他最关心的图纸竟然不翼而飞。

猪口一郎火了。

大和尚山一带山势险峻，战略地位重要，中间岔路较多，因此他和川冈岩两个人奉命编为一个小组，分头调查，由川冈岩绘图。万未料到，川冈岩却遭遇不测，那张图可是两个人一个多月的工作成果哩。按着山里那个小伙子的说法，是这帮捕快下的黑手……想到这里，猪口一郎伸出手将捕快挨个揪起，抽了一顿大嘴巴。

捕快们人虽然苏醒过来，气力却早散了，因此只能心里窝火，却一点反抗的力量也没有。否则的话，他们会用刀子把这个凶僧剁碎的。猪口一郎打得手麻，开始审问捕快：

为什么啥（杀）小和尚？难道说，压（衙）门里的人可以随意啥（杀）人？

捕快们捂着红肿的脸，你一言我一语，将那个山里的小崽子如何给他们吃喝，他们如何大意失荆州着了道，大盗被放跑，小崽子失去踪影的情况说了一遍。

猪口一郎心里也大呼上当，他问，我们庙里有一张突（图）纸不见了，那是张藏宝突（图），十分重要，财富大大的！你们看到没有？

三个捕快大眼瞪小眼，脑袋晃得像拨浪鼓。

猪口一郎心里有了底儿，一定要逮着逃跑的那两个人，才能防止图纸落入官府或者中国军队手中……他从怀里掏出一小袋碎银子，扔给捕快头，说这是见面礼，如果能抓获那两个坏东西，取回藏宝突（图），我的……要重重赏你们——

耿捕头心想，你这个秃驴，见面礼一顿大嘴巴早已领教了，君子报仇，三年不晚，咱们走着瞧！这银子又不咬手，不要白不要。反正那两个兔崽子也非抓不可，否则也交不了差呀！想到这儿，他说：

成交！大和尚，你常来金州同知衙门捕快班房走动，听消息吧——

时间过得真快，三天一眨巴眼儿就过去了，猪口一郎竟在金州城内意外地发现了狗儿，而且还掌握了翌日早晨狗儿与卖药的决斗的地点，心里不禁一阵狂喜。

猪口一郎大步流星地来到府衙，径直闯进了捕快班房，找到了耿捕头，告诉他们，那个把你们药倒、放跑强盗的小伙子进城了！耿捕头乐得合不拢嘴，两人合计半天，决定明天早晨张网拿人——

猪口一郎嘱咐道，那个山里的崽子会武艺，人的狡猾，要多多地带人去，最好带一些火枪去。不过，千万不能把人打死，要留活口……

耿捕头说，这是我们兄弟分内的事，个把匪人不在话下，明天一早你就瞧好吧。说完话，耿捕头这才发现今天和尚的装束有点不对，便问道，我说大和尚，你今天这身行头……怎么着，又变成了俗人？敢问师傅怎么称呼，在哪座庙里烧香啊？

猪口一郎算是半个中国通，他狡黠地嘿嘿一笑说，出家人死（四）海为家，目前又身兼一桩要务，不鸡（知）道底细是件好事；鸡（知）道了，怕你们受牵连。

耿捕头说，好！真人不露相，露相不真人。不过听你这口音，可绝非关外人，是南方人……算了，明天见吧。耿捕头拱拱手。

未料到，猪口一郎站得笔直，向耿捕头郑重地弯腰鞠了一躬。

耿捕头一愣，感到颇为滑稽，瞧着凶僧的背影，嘀咕道，这南蛮子行如此大礼，是向我道歉？老子不尿他！龟孙子，真能装哇！

接下来，耿捕头召集众捕快布置抓捕事宜；猪口一郎则满面春风地向城东的和顺旅店走去，那里是日本间谍驻在金州的巢穴。他一路琢磨着，怎样向他的上司平源叶子汇报……

和顺旅店坐落在比较清静的东门附近，一道一人多高的板皮障子内，清一色的青砖、青瓦建筑，显得有些神秘……灰色的旅店呈正方形，里面的房间很多，后院也很大，马棚里面拴着几匹快马。要是让一个陌生人看去，这里的确不像是旅馆，倒很像是一个有身份的大家族自家设立的馆驿。

猪口一郎站在旅店门口，拍拍门上的兽头铁环，一中年女人前来开了门……那女人面容白嫩，衬得眼睛漆黑，警惕地瞅瞅来人身后是否有人盯梢，然后悄声说，刚才叶子小姐还问起您呢。

猪口一郎点了点头，便大步走进店内。拐了几道弯，拉开一道薄薄的纸板门，向一位正往一个香炉里添香的女子的背影鞠了一躬，轻声说，报告叶子小姐，我回来了——

哦，是猪口君，请坐吧——

女子缓缓地转过身来，她身着一袭藕荷色的淡雅和服，白皙的脸上，娥眉淡扫，美目忧郁，透露出一种阴沉、神秘的韵味……这女子非凡的气质，令年长她十几岁的猪口一郎对其敬若天仙，别看她才二十出头，在工作职责上，却是日本金州谍报组的组长、日本海军军部的少尉，自然也是猪口一郎的顶头上司……

叶子小姐在精心点茶，猪口一郎在茶几旁的榻榻米上正襟跪坐。

平源叶子是日本九州岛佐贺人，上几辈子的祖宗，可是跟皇族有关。传说，为秦始皇到海外仙山求取长生不老仙药的徐福，其一行曾在佐贺住了九年，为日本的土著居民带来了很多福祉。佐贺建有奉祀徐福的"金立神社"，该神社拥有信徒数万人，每五十年举行一次大祭。平源叶子家也是徐福的信徒。每年的秋季，当地的信徒都要以"初穗"奉献给金立神社的徐福。因为佐贺是日本稻作的发祥地，而这里的农耕技术，当地民众深信是徐福传授给他们祖先的。由于对中国文化的崇拜，平源家虽然是武士出身，家中收藏的汉文典籍却不少，平源叶子从小就受到汉文化的熏陶。她在小学毕业后，就进入私塾学习汉文典籍。1890年，担当日本军医官的父亲从报上看到一条消息：日本大间谍荒尾精在中国上海设立日清贸易研究所。便托人引荐，让女儿去考试，结果平源叶子被录取，于这年年底来到上海，在日清贸易研究所学习。1893年毕业后，平源叶子被荒尾精派到中国辽东的金州城，进行情报的收集。

平源叶子这间茶室不大，布置却是别出心裁。除一张原色的茶桌外，屋角有一置放茶具的小柜，柜子上有一件格调高雅、价值不菲的古伊贺陶瓷，花瓶上的窑变呈现出一种自然之美，既粗犷又雅素。花瓶旁边摆放着厚厚的三卷《清国通商总览》，四周的墙上只挂着一幅画，图案是两个赤身露体的相扑大汉，四目相对，正准备角力。

猪口一郎对这幅画最为喜欢，每当看到，便激情四射，手脚不知往哪儿放好。在他眼里，平静的画面上所表现的一切都是流动的，这是一个绝妙的国粹场面：那两个梳着古代发髻的超级大胖子，挺胸凸肚，八面威风地登上了圆形赛台，先是鞠躬行礼，伸开双手叉开两腿蹲下，然后抬起硕大的脚丫子把赛台砸得咚咚直响，以示没有任何武器。接下来，不是大汉们搂在一起相搏，而是静静地蹲着，斗鸡般地四目相对，用眼神威慑对方，同时调整呼吸，捕捉战机，这情景叫做"仕切"。这种"仕切"常常要持续好几分钟，而且反复多次。最滑稽的是那位身着古代官服、精瘦如猴的神官裁判，在一旁挥动着扇子，忙碌不停地围着两个大胖子团团打转，不断地喊着双方的姓名，大喊加油……想到这里，猪口一郎情不自禁地大喊道，哟西，真是太好啦！

好在哪里？平源叶子一边问着，一边将沏好的淡绿色茶汁缓缓地倒入两只呈莲花瓣形的瓷杯里，用托盘端到茶几上，说道，请用茶吧，猪口君。

猪口一郎做沉思状，说，要说好在哪儿，我还真说不清，请赐教。

平源叶子缓缓地说，在这个世界上，强大国家的男子，都在展示一种阳刚之气……君不见，西班牙的斗牛士，美国的拳击手和西部牛仔，法兰西的剑客，英格兰的绅士……我们大和民族武士的风采，在这相扑世界里，才得到了淋漓尽致的展现。

哟西，叶子小姐的解释真是太好了。

平源叶子继续说，这种阳刚之气，不是居高临下的霸气，不是自我陶醉的骄气，而是头脑清醒、智慧，面对困苦勇往直前的精神！

哟西！太精彩啦！猪口一郎兴奋得拍起手来。

平源叶子说，你刚才又违反了纪律，记住，我再强调一次，今后不管在什么场所，都要说汉语，学说当地有山东腔的汉语。你的汉语水平本来就比较差，要坚持说，说得像地道的金州人为止，猪口君——加油！

是，是！叶子小姐批评的是。猪口一郎答应着，终于抵抗不住茶香的诱惑，捧起茶杯，猛喝了一口。这个日本浪人本是个粗人，此时也被茶室宁静的气氛、主人的素雅和清冽的茶香所陶醉，来时那种浮躁的心情渐渐被抹去。他瞥了一眼叶子那浓黑高挽的发髻，心想，这个女人真是太美了，能够这样近距离地嗅到她的气息，常来这里品尝那双纤纤玉手调制出的茶汁，真是人生的一大享受哇！

想不到，猪口君对相扑这样痴情。平源叶子的话音扰乱了他的思绪，他连忙回话说，我……我只是在想，这茶室内的陶瓷、大清国内容的书籍、茶，都跟支那人有关，唯有相扑，是咱们大日本的国粹，看了真让我感动呀……好像又回到了家乡。我想，叶子小姐一定会比我更喜欢横纲吧——

横纲是伟大的勇士，总是令我感到骄傲！平源叶子说着，微微一笑，旋即换了话题，请猪口君谈谈今天的收获吧——

猪口一郎立即将跪坐的身子直了直，兴奋得有点口吃，说，今……今天，我看到了一条大……大鱼，那个偷了川冈君突（图）纸的小子，被我发现了。接着，他神气活现地将发生在集市上的事和到衙门里安排抓捕的事，详细地讲了一通。

平源叶子凝神听着，不时捧杯微呷一口茶水，轻声说道，你的工作很有成效，和今天的茶很相配。但是，是什么止住了你的脚步，为什么没有继续跟踪下去呢？掌握这个乡下年轻人下榻的地点，他和什么人接触，该是多么重要呀！

猪口一郎脸有些红了，憋了好半天，才从咬紧的牙关中挤出一句话，我……我的当时觉得没那么必要！明天早晨就可以逮住他，一经审问，一切就会真相大白了。

不！不会那么简单。你已经告诉了衙门里的捕快，即使明天这个年轻的乡下人被抓住，也没我们插手的余地。平源叶子面色严峻，声调冷冷地说，如果这个年轻人有很深的背景，他一定是来找什么人，或者是路过这里，他的目标是什么呢？万一他掌握了那张图纸的秘密，又将图纸送交到我们最担心的地方去，我们就会前功尽弃，帝国的大业就会受到重大损失，随之而来的，我们的下场是什么？是面向东方切腹自尽！这些，你想过没有？

我……当时脑袋一热，就把事情做了。不过，有那么严重吗？猪口一郎抬起头来说，你不是常常对我们讲桃太郎的故事嘛，告诉我们，一切都不要担心，只要勇敢进取，一切困难和妖精都能战胜。

马鹿夜郎（蠢货）！平源叶子恼火地用日语骂了一句。大概是觉得有些失态，便又缓和了口气说，那是神话、民间故事，我们现在是现实世界的情报人员，一切都不能鲁莽，要小心谨慎，中国有句俗语说得好，“小心驶得万年船”。

两个人对话中提及的桃太郎，是日本一则民间故事里的人物，在日本可以说是家喻户晓。日本人崇尚的桃太郎精神，就是人小志大，勇于进取，对外扩张，获得财富。

平源叶子接着说，猪口君，对不起，你很勇敢，也很敬业，这是值得敬佩的，但是你太粗心，心性又浮躁，对我们所进行的工作的重要性还认识不足。当然，这也不能全怪你，多少年来，你们这些武士出身的浪人，只注重游历和习武，而忽视学识和德行的修为……

叶子小姐，你的批评的是。猪口一郎虚心地说，请多多指教！

平源叶子直起身来，为猪口一郎又续了茶汁，缓和了口气说，前不久，山县有朋大将告诫我们，目前，中国人对朝鲜采取的高傲态度和手段，同日本帝国的利益相冲突，我军的将校要认识到，不远的将来，一场伟大的大陆战争就要到来！我们小组负责侦察的区域，对未来的战争极其重要，你看辽东半岛的地形……说到这儿，叶子从茶几下面拿出一张地图，铺展开来，指点着说，你看，整个辽东多像是一枝美丽的荷花，金州以北是一片大大的荷叶，到了金州城，地域忽然变得狭小，左右两侧都是大海，多像这枝荷花的茎。再往南，就是大连湾和旅顺，它三面环海，活脱脱像是一朵含苞欲放的荷花！

叶子小姐，你的比喻，真是太美啦！猪口一郎不失时机地说上一句奉承话。

平源叶子继续说道，所以说，不远的将来，大日本皇军要攻占大陆，首先要拿下旅顺口这个亚洲最大的军港，而要拿下旅顺口，就必须攻占金州……

“嘭”的一声，猪口一郎挥拳砸在茶几上，粗野地叫道，对！金州好比哑铃的把手，这样一抓，就能把整个满洲举起来——

平源叶子没有发火，擦了一下桌子上的茶渍，夸奖地说，猪口君，你刚才的比喻很生动形象！我再强调一次，我们的工作，就是以金州为轴心，对分别通往西碧流河、旅顺口、柳树屯、海青岛、曲家村、荞麦山和荒地的七条驿道及能通过行人、马匹的小道土路，都要画出图纸，大道、土路旁的驻军、村屯、人口、水井、运输工具等情况都要一一注明……你和川冈君负责调查的大和尚山，是个军事要地，是重中之重，可是珍贵的图纸却被人盗去。目前，我们小组只有五个人，人手真是太少了！一切都要抓紧。眼下，最为重要的是，要控制住拿走川冈君图纸的那个乡下年轻人。

猪口一郎说，你放心吧，叶子小姐，这个人就交给我吧！

平源叶子说，不！这个人，从现在起，由我负责出面来对付他——

我不同意！猪口一郎执拗地挥着手说，那个年轻的村夫不简单，他不但狡猾狡猾的，还会武功，看样子很烈（厉）害。你是一个女人，万一有个闪失，高桥少佐会杀了我！

高桥少佐就是高桥卫，他是日本高级间谍，是辽东地区情报网的头子。平源叶子严厉地说，你就不怕我制裁你？

不！我是天照大神的武士，怎么能够在强敌面前不战而退？这个支那小子，请你交给我吧，由我来收拾他吧——

面对猪口一郎的吼叫，平源叶子冷静地说：

瞧不起女人，是日本国男人生来的专利，我无话可说，可你不要忘记，你面对的女人，是帝国的军人，是你的上司。请你头脑冷静下来，好好想一想：那个年轻人认识你，却不认识我，他在明处，我在暗处，对我的侦察工作很有利；至于女人嘛，特别是漂亮女人，难道不是一件极其特殊的武器吗？要知道，上善若水，柔能克刚啊……

见猪口一郎发呆，平源叶子继续说，至于武功嘛……难道我不是武士？我是武士的后代，身上也流淌着大和武士的鲜血。说到这里，平源叶子从腰间抽出一把嵌着金色菊花徽章的鲨鱼皮黑鞘短刀，向空中一挥，大喝一声：

向大陆进军！占领满洲，杀向北京，这把日本武士的宝刀，就是先锋——

“嘶啦”一声，门被拉开，女仆云子探进头来问，叶子小姐，对不起，是喊我吗？

平源叶子笑一笑说，请你马上给我准备洗澡水，我要好好洗一洗——

为啥这么急呀？云子问。

往后的日子呀，想洗澡怕是也难啦！平源叶子说着，诡秘地一笑，把刀“刷”的一下插入精致的刀鞘内。

第六章　海王庙前

借着酒劲，狗儿这一觉儿睡得着实香甜，要不是被一泡尿憋醒，说啥也得再懒一会儿。纸窗外，房檐、树木的轮廓已然清晰，狗儿一激灵，掀开邱大哥的被子——人影皆无，大哥上哪儿去了？

扎束停当，狗儿一路疾走，出了西门，穿过一片茸茸泛绿的柳树林，已经看到约莫有一箭之地的海王庙。也许时辰尚早，四周没见到人影，便缓缓地踱到庙门口处，才发现朱漆斑驳的大门下，弓身卧着一个小叫花子。

小叫花子披散着头发，破棉袄上挂着一层薄薄的青霜，黑黪黪的脸枕在胳膊弯处，看身形是一个没长大的少年。狗儿用脚拨拉开要饭篮子和一根打狗棍，刚想推开庙门，裤腿却被小叫花子死死抓住……一个稚嫩的声音：

大哥，赏俩大子儿吧，我好几顿没逮东西了。

狗儿赶紧从怀里摸出两小块碎银子，朝叫花子伸过来的手上一放，说拿好，你的手真凉……他把那只小手焐了焐，关切地说，快走吧，城门口一会儿有卖吃喝的，吃了就暖和了。

小叫花握住银子，坐起身来说，大哥哥，你真好！从来也没人给我这么多钱。你的手又大又暖和，真是好福气呀——

你的小嘴还挺甜，咋能看出好福气？

老话不是说，手小抓草，手大抓宝嘛，你的手大！

狗儿听罢，哈哈地笑出了声，说道，你这个小东西，小嘴叭叭（方言，意为能说会道，口齿伶俐）的，挺会奉承人，快点走吧——

小叫花说，不，你是我的恩人，我要记住你的名字。

狗儿俯下身子，对小叫花子说，什么恩人哪，我可不敢当。就叫我狗哥哥吧——

小叫花很乖巧，嘴上念叨着狗哥哥……狗哥哥，说这名字倒是好听也好记，可就是我要饭的，最怕的就是狗……见狗儿推开一扇庙门，抬腿走了进去，小叫花子忙急切地喊道：

哎——你还没问我的名字呢。

狗儿收住了脚步说，那我就请教喽——

我叫小叶子，树叶的叶，记住了吗？

你的名字好，一叶知秋，好听也好记。只是这名字挺文气，能起这种名儿的家庭，怎么会出来个要饭的？狗儿有些疑惑地问。

哎哟，狗哥哥，这回你可是走了眼啦。这树叶，漫山遍野，到处都是，贱得很，跟地里长的草一样，土里生土里长，灰头土脸，草民一个。再说了，就是富裕人家咋了，家道不幸，出个要饭的也没啥稀奇。

我说不过你，你赶紧走吧——填饱肚子要紧，省得着凉得病。狗儿边说边进了前殿。

这殿里正中央，供奉的是海龙王，龙王头上长角，脸上长须，样子十分威严；旁边不知为啥还供奉着童男童女，两厢是虾兵蟹将，个个手执兵器，形象狰狞可怖……狗儿看了一会儿，想转到后面瞧瞧，却见小叫花子趿拉着破鞋跑进来，一把扯住他的衣襟道：

狗哥哥，有人在庙外头转悠，手里还拿着兵器，像是来寻仇打架的……哎呀！是不是来找你的？

狗儿急忙出了庙门，抬眼一望，看见有两个人正四处撒目。左边的那位，秃头发光，五短身材，身背一弓，手执一带鞘的钢刀，一看就是卖药的陆途；右边的那位，穿一袭灰色长衫，腰悬一宝剑，晃晃悠悠地正绕着圈子走八卦步，这人无疑是算命先生小诸葛袁方。

清晨的阳光刚刚漫洒开来，庙外的大院被土墙围着，十分开阔，将两个人的影子拉得老长，显得有些滑稽。狗儿纳闷：山狸猫邱大哥哪里去了呢？他觉得要是邱峰在这里观景，他一会儿能打得更来劲……

院里的那两位，由于互不相识，所以都不言语，各自做着热身活动。过了一小会儿，似乎都感觉有些不对劲，急性子的陆途上前搭话说，喂，你是不是来帮人打架的？

袁方做了一个八卦掌收势动作，哼了一下鼻子道，我看你是来帮狗吃食的吧——

什么狗啊猫的，你是啥货色？

你的货色好，倒像是进了腊月的肥猪……来当替身？

俩人你一句我一句，显然闹误会了，都以为对方是来替狗儿打架的。

陆途心浮气躁，拔刀出鞘，向袁方一举，高声叫道，我江湖人称铁弹子陆途，刀下不死无名之鬼，请报上大号来！

我乃江湖术士小诸葛袁方是也。

原来是个算命的……今天你的命数到头了。

袁方说，我观你嗓音洪亮，口才不错，颇像个江湖卖药的。我算命的咋说也是个中九流，你卖药的充其量，就算个下九流而已，咱们俩不在一个档次上……

一派胡言！陆途气愤地说。

连这点常识都不懂，枉称江湖人士。小诸葛袁方说，听我跟你道来：一流佛祖二流仙，三流帝王四流官，五流刀笔六流吏，七工八商九庄田。这是上九流。再听中九流的，一流举子二流医……

且慢！铁弹子陆途叫道，这卖药不就是医吗？！

牛头不对马嘴！听我把话说完。袁方继续说，三流堪舆四流推，五流丹青六流相，七僧八道九琴棋。再听下九流的，你那行当就在这里：一流玩马二玩猴，三流割脚四剃头，五流幻术六流丐，七优八娼九吹手。

哪有哇？陆途笑道。

有！你那套卖药的功夫，属于幻术的一种，是骗人上当的障眼法，名列割脚剃头之后，还好，排在要饭的前边。不管怎么说，咱们两个是有缘分的，今天，我就白送你一卦，如何？

原来，乍听到袁方称他是江湖卖药的，陆途心里还"咯噔"一下，心想你别说，这小子猜得还挺准。可如今听姓袁的一个劲地糟蹋自己，气就不打一处来，便恨声说，袁先生也罢，方先生也罢，你不用送卦给我，你陆爷爷早就给你算好了，眼下你就有血光之灾！话一落地，只见刀光一闪，陆途已经举刀劈将过去——

袁方见对方力大刀沉，身子一旋，使一记"秦琼背剑"，避过刀锋。

陆途见"力劈华山"的招式落空，跟着使出"灵蛇吐信"，在袁方上中下三路猛刺三刀。袁方也不含糊，大喝一声，好刀！在左躲右闪之中，已将长衫的下摆掖在腰间，顺手拔剑出鞘，但见寒光一闪，一记"凤凰三点头"还以颜色。剑光闪烁，剑锋围着陆途的头部、左臂、右肩分刺过去，一时间，逼得陆途转攻为守，连连后退。

住手！一声断喝，令正在拼命的两个人收住了刀剑。俩人扭脸一看，正是昨天相约的对手到了。

只见狗儿笑嘻嘻地说，真行，没一个拉稀的，全来了……只是你们两个咋招呼上了？是想先练练手？

听着狗儿的调侃，袁方和陆途不禁面面相觑，心知：错了，错了！

狗儿说，来吧——是卖药的先来，还是算命的先来？

陆途抹了一把脸上的汗水，将刀抱在怀中，一拱手说，昨天你踢了我的场子，砸了我的饭碗，一会儿你就甭想站着出去——

狗儿一抱拳回答道，你卖药的捣鬼，坑害老百姓，我岂能坐视不管。来吧——进招儿吧。说完，双手一摊，一副满不在乎的样子。

陆途一看对方的模样，大怒道，我看你是傻小子睡凉炕——全凭火力壮！看刀！话音未落，钢刀顺势横截过去，这招儿叫做"秋风扫落叶"……

狗儿一收腹，让过刀锋，不退反进。一双肉掌，一虚一实，劈面一掌虚晃一招，另一只手掌直逼对手握刀的手腕。陆途在昨天是吃过亏的，知道狗儿的擒拿手法既快又准，连忙挽了个刀花，先用刀锋封住狗儿的手，再用刀把直撞狗儿的软肋……

狗儿一斜身，掌随身动，只听“啪”的一声，陆途的右臂中了一掌，“哐啷”一声响，手中的钢刀已经抛在地上。

两个回合不到，陆途就败下阵来。狗儿笑道，一个不中，你们两个一块儿上吧——这次我也不欺负你们，我也带上家伙。说完话，狗儿手中已多了一个旱烟袋。

由于那旱烟袋样子奇特，一下子吸引了对手的目光：烟袋杆极细，足有尺把长，烟袋锅却大如小儿之拳，黄铜打造，阳光下金灿灿的直晃眼。见两个人发愣，狗儿笑嘻嘻地说，二位老哥别见笑，我是山里人，平时爱抽点关东烟，图的是累了能解个乏，还能防长虫咬、小咬叮，遇见打劫的，这也算是个防身的物件……两位大侠，进招儿吧——

小诸葛袁方走上前来，一拱手说，这算命的、卖药的，啥时又成了大侠了？看你浑身上下土得掉渣，嘴巴却挺能哄人，以为给我戴个高帽，我老袁就会饶你不成？

狗儿心里有数，刚才袁方与陆途过招时，他就看了出来，袁方剑术不错，非陆途的刀能抵。那刀虽然快捷有力，却是刚猛有余，灵动不足，与那把剑相比，尚欠些火候。他心中暗忖，这次出山的目的，除了将图纸安全交到李大人手中外，就是要在江湖上历练一下自己，多多接触三教九流、五行八作，有机会的话，结交几个好朋友。依照自己的性子，这打架玩，要打就要决出高低胜负……可现在不行，想交朋友，就得谨慎，不能胡来，免得伤了和气。想到这儿，他说：

两位老兄，听小弟一言，人在江湖，你来我往，碰面就是缘分。有幸结识二位武艺高强的大哥，是小弟运气好，我主张今日比武，点到为止，输赢不是主要的，交个朋友比啥都重要。

这番话，本来是狗儿发自肺腑之言，可此时令小诸葛袁方听来，却犯了糊涂，心想：这小子是示弱、怯战呢，还是故意羞辱我们……从昨日下午认识起，他就认为这个看似土里土气、土头土脑的年轻人不那么简单，他机警过人，总给人一种大拙似奸的感觉。此人名叫“狗儿”，莫非是清廷鹰犬，前来刺探江湖上反清复明帮派的情况？如果是这样，应该尽快除掉这个祸害，以免日后成了气候。可听刚才他说的话，似乎不想拼命搏杀，只求点到为止，这又是什么意思呢？他是心虚、害怕，还是想笼络人心、混入江湖？不管怎么着，瞧这小子嬉皮笑脸的气人模样，也应该给他点颜色看看，好让他知道天外有天，人上有人，知道江湖险恶！想及此，他说：

来来来，看看你那大烟袋锅有什么绝活儿。说完，袁方已亮剑在手，一招漂亮舒展的“白鹤亮翅”已然递了过去……

慢着，狗儿叫了一声，我要先声明，我这套拳法有个名儿，叫做“看家拳”，这烟袋锅也不简单，讲究勾刨锛打，点击搂杀，你要小心喽——这一招叫“饿狗扑食”……

袁方冷笑一声，果然是条“恶狗”。见来招直逼面门，迅捷至极，忙使出一招“截金断玉”，化解了这一狠招。

一时间，场院内尘土飞扬，两人吆吆喝喝，你来我往……搏斗正酣时，一人“刷”的一下从墙头掠过，跃进院子里，来人是山狸猫邱峰。邱峰眉头紧蹙，面色焦急，想叫停，见两个人杀得兴起，又是头一回看见义弟显示武功，竟呆呆地看了下去。

狗儿与其说是与人比武，不如说是嬉闹。只见他右手耍一铜烟袋锅，左掌亦变化多端，更新鲜的是，狗儿一边与人格斗，一边嘴里却不闲着，使过每一招，都把招数的名称叨咕一次，既恼人又可乐。邱峰瞪大了眼睛，看得津津有味……

狗儿欺身而进，一手用烟袋锅直敲对手软肋，左手一翻掌，直劈对手胸口，惊得袁方缩身躲过。狗儿叫道，“劈掌裂胸”——紧接着右脚点地，身子旋转过去，左脚腾空飞起，叫道，“撇腿撒尿”——只听“嘭”的一响，被踢中右肩的袁方倒退了数步，只因这一脚太重，最终还是撑不住，撇剑倒地。狗儿余兴未尽，双手托天一揖，头向天一昂，喊道，“神犬探月”——而后一个前滚翻，将宝剑拾起，双手捧过，递给袁方。

此时，袁方已经被陆途扶起。袁方接过剑，心想，这野小子是脚下留情，否则一脚踹在胸口上，怕是要受重伤！他红着脸说：

这套“恶狗拳”，果然使得好——

承让，承让。狗儿双手抱拳说，不叫“恶狗拳”，叫“看家拳”，看家护院而已。

山狸猫邱峰走上前来，扯扯狗儿的衣襟，悄悄说，老大，咱们的底儿漏了！一群捕快和衙役把这儿包围了，有七八个人还带着洋枪……我牵来两匹马，拴在庙的后院，咱俩快走吧——

狗儿冷静地说，大哥，别急。现在的问题是……咱们连累这两位老兄吃了瓜define略（方言，指受连累）……

袁方和陆途不约而同地问道，怎么了？咋了？出啥事儿了？

都怨我——邱峰想解释。

狗儿说，这事以后再掰扯——现在关键是逃命！陆兄、袁兄，是这样，我俩摊上点事儿，现在已经被捕快围住了，你俩现在也是有口难辩，得跟我们一起逃走！这样，庙后院有两匹马，就交给袁兄和陆兄，如果能逃出去，咱们几个最后都到城北茂达客栈集合，那儿的何老板跟我家是世交。好了，事不宜迟——

狗儿话音刚落，半空中传来一声枪响，随之东西两侧的矮墙上探出了不少人头来，一人高声叫道，弟兄们——这四个人通通是朝廷通缉的要犯，一个也别让他们跑了！你们几个竖起耳朵听着，天网恢恢，疏而不漏，放下手中的家伙，乖乖投降！常言道，神仙难躲一溜烟，这儿有洋枪侍候着，可不是吃素的……

狗儿一看，说话的人是耿捕头，心知他们是有备而来，便大喊了一声，快跑——

就在这当口，两边枪声大作，隐约间，狗儿听到小叫花子——小叶子的喊声，狗哥哥——我害怕！

狗儿扭头一看，见小叶子在庙门口处直朝他招手，他担心这个小叫花子受到伤害，便脚下发力，迅速地向那边跑去……子弹“嗖嗖”地在身边划过，有的打在地面上，“噗噗”地腾起一片尘土……

小叶子吓得双手捂着耳朵，蹲在地上，子弹在她身边“噗噗”直落。狗儿见状，疾步奔上前去，一把将其推倒。猛然间，狗儿感到大腿间一麻，一下子栽倒在地，恰好用身子护住了小叫花子……

小叶子挣扎着爬了起来，扶起狗儿踉踉跄跄地跨进庙门槛，两人一头摔进庙里。小叶子赶紧爬起来，把庙门的门闩插上，接着麻利地撕下衣服的一条下摆，把狗儿血流不止的伤腿扎紧。

狗儿疼得直咧嘴，随即又笑笑说，真是神仙难躲一溜烟哪！

小叶子说，还有心开玩笑，狗哥哥，是我对不起你，为了救我，让你挂了彩！

说啥呢？下回你掩护我，不就两清了？狗儿开着玩笑。

小叶子说，啊？你想让我也受伤呀！快跟我走——先到后院躲躲，当务之急，是咱们俩得赶紧逃命。

狗儿说，在大山里，从来都是我打野物，想不到，今天让人家把我打了。

庙门口传来“咚咚咚”的砸门声，斥喝、叫骂之声不绝于耳。

后院内的银杏树下，拴着两匹马，一匹是黑色的，一匹是黄色的。小叶子高兴地叫道，这儿有两匹好马……

狗儿心想，袁方和陆途咋不来骑马？想不到危急时刻，俩人还挺讲义气，把逃生的机会让给了别人……

费了挺大的劲，小叶子将狗儿弄到黄马的背上，随即自己也一翻身，灵巧地跨到黑马的背上，一手牵过黄马的缰绳，双脚后跟一磕马的肚子，两匹马儿箭也似的蹿了出去。

狗儿说，绕到北门进城，到茂达客栈去，找何……何老板……话音刚落，后面又响起了一片枪声。

狗儿突然趴到马背上，看样子是昏迷过去了，小叶子不得不拉紧了缰绳，同时扯住干草黄的缰绳，放慢了两匹马的脚步。她向后边看了看，不见追兵上来，悬着的心才放了下来。

位于金州城北门附近的茂达客栈，是城北最大的客栈，集旅店、货栈、大车店和饭店于一体。客栈分前院、后庭和侧院，前院有小饭店和普通的客房，后庭是上房，侧院是一个很大的套院，有马厩和驴棚、饲料仓库，还有掌柜和伙计们的居所。

这天一大早，客栈老掌柜何亮刚用过早点，手里攥着两个紫皮核桃旋来旋去，在大院门口踱着方步，不时地对伙计们吩咐着活计。忽然，耳畔响起一串清脆的马蹄声，抬头一看，见两匹马来到客栈大门口。何掌柜忙迎上前去，大声打着招呼，二位小哥，可是要住店？

小叶子跳下马来，将狗儿扶下马来，问道，这是茂达客栈吗？可有个何老板？

在下就是，请问有何吩咐？何亮客气地说着，心里不禁画了个问号，这个埋了埋汰的小叫花子，咋从来没见过？

何老板，请给两间上房，这儿有个急症病号……

何亮忙让下人牵过马匹，将“病号”搀扶住，自己亲自带路，来到后院，打开两间上房，吩咐下去：多加点柴火，把炕烧热乎点……

何亮是见过大世面的人，他早已瞥见那个处于半昏迷状态的小伙子右侧大腿上渗透出大量的鲜血，心道，这哪里是什么得病，分明是刀枪留下的红伤……见年轻人在炕上躺稳，便向小叶子询问道，还需要我干啥？尽管直说——

小叶子刚要说话，只见客栈的小伙计领着小诸葛袁方风风火火地走了过来。袁方见过何亮后，一拱手说道，何大掌柜，给你添麻烦了，我们几个是来避难的，请嘱咐好下人，对外不要声张我们来过……

何亮掌柜疑惑地点点头，心想：你们是谁呀？凭什么到我这儿来躲灾？

老掌柜，请烧一些热水来，再弄点干净纱布。小叶子说。

何掌柜答应着，退出房间，边走边寻思：这伙儿人十分陌生，可他们却来找我……看来，这些人是大有来头啊。唉，是福不是祸，是祸躲不过，还是先照他们的话去做吧——

屋内，袁方和小叶子你看看我，我瞧瞧你，谁也不言语……

袁方扫了一眼狗儿，看见他面色发白，腿上的伤很重，忙走过去给狗儿把脉。片刻，袁方嘴里嘀咕道，迟大而软，按之无力，隐指豁豁然空……

什么意思？小叶子问。

此乃虚脉，此脉象来势迟缓，脉体宽大但触之无力，隐隐搏动于指下，按之豁然空虚……袁方说，主要是失血过多、心动过速，需要马上止血，调理进补。

小叶子说，想不到，袁先生懂医术。

你是谁？怎么知道我姓袁？

今天早晨，你们在那儿比武打斗，我在庙门口都看见了……

哦，我想起来了。这么说，小叫花子立功了。这位狗……狗儿先生是你救的了？

不敢当——

好了，麻烦你照看一下他，我得先去抓点药……

那我代狗哥哥谢谢你了。小叶子说。

谢啥呀？小诸葛袁方说，这位老弟挺义气的，今天要不是他，搞不好我们几个都得完蛋。说完，便快步走出屋去。

小叶子见袁方走远了，便把门插严。然后蹑手蹑脚地走到狗儿跟前，轻声呼唤道，狗哥哥，你醒醒……醒醒呀……

狗儿脸色煞白，一动不动。

小叶子又继续轻唤道，狗哥哥，狗哥哥……

狗儿依然不动，昏迷不醒。看来，他伤得真的很重。

小叶子轻轻地解开狗儿褂子的前襟纽带，黑乎乎的小手伸了进去，从里面摸出两张叠好的纸来。凑近窗口，打开一看，一张是日本间谍小和尚画的地图；一张是字画，上面题写着“忠勇可嘉”四个大字，落款竟是当今大清朝手握海陆兵权的实力派大臣李鸿章！

小叶子看到这儿，惊得嘴巴张得老大……心想，真是踏破铁鞋无觅处，得来全不费工夫！

“嘭嘭嘭 ……”一阵敲门声。

小叶子慌忙将两张东西叠好，揣进了自己的怀中。打开门，见是店里面的小伙计拎着一桶热水，后面跟着袁方，手里拿着一大卷白纱布。小叶子伸手去接纱布，袁方闪身一躲，说，你瞅瞅你的手，快去洗洗。

小叶子问，袁先生，你不是去抓药吗？

我写了药方，让伙计们去药店抓了。

狗儿微微地动了几下，渐渐苏醒过来，缓缓地睁开眼睛说，哟……是袁先生过来了，太好了！咱们这是在哪里？

按你说的，茂达客栈……袁方答道。

那两位老兄呢……不知现在咋样了？

看不出，你这人还挺讲义气，自己都这样了，还惦记别人，讲究！袁方感叹地说，那两位兄弟，恐怕是凶多吉少。

这帮兔崽子，真敢下手，可惜准头差得远，我的枪要是在手里，他们一个也别想溜掉。狗儿愤恨地说，你是小诸葛，办法多，要想办法打听一下那两位老兄的下落，就是让衙门逮了去，咱们也要心里有个数。来，你帮帮我，我的包裹里有个白瓷瓶，那里面有上好的红伤药，能止血止痛。

小叶子端水上炕，开始为狗儿清洗伤口……边清洗边说，子弹没有贯通，得把子弹头取出来。

狗儿道，叶子老弟行啊，还有这个见识。

小叶子说，咱一个要饭的，挨打是家常便饭，对各种各样的伤口，自然是见得要多一些。

袁方说，那……取子弹你也会？

小叶子说，我胆子小，现在瞧见血都直哆嗦，哪儿还敢切开皮肉取子弹？你饶了我吧。

见伤口清洗完毕，袁方说，现在该轮到我了。小叫花子，你找绳子把你狗哥哥手脚都捆起来，不能让他动，我来取弹头——

狗儿急忙说，不用，不用！当年关老爷刮骨疗毒，还能下棋喝酒，我这回摊上这事儿，总算能学一回。下棋就免了，给两碗烧酒就行……袁大哥，你就下手吧——

小叶子说，那好，我去弄酒来。说完，旋风一般地跑出了屋。

……

子弹取了出来，万幸的是，没有伤到骨头和大筋。

袁方将白色的药末洒进伤口，小叶子用干净的白纱布，一层层地把伤口裹紧……狗儿又昏沉沉地睡去。

小叶子对袁方说，袁先生，你跟狗哥哥住一个屋，我去住那一间，让你多费心了，有事喊我。

袁方说，哎，你一个要饭的，凭什么一个人住单间？

小叶子说，这一来呢，袁先生懂医道，可以随时照看我狗哥哥；二来呢，咱们是逃出来的，得多长一个心眼儿，我来负责把门望风。

小诸葛一听也在理，只好点点头答应了。

你就在这儿守着，我先去弄点吃的，再看看汤药熬好了没有。小叶子说完，便径直到前院找何老板去了。

老掌柜何亮今年六十岁，身体结实，精神头挺足，此时正在酒店前台算账，两手将算盘珠子打得“噼啪”山响……抬头间，见小叫花子走过来，忙撂下手中的活计，问道，是来交店钱的吧？

要饭的哪儿有钱——见何老板不吱声，小叶子继续说，跟你开个玩笑，放心吧，短不了你的钱。眼下要紧的是做点好吃的拿进去，不要多，只要精，荤素搭配，荤菜不要油腻，给病号加一份面条，酒也要一些……

何亮问，我说——你们找我住店，是谁引荐的？他终于把心中的疑惑说了出来。

那个病号，你……你老不认得？

我人老眼拙，看不出来，他姓甚名谁，怎么称呼？

姓啥，我也不知道。他说他叫狗儿，反正是个好人，我头一次朝他要钱，他就出手大方，我管他叫“狗哥哥”。小叶子说。

何亮笑出了声，心想，不问还好，一问倒变成了一锅粥。他叫来小伙计，吩咐道，告诉后厨，蒸两屉驴肉包子，烀猪蹄、蘸酱菜、清蒸大黄花各一份，再来盆小鸡炖蘑菇，外加一大碗大骨汤面条，还有小烧一坛，米酒两坛，麻溜地送到后院上房去。

小叶子鞠了一躬，又一拱手说，谢了！

何亮忙点点头，说别客气。心想，这小要饭的还挺斯文，没交定金，就要吃要喝，鞠一躬，也值当啊。望着小叶子的背影，何亮自言自语道，看这小叫花子的举手投足，哪像要饭的。像吗？不像，不像！

第七章 下饵钓鱼

小叫花子，不是别人，正是日本女间谍平源叶子。

从踏上大清国的土地始，就一直提心吊胆地过日子，今天是平源叶子感觉成功的日子，是她最惬意的日子，她暗自庆幸自己钓上来一条“大鱼”。她现在需要静下心来，仔细琢磨下一步棋怎么走。如果仅仅是把川冈君绘制的图纸取回，而后一走了之，眼下就可以做到了。可是，这位叫狗儿的年轻人，到底是个什么货色，目前还是一个谜。种种迹象表明，狗儿绝对不是一个普通的乡巴佬。也许，他和自己一样，身负秘密使命……他与那位大清国北洋大臣、直隶总督李鸿章是什么关系呢？那幅李鸿章手书的题字，揣在他的怀里，有什么玄机？是接头暗号，还是身份证明？如果他是个密探，伪装成土里土气的山民，到底是为了什么？他身负武功，从言谈中已经透露出他还会骑马、打枪，而且身体强健、意志坚强，绝非等闲之辈！

平源叶子想起在上海时，老师荒尾精讲过的一句名言：一个人无论怎样狡猾地伪装，当他松懈的时候，也会露出马脚。世界上最善于伪装的动物，是大海里的章鱼。章鱼在遇到险情时，会喷射出黑色的汁液，把水搅浑，从而得以逃脱；但是，当黑色的雾障消失时，章鱼还是要露出原形来的。

想到这儿，平源叶子脸上露出一丝得意的奸笑。这与她的小叫花子身份实在不相符合，好在此时她是躲在里屋，没人瞧见她那喜形于色的样子。她反复推敲自己的计划，最后决定：既然是条“大鱼”，就要把“饵料”做大、做香、下深。这条线不能断，必须将它钓紧、拴牢，绝不能让它挣脱自己的掌控。当务之急，是要获取这位“狗哥哥”的绝对信任，成为他的同伙。一俟机会成熟，便立即向旅顺的高桥少佐汇报……相信他得知这一消息，一定会有大大的惊喜！

她的思绪在得意中漫散开来：一会儿，是日本海军舰载大炮在向中国大陆轰击，日本的太阳旗已经插在金州城头……一会儿，是大清皇帝和李鸿章等臣子在北京紫禁城投降……一会儿，是日本天皇睦仁举起酒杯向她祝贺，为她佩戴勋章……

"嘭嘭嘭"，外屋传来一阵叩门声，打断了平源叶子飘逸的思绪。她赶紧起身去外屋开门，原来是店里的两个伙计送来了酒和食盒。

狗儿房间的小炕桌上，立时摆满了香喷喷、热腾腾的饭菜。小叶子跪在一边将狗儿扶了起来，靠着墙边的被隔坐好。伤腿的痛楚，使狗儿的面部禁不住一阵抽搐，稍稍镇静了一下，他对袁方和小叶子说，来，你们两个先动筷儿吧，我再等一会儿。

小叶子抓过筷子说，好几顿没吃东西了，饿死我了，这么多好吃的，我……我先造了。说完，黑乎乎的小手抓起一只烀熟的猪蹄，大口大口地啃起来……

袁方狠狠地白了一眼满脸油腻的小叶子那狼狈的吃相，嘀咕了一句，井里的蛤蟆——只见过巴掌大的天！便斟上两杯烧酒，一杯递给狗儿，一杯举起说，兄弟，咱们俩是不打不相识，来，走一杯——

两个人一饮而尽。狗儿说，今天的事儿，多亏你们两人相助，让你们受累了。来，把酒都斟上，我来敬一杯——

小叶子叫道，烧酒我喝不来，我喝米酒。有什么受累的，要是天天有这么多好吃的，狗哥哥，我就哪儿也不去了，从此就跟定你了。

狗儿笑起来，说，好，好！我就喜欢爽快人。你说的可是真心话？

那是当然了，假的包换！

不过，我可不是大财主，要想天天吃这好嚼咕，那是不可能的。

那也比天天要饭强，反正我是跟定你了。小叶子夹起一块黄花鱼，塞进狗儿的嘴里……

袁方一撇嘴，说，脏了吧唧的，也不撒泡尿照照，谁稀罕你……

狗儿忙打圆场说，小叶子，袁大哥说得对，你得把脸洗干净了，俗话说"人是衣裳马是鞍"，我再给你弄套干净衣服穿，到时候，金州城少了个要饭的，咱们这儿就多了个招人稀罕的小老弟。

在狗儿的提议下，三个人共同饮了一杯酒。小诸葛袁方说，没啥助兴的，我给你们讲个故事听——咋样？

狗儿点点头，小叶子也眉飞色舞地说，好！

袁方于是清了清嗓子，讲了个故事：

说有这么一家人，男的从生下来就没有洗过脸，脸上的黑灰有一指厚。媳妇自生下来，从不梳头洗脸、不洗衣服，做饭也不刷锅。邻居都说，这两口子真是天生一对。

一天，一个小偷打他们门前经过，心想都进腊月了，晚上到这家偷点东西回家过年。半夜时分，小偷撬开房门，进屋一摸，什么东西也没摸着。贼不留空，不偷点东西哪能回去？来到门口，顺手把他们家的锅拔起来，顶在头上就往外跑。

两口子被惊醒了，男人说，不好，小偷把锅偷跑了！一个高儿蹦到地下就往外追，边追边喊，你为啥偷我家的锅，快给我撂下！

小偷被逼急了，从怀里掏出菜刀，回头照男人脸上砍了一刀。男人吓得"嗷"的一声，赶紧往家跑，边跑边喊，屋里的呀，不好了，我的脸让小偷砍了一刀！

老婆点灯一看，脸被砍了一道口子，将近一指深，可是没碰到肉。男人高兴地说，幸亏二十年来没洗脸，不然这脸也得砍掉一半。

老婆说，你快到外屋看看锅丢了没有？

男人一看，旧锅没有了，倒有一口锃亮的锅放在那里，原来偷走的是干饭糊黏起来的"锅"。老婆也乐着说，幸亏我一年多没刷锅，不然真饭锅就丢了。

……

故事讲完了。狗儿乐得哈哈大笑，拉扯得伤口一阵痛……小叶子捂着嘴"哧哧"地笑，但蓦然间又止住了笑，瞪圆了眼睛说，袁先生的故事有意思，有意思！请教袁先生在哪儿发财呀？

狗儿连忙介绍道，袁先生是个相士，上晓天文，下知地理，号称小诸葛，武功也了得。

小叶子说，小叫花子也讲一个故事，二位可想听？

当然——请讲！

说有一个算命先生，江湖人称"小神仙"，牛气得很。一天，来了一个年轻人找他，让他算算家中兄弟几个。"小神仙"掐指一算说，你的昆仲（兄弟）应该是"桃园三结义"，孤独一枝。年轻人答道，我家中兄弟四人。

"小神仙"说，那就对了，桃园三结义，再加一枝，当然是兄弟四位啦！

这个年轻人刚走，又有一年轻人来了，也让算算家中兄弟几个。"小神仙"又掐指一算，说你的昆仲应该是"桃园三结义"，孤独一枝。年轻人说，我家兄弟二人。"小神仙"说，这就对了，本应该是桃园三结义，兄弟三人才是，可是由于你母命硬，把你一个弟弟克死在胎中。原来是桃园三结义，又被孤独下去一枝，所以就剩下你们兄弟俩了。

这第二位年轻人刚走，又有一位中年人也请"小神仙"算家中兄弟几人。"小神仙"万变不离其宗，掐指一算，还是那句话：桃园三结义，孤独一枝。这中年人说，家中就我老兄一个。"小神仙"说，按你的命相来说，本应该是兄弟三位，桃园三结义嘛！但由于你父母命相不合，一个是火命，一个是金命，再加上你的水命，火克金，水克火，这就把你原来的两个兄弟克掉了，孤独一枝嘛，你命硬，所以只剩下你一位了。

不大一会儿，刚才来算家中兄弟几个的三个人一块来找"小神仙"，说，我们三个是一家的，你怎么一人说一个样，快把相金退回来，否则的话，今天让你当回紫皮神仙。

你们猜"小神仙"怎么说？"小神仙"不慌不忙地说道，我说得不错呀，你们仨是"桃园三结义"，我是孤独一枝嘛！

狗儿大笑起来，叫着，哎哟，乐死我了，疼死了。快快斟酒，你们俩的故事都是上乘之作，一起喝干啦——狗儿忙着给打圆场，心想这两人唇枪舌剑，斗了个旗鼓相当。

喝干了酒，狗儿说，袁先生会讲，这是情理之中，小叶子能讲，却是意料之外。小叶子，你机灵过人，怎么会沦落到乞讨这个地步？

家家都有本难念的经嘛，小叶子显出悲伤的神情说，说来话长，尽是些不痛快的事，不说也罢。讲讲笑话，喝喝好酒，可以忘忧啊！

狗儿说，是啊，天下还是穷人多呀！不说了，我也有点困了。说完，下意识地摸了摸胸前，发现前胸的布纽带已经解开，伸手一探，不禁“哎呀”大叫了一声，我的东西不见了——

啥东西？袁方忙问。

小叶子说，狗哥哥，你的东西没丢。骑马的时候，你昏了过去，我搂着你，发现有两张纸一样的东西要掉出来，我就先替你收着了。说完，从自己怀里拿出叠好的两张纸，递给狗儿。

狗儿连声感谢，接过来，忙揣进怀中，系好纽带，问道，你们知道这是啥东西？

小叶子摇摇头说，我不识字，看了也白看。袁方说，天知地知你知，我们咋能知道。

狗儿微微一笑，说不知道好，谢谢小叶子。我累了，想躺下……

小叶子说，狗哥哥，你好好睡觉，有袁先生照顾你，别担心。打探那两位老兄下落的活儿，就交给我吧，我认识的人多，保证误不了事。

狗儿点点头……

金州城南门外，一匹枣红色的快马绝尘而去……

马背上，一个身披黑色斗篷的人，不停地挥鞭打马。不出一个时辰，快马已驰过了南关岭，又箭也似的朝旅顺方向奔去。

夜色降临时，旅顺城区一家灯下映着“大顺浴池”招牌的门前，身披黑色斗篷的人下了马。那匹马汗水淋漓，嘴角溢出白沫；牵马的人也疲惫不堪，轻轻地叩了几下门。

店门开处，探出一个脑袋来。

牵马人问道，有人买马吗？

先生，你找错地方了——

你们掌柜的说，要买一匹上好的马。

是黑马还是红马？

是红马——

你从后院进来吧。门里的人悄悄说，高桥君在后屋，随我来——

高桥卫是受命于日本海军军部的高级间谍，也是负责旅顺至金州一线情报网的头子。三十五六岁的高桥卫，完全是一副中国商人的打扮。当身披黑色斗篷的人进来后，借着昏暗的灯光，高桥卫仔细地端详一会儿，先是一阵惊诧，继而嘴角露出一丝笑意，叶子少尉，为何这副打扮？

平源叶子解开斗篷，拭了拭额头上的汗水，说，高桥君，你现在看到的人，不是日本军人平源叶子，而是金州城里的乞丐小叶子……看看，像不像？

像，太像了！高桥卫伸出戴着黑色玛瑙扳指的大拇指，一边摇晃一边说。

平源叶子有些抱怨地说，累死我了，我可是马不停蹄，整整跑了大半天呀！

哟，一百四十华里，鞍马劳顿，辛苦大大的！快请坐，你的化装术和汉语水平可是进步不小啊！高桥卫边沏茶边说着。

平源叶子微呷了一口茶水，急切地说，高桥少佐，我有重要事情向您禀报。高桥卫颔首道，别着急，慢慢地讲……你来得正好，我也是今天下午刚从三山岛外归来，军部也有重要指示。

一边喝茶，平源叶子一边将如何发现狗儿，找到丢失的图纸的来龙去脉，以及发现李鸿章手书的题字和自己的想法，详细地叙说了一遍，最后请求高桥卫给予指示。

高桥卫像吃了兴奋剂，两眼放光，站起身来，围着平源叶子踱来踱去，不时地拍着手说，好，好！妙！叶子小姐，你的判断完全正确，这的的确确是一条“大鱼”。我也支持你放长线钓大鱼的计划，但是，川冈君所绘的那张图纸，还是一定要先截获下来。

为什么？平源叶子有些疑惑。

高桥卫一字一句地说，据可靠情报，下个月，清国的北洋大臣李鸿章肯定要来旅顺口校阅陆、海军，届时，还会邀请各国的海军前来参观……那张图纸万一在这个时候落入他的手里，麻烦可就大了！帝国的战略动向一旦泄露，必然会引起清国军界对我大日本皇军的高度警惕，外交上也会十分被动……打草惊蛇，不是明智之举。

可是，如果我们拿走图纸，他们必然会怀疑到我的头上，那样的话，我就无法再继续跟踪下去。平源叶子说，据我观察，这个叫狗儿的年轻人，不是等闲之辈。既然您也说这是条“大鱼”，那钓线断了，“大鱼”岂不就会从此失去了踪影……

高桥卫沉思片刻说，这话也有一定道理。从你讲的情况来分析，这个狗儿很可能是负有秘密使命的特工，他肯定不受金州厅的地方政府和驻军的辖制，否则他们也不会去围捕他、击伤他。眼下，你没有暴露身份，很好……我决定——

第一，你要不惜一切代价，取得这个狗儿的信任，打入他们内部，调查清楚狗儿的真正身份和目的。如果他下月初来旅顺，与李鸿章或者其他人接头，这之前，务必将川冈君绘的那张图纸截获下来，以免因小失大，打草惊蛇。

第二，你手下的四个人，近期要加紧工作，按军部的要求，把金州通往各处的七条交通干线沿线情报，尽快绘制成图，上报给我。情报中，除了沿线军队调动、武器配备、村庄、人口、牲畜、运输能力外，一口水井、一条小岔路也不能放过。另外，我还要给你们加压，对于金州城内的驻军情况、武器配备、军队调动等也要了解清楚，还有官兵关系是否融洽、军纪状况、金州副都统辖制的守备部队和淮军的关系，也在调查之列。

第三，从现在开始，传递情报的信件，一律使用暗语。暗语我已经制定完毕，你走时可以带走。

第四，我们的力量有限，要想办法收买一些清国人为大日本帝国服务，特别要争取一些地下反清势力和文化人，以及走南闯北的商贩。他们不是要"反清复明"吗？我们就帮助他们。他们不是爱钱吗？我们可以赏赐他们。总之，要多多培养有文化、有能力、效忠帝国的支那人。占领满洲不是目的，征服满洲、征服整个支那，才是大日本帝国的目标！这些都记住了吗？

平源叶子回答，都牢记在心了。看来帝国要有大的动作了……

叶子小姐果然是女中豪杰呀！高桥卫兴奋地说道，告诉你吧，形势发展很快，帝国终于找到了出兵朝鲜的借口。今年二月，朝鲜爆发了"东学党"农民起义，起义军袭击郡衙，驱逐了郡守，这事现在越闹越大……

朝鲜半岛内乱，跟帝国的利益有直接关系吗？叶子不解地问。

关系？关系大大地有啦！一场好戏就要开演了！高桥卫双手比画着说，1885年的4月，帝国的首相伊藤博文先生在天津与清国大臣李鸿章签订了《天津会议专条》，其中规定："将来朝鲜国如果发生变乱重大事件，日中两国或一国要派兵，应当互相行文知照，事件平息后，立即撤回。"你知道吗？大日本帝国像渴望空气一样渴望清国出兵朝鲜，到那时，皇军就有了出兵朝鲜的借口，就可以趁机把水搅浑，制造冲突，向朝鲜、清国动武。为了这一天，大日本帝国已经苦苦地准备了十年……十年啊！

高桥卫手舞足蹈、侃侃而谈，他此时似乎忘记了自己的间谍身份，有些神经质地高叫道，叶子小姐，我们为天皇建功立业的时刻就要来到啦！在帝国扩疆裂土的大舞台上，我们将扮演着重要角色，历史会浓重地记下一笔的！

叶子禁不住打了一个寒战，她感到身子一阵发凉，皮肤发痒，不得不说：高桥君，我该在浴池泡个热水澡了。

一句话，使高桥卫冷静下来，他似乎又回到了现实，连忙说，对不起，刚才那番话，现在还是帝国的核心机密，切勿泄露！叶子小姐，请跟我来吧——按照中国的养生之道——饱不剃头，饿不洗澡，我还是先为你弄点吃的吧……

平源叶子说，谢谢啦。看来，你的三山岛一行，收获不小哇！

高桥卫双手绞在一起，指关节按出"咔吧咔吧"的响声，忽然，他头向后一仰，爆发出一阵狂笑，悄悄地凑到叶子的耳边说，你听，脚下这块土地，快属于我们了！

袁方这一宿没睡好，刚一合眼，耳边就响起了彩云姑娘唱的那段好听的《小拜年》：

正月里来是新年，

大年初一头一天，
家家团圆会呀！
少的给老的拜年。
……
新姑爷到咱家，咱给他做点啥，
粉条炖猪肉，再宰一个大芦花呀！
小鸡炖蘑菇啊！哎哟哟！哎哟哟！
我的姑爷爱吃它呀！哎哟哟！
我的姑娘也爱吃它！哎哟哟！哎哟哟！
我的姑爷长得俊，
我女儿赛天仙，
小两口多么恩爱呀！
恩恩爱爱过百年。
……

袁方一下子笑醒了。六年前，彩云在安东城里戏台上的这段表演，他是刻骨铭心的，他因此爱上了她。每当有彩云的演唱，他都会瞒着家人，偷偷跑去听，听多了，自然就会唱了。已经是秀才的袁方，苦读四书五经是每天的必修课，读到疲惫时，便会不知不觉地哼起这段家喻户晓的二人转小调……

一天，刚哼了几句，忽然发现父亲站在自己的身后。

父亲责骂他有辱斯文，是个不争气的东西！

他跪下说，想娶唱二人转的彩云姑娘。

父亲骂他没出息，丢人！袁家是书香门第，岂能娶一个下九流的女戏子……大丈夫活在世上，首先要修身养性，然后方能齐家治国平天下！

说归说，骂归骂，袁方依然割舍不掉对彩云姑娘的爱恋。俩人偷偷地约会，在鸭绿江畔的柳树下，一对郎才女貌的年轻人私订了终身。袁方赠姑娘一个笑佛玉坠，彩云甚为喜爱；彩云拿出一支紫竹洞箫，送与袁方。她说，读书累了，吹一支箫曲……

谁知，平地起风雷：一个姓金的富商看上了彩云的姿色，想娶她做小老婆。一个月黑风高的夜晚，他被一伙儿歹人当着彩云的面，从崖顶上扔进了海里……

不幸中的万幸！他被一伙儿摸海参的海碰子救上了岸。

从此，他离家出走，踏上了寻找彩云姑娘的不归路……整整五年，从辽东半岛到直隶一带，由一个满腹经纶的秀才，变成了一个游走江湖的算命先生。

身边狗儿的呻吟，打断了袁方回忆的思绪。

他慌忙起身，点燃油灯，查看狗儿的伤情……

第八章　小叫花子

平源叶子回到金州城时，已是翌日正午时分。在南门外，猪口一郎已在那里等候多时了。

平源叶子迅速跳下坐骑，从怀里拿出一份文件，悄声对猪口一郎说，这是今后传递情报的暗语，赶紧通知小原君、太正君、山口君回来，由你来组织他们背诵、默写。我还得赶回茂达客栈，以乞丐身份跟他们交朋友……

猪口一郎将文件揣好，看见平源叶子满身尘土、一脸倦容，便说，你很雷（累），还是回去洗个澡，睡一觉儿吧——

平源叶子说，谢谢关照！这形象，正好符合小叫花子的身份，省得化装了。

猪口一郎说，叶子小姐，你交代我调查的死（事），已经有眉目了。昨天早晨，叫陆途的那个卖药的被捕快们抓了。先是押在金州大牢里，昨晚过了大汤（堂），他一口咬定跟那个强盗和叫狗儿的年轻人没关是（系），挨了一顿大板子，也没说出有价值的东西。今天上午有人花了银子，把这小子保释出去……丢失的突（图）纸和那个叫邱峰的强盗还下落不明。

好，我知道了，猪口君辛苦了。平源叶子说完，随即独自进了南门。

南门里边小吃铺连成溜儿，香气诱人……小叶子感到肚子咕咕叫，心想，还是先填饱肚子再说。

时近中午，人流如织，前来打尖的人多了起来，卖吃食的摊铺生意都挺红火。小叶子又渴又饿，看见一卖馄饨的铺面，便身子一歪坐在板凳上，大着嗓门喊，来一碗——

卖馄饨的老头儿见是一个脏了吧唧的要饭的，便问道，喂，有钱吗？

小叶子这才恍然大悟，意识到自己灰头土脸，还有这身破衣裳，心里有些好笑，忙说，有银子，还是昨天早晨要的呢。说着，从怀里掏出一块碎银子抛到桌子上。趁馄饨下锅的工夫，她往旁边一撒目，见有父女两人正卖煎饼馅子，便溜达过去，问，大嫂，这个，多少钱一个？

那个女子眼皮一翻棱说，多少钱也不卖！

那……那是为啥？小叶子不解地问。

你小叫花子眼睛也花了，姑娘咋能变大嫂了呢？那女子嗔怪着说。

小叶子定睛一瞧，这女子扎两条大辫子，细眉凤眼，从装束上看，分明是未出闺阁的姑娘。只是自己太教条，把只有出嫁的女人才抛头露脸的传统当做了死规矩，才闹出笑话来，便忙不迭地说，对不起，小叫花子有眼不识金镶玉，得罪了姑娘……

那姑娘咯咯地笑道，瞎说，啥时又成了金镶玉？行了，把这个拿去吃吧——

姑娘边说边麻利地将鸡蛋饼、小香葱卷进一张煎饼里，塞给小叶子，说，不要你钱了。

小叶子接过香喷喷的煎饼馅子，咬了一口，边嚼边说，谢谢了，姑娘，咋称呼你？

就叫我小凤吧。那姑娘爽快地说。

哎，小凤姑娘，太好吃了，这东西叫啥？

煎饼馅子，连这个都不知道哇？

小叶子连连点头哈腰，做出一副感激状，又回到热气腾腾的馄饨摊上。

卖煎饼馅子的父女俩不是别人，正是吴长贵和他的女儿吴小凤。因为有了狗儿，吴家吃了定心丸，吴小凤更是不听邪，闹着要跟老爹进城里卖大煎饼，说是要多长点见识，出嫁前多赚点钱。老爹拗不过她，只好答应。此时，吴长贵望着小叫花子的背影说，这要饭的，我咋从来未见过，说话也不大像金州人……

吃饱的小叶子，溜溜达达地向城北走去。走到城中央老爷庙附近，看见一家店面挺宽敞的茶叶店，透过门窗一瞧，里面品茶的、买茶的有十来个人，看样子生意挺红火……蓦地，一个熟悉的侧影映入眼帘，仔细一看，原来是小诸葛袁方。她心里犯了嘀咕：袁先生怎么会在这儿？思忖了片刻，小叶子一转身，钻进了一家估衣铺……

不一会儿，一个小老头儿模样的人，颤颤巍巍地来到茶叶店，冲卖茶叶的小伙计说，想买点茉莉花茶，中等货色就行，先沏一杯尝尝。说完，拣了一个离袁方隔一张桌子的位置坐了下来。

袁方虽说坐在屋角品茶，可两只眼睛却紧盯着店铺的大门。

化装成小老头儿的平源叶子心想，看样子，他是在等什么人。她朝袁方面前的茶桌上扫了一眼，见另有三只杯子，摆了个品字形的样式，而且里面全部都斟满了茶水……她心里"咯噔"一下，这情景好像打哪儿见过？对啊！这一把茶壶加品字形的三只茶杯，不正是反清组织天地会内部成员的联络暗号“山字阵”嘛！看来一会儿就会有人来接头了。

日本大间谍荒尾精在中国汉口乐善堂当堂长时，曾主持编写过一本书，叫做《清国通商总览》，该书由日清贸易研究所于1892年编印出版，分三卷，共两千余页，内容涉及政治、经济、财政、金融、贸易、产业、地理、交通运输及风俗习惯等诸多方面，是日谍在三年的时间里，几乎走遍了全中国，调查了大量资料编成的，堪称一部了解大清国国情的“百科全书”。作为荒尾精的弟子，平源叶子对这部书是手不释卷，朝夕相伴，今天果然派上了用场。

“呼啦”一声，店门开处，一个矮胖子、秃头的人慢腾腾地走了进来，眼睛四下里一撒目，便径直朝小诸葛袁方那张桌走了过去。两个人一坐一站，谁也不吱声，双方的目光中均透露着疑惑不解和吃惊。原来，这矮胖子不是别人，却是袁方昨日刚刚在海王庙前认识的陆途。

片刻，陆途镇定了下来，刚一落座，又一个高儿蹦了起来，骂道，这帮该死的衙役，打得老子不轻！他欠着屁股慢慢地坐了下来，然后仔细端详了一下庄家布下的“山字阵”，微微一笑，顺手将下方两只茶碗移到与上一只平齐的位置，而后，双方饮茶……

破了“山字阵”的阵法，陆途诵诗道：

小主在中央，二龙卧两旁。

两班文武将，保主坐朝纲。

袁方轻拈胡须，也随之吟诗一首：

桃园结义刘关张，兄弟忠义姓名扬。

不服曹公心在汉，流传万古世无双。

陆途又诵诗一首，此诗为天地会有名的《三点革命歌》：

三点暗藏革命宗，入我洪门莫通风。

养成锐势复仇日，誓灭清朝一扫空。

两人伸出手来，紧紧地握在一起。

说起洪门的茶碗阵，还真是历史悠久。据说，最早起于中国古代的“斗茶”习俗。传统习俗中的斗茶又称“茗战”，始于唐代，盛于宋代。到了清代，茶馆风行，无论是繁华闹市，还是乡村僻野，在交通要道、车船码头附近均设茶馆。而恰在此时，帮会大兴，许多帮会利用茶馆作为联络聚会地点。洪门帮会与茶馆有如此密切的关系，自然也是受到当时风气的影响，以吃茶及使用茶具的不同方式作为帮内暗号，这样，帮内人员相互联络传递情报时，就可以选择在人员繁杂的茶馆进行，以达到避人耳目的目的。久而久之，就渐渐发展成一套复杂的茶碗阵。

袁方说，真是没有想到，新来的香主竟是陆老弟——终于把你盼来了！

这么说，是你把我保出来的？陆途问。

是的。袁方点点头说，上个月就知道你要来，可一直没对上号，弄得咱俩还打了一架……等回过味儿来，你已经进了班房。

陆途说，老袁，我这次来，山主是抱有很大希望的，想把“海南丢”团结起来，跟清廷干一场，在满洲鞑子的老窝插上一把尖刀！

袁方知道“海南丢”是指从山东老家跨海闯关东的这些老百姓。他说，你先看看再说吧，我是觉得不太容易……

此地不是说话处，咱俩换个地方唠吧。陆途小声说。

茂达客栈内。

上房里，狗儿面色潮红，呼吸急促，正发着高烧。

小叶子一头闯了进来。

狗儿说，是小叶子吧？我以为你再不回来了。

小叶子说，不是说好了嘛，我是跟定你了。怎么样，腿疼得厉害吗？

狗儿说，腿疼不怕，就是浑身发冷，想喝点水……

小叶子忙找碗倒水，亲自用小勺子喂他喝。喝罢，小叶子一摸狗儿的脑门，“哎哟”了一声说，你是发烧了，大概是让伤口闹的……不要紧，我来给你换换药。

我让你打听的事儿，咋样了？狗儿关切地问。

狗哥哥，你都这个样子了，还想着别人的长短。告诉你吧，那两个人被衙门里的捕快给冲散了，一个下落不明，另一个，就是叫陆途的，被逮住了。听说审了半天，也没啥事儿，今天上午，有人作保，已经放出来了……

狗儿长吁了口气说，那就好，其实陆兄本来也没啥事儿，只是受我连累。

小叶子费力地把狗儿身子侧过来，开始给伤腿一圈圈解绷带。狗儿说，真是小看了你，一个小要饭的，心还挺细，治伤还有一套。

小叶子说，那是当然了。我们要饭的，挨人打、让狗咬是家常便饭，有个七伤八跌的，就得自己扎箍自己，这就叫穷人的孩子早当家嘛！

狗儿有些感动，一把抓住小叶子的手说，小老弟，你真不容易，从今往后，有狗哥哥在，就没人敢欺负你！信不？

信，一百个信！小叶子顺口说着，心里也着实感动起来。想起连日来与狗儿的频繁接触，那一桩桩事儿，一幕幕地在眼前闪现：

海王庙门前，狗儿把银子放进她冰冷的手心里……

枪声大作，她大喊大叫，狗儿扭头回来救她……

狗儿中弹后，她为他包扎伤口，他还惦记着别人的安危……

一起喝酒时，狗儿豪爽地饮酒，真诚地收留她……

她趁他昏迷时拿去他怀里的东西，待还回来时，狗儿那感激的目光……

刚才又说，从今往后，没人再敢欺负她……

想着想着，小叶子禁不住眼泪在眼眶里打转转。一时间，连她自己也分不清，这泪水，是真诚的感动呢，还是鳄鱼的眼泪？当她解开绷带，见伤口已经红肿化脓，里边开始溃烂时，心里禁不住一阵难过，豆大的泪珠竟吧嗒吧嗒地掉了下来。

狗儿歪头一瞥，见小叶子哭了，便开玩笑说，咋还整这一出呢，跟个娘们儿似的，还挤猫尿呢？

小叶子破涕为笑，在狗儿背上打了一下说，伤口都这样了，你还有心开玩笑。

小叶子开始为狗儿清洗伤口……可伤口肿得老高，里面有脓，清洗不净。小叶子想了半天，没办法，只好让狗儿把头转过去，然后俯下身子，直接用嘴对着伤口，一下一下地吮吸着，不断地吐出脓水，然后漱口，再吸……

狗儿起初没有发觉，后来感到伤口一阵阵发痒，偏头一瞅，竟见小叶子在用嘴巴一下下地为自己的伤口吸脓，他有些不知所措地拒绝道，小叶子，别这样，太脏啦！听见了没有——

小叶子仿佛聋了一般，依然俯下身子，温热的嘴唇一下一下地吸吮着……

好了，你这家伙，不吸出脓来，什么时候才能好哇？搞不好这条腿要烂掉的。小叶子说完，忙不迭地将白瓷瓶里的药末倒在伤口上，又用干净的纱布把伤口裹好，然后帮助狗儿翻过身来，替他盖好被子，又细心地掖了掖被角。

狗儿心里感动，嘴上却说，小叶子，你这人心眼儿不错，这么对我，哥哥可是欠了你天大的人情。

小叶子说，你怎么也婆婆妈妈起来，像个娘们儿……说正经的，你的腿伤挺重，金州城里，你有没有亲人？要是有，我去接来侍候你。

狗儿轻描淡写地说，让我好好想一想……有！

小叶子吓了一跳，忙问，谁？

远在天边，近在眼前，就是我的小老弟——小叫花子——小叶子呀——

你这家伙，就是愿意开玩笑……你们中国人，结婚早……

话一出口，小叶子知道自己失言了。

好像你不是中国人似的。狗儿说。

不……不是，我是说，狗哥哥你一表人才，在咱中国，应该是早成家娶媳妇了。小叶子忙改口道。

哥哥我，现在是光棍一条。狗儿说。

光棍？光棍是什么意思？小叶子有些不解。

连这话也不懂？光棍就是没有枝杈的树棍，老哥儿一个的意思。狗儿说着，哈哈地乐起来，疼得一咧嘴。

哦，我明白了。那你有没有相好的？小叶子刨根问底。

有——头些日子，我去相过亲……

她一定挺漂亮吧？是沉鱼落雁，还是闭月羞花呀？

狗儿微微一笑，若有所思地说，模样俊着呢，只可惜……

可惜什么？小叶子追问道。

只可惜，是小脚——

哦，原来狗哥哥喜欢的是天足——大脚！小叶子莫名其妙地高兴起来。

那是当然。狗儿语气十分肯定，两手从被窝里拿出来，挥舞着说，有一双大脚片，能跑能颠，上马能拉弓射箭、狩猎打围，下马能养猪养羊、生养孩子，还能跟男人手拉手走遍天涯海角……

坐在炕沿上的小叶子，瞅了瞅自己那双脚，下意识地翘翘脚尖，心想，我就是长着一双大脚……一抬头，见狗儿正盯着自己看，不禁心跳得紧，慌乱中说道，你说这些，也不羞得慌？

有啥羞得慌的？“人活一世，草木一秋”，一辈子娶一个老婆，自然是要找一个可心的。狗儿顿了一下说，咱不是大财主，妻妾成群的，人生有一知己，足矣！

小叶子说，那女人的脚大小，跟生孩子有什么关系？

有，太有关系了！你年纪小，不懂这些。在狗儿眼里，小叶子就是一个没长成的大男孩，他有些兴奋地接着说道，小脚女人生的孩子，一代不如一代，一代比一代没出息，搞到最后，连洋人也打不过了。大脚片的女人生出的孩子，脚丫子大，能抓地，站得稳，跑得快，能打仗，长大了不受欺负……起码不再受洋人欺负！对了，听说小日本的女人都是大脚片，我要是到了日本人的岛子上，非多娶几个不可，准保能生出一窝窝的好品种……过个几十年，儿子、孙子、玄孙、滴了嗒拉孙在岛子上乱跑，日本人长得就都像我了……日本岛就变成中国一个州、一个县……哈哈哈……你说，那多有意思呀！到时候，哥也带你去，给你也发几个日本娘们儿……

胡扯！听到这一席荒诞的话，小叶子气愤地大声叫起来。

你不信？那是你人小，年纪轻，少见多怪……

你是在做梦！发烧烧糊涂了！

狗儿说，哥没做梦，真的，清醒得很哩！我听说，西洋那边有一个国家，叫德意志，他们用优良的牙狗跟真正的母狼交配，就生出了一种特殊的好狗来，名字叫啥？对了，叫黑贝！那黑贝十分厉害，长身腰，大嘴巴，尖牙齿，腿脚快，比我的围狗亮亮还凶。这就是杂种的优点……

小叶子知道狗儿讲的是“杂交优势”，她在日本学校里学过，是欧洲发达国家的科学家提出的。但此话到了狗儿嘴里就变了味儿，其弦外之音，小叶子听来十分刺耳。她无奈地反驳道，你这是信口开河，胡说八道——

这怎么叫胡说八道？是真事！狗儿继续说，你小叫花子没事儿时，到城南牲口市上去看看骡子就明白了。骡子，就是马和驴子交配出来的后代，干活儿有长劲，不惜力，卖的价钱也贵。我告诉你，人都说小日本狼性，就是狼子野心、翻脸不认人的意思。山里的狼，我见过多了，要说小日本是恶狼，我倒觉得有点像，待我有机会把他们的品种改了，省得他们到处祸害人，前天夺琉球，昨天抢台湾，今天想灭朝鲜，如今又琢磨大清国的地盘……

八嘎（日语，浑蛋）！小叶子气急败坏地大吼一声，竟然说出了日语。

八个？八个不够——狗儿神秘地说，要生就生他个万儿八千的，那才过瘾！哎，你脸红啥呀？哦……我明白了，你小叶子也想跟我去日本岛啊，成！看在你救过我的分上，到时候哥们儿就带上你。不过嘛，你小子身体太单薄，怕你抗不住……

小叶子上前拧了一下狗儿的胳膊说，你是二流子，是土匪！不准再说这些——

狗儿哎哟哎哟直劲告饶，这时房门“呼啦”一下打开了，小诸葛袁方进门就说，狗儿老弟，你看是谁来了？

狗儿定睛一瞧，眼睛“刷”的一亮，喊道，哎呀，是陆老兄！快快过来坐，听说你遭了不少罪，不过出来就好！

陆途一欠屁股，刚坐在炕沿上，便又像弹簧似的站起身来，说，他妈的，昨晚上挨了一顿板子，屁股开了花……老弟呀，你比我更惨，挨了枪子儿……这帮衙门里的清狗，早晚要是犯在咱们手里，得好好收拾收拾他们，出出这口恶气！

袁方接过话茬儿说，看样子，老弟是有点发烧吧？

狗儿说，现在好多了，多亏小叶子刚才给我换了药，又把脓清了出来。

袁方说，小叫花子不糠啊，还有这两把刷子——

小叶子说，小叫花子命贱，经常挨削，不学点疗伤的手艺，那哪儿成呀？

狗儿关切地问，陆兄，你的伤怕也不轻吧？我这有上好的红伤药，让小叶子给你上上……

陆途使劲地拍拍胸脯说，放心吧，离心大老远的，咱这体格棒着呢！再说咱是卖药的，还能短了药？

你那药，怕是不中用吧——

陆途说，放心吧，糊弄谁也不能糊弄自个儿。

狗儿有些内疚地说，唉，陆兄遭罪，起因在我……算了，我这就叫一桌席，给陆兄压压惊……小叶子你找何老板去办，咱们哥儿几个也好好唠唠，痛快痛快——

屋子里顿时响起一片叫好声。

小叶子转身走出门去……

何掌柜正拨拉着算盘珠，一眼见小叫花子走过来，开口便问，这回是来交银子的吧？

小叶子凑过去，脸上露出一丝诡秘的神情，说，老板，你老是见过世面的人，我们拴在你后院的那两匹马，那可是神骏，拿出哪一匹，还不值二三百两银子，你愁啥？

何亮嘿嘿地笑出了声，说我不过是顺便问问……我是生意人，卖啥吆喝啥。买卖行里有句话，叫做“人要长交，账要短结”，对你们这伙儿人，我已经是破了例，到现在一个铜子儿不交，又吃又喝，我不也好生侍候着？说吧，有啥吩咐？

上一桌酒席，四副碗筷。

小二，一桌酒席，四副碗筷——送后院上房！何亮大声地交代下去。

小叶子说，何老板，你这人挺大气，将来准能发大财，行！

承蒙夸奖，不胜惶恐……

小叶子笑着说，那两匹马好好喂着，早晚都要遛遛……

何亮说，放心吧，这一早一晚，我都打发人牵着去北门外，到北大河去饮水，那河边的青草都一匝来高了，嫩着呢……可不能让马掉膘，说不准这马还是我的呢！

小叶子说，对喽，还是何老板有头脑！说完，又想起了一件事，便问道，何老板，咱这金州城，城里城外，有多少大牲口，多少挂大车？

大牲口可说不准。何亮想了一想说，大车嘛，一两千辆总有吧……你一个小叫花子，打听这事儿干啥？

顺便问问，小叶子说，我想啊，啥时候我发了财，没准儿也开一家大车店，像你老一样当个阔老板，多牛啊！

何亮哈哈大笑起来，说，小爷们儿，你可别学我，没出息。咱大清国，士农工商，商人是最末一等，一天到晚点头哈腰，见人三分笑，侍候人的活儿，不好干……

小叶子调侃道，谦虚了不是？“士”有什么好哇，点灯熬油，读几本圣贤书，十年寒窗，到头来挣下个功名还好，中不了，还不是一个穷酸秀才。“农”有什么好，土里刨食，脸朝黄土背朝天，去了税，交了租子，剩下那么一点点粮，每年到了这个时节，只能喝粥度日了。“工”嘛，要有大本钱，这些年，大清国大搞洋务，官商发了财，一般人靠工发财是少而又少。还是经商好啊，本小小干，本大大做，像你何大掌柜的，属于不大不小，有奔头啊！

想不到，小叫花子有这等见识！何亮颇为感慨地说，依我看哪，还是丐帮日子最好过。江湖上有句话，叫做“花子头一班，强如做大官。”你们供奉范丹、朱皇帝，是做无本生意的，比商人强多了。

小叶子也笑了起来，问道，朱元璋是我们的祖师爷，你说的范丹是谁呀？

何亮眨眨眼，心里说，早就看你不是个要饭的。可嘴上却说，这范丹是春秋时陈蔡一带的乞丐头儿。有一天，孔夫子断了粮，派弟子颜回去向范丹借粮。范丹让颜回回答两个问题：天上啥多啥少？尘世间啥喜欢啥恼？颜回答道：天上星星多日月少，娶媳妇喜欢死人恼。第二句没答对，粮没借来。孔子告诉颜回，第二句应答：借钱喜欢还钱恼。颜回再去，才借得粮来。他借来的粮食虽然只有一小布袋，却取之不尽用之不竭。孔子后来命弟子去还粮，发现倾尽粮仓还是装不满范丹的小布袋。没办法，孔子只好亲自出马去拜见范丹，说欠的粮食由弟子继续还。范丹又提出两个问题让孔子回答，一是孔门弟子遍天下，素不相识怎么讨要？孔子说，凡是门头有字、墙上有画、家中有经书的人，都是孔门弟子，向他们讨要就行了。二是诗书人家多养家犬，家犬咬人，对乞丐态度恶劣，该怎么办？孔子说，狗咬拿棍敲。后来乞丐们手中总拿着的那根打狗棍，就是由此而来。

小叶子说，这故事不错，我原先只知道一点儿，哪有老掌柜见多识广，讲得全乎，太有意思啦！那就是说，诗书人家欠着我们范丹老祖的债，小叫花子到孔门弟子家中去要饭，是理所当然的事儿，太好了。依我看，你何大掌柜识文断字，也算是个读书人，我到你这白吃白喝，也是理所当然喽！

何亮被小叶子的话逗乐了，说，看看，绕来绕去，又绕到我这儿来了。我虽然算不上正经读书人，但你来可以，管饱。不过，我怎么瞅你也不像个叫花子。

像啥？小叶子有些紧张地问。

像……像个泥猴！

大掌柜的嘴损，骂人！

闹着玩的……不过，说你不像，我是有根据的。

那你说说看——

何亮慢悠悠地说，年年冬天一到，这叫花子就多了起来，三个一伙儿，五个一群，男的很少，妇女小孩在多数。每逢出了日头的时候，就全体出动，散开在各自的地盘。转过了年，不到清明节，就大部分走光了。你说咋回事？

见小叶子不吱声，何亮又继续说，这些要饭之人，不是真正无家业、贫苦无依的，他们有点地，大多住在马架窝棚里，上秋收获以后，把破棉衣裳全穿齐了，留个人看家，就出来要饭，混个冬天，反正待在家里也是没事儿。春暖花开，该种庄稼了，便一齐回家种地了。如今清明刚过，正是种地的时候，这金州城里的乞丐也不剩几个，除了个别遭大难、大灾的还在，少胳膊缺腿的有几个，利手利脚的几乎看不到了。

小叶子说，何老板果然是眼观六路，耳听八方，见多识广，小叫花子我真是佩服得很呢！不过，这世间的事儿，总有个例外，是吧？

对对对……何亮打着圆场说，老话说得好，“运去金成铁，时来铁似金”，小爷们儿终有柳暗花明的一天，到时候，我在你门前要饭，你可要赏一碗粥喝哟……

何老板言重了。小叶子拱拱手说，小叫花子今日多学不少东西，这厢有礼了。

待小叶子回到屋里时，小炕桌上菜肴已摆得满满当当，酒杯里都斟满了酒，只等她到场了。狗儿斜倚在雕花被隔旁，等小叶子坐好后，便举起酒杯说，陆兄归来，兄弟我了却了一桩心病。老兄躲过一劫，必有后福，来，先给陆兄压压惊，共同干了——

杯子撂下后，坐在下首的小叶子赶忙起身斟酒，在给狗儿倒酒时说，狗哥哥，你发烧了，少喝点……

狗儿忙说，哎，头疼脑热的，没啥大碍，我这人皮实。过去在山里打猎，跟野兽打交道，风霜雨雪的，熬出来了，尽管倒吧——喝点酒，腿就不疼了。

这回是陆途举起了酒杯，说，我佩服狗儿老弟为人仗义，武艺高强……这杯酒，借花献佛，祝愿老弟枪伤早日痊愈，我先干为敬！说完“咕咚”一下，喝干了酒。

接着，陆途又举起斟满酒的杯子，说，这第二杯酒，是缘分酒，我和小叫花子叶子老弟单整一个，来——

小叶子心想，反正我喝的是米酒，你这个车轴汉子能喝，我也不怕，端起杯子一碰，一饮而尽。

陆途也不吃菜，用手比画着，说，我提议这第三杯酒，挺重要。不过，我得先问问，在座的都是汉人吧？见没人有异议，便说，既然都是汉人，大家对“扬州十日”“嘉定屠城”的血案，还记得吗？

陆途这一席话，不由得使狗儿警觉起来，脑袋里一时间转了几个问号，心想，这陆途是什么人，是衙门里的暗探，还是反清的地下帮会成员？他不动声色地夹了口菜，缓缓地嚼着，好像未听见陆途说的话。

小叶子早已知晓陆途和袁方是天地会的人，可没有料到陆途会当着大家的面，急于煽动反清情绪，莫非他是想试探一下，抑或是想发展新成员？如果真是这样，未免有些太过鲁莽、太大意了吧……

小诸葛袁方见冷了场，忙说，陆老弟，小心隔墙有耳。你是酒喝急了，说的都是二百年前的老话，咱们一介草民，扯那些个事儿干啥！来，吃菜，吃菜……

小叶子夹了口鱼肉，边嚼边琢磨，煽动汉人反清情绪，乃是大日本帝国皇军未来征服中国的一着高棋……目前，这姓袁和姓陆的身份已经明确，这狗儿他到底是啥身份，有些深不可测，应该给他们加一把火，借此可以摸摸底。思量到这儿，她来了精神，说，我没啥文化，刚才听陆大哥说什么扬州、嘉定，什么血案，我也没大听懂，这说的是不是满洲的八旗军队进关杀人的事儿？

一听这话，陆途的激情重又被燃起来，他兴奋地说，那还用说？可恨那大汉奸吴三桂，勾结清妖入关后，大肆屠戮我汉人同胞，最后还硬逼迫汉人削发梳辫子，说“留头不留发，留发不留头！”毁我衣冠，杀我同胞。鞑虏一日不除，炎黄子孙就一日抬不起头来！

小叶子嘻嘻一笑说，还是小叫花子省事，梳不梳头没人管。陆途随口说，你大哥我是无辫子可梳，要不，这大脑袋瓜子要被当西瓜砍啦……我可是怕死呀！

狗儿说，陆大哥，你那天在城里卖膏药，对人群发誓说，我要是赚了你的钱，教我抛山在外死不归家！这话是啥意思？

“哈哈哈……”陆途一阵大笑说，那个誓跟没起一样，江湖人管“拉屎”叫“抛山儿”，我说的是抛山儿在外，屎不归家。拉出来的屎能回家吗？

狗儿笑了，伤口疼得让他一咧嘴。心想，此人轻浮而油滑，对他得多留心点……

袁方开口说，今天是个好日子，陆老弟身脱囹圄之困，该是好好喝几杯才是，来，干了这杯！

正在热闹的当口，屋外有人叩门。推门进来的人，是客栈老掌柜何亮。只见他一脸紧张，冲屋里的人说，适才有两个衙役来打探，问是否看见过骑黑马和黄马的客人，我说没见过。我寻思着，大概是来找你们麻烦的。

狗儿说，谢谢何大爷，来，快请上来坐——

不用客气，我还有事儿要忙，你们慢用吧——这几日出门，要多加小心才是。何亮说完转身出去了。

陆途说，这掌柜的怕是要撵咱们挪窝吧？

不会的。狗儿说，何掌柜是见过大世面的，心宅阔达，为人谨慎。我看，咱们还是谨慎小心为上策，万一有人通风报信，别让人家一锅儿端了。袁兄、陆兄，你们两个先另找个地方去住；我和小叶子先住这儿，我这腿脚不方便，麻烦小叶子帮帮我，跑跑腿，咋样？

小诸葛袁方沉吟片刻，说，也好，陆老弟跟随我去住，我那儿有地方，明天我再抓副汤药来……

那就多谢了。狗儿说，待会儿吃完饭，小叶子你也出去，给自己置办两套衣服，再剃个头，乞丐咱不当了。这客栈里人多眼杂，要饭的住店，容易让人怀疑。

四个人吃喝完毕，袁方和陆途先告辞走了。小叶子临走时，狗儿嘱咐说，去看看何掌柜有没有空儿，请他来一趟，说我找他——

不大一会儿，何亮带个小伙计来。小伙计麻利地把席面收拾干净，推门走了。剩下的二人，四目相对，狗儿坐在炕上，拱拱手说，何大爷，你认不出我来了吗？

何亮端详半天，摇摇头。狗儿说，我是黄大河的儿子——狗儿啊，小时候，我爹带我到客栈来过几次……

哎哟，你瞅我这记性，人老眼花，大侄儿可别见怪呀！何亮扑过来，一把抓住狗儿的手，亲切地问道，你爹可好哇？

好，好！我爹常念叨你老人家，说当年我爹妈住在你的店里，受到了你老的关照，我们家住到乌龙村，还是你老的指点呢……

唉，一晃都二十来年了……当年你爹妈是来找你大伯他们一家的，我还答应过帮助你爹寻找，可至今也没个音信……我心里到现在还不是个滋味哩！

瞧你老说的，我爹说你是侠义心肠，一点也没说错。

狗儿啊，大爷我不问你是怎么得罪了官府衙门，你住在这儿，就跟家里一样。衙门里那些差人每年我都不少打点，有个大事小情的，他们都能照应，你尽管放心就是——

听着何亮这番话，狗儿心里暖和和的，他有些愧疚地说，大爷，这店钱我先欠你的，到时候连本带利一定全补上……

何掌柜哈哈地笑起来，说，孩子，甭提钱的事，那样就把咱们隔远了。再说，你们老黄家是什么人啊，我是“茶壶煮饺子——心里有数”……大侄儿到我这儿养伤，我高兴还来不及呢！哈哈哈……

狗儿被何亮爽朗的情绪所感染，眼花晶莹。

何亮忽然郑重地问道，孩子，你身边这几个人，你是啥时认识的？

都是这几天的事儿。狗儿回答。

何亮说，出门在外，要多加小心，老话说得好，“行船走马三分险”。那个小叫花子，依我的眼光看，他可不像个要饭的……还有那个秃头，金州城里原来就没这号人，大概是刚从外地来的。那个算命先生，是去年才从河北来的，倒是个有学问的……

狗儿一阵愕然，问道，怎么看出小叫花子是假的？

何亮说，我俩唠过嗑儿，粗一看，这小子邋里邋遢，脸抹得灰不溜秋……可细一看，那脖梗儿里、耳朵后，可是细皮嫩肉。真要是讨饭的，那脸上的色儿，是日头晒出来的黑色。再说，人要是吃了上顿没下顿的，肯定没精神，可这小子，机灵鬼一个……你没想想，他为啥跟你走得这么近乎？

听了这席话，狗儿细一品，心想，这小叶子又机灵又可爱，做事利索还会疼人……他的脑海里蓦地灵光一闪，呈现出一连串的画面：小叶子伸出手掌要钱时，那手心是细嫩的，没有一丝老茧；小叶子替自己吸伤口的脓水，由于用力，脖梗儿里涨得粉红；小叶子总是说自己没文化，可要是真没文化，能说出“文化”这个词儿吗？……

狗儿不禁说道，没文化？没文化是假的。他有文化，对！姜还是老的辣，还是你老人家眼尖，大爷你说，那他到底是干啥营生的？

何亮笑道，我又不是神仙，可猜不透。只是觉着他不像个要饭的，仅此而已。你们在一块堆儿，多跟他聊聊天，摸摸底细。

何亮走了之后，狗儿觉着眼皮沉重，身子轻飘飘的……

漫天的雪片，层层叠叠、飘飘悠悠地落下，一点声息也没有，偶尔能听到大雪压折枝丫的一声脆响，更显出这大山的空旷与静寂……这是开春后的雪，太阳出来了，天放晴了，积雪的表面渐渐融化，透迤的大山仿佛罩上了一层银色的铠甲……

雪落空山寂无声……

空山不空，这是打狍子的绝佳天气。狗儿带上猎枪和围狗亮亮出发了。

亮亮兴奋得不行，它毛厚体轻，可以在雪壳上“嗖嗖”地飞奔，而不致陷入深雪中。人就费力了，走一步，陷一腿……

翻过两道冈梁，远远望去，北坡淡蓝色的积雪上，灰蒙蒙的有一片树林，隐约间，有三四只狍子在林中晃动，看样子是在啃啮树皮。又过了一会儿，狍子们忽然四散开去，争相朝坡上奔去……

狍子的后边，有两匹狼在追撵……

狍子的腿又细又长，蹄壳尖硬，如果是在草地上，跑起来会像风一般快。可眼下的情景，狍子们就惨了，每跃进一次，细腿就深深地插进积雪中，拔出腿来，雪的硬壳便会刮伤腿……

两匹狼轻松地按倒两只狍子……

“砰……砰……”

两声枪响，两匹狼翻滚在一旁。围狗快速冲了过去，死死地咬住一匹肚子中弹企图挣扎逃跑的狼，很快，狼就断了气……

两只狍子，一只被狼咬断了咽喉，已经死了。另一只狍子后腿被齐根咬断，躺在地上，女人般美丽的眼睛里，淌出了凄楚的泪水……

狗儿不忍再看它那痛苦的表情，抽出匕首，刺向狍子的心脏……

他冲大山铆劲儿地喊了一嗓子，别怨我！别怨我——

……

快醒醒，快醒醒——

狗儿睁开了眼睛，大山、雪野不见了，一张俊俏的脸庞出现在眼前，那双眼睛很像刚才那只狍子的眼睛……

狗儿揉揉眼睛，忙问，你是谁？

啧啧……连我都不认识了？我是小叶子呀——

是小叶子啊，洗干净了头脸，还真是有点认不出来……模样挺俊的，有点像……

像啥？

像驴皮影里的俏小生。

你刚才梦见什么了？

狗儿“唉”地叹了口气说，几天不摸枪，手就痒痒，又梦见过去打猎的事儿……

打猎？打猎有那么重要吗？小叶子有些失望地说，我还以为你梦见我了呢？她说着，下意识地用手指戳了一下狗儿的脑门。这近似亲昵的举动，连自己都觉得有些过分了，她感到脸上一热，慌忙将脸扭向一旁。

狗儿无法瞧见小叶子那张红红的脸，他只是感到小叶子戳他脑门的动作，有一种亲人般的体贴和温情。他伸手将小叶子一把拉到自己身旁说，躺下，跟我唠唠嗑儿吧，我挺孤单的……

你是想那个小脚女人了吧？小叶子有些疑惑地说。

瞎扯淡！狗儿说，我在想邱大哥，这老兄莽撞，可别出啥事儿呀……

什么秋大哥、冬大哥的，我可不信！

你知道啥？小叫花子，他是我大哥。

第九章　意外收获

金州城离海最近的地方，是城西。这里离渤海的葫芦套才三里多路，沿海向西北走二三里远，有个小海湾，当地人叫它黑蛇湾。

这天傍晌午，渔民刘义家的媳妇小莲在房外泉眼边洗衣裳，一边挥动棒槌，一边看儿子毛头挖野菜……一抬头，看见渔民王大利捧着脏衣裳朝这边走过来，忙问道，王大哥，你没跟我家刘义出海呀?

王大利说，别提了，去了，船没走多远，我就闹肚子，又返了回来。刘义说今儿个海里长脖多，想多捞几网……

小莲从王大利怀里抢过衣裳，说，衣裳我来洗，你回家歇着去吧。看看，大嫂不在家就是不行，这鞋也破了，脱下来吧，待会儿我给补上。

王大利不好意思地说，你嫂子领丫丫回娘家，都快一个月了，还不回来……

那你着啥急，准是嫂子家有事呗。

说的也是，过两天我回去看看。憨厚的王大利说，那我就谢谢弟妹了。说完话，脱下鞋子，光着脚就回家了。

小莲是个能干的媳妇，不大一会儿，一堆衣服就捶洗干净了。刚满五岁的毛头拎着菜篮子，摇摇晃晃走过来喊，娘，娘——看我都挖这老多了……

小莲说，毛头真乖，回头娘用开水焯一下，咱们吃野菜醮虾酱……

屋子前，小莲正往绳子上挂洗好的衣裳。毛头扯扯娘的衣襟，说，娘你看——那边来了个人……

果然，一个身背鱼篓、渔民打扮的人，向这边晃悠过来。那人走到近前，询问道，大嫂，水的有没有？我的口渴……

想喝水呀，那边有，水甜着呢——小莲手指着泉眼方向说，心里却琢磨着，这人说话这么难听，舌头像短了半截，不是本地人。

那人走向泉眼边，跪在地上，捧起水连喝几大口。喝罢，又走过来，说道，我的迷路了，想吃顿饭，我这儿有钱——

小莲说，啥钱不钱的，你别砢碜人了。家里有剩的大饼子、高粱米粥，待会儿给你熥熥（音tēng，把凉了的熟食蒸热或烤热），就咸鱼干吃……对了，还有山野菜醮虾酱，你倒是挺有口福，赶上我儿子挖野菜。

小莲招呼陌生的客人进屋，毛头也跟了过来，热情地说，叔叔，这曲麻菜、婆婆丁、小根蒜……可好逮了。

陌生人有些怯生生地问道，逮……逮？什么意思？

小莲咯咯地笑着，说，这是我们山东家的话，就是吃的意思。

毛头说，叔叔连逮都不懂，是个大笨蛋！小莲忙斥责儿子说，毛头，不兴跟叔叔这么说话，到一边玩去吧。小莲又转过头，问，听你的口音，不像是关外人，对吧？

对对对，我是南方人。

小莲说，哦，怪不得说话不在调上……

不一会儿工夫，热腾腾的饭菜都端上了桌。陌生人似乎饿极了，操起筷子，狼吞虎咽地吃起来……一碗粥喝完时，陌生人眨巴着小眼睛，问道，你们这里有水井吗？

小莲答道，这儿的人家少，用不着打井，你不是看见那眼泉水了吗？那儿一年四季都有水，这儿的十几户人家都靠它洗衣做饭。

陌生人点点头，又问道，你们这儿的人家，粮食都很多吧？

也不多，咱家是靠打鱼养活着……用鱼虾到城里换钱，有了钱，再买米和面。还凑合着吧，忙时吃干，闲时吃稀……小莲唠叨着。

陌生人听到这儿，撂下饭碗，从怀里掏出一张折叠的纸，拿出一支笔，在上面写着什么……写完后，便又呼呼噜噜地吃起来，边吃边夸奖说，太好吃，大大地好吃呀！

好吃多吃点，别客气——

在我的家乡，能吃到这些油煎的小鱼、山野菜，也是上好的食品了。

你的家也在海边住？

是的，是的，在岛屿上。

陌生人食量很大，一连喝了三大碗粥，吃了两个大饼子。吃罢，点点头，从口袋里掏出一把铜钱放在桌子上。小莲一瞅，赶紧说，你把钱收起来，咱们这儿不兴这样，吃饱了，你就走道吧——

陌生人站起身来，打着饱嗝儿，问，你的男人哪儿去了？

我当家的打鱼去了。小莲边收拾碗筷边说。

陌生人一双小眼睛色迷迷地在女主人身子上转着，忽地站起，一把搂住小莲的细腰，说，你的，长得美丽，我的要了——

“啪”的一声，那男人脸上挨了一记耳光。

小莲尖声叫喊，你是个畜生！毛头——

陌生人一拳将她打倒在地，小莲昏迷过去……

又过了一会儿，毛头玩耍累了，推门进屋，看见那个“叔叔”正压在他娘的身上……

娘，娘——毛头高声喊着……

“叔叔”跳到地上，面露狰狞，眼冒血丝，怪叫一声，你的死啦死啦！一把抓过毛头，扯住双腿用力一撕……可怜的小毛头，才刚刚五岁，手里还握着一把刚挖的野菜……

下午申时，刘义划着小船归来。

他收网上岸，抬头一望，不见媳妇和儿子的身影，心里纳闷：平时这时候，小莲一看见小船回来，都会领着儿子跑向岸边，帮助他抬鱼、拴缆……那个时候，是这个家庭最快乐的时光。

刘义拎着一筐鱼，推开家门，家中的一幕让他震惊万分：儿子毛头被劈成两半，媳妇小莲一丝不挂，血淋淋地僵卧在土炕上……

脑袋“嗡”的一下，刘义栽倒在地……继而失声痛哭起来。

刘义是个秉性刚烈的汉子，哭了一会儿，站起身来，发誓要给妻儿报仇。他极力搜寻凶手的蛛丝马迹……突然，他发现炕沿下放着一双破旧的鞋子，这不是王大利早晨穿的那双鞋子吗？！在屋外，他发现晒衣绳上，搭着几件褪了色的衣裤，仔细一看，也是王大利的！一股怒火直冲头顶。他心里骂道：好个王大利，你这个王八蛋！平日里我当你是亲大哥一样帮你，想不到你人面兽心，背后打我的主意，趁我出海，装肚子疼回家，杀我儿子，奸我媳妇……今天不宰了你，我誓不为人！想到这儿，刘义拎起钢叉，径直朝王家奔去。

“嘭”的一声，刘义一脚踹开王大利家的房门，见王大利正睡在炕上，于是冲过去，一把掀起被子，朝王大利的脑袋狠狠地叉去……可怜王大利都没来得及吭一声，一缕冤魂就朝西天散去。

刘义杀了王大利，转身返回家中，用被子将媳妇和儿子的尸体包裹起来，然后将墙底层的大石头拆将下来，用力一推，土屋便抖了几抖，“轰隆”一声坍塌下去，“家”在一片浓浓的尘灰中永远失去了……

望了一眼心爱的妻儿葬身之地，刘义无言地抹了把泪水，心想，去旅顺口，坐船回山东老家。他抄近路，朝金州城西门奔去。

杀死刘义妻儿的人，并不是什么南方人，而是日本浪人山口纯一郎。他是去年被高桥卫招募到金州当间谍的，是平源叶子麾下的一员干将。五天前的晚上，平源叶子奉命召集手下人开会，重新分配了任务，由山口纯一郎负责侦察金州湾沿海一带的地理和军情，今天是他回城汇报的日子。

此时的山口纯一郎，心情有些灰暗：杀了人，心情紧张，总是担心有人追上来复仇。回城的路上，他提心吊胆，不时地回头张望，看看是否有人冲过来。渐渐地，他发觉这一路上碰见的人，大多是上午进城办事、做买卖，下午回家的农民和渔民。那种由杀人而生的不安，慢慢地烟消云散，一种得意的快感继而袭上心头，心想，支那人死得越多越好，最好通通死光，让出地盘来。这块儿美丽、富饶的大陆，早就应该属于大日本帝国、属于天皇！只有大和民族才配在这里繁衍生息。想到这些，心情不由得振奋起来，那种杀人的罪恶感幻化成报效天皇的成就感，脚步也随之轻松下来，嘴里竟哼起了日本的民歌小调……

快到金州西门时，山口纯一郎从衣兜里拿出了一只玉手镯。这只手镯是从小莲的腕子上撸下来的，他寻思这东西能值钱，到城门口卖掉，换几个零花钱。

卖玉，卖玉，好东西……山口纯一郎举着手镯吆喝着，手上还有没揩干的血迹。时而有路过的行人上去看玉，搭讪两句又走开了。

刘义背着一个包裹，匆匆来到城门口，听见卖玉的吆喝声，便随声望过去，见是一渔民装束的汉子，手擎一只玉镯，高一声低一声在叫卖……那只玉镯在夕阳余晖的映照下，通身晶莹，水绿色的玉身隐隐现出十分熟悉的几丝纹理。那汉子穿的衣服，也极惹眼，淡褐色的褂子上，肘部和肩膀处打着补丁，分明是自己穿过的衣服……刘义围着卖玉的汉子转了一圈，见那只拿着玉镯的手，还带着血迹，是了，就是这只手，杀死了我的儿子和他娘……

刘义被巨大的愤怒灼红了双眼，一时间，他又想到了冤死的王大利，心里暗暗叫苦不迭：错了，错了！如今真凶就在眼前，刘义血脉贲张，大叫一声，你这个王八蛋！劈手揪住山口纯一郎的脖领子，一记重拳直捣过去。

脸上挨了一拳的山口纯一郎，此时也醒过腔来。他毕竟是武士出身，慌忙避过第二拳，身子一蹲，一记扫堂腿，将刘义扫倒在地。他哪敢在这儿耽搁，周围看热闹的人，虽然目光麻木，可都是中国人，万一……哪敢多想，山口纯一郎拔腿就跑。他不敢进城，城门口有守城的卫兵，只能朝城北的方向跑去。

刘义爬起来，直追赶下去，边追边喊，抓坏蛋——抓坏蛋——

距离城北门一里路远近，两个小伙计正赶着五六匹马朝城门方向走去，显然，他们是刚在北大河边遛完马。在他们身后不远处，尾随着一个壮汉，这人不是别人，正是失踪了七八天的山狸猫邱峰。

邱峰那天在海王庙前听到枪声时，听到狗儿让那两个小子骑马逃走，他就只好朝南边跑了下去……心想，咋也不能往家跑，自己出了事不要紧，千万不能连累老婆和孩子。他脚下用力，穿过一大片灌木丛，翻过两道短松冈，七弯八拐，终于摆脱了追踪……当天晚上，他在一个破烂的瓜棚里躲了起来。

他想，这几天情况不妙，匆忙回到城内，很有可能被守城的卫兵或者被贪财的人告密，因为城里肯定到处张贴着他和狗儿的绘像……

他又想起了之前在二十里堡被捕快们逮住的情景……对了，大通钱庄金老板还欠钱没给呢，现在反正也无事可做，索性去一趟，得好好教训教训他……

第二天，他找了个乡下剃头挑子（指挑着工具走街串巷给人理发的人），将一脸的络腮胡子全部剃掉，又买了一顶黑缎面的瓜皮帽和新鞋袜，外面再罩上一件细布大褂，形象已经大大改观，显出几分绅士风度来。当天晚间，他又神不知鬼不觉地潜入钱庄金老板家的后院。这一趟可是收获不少，除了一大包金银，金老板的另一只耳朵也给削了下来，算是出了一口恶气。回金州时，这次可学精细了，没有贸然进城。没承想，今天却在北门外三里处的北大河边，发现有人在遛马，马群中竟有乌骓和干草黄。他大喜过望，差点儿冲了上去，可转念一想，狗儿曾告诫他再不可粗心大意，心急吃不了热豆腐，还是悄悄跟上去看明白再说。于是，他悄悄地尾随在马群后十丈远处……

突然，有两个人一前一后、跌跌撞撞地从一条小毛道上斜刺里蹿过来。跑在前头的那个人直接冲向马群，左突右冲，竟然一下子跳到乌骓马的背上。邱峰吃了一惊，心想不好，这小子身手不错，是个骑马的行家……他忙把手插进嘴里，打了个响亮的唿哨。那乌骓马仿佛听到久违的呼唤，耳朵一支棱，猛地扎住四蹄，长嘶一声，抬起前腿，腰身一晃，马背上的人如断线风筝一般地飞了出去……

邱峰三步并作两步地抢上前去，一把扭住抢马之人。随后赶来的那个人，大口喘着粗气说，这个王八犊子，是……是杀人凶手，我……我非亲手宰了他不可！

原来这两个一前一后跑过来的人，正是山口纯一郎和刘义。

邱峰一听刘义的话，一脚将山口踢倒在地，又死死地踩住他的胸口，厉声喝道，你是什么人？为啥杀人？

山口纯一郎刚遭到马摔，又被邱峰踹了一脚，一时动弹不得……一双小眼睛贼溜溜地乱转，磕磕巴巴地说，我的是……中国……大清国的渔民……

邱峰一听回话，心想，他妈的，中国人哪有这么说话的，嘴里像含了个屌，肯定不是啥好东西！他朝那遛马的两个小伙计说，没你们啥事儿，赶紧进城吧——

小伙计连声道谢，忙吆喝着马走了。邱峰望着他们的背影，忙又喊道，你们住在哪儿？伙计们说，茂达客栈——

站在一旁的刘义，此时又气又急，不停地唠叨着……

邱峰也听不出个囫囵个儿，他快刀斩乱麻地说，少啰嗦，你说他杀人，证据何在？

刘义说，这畜生手上有血，还抢了我媳妇的手镯，还有……这身衣服也是我的……

趁邱峰听刘义说话的当口，山口纯一郎悄悄地从腰间拔出一柄尖刀，猛地向邱峰腿肚子刺去……

邱峰眼尖，一瞥间，忙抽腿闪过……

山口纯一郎就势一滚，已经站起身来。此时邱峰已经认定，这家伙就是一个凶残的坏蛋！他二指并拢，朝山口纯一郎腰眼猛力戳去，只一下，山口纯一郎不及躲闪，顿时瘫倒在地……

刘义赶上前去，抢过落在地上的尖刀，朝仇人的身上捣蒜般地刺过去……山口纯一郎哼了几声，又嘿嘿地笑起来，说，你们的等着……皇军会……会为我报……报仇……说完，两眼一翻咽了气。

管你是什么黄军、绿军，反正是又为民除了一害！邱峰对刘义说，仇，你也报了，赶紧撒丫子跑吧，还等啥呀？说不定官军一会儿就过来了。

刘义抛下尖刀，开始翻检死尸的衣兜，先是翻出一张叠好的纸，扔到一边，待找到那副手镯，装进自己的口袋里，然后转身一跪，就地给邱峰磕了一个头。说，好大哥，大恩不言谢！我这就回去，给王大哥收尸去——说完，起身疾步向金州湾方向奔去。

邱峰听了刘义这没头没脑的话，望着他的背影，喊了一嗓子，兄弟，多保重啊——

再一低头，瞧见地上那张叠好的纸，弯腰捡起，打开一看，见上面画着一些曲里拐弯的线条和一些勾勾巴巴的字，顺手撇了。后又转念一想，这张纸有点玄妙，还是带回去给老大狗儿看看，于是又捡了回来，叠好，塞进口袋里。

此时，已有四五个老百姓围拢过来看热闹。邱峰对他们说，这人是杀人凶手，已被我正法！大家快走吧，省着惹事儿……

人群一哄而散……

山狸猫邱峰朝“死倒儿”啐了口唾沫，颇有些遗憾地叨咕着，少了一只臭螃蟹，真是便宜了这个王八蛋——

第十章　狗儿养伤

茂达客栈后院，上房内灯火阑珊。

狗儿拄着单拐，颤颤巍巍地挪动着脚步……小叶子在他前面指挥着说，好，好……再慢点，不错，恢复得很快呀，再有几天，就差不多能跑了。

狗儿说，真得感谢你，小叶子，没你给我天天上药、按摩，在身边侍候，哪能好得这么快？

小叶子一脸天真，笑得挺灿烂……

她身穿一套蓝色细布长衫，头上戴着一顶青色瓜皮小帽，秀眉下，一双杏眼顾盼生姿，俨然一个风流倜傥、机灵活泼的公子哥。她鼓励着狗儿说，这回不用拐了，走几步试试看。

狗儿擦了下额头上的汗水，又走了一个来回。见狗儿身子一歪，小叶子忙上前搀扶说，今天是头一回甩掉拐棍，走几步试试就行了，当心欲速则不达——我给你烧点热水去，你身上都有馊味了，该好好洗一洗了。

别，别……

狗儿说，你老实歇会儿吧，我懒得动弹。

小叶子说，别看你叫狗儿，你知道人和狗有啥区别吗？

区别？狗会叫唤，人说人话，这就是区别！狗儿说。

小叶子说，错！人跟狗比，是人有尊严，人要干净。狗吃屎，可人不能吃屎，对吧？狗可以到处撒尿，人就不行，对吧？

好你个小叫花子，骂我呢！狗儿笑嘻嘻地说，你一个要饭的出身，穷讲究还不少——

洗不洗？小叶子威胁道，要是不洗澡，我可再也不给你按摩了……

好好好，就听你的。我其实也想洗，不是怕麻烦你嘛！说话间，他们已回到屋内，狗儿边说边躺下身子。

过了一会儿，小叶子找来了大木盆，放进了热水，帮狗儿脱了衣服……狗儿身上只剩下一个裤头，拍了拍胸脯上结实的肌肉，不无自豪地说，看看哥这身腱子肉，你得好好练练了。说着，下意识地伸手去摸小叶子的胸脯……

小叶子吓得一闪身，脸一红说道，你是十冬腊月生的——动（冻）手动（冻）脚的！我不管你了，自己洗吧。

狗儿说，瞧你那小样儿，还脸红。边说着，边跳进木盆。过了一会儿，他就喊了起来，小叶子，跑哪儿去啦？快来给哥搓搓后背——

躲藏在门后头的小叶子不得不进了屋。她绕到狗儿身子后边，拿起浴巾，一下下在狗儿背上搓起来。瞧着那一块块突起的肌肉、宽阔的膀臂，小叶子心头一热，不禁暗忖：好一个伟岸的男人！这么近距离地看一个年轻男人的身子，长这么大可是头一回！她的手指尖一次次地触摸到那结实的富有弹性的肌肤，少女的心不禁怦然一动，难道这就是肌肤相亲？这就是……

你揉面呢？总在一个地方使劲！狗儿叫道。

小叶子一惊，浴巾一下子掉进了木桶里。她慌乱地指点着他肩膀上一处伤疤问道，这块伤是怎么弄的？

让一头老狼咬的。

这块伤疤是咋回事？谁咬的？叶子又指点着脊背上的一处伤痕问。

那可不是谁咬的。那年打松子，不小心从树上掉了下来，让树枝划伤的。

总算掩饰过去刚才的尴尬。小叶子重又从水中捞出浴巾，在狗儿后背上搓起来。不知怎么回事，浑身软软的，竟一丝力气也没了。

狗儿说，小叶子，你累了吧？去歇着吧！

小叶子答应着，将浴巾往狗儿头上一搭，开了门，去了东屋。

狗儿洗干净了身子，一时间好不惬意，他喊来小叶子，自嘲地说，这水真肥啊，能上二亩地。

岂止二亩地哟！小叶子嚷嚷道。

行了行了，把水倒掉，再烧些水，你也好好洗一洗，这回让我给你好好搓搓，看看你小叫花子的身子洗完，能浇几亩地。

小叶子连忙说，我可不洗。小叫花子哪习惯用木盆洗澡……

那你咋洗法？

小叫花子野惯了，要洗呀，就去城外的莲花泡子。

为啥？狗儿问。

小叫花子天当被，地当床，路死路埋，阴沟里一躺，也是好棺材！小叶子回答说。

狗儿说，你是说，你喜欢在野外洗澡。现在下水，早了点，天还有点凉。

你不知道，那儿有温泉，有风景，自由自在地一游，好玩儿极了！

好好，赶明天我陪你去，咱俩骑大马去——我想抽袋烟，这些日子可把我憋坏了。狗儿说着，从腰间摘下他那独特的大烟袋锅来，又从口袋里拿出个精致的烟荷包，从中掏出旱烟叶，一下一下按在烟锅里，点着火，猛劲地吸了几口……

小叶子眼前一亮，吃惊地发现：这个烟荷包真是精致、漂亮极了。拿到眼前看，翻来覆去地把玩，连连称赞道，这是谁的针线，好巧的手哇！

狗儿嘴里喷出一股烟，精神头又来了，说，猜猜看，上面绣的是啥？

小叶子撇撇嘴说，这个问题太过简单，武松打虎呗！你还没回答我呢，谁给你绣的？

狗儿有些得意地说，这是小凤绣的，我那没过门的媳妇。

小凤？小凤……好熟悉的名字呀！小叶子一时想不起来。狗儿见小叶子怔怔地发呆，便打趣地说，小叶子，咋了，你也想老婆了？

小叶子闻听此话，回过神来，说，去你的！你才多大年纪呀，就想娶媳妇——小凤她是这城里的？

要是城里人就好喽，我早就让她来了……她是山里人……

狗儿说到这儿，对小叶子说，你咋这么爱刨根问底打听别人的事？这回呀，说说你自己吧。

我？我有啥好说的，小叫花子，一肚子泔水，说出来让你反胃。

狗儿说，那好，你也过来躺下吧。

不行，我今晚还有点事，得出去一下。小叶子说。

狗儿说，那好，你赶紧走吧。

小叶子点点头说，你一个人早点儿休息。话音刚落，房门"呼哒"一声，一个人风风火火地闯进屋来，屋里人吓了一跳。狗儿借着微弱的灯光细一打量，一下子扑上前去，抱住来人，大叫道，是大哥呀！

老大呀，你可想死我啦！邱峰激动地说着，使劲地摇晃着狗儿……

轻点，轻点，他身子有伤呢！小叶子在一旁嘟囔着，心里却警觉起来，这个莽汉是个什么角色呢？他称呼狗儿为"老大"，是什么意思？

邱峰一歪头，问狗儿，这俊小伙儿是谁呀？

狗儿笑道，他呀，你见过，就是那天早晨，在海王庙门口的那个小叫花子。

邱峰歪头一想，想起来了：那天一大早，他牵着两匹马进了海王庙的后院，拴好马从正门出来时，让一个要饭的差点儿绊倒……后来小叫花子伸手向他要钱，当时没带零钱，就没给，小叫花子还说他是铁公鸡，一毛不拔。想到这儿，邱峰话里有话地说，嚯！真想不到，这丐帮里头，还有这等光鲜人物。

狗儿介绍说，他叫小叶子，这些日子多亏了他的照料，要不这腿挨了一枪，哪能恢复得这么快？

老大你受伤了？怎么搞的，伤得重不重？邱峰关切地问。

小叶子接过话茬儿，他身子棒，恢复得快，今天能下地走了。

哦，那真是万幸啊！邱峰释然地说。

小叶子问道，这位大哥怎么称呼？

邱峰哈哈一笑，摘下头上的瓜皮帽说，你不是给我起了个不错的名字吗，忘了？铁公鸡啊！

小叶子忙拱拱手说，让大哥见笑了，小弟给你赔礼了。

狗儿在一旁心想，到底是老江湖，邱大哥还是粗中有细的，不想把底儿透露给外人。于是，他说道，小叶子你有事走吧——别忘了，到前院找何掌柜，要几样下酒菜，我们哥儿俩得好好扯一扯。

小叶子的确是有重要的事情要办，便借坡滚驴，答应一声转身去了。

平源叶子急忙赶回和顺旅店，因为今天是日本金州谍报小组聚会碰头的日子。她要把日前高桥卫布置的任务传达下去，还要听一听几位下属侦察工作的进度。当她步入堂屋时，看到的却是令她既心碎又难堪的场面……

堂屋青砖铺就的地面上，一副简易担架上，摆放着一具尸体……间谍小原正树和太正浩一左右两边跪着，相对垂泪。猪口一郎站在一边咆哮着，他们杀的不仅仅是我的好朋友，还是日本高贵的武士，我要向天照大神宣誓，我要让无耻的支那人，十倍……不！百倍、千倍地偿还血债！

平源叶子急步趋上前去，见死者是山口纯一郎。她惶惑地跪了下去，仔细验查，但见山口纯一郎面色惨白，胸中数刀，皆是要害处。她抬起头，厉声问道，是谁杀死了山口君？到底是谁？

猪口一郎向叶子小姐报告了他所发现的情况：黄昏时分，我从三十里堡回城时，在距北门近两华里的地方，发现了性（山）口君的尸体。听围观的老百姓议论，是被两个人杀死的。理由是性（山）口君强奸了一个出海打鱼的渔民的妻子，并杀死了这个女人和她的小孩……为防止官军和衙门里的公人赶来，我将自己的衣服脱下，盖在性（山）口君身上，雇一辆大车偷偷地运回城内。时已天黑，没有被发现。经过检查，性（山）口君所绘制的金州湾一线的情报突（图）纸，不见了……

听完报告，平源叶子恼怒地说，该死！该死！作为一个肩负秘密使命的帝国情报人员，军部早有纪律，绝不准许任何有碍于侦察计划完成的行为出现。山口君出格的行为，不仅丧失人格，还丢掉了自己的性命，他是引火烧身，咎由自取。严重的是，我们丢失了图纸，这将直接影响到全部图纸的合成。仅仅一个月之内，小组就损失了两名同事，天灾人祸，我们全都摊上了……好在山口君是死在郊外，但愿，那张图纸让大风刮走了……

叶子小姐，杀性（山）口君的人都是渔民，什么也不懂，拿去也是一张废纸。猪口一郎补充说。

叶子点点头，略微沉吟了一下，说，现在，我命令——

猪口一郎、小原正树、太正浩一三个人立即起身肃立。

平源叶子说道，明天一大早，按照中国的丧葬习俗，你们三个人将山口君安葬于金州南山。不准立碑，只立标记，坟茔要面朝东北方向，遥望日本列岛，愿山口君的灵魂安息。鉴于山口君所绘制的图纸丢失的严重事态，我们现在切不可轻举妄动，只能以静制动，待有线索时，再下手不迟……

小原正树平日与山口纯一郎关系最好，此时满面泪水，含着哭腔说，叶子小姐，要给山口君报仇啊！

平源叶子走过去，拍了拍小原正树的肩头，面色冷峻地说，仇是一定要报的。但是，报仇要有时机和对象。仇人是谁？根据猪口君的报告，是两个人杀死了山口君。我们来判断一下，以山口君的武功，一般常人对他是无可奈何的，这说明那两个人中一定有会武术的，而且功夫很高。我刚才仔细验看了一下山口君被刺的伤口，杀山口君的人竟然不会功夫……原因很简单，那刀法零乱，毫无章法，不是行家所为，只能是一个急于报仇的人干的，很有可能是那个渔民所为。再进一步推断就会发现，复仇的人能够很快找到山口君，说明事发是在当日的下午，而急于复仇之人，是不可能马上找到一个武功高强的人与他同行，何况又是一个来自偏僻地方的普通渔民。这足以说明，一定是有一个武功不凡的人正巧路过此地，用中国人的话说，叫打抱不平，帮助那个渔民杀死了山口君。

太正浩一用日语问道，怎么能证明，是一个来自偏僻地方的普通渔民所为？

平源叶子严厉地说，要用汉语说话！

是！太正浩一又重新用汉语说了一遍刚才的问话。

平源叶子说，以山口君武士浪人的行事风格来推断，他虽然有放荡不羁的鲁莽一面，却也有办事扎实、粗中有细的一面。他强奸杀人之处，肯定是一个人烟稀少、地处偏僻的小海湾处，而绝不会是在一个人口众多的村庄里。

叶子小姐真是太英明啦！猪口一郎拍着马屁说。这些间谍中，数他年纪最大，此时俨然以二把手自居。

我的话还没说完呢。平源叶子冷冷地说，如果我的推理是正确的话，至少可以证明以下三点：一、所谓杀死山口君的那两个人不是一伙儿的；二、渔民报完仇之后，自然会逃奔他乡，而另一个会武功的人，极有可能会在金州城内；三、山口君身上的图纸，一个普通的渔民是不会要的，极可能是被那个身怀武功的人所取走。如果是这样，确实是一件比较棘手、令人头疼的危险事件。

平源叶子说到这儿，停顿了一下，冷酷的目光扫视了一下她的下属，然后一字一板地说，从现在起，你们三个人要全力以赴完成主要交通干线的侦察工作，绘制成图。绝不允许有任何打草惊蛇的举动出现，否则，就是活着回来，也要军法从事！城里的情况由我来调查，那个杀死山口君的真正凶手，也由我来调查……好了，现在我们来为山口纯一郎先生穿寿衣吧……

茂达客栈后院的上房内，狗儿正与邱峰畅饮……

狗儿说，你的马，就是干草黄，救了我一命呀！没想到，我挨了一枪，它还能驮我回来……

山狸猫邱峰颇为得意地说，那是啊，不是宝贝，大哥我能送给你吗？今天要是没这两匹马，我还不敢进城呢——老大，我没马上找你接头，你不怪我吧？

狗儿说，不怪，不怪——不马上找我，肯定有你的花花肠子。

这就对了！邱峰高兴地打开身旁的包裹说，老大，你看看，这些能值多少钱？狗儿一看，嚯！里边的东西金灿灿银闪闪珠光晶莹……自己从来没见过这么多值钱的东西，忙问道，山狸猫又进宅了？

山狸猫专取不义之财，这是金高丽早该吐出的血！邱峰于是将三进大通钱庄找金老板的事，由头至尾说了一遍。末了，他又补充说，这些钱大概能有三千两银子，就归你了，咱们出门在外，人吃马喂的花销大，离了银子玩不转……

狗儿说，我正愁没有住店钱呢，这下可好了，这才是及时雨呀！不过，那位彩云小姐你也要安排妥当，分出一些钱给人家。邱峰点点头，放心吧，老大，咱们一诺千金，我找到她，一定送给她一千两银子。你这些日子过得咋样？

狗儿说，这些人都挺仗义的。你还记得不？海王庙门前被围那会儿，咱俩把马让给陆途和袁方骑，他们俩都没要……这小叶子也不错，人挺机灵。我受伤这些日子，还多亏了他们帮忙，跑前跑后的，抓药、疗伤……可毕竟是初识，还不敢大意，所以我也就没让他们去刘寡妇鲜鱼铺找你。你这一剃须一打扮，挺好，你的山狸猫身份还是先不暴露好，天知地知你知我知，暂时保密。

老大做得对！邱峰真诚地说，跟你在一起，我真是学了不少东西，“近朱者赤”嘛，如今我也学得精细了。这次我不敢贸然进城，也是听了你的话……我是个戴罪之身，又有案底，城里城外，到处都张贴着画像，那通缉令上写着，谁逮住我，还赏一百两银子哩！

咱们是兄弟，相互提醒把风是理所当然的。我的伤还没好利索，更是不敢粗心大意，就怕你出点啥事儿，我也帮不上。狗儿说。

邱峰点点头，忽然想起来了什么，一拍脑袋说，对了，今天我在那个杀人凶手的口袋里，发现了一张图……

啥图？狗儿问，麻溜地拿来，让我看看。

邱峰将那张图纸递给狗儿，说，差点儿当废纸扔了……看看这里边有啥玄机？

狗儿把图纸展平，凑近油灯仔细看起来：上面有点有线，线条弯弯曲曲，乍看上去乱糟糟的，细一瞧，还标有“金州湾”字样……那字有汉字，还有的是日本字……看着看着，心里一阵激动，猛地一拍桌子，叫道，大哥，你立功啦！

邱峰吓了一跳，忙问，咋了？

这张图，跟我从小和尚那儿弄来的那张差不多，肯定也是日本奸细搞的。狗儿抬起头来对邱峰说，我爹说了，那些跟汉字掺和在一起的洋字码，是小日本的文字。

邱峰回忆着说，对呀！那小子说话大舌头嘟叽的，嘴里像含个屌，临死之前还咋呼，你们的等着，黄军会……会为我报仇的。我还琢磨呢，啥黄军、绿军的……

狗儿笑了一笑，诡秘地说，这皇军可不是黄绿的黄，是他妈的小日本的皇帝——天皇的皇。这个坏蛋，定是日本奸细无疑！

邱峰嘿嘿傻笑着，说，原来这事儿还挺大扯——

狗儿兴奋起来，说，大哥呀，你出头的机会来了！这张图纸你好好保管着，到时候咱们亲手送到李鸿章大人那儿，你可是立下大功一件！

邱峰听了这句话，脸上乐开了花，说，你收着就行了，老大立功我就立功了。狗儿说，我这儿有一张了，鸡蛋不能放在一个篮子里，万一将来出点啥差头，不能全砸了，能存下一张也好说话。

听了狗儿的话，邱峰当即小心翼翼地把图纸揣进怀里，又使劲地按了按……

狗儿举起酒杯说，大哥是福人，你一来就双喜临门，这回银子有了，我这心里也踏实多了，欠钱的滋味不好受哇……现在就盼着伤口快点痊愈，好赶紧上路。来，干了这杯酒——

邱峰说，着啥急呀，节气刚到谷雨，李大人他最快也得立夏才到。

狗儿点点头说，你赶紧回家吧，嫂子和孩子都盼你回去呢！邱峰说，今晚跟你在一起，明天再回去也不迟。狗儿说，那好，给何掌柜送银子去。何掌柜是我爹二十多年前的好友，十分义气，可越是这样，咱越得对得起人家……

何亮正在品茶，看见狗儿与一个汉子进来，忙起身相迎。

狗儿压低了声音说，大爷，都不是外人，我跟你实话实说，他是我的磕头大哥，江湖上人称山狸猫邱峰，便是此人……

何亮闻听此言，起身连连拱手说，好一个山狸猫——久仰大名，如雷贯耳！你可是位地道的江湖侠士呀，哈哈哈……真是幸会，幸会，你们不怕我到衙门里告发呀？

邱峰也赶忙起身，说，何老板大仁大义，断然不会为一百两银子取我项上首级……承蒙你老关照，使我们老大有了养伤、避难之所，万分感激！

老大？狗儿是你的老大？何亮吃惊地嘀咕着。

行了，都别客气了。狗儿说，我是来送还店钱的……

与此同时，在城内小诸葛袁方的住处，天地会金州香主陆途正和袁方谋划着发展策略……

陆途说，狗儿这小子武艺高强，人也挺爽，能交朋友，当是一把好手啊！如果能拉他到天地会来入伙，就会引来百鸟入林……

袁方说，你要拉这个山里的嘎小子入伙，我看有点难。

为啥？

就是因为他脑袋瓜好使才难呢！他到底是啥来路，你我也没搞清楚。我刚认识他那天，看到他身上有一把当朝北洋大臣、直隶总督李鸿章亲赐的短剑……所以嘛，我总觉得这小子有点神道道的，不那么简单！万一是个“风子”（奸细）呢？

陆途摸了几下光亮的脑门，说，不可能吧？他要是个“风子”，清狗们能拿枪把他打伤？

那要是“周瑜打黄盖”呢？给咱们演一出苦肉计……

陆途琢磨了一会儿说，有啦！当年林冲上梁山，山上可是有条规矩，叫做“投名状”：必须杀死一个人，才能准许上山入伙。依我之见，咱们弄出点事儿来，让他杀一个满人或者衙门里的公差，这样，再“入圈”（入会），咱们也就放心了。

好！香主果然高见——袁方称赞道。

翌日上午，小叶子赶了回来。狗儿忙不迭地说，走，陪哥去莲花泡洗澡去——

小叶子忙摆手说，不行不行，天还有点凉，再说你的腿还没好利索……

那好办，你下水不就得了。狗儿说。

见推脱不掉，小叶子只好说，那好吧，你不准下水，在岸边给我站岗放哨——

得令！狗儿高兴起来，心想，小叫花子挺野性，我一定得陪你好好洗一洗……

狗儿骑上干草黄，小叶子骑上乌骓，两个人出了城。那莲花泡果然是个好去处，大约有二十亩地大小，被四周的树林包围着，水面上蒸腾着一层奶色的雾气。见有人来，泡子里的野鸭子“噗棱棱”地贴着水皮飞起来，惊得两匹马一下子嘶叫起来。两人把马拴好，小叶子转过身子说，狗哥哥，你找个地方玩去吧，待会儿洗完澡，我喊你。

狗儿说，我不走，一会儿我给你搓搓身上的泥儿……

去去去，小叫花子可不敢劳你大驾！小叶子说，我一个穷要饭的，哪有那么多穷讲究。去吧去吧，你在这儿看着，我怪不舒服的。

见小叶子这么说，狗儿只好说，那你好好洗吧，我去采野菜啦——

说着话，便头也不回地转身进了林子。等到狗儿走远了，小叶子这才快速地脱下身上的衣服，只穿着肚兜和短裤，悄悄地游进水里……

其实狗儿并未走远，他是年轻人心性，又是一个喜欢热闹的人，小叶子越是没头没脑地拒绝他靠前，他越是想下水跟小叶子嬉闹一番。约莫小叶子下水了，他便蹑手蹑脚地来到岸边，三下两下脱光了身上的衣服，“扑通”跃入水中。

听到巨大的响声，小叶子吃了一惊，回头一瞅，见狗儿浪里白条一般，一丝不挂地在水中直劲扑腾，心一下子提到了嗓子眼儿。再一细瞅，一颗心才放了下来。原来那狗儿上山打猎是好手，水下的功夫可就太一般了，只是“狗刨”水平。小叶子心道，你就在水里扑腾吧，反正你也逮不住我。

狗儿见小叶子不理睬他，便一边刨水一边大叫道，小叶子，哥来给你搓搓泥儿——

小叶子笑嘻嘻地说，你要是能抓住我，我就让你搓。说完，抡起双臂，飞快地向水泡子中央游去。

狗儿一边刨着水一边嚷嚷，小叶子，你咋还穿个肚兜呢？脱光了多……多……舒服！

小时候，我娘说，穿上女孩子的肚兜兜，好养活。小叶子慌忙遮掩着。她借着温泉氤氲的水汽，迅速逃离上岸，飞快地换上干爽的衣服。再看那狗儿，依然在水中笨拙地扑腾着，不禁拍手哈哈大笑起来。

听到岸上传来的笑声，狗儿想，这家伙真是个机灵鬼，游得比水耗子还快。

林间的草地上，绽放着许许多多好看的野花，一下子吸引住了小叶子的目光，不一会儿，她手中已经有了一大把黄灿灿的山菊花、紫红色的水蓼和深蓝色的马兰花……待抬头一看，呀！狗儿赤裸裸地爬上岸，那健美的肌肉、匀称的身材、两腿间的阳物……无一不散发着雄性的阳刚之美。她一时看得呆住了，忘记了时间，忘记了地点，忘记了羞涩，待狗儿望着她大喊了一声，小叶子，你采这么些花呀，你一定是个好色之徒——

小叶子一哆嗦，手中的花一下子纷纷扬扬地落到地上……

第十一章 官商勾结

黄昏时分，狗儿和小叶子回到了茂达客栈，邱峰和何亮早在房里候着他们了。

狗儿刚一落座，何亮就嚷着说，气死我了，真是气死我啦！大侄儿啊，到你这块儿，就想跟你唠扯唠扯。来来来，这是今早上送来的梭子蟹，咱们爷们儿就酒唠嗑儿……

狗儿说，大爷慢慢说吧，啥事儿把你老气成这样？

四个人坐在炕上，邱峰分别给斟上了酒，小桌上放着一大盆刚出锅的肥大的梭子蟹……三杯酒下肚，何亮打开了话匣子——

金州城有个姓丁的大财主，乡下广有庄田，城里也有不少商号，老百姓背地里都叫他“一根刺”，说他太吝啬，给他打工或跟他做买卖，休想占他一星半点便宜！他会像吃鱼一样，把你的肉吃光，油舔净，变成一根刺！

去年上秋的一天，一个叫柳三的乡下人挑一担谷草，到城西门集市上去卖。刚放下担子，买主就围拢上来，还没等问价，一根刺就拨开人群，拿下嘴里的大烟袋，用烟袋杆指着谷草问，这谷草多少钱一捆？

柳三一看问价的是霸市的丁大财主，心里话：倒霉了！可嘴上却说，不多要，四个钱一捆。一根刺一看，一共是八捆，用手抓抓谷草，觉得成色不错。用一只胳膊掂掂一头谷草的斤两，觉得挺沉，于是手一伸，亮出三个指头说，仨钱一捆！说罢，站在一旁。

众买家本来都看中了谷草的成色好，斤两足，要价四个钱不贵，可没有一个敢还价的，因为谁能为八捆谷草去得罪一根刺呀？慢慢地人都散了……

卖谷草的柳三在集市上等啊等啊，天快晌了，也没一个买主敢来问价。没办法，柳三心一横，把八捆谷草仨钱一捆卖给了一根刺。

一根刺得意地说，给我送家去。待进了财主的大院，放下担子，一根刺又说，帮我铡了再走。说着就让伙计们搬出了铡刀。

柳三气得要炸了肺，可没办法，只好忍气吞声地把谷草全部铡了。

八捆谷草铡完了，一根刺掂了掂手里的铜钱，递给了柳三。柳三接过钱一点，不对呀，怎么少了一个钱。他怕自己点错了，就又仔细地数了一遍，还是少一个。于是便开口说，丁大掌柜，这怎么是二十三个钱？

一根刺咧嘴嘿嘿笑了两声说，对，三八不是二十三吗？

柳三说，你算错了，三八二十四呀。

一根刺固执地说，不，你们乡下人三八二十四，我们城里人三八二十三！

柳三见有理说不清，心想，我得想办法调理调理他。刚走到大门口，计上心来，回头冲一根刺说，大掌柜，天快晌了吧？

嗯。丁财主应了一声。

你要不嫌弃我乡下人，咱俩就出去喝一盅。

一根刺听说柳三要请客，二话没说就应承了。临走，还腆脸把十岁的小孙子叫上。柳三一看带上了小少爷，心想，更好。到了小酒馆，柳三叫上两个小菜，两人就喝上了，喝了一会儿，柳三说要带小少爷再出去买点好吃的。一根刺一听，好啊！

柳三来到肉铺，称好五斤猪肝，一摸兜说，哎哟，出来急，忘带钱了，这是给丁大财主家买的，你给记账吧。

掌柜的端详一阵小少爷，说让丁小少爷在这等着，你回去取钱。

柳三大摇大摆地拎起五斤猪肝，出了肉铺，一路来到北门，用扁担蘸着护城河的烂泥，在城门墙上写下四行字。写毕，扬长而去。

一根刺在酒店里独斟独饮，心里这个痛快就甭提了。可一等不见乡下人，二等不见小孙子，心里着急了，连忙到肉铺一看，小孙子正在那儿抹眼泪呢。一根刺问明了因由，交上了五斤猪肝钱，领着小少爷，满城找那个乡下人，一找找到北门口，只见城墙上写着：

乡下人三八二十四，
财主家三八二十三，
老鳖羔子请我喝顿酒，
小鳖羔子送我五斤肝。

一根刺一看，气得差点儿没晕过去。闹了半天，倒让一个乡下人给耍了。

故事讲到这儿，狗儿和邱峰大笑不止。狗儿说，有意思，这么好的事儿，咋把大爷气着了呢？

何亮摇摇头说，“耗子拉木锨——大头在后边”哩！于是，他又接着讲了下去——

这一根刺哪能咽下这口气？当下打发家丁四处打探，终于有了回话：乡下人姓柳名三，常进城卖柴草，可谁也不知道他住在哪个村。一根刺心想，两座山不碰头，两个人总有朝面之日，咱们“骑驴看唱本——走着瞧”。

今年清明的头两天，一根刺带着家人和随从一大帮到乡下，准备清明那天祭扫祖坟。一根刺闲不住，一个人拄着拐棍就上了山，下山时，见小河边有个姑娘在捶洗衣服，便心生歹意。这姑娘叫曲丫，母亲早逝，与家中老爹相依为命，尚未婚配。可老财主哪里知道，曲丫在邻村有个相好的，正是那个乡下人柳三。

过完清明，一根刺把家人全都打发回了金州城，身边只留下两个护院的家丁。待家丁打听到曲丫家的住所后，他带人便敲开了曲丫家的门。进屋后，不由分说，就让恶狼似的家丁把曲丫像捆粽子似的捆起来。一根刺对卧在炕上重病不起的曲老爹说，他这次来，是非要娶曲丫不可，同意，明天来抬人；不同意，现在就把人带走。曲老爹大骂一根刺伤天害理，一口气没上来，就昏死过去。一根刺让两个家丁到门外把风，在昏死的曲老爹跟前，就把曲丫祸害了。完事后，一根刺带着家丁若无其事地走了。

曲老爹苏醒过来后，父女俩抱头痛哭一场。第二天早晨，老爹嘱咐闺女去找柳三，让他到衙门里去告状。曲丫走后，曲老爹就上吊自尽了。待柳三和曲丫回到家中，看到这悲惨的一幕，血气方刚的柳三操起一把斧子，直奔丁大财主家去找仇人报仇。早有准备的一根刺见来人是柳三，便指使家丁往死里打。结果，好虎架不住一群狼啊，柳三被打得遍体鳞伤，一条腿也被打断了。这事还不算完，一根刺命家丁把已经昏死过去的柳三拖到曲家，扔下就走。曲丫见爹也死了，心上人也“死”了，自己便去意已决。她向乡亲们哭诉了丁大财主的罪恶后，一头撞在石磨上，顿时脑浆迸裂，当场就死了。

故事讲到这儿，邱峰一拳砸在炕桌上，大叫一声，气死我了！这个一根刺肯定不得好死——

何亮叹了口气说，可气的事，还在后头呢——

乡亲们救醒了柳三，安葬了曲家父女二人，一致鼓动柳三到衙门里去告状。乡亲们东挪西借凑了些钱，又把曲家的房子变卖了，雇了辆车，拉着柳三，就到了金州城西街同知衙门的大门口。

这些老实巴交的庄稼汉，跪在大堂门前，直着嗓子喊叫，同知大老爷，你开恩吧——天大的冤屈呀，请青天大老爷开堂吧——

那衙役走过来，大声呵斥道，叫什么叫，一点规矩都不懂！

啥规矩啊？你告诉我们吧！乡下人哀声问道。他们哪里知道，在衙门口站着的衙役叫“司门”，历来也叫门政大爷，这类人都是州县大老爷的亲信，靠山硬，关系铁，知情的人送这个门政大爷一个雅号，叫“富贵双全”。“富”是指通过收门敬发财；“贵”就是指跟大老爷的关系。这门政大爷见这伙儿乡下人不送门敬，坏水就出来了，大着嗓门说，今天谈大老爷公务在身，你们又没写状子来，先回去吧，把该准备的都备好备齐再来——

一句话，就把这些庄稼人给打发了。眼下正是春耕季节，农谚上说：“春天捅一棍，秋天吃一顿。”庄稼人都惦记着自己家的地，来时十多人，一下子走了一多半。剩下的四五个人抬着柳三来到我这客栈，找大厨王小四，他是柳三的乡亲。小四问我咋办，我说，先找一间闲屋安顿下来再说。

柳三他们把事情的来龙去脉跟我一学说，我心想，你们这些穷庄稼汉怎么能斗过一个大财主呢？到头来，白花钱不说，还得生一肚子闷气。弄不好，倾家荡产，连命也搭上了。我就跟他们说，抓点药，回家治伤吧，官司别打了。

可柳三这伙儿爷们儿都是一根筋，牛脾气，硬说这朗朗乾坤，明镜高悬，怎么能容得下一个坏蛋强奸民女，害了两条人命，打伤一人，就啥事儿也没啦？

我跟他们说，什么朗朗乾坤，青天大老爷，那都是说书唱戏的言辞，赚老百姓眼泪的。自古道："衙门八字朝南开，有理没钱莫进来"，"衙门深似海"。偏是这柳三是个直肠子，非要告。说只要有一口气在，就告到底，大不了一个死！

见他们认死理，我就帮他们到衙门里找了熟人，把状子写了，该办的手续办了，该打点的打点了。后来就听说，丁财主人家财大气粗，早就捷足先登，上下打点了不少银子。今天上午，正式进行了堂审。

金州厅海防同知谈广庆手执惊堂木，重重地一拍，问道，原告柳三——你所告何事？如实说来。

柳三腿断了，不能跪着，被乡亲们扶着挣扎着坐起，将曲家和自己的冤屈细说了一遍，高喊，谈大青天，你要给乡民做主啊！

谈老爷厉声问丁大财主，你身为乡绅、富商，为何青天白日之下，调戏民女，继而入室强奸，逼死两命，打伤柳三，实为罪大恶极，为富不仁！如实招来，但有半句假话，王法不容——

冤枉——冤枉啊！谈大老爷，我这也有诉状，请大老爷过目。丁财主高举状纸喊。

一书吏将状子拿过，谈广庆说，念——

告柳三入室行凶事，上告本厅同知老爷施行。乡民柳三，本系无赖出身，曾在去年秋后进城贩卖谷草，与丁士绅构怨结仇。今年趁丁家清明节祭祖之后，手执利斧，闯入乡宅企图杀人，后被护院家丁发现，与之争斗，夺下利斧，双方互有伤情。现有凶器利斧一柄为证。

"叭"的一声，谈老爷重重地拍了一下惊堂木，问道，去年秋后进城，你与柳三因何事结下仇恨？

丁财主便将买下谷草后，柳三假装请客，骗取五斤猪肝一事从头说了一遍。

谈大老爷又问柳三道，柳三，可有此事？

柳三便又将那日卖谷草时，丁财主如何霸市，如何占便宜一事进行了补充说明，惹得大堂内外一片哄笑，"三八二十三"一句顿成笑料。

最后，谈大老爷一拍惊堂木，断案说，柳三，你告丁乡绅强奸民女，证据不足。丁士绅告你闯入民宅持械行凶，有物证利斧一把，你自己也是承认的。你犯了私闯民宅、故意持械行凶之罪属实。本官体谅你腿伤未愈，今天就不打你板子了，暂时收监，待本案进一步查实后，再作处理。被告丁士绅因证据不足，释放还家。但三个月之内，不准离开金州城，随时等候差人问讯。

就是这样，柳三从原告变成了被告，获罪收监。丁大财主啥事儿没有，回家玩去了。

一声不吱的狗儿此时刚嚼完一个蟹腿，拍拍手说，这谈大老爷不知收了一根刺多少银子，竟然能够黑白混淆，是非颠倒！

这不是“秃头上的虱子——明摆着”嘛，又不马上结案，还不是继续伸手要银子！邱峰气愤地说。

狗儿说，“善有善报，恶有恶报，不是不报，时辰未到”，这事我得想想。何大爷，你老人家回去歇息吧，都半夜了。

何亮拎着灯笼走了。

第十二章 狗儿艳遇

“大和尚山戴帽，天要尿尿。”一大早天就阴了上来，到了辰时，金州城已是闪打西天，雨水涟涟的景象了。

一根刺昨晚做了个噩梦，梦见曲家父女俩的鬼魂向他索命，吓得他拼命跑呀跑呀，鞋都跑掉了，一个跟头栽进了粪坑里……此时，他听见窗外“咔嚓”一声炸雷响，更是坐卧不安。

丫环端来了一根刺平时喜欢吃的切糕，说，东家老爷，你昨天一天也没吃啥，今天就吃点吧——

一根刺瞥了一眼，见是切糕，气就不打一处来，说道，吃这玩意儿，心口能不堵得慌？这帮蠢货！

吓得丫环忙端起切糕，转身就走，却又被一根刺喊住，回来，你去把韩六子和汤麻子喊来，我有话要说——

不一会儿，两个家丁慌慌张张地跑来，问道，老爷，有啥事儿？

你们俩昨晚梦见鬼没有？

两个家丁脑袋晃得像拨浪鼓……

没有？！老爷我可是吓坏了。你们两个去到大门外转转，要是看见衙门里的公差来，就接进来；要是发现有啥不对劲的地方，就赶紧回来禀告一声，快去吧——一根刺吩咐了下去。

两家丁赶紧撑起油伞，到大门外转悠。汤麻子说，老爷心不顺，咱俩得小心点侍候，省得挨揍。韩六子说，操他祖宗的，就是他一根刺自己惹的祸，他遭报应该咱俩啥屌事儿——

金蛇一般的闪电在天边一亮，紧跟着，“轰隆隆”的雷声就传了过来……雨下得更猛了。

韩六子又说起怪话，你说这老天爷又是雷又是雨，咱老爷气儿能顺吗?

咋的？汤麻子心不在焉地问。

这还用问，这老天爷呀有天眼，这雷呀就是老天爷手里的飞锤，谁要是干了缺德的事，就怕这一“咔嚓”！

汤麻子惶惶地说，那咱俩也得小心点，那天晚上，老爷让咱俩捆曲了，咱俩不也都干了，还给老爷在门外把风……

可也是啊，咱俩也不是啥好鸟儿，别让雷给劈喽。韩六子说到这儿，一激灵，打了一个喷嚏，喷了汤麻子一个满脸花。

雷声大，雨点稀……

从胡同口处，走来一个算命的先生，手里举着卦幡，上写“小诸葛”仨字，只听他口中念念有词：

算命，算命，驱鬼避邪，逢凶化吉，指点迷津……算命，算命——

汤麻子忙对韩六子说，小诸葛能驱鬼避邪，兴许对咱老爷有用。要不，去回禀老爷一声？韩六子说，那还寻思个屁呀，快去啊！

韩六子留下了算命先生。不大一会儿，汤麻子跑来说，小诸葛，我家老爷有请——

一间灰暗的堂屋内，丁财主与小诸葛分宾主落座。丁财主吩咐上茶后，客气地问道，先生可会测字?

兄弟精研测字多年，自北至南，走遍四方，赖此一支秃笔，半方破砚，度我春秋，资我温饱。执此测字业，为人析疑难，士农工商，各自问前程，君子问灾不问福，凭执直言莫见怪。小诸葛将测字的江湖“卖口”不紧不慢地说了几句。

丁财主又问，先生可认得我?

不识，本人萍踪漂泊，平生只与秃笔、破砚相伴。但一望而知，你是一位乡绅富商，有话，但说无妨。小诸葛不咸不淡地应酬着。

好，那我就请出一字，请先生为我测一测今年的命运如何。

听丁财主说了这句话，小诸葛便从行囊中拿出一支狼毫毛笔和一张宣纸，说，要测何字?

丁财主沉吟片刻，忽听得天边有渐行渐远的雷声，心思一动，便说，雷。今天雷声不断，就测这个“雷”字吧——

小诸葛执笔在宣纸上写下一个楷书“雷”字，然后撂下笔，慢悠悠地言道，雷字，由“雨”和“田”组成，雨落田中，兴发之兆，雷响，一鸣震天，天下皆闻，占农耕，卜稼穑，俱大吉大利。然而问命运，却是不祥之兆……

丁财主闻听此语，神色不禁紧张起来，赶忙俯下身子问道，这话怎么解?

“命运”乃吉凶之领，雷声是雨水之头，雨天无日，阴盛阳衰之兆，邪气用功之征。“雷”字雨为头，田为下，恕我直言，今春你走了邪径，在田亩之乡犯了凶煞之事，你不但破财，且有人向你讨债。

先生高人哪！丁财主慌忙起身，朝小诸葛深施一礼，又连连拱手说，先生真是卧龙转世，鬼谷重生！乞求先生救我……如能渡过此劫，我愿献上纹银百两。

小诸葛袁方微微一笑，说，客气，太客气了。破灾之法，倒也不难……明晚子时三刻，你到城隍庙进香，鸡、鱼、猪头三牲上供，心要诚，意要虔，夜半时，城隍老爷有灵，定会指点迷津，助你渡过劫难。

谢纹银百两！丁财主精神大振，连声喊账房先生赏银子。

小诸葛见好就收，随即收拾行囊，准备起身。丁财主忙拦住他说，先生请留步，我还有一事相求——

啥事儿？

夜来做一噩梦，有鬼追撵。先生法术高超，定有驱鬼之法，令家门安静祥瑞。能否再救我一救？

家中可有桃木剑？

有钢剑，能否好用？

不成。砍来一枝桃木，或许可以一试。

见小诸葛如此说，丁财主忙喊来家丁，吩咐下去，到后院去砍桃树枝。

小诸葛站在大院中央，面朝东方，手执一桃树枝，双眸微闭，开始作法。丁财主端一碗清水，虔诚地守在一旁侍候。又唤来三个儿子，各站在南北西三方角上，恭敬肃立……

但见小诸葛一手轻扬桃枝，一手将拇、中二指蘸着清水，神情凝重地脚踏“魁罡”二字，面向东方，念一遍五行方位：看东方——甲乙木，看西方——庚辛金，看南方——丙丁火，看北方——壬癸水，看中央——戊己土……洒完清水，手持朱砂笔，在八仙桌上铺的黄裱纸上，随画符随念咒，天池水，地池水，井泉水，三水共一水，请大鬼，请小鬼，左请左转，右请右转，如若不转，玉灵金鞭打转，当班土地使鬼推转，吾奉太上老君，急急如律令勒——

丁财主悄悄地凑上前去，问道，先生，为啥让鬼在家转呢？

小诸葛正色道，鬼走直线，最忌转弯，一转弯就原形毕露，一转弯就老实再不闹事。请不必多言——

小诸葛又高声念起降鬼咒，吾从东方来，路逢一池水，水中有一龙，九头十八尾，问他吃什么，鬼说有冤屈，杀人要偿命！我奉玉帝旨，告你少闹事，人间有正道，恶人有仙除。

念过这套咒语，小诸葛把捉鬼的咒符当场焚化，表示鬼已经降住。丁财主望着“呼啦啦”的火焰，想着咒语上的话，早已吓得面如土灰，浑身乱抖。

小诸葛最后又画了一道镇鬼符，用清水蘸了一下符边，“啪”的一下贴在丁财主的前胸上，嘴含一口清水，冲着符一喷，这场驱鬼避邪的法事算是结束了。再看丁财主，早已跪倒在地，颤声叫道，大仙救命！大仙救命哪！

小诸葛也不理他，迈着四方步重入厅堂，重又入座，端起茶杯，饮起茶来……

丁财主一看这光景，忙又喊来账房先生，再奉上五十两银子。小诸葛这才起身，抖了抖长衫，拿起封好的银子，说了声，告辞——且记，明晚城内城隍庙上香。说罢，便迈着四方步走出丁家大院。

正午时分，茂达客栈后院的上房内，爆发出一阵阵笑声……

何掌柜拍了拍炕桌上的一百五十两银子说，这回一根刺真是出血了……看来，他也真是害怕了，多亏得袁老弟的高才啊！

哪里哪里。袁方连连摆手，说，这一步步的关节，都是咱们狗儿兄弟的智谋，小兄弟才是高人啊！

陆途说，真想不到，狗儿兄弟不但武艺高强，这出谋划策也高人一等，佩服，佩服呀——

“老太太进城——哪儿到哪儿呀”。邱峰不无骄傲地说，我兄弟的本事这才刚露出一个小手指头，你们接着往下看吧，好戏还在后头呢！

得得得，别再夸了，“出水才看两腿泥”，等明晚的戏唱完再说。到时候，该我上场了。狗儿谦虚地说。

小叶子起哄道，眼下的节目该是啥了？

大家伙儿众口一词，喝酒——

这顿酒，大家喝得十分畅快舒坦。

袁方和陆途起身告辞，狗儿嘱咐道，明天上午碰头，有要事相商。何掌柜打发店里的伙计捡碟拾掇碗，把屋里收拾利索，便告辞了。狗儿对邱峰和小叶子说，大哥，你睡西屋，今晚我和小叶子住这屋里。邱峰问，为啥？

狗儿说，明天晚上，在城隍庙要上演一出好戏，我和小叶子要联手上演，今晚得跟他练练……

小叶子忙说，不行，不行，我一个人睡惯了，和别人睡一块儿，我会做噩梦的。

狗儿说，你人不大，毛病还不少。我告诉你，这城隍庙里的事儿说道不少，我得跟你交代清了。要不然，明晚的戏就演砸了……

我哪会演戏呀？小叶子说。

狗儿说，你不但要演，而且要演个神仙，演城隍奶奶。

让我演个仙女……老太太，我又不是戏子，哪能行？

怎么不行，你的声音有点细，听起来有点女人味……

邱峰说，小叶子真啰唆，你就听老大的吧。说完，自己转身去了西屋。

狗儿说，来——小叶子，先给我拿捏拿捏腿吧。小叶子答应着，脱下鞋子上了炕，开始为狗儿按摩伤腿的经络。狗儿每天享受着小叶子的轻柔按摩，如今伤口已经愈合，心里头自然十分感激这位小老弟。但他心性粗犷，不善用言辞表达……

小叶子跪在一旁边按摩边问道，狗哥哥，邱峰大哥怎么管你叫老大呢？你们两个是咋回事？

我俩是磕头弟兄，兴许是我帮过他……唉，无非是个叫法呗。就像你吧，可以叫你小叫花子，也可以叫你小叶子、小老弟，都一回事儿，背着抱着，都一样沉。狗儿轻描淡写地说。

你不说实话。这江湖上叫老大，不就是首领的意思嘛！

原来你是明知故问，小叶子真是冰雪聪明啊！

这都是我猜出来的……我还能猜，前天邱大哥进城前，是不是杀了个人？小叶子在狗儿不经意间，忽然冒出了这一问。

狗儿睁开微闭的眼睛，问道，你是听谁说的？

那这事儿就是真的了——

小叶子眼睛紧盯着狗儿，双手依然不停地轻柔按摩着……

狗儿哈哈一乐，说，这么大的事儿，我咋都不知道……别乱嚼舌头。

小叶子说，你骗人——

狗儿说，这就奇怪了，那天你一直在我身边，邱大哥有啥事儿，你咋会知道？

小叫花子耳朵长呗。小叶子说，那天邱大哥进屋，我跟他打了个照面就有事出去了。到了街上，听一些城里人仨一伙俩一串地议论，说黄昏时分，在北大河那儿出人命了，两个人打死了一个人，其中一个武功挺厉害；还说那人长相如何如何，我一琢磨，好像是邱大哥……

狗儿沉吟了一下，说，小叶子——听哥一句话，这江湖险恶，有些事还是不知道的好。你不是说跟定我了吗，如果你说的是真心话，那我也真心待你，永远带着你，管你一辈子，不让你再受冻饿之苦！只是有一样，遇事少说为佳，不该打听的少打听！钱赚多了好花，事知道多了惹祸，言多有失，沉默是金。懂了吗？

听了狗儿这席话，小叶子的心弦仿佛被重重地拨弄了一下，心灵为之一颤。在与狗儿朝夕相处的二十多天里，作为日本间谍的平源叶子，一直将狗儿这个中国年轻人视为谍战中的敌人。她乔装打扮，花言巧语，虚与委蛇，目标却是明确的，那就是千方百计获取情报，了解狗儿的真实背景。然而，作为一个有血有肉的年轻女子，她却时时真实地感受到狗儿对她的关爱和喜欢，她的心灵无形中受到双重的压力。一方面是内心冷酷的平源叶子，暗中策划着阴谋，装扮成小叶子来讨好对手；一方面是天真活泼、聪明伶俐的小叶子，一个中国的“大男孩”，生活在温暖的呵护之中……刚开始时，她认为这是一种作为间谍的快乐，是打进狗儿圈子中的一种得意，可渐渐地她把自己真的当成了现实中的小叶子，便不知不觉地滋长出心烦的意绪。平源叶子、小叶子……两个“我”在互相打架，有时连她自己都搞不清，哪个“叶子”更真实，哪个“叶子”是自己……蓦然间，脑际中传来老师荒尾精冰冷的话语：

情报人员，就是活着的鬼魅，不食人间烟火的杀手……

大日本帝国的情报人员，应视支那人为一群软弱的绵羊，你们就是勇猛无比的虎狼……

狗儿见小叶子久久沉默不语，以为刚才自己的话伤了他的自尊，便赶忙叫停，说，行了行了，我都快让你给捏化了，你也该歇会儿了……

小叶子顺从地从被隔里拿下一个枕头，翻身躺在上面，脸朝着狗儿说，真是“好吃不如饺子，自在不如倒着”，好舒服啊！

狗儿问，叶子，你知道城隍庙里的城隍老爷是干啥的？

不知道——

狗儿说，人死了以后，听说就变成了鬼魂。鬼魂生活在阴间，也跟人世间一样，由衙门和官吏管着。这城隍老爷就是阴间的长官了。

小叶子问道，不是说，阎王爷管小鬼吗？

狗儿道，阎王爷比城隍老爷官大，他是阴间的皇上，城隍老爷是地方长官。在咱中国，阎王爷就一个，城隍老爷是一个地方一个。

小叶子佩服地说，原来是这样呀，狗哥哥，你知道得可真不少哇！

狗儿伸手捏了一下小叶子的鼻子说，别打岔，金州地界的人挺信城隍老爷和城隍奶奶，都说能显灵。明晚我就扮成城隍老爷，你就扮成城隍奶奶，好好调理一下那个丁大财主，让他生不如死。

小叶子点点头说，那你不怕得罪阎王爷呀？

我不怕！狗儿说，我是大山里的狗儿，活着时净是山里的野牲口怕我，死了啥也不知道，也用不着怕谁……

那你怕不怕老天爷？

老天爷要是讲理，我就怕；要是不讲理，我就不怕！

小叶子吃吃地笑，说，那城隍奶奶是怎么显灵的？

狗儿就给小叶子讲了几段城隍老爷和城隍奶奶显灵的故事。说说笑笑间，不觉天色已晚。

小叶子说，狗哥哥，我困了，咱们睡觉吧……

见狗儿答应了，小叶子忙不迭地铺褥子、拿被子。接着又打来洗脚水，两人洗好后，又上了门闩。小叶子这才上了炕，一头钻进被窝里……

狗儿说，不脱衣服就睡觉，咋能舒服？

小叶子说，习惯了，小叫花子睡觉向来是和衣而卧……再说，现在这个节气，炕也不烧了，被窝也凉。

狗儿关切地说，哎，哥哥火力旺，被窝热乎，进我被窝吧——

小叶子说，胡扯！

狗儿可不听邪，一伸手，“刷”地掀掉叶子身上的被子，吓得叶子“啊”地一叫，狗儿出手太快，早已迅即抓住叶子胸前的衣服，将叶子拽过来……这一拽可不打紧，狗儿瞬间蒙了。他的手似触电一般，摸到一个异样的东西：软软的，柔柔的，像发面馒头一样，那分明是女人的乳房……

就在狗儿一愣怔间，小叶子右手四指如刀般挺直，运用日本柔术中指技“贯手”的击法，直戳狗儿的咽喉……狗儿一个“狮子大甩头”，侧身躲过这一杀着。小叶子的第二招“虎口”早已朝狗儿的喉头锁掐过去，由于双方距离太近，又因为狗儿哪里知道小叶子会如此小巧快捷的擒拿手法，一时间猝不及防，被叉个正着……

狗儿顺势向后一仰，右手闪电般扣住小叶子的手腕，左手向上一托，小叶子整个身子旋起，被重重地摔在被子上……一刹那间，小叶子双手交叉抱住前胸，脑袋耷拉着……

狗儿有些结结巴巴地说，小叶……叶子，对……对不起！你……你咋变成了个女人？

小叶子不吱声……猛地抬起头，说，你……你欺负人！

狗儿翻身坐起，不知是被小叶子的功夫吓的，还是被小叶子变成女人这事儿给惊的，浑身直冒虚汗，脑子里也乱成了一锅粥……良久，才渐渐地理出了头绪：这个身材娇小的人……声音又脆又甜……那双小手细腻而轻柔……她总是找借口单独住一间屋子……洗澡避人……这一切一切，不都是一个女人的特点吗？而自己却像一个傻瓜似的蒙在鼓里。他心里在想：狗儿啊，狗儿……你在深山莽林里打猎，只要看见蹄印，过一眼，你就会辨认出是哪种野兽、多大的个头、走过多少时辰……可是在人堆里，却连一个女人都识别不出来！而这个女人又是多么不一般，她帮你逃出虎口，为你疗伤，天天跑前忙后……

狗儿脑子忽地一转念，又画出几个问号：她为啥女扮男装，莫非有什么难言之隐？难道真像何大爷说的，她不是个叫花子？她会功夫，擒拿手法如此刁钻古怪、凶狠泼辣……

小叶子已经从刚才那紧张、恐惧中缓过神来，瞄了一眼狗儿，见他傻怔怔地呆在那儿，不禁"扑哧"一笑，问道，哎，寻思啥呢？

狗儿扭过头来，直言不讳地问道，小叶子，你说实话，为啥女扮男装？

小叶子说，我不改装易容，好让你们大男人欺负呀？

那你这几手功夫，从哪儿学来的？

这是丐帮里的功夫，专门对付疯狗的绝招——

那我今天就做回疯狗……狗儿说着，扑过去，伸出两手去抓小叶子的腋窝，痒得小叶子"咯咯"地笑着，喘作一团。

狗儿现在心中释然了，忽然觉得对不起小叶子来……鼻子一酸，眼泪竟流了下来。小叶子见状，禁不住又是一阵笑。

狗儿抽了下鼻子，说，你是在嘲笑我……

小叶子说，我怎么会嘲笑你呢？她翻身坐起，一手搂住狗儿的肩头，一手替他揩拭着脸上的泪水，说，狗哥哥，我可从来未见你流泪，所以觉得好笑……你忘记了，你是一个正儿八经的男子汉，男——子——汉，是不能哭鼻子、流眼泪的……

对不起——小叶子。狗儿说，这些天让你受委屈了，为我你挨了不少累！真蠢，我咋就看不出你是个女的呢？

你忘记了，有首诗，是这么写的：雄兔脚扑朔，雌兔眼迷离，双兔傍地走，安能辨我是雄雌……

这是花木兰说的。狗儿答道。

既然知道这些，那还难过啥呀！为朋友挨点累是应该的。再说，女人生来就是侍候男人的……

小叶子，你真是个好姑娘……狗儿嗫嚅着。

我喜欢你！小叶子说着，情不自禁地紧紧搂住狗儿的脖子，连连吻着他的脸颊和嘴唇……

别别……别这样……

狗儿躲闪着，终于抵抗不住诱惑，伸手抱住了小叶子。像青藤缠树，两个人紧紧地贴在一起……

在爱欲面前，理性死了。

如大地岩浆奔涌迸射，似江河洪水暴涨决堤，像莽林中两个发情的困兽……

两个人从热吻的扭结纠缠中挣脱，对视着……喘着粗气，互相为对方撕扯着衣裳，而后又急不可耐地紧紧地拥抱在一起……

小叶子猝然间感到一阵撕心裂肺的痛进入到体内，她惊叫了一声，想推倒身上这座使她疼痛的大山，可她没有力气……渐渐地，她不再抗拒这使她身体充满愉悦的一切。恍惚中，她感到在他的怀里，自己像一条没有鳞的鱼，四周都是温热的、透明的、光滑的水，还有柔曼的水藻、五彩的珊瑚……她活泼地游着，倏尔轻轻地滑动一下，穿过那柔长的水藻，钻过层层叠叠的嶙峋的礁石，那里面的景致是难以形容的绚烂多姿，令人感到奇怪而亢奋，生动而陶然……

蓝天，白云，绿草地……景象静谧而动人。狗儿感觉自己好像骑着一匹无鞍的马，风驰电掣般地飞奔。那是一匹像干草黄一样矫健的骏马，充满了朝气和骠悍。他听得到马蹄扣在大地上的“哒哒……哒哒……”的音响，那节奏是急促的，倏尔又变得舒缓，像登上了一座高坡，面对着一望无垠的大草原……那马突然变得兴奋起来，他感到这无鞍的马实在不好驾驭，便压低了身形，双手紧紧地抓住马鬃，整个身子几乎贴在马背上。骏马轻快地跃动着，人与马和谐地律动……眼前的景象变得迷蒙不清，这种快感使他的身心得到满足，仿佛渴望了几个世纪似的。渐渐地，他感到那马身体已经汗津津的，自己亦是大汗淋漓。然而那马依然昂扬而奋发，使他险些坠于马下。风，在耳边呼啸着，马奔向了一道山崖，朦胧中仿佛看见前面横亘着一道万丈深壑，他索性搂住骏马的脖颈，两腿紧紧地夹住马背，一跃而过……一种从未有过的亢奋和沉淀已久的快感从心底爆发出来……人与马骤然间扑倒在对岸，晕厥过去……

当狗儿响亮的鼾声响起时，小叶子也迷迷糊糊地睡着了……

阳春三月，春光明媚。太平洋的和风吹绿了佐贺的山川原野，放眼望去，樱花绽开了瑰丽的容颜，白如雪，红如锦，一片片，一簇簇，皎洁、雅致、清幽……家乡的景色太美了！

人们聚集在樱花树下，或唱歌跳舞，或饮酒赋诗。叶子与父母和弟弟在一起，享受着天伦之乐。穿着漂亮和服的叶子，站在树下，唱起了感伤的歌谣：

樱花啊，樱花啊，
暮春三月天空里，万里无云多明朗。
不管彩霞和白云，美丽芬芳香四季。
快来呀，快来呀，同去看樱花。

……

她深情地唱着，周围的人被歌儿的意境所打动，情不自禁地用手掌击打着拍节。春风轻拂，花瓣纷扬，一片、两片……无数片，落到脑门上、眼睛里，还有的竟贴在嘴唇上，凉丝丝，甜洌洌，像亲吻……原来真的是狗哥哥的吻。

叶子笑了，笑得像樱花一样灿烂，又像落英一般凄美……这个从此辞别花季青春的日谍——平源叶子，做梦也未想过，会将自己少女的贞操给了眼前这个敌人、中国的狗儿……可她并不后悔，退一万步讲，是为了拉拢对手，使侦察任务顺利完成，也算是为天皇尽忠！有了这剂药方，她的心灵得到了短暂的安慰，自欺欺人地把内心的挣扎和惶恐放到一边。

她伸出嫩藕般光鲜的胳膊，抚摸着狗儿肌肉凸鼓的脊背，悄悄说，你色胆包天！偷走了我生命里最珍贵的东西，你就不怕城隍老爷惩罚你？

狗儿说，我就是城隍老爷，你就是城隍奶奶，谁也管不着——

我不做奶奶，奶奶太老了。你是城隍老爷，我就是城隍太太。

那好，你就当我的姨太太吧——

胡扯！你们中国男人就是无耻，一个男人怎么能娶几个女人呢？！

好像你不是中国人似的……你没看着吗，一把茶壶得配四个茶碗呢。狗儿说着，又把叶子揽在怀里，亲吻着，揉搓着……这一次比之初试云雨又大不一样，一切都如梦幻一般，如醉如痴……

当太阳橙黄色的光从窗棂爬进屋子时，叶子先苏醒过来。她推了推狗儿，柔声说，快起来吧，待会该来人啦——

狗儿伸了个懒腰，打着哈欠说，春宵一刻值千金，但愿长睡不愿醒……我不起来，咱俩永远这么搂着，多好啊！说着，又把叶子柔嫩的身子揽在怀里。

门被推了一下，紧接着是“嘭嘭”的敲门声，只听邱峰大着嗓门叫道，太阳都晒屁股了，还在烀猪头！

狗儿说，大哥，你先去马厩看看马吧，我再懒一会儿……

两个人赶忙起身穿衣服。小叶子说，狗哥哥，把那个漂亮的烟荷包送给我吧。

狗儿犹豫了一下说，你也不抽烟，要那玩意儿有啥用。等会儿我送你一个值钱的东西，行吗？

不行！叶子口气十分坚决，什么值钱的东西，也不如狗哥哥的心最值钱！你不是说，要管小叶子一辈子吗？我就给你带着这个烟荷包，你走到哪儿我就跟到哪儿，给你装烟、点烟，有什么不好的？

狗儿一听这话，受了感动，忙拿出那只绣着“武松打虎”图案的烟荷包，递到小叶子眼前。

小叶子没有伸手接，而是欠欠身子，从被窝里拿出自己白色的内衣，递给狗儿，说，你看看，这是什么？

狗儿拿过来一瞧，见白色的内衣上，洇着一团殷红的血迹，如一朵初绽的玫瑰……心里顿时明白：在乡下，姑娘出嫁的当晚，当她把自己处女的贞操奉献给丈夫时，翌日早晨，是要把“见红”的佐证拿给婆婆看的。婆婆看见这个“见红”的物件，会高兴地拿着向邻里去炫耀，以示儿子娶的是一个纯洁的姑娘。他心里清楚小叶子的举动，是在向他证明自己的清白，对自己的一片真情。狗儿激动地俯下身子，轻轻地吻了一下小叶子那红润的嘴唇，说，叶子，这下麻烦大了，我真得管你一辈子了——

小叶子有些高兴起来，说，这还差不多。行了，烟荷包我不要了，免得你未过门的媳妇将来找你麻烦……我不过是试试你的心！转过去，我要穿衣服了……

见小叶子穿好了衣服，狗儿说，现在我要送你一件东西，你猜猜看，是啥？

是金戒指？玉镯子？都不是？

狗儿从褥子底下拿出一把带鞘的短剑，捧给小叶子说，给你，稀罕不？

小叶子接过短剑，眼睛“刷”的一亮，哇……好精致的宝剑呀！鞘身镶嵌着七颗宝石，呈北斗七星状，单看这镀金的剑鞘就已知不是凡品。她抽出短剑，剑刃寒光闪闪，剑身铭刻着一行金籀文：“淮军总督李鸿章监制”。小叶子一看这九个字，心中一凛，惊问道，狗哥哥，你……你们家跟这李鸿章有什么渊源？

狗儿说，我爹当年跟过李大人，当过侍卫。大概是立过战功吧，李大人亲赐了此剑。

小叶子一听这话，忙将剑插入鞘内，递给狗儿说，我不要，这一定是你们家的宝贝，你收着吧。

狗儿说，你可真是个娘们儿，磨磨叽叽的，要不是一宗宝贝，我咋能送给你？

叶子重新接过宝剑，说，既然这样，来而不往非礼也——我也送你一把。说着，从枕头下拿出一把黑色鲨鱼皮刀鞘的短刀，双手递了过去。

狗儿接过一看，短刀甚是压手，鲨鱼皮制成的刀鞘上，深嵌着一个黄金铸成的菊花图案，菊花只有拇指大小，金光灼灼，盛开得十分妖艳……他哪里知道，在日本，只有皇室的血统才有权佩戴装饰有菊花图饰的物品。菊花、樱花，同为日本国花，但菊花是皇家贵族的标志。

狗儿抽出短刀，但见此刀背厚刃薄，锋利无比。喃喃自语道，这是一把宝刀，你一个小姑娘家家的，怎么会有这等利器……

小叶子下了炕，把狗儿赠与的宝剑揣进了怀里，拉平了衣襟，笑着说，你不是说过吗，言多有失，不该问的别问，知道多了不好啊！

好你个家伙，对我还保密！狗儿说着，扑过去胳肢小叶子……小叶子顺势一个侧转，用手迅速一带，腿下一个小别，狗儿立脚不稳，顿时倒地，惹得小叶子“咯咯”地笑着。狗儿大吃一惊，问，这是啥功夫？

小叶子使用的招数，其实是日本柔道中投技术的“小外挂”。小叶子将狗儿拉起，笑道，你是大意失……失什么州了，我用的是四两拨千斤。

狗儿站直身子说，不对，你刚才露的那一手，十分小巧快捷，不是练家子根本做不到。来，你再试一遍……不等小叶子答应，狗儿又伸双手扑过去。小叶子照刚才的招式又演示开去，狗儿这回是有备而来，身子一晃，躲过小叶子的挂腿，顺势抓住小叶子的腰带用力一提，小叶子横空飞向炕里……

小叶子躺在一团被上，大叫道，狗哥哥，你欺负人——

这个场面恰好被推门进来的邱峰看见，乐得他哈哈大笑起来，说，好啊，你们两个练的是哪路功夫呀？

小叶子忙整理衣裳，叠好被褥……狗儿急忙抓过黑鞘短刀，揣进怀里，说，小叶子说她不会功夫，我刚才指点她一招，叫“风吹柳叶”——

邱峰说，不对，我看刚才那招儿啊，像“狗甩干粮”——

仨人笑到了一处。

第十三章　巧施连环

夜幕降临了，金州城里的城隍庙显得愈发阴森可怖。

当地老百姓风传，每当晚间从庙院墙根下走过，头皮都麻飒飒的。有不少人在夜间还听见庙里传出过大堂的声音，那城隍老爷的断喝、衙役的呼号和受审小鬼的求饶喊冤，都听得真真切切。

丁财主怀着忐忑不安的心情，带着家丁，扛着三牲供品来到庙里。这座庙坐北面南，共有三层大殿。前殿是四大金刚的塑像；中殿左边是城隍老爷，右边是城隍奶奶，俱是彩塑泥像；后殿是寝宫，城隍老爷和城隍奶奶的塑像一左一右站立着。丁财主他们来到中殿，摆放好供品，点上粗粗的蜡烛，燃着了高高的檀香……

丁财主将家丁打发出去，自己跪倒在城隍老爷的塑像前，捣蒜一般地磕头，口里不停地念叨开来：

城隍老爷、奶奶在上，小民乃金州人氏，年届花甲，一贯辛勤务农，兼营几家商铺，因一向穷忙，不得抽身看望二位老人家，万望恕罪！小民现有一事禀告，请城隍老爷明断——今年清明期间，小民回乡祭祖，路遇民女曲氏，见有几分姿色，一时动了娶妾之念。节后去曲家讨娶，见曲氏不从，一时糊涂，强行与之入了洞房。万未料到，曲氏父女一时想不开，先后自尽，陷我于十分难堪之地，被告于金州衙门大堂……

住——口！

城隍老爷一声断喝，惊得丁财主一头栽倒在地，好半天爬起来，“当当当”连磕三个响头，前额顿时肿起个大血包，他带着哭腔说，城隍大老爷呀，你老人家显灵啦，这是丁家几世修来的福分啊！你老有啥吩咐，我……立马就办——

城隍老爷低沉而威严的声音在大厅内回荡：

一根刺，你罪孽深重！曲氏父女已到我这儿，状告你仗势欺人，私闯民宅，强奸民女，夺命两条，重伤一人之罪。今日，你竟胆敢在本官面前，当面撒谎，实是罪加一等。然而，本官有好生之德，且给你一个立功赎罪的机会……城隍奶奶，你看可好？

城隍奶奶开口说话了，这样甚好。那个叫柳三的孩子还在监狱中受罪哪，该怎么办呢？

一根刺见城隍奶奶也开口说话，惊呆了，慌忙不停地磕响头，前额顿时磕出血来……连声说道，城隍老爷、奶奶的大恩大德，草民牢记心间。柳三的事儿，包在草民身上，两天之内，准保让州衙放人。

城隍老爷问道，你又不是金州厅正印官，如何说放人就放人。实话实说，你将行贿于谁？

一根刺说，回城隍大老爷的话，小民虽然没有权势，可银子却不少，不瞒二老说，这次吃官司，小民之所以被无罪开释，只因上下打点了五千两银子，光是谈大老爷一个人，就打点了三千两。这次我只要给他二百两，柳三就没事儿了。

着实可恶！城隍奶奶说，想不到堂堂金州海防同知大老爷，大清朝的五品官员，竟然如此腐败，可悲可叹哪！

回城隍奶奶的话，一根刺说，这谈大老爷在金州百姓的口碑里，还算是不太坏的。大清朝的官儿，收了银子不办事的，比他可恶的多了去喽——

城隍老爷言道，善事可做，恶事莫为；天眼恢恢，报应甚速。一根刺，你可以给谈大人报个信儿，奉天省督察一行已到金州，他谈广庆贪赃枉法、徇私舞弊之事，督察大人正在明察暗访。好了，你可以去了，把你该做的事情做了。

丁财主一听此语，如闻大赦令一般，急忙磕头称谢，躬身退出中殿。及至战战兢兢来到前殿时，耳畔忽传一片“威武……”之声，头皮顿时发麻，腿脚一软，忙跪下磕头。但听四大金刚高声诵道，种麻得麻，种豆得豆；天网恢恢，疏而不漏。

丁财主抬眼望去，但见灯火摇曳处，四大金刚个个面目狰狞，手执兵器，仿佛顷刻间要将他拿下，吓得他屁滚尿流地跑出前殿大门，一不小心，后腿被大门槛一绊，一个跟头摔出门外。家丁韩六子和汤麻子忙扶起东家老爷，一溜烟地去了。

望着他们狼狈逃窜的样子，“四大金刚”爆发出一阵痛快的笑声。邱峰、袁方和陆途分别从三座金刚泥塑后走出，迎着刚扮过城隍老爷和城隍奶奶的狗儿和小叶子，高兴地说笑了一阵。狗儿让邱峰给了庙祝一些赏钱，大家便披着夜色朝宿地走去。

忽然，从距庙墙一箭之地的拐角处，传来一个沙哑、悠长的调子：

想从前，顶风撒尿一丈远；

看如今，顺风撒尿滋一鞋。
想从前，“咔崩崩”脆骨嚼得香；
看如今，软乎乎的猪血难下咽。
想从前，一宿三遍还有精神；
看如今，蔫头耷脑腰眼疼啊。
……

调子古朴苍劲，如怨如诉的韵味中透出几分幽默俏皮，令人玩味。狗儿听得真切，伫在那里，想笑又笑不出，正自感叹……

仿佛知晓有人乐意听，那苍凉的声音再次响起：
有地，才知道有天，
买东西，才知道要银钱，
裤裆破了，才知道是个太监。
有枪，才知道命贱，
想逮饭，才知道要吃盐，
园子烧了，咸丰才知道没颜面。
……

狗儿怔怔地听着，咀嚼着那唱词的意味，喃喃地说，有趣，有味！邱峰见狗儿钉在那儿没挪窝，回过头来拉他，说，老疯子唱的那玩意儿，都是些扯淡的话，有啥听头，我就听到两个字：知道，知道……

狗儿说，能听出“知道”两个字来，就不简单啦！邱大哥，这老疯子是干啥的？

邱峰说，都叫他“老疯子”，其实是人来疯，是个旗人。听说早年间祖上也是汉人，打老毛子那昝立了军功，被抬了旗。这小子打小就不务正业，爱耍爱唱，后来家道败了，又学起了跳大神，能唱老鼻子（方言，意为非常多）神神道道的玩意儿……

狗儿说，是挺神的，这老疯子肚子里有货。找个机会，跟老疯子喝一壶，肯定有意思！

两天后，丁大财主终于在金州厅同知衙门的后堂等到了谈大老爷。他递上了二百两银票，说不想与柳三结怨了，都是乡里乡亲的，低头不见抬头见，得饶人处且饶人。请谈大老爷开恩，开释柳三。

这柳三被收监在押，原本是他行贿的结果。谈老爷见丁财主如此说，乐得做个人情，便顺水推舟，点头答应了。他说，“收人钱财，替人消灾”。老乡绅既说放过刁民柳三，那本官就抬抬手，让他过去了。看茶——

丁大财主见谈大老爷要送客，忙摆手说，谈大老爷，我这还有一句要紧的没说呢——

谈广庆端起茶碗，轻呷了口，缓缓地说，请讲。

丁大财主俯过身去，神秘地说，听说奉天省督察官带人已经到了金州城里，正在暗中查访谈老爷的过失，请大老爷留点神！

“哗啦”一声，谈广庆手里的茶碗掉在青砖地上，跌了个粉碎。他顾不得遮掩这失态之举，慌忙问道，哪里得来的消息？

听说，听……家丁们说的。丁大财主可不想把城隍庙里的底儿泄露出来，便说，这两天，一些扮作客商模样的人，总在老百姓堆里转悠，偷偷打听大老爷的过失……

听到这儿，谈大老爷正了正身子，说，即使是奉天府台大人派员来考成（旧指在一定期限内考核官员的政绩），也是自然不过的事儿。俗话说得好，“身正不怕影子歪”嘛！谢谢老乡绅，那……我就不送了。

丁财主前脚走，谈广庆后脚就把管监叫来，吩咐下去，将柳三释放回家。接着，又打发差役叫来账房师爷，说起奉天省督察官一行进了金州城的事儿。

账房师爷姓贺，生得五短身材，一抹八字胡，修剪得十分齐整，显出持重干练的风范。他是浙江绍兴府人，祖宗三代均为游幕（旧指出外做幕僚）出身，跟随谈老爷已有二十余年，向为同知大人所倚重。此时，听了谈大人一番话，沉吟了片刻道，这事八成有假——

此话怎讲？谈广庆关切地问。

贺师爷略微思忖了一下，说道，远的不讲，老大人你是第二次来到金州任海防同知，刚刚两年光景，打前年到现在，钱粮征收尚没有积欠，司法治安也没有太大的问题，奉天府怎么会暗中派员前来考成？这是其一。其二，说起司法治安问题，哪一州哪一县没有积案，怎么会单拿金州开涮？

听到这儿，谈广庆插话说，我倒是不太相信，可细细一想，山狸猫邱峰入宅打劫富商钱财的大案，一直没破……此案是省府限期破的案子，如今期限已过。还有，最近丁大财主犯的强奸民女、逼死两命的案子，本衙虽为其摆平，可是要是有人告发上去，上面追查下来，怕也难辞其咎！

贺师爷摇晃了一下大脑袋，嘟囔了一句，难怪有人说，州县官如“琉璃屏”，触手便碎。这年头，这顶乌纱帽真是不好戴哇——

谈广庆点点头，抚摸了一下光亮的脑门，感叹道，现在想起来，我有点后悔呀，今年春节，给奉天府大人和盛京大人送的节敬，分别是纹银五百两，有点薄啦！

贺师爷用手指抹了抹唇上的八字胡，说，要是老大人担心的话，明天我就带上十来个人，全部换成民装，到城里各大旅店、客栈摸摸底儿，看看丁财主说的情况是否属实。

谈广庆低低地说了一句，那样也好，那样也好！辛苦你啦……

翌日上午。茂达客栈。

老掌柜何亮鼻梁上卡着老花镜，正在对账。一位商人模样的人摇摇摆摆地踱了进来，冲何亮打着招呼，老掌柜好，近来发财？

何掌柜抬头，摘下花镜细一看，哟，这不是耿捕头吗？忙问道，咋回事啊这是，弃官投商了？

耿捕头忙凑过来，用手指在嘴上“嘘”了一下，然后警觉地撒目一圈，悄悄地问，这几天可有贵客落脚投宿呀？

何掌柜拎起茶壶给耿捕头倒上水，坐下说道，开店不问客贵贱，这是规矩。客人们南来北往的，如同候鸟一般，到这里来，不是打尖就是吃饭，不是歇息就是睡觉。

耿捕头神秘兮兮地问，可有奉天府来的客人？

何掌柜微微一笑说，让你说着了，真有一伙儿，一行五人，住在后院上房。

耿捕头眼睛“刷”的一亮，忙又掩饰地啜了口茶，问道，是买卖人，还是投亲靠友的？

何掌柜慢悠悠地说，都不大像。看身份，这是一主四仆，派头不小，点的菜净是名贵的海参、鲍鱼、大对虾、大扇贝……干啥的不好说，只是觉得这伙儿人行径有点鬼鬼道道。他们每次用膳，都是让小伙计把饭菜送进去，从不与外人接触。昨天下午，都进城逛街去了，掌灯时才回店里。

耿捕头吃惊地“唔”了一声，说，好！那我就不派生人进来了，麻烦你给我盯紧点，这伙儿人再一道出去，你就打发人到衙门里知会我一声，切记！

何掌柜郑重地点了下头。

第二天上午，耿捕头接到报告：茂达客栈奉天府的客人又全上街了。他迅速赶到客栈，找到何掌柜，悄悄来到后院，打开上房的房门。耿捕头说，请老掌柜留步，本捕头公务在身，不得已要进去搜查一下，请多多包涵。说完，便一头扎进屋里。

这五位客人的行李比较简单，在里屋的八仙桌上，一只上了锁的漆皮匣子十分惹眼。耿捕头看了看锁头，从身上掏出一串万能钥匙，捅了几捅，那锁应声而开。掀开匣子的上盖，发现上面有奉天府巡抚访牌一道，拿起一看，见蝇头小楷数行，清楚地写明金州海防同知谈广庆受贿之事……再往下一翻腾，拣出一封信件，信皮上写：金州副都统连顺大人亲启。信的封口由火漆封着，不知里边的内容……

耿捕头走出房门，叮嘱何掌柜把门锁好，便神情紧张地告辞了。

下午未时，耿捕头又现身茂达客栈。他找到何掌柜之后，拿出一张二十两的银票递过去说，同知谈大人打发我来，说你协助办案有功，这是赏给你的……

何掌柜连连摆手，推辞说，协助衙门公干，乃是小民应尽的义务，敢不全力配合？！谈何有功，还要让谈大老爷打赏，真是罪过呀——

两人拉拉扯扯好半天，何掌柜方接过银票。他将银票叠了一叠，然后塞进耿捕头怀里，说，银票我收下了，代我谢过谈大人。现在我把这张银票送给你——你们那拨弟兄为保一方百姓平安，日夜操劳，算是老朽犒劳弟兄们的一点酒钱。一点小意思，一定要笑纳！

耿捕头从怀里取出银票，攥在手里说，这哪好意思，哪好意思呀？保一方平安是我们的职守，应当的。唉，不瞒你说，老掌柜，自打上个月把一个案子办砸了，跑了要犯山狸猫，我就受到罚薪一年的处分，日子真是难熬啊！好吧，既然老掌柜如此仗义，我就交你这个朋友，银票收下了。往后，有用得着弟兄们的事儿，老掌柜一句话，兄弟我就是头拱地也要办好！

耿捕头话音刚落地，何掌柜从钱匣里又拣出一张二十两的银票，递给耿捕头说，这张银票是老朽给你补贴家用的，一定要笑纳。你不用推辞，我知道你们捕快干的活儿最辛苦，又危险，挣得又不多。你这个当捕快头的，一年薪俸顶多二十两银子，一般的捕快才十两上下……你刚才不是说要交我这个朋友吗？你就大大方方收下。说着，何掌柜抓过耿捕头一只手，将银票“啪”地重重按在他的手心里。

耿捕头有些激动，说，想不到，何掌柜为人办事这么讲究！早知如此，我……你这个朋友我交定啦！往后，有衙门里的客人，我都往你这儿送；弟兄们设个宴啥的，都到你这酒店来办；要是有人敢呲楞（方言，意为挑衅、惹事）你，上你这地方占相应（方言，意为占便宜），我来替你收拾他。说着，把手中的银票揣进了怀里，然后悄声说，谈大人的意思，奉天府这伙儿客人请你盯紧喽，而且要保密。他们啥时候动身起程回奉天，请提前告知。

第三天清晨。

狗儿与袁方、小叶子分别骑着马，又雇了两辆篷车，邱峰和陆途扮作车老板，缓缓地出了北门，朝奉天府方向驶去。

走出约莫十来里地，大家眼前一亮：山道间，一片高大的杏树林花开似锦，仿佛列队迎宾一般。但见白朵如雪似霜，粉花流霞飘云，煞是好看。清风徐来，一阵阵清香扑面而至，惹人陶醉……也许是女人对花儿的敏感，小叶子一带马，凑近狗儿身旁说，狗哥哥，这么好的花儿，怎么没有蜜蜂采呀？

狗儿笑笑说，这有啥稀奇，不是有句诗，叫做“红杏枝头春意闹”嘛，大概是这一闹，小蜜蜂就不敢来了。

小叶子连连摇头说，不对，不对！

狗儿说，那就是杏花有毒。有一句民谚说，“桃饱人，杏伤人，李子树下吃死人”。

小叶子说，不对，依我看呀，一定是昨晚上蜜蜂喝醉了酒，现在还晕乎呢……

狗儿心知肚明，小叶子是怨他昨晚喝多了酒，夜里没有碰她。便小声说，哥哥虽不是蜜蜂，还不是早就把你采来了。

小叶子瞟了一眼狗儿，扬起马鞭抽了一下干草黄，黄马一激灵，猛地朝前蹿去，狗儿险些被掀下马背，惹得小叶子咯咯地笑个不住。

蓦地，打杏林前头的转弯处，传来一声喊喝，来人是奉天府督察大人吗？

狗儿双腿一紧，马往前快走几步，然后勒住马说，贾大人有要务在身，已经于昨晚驰归省垣了。你们是什么人？

前面人回答，有金州同知衙门贺师爷在此——

话音刚落地，见一矮胖子下了马，拱手说道，敝人姓贺，是同知谈大人帐下幕僚。因谈大人有急务，不能亲自前来相送，望督察大人见谅。贾大人来金州，本府未尽地主之谊，甚为抱歉，今有六桶微薄之礼，托督察大人送与奉天府台老爷。礼单在此，请验收——

狗儿依然骑在马上，拱拱手说，既然如此，我就照单全收了，届时请贾大人办理就是。你们请回吧——

贺师爷见收了礼物，便将礼单置于木桶之上，一拱手，翻身上马，带着一干人绕小路往金州城方向走去……

狗儿望着这伙儿人的背影，双手击掌，只见邱峰站在车上，手挽硬弓，朝贺师爷去的方向射出一羽响箭……

贺师爷从衙役手中接过响箭，取下上面的信件，见上写：

金州同知谈大人：奉命探事，打扰治下。丁大财主须按律严办。

贺师爷笑吟吟地将信收好，手抹着八字胡说，到底是钱能通神啊！

狗儿从木桶上拿起礼单一瞅，竟是一张白纸。他笑一笑，让大家把木桶抬进车里。这些木桶个个压手，分量着实不轻。小叶子说，不会是六桶石头吧？那礼单可是一纸空白啊！

狗儿说，这正是衙门中公人的狡猾之处，行贿哪能给别人留下把柄呢？我料定这是六千两纹银。

大家未置可否，七手八脚地打开桶盖一瞧：嚯！果然是清一色的银元宝，白花花的，十分晃眼。陆途拿起一只元宝掂量了一下，用牙咬了咬，冲大家点点头。直到此时，大家才打心眼儿里折服了。

邱峰叫道，真是料事如神哪！下一步咋整？

狗儿扫视了一下众人，冷静地说，再往前走的话，荒郊野岭的，多有不便。我看还是往回返，到北三里处，再拉开距离分头进城。

好喽！邱峰举起大鞭子一晃，嘴里吆喝着，马车从左边转过来，这才高喊了一嗓子“驾——”，车队驮着银子，载着喜悦，从原路返回……

第二天，狗儿他们将银子分别存入两家票号，兑出六千两银票。当天晚间，狗儿面对何掌柜、邱峰、袁方、陆途和小叶子，将六千两银票分成六份，说道，果然是“众人拾柴火焰高”，大家同心戮力，“连环计”成功实施，惩办了贪官和恶霸，也替穷人出了口恶气！这些银子，大家人人有一份，各自取回。天下没有不散的筵席，咱们就此别过……将来有缘分的话，老天爷会让咱们再聚首茂达客栈——

一时间，大家面面相觑。

袁方缓缓站起身来，拱拱手说，狗儿兄弟大智大勇，心宅宽厚，我是打心眼儿里佩服。多年以来，我一直很落寞，从来也没有像这段日子般过得有嚼头。这钱……我不能收，只是有一个愿望，不知大伙儿乐不乐意？

……

袁方单腿一跪，双手抱拳说，咱们六个人拜把子吧——拥戴狗儿兄弟为老大！

陆途高叫道，正合吾意！

我同意。小叶子说。

邱峰嘿嘿一笑，大嘴一咧说，我早就喊他老大了。

何掌柜捋了捋胡须，感慨道，能算老朽一个，我真是太高兴啦！年轻那咱，我也有一帮磕头弟兄哩，如今都离得远了，有的老了。有你们这帮年轻人当兄弟，我也活得有精神头了。

狗儿脸红了，慌忙说，使不得，使不得！我年轻无知，哪能……

何掌柜打断了他的话，说道，大侄子，别说了。老话说得好，“有志不在年高，无志空活百岁”，英雄出于少年啊！就这么着吧——我去准备香案和酒席。

当晚，大家歃血盟誓，共推狗儿为首领。所谓风随山转，波顺浪涌，到了这节骨眼儿上，狗儿也不再推辞，郑重地说，历来江湖帮派，都有一个目标主旨，有一个报号，要不名不正言不顺。

邱峰急捞捞地说，这好办，就叫“除恶帮”！

袁方说，太普通。古人云：夫阴阳四时、八位、十二度、二十四节各有数令，顺之者昌，逆之者不死则亡。依我之见，就叫“阴阳会”。

陆途说，不好，不好！听起来像是算命的帮会。我看，不如就叫“灭清帮”！

好！小叶子脆声叫道，“灭清帮”好！

何掌柜说，不妥，不妥！把大清灭了，咱们喝西北风去呀？咱们这些人，俱是侠义之人，还是叫“侠义帮”熨帖。

狗儿说，国家要想好，内不可有内奸蠹虫，外不可有奸细入侵……对于汉奸、内奸、奸细，通通要除掉。就叫“锄奸队”，怎么样？

盖啦！好啊……

只有小叶子没言语。

见大家众口一词，狗儿继续说，大家既然同意，往后就不要喊我“老大”。“老大”用在我身上，是要折寿的，就叫队长、狗儿都行。说完这席话，他将银票中的五千两推到何亮面前，说，这些钱就由老人家掌管，往后哇，茂达客栈就是咱锄奸队的大本营。麻烦老人家取出二百两给柳三，让他给曲家父女修个坟茔，立个碑，余下的钱再把自己的腿伤治好，将来也好娶媳妇成个家……

何掌柜说，好，这事儿明天就办。

剩下的一千两，由邱大哥经管。人吃马喂的，都由你来付账。狗儿停顿了一下说，明天，咱们哥五个去趟旅顺……

去旅顺干啥去？小叶子吃了一惊，忙问。

狗儿说，北洋大臣、直隶总督李鸿章这两天就到旅顺口，亲自检阅大清的海军和陆军。咱们是习武之人，去卖个呆儿，长长见识！同意不同意？

大家“唔嗷”一声，同意——

翌日清晨，吃过早饭，大家便纷纷上马，从南门出去了。

路上，狗儿问袁方，那天，袁大哥你在小饭馆里给人算命，说李鸿章大人长着一双狮虎眼，真有其事吗？

袁方哈哈大笑起来，说，那李大人是直隶总督，全国封疆大吏之首，我一个算命的咋能凑上前去。不过，天命难违，这贵人自有贵人相，兴许队长你有缘分，到时候你仔细瞧瞧，看看是不是长着一双狮虎眼。

狗儿说行，到时候我得好好瞅瞅，看看大清朝英雄的模样——

小叶子说，他算啥英雄？

陆途说，哎，你要饭的出身，哪知道这些。人家是进士出身，当年在长江南北，打长毛剿捻子有功，要不，能当这么大的官？听山东老家的老人说，李鸿章长得也是一表人才，大高个儿……

小叶子说，有啥了不起，就是窝里斗有能耐。当年英法联军火烧圆明园，他到哪儿去了？

邱峰接过话茬儿，说，哟，小叫花子懂得不少呀！

狗儿心道，小叶子说的好像也有点道理……他双脚一磕马肚子，干草黄长嘶一声，飞也似的朝前奔去。

第十四章 叶子失踪

由于时间充裕，狗儿一行走走停停，第三天才来到旅顺口。他们在黄金山下找了家客栈，要几间上房安顿下来。晚饭后，小叶子跟狗儿打了声招呼，说有一个亲戚在这附近，她要在那儿待一个晚上……

平源叶子按照约定的暗号，进入了大顺浴池，见到了她的上司高桥卫。可两人一见面却话不投机，没说几句，就争吵起来。

高桥卫指责平源叶子，掌握中国陆、海军实权的李鸿章马上要到旅顺阅兵了，可你倒好，川冈岩遗失的图纸至今未截获下来……

平源叶子辩解说，应该继续放长线钓大鱼。目前，狗儿的真实身份尚未摸清楚，有必要顺藤摸瓜继续跟踪下去，以避免捡了“芝麻”，丢了“西瓜”。

高桥卫生气地说，你这是在指责我！我们的认识和行动都要着眼于大日本帝国的战略利益。这张具有军事情报性质的地图，一旦落入李鸿章的手中，必然会引起清国军方乃至朝廷对帝国军事企图的高度警惕，从而提前制订防御计划。不仅如此，他们还会在闹得沸沸扬扬的朝鲜问题上，持更加谨慎小心的态度，使大日本皇军无空子可钻。这样，势必影响到帝国在不远的将来要对清国实施的军事打击！所以，这不是个小小的“芝麻”，而是个大大的“西瓜”——我们不能因小失大！

平源叶子解释说，如果拿走图纸，我的身份就会暴露，过去一段女扮男装打入对手内部的努力，就会前功尽弃。

高桥卫沉思了一下说，你们一行好几人，怎么知道这图纸就是你窃取的？

平源叶子顺口说，那是因为每天晚间，只有我和狗儿睡在一个房间。

高桥卫听到这儿，一对牛眼珠子转了转，心想，莫非平源叶子与狗儿有了非同寻常的关系？如果是这样，那情况就有些麻烦。他表情狡黠地问道，莫非……你的和他的有了男女私情？

平源叶子一时有些窘，马上矢口否认说，执行这次任务完全是奉了你的命令。我为了接近他们，吃了这么多苦头，到如今你却得出这么个结论，太没有道理了！

高桥卫有些阴阳怪气地说，你的和他的，果真有了私情隐瞒不报，身为帝国的情报人员，就是犯了通敌之罪。通敌是什么下场，我想聪明的叶子小姐会很清楚的……当然，这些都是假设。说到这儿，他站起身，在屋子里来回踱着步，习惯性地把手指关节弄得“咔吧咔吧”直响。终于，他想明白了，在事情没弄清楚之前，应该认真考察一下自己这位下属。他停下了脚步，手在空中一挥，斩钉截铁地说，干脆，斩草除根，以绝后患！我命令：明天晚上，你去干掉狗儿！千万记住，不留活口。鸟无头不飞，省得他们日后找你麻烦。成功后，我会为你到军部请功的——

平源叶子先是一怔，继而冷静下来，说道，如果我杀了人，他那几个哥们儿肯定不会放过我，报复是一定的。我死事小，金州谍报网损失事大！高桥君的命令，似乎有点唐突，请再三思。

好了，不要再犹豫了！高桥卫的忍耐似乎到了极限，他走到办公桌旁，缓缓地拉开抽屉，从里面取出一个用油纸包裹的小包递给叶子说，这是帝国化学家最新的发明，比中国的砒霜厉害十倍，把包里的药末倒入一杯水中，人只要喝上一小口，五秒钟之内就会毙命。而且，它无色无味，中国人的水平目前是无法检验的。

平源叶子接过小包，小心翼翼地放进背囊中，然后“啪”的向高桥卫行了一个军礼，说道，我会见机行事的，保证完成任务！

高桥卫嘿嘿一笑说，这还差不多……

平源叶子去浴池洗澡了。

高桥卫望着她的背影，嘴里禁不住嘀咕道，是哪里出了问题呢，难道真是“女大十八变”？弄不好，她是真的堕入情网了……难怪老师荒尾精先生曾说，人是有情感的高级动物，这一点，既是幸福的源泉，也是悲剧的根源。因此，作为情报人员，必须修炼成铁血的人性……女人是当间谍的利器，但与男人相比，她们感性多于理性，一旦被异性所吸引，是很容易坏事的……

浴池中的平源叶子，身子洗得很清爽，脑子里却是一团糨糊。她觉得自己仿佛正在一个十字路口，欲进不忍，欲罢不能，真是进退两难！杀，还是不杀？成了一道难以化解的课题。

平源叶子此刻又想起了家人。母亲多么希望她能留在自己身边，在日本当一个护士，哪儿也不要去。而毕业于东京帝国大学、当高级军医的父亲，却期望女儿为天皇陛下建功立业，到满洲去为大日本帝国开疆裂土。父亲曾对她说过，你是职业间谍，你所从事的事业是高尚而充满危险的，为了大日本帝国的雄飞，任何个人情感都要通通丢到大海中去！

平源叶子抚摸着自己白皙而富有弹性的肌肤，任密布的水珠在头上倾泻着，分不清脸上的水珠是不是自己的泪水……

第二天夜里，小叶子缠着狗儿不放。夜半时分，狗儿终于又打起了响亮的鼾声……可她自己却失眠了，黑暗中瞪大眼睛，听着蚊子“嘤嘤”地叫着，在耳边飞来飞去。

小叶子的心情沮丧到了极点，她感觉这迟到的幸福太短暂了……

为什么会是这样呢？是自己命运不好，是上辈子做了什么坏事错事，身子有了积垢，让天照大神不再关照自己、佑护自己？！狗哥哥，可怜的狗儿，你其实是我的弟弟才对，你的年纪比我小，你应该叫我姐姐才对呀！明天早晨，太阳升起来的时候，你看不到我了，是不是一定会痛苦，会掉眼泪的……我想，最让你难受的，是我的背叛，拿走了那张秘密图纸，不辞而别……你为此一定会责备自己的，说自己瞎了眼，把一条毒蛇当成了情人！是的，肯定的。狗儿啊，你知道吗？让你痛苦，让你难堪，是因为你的小叶子身不由己啊……其实，造成了你的痛苦，我会更加伤心的，我是心在流泪呀！高桥那家伙，实在可恶透顶！让我把你杀掉——别说我下不去手，真要是这么做了，我也只好死在你的身边。这个结局，其实也不算坏，咱俩携手共赴阴间，到你们中国的阎王爷那里去报到。唉，谁让我是中国男人的女人呢！不，不行！我们的生命这样年轻，像樱花刚刚在枝头绽放，就刹那间零落成泥碾作尘，真是太残酷了！

小叶子惊出一身冷汗，翻身坐起，又颓然地躺倒。她想，造成这种结局，要怨谁呢？国家与国家，海岛与大陆，为什么不能像女人叶子和男人狗儿这样和谐相处，这样互相扶持，这样快乐地相伴呢？是怨清国积弱不堪，还是怨日本野心膨胀？难道说，这个世界国与国之间的关系，只能是尔虞我诈、弱肉强食，只能是掠夺和践踏吗？！如果是这样，那么活在其中的人，只能是国家手中杀人的工具，那还有什么生的乐趣和幸福呢？算了，想得太远了……眼下的事，是先活下来再说，其次才是怎么活。

寅时初刻，天光透亮。

小叶子悄悄爬起来，在一张纸上写下几句话，便从狗儿的衣服里面取出日谍川冈岩所画的图纸，又拿起烟荷包看了看，将图纸叠一叠放进荷包内，揣入怀中，轻轻地打开门，溜了……

半个时辰后，狗儿伸伸懒腰，见天色已大亮，下意识一摸身旁的被窝，空空的、凉凉的……哟，小叶子哪去了？不禁嘀咕道，这个小机灵鬼，今天咋这么精神？他忙起身穿衣服，糟糕！衣服里面的图纸不见了，烟荷包也不翼而飞……慌忙中，看见地桌上放着一张写字的纸。字迹很潦草，仔细辨认，才看清：

狗儿，是我拿走了图纸，从此永别！叶子匆草狗儿大惊！叶子会写字？叶子走了！他一屁股坐到地上，脑子急速地转了几个个儿，终于明白：这个亲密的小叶子，这个曾经女扮男装的小叫花子，这个锄奸队里的小机灵，原来竟是一个日本的小奸细！一条睡在身边的毒蛇！他摸摸自己的后脑勺，心想，这也太离谱了，太悬啦！我的脑袋还在，还好……

她为啥没杀我？她完全有理由杀掉我，然后再拿走图纸去邀功请赏。可是她没有这么做，图啥呢？是对我尚有感情手下留情，还是因为我已经没了用处，像扔垃圾一样弃我而去……

狗儿拿起李鸿章的亲笔题字，自言自语地说，还算手下留情，给我留下这张纸。他想抽袋烟，一摸裤腰，才想起，烟荷包没了，抽不成了。心道，小叶子呀，你人都走了，还拿我的烟荷包干吗，你图稀个啥呢？

狗儿脑子有些乱了，他想起了夜里俩人在一起的事儿……

小叶子在他怀里缠绵着，像一只小兔子，软软的，热乎乎的……在那一刻，她使劲地咬了他。狗儿问，你为啥咬我，胳膊上的牙印还这么深，出血了。

女人咬人，是高兴呗。女人爱你多深，就会咬你多深！小叶子说。

狗儿苦笑了一声，按你的说法，把我肉啃下一块，那爱得才算露骨；要是把肉吃了，那就是爱在心里头！

叶子“扑哧”一笑，紧紧地抱住他，眼里流下了泪水……狗儿吻着她脸上的泪疙瘩，咸咸的，涩涩的……问道，你咋又挤猫尿了？

叶子说，你不懂！

我咋不懂？狗儿说，在山里打猎这么多年，我啥没经历过？你还记得我跟你讲过的大宝、二宝的故事吗？对！就是那两只小狼崽子。有一回，我又带去一些烀熟的肉，偷偷去看那两个小东西，可能是玩时间长了，狼爹回来了。那大嘴巴，这么长，一个照面就掏我肩膀一口，要不是手里有家伙，加上腿脚麻利，早就喂了狼。打那儿我就明白了，凡是咬人，都是因为有仇。

叶子说，我这是给你留下个记号，让你总也忘不掉我。你们男人总是花心，吃着碗里看着锅里。狗哥哥，你是不是这样？

狗儿说，男人嘛，其实都这样。不过，总是有心里最疼的。你看那些当皇帝的，皇后以下有皇贵妃、妃子、嫔，身边还有啥常在、答应……总之，是一大群女人，可那大都是聋子耳朵——摆设。茶杯再多，一个人喝水时，茶壶只能往一个杯子里倒水。大唐那咱，唐明皇那么多女人，还不是只和杨贵妃一个人好？

小叶子往他怀里拱了拱，说，听说那个杨贵妃后来跑到日本去了。

扯淡！狗儿说，马嵬坡前，御林军造反，逼得玄宗皇帝不得不让人把爱妃勒死。这事儿编成戏文，都唱了一千来年了。

我说的是真的。叶子说，在日本还有杨贵妃下船的地方和祭祀她的庙呢……

奇了怪了，这事儿你咋知道？

叶子说，你别问了，快搂紧我，有点冷。

……

狗儿纷乱的思绪断了，又回到了现实，鼻子不禁一酸，眼圈有些红了。

吃早饭时，狗儿只跟大伙儿说了一嘴，小叶子走亲戚去了，一时半会儿回不来。袁方和陆途没说啥，只顾低头“呼呼噜噜”喝小米粥。倒是邱峰觉得有点不对劲，他说，一个小叫花子哪来那么多亲戚，别是有啥猫腻吧？

狗儿说，别瞎猜了，你就搬到我的房间来住吧——

吃完了饭，邱峰收拾了一下，就到狗儿房间来了。狗儿对邱峰说，大哥，把你那张日本奸细画的图纸交给我吧。邱峰一愣，啥也没问，便从怀里取出递给了狗儿。狗儿也不作解释，只是小心地把图纸放进怀里。

哥儿四个初来乍到，瞅旅顺哪儿都新鲜，便准备出去逛逛。狗儿问客栈掌柜，这地方哪有好酒？

掌柜的说，水师营有。你们从金州来，没听说过有这么一套嗑儿吗——金州卫，驴肉包子大麻花；水师营，大糖火烧老干榨。这“老干榨”，就是当地酿的黄酒，醇香爽口，有劲道。

路有多远？

不远，往北走，十来里路吧——

于是，四个人骑上马，一路观着风景，慢悠悠地朝水师营走去……

水师营这个地方历史不长，早年间是荒僻山村。到了清康熙五十四年（1715年），清军在此设立水师营，并开始出海巡哨。当时的水师营编制五百人，每年三月出哨，九月归处，在海上巡哨的范围西至菊花岛，南从老铁山往南九十里到城隍岛。由城隍岛往南九十里的水域，归山东登州水师负责巡哨。到了道光年间，水师营渐渐衰败下来，官贪兵弱，已经无法担负海上防盗、御敌的任务。到了光绪六年（1880年），朝廷决定裁撤水师营，由李鸿章筹建的北洋水师取而代之。如今的水师营，水师虽然没了，老百姓倒是住了不少，成了旅顺口一个热闹的小镇。

来到水师营，找到一家干净的小酒店，四个人要了“老干榨”，又点了一些海鲜……

店里的小伙计问，各位爷，“老干榨”怎么个喝法？

陆途说，往嘴里倒呗——

小伙计忙解释道，“老干榨”加热喝才香，还暖胃，有的客人还喜欢加姜丝，有的让放些大红枣，有的专门要加枸杞子，不知四位爷怎么喝法？

邱峰一听，说，那就什么都来点，喝个全乎酒……

小伙计有些为难地说，那酒味就串了。

袁方说，各种喝法有啥讲究，你细细说一说。

小伙计说，这“老干榨”呀，酿造方法是祖上传下来的，算得上是上等的黄酒。要是加了姜丝，能够发汗、暖胃，有祛风发表的功效。古人云：“早上三片姜，胜过饮参汤”“每天三片姜，不劳医生开处方”。这加大红枣的酒，甜味重了些，多是女人家爱这么喝，可以补血、提气、长精神。要是加了枸杞子，那自然是“补肝养血，益精壮阳”，而且还有“发白返黑，齿落重生，耳聪目明，肌肤润泽，返老还童”的功效……

袁方点点头说，想不到，小伙计对医道还有点研究。

老掌柜踱过来说，犬子卖弄了，让客官见笑，见笑了。大家这才明白，小伙计原来是老掌柜的儿子。

狗儿忙道，老掌柜的好福气，有这样的好儿子，日后酒店必能大发呀！我们哥儿几个今天就来捧捧场，这三种黄酒一样上一坛子，先尝尝再说——

小伙计快乐地答应着，好嘞！忙给哥儿四个斟上茶水。

且慢。老掌柜双手一比画说，爷们儿，听老朽一句话，今天你们哥儿几个喝完一坛子，就赶紧走人！过半个月再来，我让你们喝个痛快。

为啥？哥儿四个大眼瞪小眼，有些“丈二和尚——摸不着头脑”。

掌柜的坐下后，捋了捋花白的山羊胡子，叹了口气说，长话短说吧——这朝廷的李中堂奉旨要来检阅水陆两师，这陆军主要有两支，一支是宋庆大人的毅军，管束较严；另一支是黄仕林大人统领的亲庆军，就有点稀松平常了。大概是队伍缺员吧，平时吃够了“空缺”，现在临时抱佛脚，忙着找一些青壮老百姓来补缺。昨天，我这酒店就被带走了五个人，其中有小贩子，有打铁的……我看你们像是有些身份的，可这年头“秀才遇见兵，有理说不清”呀，要不想被抓去当几天兵，就少喝点，赶紧走人吧——

有这样的事儿？感谢老人家高义。狗儿说着，又问三位大哥，你们说咋办？

我们得听队长的呀！大家异口同声。

那好！狗儿有了底气，对老掌柜说，上酒——大不了当几天兵，也好见识见识咱大清的兵营，扛几天“烧火棍”，尝尝是啥滋味。

老掌柜被这几位爷们儿的豪情所感染，站起身拱拱手，说了声，佩服！便去吩咐上菜，加工“老干榨”。

事态的发展，果真让老掌柜说中了。哥儿几个刚喝完一坛子姜丝加热的“老干榨”，心里正热乎哩，一伙儿清兵拎着枪，乱哄哄地闯了进来。

一个小头头模样的人被簇拥着，走到这哥儿四个喝酒的桌前，油腔滑调地说，小日子过得挺滋润呀，喝着“老干榨”，嚼着大螃蟹，大爷我都没这个福分呢……哈哈哈……

那几个兵勇纷纷嚷嚷道：

队长，这几头蒜体格还都不错……

队长，咱也不能白来一趟，先润润嗓子吧，这黄汤可是壮阳补气呀……

那位队长一挽袖子说，好哇——军民一家亲，胜似好连襟，倒酒！

他们一边嘲讽着，一边也不客气，撂下手里的枪，纷纷伸手端起哥儿四个的酒碗，“咕咚咕咚”地喝起来。

狗儿站起身，捧起地上的酒坛子，朝那个队长的头砸去，只听“咣当”、“哗啦”，那个队长的脑袋顿时开了花……

这哥儿仨见自家的队长动手了，陆途一欠屁股抓起板凳摔在一兵勇的肩膀上，袁方拿起一根筷子，直插身旁那个兵勇的腰眼，邱峰抓起一只大螃蟹，向一个兵勇的脸上拍去……只一个回合，清兵就纷纷倒地。

邱峰高声说，看看是你们队长厉害，还是我们队长厉害！

有两个兵勇倒地后，还试图抓枪反抗，被袁方和陆途看见，上去踹了两脚才老实了。

狗儿坐在板凳上，拍拍手说，都起来吧——

那位队长爬起来，边往外退边用手指着狗儿他们，嘴里不甘示弱地说，你……你们等着……

屋子里一下子乱将起来，其他客人吓得拔腿就往外跑。外边的兵勇见里头出事了，纷纷闯进屋来，一帮人在门口挤成一团，那情景煞是热闹。

清朝末年，以湘、淮二军为骨干的“勇营”，已经成为主要武装力量。其兵制是“勇营”以营为单位，每营为五百零四人，置营官一人。每营分前、后、左、右四哨，各置哨官一人，副哨官称“哨长”。每哨正勇分为八队，每队置什长一人为队长。刚才进屋里抢酒吃的那位“队长”，就是一位统领十几个人的队长。

这工夫，老掌柜过来说，快，快从后门逃吧——

狗儿说，已经来不及了，他们来了。

只见“呼啦”一下，七八个持枪的兵勇气势汹汹地涌进屋内……那位队长手捂着正淌血的脑袋，高叫道，弟兄们，就是这四个臭小子，千万别让他们蹽了。看你们还要横不？！都给我捆起来——

有几个兵勇不知厉害，端枪上来就要拿人。狗儿正求之不得，一举手就夺过一支枪，黑洞洞的枪口转而指向那位队长，大声喝道，都放下枪——

那队长嘿嘿一笑，说，小兔崽子，你也会玩枪？笑话……

狗儿也不言语，一手持枪，一手抓过几只陶碗，往上空抛一只碗，开一枪……“呯呯呯”连着三枪，三只碗应声炸碎。惊得那位队长和兵勇直劲吐舌头，倒是那队长反应快，一摆手说，小伙子不糠啊！行啦，行啦……都把枪给我放下，麻溜的，小心走了火。我有话说，我有话说……你们要答应我这个条件，你们伤人的事儿，咱们就算两清了。

狗儿把手里的枪还给了那个兵勇，说，请讲——

那队长说，真人不说假话，李大帅过几天来校阅队伍，眼下兵营人手不够，得临时找些人凑数，你们这几条汉子不错，本队长相中了。怎么样，跟我到兵营里头待几天，绝对亏待不了你们！说到这，又对狗儿说，看你这等身手，绝对是个百步穿杨的神枪手！正好，大帅还要看打靶，到时候你真枪实弹地露一手……

陆途说，我不会使枪——

不会使枪，扛枪走路总会吧？那队长说着，扭下一只螃蟹腿，比画着说，把家伙往肩膀上一扛，齐步走，向左转，向后转……就这些。还发给你们新衣新鞋子穿，多展扬！

狗儿道，我们有马，得先回客栈一趟。

队长嘿嘿一笑说，想溜哇？别跟我耍花花肠子。这老干榨酒店后边就有牲口棚，马匹可以寄放在这儿。

一场风波就这样结束了。

狗儿心里的算盘珠子早已拨拉好了，进了亲庆军的营盘，见李大人能容易些。那哥儿仨不知狗儿葫芦里卖的是啥药，既然队长答应了，只好随帮唱影跟着去了……

第十五章　千手老李

公元1894年5月9日这天，直隶总督兼北洋大臣李鸿章在旅顺口营务处总办龚照玙等人的陪同下，乘坐海晏轮由天津抵大沽。10日，从大沽起锚，亲率北洋、广东、南洋三支舰队经渤海驶往黄海东岸的旅顺口。

官总是忙碌的，大官当然比小官更忙，大清国的一品大员李鸿章，朝中人送他雅号，叫做“千手老李”，可见他的忙碌。

已经七十二岁的李鸿章，怎么能不忙呢？他是大清光绪朝官员中官衔最多的一位。单是直隶总督一职，它的全称就是“总督直隶等处地方，提督军务、粮饷，管理河道兼长芦盐场，兼任北洋三口通商大臣，兼巡抚事”。他还是大清国海军衙门（总理海军事务衙门，相当于海军司令部）的会办，但慈禧太后“责成李鸿章专司其事”。光绪皇帝的亲爹、慈禧的妹夫醇亲王奕𫍽虽兼总办，但那是挂名儿的，李鸿章才是干活儿的。他还是大清国最有战斗力的陆军——淮军的领袖。还有一些荣誉性的头衔，如武英殿大学士、太子太保等。总之，到了光绪二十年（1894年）的春天，李鸿章已经走到了他一生仕途上最光辉的顶点。无论是虚衔还是实授，都在他身上闪耀着各色光环，可谓盛名鼎鼎，令人仰慕。

然而，高处不胜寒……

人是一种有灵性的怪物，富到极致时，他会时刻担心有人图财害命；而当官步入青云时，他会时时关注政坛上克星的闪现。李鸿章无疑是大清的政治家，所以，也有克星，是谁呢？就是光绪皇帝的师傅、礼部尚书、军机大臣翁同龢。

时年六十五岁的翁同龢，与年轻的光绪皇帝的关系非同一般。当年不满四岁的载湉（光绪帝的名）在睡梦中被抬入紫禁城养心殿入继大统，一年多后，大清朝手握大权的慈禧就选择了翁同龢做光绪帝的师傅。光绪二年（1876年）四月，翁同龢正式成为帝师，为小皇帝授业讲学。一晃近二十年过去，翁同龢一直不离小皇帝左右。到了光绪十四年（1888年），光绪帝十八岁，慈禧终于颁发了给光绪帝举行大婚及让他亲政的懿旨。转年正月，光绪帝终于“亲裁大政”，与此同时，曾两度“垂帘听政”的慈禧也在表面上撤帘并回归幕后。而从此，翁同龢的地位便愈发显耀，几乎就是“一人之下，万人之上”了。如果说，光绪帝亲政之前，与翁同龢情同父子，帝对帝师言听计从，而且专信有加，那么，到了光绪帝亲政以后，两人之间的关系又有了升华，翁同龢随即被擢升为军机大臣，成为处理国家军政要务中枢机关的首辅大臣。

翁同龢在朝中权力很大，只要被他看上的人，死活会把你擢拔上来。据说有两个人就是被他一眼看中的，一个是文廷式，一个是张謇。

文廷式在考试写八股时，文中有“留元气于闾阎，而后邦本可以固”这样一句话。但写时，把“阎”字丢了，交卷时想了起来，已经没时间挖补上去。于是匆匆在“而”字上加了三笔，成一“面”字，想蒙过主考官。但主考一看“留元气于闾面”的句子，立刻就看出这是胡说八道，于文理不合，把卷子甩到第三等那一堆里了。翁同龢是最后的“定卷官”，早已看上了文廷式，非要把他弄到大魁不可。考官以“闾面”二字请教翁同龢，翁同龢知道文廷式是考砸了，但坚持说“这两个字是有出典的”。考官不服，翁同龢说，那就别让他当状元了，就取他个第二名吧。此语既出，遂成定案。文廷式当然感激涕零，成了翁同龢的死党。后来，文廷式也成了军机大臣。

另一故事传得更是有鼻子有眼：翁同龢看上了张謇，一定要让他当状元。头一次，他拿到一张卷子，以为是张謇的，批取为第一。但揭晓时才发现弄错了，是另一个人的。接下来张謇又考，这次翁同龢很小心地选出一张卷子，认定是张謇的没错，就给同考官看。同考官说，头两场的卷子还不错，但他的策论太短了。翁同龢说，这是因为张謇病了，带病应试能考成如此，不错啦，第一，第一！遂置第一。不料这回又弄错了。这卷子还不是张謇的。但翁同龢志欲张謇必得，第三次也就是在这一年的春天，终于让张謇当上了状元郎。

按理说，李鸿章是慈禧所倚重的砥柱大臣，早年间，从基层干起，跟随曾国藩消灭太平军、剿捻，军功卓著，遂成淮军大帅……他与帝党股肱大臣翁同龢走的不是一个路子，不会产生什么过节。然而，这个结论是错的。这两个人的结仇，还真是由李鸿章引起的。

那还是在清军打太平军时，李鸿章在曾国藩帐下任幕僚。翁同龢的哥哥翁同书当时是安徽省巡抚，在定远被围时弃城逃跑，犯了失守封疆之罪。曾国藩大怒，意欲具疏奏劾，但考虑到翁同书是前任大学士翁心存之子，翁心存在皇帝面前“圣眷”甚隆，门生弟子众多而难于措辞。于是曾国藩令他戴罪立功。可过不多久，他居然又因失职而激起内部兵变，彼此仇杀，导致寿州失守。这一次，曾国藩决定上奏劾疏。但究竟应该如何措辞，方能使皇帝决心破除情面，依法严惩，而朝中大臣又无法利用皇帝与翁心存之间的关系，来为翁同书说情呢？实在令曾国藩很费脑筋。他最初使一幕僚拟稿，觉得甚不如意，不愿采用。而自己动手起草，怎么说也不能稳当周妥。最后由李鸿章代拟一稿，觉得不但文辞极为周密，其中更有一段极为警策的文字：

臣职分所在，例应纠参，不敢因翁同书之门第鼎盛，瞻顾迁就……

这段话的立场如此方刚严正，锋芒内敛，不但使皇帝无法徇情曲庇，也使朝臣之袒翁者为之钳口夺气。曾国藩阅后，大为欣赏，赞叹道，此文语出惊人，无懈可击！当即以其文入奏。结果，朝廷只好判了翁同书“斩刑”。他的父亲翁心存听到这个消息，一口气没上来，先死了。皇帝和太后念及其阁老的功勋，将翁同书从轻发落，充军新疆，这一辈子就毁在大西北的荒漠中了。父死兄徙，全因李鸿章那支如刀之笔，翁同龢岂能咽下这口恶气？发誓不报此仇，誓不为人！

……

水天一色，海鸥翔舞。

面对如此美景，李鸿章怎么也快乐不起来。身材魁梧的他像一只孤独的仙鹤，满腹心事地在旗舰甲板上踱了一回，便又折身回到船舱内。李鸿章这次到旅顺口，是按皇上的旨意前来校阅海军的。根据《北洋海军章程》的规定，每隔三年钦派大臣会同校阅海军一次。1891年春，北洋海军正式成军三年后，海军衙门曾奏派北洋大臣李鸿章与当时的山东巡抚张曜进行了首次会校。这一次是第二次会校。根据海军衙门的奏请，钦定由北洋大臣李鸿章与盛京帮办定安进行会校。将中国拥有的三支海军舰队统交给李鸿章校阅，这无疑是朝廷给予他的特殊权力和荣誉。其实，圈内人都知道，自从中国这支海军诞生起，只有他才有资格称得上是真正的统帅。

浩浩荡荡的舰队迎风破浪向前行驶着……首舰是旗舰定远号，在它的身后，依次是镇远、济远、致远、经远、来远、靖远、超勇和扬威等北洋舰只。其后是广甲、广乙、广丙三艘广东舰队的舰只。再后是南瑞、南琛、保民、开济和寰泰等五艘南洋舰只。舰队左右还有十只鱼雷艇，护卫着两侧。近三十艘大大小小舰艇踏浪前行，好不威风。

舰舱里，北洋水师提督丁汝昌对心事重重的李鸿章说，中堂大人，这支海军有今日之规模，可是凝结着你后半生的心血呀！如今看上去，整个舰队威风凛凛，你应当高兴才是啊！

李鸿章轻啜一口“铁观音”，微微一笑说，禹廷，你也是快六十岁的人啦，怎么还说这种话来哄我？别人不知道，你可是清楚的，要不是朝廷有人心术不正，在皇上面前多方掣肘，大清的海军至少要比目前的规模大两倍！而且铁甲舰的吨位、速力、炮速都要比现在的好一大截子……十年前，日本的舰队什么样子，你心里是最有数的。

禹廷是丁汝昌的字。他是安徽庐江人，少年家贫，加入太平军，隶程学启部。1861年，程率部降清，于次年随李鸿章到上海，改属淮军。从此，鞍前马后追随李大帅。到1888年北洋海军正式成军，丁汝昌被授予北洋海军提督之职。李鸿章提起十年前日本海军的规模，他心里可是明镜似的——

十年前，中国的北洋水师可比日本水师强多了。那时候日本的兵船在二十艘以外，可是够得上使用的仅仅十余艘而已。光绪九年（1883年）夏天，我带北洋舰队到日本海转了转，日本首相伊藤博文应邀登上咱们的战船。这老小子看了好一阵子，脸色由红转白，好半天都不言语……大清北洋舰队之强大，令他既嫉妒眼红又愤恨不已，那滋味大概是不好受哇。可今非昔比呀！明治维新后的日本，举全国之力，奋力直追。而我们的海军却停滞不前了，自光绪十四年（1888年）后，至今整整六年，我军未购一船。而日本人逐年增置，眼下看，日本军舰的数量和速度都远远超过我们。而且日船多是铁甲快艇，时速达23海里，而北洋水师最大的两艘铁甲舰——镇远和定远，质重行缓，吃水过深，时速仅达18海里……

够了，够了！李鸿章重重地拍了一下书案，意味深长地说，现在海军这点家底，都是慈禧皇太后亲政时期购买的，一年五百万两银子，没一年短缺过北洋的拨款。可自打皇上亲政（1889年3月）以来，翁同龢当上了军机大臣，北洋就惨了。禹廷，你是北洋水师的提督，你向上头打过多少次报告，可曾要来钱？

丁汝昌苦笑着叹了口气，是啊，最让我窝火的要数光绪十七年（1891年）那次，户部尚书翁同龢决定，南北洋购买洋枪、炮船、机器事，暂停两年，所省银子解部充饷。我那个着急啊，在折子里力陈：我国海军战斗力远逊于日本，添船换炮刻不容缓！五月的时候，上谕下来了，说“可以拨款”。可是等啊等，等到树叶落了，天下雪了，也未看到钱。中堂大人，那次你不是一着急还亲自出马了吗？

李鸿章接过话头，是啊，面对皇上，我厚着老脸奏称：“方蒙激励之恩，忽有汰除之令，恐怕这不是慎重海防、激励士气的做法吧！”可皇上居然说：“钱紧，仍遵旨照议暂停。”你说，谁能有这么大的能量，让皇上自己食言，说了不算？谁能有如此大的胆量，凌驭朝纲，靠一张嘴让大清海军落得如此困顿局面？

面对盛怒之下的李中堂，丁汝昌长叹一口气，不再言语了。

许久，李鸿章才又缓缓地说，我一提拨款要银子，朝廷就怀疑我老李秉性贪婪，把银子装进了自己口袋里，中饱私囊。要不是太后护着，我老李早就回合肥老家抱孙子去了，恐怕这还是从轻发落！前年，德国工程师汉纳根多次建议，说德国克虏伯厂制造的大开花弹，威力强悍，应买些供战舰大炮使用。我心想，买船的钱不给，买些炮弹总是应该的吧。否则，那炮舰不成了小儿的玩具！我上了折子，结果权当放了一回屁，还是被驳回了。后来听说，那位总理度支、管钱的翁师傅对皇上说，这是无用的浪费！

他是军机大臣，怎么能拿军国大事当儿戏！丁汝昌愤恨地说。

李鸿章叹了口气，就算是慈禧太后修颐和园每年挪用了海军军费三十万两银子，五年统共才一百五十万两，那剩下的还有一千多万两，哪儿去啦？如今哪，朝廷是“清流党”管家，个个能说会道，会上书言事，说起大道理来，句句冠冕堂皇，一套套的，就是偏偏不干一件实际的事儿。咱们是在一线干活儿的，面对内忧外患的局势，苦心孤诣，刚刚从一团乱麻中找出一丝头绪来，就会被耍嘴皮子的人高论指责；刚刚办好一件事，看到一点曙光，有人就在背后挑错，吹毛求疵。结果，干事的，就要被弹被纠……

丁汝昌有些激动地说，这样长此下去，我看大清的寿数恐要不长啦！

禹廷，也不能妄下结论。李鸿章摆摆手说，做事之人，总要养成坚忍之性。想当年，我老师文正公在与长毛相搏之时，就是屡败屡战，但未尝一日言退。大丈夫做事要锐意进取，持之以恒，能屈能伸，不计屈辱。老师有十八条“挺经”，使我学之，受用不尽。刚才，我到甲板上望一下，多有感慨，只是心有不甘啊！现在想来，咱们毕竟有了这样一支规模不小的海军，虽不足以言战，却也能显示我大清的海防力量。这次会校水师，我特邀请英、法、德、俄四国海军将领参观，其深意，也就是让这些洋人看看大清海军的实力，使其不可轻视。望禹廷能体味本帅的良苦用心。至于……提到寿数嘛，倒是在皇上面前搬弄是非的清议小人们，应该警惕啦！

中堂大人教训得是。丁汝昌点点头说，明天试校内容已准备就绪，届时请中堂大人依次检阅。也让这帮洋鬼子好好看看，咱北洋水师和海防的实力，也是断不可小觑的！

舰队到了旅顺口，李鸿章的心情才又渐渐好起来。先是陆军在老虎尾一线鸣排枪隆重欢迎，接着又见到被洋人称为亚洲第一军港的旅顺港……在夕阳余晖的映衬下，波平浪静的港湾呈现出一派瑰丽、壮美的景色。他蓦地感到自己的一生没有虚度，一种异样的自豪感在胸中升腾……

旅顺口与威海卫隔海相望，共扼渤海门户，拱卫京畿腹地，是历代兵家的必争之地。旅顺口地形险要，不仅在于口门狭窄严实，也在于周围群山环列，犹如天然屏障。港湾背后峰峦叠起，呈半月形状，守卫着旅顺后路。各主要山峰上，均设置炮台，能看见世界上最先进的克虏伯大炮那高昂的头颅，连延不断……

面容庄重的李鸿章手持望远镜，又朝东岸的船坞望去，当年在他的建议下所建的大船坞，已然成为中国的“坞澳之冠”。他又朝烟花绿树掩映下的黄金山看去，那里的炮台最为坚固，置放着能够360度旋转自如的大炮，煞是威风！看着看着，嘴角禁不住泛起一丝笑意……

头几日，李鸿章先后在大连湾和青泥洼等地观看了鱼雷艇试演的袭营阵法，但见攻守有方，备极奇奥。夜间又看了合操的水师全军，但见千炮齐发，进退整齐，起止如一。那些前来参观的外国武官，也都称赞大清水师节制精严。但也有一件事，令他不快。军舰在实弹打靶时，竟有数枚炮弹出现了“哑炮”，着实令他吃惊不小。当即询问原因，说是由于炮弹过期所致。但他心里清楚，定是他的外甥张士珩（军械局总办）渎职之过……心想，待回天津时，再找这小子算账！

这一天，是会校陆军的日子。

上午辰时，演武大厅的军乐队奏响嘹亮的迎宾曲。不远处，李大帅的仪仗队缓缓地向这边走来。但见排刀手、虎叉队、令字旗、帅字旗威风凛凛，鱼贯而进，后面是八抬绿呢大轿，紧跟着是骑着清一色枣红马的火枪队……伴随着炮队鸣炮九响，李鸿章走出大轿。身穿清廷一品朝服，外罩圣上亲赐黄马褂的李大帅，显得神采奕奕，大厅内外立时响起一片欢呼和喝彩声……

校阅主帅李鸿章与盛京帮办定安一道登上检阅台。简单的寒暄之后，先是检阅了毅军和亲庆军的队列操表演，接下来是两军演练的攻击阵势……总的感觉是毅军练军有方，队伍步式整齐，操法灵活，攻防有序。亲庆军与之相比，则稍逊一筹，尤其是队列操表演，有的兵勇竟连左转右转都弄拧了，闹出了不少笑话。

李大帅对毅军统领、四川提督宋庆老将军连声道贺说，姜还是老的辣，老将军治军有方，实是国家之大幸！转头又勉励亲庆军总兵黄仕林，让他以宋老将军为楷模，带好队伍，为朝廷效力。

两将军皆向大帅表示感谢。接着，打靶表演开始。

参加打靶的兵勇十人一组，每人五发子弹，均采取卧姿有依托射击。一阵枪声响过，报靶兵报告，毅军的枪手全部命中靶标，有不少人还中了靶心。场上顿时发出一阵阵喝彩。轮到亲庆军士兵打靶了，总兵黄仕林心情开始紧张起来……

头两组射击，只有一人脱靶，射击成绩还算说得过去。第三组兵勇上场了，操演官挥旗下达了射击指令后，就见到中间一名兵勇忽然站起身来，也没有瞄准动作，端枪就射，“呯呯呯……”五发速射，一眨眼的工夫就打完了，惊得黄总兵冷汗都冒了出来。

这情景被李大帅看在眼里，他撂下手中的望远镜，怒叱道，这兵丁是如何训练的，岂能把会校打靶当儿戏！报靶——他留了个心眼儿，先看看射击成绩，再拿黄仕林是问。

谁也未曾料到，刚才那位兵勇竟打出了射击场上的最佳成绩：五发子弹皆命中靶心，得了五个双红圈。黄总兵心里的石头这才落了地。李鸿章来了兴致，提高嗓门说，把这位神枪手带上来，本帅有话要问。

不一会儿，那名兵勇被带到检阅台下方三丈处，有亲兵提示他拜见李大帅，兵勇慌忙行跪拜礼。李鸿章见这年轻后生长得虎头虎脑，煞是可爱，便朗声说道，近前来说话，你叫什么名字？

那个小伙子趋步上前说，回大帅问话，我叫狗儿！

这回话立刻引起一阵哄笑声。李鸿章也微微一笑，伸手捋了捋花白的胡须说，报大号！

我姓黄，名勇。狗儿大声回答。

李鸿章频频颔首，说，好名字！今年多大年纪啦？

属牛的，十八啦！

你小小年纪，这百步穿杨的功夫是怎么练出来的？

上山打猎。我十三岁就跟爹进山打野牲口，熟能生巧……

哦！那你身为士兵，为何不听号令，擅自做主，站立打靶？

我是觉着打仗就得往前冲，不能像老母鸡趴窝似的……狭路相逢勇者胜嘛！

李鸿章一生在官场上厮混，听惯了唯唯诺诺、低声下气的回话，今日冷丁冒出一个无拘无束、天真可爱的后生，颇感新鲜，便有意擢拔于他。他忽地板起面孔说，黄勇，你胆子不小哇，在战场上抗命不遵，你知道是什么罪过吗？

杀头之罪！可我要先多杀几个洋鬼子的头……杀一个够本，杀两个赚一个！

放肆！李鸿章呵叱道，太没有规矩，一派胡言！

黄总兵见状，慌忙大吼道，还不快滚下去！

慢。李鸿章一摆手，问道，你当兵多长时间了？

回大帅问话，算今天，黄勇已当了五天的兵。

李鸿章皱了皱眉头，心里明白了：这年轻后生，肯定是临时找来顶替兵勇的。这个黄仕林，吃惯了空缺，太不像话！时下风气不正，一些带兵的就靠吃空缺来养肥自己，却掏空了军力，若不是眼下用人之际，绝不会轻饶了他。他扫了一眼黄总兵，见其已是满脸沮丧，不敢与自己对视，便轻咳了一声，一挥手说，下去吧——

可狗儿伫在那儿没挪窝，而是单腿一跪，双手抱拳说，中堂大人，我爹让我来找你，有重要事儿向你老人家禀报。

哦，你爹是何人？李鸿章问道。

我爹黄大河，曾跟随过大帅讨捻……

李鸿章闻听此语，立时兴奋起来。他环顾了一下左右，指点着狗儿来了一句家乡话，贼娘的！我说嘛，龙生龙，凤生凤，老鼠生儿打地洞。黄勇的父亲黄大河，二十多年前在我帐下效力，那是一个不可多得的人才呀！武功一流，为人忠厚，战功卓著，可惜后来剿捻时受了重伤，退役回家……想不到，儿子也这么勇武，有出息！你爹娘可好？

回中堂大人话，我爹还好，娘已去世多年。狗儿说着，从怀里掏出一张叠得齐整的宣纸呈上。

李鸿章从书吏手中接过，原来是其当年赏给黄大河的一幅字，上题“忠勇可嘉”四个行书大字。睹物思人，心中不禁一阵感慨。他对身后的一位书吏说，你带走黄勇，安排午后到我书房内见面。吩咐完，他又转过身来对狗儿说，孩子，你说有重要事情对我讲，那就下午说吧，先下去歇息去吧。

午饭后，李鸿章照例小憩了半个时辰。起床后饮了半盏茶的工夫，书吏将狗儿带来了。狗儿一见李鸿章，当即跪倒磕了一个头。李鸿章亲热地说，阿勇啊，起来坐下说话吧……你可知道，我跟你的父亲不仅仅是军中上下级关系，你的娘亲香翠，是我夫人的干女儿，从这儿论起来，你该算是我的外孙子呀！

狗儿愣怔地点点头……

孩子，有什么话，你就直说吧——

狗儿从怀里拿出一张折叠的图纸，双手递上。李鸿章接过，展平一看，点点头说，这是一张日本间谍绘制的金州西路交通图。你是从哪里得来的？

狗儿将这张图纸的来龙去脉简要说了一遍。又接着说，还有一张是大和尚山一线的图，可惜弄丢了。我爹说，小鬼子开始打咱们中国的主意了，让我把日本奸细画的图呈给老大人，供大帅谋划海防大略时参考。

李鸿章说，小鬼子打咱们大清的主意，岂止是才开始……二三十年前，他们就开始觊觎我大清的领土、领海了。不过，你提供的情报很重要，至少说明在最近两年，他们在辽东一带布下了大量的间谍，其险恶用心不言而喻！唉，我何尝不知，日本是中国的肘腋之患……他们既贪婪又凶狠，可表面上装得最为客气，点头哈腰的，骨子里最不是个东西！

狗儿有些不解地问，听说那小日本是个岛国，他们有多大脓水，敢和咱大清国叫阵？

李鸿章笑笑说，虽说日本是蕞尔小国、弹丸之地，可他们上下一心，励精图治，断不可小视！

那将来，咱们是不是得和小日本打一架？

李鸿章嘿嘿地笑出了声，说道，想不到，细伢子挺关心国家大事。能否与日本交仗，那就要看日本了。不过，眼下嘛，日本人还不敢。这世界上的事儿挺复杂，洋夷各国互相制约，大清要求得自保，眼下还要靠以夷制夷的策略与之周旋……

狗儿说，老大人刚才说小日本既贪婪又凶狠，保不准哪天就会偷偷打过来。到时候，你和皇上就撒下帖子，召唤全国的老百姓一起参战。咱们有四万万之众，全民皆兵，每人吐他一口唾沫，也能把小鬼子淹死！

“哈哈哈……”李鸿章大笑起来，到旅顺以来，他还从未这么开心过。他说，阿勇净说娃娃话，有意思！只怕到时候，四万万之众是一盘散沙，怎能抵住虎狼之师。好了，不说这些了。阿勇，你读过几年书呀？

三年私塾。狗儿回答。

哦，那也算半个秀才了。李鸿章问道，那你日后是准备从军习武，还是考取功名？我在天津那儿办了个北洋武备学堂，可以学习军事，不知你有无兴趣？

狗儿说，取功名、进学堂，我都不济事。我现在最想干的，是把金州的日本奸细挖出来。我不能看着小鬼子在家乡占相应，作索（方言，意为祸害、破坏）咱中国人的地盘！

李鸿章沉吟了一下说，那样也好！你是本地人，人也机警，加之熟门熟路，做起锄奸的事儿也比较方便，挖日本间谍的任务，就交你来办！不过，名不正，言不顺，你得入军籍才行。回头我跟北洋营务处总办龚照玙知会一声，你就算是营务处的人。你这次呈送地图有功，我授予你九品武职顶戴……好好历练，待立了新功，自然会擢拔于你。

狗儿忙离座行礼，朗声说道，谢谢中堂大人提拔！我年轻，将来一定会立大功，报答老大人的栽培！不过，我还有一个请求，我这儿还有三个弟兄，都有专长，也可靠，想让他们也入军籍，归我调用。

好吧，做大事，是得有几个帮手才行！李鸿章颔首答应，扭头朝门外喊了一声：来人——

一位书吏走了进来，李鸿章吩咐道，把日前德国将军送我的礼品枪拿来。

嗻！书吏答应着，不一会儿，便捧着一只精致的盒子走进来。李鸿章接过盒子，对狗儿说，阿勇，当年我送你父亲一把宝剑，今天我送你一支德国造的手枪，作为你今天靶场上露脸的奖赏。看看，是不是喜欢？

狗儿躬身接过这只漂亮的锦盒，打开盒盖，见里面躺着一支样子有些古怪、做工精巧、装饰华丽的洋枪。他抓过枪，仔细端视，枪托上刻有花纹，嵌有金银、象牙等饰物，金属部件上还刻有不知名的花草浮雕图案……几盒锃亮的子弹排列有序。他哪里见过这么漂亮的枪呀？严格地讲，他连手枪也没见过。

李大帅见狗儿痴迷地摆弄着洋枪，说道，这是一把转轮枪，也叫左轮枪，大概是因为子弹要从左边一颗颗安上去。会使吗？

狗儿这才从令其眼花缭乱的洋枪中回过神来，忙说，我会，摆弄摆弄就会。太绝啦，真是一把好枪！谢谢中堂大人的恩赏！

李鸿章微微一笑说，这是礼品枪，子弹就这些，省着点用。好了，你下去吧，等这几日水师会校结束，你去找龚照玙大人就是了。

狗儿行过大礼，转身离开厅堂。李鸿章意犹未尽，喊了一嗓子，贼娘的，细伢子好好干！这句慰勉有加的合肥话，令狗儿激动不已，他捧着这披锦挂彩的枪盒，一边走一边乐出了声，一支小曲不知不觉地从嘴里溜出：

太阳出来一片红，你骑马来我骑龙。
你骑马满街走，我骑龙上江东。
江东有我家……
我家房前栽的是垂杨柳，房后栽的是牡丹花。
牡丹花拉拉油，三个小姐去梳头。
大姐梳了个蟠龙髻，
二姐梳了个坐花楼，
三姐梳了个滚绣球。
……

第十六章　狗儿当官

狗儿做的头一件事儿，就是到军营里，把那老哥儿仨捞出来。大家脱下清军兵勇的军服，重着旧时装束，每人都分别领到二斤花生米，作为当了几天兵的犒赏。

狗儿射击打靶出了彩，露了天大的脸，三位老哥自是欢喜不尽，大家又是秧歌又是戏。袁方和陆途更是吃惊不小，陆途悄声对袁方说，队长太神了，枪也打得这么准，百步穿杨啊，连李大帅都召见了。袁方说，丈夫不可轻年少哇！我说香主，这“反清复明”的事儿，得放一放，跟队长在一起，我觉得挺有意思的。

陆途说，这几天我也正琢磨着，天地会的口号是不是有点虚呀，“反清”还凑合，毕竟他们是关外的夷狄，早些年把关里的汉人欺负得够戗。可这“复明”，哪儿跟哪儿呀，明主都死二百多年了，复个屌蛋哪！

你们俩嘀咕啥哩？还不快把队长手里的花盒子抢下来，看看里头是啥宝贝物件。邱峰嚷嚷着。

狗儿说，不行不行！咱们得先去水师营那儿，看看咱的马，再好好喝上一顿老干榨，回头再揭宝也不迟。

四个人拎着花生米，一路嬉闹着，一个多时辰，便来到了水师营那家小酒店。老掌柜瞧见这哥儿四个到来，高兴得合不拢嘴，说道，今天是个好日子，老干榨敞开了喝，算是我给你们接风洗尘！

狗儿说，使不得，使不得！老掌柜为我们担惊受怕，还给照管牲口，今天该我们敬老人家几杯才是呀！老掌柜乐颠颠地说，你们那几匹坐骑个个精神着哩，赛活龙似的。

酒过三巡，菜过五味，邱峰急着要看锦盒子里的东西，可是狗儿偏偏端着架，紧紧搂着那个锦盒子，不让摸，也不让碰。邱峰急了，趁着狗儿仰脖喝酒的工夫，冷不丁把盒子抢到手。哥儿几个忙打开看，嚯！是一把花里胡哨的洋玩意儿。这手枪，三个人都是头一回见到，拿起来一勾扳机，那轮子就转动一下，颇为有趣。

狗儿乘兴把李大帅赏枪的经过叨咕了一遍，听得大家眼睛直放光。这个夸队长神枪，那个赞李鸿章出手大方，还夸洋人工匠活儿细……真是不一而足。老掌柜听说年轻的狗儿打靶中了五个双红圈，还得到朝廷李中堂的恩赏，也赶忙过来敬酒，摸摸那洋人造的玩意儿，禁不住啧啧感叹道，瞧瞧，人家西洋人虽然是腿脚有毛病，可做的活计真不赖！

狗儿好奇地问，西洋人腿脚有毛病？这是咋回事，老掌柜快给讲讲——

老掌柜落座后，慢悠悠地说，那是乾隆爷那会儿的事儿。西洋来了个使团，领头的姓马，叫马……尔什么阁尼，在金銮殿晋见时，不行跪拜大礼，乾隆爷不高兴了。太监上前一问才知道，洋人的腿骨长得和别人不一样，膝盖这儿不会打弯儿……

大家一阵哄笑。

陆途说，那他们打仗肯定不行，腿不打弯儿，怎么卧倒？袁方说，对呀，倒下了，又咋能爬起来？邱峰说，那穿裤子肯定是费劲。

狗儿说，原来是这样啊！洋人这么不济，清军还打不过，真是一群窝囊废！

正说笑着，小伙计——掌柜的儿子也过来敬酒。在跟狗儿碰杯时，不错眼珠地盯着狗儿看，忽然说道，爹，你瞅瞅这位小哥……

老掌柜问，咋回事？

前几天，店里来了个小子，那模样长得跟这位小哥太像了。小伙计说，我问他叫啥名，他说叫猫崽。我说猫有九命，你命大着哩！他说命是大，在海里摸海参，遇上了台风都没死。

狗儿问，没问他是做什么的？

小伙计说，没有，那小子带了个大本夹子，撂在桌子上，我倒茶水时不小心把本夹子弄湿了，就赶紧用抹布揩，看见里边的纸上画着一些山水、炮台、舰船……那小子一把夺过去，还跟我火了……所以我对他的印象挺深。

老掌柜也想了起来，说，你们俩真是挺像的，那个小伙子看上去比你岁数能大一点，大概是嘴唇上留着一撇小黑胡的缘故吧……

邱峰说，队长，他叫猫崽，你叫狗儿，不是你哥哥呀？

狗儿笑笑说，胡扯！我是独生子，你又不是不知道。行了，我要跟三位哥哥商量点正事儿。老掌柜见状，给儿子使了个眼色，父子俩便知趣地回避了。

邱峰大大咧咧地说，商量个屌儿，你定下来，咱就干！

狗儿摆摆手说，这可是个大事，关系到大家今后的营生，必须每个人都点头同意才行。

队长别卖关子了，鸡蛋壳擦屁股，你就来个“嘁里喀喳”，痛快点！陆途着急了。

狗儿转脸瞧瞧袁方，小诸葛神色淡定，果然能稳住神。但见他慢悠悠地说，队长要说的这件事儿，一定是个要命的勾当，这四下里没旁人，但说无妨。

狗儿微微一笑说，虽然没那么严重，可多少也贴点边儿。是这样：我已经跟李中堂说好了，让咱们哥儿四个加入军籍，在旅顺水陆营务处入册，人虽然归北洋营务处总办龚大人辖制，但干的事儿是独立的。不知大家听清楚没有？

邱峰兴奋地一拍桌子，叫道，好！山狸猫这回吃上皇粮了，我赞成！

小诸葛袁方问道，队长说独立干的事儿，是指啥呢？陆途也附和着说，要光是去扛大杆枪当丘八，还不如我这跑江湖卖药来得自由……

狗儿说，是呀，我也听说过那句老话，叫做“好铁不打钉，好汉不当兵”，可当前国家有危难，咱们总不能袖手旁观。兵可以不当，但不能蔑视兵。说句实在话，这事儿来得急，我是先斩后奏了，请诸位老兄见谅。不过，要是不乐意，可以举手退出。

接着，狗儿把当初如何发现小鬼子奸细图纸，以及邱峰打死日本间谍拿到图纸，他秉承父亲意见下山找李鸿章的事儿，扼要地说了一遍，只是把小叶子是日本间谍的事儿瞒下了。

早说呀！陆途叫起来，抓小鬼子奸细，盖了！这事儿刺激。

嘘——邱峰冲陆途说，小点声儿。

袁方说，这小鬼子就够鬼头了，再加上是奸细，鬼上加鬼，可是不大好干哟……不过，跟着队长走，我知道错不了！

狗儿说，我寻思着，咱们就像是四条狗……你们别乐，这狗本来就是看家护院的，只不过这一回，咱们是替中国人看国门。小鬼子这条恶狼要是来了，只要一露头，咱们就不能客气，咬它不死，也得把它吓唬回去！

邱峰说，行啊，谁让队长叫狗儿呢。不过，队长还得想点辙儿，我还是一个被衙门通缉的要犯呢！

放心吧，这事儿由我来办，还你个清白之身。狗儿自信地说。

这顿酒，大家喝得有滋有味，出门时，个个都迈着八字步，腰板拔得笔管直。也许大家心里都清楚，他们再也不是普通老百姓了……

接下来的日子，狗儿领着大伙儿上了黄金山，看李大帅正式检阅中国海军。海面上又是打炮靶，又是放鱼雷，还看见飘扬着龙旗的各种舰艇操演阵势，看得哥儿几个热血沸腾……那几天的日子，真像是过节一样。

静下心的时候，不知是咋回事，狗儿想起了那个叫猫崽、长相跟自己相似的人来。这个人是谁呢？晚上他躺在炕上翻来覆去睡不着，嘴里叨咕着“猫崽”……“猫崽”……猛然间，他想了起来，老爹曾跟自己提起过，大伯父黄大海有个小儿子，小名就叫“猫崽”。那时老爹尚在军中打仗，还没成家……等到受伤后退伍去找大伯父一家人时，早已人去屋空，举家去了辽南。算起来，猫崽能比自己大三四岁……

谁说没有心灵感应？狗儿心里想着的猫崽，正是他从未谋面的堂兄黄智。

那年起台风，十五六岁的猫崽正在大连海域的三山岛摸海参，一个猛子扎下去，再出来时，浪头已达一丈来高。他拼死命地游，愣是没法上岸，喝了几口咸涩的海水，昏沉沉地知道这回是要到阎王爷那儿报到了……

待醒来时，猫崽发现自己躺在一个铁皮甲板上，听来回走动的人说话，都是“叽里呱啦”的，是哪国人猜不出。他口渴得要命，憋足了劲喊喝水！喝水！可声音哑得连自己都听不见。想爬起来，四肢像没了骨头，软绵绵的……又不知过了多少个时辰，来了一个渔民打扮的人，往他嘴里灌水，让他苏醒过来。那人坐下来跟他聊天，问他多大年纪，读过书没有，家中都有啥人。那人告诉他，现在已经是在日本国的海边了。他一惊，说我要回家。那人说，回不去了，你的家离这儿太远。还问他愿不愿意在这儿读书，他说不会日本话。那人说不要紧，这个学校是专为懂中国话的人办的。他说我没钱。那人笑了，说这个学校不收钱，管吃管住还管穿，学好了，再送你回家……

这一学，就是三年。猫崽学会了日本话，还学了很多特殊的本领，什么柔道技击、绘制地形图、照相、化装、兵器识别、跟踪与反跟踪、收集情报等。原来，这所学校是日本海军办的，旨在培养去中国进行军事间谍活动的专门人才。猫崽很聪明，学习成绩优秀，受到上司的赏识。他几乎成了一个地道的日本人，喜欢吃寿司、喝清酒，还有了一个日本名，叫小松次郎。他也被洗了脑，多次在天照大神和天皇的像下宣誓，要为大日本帝国的隆盛效力，为日本天皇尽忠……他成了一个日本海军军部拥有少尉军衔的专业间谍。甲午年的春天，二十二岁的猫崽被一艘渔船送到三山岛，而后又乘坐一只舢板来到旅顺，按约定的暗号与他的新上司高桥卫少佐接上了头。

猫崽接受的第一个任务，是去观察清国正在进行的海军演习。接下来，高桥卫又给他布置了新的任务。猫崽说，我家在旅顺，想回去看看爹娘和家人。高桥卫说不行，你已经不是中国人黄智，而是日本人小松次郎。目前，金州谍报组人手短缺，你去金州城吧，找个活儿干，先隐蔽起来。记住，你的工作只与我单独联系，任务是收集城里的军事情报以及军队调动情况，到时候，会有人去找你接头的，你要按时将情报用暗语交给来人。最后，高桥卫亲切地拍拍他的肩头说，小松君，等这片土地成为大日本帝国的版图时，你再衣锦还乡，岂不是更美妙吗?

……

李鸿章在旅顺口校阅结束后，便乘坐军舰去了烟台。三天后，狗儿与他的仨哥们儿来到旅顺水陆营务处总办行辕，向卫兵递上了访牌，龚照玙大人随即召见了他们。

龚照玙何许人？他是李鸿章的老乡，安徽合肥人，1871年在北洋制造局当差，后被李鸿章看中，1890年调任旅顺船坞队工程兼办北洋沿海水陆营事务，并且秉承李鸿章旨意，成了旅顺各部陆军的统领。说是统领，他却没有军事指挥权，只能算是个召集人。

见到狗儿一行，龚照玙很客气，让亲兵上了茶，然后说，中堂大人临走时有交代，先授予黄勇九品顶戴，成立一个锄奸小队，由黄勇担任队长。发给你们四个人军装和四杆毛瑟枪，一百发子弹，并有二百两银子，算是今年的活动经费。当然，钱虽然不多，可要是抓到一名间谍，可获赏银一百两。倭人猖獗狡诈，你们要多多提防。这次你们出山，一是要想办法逮住间谍，二是不能让日谍把清军在金州、旅顺一线的军事情报图纸送出去……因此，下手要快，出手要狠！

狗儿表示了锄奸的决心，又说了几句拜年话，谢谢龚大人提携和关照之类的，然后说，我这三个伙伴都是身怀绝技的人，是难得的人才。这位邱峰曾经替人打抱不平，打死过人，不过那些人都不是啥好鸟，现在金州同知衙门还在通缉他。我也曾在邱峰被捕快逮起来的时候，放跑过他，也得罪了衙门……希望龚大人能帮一下忙，把这个案子结了。

龚照玙听着这话头，心想，这伙儿人个个相貌怪异，看来都不是什么省油的灯。想拒绝吧，害怕将来李中堂过问此事不好交代，于是，手在茶桌上重重一拍，说道，行吧！不过仅此一回，下不为例。回头我跟奉天府巡抚大人通融一下，你们就全力以赴干事儿吧——来人！

一亲兵从屏风后转出，按照龚照玙的吩咐，把事先准备好的四套军服和四杆枪、子弹及银子送过来。四人当即起身行礼。只听龚照玙说，黄勇啊，你把这九品顶戴的官服穿一下，我得看看。狗儿说，没啥好看的，穿上这行头，多别扭！

龚照玙说，怎么能说这话，此乃国之名器！你已经是大清的军官了，今后说话断不可随随便便。告别时，龚照玙交代，有了住处后，便来信告知；有重要情况，可来信或来人及时通报。

出了辕门之后，狗儿交代，钱统由邱峰经管，每人可以支取一些零用钱，各自收好一杆毛瑟枪和二十五发子弹，军服不许穿，枪用旧衣服裹好，不准露出军人身份。大家伙儿心照不宣，抓奸细嘛，哪能先把自己暴露出来？

锄奸队正式出发！狗儿兴奋地喊了一嗓子，四个人扬鞭催马，顺着土路朝金州方向奔去。

旅顺郊外的景色好美，正是槐花盛开的时节，路边高大的槐树上，枝头纷缀着一嘟噜一串串的槐花，花有白色的，也有紫色的，散发着浓烈的芬芳。一群群乡下女人挎着小筐，兴奋地采摘着槐花……狗儿一抖缰绳，放缓了马的脚步。他喜欢观看这种景致，他知道这槐花撸下来，做成槐花饼或者蒸糕，是相当可口的美味！望着身穿五颜六色衣服的女人们，狗儿一下子想起了小凤姑娘，心想凤凰村的槐树也不少，小凤大概现在也不会闲着，她撸槐花的样子一定会很好看……

邱峰的乌骓马翻蹄亮掌跑得正欢，很快就撵上前面一支驴驮队伍。他冲头驴后边的一个人的背影叫喊道，哎——是张本真吗？

这个叫张本真的人，是个二十七八岁的高个儿汉子，长方脸上扣一顶瓜皮小帽，留两撇浓浓的八字胡。听到有人叫他，忙拢住脚步答应着，哟，是老邱啊，好骏的大黑马呀！

邱峰下马说，你小子眼睛长在腚上了，只认得牲口，你大哥我就不精神吗？

精神，精神！张本真笑嘻嘻地说着，忙吆喝驴子进了路边林子里凉快去了。这才回过身来对邱峰说道，老张我今生没啥本事，只会养毛驴。你瞅瞅，这些毛驴个个活蹦乱跳、溜光水滑的。再看看这匹头驴，这就是你朋友那头小青驴，天天好草好料侍候着，比我活得都展扬，神仙日子啊！

此时，狗儿他们也都下了马。听到张本真在那儿炫耀，狗儿走过去，叫道，颠颠——颠颠——小青驴忙掉头过来，用驴脸磨蹭着老主子的身子，显出十分的依恋和亲密。邱峰对张本真说，老弟呀，这才是小青驴真正的主人。张本真见状，心里一惊，忙赔着笑脸说，哎哟……原来是真佛驾到！瞧我这双二五眼，长了玻璃花了。我看出来了，这位老弟不是凡人哪！

狗儿笑笑说，得得……你再来两句，我就让你熏上天了。不管咋说，我得先谢谢你，这驴让你养得不赖！知道吗？张大哥，这头驴是我爹送给亲家的礼物……

哦，那可真是一件好礼物。张本真比画着说，你瞧瞧我自己这些驴，尽是一些板凳驴，一个个矮墩墩的，唯有你这头驴，长得像模像样，腿长腰细屁股圆，毛色光鲜，四蹄踏雪，真叫精神！我正调教它当匹头驴哩！

狗儿有些自豪起来，说，听邱大哥说，你对小青驴还有一套赞词，说说看——

张本真胸脯一腆，朗声诵道：

这头驴，是骏驴！
青毛如锦缎，
踏雪有四蹄。
这头驴，是好驴！
上山气不喘，
领道路不迷。
这头驴，是神驴！
张果老倒骑的驴转世，
老张家发财的金驴驹。
……

好！好！

这小子是“尿罐子镶金边——嘴好”！

大家伙儿一迭声地揶揄、夸赞着。张本真说，见笑，见笑……我实话实说，真是太喜欢这头毛驴了。它跟我一个多月，只让它驮些账本和钱褡子，啥重活儿也不让它沾边。平时刷毛皮，整蹄铁，剪鬃梳尾，都先关照它；晚上饮水喂草，还要加点精料，从未让它受过委屈。对了，头些日子驴子发情，那些个草驴个个围着它转，小青驴可来了章程，肚子底下的家把什一尺来长，当了好儿回新郎官，今年冬天就能当爹啦！

他的话引来一片哄笑声……

狗儿心想，这人能说会道，是经商的一把好手，也是一个勤劳的养驴好把式，难为他对颠颠一片痴情。他对张本真说，张大哥，我琢磨着，这头驴将来在我老丈人那儿只能干粗活，搁在你手里还能派上大用场，这头驴就送你了。

一席话，令张本真眉开眼笑。他忙从袖口里抖出几两银子，捧给狗儿说，老弟呀，我是小本生意，这点银子权当是驴钱，别嫌少。

狗儿用手一挡说，我没说卖给你，是送给你。只要你善待它，我就高兴了。不用重新起名，你就叫它颠颠，往后见面好唤它……

是是是……张本真答应道，到底是大人大量，你瞅我，"井里的蛤蟆——看巴掌大块儿天"，只认得钱。

哥儿四个告别了张本真，策马扬鞭，一路疾行，傍晚时分来到距南关岭不远处的三道沟村。狗儿对大伙儿说，我的启蒙老师阎先生住在这儿，咱们一块儿去拜访一下。大家一听，忙问买点啥东西好？狗儿说，先生性格豪放，买些好吃好喝的，大家聚一聚就行。

村头正好有一家涮羊肉的小酒馆，大伙儿下了马，买了两条新烀的羊腿，还有一些羊杂碎，又让店里的小伙计挑上两大坛子黄酒，一齐向阎先生家走去。那个小伙计听说是去阎先生那儿，便说，现在是农忙时节，学生们都放假回家了，先生正好闲着没事儿……

狗儿问，阎先生身体可好？小伙计说，好着哩！没事儿的时候，常上我这小店来，一顿能喝两三碗酒呢。一喝上酒，先生话匣子就打开了，会讲老鼻子故事了，都盼他到酒店里来。

狗儿问，先生都讲些啥故事？

南朝北国，多了去了！小伙计说，讲他自己的事儿也挺逗的。说头些年，有一家姓楚的财主找他到村里教书。这个楚财主是个小抠儿（指吝啬的人），不舍得自己花钱请先生，就招了些当地有钱家的孩子来念书，先生的伙食由学生家轮流供应。每当先生到他家吃饭时，不是白菜就是萝卜，从来不见一点儿荤腥，更甭说上酒了。这么一来，别的学生家也向楚财主学，每日里粗茶淡饭，可苦了阎先生。阎先生是有学问的，哪能一点儿心眼儿没有？楚财主家的儿子是个淘气包，书不好好背，字也写得七扭八歪，先生的戒尺也就不客气了，一边打屁股，一边念叨：我今儿晌午没吃饱哇，要是吃饱了，有了力气，还不把你腚瓜子打开花才怪呢。楚财主听出门道来了，也就不敢慢待先生了，开始鱼肉好酒相待。可是财主心疼钱呀，好歹凑合到年底，结清了账，让先生另找地方。先生问，以后不办馆了？楚财主说，办。先生问，那是我教得不好？楚财主说，先生学问不赖。先生问，那为啥不用我了？楚财主说，咱村钱少财薄，供养不起先生吃喝啊。先生说，这不难，往后伙食低点，也可以将就。

楚财主一听，乐了。但心里没底儿，就说，就怕先生一嫌伙食差了，学生的手心和屁股就要遭殃。先生说，哪能哪能？要不咱们立个字据，谁要是不按字据办，找衙门公断。

楚财主一寻思，也行。便问先生，字据怎么个立法？

先生说，没有鱼肉也行，没有大米白面也行，唯酒不能少。咋样？

楚财主一听，心想村里有钱人家，年年都做几斗黄米酒，供碗酒给先生吃，花不了几个钱。便说，行！咱空口无凭，立字为据。

先生拿起笔，当着楚财主的面，刷刷刷，写下了：没有鱼肉也行没有大米白面也行唯酒不能少谁要毁约罚银五十两。写完又念了一遍，于是两人在约上画了押，各持一份，作为凭证。

过了正月十五，正月十六开馆。头一天晌午，楚财主管饭：萝卜丝汤，大饼子，一碗黄酒。先生乐呵呵地吃完饭回了私塾馆。下午一开课，先生便叫财主儿子背书，背得不好，抡起板子就打，边打边说，今儿晌午没吃饱，要是吃饱了，非把你腚瓜子打开花不可。

傍晚，楚财主气哼哼地找到先生说，你敢毁约，快拿五十两银子算完，不然，我要告官！先生嘿嘿一笑，扯住楚财主袖头说，毁约的是你，走走走！衙门里头说理去。楚财主一听，愣了一阵。先生便把约书拿出念道：

没有鱼，肉也行，没有大米，白面也行，唯酒不能少。怎么说我毁约？我今晌午一不见鱼肉，二不见大米白面，是你毁约还是我毁约？

楚财主一听，傻了。恨自己肚子里墨水太少，斗不过先生，没办法，只好认栽。

狗儿几个笑得前仰后合，纷纷问后来呢？

那还用问？当然是好吃好喝恭敬侍候了。小伙计说，先生对我们讲，他是不得已而为之，不过是想煞煞财主为富不仁的贪心。

说笑了一路，已经到了阎先生的家。但见柴门半掩，院落空空荡荡，杳无人迹。大家纷纷把马拴在门外几棵老榆树下，然后整整衣服，鱼贯而入。院子里大约有一亩地大小，种着十余棵桃树和杏树，树下是几畦小葱、韭菜和小白菜，生得青翠欲滴。一顺水五间坐北朝南的房子，推开正门，是一间厨房，左边房门大开，见一人正挥毫写字。狗儿忙叫了一声，梅一先生，狗儿看你来了——

阎先生名世开，字梅一，四十上下的年纪，颌下飘着几绺胡须，闻听有人唤他，忙偏过头来，眯缝着两眼定睛一看，微微一笑说，哎哟，狗儿都长这么高了，还有这么多朋友，快进来。大家纷纷将手中的东西放在厨房的锅台上，便来见先生。阎先生说，这是教书的屋子，大家随便坐。

狗儿趋身上前，跪下磕了个头，众哥们儿也忙跪倒在地行礼。先生忙说，快快请起，我一个穷秀才，如何当此大礼。接着拎起茶壶，边为客人倒茶边说，今儿早上听到花喜鹊叫，不想应在你们身上。

狗儿问道，先生和师娘身体可好？

阎先生说，都好着呢。你师娘这几天回娘家了，几个学生也放了假，我一人闲来无事，写写字，下下围棋。

这……一个人咋下棋？邱峰问道。

左手跟右手下，爱好而已。

袁方见墙上悬挂一幅字画，厚重的魏碑体，上写“八风不动”四个字。上下打量，却是不解，便请教梅一先生，这风有东南西北风，“八风”是何意？其中定有禅机。

阎先生看看字画，轻捋一下胡须说，看来，袁先生是有学问的。这“八风”，是佛家用语，说的是利、衰、毁、誉、称、讥、苦、乐，乃人间四顺四逆八件事。这顺逆也可解做“净秽”，具体来说，合己意或不合己意，谓之利衰；暗中毁誉或赞誉，谓之毁誉；当面称赞或讥嘲，谓之称讥；身心烦劳或快乐，谓之苦乐。人，不为这些所左右，是一种很高的生存境界，一般人是很难做到的。

陆途说，看来先生在顺逆面前，是做到了“八风不动”！

哪里，哪里！阎先生摆摆手说，世路坎坷，人生不如意事常八九，只是努力去做而已。有这样一个故事，说大文豪苏东坡也写过“八风吹不动，端坐紫金莲”的诗偈。有一天，他的朋友——一个叫佛印的禅师看到了，在上面批了两个大字：放屁！苏东坡回家后，看到佛印写的字，心中不服，便过江找佛印理论。佛印见苏东坡怒气冲冲的样子，便笑着说，呵！好一个“八风不动”！一屁就把你打过来了。

举座皆大笑起来……

大家闲聊了一会儿，便整了一桌酒菜，围着先生唠起来。阎世开问狗儿，你的朋友都不一般，聚在一起，一定是有啥事儿要做。不知是什么风，吹你们到此?

狗儿见问，便向阎先生诉说了如何担负锄奸队重任的来龙去脉……

听罢，阎先生举起酒杯，有些激动地说，好哇，狗儿长大了！有了为国家立功的机会。来，我借花献佛，敬大家一杯酒——祝你们早日建功立业！

喝酒的气氛逐渐升温，兄弟几个不断提出问题，向梅一先生请教。

陆途撂下酒碗，一抹嘴说，先生是有学问的人，你说这大清的寿数……干脆点说吧，就是大清国日渐衰微，什么洋人都能来作贱一下，连这东洋的小鼻子也要跑到咱头上屙屎撒尿！这满人的大清是不是走到尽头了？

阎世开轻捋胡须，说道，这大清，不是满人的大清，而是中国人的大清。中国自古以来，就是个多民族聚居的国家，满族人只是其中一个少数民族。满族人虽然是马上取天下，但入关之后，重视学习，注重笼络汉人，也历经了康乾盛世。满人做皇帝，比起中国历朝历代的皇上，也算是敬业勤政的。不过，据我的眼光看，中国的朝代更迭，虽说都有一个由盛到衰的过程，但大部分原因是自己败家的。如今的大清，的确是遇到从未有过的逆境。按李合肥的说法，哦，就是李鸿章说的，大清朝面临的是“三千年未有之变局，三千年未有之强敌”。如今朝廷也正想法子自强，大搞洋务，力图师洋夷之技以制夷……可我觉得总是小家子气，动作太小。举个简单的例子说吧，鸦片战争后，朝廷丧权辱国，一批有识之士睁眼看世界，林则徐写了《四国志》，魏源写了《海国图志》等，介绍洋人世界，可咱们朝廷并未拿它当回事。倒是小日本格外重视，把这两本书誉为“天下武夫必读之书”，广泛流传。道光末年，《海国图志》一书在日本被翻刻、训点和翻译的选本就有一二十种，现在就更多了。大清朝是在抱残守缺、苟且偷安啊！九年前，那个曾大帅的儿子曾纪泽，曾著书《中国先睡后醒论》，说“自咸丰十年英法联军攻占北京，烧毁圆明园后，中国业已醒来”。可依我看来，他的话说得早了点，中国其实尚在昏睡之中啊！

说到这儿，阎世开端起酒杯自呷了一口，悠悠地说，大清的寿数是不是走到尽头，我不能枉断。可试想一下，一个昏睡之人，岂能斗过一群明火执仗的强盗？靠几串沉重的呼噜声，是吓不退虎狼的。即使门口有几只睁眼的狗，使劲地叫，跳着脚叫，岂能唤醒朝廷操持权柄之人“天朝大国”的春秋大梦？胜负，其实不判已然明了。

邱峰问道，先生，那咱们中国不是走到头了吗？

不！阎世开大声地说，中国是亡不掉的！因为中国人历来有个传统，就是爱家、爱国，讲仁、讲义。别看眼下洋人占了上风，早晚有一天，乾坤要重新正过来——

好！好哇！大家都被阎先生的话语所打动，纷纷举杯痛饮起来。

狗儿听梅一先生的话入了神，一直未插言，现在终于憋不住问道，先生，那中国人怎么着才能醒过来呢？

阎世开说，这个问题问得好哇！世间万物，包括一草一木，一个国家，一个民族，一个人，生存之道，皆出一理。譬如大旱之年，禾苗全部蔫头耷脑，怎样才能使禾苗苏醒过来，靠一瓢水或一桶水，都不成。必得普降一场甘霖，才能救急，这叫做强力作用。国家的情况，当然要复杂得多，但也有一比。大海中漂泊一木船，积年的船板已朽烂不堪，这儿出个洞，那儿裂个缝，是走不远的。如果风平浪静，船老大当然要坚持修修补补，维持现状。因此，必得一场大风暴，将船掀翻，船老大才认清，这船撑不下去了，需重新打造……这也是强力作用。我估摸着，中国不经外力的刺激，是很难醒转过来的。以“天朝大国”自居的朝廷，要不遭一次大辱，碰一次大灾，断不会痛定思痛，重新改过！所谓“祸兮福之所依，福兮祸之所伏”，“塞翁失马，焉知非福”哇！

顷刻间，大家都陷入了沉思……

狗儿从怀里掏出一锦盒，从中拿出那把左轮枪，双手捧给阎世开说，梅一先生慷慨大义，是我一生最敬佩的人之一，这把礼品枪是洋人送给中堂大人的，他送给了我，我现在送给先生，一来算是见面礼，二来先生也可作防身之用。

阎世开接过枪，欣赏一番，又还给狗儿。他微笑着说，好孩子，谢谢你，情我领了，东西就不要了。看到你和你的朋友有出息，这就是最好的见面礼。说到防身，我一介书生，不需此物。我胸中自有圣人之言，浩然之气！孟夫子云，大丈夫自当富贵不能淫，贫贱不能移，威武不能屈！将来，真有豺狼入我家园，我必将以大义斥之，以鲜血溅之！

是夜，大家尽醉而卧。

翌日一早，狗儿一行告别了阎先生，赶往金州城去了。

第十七章 撒网围猎

茂达客栈掌柜何亮最近一直没闲着，他将酒店和后院的上房重新粉刷、装饰一新。后院的房间打扫得干干净净，再也没有安排外人住过。如今，第一次锄奸工作会议就要在这儿正式开始了。

开会前闲聊。何掌柜对狗儿说，大前天，来了一个小伙子要住店，我一抬头，吓了一大跳，你猜咋回事？那小伙儿长得跟你像一个模子里倒出来的，太像啦！就是比你多了一撇小黑胡子……我问他姓啥？他说姓黄。我说你跟狗儿是亲戚吧？一听这话，他打了个愣怔，磨身就走了。

狗儿说，我在旅顺口，也听到过这样的事儿，只是不知道他姓黄。

何亮说，我琢磨着，这个人是不是你爹一直要找的你大爷家的人呀？狗儿说，有可能吧……但这事儿有点蹊跷，他为啥怕见熟人呢？你老说，为啥……

何亮摇摇头，欲言又止。

见人来齐了，会议开始了。身为队长，狗儿首先抛出了问题：咱们在明处，小鬼子奸细在暗处，想个啥法子才能逮住他们？

这叫“狗咬刺猬——无从下口”！陆途说。

小诸葛袁方说，不对！狗咬刺猬，还能看到刺猬。咱们现在只有队长见过两个扮过和尚的日本间谍，其中一个还死了。邱大哥也见过一个，我和陆途连个鬼影子也未见过……

邱峰说，我见过的那个奸细已经见了阎王爷了，这条线断了。

再狡猾的狐狸也会露出尾巴来的。狗儿一字一板地说，谁说你们没见过日本奸细？大家，包括老掌柜，都见过这个人！

一语惊人。大家你看看我，我看看你，疑惑的目光交织着……

小叶子！狗儿提高了音调，谁不认识她？

叶子？！

小叫花子？！

那个小东西，怎么会是日本人？还是个奸细！

狗儿不紧不慢地说，对！正是她。这个小东西，不仅是一个日本间谍，还是女扮男装的女间谍！

此语一出口，举座皆惊！个个面面相觑，心里都不同程度地受到了刺激和伤害。

老掌柜何亮说，闹了半天，是个女子，我早就瞅她不太对劲！

陆途拍了一下光亮的脑壳，说道，哎哟，原来是个娘们儿呀！瞧她长得俊俏模样，我真是有眼无珠！队长，小叶子总跟你在一个屋里睡觉，你们两个……不会有那种事吧？

哪种事？邱峰讥讽道，老陆，我看你是“瘸子放屁——一溜斜气”，像个猪八戒似的，一见到女人，嘴里就淌哈喇子……

哎，山狸猫，你咋还“放屁喷沙子——连讽刺带打击”呢？陆途说，真要有那种事儿，是好事儿呀！

大家都笑起来……

狗儿正色道，小叶子一直在监视咱们的一举一动。她在帮我疗伤那阵子，偷看过我那份日本奸细在大和尚山一带绘制的图纸，可能是怕暴露身份，又还给了我。但是，到了旅顺口，她还是把那张图纸偷走了。多亏了邱大哥手里还有另一张图纸，见到李大帅才能说明日本间谍活动猖獗的情况。小叶子很精明，中国话又说得好，熟悉当地风土民情，又善于伪装，咱们切不可掉以轻心！人家是专门培训过的职业间谍，咱们呢，基本上是一群土包子……好在咱们是正义之师，出师有名，而他们只能是偷偷摸摸，见不得阳光！

邱峰着急地说，队长，你点子多，说吧——咋干？

狗儿说，在山里逮野兔子，有三种办法。一种是在洞口下套子，撞大运。一种是用烟熏，发现兔子的其他洞口之后就堵上，只留一个洞口，用烟再一熏，它就会自投罗网。再一种是在野外撵兔子。兔子有劲时是蹦着高儿蹿，没劲时跑“之”字，人可以跑直线，几个回合下来，兔子腿软了，嘴丫子淌血，就会累死……这三种法子，有一个共同特点，就是知道兔子活动的地点。因此，我们先要查清小叶子这伙儿间谍在城中的巢穴，找到巢穴，才能把他们一窝端了。大家都是老江湖，说说看，是不是这么个理儿？

何掌柜点点头。小诸葛袁方说，有意思，“人法地，地法天，天法道，道法自然”。咱们这回也尝尝打猎的滋味！

邱峰说，到底是队长啊，嘴里能吐出象牙来……

大家听了这句话，又是一阵大笑。

狗儿也开着玩笑说，象牙还有一根：从现在开始，咱们要像军人一样，琢磨打胜这一仗。敌人是狼，是阴险狡诈的狼！咱们也别当书生，光会嘴上讲道理，纸上谈兵。更不能当东郭先生，心慈手软。

陆途说，我看够戗！

为啥？狗儿问。

日本奸细是狼，咱们锄奸队的队长才是一条狗，怎么能斗过人家！陆途说。

说得好！狗儿说，过去咱是老百姓，当好看门狗就行，可如今咱们是国家的兵勇，今非昔比了。因此，咱们要变，首先要把自己变成狼，比小日本还凶猛的狼，以爪对爪，以牙还牙，决不留情！

又是一阵叫好声。接下来，大家伙儿七嘴八舌，献计献策……

狗儿最后总结道，那好，现在思路清楚了，图纸是人画的，找到人，就能截住图纸；找到敌人的老巢，才能连人带图一窝端。现在我来分工：何大爷守住茂达客栈，这是咱们锄奸队的大本营，一定要确保安全。从今天开始，对住店人员要留个心眼儿。邱大哥暂时帮老掌柜把门望风，等衙门对你解禁后再外出行动。我和袁大哥、陆大哥，各扮一个角色，在城里寻找日本间谍的蛛丝马迹。袁大哥和陆大哥重操旧业就行，算命先生和卖药的都方便找人，我到一些热闹地方见机行事。现在宣布一条纪律，外出人员一律晚间回到客栈，每天碰头，互通信息，有事要打招呼……

一张捕谍的网，“刷拉”一下，在金州城漫撒开去……

当平源叶子郑重地将从狗儿那儿偷出的图纸交到高桥卫手中时，高桥卫脸上露出了得意的微笑。他将图纸展开，铺在桌子上面，双手合十，恭敬地一拜，嘴里用日语嘟囔着：

川冈君，愿天照大神保佑你魂归故里；你的英灵，将在靖国神社永驻！

接着，高桥卫将图纸叠好，递给叶子说，叶子小姐，你的任务完成得很好，给你记一功！

感谢高桥少佐的指教和提携！叶子立正行礼。

高桥卫坐到椅子上，示意叶子也坐下，然后问道，那个叫狗儿的年轻人，现在已经去中国的阎王殿报到了吧？

叶子应声答道，那包药毒性那么大，我想是吧……

高桥卫有些诧异，问道，难道你没有看见他临死时的挣扎吗？

叶子冷静地答道，情况紧急，拿到图纸后，我就将毒药倾入他的杯子中。他有个习惯，就是每天早上起床后都要先喝一杯水……

高桥卫听着，习惯性地将手指弄得“咔吧咔吧”响，若有所思地点点头，换了个话题说，考虑到金州那里人员缺乏，有关城里的情报，我已经另外派人进行刺探。这人与我单线联系，你就带着你的组员负责城外的情报收集吧，这样，你的压力会减轻许多……

叶子挺直腰杆说，多谢关照！

高桥卫说，下一步，你要加紧对城外交通线的情报收集工作，尽快画出详细图纸。

是，保证完成任务！平源叶子胸脯挺得老高。

叶子回到金州城之后，马上召集部下，将任务布置下去。

已是午夜时分，叶子仍无一丝睡意。她身披素色晚装，拿起狗儿赠送的那把短剑，反复看着，睹物思人，不禁浮想联翩……狗儿现在在哪里呢？我这样出走，他该会怎样伤心呢？一定会恨死我吧！

对于狗儿的处置，她是向高桥卫撒了谎的。按照日本海军军部的条令，间谍在执行任务时，向上司隐瞒真情，无疑是犯了死罪。然而，一个想法在替她辩护着：狗儿身份未明，匆忙将他杀死不是最明智的做法……但愿他今后躲得远远的，与我井水不犯河水，永不见面才好！可万一……

她脑海里怎么也抹不掉狗儿那嬉笑怒骂的影子……唉，多么可爱的一个人呀！我留他一命，他知道吗？会感激我吗？如果他恨我，会像我一样手下留情吗？他要是回到金州，会来找我吗？……不会！有可能去找那个未过门的媳妇小凤。小凤，小凤……对了，那天进城时，遇见的那个卖煎饼馅子的姑娘不就叫小凤吗！此小凤是狗儿那个小凤吗？管她呢，对，试一下再说，没准儿会得到狗儿的一点讯息……

许是端午节快要到了，金州城里的市场显得比平常热闹。郊外的农民不仅带来了新鲜的蔬菜和山菜，还带来了自家包的三角和四角的粽子，扯着嗓门叫卖着：大馅的粽子，有豆沙、芝麻、枣仁馅，还有大肉馅……

一些手巧的妇人带来了用七彩线编的辟邪物件，有小布人、布狗，还有长虫、蜈蚣、蝎子、蜥蜴和癞蛤蟆等“五毒”的绣件。她们手里擎着、身上挂着这些物件，一声声地叫卖：端午快到了，快买哟——有狗咬灾星，有老虎镇五毒，有……

路边几位头发苍白的老妪也毫不示弱，当场挥动剪刀，在花花绿绿的纸上剪出各种各样的图案，什么倒栽葫芦、雄鸡吃蝎子等等，应有尽有……

一位旗人装束的姑娘站在喧闹的街边，卖了会儿呆，缓缓地踱到卖布狗的地方，蹲下身子问道，这个小布狗，有啥讲究？

卖布狗的中年妇人说，这东西是戴在身上的辟邪物件。到了五月端午那天晚上，河水里漂着满天的星星，把这小狗丢到河里去，叫做“狗咬灾星”。

多少钱一个？

平常我要五个大子儿，你来给我开市，给仨大子儿就行。

姑娘从荷包里掏出三文铜钱，递了过去。她反复把玩着小布狗，完了，又将它束在腰间。卖东西的妇人端详了一下姑娘，啧啧称赞道，多俊的模样，保准能找个好女婿，今年姑娘有好运喽！

那姑娘脸微微一红，说了一声谢谢大婶，便转身朝城南方向去了。

这位旗装姑娘正是平源叶子所扮。她走到离南门不远处，四处撒目了一会儿，已望见那个她熟悉的身影……

吴家父女俩显然是刚刚进城，正从自家的小灰驴身上卸下煎饼鏊子和大盆等东西。叶子缓缓凑上前去，搭讪道，来一份煎饼馅子。吴老爹说，姑娘，你先溜达会儿，我们刚来，还得把炭火生上……小凤，麻溜地，别让人家等急了——

叶子在一旁问道，家离这儿挺远吧？

小凤说，不近，得走半个多时辰。

叶子说，你真能干，将来嫁了人，准是个巧媳妇。娶你的男人可真有福哇！

我才不稀罕呢！小凤不咸不淡地说。

叶子见小凤脸上泛起红云，人显得愈发娇艳可人，便继续打趣说，男大当婚，女大当嫁嘛，这么俊又能干，八成已经有人家了吧——

姑娘，让你说着了，我闺女今年上秋过门。吴长贵有些得意地说。

爹，真是的，当着外人面咋说这些！真是树老根多，人老啰唆。小凤嗔怪着老爹。

哟，还害羞呢……叶子说，这是多好的事儿！像我没人要，嫁不出去才愁得慌哩。

小凤边点炭火边反唇相讥，你还愁嫁不出去？！你们旗人不愁吃不愁喝，生来就是福人，你小嘴叭叭的，脸蛋嫩得能捏出水，怕是找人家挑花眼啦！

你说的是早年的旗人，现如今家都败了……旗人又少，上哪儿挑去呀？

瘦死的骆驼比马大，实在不行，我帮你选一个！

叶子一时语塞。她想不到小凤姑娘嘴茬子这么溜，心想，狗儿跟她在一起时，会是啥样呢？

吴长贵用扇子为炉子扇风，自言自语道，都说三个女人一台戏，你们俩够得上一台二人转了……

见煎饼鏊子热了，小凤紧张地忙活起来。先用油擦子把鏊子擦了一遍，然后用勺子舀上一勺煎饼糊放到鏊子上，用耙子沿着鏊子均匀地摊一圈，又用一块木板做成的刮子在上面刮一下，煎饼立时变得平整如纸、薄如蝉翼……一个鸡蛋打了上去，刮了几下，再撒些葱花、盐和佐料，横向一卷，上下一叠，一个金黄色、香喷喷的煎饼馅子就做成了。

叶子忙问多少钱，小凤说，得得得，别外道了，快拿去逮吧——

叶子捧过来一吃，果然松软可口，咸香诱人，竖起大拇指一个劲地比画。

不知是有意无意，叶子边吃边从怀里掏出个精致的烟荷包，从里边拣出几文钱递到小凤手中。就在这一刹那间，小凤一下子瞥到烟荷包身上的图案，几个铜钱顺着她的手指缝，叽里咕噜地滚落到地上……

叶子忙弯腰拾起铜板交到吴老爹手中，手里捏着半个煎饼馅子，风也似的走开去。

愣怔中的小凤姑娘，好半天才缓过神来……盯着那个旗人女子的背影，忙解下围裙往老爹手上一塞，跟着撵了下去。毕竟是小脚，走得不快，转了两个胡同，那人早已不见了踪影。怅惘之余，小凤无精打采地往回返。

此时，她脑子里一片空白，茫然无绪，想着自己的一片痴情如同天边的一朵云彩，被一阵暴风裹挟着，霎时就无影无踪……她百思不得其解的是，那个自己用心血绣着武松打虎图案的荷包，咋会跑到这个姑娘的怀里？是狗儿大大咧咧弄丢了，还是小偷……不像，不可能！答案只能是一个，是狗儿给她的，难道说，这小子变心了？不行，一定得找狗儿讨个说法！她心烦意乱地想着心事，不承想和一个人撞了个满怀，她连头也未抬，又继续蹒跚着朝前走去。倒是刚才被她撞了一下的小伙子，转过身来，扯了扯她的衣襟问道，姑娘，你脸色不好，是病了吧？

凤姑娘止住脚步，定睛一瞧眼前这人，大吃一惊！指着这人的脸说，你……你是狗儿？

那个小伙子一惊，忙用手遮脸，拧身就跑。凤姑娘望着这熟悉的身影，一时间怒火中烧，气得胸脯剧烈地一起一伏。

吴老爹见闺女铁青着脸回来了，忙上前问道，闺女，咋了，出啥事儿啦？

小凤一声不吱，一屁股坐到拴驴的桩子旁，目光呆滞，灵魂仿佛出壳一般，任凭老爹怎么呼唤，毫无反应……

小凤刚才见到的人不是狗儿，是猫崽。就是狗儿的堂兄黄智，也就是日本间谍小松次郎。

猫崽来到金州城的那天，正赶上老爷庙要修缮，工地上正在招聘小工，他见机会难得，立即报了名。叫“肥贼”的工头在他胸脯上“嘭嘭”地擂了两拳，见他身体壮实，就分配他去干捣麻刀灰的活计。建筑工地上数这个活计拖累人，每天别个工种都歇工了，他还得将生石灰和麻刀浸泡在水池中。早晨天没放亮，他得先到工地去，用捣灰的耙子将石灰和麻刀搅拌在一起，等搅匀了，一个时辰过去了，别人早饭已经吃完了。这苦和累，猫崽全然不计较，因为比起在日本的艰苦训练，这点苦根本不算啥！

在间谍学校受训那会儿，夏季的求生训练科目，尤其令他难忘。一个人被放逐到一个荒岛上，十天时间，不准生火，只给两天的口粮和咸盐……要想生存下去，全靠自己想办法，除了摸鱼、挖海蛎子充饥，饿极了时，蛇和癞蛤蟆他也吃过。此外，还要忍受蚊子、蠓虫的叮咬和野兽的袭击，最终还要完成训练科目。现在这工地上有饭吃，能在炕上睡觉，能跟人唠嗑儿，简直就是活在天堂里。

工头肥贼见这小伙子平时不哼不哈，干活儿不惜力，挺满意。问他叫什么名，他说叫猫崽。肥贼咧开大嘴笑着说，老百姓说猫是奸臣，只会偷腥睡懒觉儿，看来是有点瞎鸡巴扯了！

一天，肥贼腆着个大肚子喊猫崽，说这活儿你先放下，副都统衙门掌管的城楼角炮台地面破损严重，要重新整修，你到那儿搅拌三合土去。猫崽二话没说，扛一把铁锹跟一伙儿力工就去了。他心里高兴，这正是“踏破铁鞋无觅处，得来全不费工夫”。城里驻防的军队全归副都统连顺辖制，来到城楼顶上，城防重武器和城区布防就全都一目了然了。

搅拌三合土，是工地上顶累的活儿。所谓三合土，是由沙子、石灰和黄土搅拌而成。搅拌时不用水，而是用糯米或黄米的米浆。时下天气还不算热，猫崽脱光了膀子，干得大汗淋漓。肥贼看到这一场面，大嘴咧得像个瓢儿，说这哪儿是只猫崽啊，简直就是一牛犊，不，是一头犍牛！他大喘粗气，当场宣布：我任命，猫崽为副都统衙门——工地上——施工队——小队长。他的话惹来工人一阵大笑，猫崽扶着铁锹，拱拱手，表示感谢。

这天，正在南门楼炮台摊铺三合土地基，一个力工不小心砸伤了腿，猫崽把他送到城里中医铺去疗伤。回来的途中，跟一个漂亮姑娘撞了个满怀，未想到，却被误认为是一个叫狗儿的人……回到旅顺和金州以来，这已经是第三次被人认错了，这个叫狗儿的人，难道真的与自己长得酷似？

猫崽在金州扎下了根，出师顺利，立即给高桥少佐写了信，请他派人前来联系。

狗儿安排好锄奸工作，对邱峰说，放你三天假，鲜鱼铺的嫂子和孩子都等急了，回家探望一下吧。接着，他自己又跟老掌柜打了招呼，说要回趟家跟老爹交代一下，就三天时间。说完，便回到屋里，把自己那杆长枪用旧衣服一裹，然后匆忙奔向南门，想着有可能先见到吴家父女俩……

可是，他扑了个空。问了一下附近卖馄饨的老头儿，那老头儿说，这父女二人好几天没来了，想是那闺女病了。问是啥病，谁都说不清楚。狗儿心想，先回家看看老爹再说。他在集市上转悠了一会儿，买了些豆沙馅的油炸糕和十几个粽子，便匆忙往家赶。

狗儿推开半掩的柴门，见老爹正坐在灶坑旁抽烟，便高喊了一嗓子：爹，我回来啦！黄大河拿眼撩了一下儿子，没吭声。狗儿把从金州买来的吃食朝锅台上一撂，说，爹，快看，这都是你爱吃的好嚼咕……

话音刚落，黄大河手中的烟袋锅闪电般地击出，正点在狗儿小腿的足三里穴位上，“扑通”一声，狗儿当即跪倒在地……

爹，你这是干啥？想试试我的武艺——

小畜生，说！你在外边都干啥好事啦？

狗儿一时弄不懂老爹为啥动怒，自己又在兴头上，便说，你儿子见到李中堂大人了，他还……

闭嘴！黄大河愤怒地打断儿子的话头，厉声斥责道，先别说那事儿，说说你跟凤丫头的事儿。

才听说她病了。自打凤凰村一别，这近两个月来，我连她的影子都未见到，能有啥事儿呀？狗儿解释着。

黄大河吧嗒几口烟，从嘴里抽出烟嘴，用烟袋锅指着儿子说，你别撒谎，凤丫头给你绣的那个烟荷包也没长腿，咋会跑到一个在旗的丫头手里？咋回事？

听到这话，狗儿心里“咯噔”一下全明白了：一定是小叶子捣的鬼！这个鬼子小娘们儿，心也真毒，偷走图纸也就算了，还顺手牵羊拿走小凤绣的荷包……拿去了不算，还跑到小凤那儿去显摆，这不明明要我好看嘛！

黄大河见儿子不吭气，便数落起来：你小子吃了豹子胆！才出门一个多月，花花肠子就长出来啦！嫌小凤是小脚是吧？非要找个在旗的大脚娘们儿，你这是干啥？是见异思迁，是丧良心！

狗儿低头想道，这事儿恐怕没那么简单，一定是小叶子有后顾之忧，担心我找她算账，故意打草惊蛇，引我上钩……怪了，她是怎么认识小凤的呢？思忖到这儿，他抬起头来，刚想说话，又被老爹的话所打断。

到底咋回事？有屁快放！别想编瞎话蒙我。你今天要不说出个子丑寅卯，看我怎么收拾你！

狗儿说，哎呀，老爹呀，你哪里知道啊，我这一趟门出的，是历尽劫难呀！我直截了当告诉你，那个在旗的女人其实是个日本奸细！

啊？！黄大河吃惊得连手中的烟袋都掉到地上……

狗儿趁机站起身来，捡起老爹的烟袋，在烟笸箩里抓过几撮烟丝装好，又从灶坑里抽出正燃着的树枝，把老爹的烟点着。然后自己也点上烟，在迷蒙、辛辣的烟雾中，狗儿将下山以来经历的事情向父亲从头到尾讲了一遍。这其中的重点，自然是与小叶子如何相识、小叫花子如何打入狗儿一伙儿的内部、如何在旅顺口偷走图纸和荷包的事儿。当然，他还是有所保留的，还没傻到将自己与小叶子之间发生的私情抖搂出来……

哦，原来是这回事！老爹如释重负地说，这个老吴头儿，跑到咱家来跟我好一顿尥蹶子！说你在城里找了个大脚的在旗丫头，把小凤甩了……有点小题大做喽！这么说，你在金州城里肯定是没遇见凤丫头！

我发誓，要是撒谎，天打五雷轰！狗儿举手起誓说。

凤丫头也怪可怜的，她跟他爹哭哭啼啼地说，她在追那个在旗的丫头时，撞见了你。你不但不相认，还转身蹽了。

狗儿说，原来是吴老爹告的状呀，小凤没过来？

没有。黄大河说，你抽空去吴家看看小凤，把事儿解释清楚，省得人家伤心。

狗儿点点头，说，爹——小凤遇见的那个长得像我的人，姓黄……小名叫猫崽，何大爷也遇见过，会不会是我大爷家的儿子呀？

黄大河瞪大了眼睛，许久才说，太有可能啦！这么说，我大哥、嫂子就住在这一带……

这人挺怪，总是躲躲藏藏的，哪像个猫崽，倒像个耗子……

往后你多留点神，有可能是你的堂兄！

狗儿说，这事糟透了，竟让小凤碰上了。将来我要有了儿子，儿子进城一逛悠，还不认错爹呀！

黄大河笑着说，去去去，别胡诌八扯了，媳妇都弄跑了，哪来的儿子！快说说遇见李大帅的事儿——

这一问，狗儿可来了精神头。他一口气把如何打靶中奖，演武大厅上李大帅如何夸奖黄大河，如何赏九品顶戴、成立锄奸队的事儿讲了一遍，而后又从怀里拿出一个锦绣盒子，说，这是中堂大人赏我的洋枪，你老人家开眼吧——

黄大河抚摸着这把怪模怪样的左轮枪，禁不住感慨道，这是李大帅对咱们两代人的恩典啊！世道是变了，可李大帅的雄心没变哟……当年，李大帅赏我的是宝剑，如今赏你的是洋枪，这是勉励、鞭策呀！儿子，你要好好干，好好锄奸，让李大人高兴才是。

狗儿激动地答应着说，爹，这把左轮枪你就收着吧，留作防身用。

黄大河说，我一个山里的老头儿，防啥身？扯淡！

狗儿说，我还有一杆新发的毛瑟枪哩！

黄大河说，你干的是抓奸细的活儿，又不是上台演戏，扛那个"烧火棍"出去，那不是出洋相嘛。这短家伙好，最适合你！这把毛瑟枪，归我啦！

爷儿俩正唠得起劲，围狗亮亮从门缝挤进来，嘴里还叼只野兔，眼里露出得意的神情。狗儿一把抱住它，取下它嘴里的兔子，拍拍脑门，摩挲几下后背……亮亮乐得一个劲哼哼，尾巴翘起不住地晃动，像风中的一丛开花的婆婆丁。

翌日早晨，狗儿去了朝阳寺，顺便带了些枣仁和豆沙馅的粽子，想给正觉大师尝尝鲜。他是带着亮亮去的，与此同时，正有一男一女两个年轻人朝乌龙村走来……

这一对男女以兄妹相称，长相有点像洋人，白皙的皮肤，高挑的个头，灰蓝色的眼睛。男的身上背个柳条背篓，看样子是走了很远的山路。当他们敲开黄家的柴门时，黄大河还未瞧清楚来客的模样，那小伙子就上前一把抱住他，舌头有些生硬地说，是我——伊万诺夫，大叔，是你和狗儿兄弟救了我！

你是——一碗豆腐！黄大河认出了眼前这个高个儿青年，就是狗儿前年冬天从雪地里背回的二毛子——伊万诺夫，他总是开玩笑地叫他"一碗豆腐"。

伊万诺夫向黄大河介绍身边的姑娘，这是我的妹妹，叫娜塔莎。漂亮的娜塔莎大方地上前，抱住黄大河的肩膀，来了个贴面礼，吻了一下他的脸颊。黄大河知道这是俄罗斯人的礼节，稍稍躲闪一下，便也接受了。他乐哈哈地把来客让进屋里，一边给客人倒水，一边说，狗儿去朝阳寺看望正觉大师去了，约莫得傍黑才能回来。

娜塔莎问，黄大叔，大师是什么意思？

黄大河笑着解释道，就是大和尚，是山里朝阳寺的住持。娜塔莎似懂非懂地点点头，说，中国人信佛的多，我母亲信奉上帝。

黄大河说，信佛的人不少，可也有人信，有人不信。就拿我家来说吧，狗儿她娘活着时，她信佛，吃素念经，烧香供菩萨。我爷儿俩不信佛，只信老天爷。那时候，我一出去打猎，他娘就念经，说是杀生有罪，是造孽……

伊万诺夫从背篓里拿出两捆旱烟，递给黄大河说，大叔，这是送给你的，你老尝尝，味道怎么样？黄大河说，成色不错，烟叶挺厚实，味道差不了！

伊万诺夫又拿出一大块桦树皮包着的东西，说，这是狍子肉，昨天遇见了一个打猎的，见面分了一大块儿。

黄大河接了过来，一掂量，足有六七斤，说，下酒菜也有了。他对吃野味有经验，赶紧用刀把狍子肉切成一块块的，用泉水洗净，然后放进菜盆里用盐和黄酒抓了抓，又切了些姜片和葱丝放进去。他一边忙活着，一边问道，我说一碗豆腐，你们家离这儿老远了，咋到金州来了？

伊万诺夫说，这事儿得问问我妹妹娜塔莎。我们两个本来是骑马的，在吉林境内遇见一伙儿土匪，被劫了道，马也被抢走了，还险些要了命……

你还是没告诉大叔，大老远的跑到金州地界来干啥？黄大河追问着。

伊万诺夫说，大叔，你还记得前年临走的时候，我说过的一句话吗？我说，你们都是世界上的好人，好人有好报，我要把我妹妹嫁过来给你当儿媳妇。今天，你都见到了，娜塔莎长得怎么样？

黄大河哈哈地大笑起来，一个劲地咳嗽着说，那不是一句玩笑话嘛，你小子咋还玩真的！话虽然是这么说了，眼睛却认真地打量了一下娜塔莎。这位姑娘的长相，以他的眼光看，比年画上的仕女还美，人活泼大方，一点也不害羞、忸怩，四目相对，倒是黄大河有点不好意思起来。他自我解嘲地说，我人老眼花，瞅不真亮儿（方言，意为清楚），还是让狗儿看吧……

伊万诺夫见黄大河反应平淡，不解地问，大叔，你认为她不漂亮，不好看？

黄大河笑笑说，咱中国人娶媳妇，长相不是顶重要的，关键是看德行……有时候美人还误大事儿，西施漂亮，把吴国弄得腐败不堪，结果被越国灭了；妲己美，却是个狐狸精，最后搞得纣王身败名裂，江山也丢了……

那你是说，中国的国王爱美人，老百姓喜欢丑妇人。伊万诺夫反诘道。

不不不……黄大河摆着手说，爱美之心人皆有之，狗儿她娘长得就挺俊，我也喜欢。我是说中国人看人，更看重人品，就是德行。三国那会儿，诸葛亮就是美男子，还能掐会算，是个神人，他的媳妇，就是我们老黄家的姑娘，人长得丑点，可那姑娘德才兼备，帮助诸葛亮完成了三分天下的大业。

哦，我明白啦。伊万诺夫说，你是说，不但要长得好看，还要有德、有才。

坐在一边的娜塔莎突然大笑起来，用手掩住嘴巴，半天才止住。只听她笑吟吟地说，中国人太复杂了，俄罗斯人是一眼看上去就会爱得死去活来，猛追不舍，像猎人打狍子……

黄大河吸了口烟，缓缓地说，要不中国人咋是黑眼珠，俄罗斯人是蓝眼珠呢。

娜塔莎又是一阵笑，说大叔太幽默了。我也有一半中国血统，算半个中国人，也听说过一见钟情的词儿。

黄大河说，那都是说书唱戏的编的瞎话。中国人讲究的是媒妁之言、父母之命，大姑娘、小伙子见不到面……

伊万诺夫插嘴说，大叔，狗儿可是亲口对我说过，将来找媳妇要自己相中才行，还说，要找个大脚丫的姑娘。

刚说到这儿，门“嘭”的一下子被推开。人未到，话声先到：哪来的大脚丫姑娘！

狗儿！伊万诺夫高叫一声，扑了上去。

一碗……豆腐！狗儿上前一把抱住他。

伊万诺夫抱着狗儿在地上抡了一圈，紧张得亮亮满地直转磨磨……

接着，狗儿也抱住高过自己一头的伊万诺夫，在地上抡了一圈。

娜塔莎站在一旁，惊叹道，好大的劲哟，真是一个男子汉！

黄大河皱皱眉头，心想，这二毛子小妞脸皮比鞋底子还厚，啥嗑儿都敢唠。他问狗儿，咋这么快就回来了？狗儿说，真不巧，正觉大师不在，去庄河访友去了。

伊万诺夫拉着狗儿的手，介绍道，这是我的妹妹，叫娜塔莎。

狗儿客气地点点头，打量了一下身材高挑、长着蓝汪汪眼睛的姑娘，莫名其妙地说了一句，你的眼睛可以游泳……

娜塔莎惊喜地双手一拍，说，想不到，狗哥哥还是个诗人！

黄大河嘟囔了一句：越说越离谱！

一声“狗哥哥”，让狗儿一下子想到小叶子，顿时心里有点不是滋味，心不在焉地答道，什么湿人、干人的，是一个打猎的炮手还差不多。

伊万诺夫说，这次我给你带来五十发子弹，我送你的“别拉弹克”早就饿肚子了吧。说着，从背篓底下的夹层中，掏出两盒沉甸甸的子弹，递给狗儿。

狗儿高兴地叫道，这是最珍贵的礼物，谢谢了！

伊万诺夫摇晃着手说，不，不对，最珍贵的礼物不是子弹，而是美丽的姑娘——娜塔莎！

狗儿说，这么珍贵的礼物，是要给光绪皇上进贡吧。

伊万诺夫说，北京的皇帝老婆太多，娜塔莎去了也当不上正宫娘娘。我决定送给你当正宫娘娘……

行了，一碗豆腐，别开玩笑啦！狗儿说，你闻闻，多香的味道啊，老爹正在烤肉哩，咱们还是准备喝酒吧！娜姑娘，你喜欢喝什么酒？

娜塔莎说，苹果酒、葡萄酒……什么都行。

狗儿说，金州这边可没有这种酒，我们这儿的女人都爱喝米酒，养人。你就入乡随俗，喝黄酒吧。

不大一会儿，小地桌上已经摆满了菜，有烤狍子肉、酱焖兔子、韭菜炒鸡蛋、粉丝炖小白菜，还有一大盘野菜蘸大酱。看着这冷热杂陈、丰盛的美味，伊万诺夫兴奋起来，连声喊狗儿，快把“小烧”拿来——今天我要把“小烧”喝个够！两年前，差一点冻死，多亏了这“小烧”，把身子搓得……水萝卜皮色儿，这可是救命的酒啊……

黄大河举起酒碗，以主人的身份说道，有客从远方来，今天水酒管够，随便喝。来，先干了这碗接风洗尘酒！

几碗酒下肚，黄大河体力不支，先行告退到下屋睡觉去了。剩下三个年轻人，顿觉无拘无束，酒喝得愈发畅然痛快……

狗儿问，你们兄妹两个人千里迢迢，可不是专程给我送子弹的吧？说说吧，到底是为哪般？

你先回答……我，娜……娜塔莎给你当……当老婆，怎么样？伊万诺夫本来舌头就硬，此时让“小烧”一烧，便愈发生硬起来。

狗儿也不言语，只是在一边嘿嘿地傻笑。

为什么不……不说话，伊万诺夫说，娜塔莎可……是个大脚丫……

狗儿下意识地低下头，瞧了一眼坐在旁边的娜姑娘的那双脚。那是一双套在鹿皮薄靴中的脚，细长而精致，与姑娘高挑苗条的身材很般配。迷蒙中，他想起小叶子那双脚来，那是一双清秀的小脚丫，脚跟圆圆润润，足弓很高，脚趾如豆……很快，他又回到现实中来，大声说，我已经有相好的了，叫小凤。

娜塔莎的脸早已被黄酒染上了淡淡的红晕，她说，那她一定是个大脚丫了！

不是，汉人家的姑娘哪有不缠足裹脚的。狗儿答道。

娜塔莎问，狗哥哥，你跟她见过几次面？

就一次。狗儿如实回答。

娜塔莎举起一根筷子，一比画说，就一次，我也是一次，这在爱情的天平上，很公平！狗哥哥，你不要以为我是个厚脸皮的女人，来抢你做丈夫。我……我的意思是，爱是人类最美好的情感，没认识我之前，你有了一个没过门的爱人，认识我之后，你也可以爱我呀。你，是一个男子汉，有选择的权利。打个比方说，你去打猎，左边是一些梅花鹿，右边是一些狍子，你就可以选择，是要鹿，还是要狍子。“呯”，枪一响，只能留下一个！

若是在没下山以前，狗儿听到这席话也许就傻了。可如今狗儿是见过大世面了。虽然浑身发热头发涨，可心里却是明镜似的：咋能把人跟鹿和狍子相提并论。他装傻充愣地说：

娜姑娘，你……你是一个美丽的仙女，有能力找个比我好一百倍的人做丈夫。我是山野村夫一个，要是娶了你当老婆，那得让村里人笑掉大牙，说我是“癞蛤蟆吃天鹅肉”哇！你说，我为啥放着好人不当，要去当癞蛤蟆呢……说着说着，身子靠在炕沿上，高一声低一声地打起呼噜来。

娜塔莎见状，伸手拧狗儿的耳朵，说，有这样的癞蛤蟆吗？还会打呼噜。哦，我明白了，你是一个青蛙王子！

伊万诺夫说，狗儿兄弟，不管你们两人能不能结合在一起，反正我们已经来到大海边，我们的母亲去年死了，那边的亲人没有了，这次说什么也得在金州扎根……

狗儿一听话里有话，便说，不走了好哇，那就住在这儿，省得我老爹孤单……闷得慌。

伊万诺夫说，不不不，我们兄妹两个可以在金州做点买卖，或者开个酒店客栈，到时候，还得请你多多帮忙。

成，这事儿包在我身上！咱们后天就下山——

夜里，狗儿迷糊了一觉儿醒来，再也睡不着了。他心想，这女人真是缠手，一个小叶子，一个凤姑娘，就已经把自己折腾得够戗，现在又来了个蓝眼睛的娜塔莎，将来还不知道要闹出点啥呢。

狗儿心里惦记着小凤，一大清早，便悄悄爬起来，独自来到灶房，抓起一块大饼子，背起“别拉弹克”猎枪，溜出门去。亮亮眼尖，尾随在主人身后，蔫不悄儿地跟了上来……看到这情景，狗儿忙俯下身子，摩挲了几下亮亮的后背，把它的身子掉转过来，然后一推，让它回去守自家的大门。

第十八章 犬牙交错

当狗儿来到吴家的大门口时，他还是犹豫了一下才举手轻轻地拍门，惹得吴家的黑狗“汪汪”直叫。

大门打开，开门的正是吴小凤。两个人四目相对，狗儿的心“怦怦”直跳，一时不知说啥好，小凤嘴唇一抿，眼圈一下子红了，一扭身子进了自家的屋子，把狗儿晒在那里。倒是小凤娘听见狗叫，出门来看，给狗儿解了围。

吴老汉躺在炕上，直哼哼牙疼，见是狗儿来了，说道，你小子属狗脸的，说变就变，还来这儿干啥呀？

狗儿说，你们误会了，不就是因为那个烟荷包的事儿吗？

吴老汉说，那事儿还小哇！

小凤娘说，那你在城里看见凤丫头，咋扭头就蹽了呢？

狗儿哭笑不得，说老娘、大叔，让我把话说明白，行不？

于是，狗儿将如何成立锄奸队，日本奸细偷走了图纸和烟荷包的来龙去脉说了一遍。又解释说，有一个长相与自己差不多的人，可能是自己失散多年的堂兄，出现在旅顺和金州等地。吴长贵一听，连忙翻身坐起，牙也不疼了，抓起烟笸箩，让狗儿抽烟；小凤娘一迭声地喊闺女，让小凤到院内抓只老母鸡，准备炖鸡款待狗儿……其实，刚才狗儿说的话，小凤站在门缝旁边全都听到了。此时听母亲喊她抓鸡，她忙说，母鸡正下蛋哩，别杀了，多炒几个鸡蛋得了……

树怕扒皮，人怕见面。话唠开了，一场风波就悄然化解了。

中午吃完了饭，狗儿提出要去后山捡点蘑菇。小凤娘偷着向小凤使了个眼色，小凤会意，说狗儿，你不认识道，让我陪你去吧……

狗儿说，你的小脚不行，还是我独自去吧。

小凤说，没事儿，后山路不好走，咱俩就近捡点草蘑和黏团子得了……

狗儿执意要去那儿，说那边有黑松林，里头有松树伞。狗儿背起背篓，两人默不做声地朝后山走去，在树林里，狗儿顺手撅了一根粗树枝，扯去枝条，给小凤当拐棍……

其实，狗儿是想去看看打野猪那天，自己掉进去的那个神秘的洞子。在经历了江湖上的一些事之后，他的胆子愈发大起来，他感觉到那个石洞很值得去探究一番，瞧个究竟……

上山容易下山难，翻过一个冈梁，再往下走，小凤的小脚就有点吃不住劲了。狗儿弯下腰要去背她，她说，可不行，让人家看见，丢死人了。

狗儿笑着说，怕啥，就算是猪八戒背媳妇啦！再说，天阴乎拉的，哪来的人？……小凤脸一红说，那你拉着我走吧——

两个人拉拉扯扯地往下出溜，有两回，小凤险些栽倒，都被狗儿一把抱住……两人虽闹个大红脸，可感情却近乎了不少。小凤对狗儿说，你说那个日本丫头是个奸细，那你再碰见她，咋办呀？

抓她呀！逮住她，还能领赏呢……

你钻钱眼儿里了？

听到小凤的抢白，狗儿说，我是钱也要，人也要。

两个人说笑着，不一会儿，就来到那天野猪丢命的地方。狗儿望了一眼密密匝匝的树林，嗅了嗅飘浮着松香和潮湿腐霉的空气，对小凤指点着说，那天，我就是在这块儿削死那头野猪的。咱们就在这儿捡点蘑菇吧……

好吧，你可别走远！小凤说，这地方狐狸多，晚上常有狐狸叫……闹妖哩。

狗儿说，那好啊，狐狸有灵性啊，能得道成仙哩！

这地方蘑菇真不少，难怪那天野猪跑到这块儿来。一小会儿，小凤就采摘了一大把，狗儿转转磨磨地寻找那个洞口，却只见满眼的绿草和黄褐色的松塔与枯枝，怎么也寻不见了。正在纳闷，忽听小凤一声尖叫，狗儿，掉雨点了！

狗儿忙跑了过来，脱下自己的褂子，给小凤遮雨。两个人猫在一棵松树下边，互相依偎着，听那大颗大颗的雨滴在四下里“滴答”地响着……狗儿偷眼瞧了一下小凤那张娇嫩的脸，忍不住凑过去亲了一口。

“啪”，狗儿脸上挨了小凤一巴掌。你……咋这么不害臊！

狗儿心里嘀咕：这是咋回事呢？小凤反应这么强烈，小叶子却是那么喜欢我亲她。

见狗儿发呆，小凤用胳膊肘拐了他一下说，寻思啥呢，生气啦？急啥呀，多咱（方言，意为什么时候）入了洞房，我……我再给你。

狗儿说，就是香了一下呗，又不是糖人，亲一口还能化了！

雨大了，风凉了，小凤打了个喷嚏，狗儿顺势凑了过去，搂住她。小凤半推半就，靠在狗儿的肩头……

狗儿说，你知道吗——小凤，上次从你家出来，救了邱大哥，多亏你的迷魂药。

小凤说，快给我讲讲。狗儿一五一十地讲起了那天的故事……

小凤听后，有些高兴地说，这么说，迷魂药还有点用，下次再对付坏蛋，我那儿还有。

狗儿听罢，双手一击掌说，太好啦！老婆，你真棒。

哪个是你老婆！小凤脸一红，嗔怪地说，我不嫁给你了。要娶，你就娶那个在旗的丫头吧！

狗儿没想到，小凤对小叶子一直耿耿于怀。便说道，说啥呢？那……那是个日本奸细！

奸细？我看是小偷吧。小凤不依不饶地说，她是不是对你动心啦，想偷你这个人呀？

听到这话茬儿，狗儿心中发虚，暗忖道：这姑娘的心，在这种事儿上，咋细得像针眼儿？

小凤说，那丫头挺乖巧的，咋会是日本奸细？没弄错吧？说到这儿，小凤从怀里拿出狗儿送与她的匕首，说这个我还给你，你再遇见她，把我绣的烟荷包要回来，你收好了，别忘记了我，就行了。

行行行，忘不了，你就把心放在肚子里吧！狗儿说，这匕首，你就收着吧，防身用得着。我这回入了军籍，怕一时半会儿，咱俩的婚事要拖下来……你不怪我吧？

小凤白了他一眼说，男人是山，要高高地稳稳地立在那儿，抓奸细是大事，不能动摇，我咋能拖你后腿。

一阵风过后，小雨又停了。小凤说，狗儿，你听，蘑菇在滋滋地叫哩，这是长个儿的动静。

狗儿仄着耳朵听了一小会儿，说，那是小草拔节的声音。他伸手将小凤拉了起来，两个人又四下里采摘蘑菇。

忽听得小凤一声尖叫，狗儿慌忙跑过去，只见小凤陷在一个地方，只露出一个头来。狗儿说你别急，这个洞穴里边不小，我也下去……

那个洞穴真是不小。狗儿燃着一根松树明子当火把，两人牵扯着，缓缓地向里边蹭去。大约走了十来丈远，耳际传来“哗啦啦”的流水声……

两天后，狗儿将伊万诺夫和娜塔莎兄妹带到茂达客栈，向老掌柜何亮说明了他们的来意。何亮说，正好有一个朋友要出兑西街一套房子，位置不错，就是价钱稍贵了些。伊万诺夫问，得多少钱？何亮说，要价八百两银子。伊万诺夫说还行，何亮就带他们去看房子了。

狗儿心里有事儿，没跟他们去。他对店里的小伙计说，把在店里打零杂的邱大哥找来，说我在后院上房里等他。他独自一人来到上房屋内，连着抽了两袋烟，也不见邱峰过来，正在纳闷，门开了，却进来个脸上长着老人斑的老头儿，手里拿着笤帚和簸箕，进屋就扫地……

狗儿说，你老是新来的？这地面挺干净了，甭扫了。那老头儿抬起头来，“扑哧”一笑，作了个揖说，山狸猫这厢有礼了……

邱大哥！狗儿上前一把抱住邱峰，说道，好家伙，你这化装的手法不赖呀！连我都给蒙住了。

邱峰说，江湖大盗，名头岂是白来的？

邱峰比狗儿早回来一天，他说袁方和陆途天天傍晚回来，至今没发现小叶子的踪迹。

狗儿说。这个小叶子，哪里是省油的灯！她不会不惦记咱们的。接着，他将小叶子拿自己的烟荷包刺激凤姑娘的事儿说了一遍。邱峰一听，有点神秘兮兮地说，你和小叶子……是不是有那回事？

狗儿微微一笑说，是不是都让你说了，我怎么回答你呢？反正呵，这事儿是有点可惜了！多聪明伶俐个丫头，偏偏是个日本人，还是个奸细！朋友做不成了，倒成了敌人。是我狗儿今生福薄啊……

邱峰心想，队长真行，竟然把一个日本奸细给睡了！他眼珠子转了几下，情不自禁地抓住狗儿的一只手，说，队长，依我看，你们俩是有感情的。有感情，就有缘分，难道就不能化敌为友，把她争取过来？

狗儿摇摇头，若有所思地说，日本，咱的邻居，虽然没去串过门，可觉着这是个挺奇怪的国家……中国女人裹上小脚，大门不出，二门不进，整天围着锅台转。人家是全民皆兵，连女人都上阵当了间谍。正觉大师说，他们有信仰，信天照大神……

邱峰接过话茬儿说，那又能咋样？咱们还信老天爷呢！

狗儿说，中国人信老天爷，就是为了自己眼皮底下那点事，你看看中国人都在想啥？当官的想搂钱，当兵的混饭吃，地主老财想发家，老百姓围着几亩土坷垃转，老婆孩子热炕头，就这点念想。小日本在海岛上过日子，时时刻刻有危机感。现在跟西洋人学，信奉什么“丛林法则”，说白了，就是弱肉强食，谁强我就溜须谁，谁弱我就吃掉谁！信仰这东西厉害，摸不着，看不见，就好像鬼魅一样，它能让一个人、一个民族、一个国家朝一个目标使劲……中国人信老天爷，想着风调雨顺，顺顺当当过安稳日子，连李大帅都担忧哇，说就怕中国人是一盘散沙呀！这样下去，中国早晚还不成了咱这邻居的下酒菜……

邱峰说，我听明白了，他们从西洋人那里借来“丛林法则”，再请来天照大神保佑，就想着到处欺负人。那咱们就不能弄出个啥法则，也来治治他们？！

狗儿说，这事儿我也琢磨了，那个“丛林法则”说得不是没有一点道理……就是我上回说的那话，他们是狼，咱就得变成更凶的狼，跟他们斗，绝不能客气！就是以爪对爪，以牙还牙！

邱峰点点头，又说，在这儿天天打零杂，太闷得慌。我想好了，化装成一个捡破烂儿的老头儿，四处去转转，说不定能发现点啥。

狗儿说，成！你的扮相连我都蒙过去了，没问题。我们几个人多在热闹地方转转，你就来个反其道而行之，专拣旮旯儿胡同走，城里有不少偏僻地方，就麻烦老兄去串一串。不过要当心，别让人看破了，你的通缉令还没解除呢！

你把心放在肚子里吧——邱峰说，要当心的是你！你今年是交了桃花运，我看今天来的那个二毛子女人，看你的时候，两眼都直勾勾的……

狗儿笑了笑，把伊万诺夫和娜塔莎的来龙去脉讲了一遍。老于世故的山狸猫问，他们的家世底细，你都了解吗？

狗儿说，据伊万诺夫讲，他们的父亲原是黑龙江流域的清军佐领，同治年间，娶了一个俄罗斯姑娘，生下了他们兄妹俩。父亲死得早，他们一直跟母亲相依为命。去年母亲去世了，便一起到金州来，想到这大海边安家……

哦，是这样……邱峰若有所思地说，这事儿听起来，多少有点蹊跷。

狗儿说，不管咋的，朋友在这儿一无亲二无故，扑奔咱们来了，咱们尽力就是。

两个人正唠着，何掌柜回来了，他对狗儿说，事儿办得挺顺当，二毛子花了七百两银子把房子买下了，手续也办好了。我帮他们找来几个匠人，按照他们的意思再收拾一下，过个十天半个月，就能开张了。

狗儿说了些感谢的话，心里这块石头总算落了地。

金州连下了两天雨，不但解了当地的旱情，天气也随之凉爽了许多。可平源叶子却未感到舒服……这几日，吃啥都觉得有点恶心，身体异样的反应使她不禁担心起来：莫非是怀孕了？

晚间吃饭的时候，叶子夹了口炒菠菜，顿觉一阵反胃，差一点吐在饭桌上。猪口一郎见状，关切地问，叶子小姐，你大概是病了，要当心自己的身体呀。

叶子说，肠胃不舒服，不吃了。反正今天是中国的寒食节，按照中原一带的习俗，这天人们是很少吃东西的，即使吃，也是吃些凉食。

猪口一郎恭维地说，叶子小姐真是才女呀，懂得真多！明天是端午节，你可要多吃些鸡蛋，补补身子……

正说着话，一个浑身淋得精湿的年轻人拉开门……叶子一看，见是谍报组成员太正浩一。忙吩咐说，太正君，快去换身衣服。猪口君，你去厨房，请云子小姐再加一个菜，烫壶酒，让太正君暖暖身子。

不大一会儿，日谍太正浩一穿着一套干爽的衣服走了进来。落座后，端起酒盅一口喝干，然后向平源叶子鞠躬说，谢谢叶子小姐的酒，身子都热乎起来了。

太正君辛苦了，请多喝几盅吧——叶子说。

中年女仆云子端上一盘油煎的小黄花鱼，屋子里顿时鱼香漫溢。叶子又感到一阵恶心，连忙屏住了呼吸。猪口一郎和太正浩一两人如同饿狼见了荤腥，兴奋得大嚼大咽起来。

盘中剩下了几根鱼骨，太正浩一开始向叶子汇报：叶子小姐，这几天，我把徐家山炮台到红土崖、大鱼沟及大孤山一线的情况摸得差不多了……

叶子点点头说，太正君辛苦了。今天冒雨进城，一定是有重要事情要说吧——

太正浩一撂下筷子，挺直了身子，有些吞吞吐吐地说，是的，叶子小姐。有一件事，很有些难为情……但是，我觉得这件事……对侦察工作的展开，是会有帮助的！

叶子说，一个男子汉，别吞吞吐吐的，有什么难以启齿的？说吧，我听着呢！

太正浩一又深施一礼才说，我在大孤山半岛结识了一个渔家姑娘，叫李小瑛，她对我有好感，想要嫁给我……

那你对她也有感情了？

应该……算是有吧——

太正君，你没有暴露身份吧？

太正浩一正色道，没有。在那一带沿海活动时，我一直是以卖货郎的身份四处游走的。那个姑娘在我这儿买了几回绣线，一来二去就熟识了。她母亲希望我给他们家当倒插门女婿。那个小渔村叫南砣子……

听完太正浩一的故事，平源叶子笑着说，我拨给你五两银子，你就去做那个倒插门女婿吧。有这个身份作掩护，也方便长期潜伏。另外，那地方位置不错，也方便出海……

叶子接着对猪口一郎指示道，猪口君，山口君不幸遇害，金州西路一线的调查任务由你接着完成。半个月之内，务必绘出图来。

猪口一郎挺起胸脯说，是！保证按时完成。

狗儿在西街闲逛，见一家小酒店门口贴着招人告示：本店欲聘一伙计，管吃住，月银二钱。他心想，这地方热闹，暂时当个小伙计，守株待兔，兴许是个办法。一伸手，便揭下告示。

狗儿抬腿进了小酒店，一瞅，店面不大，四五张桌的规模，只有一个人在埋头吃饭。这位客人身形奇大，坐在凳子上比狗儿也矮不了多少，面前摆放着七八个馒头，一碗葱花淡汤，一碟萝卜条咸菜，正吃得津津有味。朝柜台看去，头戴瓜皮小帽、掌柜模样的中年人正与一位小伙子攀谈，只听那掌柜的说，你说说看，酒店里跑堂的，都干些啥活儿？

就是勤快点，掌柜的让干啥，我就干啥！小伙子说。

放屁！那掌柜火气不小，斥责说，你是木偶啊，总得我用绳扯着……告诉你，干跑堂的，一要人机灵，见啥人说啥话，留住客；二要嗓门大，能吆喝，显得店里火爆，懂吗？

小伙子大声地说，我懂啦！

那掌柜“哗哗……”倒上一碗黄酒，用手一指问道，这是啥？小伙子一点也没打哏，脆生生地回答，酒——

掌柜的手一挥，说，滚吧——

小伙子忙说，是黄酒！

掌柜的皱皱眉头，继而一笑说，小子，请回吧，该干啥就干啥去吧，本店不用你。

狗儿见掌柜此举，先是一怔，霎时间就明白了其中的奥妙，敢情这老板是个“铁公鸡”，生怕被别人占了便宜，招伙计也要招个傻点的、没见过什么天的，省得还要每天提防着。见那小伙子气哼哼地走了，他便赶紧上前，把揭下的告示往柜台上一放，恭敬地对掌柜说，掌柜的，赏口饭吃吧，我嗓门大，能留下客……

掌柜上一眼下一眼地看看狗儿，将刚才那碗黄酒朝前推了推，问，这是啥？

狗儿一笑说，认得，是马尿。

再好好瞅瞅，是啥？掌柜的不放心，继续追问道。

黄澄澄的，就是马尿！

掌柜的点点头，手一挥说，好，就是你啦，留下！

狗儿端起这碗“马尿”，走到吃馒头的壮汉面前，说道，这东西送你了。

壮汉也不言语，一只大手接过来，“咕咚咕咚”地喝个底朝天，一抹嘴说，有味儿，往后我天天来！

狗儿冲掌柜的嘿嘿一乐，说东家，我给你揽客儿了……

掌柜的见狗儿给他浪费了一碗黄酒，心里有气，说，我看你傻不叽的，不太适合干跑堂的，先到厨房打下手去吧——

狗儿心想，我到这儿来，就为了找人，到后屋去能干啥呢？不过，他还是去了。厨房里一个十三四岁的小伙计正在洗菜，年岁大的厨子刚刚杀了一只鸡，正在给鸡褪毛。狗儿正撒目的工夫，掌柜的进来了，对他说，墙角里放的那些坛子，你不要动，更不能沾，那是毒药。这有两只野兔子，你把皮给扒了，会整不？

狗儿对此道是行家里手，也不吱声，拎起一只兔子，麻利地在脖子上拴了个绳套，朝墙上的钉子上一挂，顺手拎起一把菜刀，在兔子嘴唇上轻轻地划了一个小口子，然后用力一撕，一个整张的皮筒就下来了。掌柜的一看，满意地说，别说，这小子傻不叽的，干这活儿倒是一把好手！

狗儿问，东家，这么多好吃的，是要请客吧？

让你小子说着了。掌柜的兴奋地说道，今天是我四十岁生日，晚上要摆宴。我这就去城外请人，得两三个时辰。刘老二——

那位厨子答应了一声，东家，啥事儿？

鸡要做成布袋鸡，咸口；兔肉要薰，不要用锯末子，要用榛子壳和桃木薰……别糊弄！做得不地道，这个月的工钱可要打折扣。掌柜的吩咐完，迈着方步走出门去。

狗儿给兔子扒了皮，洗净后，仔细看厨子刘老二做布袋鸡。

原来这布袋鸡是山东一道名菜，也叫脱骨鸡，手艺的关键在于脱骨技法。只见刘老二将褪了毛的大公鸡洗净，小心翼翼地在脖子刀口处下刀，不大一会儿，整个鸡的胸骨与皮肉便分离开，腿骨、翅骨与肉连着不剔。剔除胸骨的皮囊，顿时成了一只布口袋，事先备好的佐料：瘦猪肉、海参、火腿、海米、蘑菇、玉兰片等，切成小丁，用水余过，再过油煸炒，晾凉后，装进布袋内，扎上口，放进热油中，炸成红色后，放进一只盆里，接着又往盆内加了清汤、酱油、料酒、葱段和姜片，开始喂味儿……

看了这一过程，狗儿不禁心中暗忖，手艺就是手艺，看似简单，哪一个环节要是出错，就会前功尽弃。烹鸡如此，抓奸细何尝不是如此！要稳住神，环环相扣，不出纰漏，才能成功。想到这儿，他忽然感到肚子一阵“咕咕噜噜”地叫，已是中午时分，该吃饭了，可这两个人忙活得正欢。心想，这儿的掌柜挺可恶，这么能干的伙计，他还出言威胁，真该调理调理他。想到这儿，他灵机一动，有了主意。

狗儿对厨子说，刘师傅，这又是鸡又是兔的，你馋不馋呀？

咋不馋！咱这鸡毛小店，平时大鱼大肉不多。刘老二说。

狗儿又问小伙计，你呢，叫啥名，馋不馋？

我叫小狗子，刘大厨刚才一颠大勺，我的馋虫就出来了。

狗儿说，我是大狗，你是小狗，狗见到肉，哪儿有不吃的道理。刘大厨、小狗子，你们听着，我有个法子，管叫你们把这好东西逮了，东家还拿你们没辙儿。

小狗子拍着手说，好啊！刘老二说，不成，东家要是火了，还不辞掉我呀！

狗儿说，谁被辞掉，我就给谁二两银子，咋样？

刘老二问，当真？

狗儿伸出手，“啪啪”、“啪啪”，与刘老二和小狗子击掌为誓。

刘老二转身，动作利落地把布袋鸡放进蒸锅去蒸，然后又将兔肉上锅油炒……小半个时辰后，油光红亮的红烧兔肉出锅了，又取出蒸熟的布袋鸡扣在盘上，将烧好的汤汁提芡，添上佐料均匀地浇在鸡身上。一时间，美味香气四溢，引得人直流口水。

狗儿说，小狗子，把墙角的坛子搬过来，咱们把这“毒药”喝了。

说笑间，刘老二又颠动大马勺，炒了两盘青菜。三个人坐在厨房里，灶台当桌，柴火当凳，大嚼大咽起来。

吃喝间，狗儿提到刚才在店里遇到的那个大汉，不知是啥来路。

刘老二说，认得。河北沧州来的，身无分文，却有一手掌劈鹅卵石的绝技，一路走，一路劈，倒也能混个吃喝……刚来这金州不到半个月。

小狗子比画着说，那汉子的手，大，像老树根，每个骨头节都疙瘩溜秋的，老有劲啦！

狗儿心想，这汉子是个人物，得把他淘弄来……

三个人边吃边唠，到了午后申时，掌柜的回来了。他到了后厨一看，见这三个人已喝得东倒西歪，屋里酒气熏天，满地是鸡骨、兔骨，不禁勃然大怒道，你们反天啦！这是咋回事？

狗儿说，这事儿都怪我呀，刘厨子把鸡、兔都做好了，来了一条狗，叼住一只鸡大腿就跑，追也追不上，大伙儿都急了，说这不让东家难堪嘛！东家一生气，还不往死里打咱们，横竖都是个死，叫你打死还不如我们自个儿去死。东家说那墙角坛子里装的是毒药，大家捧过来就喝了，一喝浑身就发烧，嘴里辣酥酥的，是药性发作了，干脆做一回饱死鬼吧，就把这些好东西都逮了。可不知咋回事，这毒药劲太小，喝了这半天，人还没死，就是脑袋有点疼。对不起你呀，东家……我真的不想活啦！

狗儿说到这儿，又捧起酒坛子，“咕咚咕咚”喝了几大口。

掌柜的气得浑身乱颤，用手指着狗儿说，你……你……这个浑小子！他们两个一向老实巴交的，你不来，啥事儿没有，你一来，给我惹这么大的乱子，让我的生日怎么过？让我的老脸往哪儿搁？！你，你给我滚——

三个人都歪歪斜斜地站起来，朝门口走去。掌柜的大喝一声，你们俩站住！客都来了，赶紧给我做菜吧——算我求你们啦！

狗儿回头，朝刘老二和小狗子滑稽地扮了个鬼脸，点点头，将褂子往肩上一搭，扬长而去。

金州城最热闹的地方，要数城中央的老爷庙附近。狗儿走到这儿，见一群人密密匝匝围在一处，里边不时传出哄然的叫好声，便一扁身子挤了进去。人群中，一大汉蹲在地上，身旁摆放着十几块拳头大小的鹅卵石，面前放着一个小铜钵。那大汉也不说话，左手拿一块鹅卵石垫在另一块石头上，右手五指并拢，气运丹田，掌风如刀，手起刀落，“嘿”的一声，坚硬的鹅卵石砉然开裂，折成两截。人群爆发出一片叫好之声，“叮叮当当”，有人往小铜钵里抛铜钱了。大汉见状，愈发卖力气，不一会儿工夫，身边已然找不到一块完整的鹅卵石了。大汉抬起头，站直了身子，向周遭的人群拱拱手，以示感谢。

狗儿一看，这人正是上午在小酒店里见过的那条大汉，忙掏出几块碎银子放进小铜钵内，又帮着把一枚枚散落的铜钱捡起，置入小铜钵……

大汉也认出狗儿是在小店里给他“马尿”喝的小伙子，于是嘴角微微上翘，算是笑了。狗儿凑过去，小声说，跟我走，我有话说。

此时人已散去，大汉站直了身子，足足比狗儿高了一头。狗儿说，还想不想喝“马尿”了？大汉点点头，尾随着狗儿来到茂达客栈。

何掌柜见到狗儿，忙说，刚才二毛子兄妹俩来了，说明天中午请咱们去喝开张酒。我正琢磨着送点啥贺礼呢，你帮我掂掇一下，置办点什么好？狗儿说不急，我给你介绍个人。

老掌柜一瞅那人，嚯！好健壮的汉子！狗儿说，他日子过得不易，留下他给客栈打更吧，让他这一身的外家功夫有个用武之地。

何掌柜问那汉子，到我这打更，有吃有住有零花钱，愿意不？大汉点点头。

何掌柜说，你叫啥名字？

大汉回答，爹妈去世早，不知姓啥，也没名。从小流浪，后来跟一个和尚练气功，有了这一手掌劈石头的手艺。

狗儿说，那就叫“石头”，咋样？

大汉点点头。老掌柜说，这名好，打今儿个起，就叫你“石头”。他唤来个伙计，领石头四处转转，然后安顿下来。

第十九章 谍影重重

翌日傍午，狗儿与何掌柜一行，说说笑笑来到即将开业的酒店门前。只见门口新挂上的酒幌迎风飘舞，门楣上方高悬一木匾，上刻“仙客来”三个行书大字，甚为飘逸醒目。伊万诺夫和娜塔莎见贵宾到了，忙挑帘相迎。

进到酒店厅堂内，跟在何亮身后的小伙计将大红布包着的一百两纹银放到案桌上，何掌柜说，恭贺开张，这是我们几个人的一点心意，请笑纳。大家彼此客气一番，早有店里的伙计将茶水斟上……

刚一坐稳，狗儿就对伊万诺夫说，一碗豆腐，你们兄妹俩前门开酒店，后边开客栈，由谁来当掌柜的？

伊万诺夫说，老板由娜塔莎来当，我将来还想跑跑旅顺码头，做点其他买卖。

狗儿说，那好，咱们是老朋友了，我不跟你客套。我带来一件礼物，是给新掌柜娜姑娘的。说着，从怀里拿出一个锦盒，递给娜塔莎说，祝贺“仙客来”生意兴旺，财源滚滚。祝娜老板正式上任，开张大吉！

娜塔莎兴奋地接过这个装饰华丽、有些压手的锦盒，纤细的手指小心翼翼地将盒盖打开，脸上的表情一下子僵住了，随之惊叹道，好漂亮的转轮枪哟，太贵重啦……我不敢收了！

狗儿喜滋滋地看着娜姑娘欣赏并能认识这支枪，心中十分快慰。他说道，只要喜欢就好！

娜塔莎说，喜欢，太喜欢了……谢谢狗哥哥！

伊万诺夫伸长了脖子看着，在一旁一皱眉头说，一个女孩子家，喜欢什么枪呀炮呀……

狗儿轻描淡写地说，哎，权当个玩具吧，女孩子家也可以用来防身嘛！

围坐一旁的这群朋友，个个大眼瞪小眼，惊诧不已，心道：队长也太出格了，竟然把这么一把来历非凡、十分珍贵的手枪送给二毛子女人！人人心里直画魂儿，又说不出口。更令人奇怪的是，娜姑娘竟也不问这枪的出处，一手搂着这锦盒子，一手拽着狗儿的衣襟，旁若无人地说，狗哥哥，跟我来，快——

狗儿跟随着娜塔莎进了一间内室，这屋子不大，摆放一些女人用的东西，显然是娜姑娘的卧室。娜塔莎放下锦盒，回身一把搂住狗儿，来了一记香吻，狗儿猝不及防，头一偏，姑娘的嘴唇正贴在他的脸上。狗儿忙推开她说，小心，别把我弄晕了……

娜塔莎说，你那么脆弱吗？那可是太好啦！她回身打开一只皮箱，从里边拿出一支锃亮的手枪，双手捧上说，狗哥哥，这是博查特手枪，是美籍德国人雨果·博查特去年的发明，送给你——

这回该轮到狗儿吃惊了。他惊讶于娜姑娘也有枪，而且对枪械如数家珍……

娜塔莎以为他不好意思要，便说，有诗云：投之以琼瑶，报之以地瓜。你就收下吧！

狗儿说，不是地瓜，是木瓜。他伸手接过这把博查特手枪，还有四个弹夹，一并揣入怀里，然后扯扯衣襟，缓步走出娜姑娘的卧室。

伊万诺夫见狗儿上桌，便高喊一声“上菜！”喊声刚落，酒店外的小伙计点着了开张的鞭炮，一阵“噼噼啪啪”的炸响，把开业的喜庆气氛传遍了金州城西街……

令人怦然心动的鞭炮声，令人怦然心动的博查特手枪……狗儿又一次陷入沉思：这兄妹两人到底是干什么的？他们到金州来，仅仅是开酒店吗？

一会儿工夫，菜肴摆了一桌子，杯里也都斟满了酒。只见娜塔莎面施薄粉，身穿一袭大红旗袍摇摇摆摆地现身……大家眼前顿时一亮。只听伊万诺夫高声宣布，请“仙客来”酒店掌柜娜塔莎女士致祝酒词——

娜塔莎站在主人的位置上，笑盈盈地说，感谢各位朋友的光临，往后请大家多多赏光，常来常往。我哥哥还要做些其他生意，我自然就成了掌柜的，大家今天一定要尽兴，一醉方休！来，共同干杯！

……

天擦黑时，大家酒足饭饱，扶醉而归。

娜塔莎和伊万诺夫送走客人，两人一进屋，立刻吵了起来。只不过，两人说的是“叽里呱啦”的俄语，伙计们谁也听不懂。

伊万诺夫说，娜塔莎，你今天太冲动了，怎么能把你的枪送给狗儿！这样会暴露身份的……

娜塔莎说，你怎么知道我把我的枪送给了他？

伊万诺夫挥着手说，我在跟狗儿碰杯时，就发现他的怀里有硬邦邦的家伙。

娜塔莎说，中国人有句老话，叫“来而不往非礼也”。人家送我这么漂亮一支枪，我就不能投桃报李？你有点神经过敏了。

伊万诺夫说，难道你就没有一点感觉，他一个山里的猎户，哪里来的这么贵重的东西？他就是个盗贼，也没地方偷去！

哦！你的话，倒是提醒了我。娜塔莎说，难道说，狗儿是一个江洋大盗？那又有什么了不起，我还真有点喜欢上他了。你是酒后吐真言，你吃醋啦！

你这个骚货！伊万诺夫愤恨地骂道，鲍里斯真是瞎了眼，让你这个婊子当间谍！

你在骂我！你这个流氓……娜塔莎说，你不要忘了，鲍里斯是沙俄帝国远东情报站的站长，是你的顶头上司！说完这句话，娜塔莎双手掩面，哭着跑进自己的卧室，使劲地插上了门。

伊万诺夫一时间呆若木鸡，忽然感觉自己有些唐突冒失了，不应该揭娜塔莎的老底儿，激怒她！他冷静了一会儿，起身敲娜塔莎的门，可里边的人根本不理睬……他只得耐着性子，一遍遍地喊，亲爱的，我认错，我投降！我酒后失态……你开门，骂我一顿，打我也可以，都是我的错……

门，像铁铸一般的死寂。

娜塔莎躺在炕上，泪水洇湿了枕头，自己不幸的身世如幻灯片般一幕幕闪现……

黑龙江北岸一个叫伯力的小城里，一个常来贩卖白酒的中国商人与一个叫柳芭的俄罗斯姑娘好上了。他们生了一个女儿，就是娜塔莎。她十岁那年，父亲去世。为了生计，母亲带着她来到与中国黑河隔岸相望的小镇住下。母亲在一家酒楼做工，她也常去那里帮忙。娜塔莎十四岁那年，母亲一病不起。临死前，母亲拉着她的手说，孩子，妈之所以领你到这个小镇上来，一是因为你的父亲曾在黑河开过酒坊，二是这里是个口岸，有钱人多，生计好找。妈对不起你了，没能亲眼看着你嫁人成家……说完，母亲永远闭上了那双慈爱的眼睛。

于是，娜塔莎接了母亲的班，继续在这家酒楼里做工。不久，这家酒楼让一个叫鲍里斯的商人买去了，经营规模不断扩大，成了一家集吃、住、玩于一体的大酒楼。娜塔莎逐渐长大，出落成鲜花一般的漂亮姑娘。然而，她最受老板鲍里斯赏识的，却是她的语言天赋。她从小跟各种人打交道，竟懂得俄语、汉语、日语和蒙语四种语言，她成了远近闻名的大酒楼的领班，是许多当地名流仰慕的交际花。

一年冬天，一个叫伊万诺夫的年轻商人，从遥远的莫斯科城来到大酒楼。这个青年身份很特殊，老板鲍里斯待他格外优渥，在这儿吃住从来不掏腰包。伊万诺夫拼命地追求娜塔莎，娜塔莎却不为所动，因为她已经习惯了交际花的生活方式。最后，是老板鲍里斯跟她摊了牌：酒楼实际上是俄国远东情报组织的总部，要培养她成为一名职业间谍。远东情报网的头子，正是酒楼主人鲍里斯。鲍里斯告诉她，伊万诺夫是莫斯科总部派来的高级间谍，把你们两个撮合在一起，是为了将来以夫妻或兄妹关系作掩护，去中国收集重要情报。

一个多雪的冬天，伊万诺夫突然神秘失踪，到了翌年秋天才露头。后来她才知道，伊万诺夫去了中国的辽东半岛。在这次来金州之前，鲍里斯召集她和伊万诺夫开了会。鲍里斯说，鉴于东北亚的紧张局势，沙俄帝国有必要加强对清国满洲的关注。今年以来，日本利用朝鲜爆发农民起义的动荡格局，寻找借口，出兵朝鲜半岛，野心不小，妄图挑起战争，进而染指满洲，这就严重威胁到俄国在远东的利益。正如财政大臣维特指出的，日本人个子虽小，但胃口可不小！俄国迟早要同日本人发生冲突。近几年，我们先后往旅顺口派了一些间谍，但力量还不够，这次你们首先要在金州建立起谍报网，由伊万诺夫来协调组织。工作重点是收集清军的兵力调动部署，当然，不能放过日本间谍的蛛丝马迹……一旦日本军队有大的动作，更要全力以赴侦察日军的全部动向。

鲍里斯还指示，你们俩要利用混血的身份，跟当地人结盟，争取早日站稳脚跟。娜塔莎，你是帝国的精英，是个不可多得的语言天才，要像俄罗斯的白桦树一样，把根子深深地扎在满洲的土地上，为沙皇开疆拓土奉献一切。

伊万诺夫当时表示，为了尽快在金州安营扎寨，俩人以兄妹相称，将娜塔莎嫁给金州大和尚山的一个叫狗儿的猎手，狗儿是世家子弟，其父亲黄大河是清军退伍军官，在当地颇有威望。狗儿人很机灵，会中国功夫，与他成家后，去金州城开一酒店，日后再将狗儿发展成俄国间谍……

想到这儿，娜塔莎自言自语地嘲笑道，鲍里斯和伊万诺夫真会打如意算盘！说狗儿喜欢大脚女人，说只要一见面就能搞定！偏偏人家狗儿不是好色之徒……而且为人很义气，找朋友帮忙，把“仙客来”牌子竖了起来。倒是伊万诺夫这个浑蛋，竟然出言不逊，恶言恶语……看来，与伊万诺夫的情人关系该彻底结束了。想到这儿，她渐渐止住了抽泣。

不知为什么，狗儿的身影总是在她眼前晃悠。

这个年轻人让人看不透。他生得并不威猛雄壮，也不是风流倜傥的白面小生，可他为人朴实、真诚，一副热心肠，说话幽默有趣，充满了野性的魅力和磁性。他身边的朋友看上去都挺有本事，属他年纪小，可那帮人对他却很恭敬，真是奇怪！对了，他怎么会有这么一把十分贵重的“礼品枪”呢？莫非他真是一个强盗，从哪个大官僚家中偷出来的？可他为什么会把这么名贵的手枪赠送给自己呢？难道说，他是真心爱我的，不娶我只是中国人的一种含蓄的推辞？

真是琢磨不透！想到这儿，娜塔莎忽然笑了起来。她想起来之前，伊万诺夫提议让她嫁给狗儿时，她还劈头盖脸地骂了伊万诺夫一顿，好几天没答理他。可如今，自己还真的有点喜欢上狗儿了。要真是嫁给他，那可真是托了上帝的福！我该怎么做，才能讨狗儿喜欢呢？

蓦地，她的心头莫名地掠过一丝寒意。自己是在生身父亲的国度里，干着出卖这个国家利益的勾当，而自己爱着的两个男人，一个是黄泉路上的父亲，一个是金州城里的狗儿，他们要是知道自己是俄国的间谍，后果会是什么样呢？

耳畔又响起一个冰冷的声音，那是鲍里斯的声音：间谍，就是以国家利益为最高原则的人。一切个人的感情，都要抛到太平洋里去！

娜塔莎不寒而栗起来……自己是一个身负特殊使命的人，现在还不是想私情的时候。她赶紧起身，补上淡妆，打开房门，张罗生意去了。

阴森怪异的和顺旅馆。

平源叶子有两个月身子未见红了，她知道，这是真的怀孕了，麻烦大了。她的父亲是大名鼎鼎的军医官，受家庭熏陶，她自然懂得许多医学知识，可女人堕胎，她却不懂。

现在唯一能安慰她的，是金州谍报组织的工作进展得还算顺利。再过一个月时间，整个金州区域的交通以及与军事相关的情报图纸，将全部出炉。也许到那个时候，她就有理由请假回国，把这件尴尬的事儿处理掉……可日本国内的法律是不允许女人堕胎的……应该把自己怀孕的事儿告诉狗儿，他听到这个消息，或许能够原谅我原先的行为吧，可这个家伙现在躲到哪儿去了呢?

思绪纷乱的叶子，百无聊赖之际，随手拿起一本《中国秘密社会史》翻起来。此书是日本浪人、中国通天野平谷所写。天野平谷是日本玄洋社早年间派到中国的间谍，对中国的历史、地理、风俗人情等都有着精深的研究。他在中国四处周游期间，与各派秘密会社广泛地接触，掌握了大量有关帮会的各种仪式和黑话暗号，于是此书成了日本间谍来中国的必读之书。她正看得津津有味，忽然传来敲门声，忙放下书本，说了声：请进——

原来是猪口一郎回来了。他先是询问了她的身体健康状况，接着兴奋地报告说，金州西路的情况已经调查结束，马上开始绘制详图了。

叶子起身倒茶，说猪口君辛苦了，请坐下说吧。

猪口一郎有些神秘地说，刚才，我又看见那个卖药的，这个人，叶子小姐您是关照过的……

叶子将茶碗放下，关切地问，你是说那个叫陆途的?

对，正是！猪口一郎说，他在南门附近撂地摊，好像是在卖眼药。

平源叶子脑子里电光一闪，蓦然意识到，这个陆途跟狗儿是拜把子兄弟，一向不离左右……一定是他们从旅顺回来了。这个陆途，可是个天地会的人，那日里，他与袁方在茶馆里边接头，自己还乔装打扮偷听过。她想起高桥卫的话来，江湖一些帮派如天地会、三合会等，其宗旨都是“反清复明”。海军军部有指示，对这类人可以实施拉拢政策，利用他们的反清意识，扰乱中国，为大日本帝国施展大陆宏图所用……

想到这儿，平源叶子立刻换装，扮成一个旗人女子走出和顺旅店。果然，在距离南门大约三十丈远的地方看见一个场子，只见秃顶的陆途在场子中央比比画画说着什么。叶子赶紧凑上前去……

地上铺着一块白布，陆途也一改昔日富家子弟的装束，打扮成一个地道的农民模样。但见他从腰里掏出一沓四方形的小纸片，往地上一蹲，嚷嚷道，快来看咱们的宝贝，快来呀，看看咱的宝贝！

陆途边说边从腰间取下一个白绸子小包，内里凸着，小孩拳头般大小，不知是什么东西。他扫视了一下众人，手指着小包说，这个宝贝，是我在南砣子海边捡的，大有用场，我现在就打开给大家伙儿瞅瞅。说着话，他将那包打开，说，上眼吧——

叶子虽在不远处，可由于那东西不大，看不清楚。只见陆途掌中托着这东西，四周游走一圈，原来是一块普通的石头，奇怪的是这块石头四周边上长着五六只小蛤蟆……

陆途大声说，我捡的这个玩意儿，也不知是啥东西，经过多少人瞧，才知道这东西大有用场，叫做“海宝贝”，它专能治病。可不是啥病都能治，就是能治眼睛上的毛病，不论是气蒙眼、火蒙眼、暴发火眼、风流泪、胬肉攀睛、红丝白丝，一上就好。我可不是卖药的，也不是行医的江湖郎中。我把这宗宝贝送给众位一点，行个方便，结个人缘。

接下来就如狗儿初见陆途时的情景，这家伙鼓动三寸不烂之舌，巧施障眼之法，还有个托儿来帮衬，一通忽悠之后，观者就着了道儿，这个一包，那个两包的，开始争购他的药了。

这时，一个旗人姑娘走过去，一把扯住陆途的衣襟，说，大哥，剩下的我都要了！

陆途心中一阵窃喜，心想，这回可是要赚一笔。待定睛仔细一看，怔住了，终于叫道，哎哟，真是女大十八变，愈变愈好看！你……你这阵子跑到哪儿去了？

叶子说，陆大哥没得火蒙眼，眼睛挺尖！走，我请你喝茶，肯赏光吗？陆途说，这可是求之不得。便拾掇拾掇跟小叶子走了。他心里乐呀，小叫花子呀小叫花子，你这个日本小娘们儿，终于现了原形，我铁弹子今天可是要立大功了！

来到一家茶馆，叶子一掀门帘走了进去，冲小伙计说，来一壶上好的明前茶。吩咐完，便拣了一张墙角靠窗户的桌子坐了下来。

一会儿工夫，小伙计手捧漆木托盘过来，将一壶茶、两只紫砂茶碗放在茶桌上。叶子示意小伙计下去，便将两只茶碗并排置于茶桌中央，提起茶壶将淡绿色的茶汁倒进茶碗内，又将茶壶放到一边，而后端坐不动……

陆途大大咧咧刚想伸手去拿茶碗，猛然间又缩了回来。他狐疑地看着这两个并排置放的茶碗，定睛瞧瞧面无表情的小叶子，心想，这个日本娘们儿咋懂得天地会的斗茶暗语？不是巧合吧？他知道，此阵为“双龙阵”，茶碗并列，表示弟兄亲热。莫非她是本会中人？是与不是，先按规矩办事再说。于是，陆途轻咳一声，吟诗道：

双龙戏水喜洋洋，好比韩信访张良。

今日兄弟来相会，暂把此茶作商量。

叶子点点头，心想，头一步走对了。她将茶壶端过来，壶嘴对着茶碗排成一行，又从头上取下一支长长的银扁簪，搁放在两只茶碗之上。

陆途先是一愣，他知道此茶阵为“绝清茶阵”，按阵法，两只茶碗上是放烟袋一只，而绝非女人用的扁簪。可转念一想，小叶子是日本女人，哪里有烟袋，便释然了。但他心里却也画出个老大的问号，因为此“绝清茶阵”为天地会独家所创，三合会、哥老会等帮会皆无此阵。莫非小叶子是天地会之人？待我老陆先破了此阵再说——

陆途将那只扁簪拿起，然后取茶一碗，并诵诗道：

两塘有水养清龙，手执清龙两头通。

清龙无水清龙绝，调转乾坤扶明龙。

叶子微微一笑，她是在笑自己现学现卖，竟然奏效。因为她清楚地知道，茶碗阵作为洪门暗号，有四五十种阵法，其饮茶诗也繁简不一，但总的来说，洪门中天地会、三合会和哥老会等所用的茶碗阵，大同小异。

小叶子这嫣然一笑，在陆途看来，好不美艳……这个小美人，要真是本会中人，倒是一桩天大的好事！他心中好不得意，小叶子摆的这两种茶碗阵，自己全他妈的一一化解……身为金州天地会香主，岂能在这小河沟里翻船！

陆途的得意，其实是有其道理的。因为茶碗阵在洪门中的意义往往是超出想象的。甲乙双方于饮茶之际，摆列茶碗阵，互相斗法。甲先布一阵，令乙破之，能破之为好汉，不能破之为怯阵，或为少见识。

陆途正在为破了茶碗阵得意之时，小叶子说道，陆香主，别来无恙？

听到这句话，对于正心猿意马的陆途来说，不啻是一记晴天霹雳！他手一抖，茶碗立时掉到茶桌上，“啪”的一声，茶水四溅……

小伙计闻声过来，赶忙用抹布将桌面揩净，又重新给这位先生的茶碗斟上茶水。此时的陆途，仿佛坠入五里雾中，强作镇定地以天地会见面礼的切口说道：

不知妹子到此来，未曾接驾休见怪。久闻你妹子仁义胜过刘皇叔，威风胜过瓦岗寨，交结胜过及时雨，讲经胜过批注台。好比千年开花、万年结果的大贤才，满园桃花共树开。早知妹子到，应当三十里铺毡，四十里放炮，五里排茶亭，十里摆香案，派众弟兄姐妹迎候你大驾光临，才是大哥我的本分。

小叶子不露声色地答谢道，你妹子好说，好说！我知道陆香主现在人手少，接风讲排场就不必了。

陆途问，不知你妹子，是旱路来，水路来？

叶子答道，妹子旱路也来，水路也来。

陆途问，旱路多少弯？水路多少滩？

叶子答道，雾气腾腾不见弯，大水茫茫不见滩。

请问，有何为证？

有凭为证。

拿凭证给哥看来。

叶子说，堂主赠我诗一首，稳稳牢记在心头。

陆途追问，何诗？

叶子诵道：

四月仲春桃花开，远路英雄众英才，

曾记兄弟三结义，桃花盛开恩义在！

陆途赶忙说，得罪，得罪！哥哥以为你……你只是个金州的小叫花子。说到这儿，陆途心念一转，我不可托大，得再问问她在山堂里是啥角色。他拱拱手说，不知妹子在金山银山，哪座名山？金堂银堂，哪个名堂？三十六把金交椅，七十二道挂金牌，妹子你高坐哪把椅？高升哪一牌？还望妹子你指示我才好。

平源叶子心想，这个陆途，看似粗人，其实倒是个精细之人，这江湖切口再对下去，恐怕要露馅。便假装生气地说，陆大哥，别再绕弯子了。我在堂里干什么，暂时保密。但堂主来信让我问你，委派你来金州立香堂，至今没有回音，不知事情进展得怎么样了？发展了多少人马？

陆途本想刨根问底，弄清这个小叶子到底是啥来头，没想到小叶子放弃江湖切口暗语，直截了当地问起自己来金州的事情，顿时有些困窘起来，因为他几乎什么也没做。他沉吟片刻，说道，我已经和先生接了头，正在谋划之中……

先生是谁？叶子明知故问。

就是小诸葛袁方。

平源叶子点点头，这么说，你们两人还跟狗儿混在一起？这句话才是她最想问的。

陆途此时已经毫不怀疑平源叶子是天地会内的人物，只得如实答道，原本看狗儿这小子有些手段，人也精明，想拉他入伙，没想到却被他拉入了伙。如今我们已经是旅顺营务处的人，入了军籍……我和先生商量过，暂时跟狗儿干一段再说。

这回该轮到平源叶子坠入五里雾中了，自己是不是听错了，便笑着追问道，你是说入了军籍，当了兵？

陆途点点头，心里琢磨着，该不该把成立锄奸队和锄奸队要抓她的消息透露给她呢？

平源叶子以其职业敏感，感觉到陆途那狐疑不定的目光背后一定隐藏着什么重要的秘密，如果追问下去，反而会打草惊蛇，令他产生警觉。与其强攻，不如智取。想到这儿，叶子话锋一转说，陆大哥，无论你现在做什么，切不可把“反清复明”的大业忘在脑后！

见她转了话题，陆途松了一口气，说，怎么会呢？这不过是权宜之计罢了。当了清兵，一来可以掩护身份，保护自己；二来可以更多地掌握清廷里边的事情。孙悟空钻进铁扇公主的肚子里，才能制服对手拿到扇子……你说是吧？

叶子笑道，你这个比喻挺好……可你既然当了兵，怎么又去卖假药啦？

陆途说，哎，小叶子，我卖的可不是假药。实话跟你说，那个“海宝贝”是假的，可药是真的。那是我用炉甘石和冰片两味药材做的，这两味药可是治疗眼疾的圣药呀，要不，那药抹在眼睛上，眼睛咋能那么舒服呢？

平源叶子说，难道当清兵还允许去卖眼药骗钱花吗？

陆途心想，这绕来绕去又转了回来，便含糊地应道，这是……不过是因为最近手头有点紧嘛。

叶子见陆途滑头，不似平时那般快人快语，心知这小子心中藏的秘密很可能与自己有关。她瞥见陆途正色迷迷地瞧着自己，便站起身，端起茶壶，走到他的跟前，给他的茶碗续水。陆途一时感到受宠若惊，忙捧起茶碗，不料叶子手一抖，热乎乎的茶水浇到手上，痛得陆途“哎哟”一声……

叶子随即从袖口里掏出一方绣花手绢，一边关切地给陆途揩手上的茶渍，一边柔声细语地说，真是对不起，看我毛手毛脚的，让大哥遭罪了。

没有，没有，是我毛毛楞楞……

叶子拉起那只被茶水烫红的手，用嘴吹着风……

陆途起初感到似身上爬了个毛毛虫，坐立不安，继而觉得有美人在侍候自己，乐不可支，竟情不自禁地一把抓住平源叶子的手，说妹子，我……我全都跟你说了吧——

接下来的话，着实让平源叶子吃了一惊。她有三个没想到：第一，没想到狗儿果然与李鸿章有瓜葛；第二，没想到清廷已经注意到日本在金州的谍报组，专门成立了锄奸队；第三，真是不是冤家不聚头，狗儿竟成了锄奸队的队长，对付的目标，正是自己……

然而，也令陆途没有料到的是，小叶子听了他的揭秘之后，竟然面色平和，波澜不惊，仿佛是听了旁人的故事般无动于衷。他大为不解，盯着叶子看，想寻到个中奥秘。

叶子终于开口说话了，陆大哥，我跟你实话实说，我的确是个日本人，但也是天地会的人。你应该有所耳闻，在福建、广东和台湾一带，我们许多日本人都在帮天地会进行反清的斗争，这些日本人许多就是天地会的人，是朋友。如今清廷上下腐败不堪，你也是看到的，他们撑不了多久了，让我们一起干吧！

陆途一阵激动，一把抓住小叶子的手说，只要跟你在一起，让我干什么都行！

平源叶子见状，脸上露出了笑容。陆途兴奋得脸色像煮熟的螃蟹壳，那只粗糙的大手仍握住她的手不放……

此时，透过窗户的缝隙，叶子看见一个熟悉的身影匆匆掠过。这个人正是她多日以来急切盼望见到的人。小叶子从陆途汗渍渍的手中抽出了自己的手……她有些恶心，但却语气平和地说，陆大哥，明天正午，咱们还在这个地方见面。现在我有急事儿要办，为了小心谨慎起见，我离座后，你等一会儿再出来。说完，她快步离开了茶馆。

平源叶子确信，刚才见到的那个人肯定是狗儿。她一路撵下去，大约走了一里来路，到了老爷庙处，见狗儿转身向西行，她便加快了脚步。及至到了跟前，她抢上前去，扳住“狗儿”的肩头……

那“狗儿”一回头，有些诧异地说，你……你是——

叶子气喘吁吁地说，狗儿，你听我说……我怀孕啦！

你一定是认错人了。那人极其平静地说。

叶子气急败坏，你……你，八嘎！

乱暴（粗鲁）！那人用日语回敬了她一句。

平源叶子一下子蒙了，这人会说日语，而且神态与狗儿大相径庭，抓住人家肩头的手不得不松开，心里蓦地想起莎士比亚戏剧《第十二夜》中的一句台词："把一只苹果切成两半，也不会比这两个人更为相像。"

待叶子回过神来的时候，那个"狗儿"已然不见了踪影。她愣在那儿，老半天才怅然若失地返回驻地……

螳螂捕蝉，黄雀在后。平源叶子怎么也未料到，她被一个捡破烂儿的老头儿盯上了。傍黑时分，山狸猫邱峰回到茂达客栈，悄声告诉狗儿，小叶子的窝儿找到了，在东门附近的和顺旅馆。

狗儿朝他的胸脯擂了一拳，只说了三个字：盯死她！

这天夜晚，和顺旅馆大门外，一个捡破烂儿的老头儿蜷缩在道边，头枕破砖头，身披麻袋片，似睡非睡，一双眼睛如狸猫般地紧盯着那个黑漆漆的兽头大门。

兽头大门内，平源叶子翻来覆去睡不着。她一会儿想起白日里策反陆途之事，不禁心生得意：想不到这么顺利就将其拿下，获得了狗儿及其锄奸队的秘密；一会儿又厌恶地想到陆途那双色迷迷的眼睛……不管怎么说，这条鱼是上钩了。最令她疑惑不解的是，遇见与狗儿长相酷似的会说日语的那半个"苹果"。这金州城里，平地钻出个小工打扮的日本人，太不可思议！

喜忧过后是恐惧。她抚摸着自己的肚皮，心道，我的孩子，你的狗爹死到哪儿去了？朦胧中，她想起在茂达客栈时，狗儿笑嘻嘻地说过的几段话：

我听说，西洋那边有一个国家，叫德意志，他们用优良的牙狗跟真正的母狼交配，就生出了一种特殊的好狗来，名字叫啥？对了，叫黑贝！那黑贝十分厉害，身腰长，奔跑快，大嘴巴，尖牙齿，比我的围狗亮亮还凶。这就是杂种的优点……

你到城南牲口市上去看看骡子，就是马和驴子交配出来的后代，干活儿有长劲，不惜力，卖的价钱也贵。我告诉你，人都说小日本狼性，就是狼子野心、翻脸不认人的意思。山里的狼，我见过多了，要说小日本是恶狼，我倒觉得有点像，待我有机会把他们的品种改了，省得他们到处祸害人，前天夺琉球，昨天抢台湾，今天想灭朝鲜，如今又琢磨大清国陆地上的地盘……

八个？八个不够——要生就生它个万儿八千的，那才过瘾！哎，你脸红啥呀？噢……我明白了，你小叶子也想跟我去日本岛啊，成！看在你救过我的份上，到时候哥们儿就带上你，不过嘛，你小子身体太单薄，怕你扛不住……

回想到这儿，叶子心想：这个家伙，真是又粗鲁又可气！可……又不失可乐、可爱……想到这儿，禁不住"扑哧"乐出了声。

第二天早晨吃饭时，厨娘云子小姐诡秘地报告说，叶子小姐，我发现了一个情况，从昨天下午开始，一个从未见过的老乞丐在这附近打转转，晚间又睡在道边，天放亮，人走了，刚才又看见他回来了。

平源叶子一皱眉头，随之便淡定地说，我知道了。

傍午，平源叶子穿上一袭蓝绸袍子，头上戴一顶青色嵌玉小帽，俨然一个小少爷模样，从和顺旅馆的后门，悄悄地溜了出去。

茶馆里，衣着鲜亮的陆途早在那儿等候多时。平源叶子瞥了一眼陆途，打趣地说，真是“人是衣裳，马是鞍”，大哥今天这身打扮，真是夺人眼球呀！

陆途连忙说，彼此，彼此。接着冲小伙计一招手，上红茶——

此处说“红茶”也是暗号，意为“找洪门兄弟”，其实并不在乎是否是红茶。平源叶子当然知晓其中玄奥，便对小伙计说，还是来壶明前茶吧，喝着新鲜去火。

不一会儿，茶上来了。叶子轻呷了一口微苦的茶汁，娇声问道，陆大哥，近日可常喝酒啊？

陆途说，唉，比你在的那时候喝得少多了。有时也来两口，不过没你在场，就是喝琼汁玉液，我心里头也不痛快。

平源叶子心知这小子是在恭维自己，便说道，可惜回不去了，狗儿那小子恨死我了。

陆途说，后天是何掌柜的六十大寿，你可以借祝寿的机会解释一下，重修旧好嘛……

说者无心，听者有意。叶子问道，可是要大办？

那当然！还要舞狮子、耍龙灯呢……

叶子叹了口气说，去了也就是一顿喝，弄得头疼死了，不去也罢。你不是想跟我喝酒吗？小弟今天做东，不知大哥有无兴趣？

一听这话，陆途眼睛瞪得似铜铃一般，问道，真的，你请我？就咱俩？见叶子点点头，又追问道，到哪儿去喝？

红杏坊——咋样？

太好啦！求之不得呀，只是让你破费了……陆途乐颠颠地说，听说红杏坊最近新添了一个会唱曲儿的美人，叫翠姑。你听这名，多馋人哪！

叶子白了他一眼说，你可真是贵人多忘事！怎么这么快就把小弟的身份给忘到脑后了？

陆途先是一愣，立时想起，眼前的小叶子是个女子，便嘿嘿笑道，你瞧我这张破嘴，净说彪话，小弟千万别往心里去。男人嘛，就好比是只猫，猫见了腥味，哪个嘴不淌哈喇子？哪个不二乎？

红杏坊是南街后身的一家妓院。看见有两个衣着鲜亮的人大摇大摆地走来，妓院的老鸨笑脸相迎，用地道的金州话说，瞧这二位爷，好展扬啊！

叶子说，先拣上好的海鲜摆一桌，看看你家厨子的手艺。

老鸨见这位生得清秀的公子哥口气不小，知道是财神来了，乐得屁颠屁颠的，忙吩咐下去，给望海厅上一桌海鲜席——说完，扭扭搭搭地在前头领路，左拐右转，来到一个门楣上写着“望海厅”的宽敞明亮的雅间。接着，老鸨殷勤地沏上茶水，用“凤凰三点头”的手法给客人斟上茶，然后笑嘻嘻地搭讪道，到咱这红杏坊来，可不光是为了逮点好嚼咕吧？

陆途接茬儿道，那是当然！

叶子微微一笑说，听说，坊里新来了位会唱曲儿的美人……

老鸨忙说，哟，看来二位爷是有备而来呀！你们说的是翠姑吧？这丫头今年二九一十八岁，那生得像水葱似的，干净！天生一副好嗓子，啧啧啧……只是，今儿个身上有点不大舒服……

对于老鸨这套把戏，叶子自然是清楚的。她从袖口处拿出一锭五两重的银元宝，往桌上一搁，说这是给妈妈的见面礼，请行个方便。

老鸨见这位公子哥出手阔绰，顿时眉开眼笑，忙伸手抓过银子，偷偷地掂了掂分量，揣进怀里说，美人嘛，都有点各色（方言，意为脾气怪、有个性），翠姑年纪轻，二位爷得耐心烦哄着点……你们先喝茶，我这就去请翠姑过来……

老鸨出去不大一会儿，海鲜陆续上桌了，有黑鱼汤、爆炒乌鱼花、炝拌鸟贝、水煮对虾、红烧梅花参……陆途瞧着这眼花缭乱的美味，兴奋地说，哎呀，从打到金州，就没见过这么些好嚼咕。一边说着，一边伸手抓起一只通红的对虾塞进嘴里。虾刚进嘴一半，一截虾尾尚留在嘴外边，人却木滋滋（方言，指面无表情、呆滞的样子）地呆住了……

只见一位身披一领荷叶绿薄纱的妙龄女子，已然站立在门口。那女子微微一揖，算是行过了礼，用娇滴滴的声音说道，二位爷，翠姑这厢有礼了。

叶子微一点头，陆途哼哼了几声，慌忙从口中掏出那半截虾来，大喘着粗气，冒出一句戏文来：果然是生得闭月羞花、沉鱼落雁，好一个小娇娘！

翠姑问道，哪一条是鱼，哪一只是雁呢？

陆途调侃道，鱼在汤里，雁吗，还没打下来——

翠姑轻佻地笑道，这位爷说得好吓人哪。说着，身子一歪，一屁股坐到了陆途身边，抓起酒瓶，分别斟上三盅酒。然后说，二位爷，是否再点一位妹子，如今可是三缺一呀……

叶子转移话题说，不知翠姑可会唱点什么？

这唱嘛，当然是本姑娘的看家本事喽。不知少爷想听点啥？是来点荤的，还是要素的？是落子、二人转，还是地方小调？翠姑有些卖弄地问道。

叶子说，那就唱个素点的地方小调吧。

翠姑答应着，从墙上摘下一把阮琴，重新坐定后，轻调琴弦，干咳一声，朱唇微启，那我就给二位爷唱个《送郎哥》：

一不要你慌，二不要你忙，

三不要穿错了小奴的衣裳。

小奴的衣裳花挽袖，
情郎哥的衣裳马蹄袖儿长。

一不要你慌，二不要你忙，
三不要穿错了小奴的裤子儿。
小奴的裤子花裤腿，
情郎哥的裤子裤裆带扣门。

一不要你慌，二不要你忙，
三不要戴错了小奴的花兜兜。
小奴的花兜兜金锁链，
情郎哥的兜兜带玉钩。

送情郎送到大门东，
老天爷刮起了西北风。
刮风不如下雨好，
下雨情郎多待几刻钟。

送情郎送到大门北，
猛抬头看见王八驮石碑。
走上前问王八犯何罪，
在前世卖烧酒就把凉水兑。

送情郎送到大门西，
对面来了个卖梨的。
我有心上前把梨买，
情郎哥身子虚吃不得凉东西。
……

刚唱到这儿，陆途忍不住大笑起来，说，妹子，你放心，大哥我身板结实得像头牛，啥都能逮！来来来，先喝几盅……

叶子说，唱得真不错！来，翠姑，你随便用点。三个人干了一盅酒，叶子只夹了口乌鱼花，放进嘴里慢慢地咀嚼着……不知咋回事，她的思绪竟随着翠姑小曲的旋律，继续走了下去……

送情郎送到大门南，
想不到一去不回还。
我有心向你道个歉，
人像两座山难以再碰面……

这位小爷，莫不是想意中人了吧？翠姑边讪笑着，边朝叶子碟子里边夹了一只对虾。叶子的思绪一下子被打断了……

叶子说，我一会儿有事，得先走一步。大哥跟翠姑慢用，好好玩。翠姑，烦劳你再唱一支小曲儿。

陆途见叶子要走，忙俯下身子对着叶子的耳边说，老弟呀，你的“老巢”已经被发现了，当心哟，被人连窝端喽。

平源叶子一阵惊悸……

阮琴重又响起，婉转、俏皮的歌声再次响起：

正月里开迎春，
迎春花儿黄，
我领小妹妹来到观音堂。
观音菩萨微微笑，
她笑咱小夫妻年貌很相当。
呀呀咿呀啰……

叶子冲陆途点点头，蔫不悄儿地退出望海厅。走到房门口，回眸一瞅，那陆途正大张嘴巴，双眼直勾勾地看着翠姑……

三月里开桃花，
桃花红艳艳，
我领着小妹妹来到水池边。
一对鸳鸯来戏水，
好似咱俩夫妻恩爱永相恋。
呀呀咿呀啰……

四月里开梨花，
梨花如白霜，
我领小妹妹来到南山庄。
抬头看见藤缠白果树，
好像是咱们夫妻搂抱万年长。
……

忽然传来翠姑的尖叫声，哎哟，我还没唱完呢……

陆途猴急的声音：都想死哥哥啦，咱们这就藤缠树搂抱万年长吧……

叶子略微停了下脚步，嘴角一抿，头也不回地出了红杏坊。

第二十章　客栈遇袭

何掌柜花甲大寿这天，天公作美，艳阳高照。

茂达客栈四处张灯结彩，昔日的小酒店变成了庆贺老掌柜何亮六十寿诞的宴会大堂。大堂中央，一个大大的彩球被五彩绸布高高吊起，上书一个隶书体的大“寿”字。大堂正面的墙上高悬一幅老寿星图，两边挂一副红底金字寿联，上联是“福如东海阔”，下联为“寿比南山高”，横批为“松鹤延年”。此前一天，按照金州的贺寿传统，家人团聚，为老寿星“暖寿”。今天是正式祝寿的吉日。

娜塔莎让自家酒店歇业一天，她率领酒店全班人马，前来为何掌柜花甲大寿助阵。锄奸队这帮弟兄来了个“八仙过海，各显神通”。山狸猫邱峰提供了寿宴餐桌上的全部海鲜；小诸葛袁方请来了民间的舞狮队，从上午开始，茂达客栈门口鼓乐齐鸣，彩狮翻滚，好不热闹；铁弹子陆途也不示弱，声言傍黑开始，龙灯队就要大显身手啦。

弟兄们出钱，狗儿出力，他负责当天的安全和秩序。狗儿对石头说，你今天当好门神，就在这大门口守着，有什么事都看我的眼色办。

最忙的要数何掌柜的两个儿子。时近中午，两个人身着华服，站在大门口处，不住地长揖、拱手，与前来贺寿的各路嘉宾打招呼，接收贺礼、贺柬，引领客人走入大堂……

最闹腾的当数舞狮队。这支北派风格的舞狮队，相传是在一千五百年前的北魏时代由胡人从塞外传来，魏太武帝将它称为“北魏瑞狮”。北狮全身由狮被遮盖，舞狮者只露出两只脚，下身穿着和狮被同色的裤子和花靴，由两人合作扮一头大狮，一人扮作一头小狮。大狮也叫太狮，小狮也叫少狮。另有一人扮武士，手持绣球作为引导，由他先开拳踢打，以球引诱狮子起舞。随着鼓、钹、锣和唢呐的乐声，舞狮不停地翻滚、跌扑、跳跃，还不时地做出搔痒、抓耳、眨眼的俏皮动作，十分逗人喜爱，引来围观人群一阵阵叫好声。一群叫花子见到有这等盛事，岂能放过讨钱的机会，其中一个领头的，手拿两块牛胯骨做的“哈拉巴”，边敲边说：

往前走，莫回头，
前头来到茂达客栈大门口。
门里张灯又结彩，
门外大小狮子滚绣球。
却原来，生意茂盛达四海，
老掌柜花甲之年庆大寿。
生意好，财运旺，
过大寿，样样有，
赏串钱，我就走。
……

狗儿赶过来，忙让石头递上两串钱。刚把这伙儿打发走，又上来一拨打竹板的，那个领头的苍颜皓首，但口齿利索，只听他打着竹板唱“莲花落”：

唐朝起，宋朝兴，
千古流传到如今。
不做强盗不做贼，
不祸国来不害民，
三条大路行当中。
花子莫要看不起，
洪武皇帝讨过米，
汉朝大将算韩信，
九里山前十里埋伏也把霸王困。
将军少年受过贫，
乞食漂母在淮阴。
大宋有个吕蒙正，
赴京赶考时运否，
身无分文又生病，
讨米花子义气高，
讨得钱来救英豪，
英豪得中龙虎榜，
官居一品历三朝。

后两句，是叫花子们一齐喊出声的，接着是一阵放肆的大笑。狗儿听着这诉说丐帮历史的唱词，心想，这老者的声音咋这么熟悉呢……蓦然间想了起来，那天晚上从城隍庙出来，听到的苍凉而又俏皮的唱词，就是这声音。这时，老者又接着唱起一段喜歌：

老东家，有眼力，请的师傅好手艺。
炸的脆，炒的香，胜过皇上御膳房。
菜刀响，大勺颠，惊动上界中八仙。
张果老，倒骑驴，要到下方来坐席。
何仙姑，甩笊篱，要到人间来赶“串”。
铁拐李，把葫芦扛，来到厨房把菜尝。
韩湘子，挎花篮，连吃带拿装不完。
曹国舅，吹横笛，赶到厨房来道喜。
蓝采和，拿阴阳板，来请师傅把饭管。
吕洞宾，汉钟离，想夸师傅没了词。
八仙品尝心喜欢，要请师傅当第九仙。
长命百岁永不老，逍遥自在胜当官。
……

狗儿高高地举起双手，大声地说，我明白啦，各位神仙要肉吃！他回头对石头说，大哥，快到厨房去，端一大盘酱牛肉来，犒赏各位——

趁石头取肉的工夫，狗儿对唱“莲花落”的老者说，您老唱得好，有意思！是不是经常在城隍庙根那块儿唱？老者说，好记性，有这事儿——

狗儿说，改天我单独请您喝酒，中不中？老者说，行啊，想听我的唱词，好啊，有工夫，我给你好好唱唱。

石头端来一大盘上尖的酱牛肉，狗儿又拿出一锭银子塞进那老者的口袋里，说，这钱你们拿去打酒喝，咱们后会有期！老者连声道谢，一挥袖，叫花子们如风卷云一般地去了。

狗儿转身对石头说，大哥，你早些吃饭，去抓一觉儿，晚间下半夜你还要打更呢！石头点点头，转身走了。

何亮的花甲寿宴，从中午摆到晚上，到上灯时分，舞龙灯表演开始了。金州的舞龙灯，在辽东一带最为有名。据传，是在光绪十一年（1885年）淮军所部“铭字军”驻防大连湾时传入金州的。这些军人大多来自中原地区，年轻时在家乡参加过龙灯赛会，在金州这么一表演，立马受到当地民间艺人和年轻人的喜爱。

寿星何亮在众人的簇拥下，坐在大门口，观赏街上的龙灯表演。但见响亮的鼓乐声中，东西两条龙闪亮登场，一齐舞出，忽而神龙摆尾，忽而苍龙出海……两条龙翻腾盘绕着，紧接着又做出一个“双龙戏珠”的阵势，煞是好看，喜得老掌柜连连叫好，直让儿子快快打赏。老人家又抓住狗儿的手，激动地大声说，贤侄儿呀，老汉我没白活一个花甲子，交了你这么个忘年交！

狗儿附在何亮的耳边说，老掌柜呀，千万别这么说，只要你老人家生日愉快，我这些晚辈就知足啦！好日子还在后边呢……

龙灯翻滚，光焰四射，在这热闹喜气的场景中，一个黑影趁人不备，鬼魅般地溜进了客栈的后院……

将近午夜，最后一拨贺寿的客人告辞了。

疲劳的人们纷纷回到屋里歇息，狗儿张罗着大门落锁，再给大门口的灯笼换上新的蜡烛，又嘱咐石头今晚精神点，千万别大意。

那个溜进客栈的黑影，是日本间谍猪口一郎。他是奉了平源叶子的命令，趁何老板过寿之机，潜入茂达客栈，只等夜深人静的时候，放几把火，给锄奸队制造麻烦，令其自顾不暇，军心动摇。狡猾的猪口一郎一直隐藏在后院的草垛里，待客栈的人熟睡之后，抬头看了看树叶，判断了一下风向，将一捆捆谷草扛到掌柜和伙计们睡觉的房子周围，把事先预备好的一筒煤油泼向谷草，然后点着火……

一个夜半起来喂马的伙计刚一开门，发现了火光，慌忙大叫，着火了，着火啦！猪口一郎一惊，赶紧抛下谷草想逃，被喂马的伙计发现，一把揪住，两个人厮打起来……

最先听到喊叫声的是正在打更的石头。石头跑到后院，大火正“哔哔啵啵”地燃烧，不远处，有两个人在肉搏……他跑到跟前，分不清谁是敌谁是友，急得直打磨磨。后来见其中一蒙面人抽出一把短刀，刀光一闪，刺进了对手的胸膛……

石头看到这一情景，一时间只觉得口干舌燥，喉咙发紧，扎撒着蒲扇般的大手，一句话也喊不出来，想上前去，两条腿却不听使唤，脚一软，“扑通”一声瘫倒在地。那个蒙面人见状，从容地逃脱了。

待狗儿跑出来救火时，火势已然成了气候。

何掌柜被家人架着，踉踉跄跄地跑出门来……

客栈里头的人纷纷拎起水桶、脸盆，打水灭火……

狗儿在灭火现场发现地上躺着两个人，仔细辨认：一个是店里负责喂牲口的伙计，胸前中刀，已经死去；一个是石头大哥。他忙扶起石头，连声问道，石头大哥，你哪儿受伤了？快说话呀——

石头大喘着粗气说，一个蒙面的鳖羔子放火……杀人，我……我……

你哪儿受伤了？狗儿急切地问。

我……我的腿，好像中了暗器，不……不听使唤了。

狗儿顺势抚摸着石头的腿部，见其没啥太大反应，知无大碍。可是，当手触摸到他的裆部时，感觉湿漉漉的一片，问道，大哥，你这是咋了？

我……我怕，也不知怎么弄的，就尿了……

你真是个饼子！狗儿气得骂了一句。金州话“饼子”，就是窝囊废的意思。

被搀扶着的何掌柜，看着已经烧得快落了架的房子，直劲咳嗽。蓦地，老人像疯了一般挣脱家人的手臂，冲入火海……火焰和浓烟瞬间吞没了老人的身影……

大家伙儿大声地喊叫，喊爹喊老掌柜的声音交织在一起……

狗儿闻声赶到，一跺脚也冲入火海中。片刻，他与老掌柜浑身火苗一头栽了出来……

何亮的头发、胡子全部烧焦，面目全非。他使劲地睁开双目，看见狗儿在身旁，吃力地将怀中的紫檀木匣子捧起，说，队长……这是咱们的银票……

狗儿紧紧地抱住老人的身子，泪水止不住夺眶而出。他说，你好糊涂呀，你的命比啥都金贵！

老掌柜嗫嚅着说，要是我的钱，就不取了。可……这是锄奸队的钱，不能……毁在我手里……

狗儿接过紫檀木匣子，悲泣着说，大伯，是我害了你呀！

何亮目光游移着，落在了两个儿子身上，艰难地说，我不行了，你们好自为之吧……说完，头一歪，昏厥过去。狗儿忙招呼小诸葛袁方，袁先生，快点救救何大掌柜！

袁方赶过来，伸手一搭何亮的手腕，良久，才对狗儿小声说，老人家……已经走了。何亮的子女们抱住老人的身子，放声恸哭起来。

狗儿站起身，缓缓地走到石头面前，劈胸抓住石头的衣领，大吼道，是谁放的火！说，你都看见了什么？

我，我……那个人凶得很，蒙着脸，好像眉毛上有一道疤，他……他一刀就把小伙计捅死了。石头浑身颤抖着说，内心似乎依然充满了恐惧。

狗儿发火道，你的手哪去了！你的手……你的手能把石头斩断、劈碎，咋就不去劈那个坏蛋的脑袋！啊？

身材魁梧的石头下意识地抬起两只厚重的、结满硬茧的大手，瞧瞧看看，一句话也说不上来。

看啥看，那是一对粪叉子呀！你，真让我替你脸红……狗儿甩下这句话，转身向大门口走去。

这场大火烧去了茂达客栈半个家，所幸没有殃及邻居。待守城的士兵跑来时，火已经熄灭了。

翌日一早，狗儿代表哥儿几个给何家送去三千两银票。大家伙儿默默地帮着何家料理丧事。

当天晚间，狗儿把邱峰、袁方和陆途三人召集到一块儿，严肃地说，今天晚上，咱们有一重大行动，马上去抄日本奸细的老窝。大家要全部换上清兵的军服，带上火枪，趁天黑，下手要快……

夜色中，一小队清兵匆匆赶往东门附近的和顺旅馆。邱峰伸手拍打兽头大门，老半天，才听见有人缓缓向大门走来，一中年妇人的声音问道，是谁呀？

开门，我们是奉命查访！

门“吱呀”一声打开，四个人一拥而入。

狗儿说，请在前面带路。邱大哥，你在大门口守着。那中年妇人阻拦说，这旅馆现在没人了，原先的主人已经把房子卖掉了。

袁方说，少说废话，前边带路！走入大厅，只见一盏油灯摇曳着，厅里显得空旷、阴森。狗儿说，请把各个房间打开吧——

那中年妇人也不慌张，提着灯笼依次拉开房门，每进一间屋子，都将屋内的灯盏点亮……这些房间均陈设简单，也绝少其他装饰，只是在一个房间的墙上，发现了一幅奇怪的画：两个光屁股的大胖子正在搏斗，旁边还站着一个穿着奇特古装的瘦男人……

陆途凑到跟前，“啧啧”连声说，这不是什么好人待的地方，咋能挂这种淫荡下流的画，光屁股摔跤，太丑，太恶心！

袁方说，这东西我见过。这是小日本的东西，叫“相扑”，没光屁股，还穿着兜裆布呢。

狗儿说，这就对了。他扭过头问那中年妇人，这些屋子住的是日本人，对不对？那女人回答，我就是个看门的，不大清楚他们是哪国人。狗儿继续询问，你说这房子已经卖了，有什么证据？

中年妇人说，你说的是房契吧？在东家那儿。我就是个看门的，拿不出这东西来。

原先这里住过几个人？狗儿问。

原先的事儿，我一概不知道。我也是刚刚来的……

狗儿心中暗忖，再问也没用……这放火的勾当，必是日本间谍所为！眉间有刀疤的放火者，就是曾经扮成和尚的那个日谍。他们的行动为什么能够比我们快了半拍？并且行动干净利落，令人抓不住把柄。这唯一的解释，就是锄奸队里出了问题，很可能有内奸……饿狼只有看到身边的猎物被人拿走，利益受到威胁，才会迅速反扑。日本奸细一定是知道锄奸队要抄他们的老窝，才会坐不住了，主动偷袭，烧了锄奸队的大本营，然后放弃老窝……想到这儿，狗儿轻声对袁方和陆途说，二位大哥，咱们走吧——

从和顺旅馆返回的路上，邱峰见这几个人都不做声，有些着急，悄悄地扯了扯狗儿的衣襟问，队长，发现点蛛丝马迹没有？

狗儿伸出手，一拍邱峰的后背，提高了音调说，有收获，有收获！

真的？那可太好啦！邱峰兴奋地问道，发现了什么？

狗儿神秘地说，此处不是说话的地方。

一行人回到茂达客栈，匆匆脱下军装，藏好枪支，再换上深色衣服，扎上白色的孝带，在狗儿的带领下，一起来到何掌柜的灵堂。灵堂内烛火通明，灵棚上方摆放着何亮的画像，慈祥的面容宛如生前。棺材头前，何掌柜的两个儿子身穿孝袍，不停地在火盆里烧纸，火光闪烁，烟雾缭绕……

狗儿拈香，向何掌柜的遗像拜了三拜，嘴上念叨着，何大伯，您老人家英灵不远，我们哥儿几个一定给你报仇雪恨！刚才，我们抄了鬼子奸细的老窝，暂时让他们逃过……不过恶狼还是露出了尾巴，我现在已经知道了他们新的洞穴。何大伯，您放心吧，雪耻之日为时不远了……

郑重地说完这席话，狗儿将燃着的三炷香插在香炉里。接着，他对何亮的两个儿子说，你们先回去歇息吧，明天不少事儿得你们张罗，今晚由我们哥儿几个为老人家添香守灵。

等何家兄弟走了之后，袁方对狗儿说，队长，小鬼子奸细的尾巴你已经发现了？事不宜迟，咱们应该趁热打铁，端掉这个鬼子的新老窝！

陆途和邱峰也附和着说，千万别耽搁了。

狗儿冷静地说，《孙子兵法》上说，要“静如处子，动如脱兔”，先别急，等窝里的恶狼都齐全了，再一网打尽。这时候最重要的，是要有耐心……

陆途主动请缨：队长，小鬼子的新窝在哪儿？把监视鬼子新窝的任务交给我吧！我保证，这次绝对不会让他们蹽了——

狗儿刚想说话，邱峰“腾”地站起身来，手一摆说，这听话听音，锣鼓听声，老陆你什么意思呀，这次鬼子从老窝里跑了，是我没看住呗？

陆途不无讥讽地说，你是山狸猫，鬼精鬼灵的，咋能让鬼子跑了？都是因为小鬼子太狡猾啦！哈哈哈……

你少来这放屁喷沙子！邱峰有些光火，愤愤地说。

陆途说，你小子咋还骂人呢？

骂你，我还想削你呢！

你敢？

都别瞎嘞嘞了！小心惊着何掌柜。狗儿拦住了两个人的话头，又重新续上灵前的香火，也不看其他人，独自守着火盆烧纸……

翌日早晨，何家兄弟早早来到灵棚。狗儿与他们交了班，便与三位老兄牵着马，想出城遛遛。刚走到大门口，只见石头肩扛一小行李卷，走过来对狗儿说，兄弟，我没脸再待在这儿，走了……

狗儿走上前去，拍拍这位魁梧汉子的肩膀，说道，石头大哥，大丈夫顶天立地，知耻而后勇，谁都有二乎的时候。我也有对不住你的地方，就别往心里去了。

你这么说，我的脸更没处搁。石头耷拉着脑袋说。

狗儿说，你要是个爷们儿，就别走！这地方需要你，大门还得你看着，行吗？

石头一激动，“扑通”一下跪在地上……狗儿一把将他拉起，说，记住兄弟一句话，男子汉是站着撒尿的，心不能软，再见到恶人，你就拿他们的脑壳当鹅卵石！

石头点点头说，兄弟，我懂啦！他一哈腰，从地上捡起一块半截砖头，手掌一挥，砖头被劈成两截……大家都笑了起来。

离北门外三里远的北大河，河水澄澈，岸边绿树成荫，芳草鲜美，是遛马的好去处。趁着袁方和陆途牵马朝上游走去，邱峰对狗儿说，队长，你昨晚说，你已经知道了鬼子奸细的新窝了，是真的吗？

狗儿悄声对邱峰说，大哥，我那是在敲山震虎呢。我琢磨着，咱们队里出了内鬼，所以先咋呼一下，好引蛇出洞。

邱峰愕然道，我也觉得这事有些蹊跷，小鬼子咋总是抢在咱前边下手。要是个盗贼来趁火打劫，为啥何家啥东西也没丢？而且放火时，还敢杀人……没有内鬼，引不来外贼！这内鬼会是谁呢？

狗儿说，这事儿要慎重，沉住气，切不可打草惊蛇！这两天咱俩分分工，我盯住陆途，你看住袁方……

袁方与陆途结伴前行，袁方见老陆一路哼着小调，问道，香主，你这几日好像有啥事儿瞒着我？

陆途先是一阵愕然，心想：莫非小诸葛看破了我的行藏？继而笑眯眯地说，你是未卜先知呀，说说看——

看不透……有啥喜事啦？

喜事天天有，看你伸不伸手……陆途云山雾罩地调侃着。

马吃足了草，喝饱了水，又撒欢玩耍了一会儿，四个人便动身往回返。刚走出一里来地，只见石头上气不接下气地跑过来……狗儿心道，又出啥事儿啦？

石头拦住狗儿的马，说狗儿兄弟，旅顺……来了官差，说要见黄勇，我一问何家兄弟，才知道黄勇是你的大号。官差指名道姓要见你，你快麻溜地去吧——

狗儿说，大概是旅顺口营务处的人。谢谢你，石头大哥！我们骑马先走了。说着话，带着锄奸队的兄弟，一声唿哨，打马向城北门奔去。

官差是个年轻人，见到狗儿一行后，说是奉营务处道台龚大人之命，送来一封书信，让黄勇出示印信。狗儿说，还真把我当官看了，哪来的印信？官差说，那就请出示九品武官的衣冠，以验明身份。

狗儿忙从立柜中取出九品武官的制服，官差验看之后，从怀中取出信件，递交给他。狗儿拆开火漆封口，抽出信笺，见其中主要是两层意思：其一，是告知于六月二十四日，日本军舰在朝鲜牙山洋面击沉我大清运兵船“高升”号，目前军情十分紧急，望切查日本间谍人员，如有捕获，即刻押解本处；其二，是通知黄勇，金州厅已将邱峰与你的通缉令撤销，案子具结，大可放开手脚做事。落款是龚照玙的亲笔签字。

狗儿看完信后，当即拿出一锭五两重的元宝，递与官差说，谢谢你，辛苦了，请给龚大人回话，就说锄奸一事已有眉目，近日将有重大收获。那官差谢了赏银，便翻身上马返回。

哥儿几个将旅顺营务处的来信传阅了一遍，通缉令解除了，这迟到的喜讯，多少冲淡了连日来的郁闷与压抑。尤其是邱峰，兴奋地嚷嚷着，太好了，我山狸猫重新投胎转世啦！再也不怕见官了！再也不用成天提心吊胆了！

袁方说，好事多磨，总算重见天日，可喜可贺！你们两个人得请客——

陆途说，让山狸猫出血，得好好宰他一顿！

狗儿说，酒可以喝，但不是庆贺。这信上说，小日本已经向咱们大清国挑战了，击沉一艘运兵船，得死多少兄弟呀！咱们得加把劲，赶紧将鬼子奸细拿了……

陆途说，那今天先不喝吧，正好按约定，我中午还得给人家舞龙队送钱去。

邱峰说，那个事着啥急，早一天晚一天能咋的？

狗儿一摆手说，别，答应人家的事，不能失约。这顿酒留到晚上喝。

陆途高兴地说，到底是队长，办事讲究信誉！体贴人……

我不是体贴你，是怕你心里有事儿长草，喝酒不痛快！快去快回。狗儿叮嘱道。

傍午时分，陆途穿戴整齐，出了茂达客栈，径直朝南门方向奔去。在他身后，一个富家公子哥模样的人，神不知鬼不觉地尾随着……

陆途一跨进红杏坊的大门，立时被粉头们“陆爷”、“陆哥”地招呼着，最后还是让翠姑挽着，去了望海厅。约莫一刻钟的光景，那位公子哥也来到红杏坊的大门口，这人抬头看了看门楣上的匾额，轻轻抹了一下唇上的八字胡，“刷”地打开一把折扇，摇了摇，便踱着方步走了进去。老鸨见来了一位陌生人，忙迎上前去，哟，是稀客，敢问公子咋称呼？

公子哥微微一笑说，敝人姓沙，过路买卖人。

哟，是沙公子呀，好有分量的姓氏啊，就是欠点温柔……老鸨调侃过后问，沙公子，这儿可有相好的？

公子哥说，初来乍到，哪里来的相好？开一个房间，随便叫来位姑娘，陪我唠唠嗑儿、解解闷儿……

只听老鸨喊了一嗓子：打帘子瞧客——

里屋门帘高高挑起，几个姑娘鱼贯而出，娉娉婷婷地扭过来……公子哥扫视一遍，说，请报报字号吧。

画眉，沙沙，彩云，白露……

这公子哥正是狗儿所扮，他乍一听彩云的名字，觉得挺耳熟，一时却想不起来，便指着中间一位身材高挑的女子说，让这位姑娘陪我吧。老鸨亮开嗓门说，彩云，陪沙公子去海岛厅，好好侍候着……

彩云来到狗儿跟前，说了一声，请公子爷随我来——

拐了几道弯，来到海岛厅。彩云为狗儿端上一盘沙瓤西瓜和黄杏，斟上茶水，说道，公子爷，请慢用。

狗儿装出老到的样子，问道，姑娘是哪儿的人呢？彩云答道，南海人，哦，就是安东人。沙公子是有什么烦心事儿吧，要不大热天，也不会来这里……

狗儿轻摇折扇，心里直打鼓：这个彩云，安东人，难道就是邱大哥在二十里堡金高丽那儿抢出来的姑娘？他接过彩云的话茬儿，故作神秘地说，也许我与姑娘有缘分，我能猜出姑娘的身世。

彩云先是一惊，继而又平淡地说，沙公子是拿我寻开心吧……

猜得对，本公子有话问你，姑娘如实回答就行；猜得不对，送你罚银五两，如何？

沙公子好大的口气！成交。彩云有些高兴起来，拈起一只黄杏，放进狗儿的口中。

狗儿吐出杏核，学着小诸葛的做派说道，彩云彩云，当年出彩，如今为云……你原先是个红透南海的江湖艺人，来这里嘛，还不到三个月……

听到这儿，彩云面色大变，颤声问道，沙公子，你……你咋知道小女子的身世？

狗儿顺嘴说下去，彩云悠悠遇恶风，好梦不长噩梦真……姑娘命里有一劫数，遇见我，你可是遇难成祥，逢凶化吉！

彩云止不住泪流满面，哽咽着说，沙公子，你说的可是真话？

狗儿瞧见彩云一脸痛苦，再不忍心骗她，便说出了他与邱峰的关系，并问道，邱峰大哥要赠送你一千两银子，可是总也寻不到你，你为何沦落到这个鬼地方？彩云说，本来是想到金州城里的小姨家避祸，可偏偏她们家搬走了，无奈之下，只有在这儿暂时栖身……

原来是这样。狗儿说，彩云姑娘，别难过了，这几天，邱大哥就到这儿来给你赎身，一切都会好的。闻听此话，彩云忙跪倒在地，千恩万谢个不住。

狗儿忙将彩云扶起，说，要谢，你就谢邱大哥吧。你听着，今天到这儿来，我有重要的事儿要办。我问你，前脚进来的那个矮胖子，你可认识？

你说的是陆爷吧？以前没见过，就是这十来天常来。彩云说，这人挺有钱，坊里的头牌姑娘翠姑让他包了……

还有什么人跟这位陆爷接触？

有一位模样挺俊的公子，也常来。对了，陆爷包的翠姑，就是那位公子付的账。不过，那位公子总是来去匆匆，好像有啥事儿似的，从来未见他找姑娘玩过。

狗儿说，我来这儿，是想找一个人，就是你刚才说的替陆爷付账的那位年轻公子。他大概是到了，麻烦姑娘替我望望风，见那人来了，你通报我一声……

彩云站起身，问道，你不是来打架的吧？

打什么架呀，狗儿忙解释说，实不相瞒，那位公子是我表弟，姑妈让我看着他点，怕他不走正道。你嘴巴要严，可别打草惊蛇。

彩云扭扭搭搭地出去了。不大一会儿，她急匆匆地返回海岛厅，神秘地对狗儿说，沙公子，你那位表弟来了，正跟陆爷嘁嘁喳喳地咬耳朵呢……

狗儿点点头对彩云说，麻烦你到外边看着，表弟待会出门时，你再来知会我一声。

彩云便一阵风似的出去了。

第二十一章　猫狗斗法

小青驴颠颠已正式在张本真的驴群里当上了“头驴”。张本真为有这样一头模样俊俏、步态轻盈的驴子而高兴，连自己走起路来，也不知不觉地胸脯挺起老高。他急着从旅顺到金州走这趟货，是受高老板的委托，顺便到金州取一封信。

张本真与高桥卫是两年前认识的，那年，他已经二十七岁。张家是旅顺黄泥川人，家中有十几亩薄田。上过四年私塾、头脑活泛的张本真看到随着军港的建设，旅顺已出现不少商机，一直想弃农经商。机会终于来了，高桥卫的下属在黄泥川开了一家酒楼，他便应聘去当了一个杂役。一天，一位大老板到酒楼来饮酒，离开时，张本真发现他的钱包落在地桌上，便抓起钱包一口气追出老远，把钱包还给了那人。那位大老板正是高桥卫，他伸出大拇指，夸他是个良民。张本真问，啥是良民？商人说，你的诚实，良心大大地好，良民的干活。

不久，张本真被委任当了账房。他此时已知道这位大老板姓高名桥，说是南方福建人，不仅这家酒楼是他开的，旅顺也有不少买卖。有一天，高桥卫请张本真喝酒，席间，高老板对他说，你念过四年私塾，有文化，人也勤快，有没有更大的想法？你的，对发家致富有什么打算？

张本真不擅饮酒，三杯酒下肚，脸红了，胆儿也肥了，便直言相告：我要是有了钱，一定先去金州买驴，弄一支驴队，在金州和旅顺之间拉脚，来回倒腾……

为什么是一支驴队，而不是马队、骡队、大车队？高桥卫不解地问。

张本真掰着手指头说，这马和骡子，是大牲口，价钱高，娇气，万一有个三长两短，就得赔个底朝天。这毛驴子，皮实，不爱生病，不用精料喂也照样干活儿。我打小就养过驴，熟悉它的秉性，驴干活儿不藏奸，卖力气，走起路来，小屁股一颠一颠的，可欢实啦！另外，驴驮货物，啥样的毛毛道都能走，大车不行，雨天、雪天，说误就误了，不实惠……

高桥卫听了张本真的生意经，大笑不止，伸出大拇指直晃悠说，张先生，哟西，你的好样的！你的熟悉毛驴，我的熟悉你，你也是一头毛驴，好养活，干活儿卖力气！

张本真因得到大老板的欣赏而陶醉，连说，见笑了，见笑了，我是草民，就得抠抠搜搜地算计……

不，不不！高桥卫连连摆手说，你的精打细算，完全正确。要是偷奸耍滑，发家的不行！

是是……张本真附和着说，我是草民，就得像驴一样卖力气！

接下来，高桥卫两眼直勾勾地盯着张本真老半天。张本真心里有点发毛，禁不住问道，高老板，是不是我说错了啥……

你的要弄一支驴队，我来帮你，怎么样？高老板竟然说出这样的话。

真的？张本真有点喜出望外，继而又冷静下来，心里的小算盘一拨拉：高老板不是要放高利贷吧？

你的，不相信我？高桥卫瞪圆了眼睛问。

我……我咋能不信你——你是大老板。张本真的回答有点胆儿虚。

高桥卫说，我，拿钱给你买一支驴队，驴算你的，不用还我钱……

张本真支着耳朵听得真切，一时间又有点云山雾罩，天上还能掉下来馅饼？于是，他客气地推辞道，不行不行，我哪能占你的便宜？

高桥卫说，你的听清楚，你不是占我的便宜。我的大柜上也有不少货，你到金州去，可以贩卖我的货，获利咱们两个三七分成，你三我七，我挣的钱，就是你还我买驴的钱，怎么样？

张本真一听，心里的小算盘“噼里啪啦”一拨拉，这是无本生意，我老张有发财的命，天上真的掉下馅饼啦！连忙说，中！又有点不放心地问，高老板，你为啥要帮我？

高桥卫嘿嘿一笑道，你的诚实，打动了我！你的像毛驴一样能干，帮你就是帮我自己嘛——

张本真激动得眼泪都快要下来了，一把抓住高桥卫的手，恳切地说，那……咱们俩拜把子吧，你是哥我是弟，从此不分你我，共同发家致富，行不行？

高桥卫爽快地答应了，两个人从此成了把兄弟。不久，高桥卫给了张本真一大笔钱，张本真到金州买回八头毛驴，像模像样地组成了一支毛驴运输队。高桥卫柜上的货，都是海上走私的日本货，有布匹、肥皂、糖果，还有眼药水、止痛片等等，俱是紧俏好卖的东西，一拉到金州，马上就被各家商铺抢购一空。张本真心里美得像掉进了蜜罐里，在金州甩完货，立刻又采购一些关外的土特产，驴不跑空，两头赚钱。张本真的驴队也不断扩大，到了甲午年，已发展成拥有二十多头驴的运输队，他自己也成了金旅路上有名的“张驴子”。

春季的一天，高桥卫把张本真叫到旅顺大顺浴池的办公室里，向他交代：这次去金州，顺便到金州城西街一家叫仙客来的酒店，替我取回一封信。到时候会有一个叫小松的年轻人在那里等你。你们是初次会面，需要对几句暗语联系。这个暗语是一首唐诗，是贾岛所写，叫《寻隐者不遇》，你说“松下问童子，言师采药去”，他答“只在此山中，云深不知处”，这就算联系上了，能背下来吗？

张本真说，这首诗我打小就会背。不过，这个事儿，是不是有点那个？

哪个？

有点神秘兮兮、偷偷摸摸的，不会是干啥犯法的事儿吧？张本真心中有点惴惴不安。这两年他跟高桥卫混熟了，知道高大哥不是福建人，是一个地道的日本商人。

高桥卫说，张老弟，你不要问得太多，大哥让你去办的事情，都能让你发财。这趟去，驴队赚的钱全部都归你……

张本真高兴，心想，日本人就是豪爽，不抠门，不就是取一封信嘛，人家出手就这么大方。啧啧啧……我问的话，真是屁话！还不如屁有味儿！

打这以后，张本真每一次去金州，都到仙客来。见到小松先生，或捎信，或取信。当然，日本商人每一回对他都有额外的赏赐。以张本真的精明，怎么能没察觉这“额外的赏赐”里边的内涵呢？日本人肯定是在干大清国不让干的事！他晚上睡不着，多次扪心自问，自己这么干，算不算是卖国？最后也想开了：自己是一介草民，能找到为日本人做事的差事，已经是烧高香了，管那么多呢？好人歹人，多赚钱就是能人，等有了大把的银子，自己开一家大商号，在黄泥川乡下买它百八十亩地，再跟小鬼子撒由那拉（日语，再见）……

今天，张本真又进金州城了。这次不是取信，是送信。

狗儿从红杏坊出来，悄悄地跟踪平源叶子。他心想，我这回是拽狐狸尾巴进洞，看看你的新窝到底在哪儿……可令他大吃一惊的是，叶子七拐八拐，竟钻进了仙客来后院的客栈里。他躲在一个隐蔽处，等了大约半刻钟，见叶子再也没出来，才放心地进了仙客来酒店。

进店一撒目，吃饭的客人不多，狗儿便问店里的小伙计，娜塔莎老板去哪儿了？小伙计说，老板娘起得早，睡得迟，中午要歇息一会儿。狗儿一回头，看见墙角处有一个熟面孔，正在小酌，细一打量，这不是张驴子张本真嘛！便缓缓地走过去，打了声招呼，张大哥，近日可好啊？

张本真撂下酒盅，揉了揉眼睛，细一端视说，哟，今天是啥日子，穿得这么展扬？他把狗儿错认成前来接头的日本间谍小松次郎了，也就是狗儿的堂兄黄智。这真是歪打正着，要不是今天狗儿为了跟踪小叶子，乔装打扮戴上假胡子，大概张本真也不会弄错的。

狗儿哪里知道这里的隐情，他只是有点饿了，屁股一挨板凳，便叫，小二，添一壶酒，来一碟酱猪肝、一个火爆腰花——

趁小二到后厨的工夫，张本真悄声地说，高桥先生让我捎一句话，他对你的货很满意。说着，伸出大拇指一晃。

高桥？狗儿疑惑地重复了一句。

张本真见对方迟疑，以为是自己说漏了嘴，忙改口说，哦，对不起。就是你的老板、老板……他让我给你带封信来。说着，从怀里掏出一封火漆封口的信封，双手恭敬地递给狗儿。

如坠五里雾中的狗儿，下意识地伸手接过信封，心想，这封信现在打不打开看呢？生意场上如此精明的张本真，怎么会看走了眼，认错了人？莫非是把我当成大家三番五次都错认的那个姓黄的“猫崽”？信得打开看，不看就弄夹生了。想到这儿，他撕开信的封口，抽出信笺，见上面写着：

小松先生：上次送来的货，很新鲜，深望留意采购。日中即将宣战，大战爆发，急需城中鲜货，以后改逢五出货为随时送货，日日有人在老地方等你。接头暗语为：来人说“待到秋来九月八，我花开后百花杀”，你回答“冲天香阵透长安，满城尽带黄金甲”。另外，你急着要回家探望父母一事，望推迟。记住，你已经不是中国人黄智，而是大日本帝国军人小松次郎，应以帝国大业为重！即日有货可交张，祝贸易遂顺！高桥亲笔。

看着这封信，狗儿脑袋一下子膨胀起来，他仿佛明白了，又一切都不太明白。但有一点是清楚的，这个小松次郎、黄智和猫崽是一个人，至于送货、进货和日本军人是咋回事，高桥是何许人也，一时间“丈二和尚——摸不着头脑”。想到信中说的日中即将宣战，日本军人，接头暗语……哈哈，这原来是另一伙儿日本奸细在搞什么名堂！张本真这小子，肯定是汉奸无疑！哎哟，不好，小松次郎一会儿就要来取信，这个“猫崽”来了，我这个“狗儿”肯定就穿帮啦！得赶紧把张本真打发走……

狗儿想到这儿，将信笺放回信封内，对张本真说，老板的意思，我都懂了，你请回吧。

这次没有“货”吗？张本真关切地问。

狗儿一愣，随口说没有，下次再说吧。

好，告辞！张本真说着，拿起褡裢往肩上一背，起身走了。

望着张本真的背影，狗儿长吁了一口气。他端起酒盅，接连喝下三杯，紧张的心情才多少有些缓解。刚刚发生的一切，由于太突然，像一团乱麻扭结着……蓦然间，正觉大师语重心长的话又在耳边响起：大千世界，形态千变万化，面对繁杂局面，心中寂空，与万物相接，无念无想，方能浑然与天地融为一体……

狗儿双眼微阖，气沉丹田，一时间心如古井，微澜不惊；四周静寂，蓝池绿草，纤尘不起……渐渐地，内心扭结的疙瘩一个个化解，浮躁之气烟消云散了。刚才还是面容呆滞、一筹莫展，现在又变得神清气爽起来。狗儿把假胡子捋了捋，站起身来，坐到张本真刚刚坐过的位置上，这一下，整个酒店便全部进入自己的视野之中。他又让小伙计重新放了两套餐具，静静等待着那个久违的堂兄的到来……

猫崽知道今天是接头的日子，想早点收工，偏偏忙中出错，被工友不小心一铁锹铲在小腿上，顿时血流如注。等找来人敷上药、包扎好伤口，时间已过了正午，他只好向工头肥贼告了假。他一瘸一拐地来到仙客来，放眼朝墙角那张餐桌望去，不见张本真的影儿，却见一个陌生的年轻公子哥坐在那里，心想，大概是换人了。他缓步走到近前，见酒已斟满，一副干净的碗筷摆在那里，便一侧身坐到狗儿的面前。见陌生人不吱声，心想用暗语试试，便吟诗道，松下问童子，言师采药去。

狗儿一愣，这是啥意思？猛地想起高桥信中提到的暗语……顿时明白了，这大概是以往用的接头暗语，于是略一沉吟，回答，只在此山中，云深不知处。

对不起，上午干活儿的时候，被弄伤了腿，所以来晚了……

听到猫崽说这句话，狗儿悬起的心才放下，看来，暗语蒙对了。他仔细打量了一下猫崽，蓬头垢面，玄色的小褂溅满了泥灰和斑斑汗渍，只是那双眼睛多少透露出常人少有的精明……他学着张本真的口气，有些神秘地说，高桥先生让我给你捎一句话，他对你的货很满意！说完，伸出大拇指晃了一晃。

猫崽点点头问道，高桥先生可有信来？

狗儿说，没有。你如果有新鲜货，我可以捎回去……对了，下一次接头暗语变了，是一首黄巢的诗，来人说“待到秋来九月八，我花开后百花杀”，你回答“冲天香阵透长安，满城尽带黄金甲”。

猫崽没吱声，只是点点头，从怀里拿出一张叠好的纸，递给狗儿说，请你收好。说完，抓起筷子，俯下身子，旁若无人地大口吃起来……吃得差不多了，用袖头一抹嘴巴，说了声再见，便起身要走。

狗儿见状，忙问道，猫崽，你的父母大人可好？

猫崽一听到这话，登时回过身来，两眼不错眼珠地直盯着狗儿，突然一伸手，将狗儿唇上的假胡子“刷”地扯下来……厉声问道，你是什么人？怎么知道我的小名？

狗儿嘿嘿地冷笑道，我叫狗儿，大和尚山的猎手。

猫崽略一沉吟，一拍脑门说，哦，我想起来了……有不少人把我当成了你。狗儿，你还知道些什么？

狗儿说，我不但知道你的小名和大名，还知道你的日本名——小松次郎先生……

猫崽重新回到座位上，压低了声音说，你小点声说话。难道……你也是日本人？

狗儿惊诧地问道，何以见得？

猫崽微微一笑说，你大概是走了桃花运，在金州城，先后有两个年轻女人追上我，把我错认成你。看上去，这两个女人与你狗儿的关系绝非一般，其中一位就是个日本人。她不但会说日语，还精通日本柔道，很是厉害……

狗儿沉吟了一下，明白了：原来猫崽与小叶子不是一伙儿的。看来，日本人在这金州真是下了工夫。他接过话茬儿说道，这么说，你是日本人了？

猫崽说，咱们两个，彼此彼此——

狗儿心里一阵发冷，心想：猫崽数典忘祖，丝毫不以自己变成日本人为耻，大概以为我是他的同伙了……不行，得快刀斩乱麻，不跟他打哑谜了，要想办法弄清楚他的来龙去脉，把他从悬崖边上挽救回来。想到这儿，狗儿一字一句地说，猫崽大哥，你的大名叫黄智，念书也比我多，应该是有智慧的。你想过没有，既然有两个女人把你错认成我，今天中午，那个张本真，难道就不会把我错认成你吗？把大和尚山的狗儿当成日本军人小松次郎，一定不是什么稀罕事吧？

猫崽摇晃了一下脑袋，嘟囔着，可能，太有可能了。真是不可思议，世界上的事儿，真的有这种巧合……

狗儿说，这回我也不藏着掖着了，实话对你说，你的父亲黄大海，是我的亲大爷，你，是我的堂兄。说说吧，这些年，你是怎么摇身一变，由中国人变成了日本人的？

良久，猫崽抬起头来，一口喝干了酒盅里的酒，咂咂嘴唇，说出了数年前从海上遇难后一直到今天的艰辛经历。听得狗儿忽而悲伤、怜悯，忽而愤怒、心痛……

狗儿眼泪含眼圈地说，大哥，过去的事情，是好是赖，都不是你的错。打今儿个起，咱们绑在一起，反戈一击，干掉小鬼子，给咱中国人长长脸！来，你要是同意我的话，就干了这杯酒——

可是，猫崽那张脸却冷若冰霜，他瞧着狗儿那双企盼的眼睛，一字一顿地说，兄弟，你错了。这几年，我虽然吃了不少的苦，也时时思念父母高堂，可我没后悔过，我觉得现在做的事儿，没啥不对的。你只是大和尚山里的一个猎手，国家的事情你不大懂……大清国从上到下腐败不堪，小皇帝就是一个傀儡，官僚们贪贿成风，老百姓艰难地为填饱肚子活着，这样大而衰的国家还能撑几天？看看人家日本，在天皇睦仁的带领下，全国上下，人心思上，努力学习西洋强国之法，国势如同日本旗一样，如日中天！为了建立强大的海军，日本天皇为节省开支，有时每天只吃一顿饭，他恨不能把“圣岳”富士山变成金山、铁山、钢山、火药山，把濑户内海的每一块礁石都变成战舰。而大清国手握实际大权的慈禧太后呢，为了享清福，过六十大寿，耗费的国库和建海军的钱，不知有多少！告诉你兄弟，咱们脚下这块土地，过不了多久就会变成日本的地盘。所谓“顺天者昌，逆天者亡”，“识时务者为俊杰”，我倒是觉得，你应该跟哥哥我一块干！

“嘭！”狗儿将酒盅重重地砸在桌子上，酒水溅了猫崽一脸，正在兴头上的话戛然而止。邻桌的客人一惊，纷纷伸长了脖子朝这边观望……

狗儿见状缓了口气，压低了声音说，我是个猎手、山野村夫不假，可我懂得国家有难，匹夫有责，宁死也不当亡国奴！原先我琢磨，你被逼无奈吃了几年小鬼子的饭，咋的也还是一个有心有肺的中国人。没想到，你的脑袋让驴踢了，把日本人当成亲爹，说出这等大逆不道的话，真是气死我啦！

猫崽却不生气，抓过酒壶给狗儿斟满了酒，然后说道，既然话说开了，咱们就好好说道说道。大清国原本就是关外满洲鞑子强占了咱汉人的地盘，现在的皇帝不姓朱，姓爱新觉罗，是他们逼得汉族人剃头编辫子……这日本人也是夷狄，怎么就不能替咱汉人灭了满洲鞑子？

狗儿一摆手说，我虽然没你念书多，但你的话说得不对。满人也好，汉人也罢，这之间的互相打斗，都是在大中华的地盘上窝里斗，说白了，是中国人自己的家事。那山海关以外的地盘，自古就是中国的地盘，就拿咱这金州来说吧，早在汉代就设了郡县，叫沓氏县。满族人当了皇帝，也要认祖归宗，给明太祖磕头，给孔夫子磕头，承认自己是中国人。小日本则不同，自古以来，就在海外岛子上住，大唐时期咱们就称他们为倭国，人也叫倭人，侵扰中国时，咱们就叫他们是倭寇、倭奴。日本人早在唐朝时就坐船到中国学习，他们的文字、诗文、佛学、建筑、服饰、礼俗，甚至包括种稻、养蚕、织布、造纸、烧陶……哪一样不是跟中国师傅学的。如今刚学会走了，就开始跟中国爷爷龇牙咧嘴，抢占了中国的琉球群岛，又攻打台湾，眼下又在朝鲜闹事，前不久还击沉我国运兵船“高升”号……这么一个寡廉鲜耻、忘恩负义的国家，能成啥大气候？我撂下一句话，即使小鬼子哪天真的得势了，也是兔子尾巴——长不了。

猫崽说，想不到，我们黄家的狗儿，嘴巴还挺会说。告诉你，这个世界讲仁义道德没什么用，到头来，终究是谁的拳头硬谁当家。中国已经不是从前的“天朝大国”了，世界上从前鼎盛、如今没落的国家和地方比比皆是。弱肉强食，优胜劣汰，这是“丛林法则”，是大自然的真理，不服不行！

狗儿说，这套“丛林法则”，我听说过。我在林子里打过猎，对野牲口的习性了如指掌。你崇尚的“丛林法则”，实际上是野兽法则、野兽之道，人类怎么能退化到与兽类为伍？其实，就算是畜生、野兽，鸦也有反哺之义，羊也有跪乳之恩，也讲友谊，也通人气，难道人连畜生、野兽都不如吗？你也是读书之人，洋鬼子为杀人掠地弄出个“丛林法则”，你却不分青红皂白，拿着鸡毛当令箭，不以为耻，反以为荣！你算什么，说轻了，是洋奴一个——

听到狗儿这一席掷地有声的话语，猫崽一时语塞。许久，他才喃喃地说，你不是洋奴，怎么跟日本女人搞得那么密切？

狗儿听了，一乐说，猫崽哥啊，我恨的是倭寇、倭贼，不恨日本人。说句玩笑话，我就是真娶一个日本女人，那也是为了改造日本人的品种，中国人都说日本人狼性，我叫狗儿，结合一块，就能生出个优良的杂种……

行行行，别胡嘞嘞了！猫崽打断了他的话说，你去当你的狗吧，向你的主子经常晃晃尾巴，等着施舍你一块骨头，开开荤……

狗儿说，看来，老百姓的话有道理，狗是忠臣，猫是奸臣。当年大伯给你起“猫崽”这个名，真是有点未卜先知呀！

此话怎讲？猫崽问道。

狗儿说，狗能看家护院，能狩猎，睡觉也是睁一只眼闭一只眼，一有风吹草动就叫唤，唤醒大家提高警惕；猫呢，吃饱了往热炕头一趴，呼呼睡大觉，不给好的逮，就蹽到别人家的炕头去了……

猫崽撇嘴一笑，依我看，猫的特点，更符合大自然的生存法则，这叫趋利避害。

狗儿一摆手说，你那是“有奶就是娘”！追求的是一己之利。中国有句话，叫做“儿不嫌母丑，狗不嫌家贫”，你要是中国人，就别给小鬼子当汉奸！

别说得那么难听！猫崽缓和了一下语气说，既然你是个冒牌的“猫崽”，请你把刚才我给你的东西还给我。

狗儿说，那个东西是啥？

猫崽说，没什么，只是一封有关商品采购的信……不信，你可以打开看看。

狗儿从怀里取出那封信，打开一看，见上面写着：

高老板：最近好像是发生了什么事，金州城里，上等品和中等品都已不见，只剩下一些谷物和杂货，数量与日前仿佛，没有增减。小松留字

狗儿看后，大惑不解，这完全就是商人之间生意场上的语言。他哪里知道，这是一封传递军事情报的密码。其中的“上等品”和“中等品”分别指金州附近的清军和大连湾的驻军，“谷物”指金州副都统衙门的守军，“杂货”指清军炮兵……

虽然没看懂信的奥妙，狗儿却不敢托大，他小心翼翼地将信重新叠好，刚要揣进怀里，不料想，猫崽出手如电，劈手夺了过去……

狗儿没生气，只是有些诡谲地一笑说，我明白了，那东西是情报，是你的罪证！

猫崽站起身来，说了句“撒由那拉”，就一瘸一拐地走了……

望着猫崽的背影，狗儿心里如同打翻了五味瓶，什么滋味都有。他又喝了一通闷酒，想起好端端的一个猫崽，如今变成了日本的间谍，他还能回头吗？想着想着，泪水止不住流淌下来……

正当狗儿双手掩面、不停地抽泣时，一只手轻轻地拍了他一下，他一惊，见是娜塔莎站在自己的面前。娜塔莎一声不吱，拉起他的手，将他带到自己的房间。娜塔莎把一条湿毛巾递给他揩脸，说道，男儿有泪不轻弹，只是未到伤心处，什么事让狗哥哥这么伤心？

狗儿有些不好意思起来，说，没啥，都过去了。一个兄弟学坏了，好地方不待，偏往屎坑里跳，说啥也不回头……

娜塔莎说，没有过不去的火焰山，别跟自己过不去——

狗儿若有所思地微微一笑，说道，你这个“火焰山”比喻得好，那就得借你的芭蕉扇一用了，不知你这个铁扇公主肯不肯答应？

娜塔莎嗔怪地说，我要是铁扇公主，那谁是牛魔王？

开玩笑，开玩笑……狗儿说，真的有一事相求。

娜塔莎说，狗哥哥的事儿，就是我的事儿，说吧！

你如实告诉我，你的客栈里边是不是住着一伙儿日本人？

娜塔莎想了想说，大约是何掌柜出事的前一天，来了三个人开了两个房间，一开始也没注意他们是哪儿的人。就在昨天下午，有一个货郎找过他们，临走时，一个脸上有刀疤的壮汉送他到大门口时说了句日语，我才知道他们原来是日本人。

狗儿精神一振，问道，你懂小鬼子话？

娜塔莎说，我在黑龙江边上开过酒馆，当过招待，常跟日本人、蒙古人打交道，时间一长，能听个八九不离十。

狗儿高兴起来，夸赞道，娜姑娘不简单，能听懂这么多地方的话，这得长着一双什么样的耳朵呀？！我请你帮帮我，把这伙儿人盯住了，下次那个货郎再来时，你就打发人告诉我一声。

行啊，这事儿包在我身上了。娜塔莎心想，你不说，我也不会放过日本人的；嘴上却说，今天刮的是什么风，你穿得这么光鲜，像个阔少似的，怎么回事？

狗儿说，还不是为了查明火烧茂达客栈的凶手嘛。我化装追查，一路跟踪，想不到，这伙儿人把老窝设在你的客栈……

娜塔莎点点头说，原来是这样。狗哥哥，我太想念你了，为什么你总也不来看我？伊万诺夫这个混球，总是欺负我！

一碗豆腐又惹你生气了？这个哥哥跑到哪儿去了？太不关心妹妹了……

娜塔莎说，人家去旅顺了，说是想散散心，还要考察一下商贸情况。

两个人又聊了一会儿，见已是酉时初刻，正是店里客多的时候，狗儿便告辞了。他一路前行，在老爷庙门口，见许多人围着墙上的布告看，急忙挤上前去，见是一张金州军政衙门共同署名的布告，上面写着：

据大清国总理衙门谕，鉴于七月初一中日两国已宣布交战，各地军民应严密稽查日本奸细。所有沿海及内地各处，凡倭人足迹能到之地，均应一体访缉，以重防务。如发现有日本奸细改装剃发，潜匿民居、客寓或庙寺等处，均应立即告官，以期缉拿归案。凡缉拿一奸细者，着即赏纹银一百两；告发线索者，赏银五十两。

狗儿看后，心中暗暗发誓：李大人你放心，金州这伙儿日本奸细，我替你拿下！

狗儿哪里知道，大清国的李鸿章，此时正为日本间谍窃取了重要军事机密而闹心哩……

第二十二章　津门谍案

天津，清末中国北方最大的工商业基地，也是直隶总督府所在地。

城市中心处，商场、洋行林林总总，人群熙熙攘攘。甲午年年初的一天，清军驻天津护卫营的弁目汪开甲手拎一包银子，走进日本松昌洋行的大门，他到这里是想用银子兑换英镑。在洋行的前厅柜台，汪开甲说明了来意，洋行的伙计对他说，洋行对英镑的兑换控制较严，他做不了主，需要请示上司。

伙计上楼找到业务主管石川伍一，说明了情况。石川伍一不是一般的洋行职员，而是一个以这一身份作掩护的资深日本间谍。此人于十年前便来到中国开始他的间谍生涯，是个中国通。他被派到天津已有半年，在日本驻天津武官的配合下，很快就摸清了驻天津清军的部署，但真正有价值的情报却未搞到，此时正一筹莫展。当石川伍一听柜上的伙计说有一清军士兵要兑换英镑时，眼前不禁一亮，觉得机会来了，便快步下楼。

石川伍一热情接待了汪开甲，并破例给他兑了银子。汪开甲自然是乐不可支，待出门时，石川伍一还递给他一张名片，请汪开甲以后常来洋行聊天。

汪开甲就这样认识了比他大三岁、今年二十九岁的日本朋友石川伍一，心中十分得意。他本是一个性格外向的人，平时喜好交友，爱吹牛炫耀，说起军中的事儿口无遮拦、滔滔不绝，这些特点，石川伍一都是求之不得。于是，石川伍一决定投下诱饵，钓住这条“鱼”。一天晚间，汪开甲又来到洋行找石川伍一聊天，石川伍一说，走，今天大哥“出血”（方言，指出钱、破费），让老弟开开洋荤。

汪开甲一听，喜出望外，便半推半就地跟石川伍一来到一家妓院。这家附设赌场的妓院，是日本玄洋社所开，其实是日本浪人设在天津的谍报机构。两个人在一间雅间坐定后，石川伍一以手击掌，但见小门拉开，数名艺妓鱼贯进入室内，表演日本歌舞，以助酒兴。汪开甲喝着日本清酒，品尝日本料理，观赏日本歌舞，高兴得手舞足蹈。吃喝一通后，石川伍一又为汪开甲挑了一年轻貌美的妓女陪酒。汪开甲醉眼蒙眬中，看着身边双乳颤颤、肌肤细腻的日本妓女又歌又舞，早已是心猿意马，难以自持。石川伍一见状，便让这个妓女陪他过夜……

汪开甲跟貌美白嫩的日本妓女上了床，一阵风流，真是心花怒放。他心想：自己真是交了好运，结识了日本阔佬，如愿以偿地嫖了洋妓，真得好好谢谢石川大哥。

从妓院出来后，他问石川伍一，石川兄，到这里逛一趟，得花不少银子吧？

石川伍一说，问这些干吗，能让汪老弟开心痛快，花点银子算得了什么！

两人分手时，汪开甲不知是为了表示感激，还是为了炫耀自己结交甚广，便说，石川兄，我有一位好朋友，特仗义，不知你感不感兴趣？

石川伍一忙问，这位好朋友是谁？说说看——

此人名叫刘棻，字桂甫，是军械局的书吏。

石川伍一一听大喜过望。他知道，军械局是清政府掌管军火制造与买办的重要机关，能够认识军械局的官员，便可能得到清廷重要的军事情报。但他不动声色地说，我以为是什么大官呢，不过是个小小的书吏。

汪开甲见石川伍一对认识刘棻并未表现出多大的兴趣，便凑过来，神秘兮兮地对石川伍一附耳低语道，大哥，可千万别小看了这人，你知道军械局的总办是谁吗？

是谁？

这可是个大人物，说出来吓你一跳。汪开甲说到这儿，故意打住，向前走去。

你跟大哥故弄玄虚，快告诉我，他究竟是谁？石川伍一快步追上去问道。

汪开甲见已吊起了石川伍一的胃口，这才压低了嗓门，一字一顿地说，大清朝权势赫赫的李鸿章的外甥张士珩！

石川伍一顿时喜不自胜。凭着他在中国从事间谍活动多年的经验判断：只要能认识张士珩，就有希望刺探到清军高层的军事机密，进而有可能知晓清政府决策层的战略动向……这一多米诺骨牌效应，只有靠千载难逢的机遇才能掌握。真未想到，汪开甲这个小小的清军弁目，居然能有此大用！他忙表示，你的朋友就是我的朋友，快快地见面。

汪开甲为找到一个向石川伍一献殷勤的机会而得意，当天晚间便带他到刘棻的府上拜访。在厅堂一落座，石川伍一便献上见面礼，一块玲珑剔透的“童子形玉坠”。这真是投其所好，刘棻对古董鉴赏十分在行，他接过这件玉坠，用放大镜仔细辨瞧，赏玩半天，连连称道，宋玉，难得一见的宋玉呀！

石川伍一忙问，何以见得？

“碾法如刻，细如丝发”，此乃宋玉的技艺。纹饰生动，整体温润圆厚，局部外廓细巧，是宋玉独特之处。这件玉坠，童子五官细腻，举荷站立，形态生动，寓意子孙和美……好，好！刘棻此时陶醉于刚刚到手的美玉之中，忽然想起有客人在场，忙大呼，沏一壶武夷山的“大红袍”！并解释说，这是总办张大人前日恩赏与我的新茶。

大家坐下来寒暄一阵，当石川伍一问及刘棻的业务时，刘棻得意起来，不住地卖弄他在军械局如何受总办张士珩的器重，怎样有实权，以及在天津有哪些有头有脸的朋友等等。石川伍一经过一番交谈和观察，便看清刘棻是一个贪婪俗劣、容易上钩的家伙。

次日，石川伍一便邀请刘棻到日本妓院寻欢作乐。在财色交攻之下，他很快成了日本间谍的“俘虏”。

石川伍一为了便于接触到天津军政界要员，钓到更大的“鱼”和自身的安全，假意说洋行的住宿条件太差，想请刘棻为他代寻一套好点的住宅。刘棻为结识到一位慷慨大方的日本人而得意，并希望经常从石川伍一那里得到好处，竟让石川伍一住在自己家里。当然，住不能白住，接下来刘棻又向石川伍一提出，要他安排亲戚王大到洋行里工作。石川伍一满口答应，于是这王大后来便成了为他传递情报的人。

接下来，石川伍一把主攻方向瞄准了军械局总办张士珩。先是经过一番调查，石川伍一掌握了张总办的底细：张士珩，字楚宝，又字治衲，号韬楼，安徽合肥人，李鸿章的外甥，早年应试不中，留在李鸿章身边做幕僚。光绪十四年（1888年）考中举人，直隶候补道，后以道员领军械局，兼管武备学堂。张士珩善诗文，有文名，与李鸿章的女婿张佩纶有诗坛“二张”之称。像清廷许多贪官一样，张佩纶是个唯利是图的贪婪小人，早在几年前，他就利用职务之便，大批量地进口日本生产的军舰用炮弹，从中捞取巨额回扣和贿赂。前不久，李鸿章在旅顺检阅海军时，因为出现“哑炮”事故，回到天津后，曾在府中痛斥了张士珩，还狠狠地抽了他一个大嘴巴。张士珩当时跪地求饶，一再表示，再也不敢玩忽职守了。李鸿章愤恨地说，贪贿无耻，授人以柄，还得把我这张老脸搭进去！想到毕竟是自己的外甥，最后还是放了张士珩一马。

“苍蝇不叮无缝的蛋”，石川伍一大胆地给张士珩送礼，张均来者不拒，照单全收。与此同时，石川伍一又陪张士珩频频出入日本妓院，并暗中吩咐一个色艺双全的妓女，施尽床上解数，迷倒这位总办大人。从此，张士珩对日本朋友青睐有加。

最为欣喜的，要数刘棻了。他见石川伍一甚得张士珩的欢心，愈发向他大献殷勤，介绍他认识了天津电报局的职员。石川伍一自然懂得这一关系的重要性，便不惜重金收买这位电报局的职员，令其不断地提供中国海军的情报。

天津电报局是中国北方最重要的通讯机构，建于1884年。十年来，李鸿章关于内政外交方面的电文，均通过此局发送和接收。虽说清廷的军事密电在送电报局之前已由军机处的官员译成密码，但由于其密码编制原始，规律简单，又不常变换，很容易被破译。

1894年7月21日，被石川伍一收买的电报局职员，悄悄地把石川伍一约出洋行，交给他一封清廷的电报，石川伍一将密码翻译过来一看，不得了！这竟是李鸿章命令北洋水师提督丁汝昌派运兵船运兵增援朝鲜，并由“济远”、“广乙”两舰护航，以及起航的具体日期的密电。密电得到了，但难辨真伪。也是无巧不成书，当天晚间，张士珩把他心爱的妓女招至公馆夜宿，夜半时分，妓女趁张士珩熟睡之机，偷偷打开其机要皮包，发现有一封密函，便迅速抄写下来。翌日早晨，石川伍一就拿到了这封密函，这是一封向待命增援朝鲜的清军将领转达李鸿章面谕的密函，上书：

兹特启者，顷奉中堂面谕，现雇“高升”号轮船载步兵八百，又亲兵营炮队一哨，准于捻一日由大沽开行，径赴牙山海口。此次轮船到口，务须先上兵勇，愈速愈妙，以防阻挡。辎重不妨随后再上……

石川伍一欣喜若狂，这封密函与李鸿章的电令证明中国舰船即将运兵增援朝鲜清军的情报准确无误！他立即将这一重要情报电告日本大本营。

四天后，日本联合舰队在丰岛海面偷袭了清军的运兵舰、船队，“高升”号被击沉，船上有八百多官兵遇难。

石川伍一得知日本海军获胜的消息，兴奋不已，独自携酒来到天津郊外，向东方遥拜后，举杯痛饮，至深夜方归。

日本冒天下之大不韪，不宣而战，袭击大清兵舰船一事，令直隶总督、北洋大臣李鸿章措手不及，大为恼火。他想，此次派兵赴朝，乃一等军事机密，日军怎么能事先知道……一定是活动日益猖獗的日本间谍所为。他找来主管天津海关、招商局、电报局事务的盛宣怀，当盛宣怀听到李鸿章分析丰岛海战前军情有可能泄露时，也不无担忧地附和着说，大人所虑极是，倭人狡诈，卑职也怀疑日本奸细无孔不入……

李鸿章说，据我所闻，日本早已派二三十名奸细，乔装打扮成中国人模样，分赴各地各营刺探军情，你主管的天津海关和电报局皆系要害部门，应严加防范才是。

经过研究，李鸿章命令盛宣怀以电报局总办的名义电呈总理衙门，要采取措施加强对日本间谍的防范工作。总理衙门遂行文全国各督、抚、将军、大臣。此后，沿海各省均加强了对日本间谍的防范工作。狗儿在金州城里看到的军政衙门发布的布告，就是在这个背景下出现的。

空气燠热，残月如钩。

天津港码头，一艘英国商船“重庆”号停泊在这里，正准备起航。这是7月末的一天，中日两国宣战前夕，大批日本侨民已上船等待回国。石川伍一上船后，遇见了另一个日本间谍钟崎三郎。刚刚为日本立下大功的石川伍一正踌躇满志，不甘心就这样匆匆回国，他还想悄悄留在中国，创造新的功绩。他把这一想法跟钟崎三郎说了，恰好钟崎三郎也不甘心一走了之，于是两人一拍即合。

船内一间密室里，灯光昏暗，石川伍一与钟崎三郎见到了日本驻天津领事荒川已次和武官神尾光臣，将留在中国的想法作了汇报。大间谍神尾光臣当即表示赞成，拍着两个人的肩头说，好！回国后我要为你们请功，希望你们潜伏下来，为大日本帝国的雄飞，再立新功！

“重庆”号一声长鸣，缓缓起锚。石川伍一和钟崎三郎急忙换上中国老百姓的衣服，跳下轮船，向岸边游动。两个人刚爬上岸，就遇到一队巡逻的清兵，慌乱之中，两人跑散，石川伍一找不到钟崎三郎，便一个人偷偷摸摸地潜回天津城内。

石川伍一先是跑到租界内的三井洋行藏身，后来又感到极不安全，便在夜里转移到刘棻家中。他琢磨刘棻是军械局官吏，清军不会去搜查。在刘棻家刚一落脚，听刘棻说，眼下天津道台衙门和清军正在搜捕日本间谍。他心底一阵发冷……

这天夜里，天津护卫营千总任如升逮捕了汉奸汪开甲。经过突击审讯，汪开甲供出了石川伍一在天津的一些间谍活动，并说出了石川伍一与军械局刘棻的交往。任如升立刻将这一重要情况上报天津海关道道台盛宣怀。道台衙门的巡捕迅即出动，奔向刘棻家。结果，只逮着刘棻一人，石川伍一一大清早就已离去，说是去王大家落脚藏身。不久，石川伍一也落入法网。狡诈的石川伍一被捕后，起初百般抵赖，只承认自己是松昌洋行的普通职员，从事一些商务活动。后经过多次审讯，又由汪开甲和刘棻指认，并证明其在天津的间谍活动，石川伍一终于低下了脑袋，不得不承认自己所犯的间谍罪行。

石川伍一是中日开战之后，被清政府抓获的第一个日本间谍，这也是清政府破获的第一起日本间谍案。

案子破获后，李鸿章电令旅顺口营务处候补道员龚照玙，望其协助黄勇的锄奸队，迅速铲除金州的日本谍报网。龚照屿回电称，即将收网！

9月20日，石川伍一被押赴刑场，按国际公法用洋枪击毙；刘棻则被绑赴市曹，处以斩刑。那位泄露清军重大机密的张士珩，虽然在甲午战争结束后丢官去职，但却因为是李鸿章的外甥而保住了脑袋。这些，都是后话了……

第二十三章　日本浪人

再说那天狗儿侦察到平源叶子一伙儿日本奸细藏身在仙客来酒店后，当即嘱咐娜塔莎盯住他们。回到茂达客栈后，他把邱峰叫到一边，单独对他说，邱大哥，你在二十里堡金高丽那儿救出的彩云姑娘，我已经替你找到……

邱峰听到狗儿的叙说，不禁大吃一惊。他吃惊两点，其一是没想到陆途这小子勾上了叶子，成了给日本奸细通风报信的汉奸；其二是没想到彩云姑娘命运如此不济，为生活所迫，竟成了风月中人……

狗儿说，别大惊小怪的！你抓紧去趟红杏坊，按着你原先的承诺，给彩云一千两银票，先把她从妓院里边赎出来。但是她现在不能离开红杏坊，让她帮咱们干一件事，把那个叫翠姑的妓女看住了，如果陆途再去那儿跟小叶子接头，让她给咱们报个信儿……你也快去快回，晚上锄奸队开会，商量下一步的打法。

邱峰问道，为啥不把陆途这小子逮起来？

狗儿说，不急，这颗“棋子”也许还能派上用场。现在“内鬼”找到了，往后，监视陆途的任务就交给你了。

邱峰点点头，带上银子，旋即去了红杏坊……

当天晚间，狗儿把大家召集到一块儿，向大家宣布，小鬼子奸细的新窝找到了，就在仙客来酒店。我了解的情况是，目前只有三个人在那儿，还有一个假扮货郎的在外边住，等他一到，咱们马上收网——

邱峰着急地说，队长，那还等啥呀，有仨先逮仨，剩下的以后再说！

陆途却附和着狗儿的话说，我看队长的话有道理……虽说是“先下手为强，后下手遭殃”，还是应该有一网打尽的万全之策才好。

袁方还是一副沉稳的老样子，慢悠悠地说，中日已经宣战，日本奸细会加倍努力地收集情报，更加紧提防咱们，要防备他们对咱们再进行暗算……

狗儿说，既然如此，我决定：从明天开始，咱们锄奸队的人全部到仙客来去。由邱大哥化装成打扫垃圾的老头儿，就近监视叶子一伙儿人在房间里边的动静；袁大哥和陆大哥重操旧业，在那一带该算命算命，该卖药卖药，一方面注意往来酒店的可疑之人，一方面随时听我召唤。我在仙客来酒店里，装扮成跑堂的小伙计，有大事你们就来找我联系。

小诸葛袁方问道，那咱们跟仙客来老板娜姑娘是什么关系？

咱们跟她是朋友关系，切不可暴露锄奸队的底牌。狗儿叮嘱道，到娜塔莎那里，只说是为了给何掌柜报仇，寻找杀人凶手，请她帮忙配合咱们……因为何掌柜帮助过她，也是她的好朋友，她一定会尽力的。听明白了吗？

大家异口同声地说，明白！

其实，狗儿还有一个心思，就是在仙客来里当小伙计，还可以监视到猫崽，他实在不忍心对这位堂兄撒手不管，他觉得猫崽还想着父母，中国人的良心尚未完全泯灭。他没有对大家讲张本真和猫崽的事情，一方面是因为陆途已经叛变；另一方面，他还琢磨着怎么把猫崽拉到锄奸队里来……

当狗儿精心策划下网捕“鱼”的时候，旅顺大顺浴池内也正上演着一出好戏。

有两个日本浪人一下船，就直接找到高桥卫。高桥卫接过来人递交的信件，见是日本玄洋社头子头山满的举荐信，连连拍手，说道，欢迎，欢迎！大川君，大和民族的武术精英，久仰大名！森井君，后起之秀，你们来得正是时候哇！

这两个日本浪人，领头的一个叫大川十步，另一个则是他的徒弟森井守信。大川十步三十八九岁年纪，日本福冈人，从小家境贫困，十三四岁时，开始每天从乡下到城里卖菜，十几里的路程，肩扛身背菜包，一路小跑，着实锻炼了强健的体魄。后来进城当了泥水匠，又利用晚间拜师学习武术。不久，因其桀骜不驯的性格，在工地上打死了工头，遂一跑了之。为了长见识，大川十步穿着破衣烂衫开始游历日本的山川。他光着脚丫子走路，走到哪儿睡到哪儿，过着半乞讨的生活。凡是到了村镇集市，便在人群多的地方摆摊练拳，打倒了别人，便能弄到一点酬金赏钱；被别人打倒，便向人家讨教一两招，久而久之，武功大进。多年之后，他回到福冈，加入了日本浪人之王“头山满”组织的黑社会团伙。由于头山满主张日本政府采取强硬外交，扩大军备，以便“膺惩中国”的政策，大川十步便进入汉语学校学了两年，接着便到中国游历。他不是来中国浏览风光景色，而是到河北、山西、河南和陕西一带的武术之乡，找人切磋武功。回国后，将中国功夫与日本柔道融会贯通，功夫大进，曾一度获得日本北九州的柔道冠军。甲午年夏天，中日正式宣战，他便积极响应头山满的号召，迫不及待地带上自己的高徒森井守信，坐着渔船来到旅顺，化装成中国渔民找到高桥卫，准备为帝国的雄飞尽力。

大川十步是个极端个人主义的日本浪人，一见高桥卫的面，就急迫地要任务。高桥卫说，不急，不急。边说边绕到大川十步的身后，猛地一提气，突施杀手，直捣大川十步后心……

大川十步身形微晃，一伸手顺势抓住高桥卫打过来的那个拳头，朝前一带，高桥卫顿时一个趔趄，正要跌倒时，又被大川十步扯住腰带……高桥卫重新站稳后哈哈大笑起来，说，行了，这回我的放心了，真正的武术大师！

正式落座后，高桥卫说道，正好，金州情报组目前缺人手，你们两个人就去那里吧，一是保护叶子小姐他们的安全，二是不能让图纸有任何的闪失。大川十步二话不说，爽快地答应了。

位于金州城西街的仙客来酒店附近，一下子热闹起来……

大川十步和森井守信师徒两人，一高一矮，缓缓地溜达过来。森井守信不时地将毛巾恭敬地递给师傅，大川十步边擦脸上的汗水，边大声嚷嚷道，支那人就是不识时务，一年四季顶个“猪尾巴”，真是热死我了！森井守信小声地嘀咕说，老师，忍着点，一会儿就到了。

前面有一群人把路围了个风雨不透，师徒俩挤进去一看，见里面人有一档子生意，地上铺块布，有个小皮匣子，一把破扇子，一把鬼头大刀。一个矮胖的人正比比画画地说：

我家在山东登州府，世代以打铁为生，有个祖传秘方，神效无比的刀伤药。原先我可不想卖这药，现在不同了，大清国和小日本交仗了，说不准哪天大家能用得着，就算我今天行善积德啦！有机会各位去登州府，打听铁匠陆家，那是无人不知，无人不晓……今天我配了些药，贱卖给大家，一来是积德，二来想挣点路费回家……

大川十步上前搭话，问道，喂！怎么能证明你的刀伤药灵验？

陆途打眼一瞅，嚯，好个黑铁塔样的人，闻其声若洪钟，心想，这是个练家子！便回话道，这位大哥问得好！现如今，赶集赶庙，到处是传方子卖药的，大家伙儿叫他们蒙怕了。这就叫，前人撒土迷了后人眼；眼是观宝珠，嘴是试金石；真金不怕火炼，好货不怕试验。我把这药当众试一回，教众位看看。如若众位看着有效力再买，倘若没有效力，算我蒙人，谁也别买了。

你这人太啰唆！大川十步吼了一嗓子。

陆途吓得一哆嗦，忙弯腰拿起地上的鬼头大刀，说道，我这刀是祖传宝刀，锋快。怎么试验呢？我在大腿上割个口子，往上抹刀伤药，抹上就能止疼止血。说到这儿，他又把大刀放下，一掀小皮匣，从中取出几包药来，然后说，众位或许说我的药有真有假，真的三成，假的七成，三七掺着，二八对着。我别自己拿，哪位替我由里边拿出一包来？哪位受累替我取一包来？……

有好事的人，走过去伸手挑出一包递过来。大川十步跨步上前一拦，亲自挑出一包药递给陆途。陆途把那药包接过去，当众打开，那药是粉末状，红中发白的颜色。他解开左腿裤带，把裤子往上一捋，露出半截腿来，用右手持刀，大声嚷嚷道，我要割了！这也不怪众位不真信，是那些个婊子养的把人冤怕了，我割回试试。众位看我割的时候，疼得龇牙咧嘴，等上了药血就不流了，果真是这样，大家就买一包，行个方便，结个人缘。卖多少钱一包呢？一包两文钱。那位说我要，你先别忙，这时买，我也不卖。等我试验好了再买……

你的屁话连篇！快快地割！大川十步等得实在不耐烦了，连声催促着。

这位大哥你别急，心急吃不着热豆腐……大伙儿上眼啦！陆途说到这儿，用刀子往大腿肚子猛劲地抹了一下，鲜红的血顿时流出来……胆小的都闭上了眼睛。陆途叫道，好疼啊！他围着场子转了一圈，然后往场子中间一坐，伸手拿起破扇子，“呼呼”地扇起来，一边扇一边说，我开始用药了，边说边将包里的药往伤口上撒……接着高声叫道，众位看，我的药咋样？止疼消肿不流血吧！

这时候，有好几个人走过来，纷纷嚷着，我买，我买……

只见大川十步一步抢在头里，捧起皮匣子说，我的全都要了！通通的买下。森井守信忙掏出一把碎银子，往地上一扔，师徒两个人乐哈哈地挤出人群。

陆途望着两人的背影，一撇嘴，心里嘀咕道，王八蛋，上当去吧！好药能卖给你？就这点云南白药，全在扇子缝里哩！

森井守信问大川十步，老师，怎么全部买下刀伤药？

大川十步说，中国地大物博，物产丰富，自古以来，他们的刀伤药就是一绝。今天有这个机会，岂能错过！

正往前走着，森井守信说，看那里，老师……有人算命，叫小诸葛，我最佩服三国时的诸葛亮。

大川十步说，我喜欢的是春秋时期的鬼谷子，孙膑和庞涓都是他的学生，十分的厉害……

师徒两个人来到小诸葛袁方的卦摊前，但听袁方说道，有凶断凶，有吉断吉，平生不说谎，憨直不奉承，闲时多谈几言何妨，忙时少谈几句莫怪……

大川十步问道，先生可会测字？

袁方说，测字乃雕虫小技，百行末节，二位诚心，便写下字来，兄弟免费为之一试。

好，爽快！大川十步当即坐在袁方对面的板凳上，从小桌子上拿起毛笔，在小张宣纸上写下一个“川”字，又将笔递给森井守信说，来，你也写一个。森井守信忙放下皮匣子，想了一下，落笔写下一个“井”字。

袁方一捋颌下胡须，问道，请问二位要测何种玄机？

大川十步迟疑了一下，嘴里蹦出两个字：吉凶——

所谓“识透人情便是仙”，袁方对这两个陌生人的底细早已瞧出八九分来：两人中气十足，手上筋脉暴突，均为习武之人；口音不正，绝不是关外人；两人不是贫贱之人，穿的衣服却不大合身，想是为了隐藏身份……他微微一笑，说道，不知客官想听真言，还是想听假话？

先生直说无妨！大川十步一脸严肃地说。

你们两人在此地，有大凶之兆呀！

大川十步登时握紧了拳头，森井守信沉不住气，火刺棱（方言，指恼怒）地说，胡说！何来大凶之兆？

袁方说，真话如暮鼓晨钟，必然振聋发聩，二位喜欢奉承之言，请移步吧——

见算命先生下了逐客令，大川十步说，吉凶祸福，自有天数，请讲吧！

袁方这才将“川”与“井”字排在一起，神秘地说道，“川”字，乃流水、平野之象，三竖如江河奔泻，或弯或直，居高逐下，终归大海。“井”字，依川而有水，横竖皆为“二”字。“川”加三点，为金州的“州”字；无三点，为竖“三”。五行之中，金生水，水亦克火，火亦克金……“川”、“井”二字，主你二人三日之内在金州有凶兆哇！

大川十步与森井守信二人面面相觑，一阵愕然。大川十步终于问道，先生刚才说，金生水，我二人写的字皆与水有关，在金州应该是吉兆哇！

此言差矣！小诸葛振振有词地说道，金州地处辽东，三面环海，本不缺水，你二人又是川又是井，水多余而致泛滥，焉有不成灾之理！

两个日本浪人见算命先生说得句句在理，恼又恼不得，只得抛下几块散碎的银子，气哼哼地走了。

袁方看着两个人的背影，心道，此二人不是善类，就该让他们吃个绿豆蝇子，恶心一阵子。

仙客来酒店内，平源叶子看完高桥卫写的推荐信，忙客气地说，大川君是日本著名武术家，不辞辛苦和弟子森井君前来金州援手，十分感谢，请一定多多指教！我们一直在金州一带活动，对目前日中战争形势知之甚少，不知两国目前战况如何？

大川十步十步挥动着手，狂傲地说，日清大战已经开始，不日将在海上进行海军较量。目前，天皇陛下已经在长崎设立大本营，亲自指挥陆、海军队。自7月25日丰岛海战大获全胜以后，陆上战场正全力在朝鲜歼灭清军主力；海上战场，我海军正在寻找清北洋舰队决战，准备聚而歼之。总之，日清大战的结局，必然是帝国大胜，清国必败无疑。大日本皇军将士直逼北京城下之日，即是清国主面缚请降之时！

一席话，惹出一片掌声。猪口一郎连声叫好！叶子连忙摆手说，小声点，这里不是日本……

怕什么？大川十步说着，从一个布包里拿出一把沉甸甸的日本刀，将刀从刀鞘中“嚓啷”一声抽出，只见寒光一闪，刀旋即还鞘。他喃喃自语道，支那人之地，就是一头极为肥硕的牛，应该从速割之！只要先割下三分之一，我国必成大国。这里物产丰饶，人多势众，帝国占领后将施以政教，陆可以出百万精锐，海可以泛万千战舰……我蕞尔小邦，一跃可成俄罗斯，可成英吉利也！“大将南征胆气豪，腰横秋水雁翎刀”，如有阻挡者，神国武士的战刀在此，必将使其横尸遍野，血流成河！

小原正树高叫道，大川君所言极是！有你在这里给撑腰壮胆，那几个支那人想抓捕咱们，只能是白日做梦！

千万不可轻视对手，平源叶子说，我们是在敌国土地上窃取情报，势单力薄，处于劣势，还是需要谨慎小心才是。目前金州军政衙门四处张贴布告，重金索取我情报人员线索；还有一支锄奸队咬住我们不放……我们切不可大意失荆州！

锄奸队，什么东西？胆敢虎嘴上拔毛？大川十步不解地问。

猪口一郎忙接茬儿说，锄奸队是一伙儿人，他们当中有一个叫狗儿的，不但为人狡猾狡猾的，武功也是不凡。咱们金州情报组的大本营和顺旅店，就是让他带人给抄了，所以才跑到这里来……

哈哈哈……原来是这样。大川十步笑道，狗儿，这个名字有意思，有意思！他的是狗，我的是狼，中国有句老话，叫做“狗到天边吃屎，狼到天边吃肉”！哈哈……叶子小姐，请你先说一下，你们的工作已经进行到什么地步了？

已经接近尾声，与金州相连的七条大小干道，已全部侦察清楚。叶子说，眼下，正由小原君按统一比例绘制总图。我们组的太正浩一目前正在观测附近海域的潮汐……

大川十步说，那好，等总图绘制完毕，由森井君用带来的照相机拍成胶卷，送回军部，任务就可以完成了。我刚刚有了一个想法，叶子小姐，不知想听不想听？

叶子说，现在已是中午了，咱们边吃边说怎么样？

不，我要一吐为快。大川十步着急地说。

那好吧，大川君请讲——

正在这时，房门一下子被推开，一个头戴草帽的胖子闯了进来……

滚出去！支那人太不懂规矩，进屋也不敲门。大川十步愤怒地斥责道。

慢！叶子喊了一声，怎么是你，陆大哥？

来人是陆途。听到叶子的叫声，他紧张地回头瞅了瞅，见似乎没人跟踪，便直截了当地说，小叶子，此地不可久留，狗儿已经准备抓你们了，只等那个货郎回来……说完话，转身就走了。

大川十步说，此人是谁？我怎么看着眼熟呢！森井守信说，好像是在大门口附近卖药的人。

平源叶子不无得意地说，他是锄奸队的人，已经为我所用。

大川十步点点头说，叶子小姐果然不同凡响呀，虽说是女流之辈，确系谍报高手！难怪高桥君在我面前夸奖你是女中豪杰——言归正传，鉴于目前的处境，与其让狗儿的锄奸队撵着到处跑，不如想法子干掉他们！我的想法是……

日谍们听了大川十步的计策后，哄然一片叫好。只有叶子沉吟了一下，勉强地说，既然你们这么有把握，那就试试看吧。

午后未时，化装成打扫房间老头儿的邱峰，匆忙来见正在店里跑堂的狗儿。他气喘吁吁地说，队长，有情况！狗儿把他拉到僻静处，说大哥别着急，慢慢讲——

邱峰说，刚才我去了日本人住的房间，看见里边的人都不见了，地桌上留着纸条和银子，银子是付店钱的，我已经给了娜姑娘……这纸条是写给你的，快看看吧——

狗儿接过纸条一看，见上面写道：

狗儿阁下：

你我都是武士，应该按照武士的风范进行决斗。你我双方每方出三名武士，决斗三场，胜两场一方为胜方。如我方失败，我方人员任你处置；如我方胜利，你们从此不要再来纠缠。明日早晨，永安门外北大河沙滩上见面，生死系于一念，我方人员将在那里恭候阁下诸位。

神国武士 大川十步敬题

狗儿阅毕，把纸条收了起来，对邱峰说，通知所有人，回茂达客栈。

邱峰答应着，刚走几步，又转回身对狗儿说，对了，还有一个情况，傍午时分，陆途这小子戴个大草帽，偷偷溜进了客房，可能是去找小叶子了……

狗儿微微一笑说，好，他是迫不及待了……

茂达客栈。锄奸队在开会。

狗儿拿出日本间谍留下的纸条，说，大家传阅一下，再发表各自的高见。

他奶奶的！真是太狂啦！竟敢在咱们的家门口跟咱叫阵。队长你发话，怎么收拾他们？邱峰怒气冲天地说着，把身上的小褂子扯下，露出一身腱子肉来。

袁大哥，你的想法呢？狗儿诚恳地问道。

小诸葛袁方双目微阖，做深思状。倒是铁弹子陆途憋不住了，说道，我先插一嘴，据我观察，这个叫大川十步的日本武士，可不是等闲之辈！我在卖药时就看见他，长得像黑铁塔似的，跟其他长得球球蛋蛋的小鬼子可不一样……依我之见，咱们还是避其锋芒。要是比武决斗，咱这伙儿人够戗是他们的对手！

狗儿微微一笑，心中暗忖：如果陆途不是内奸，他说的何尝没有道理。从局部看，敌强我弱，是“秃头上的虱子——明摆着”；可从全局看，奸细们是少数几个人，他们处于劣势。退一步说，到副都统衙门去带一队清兵来，将他们包围、拿下，未尝没有道理……可是那么做，有点太高看他们了！

狗儿正想着，袁方开口说话了：这新来的两个日本武士，我也跟他们会过了，尤其是那个叫大川十步的中年武士，看样子不但武功高强，而且很有谋略。他们很清楚，中日已经开战，别说是日本奸细，就是日本人，在这里也是“过街的老鼠——人人喊打”，所以才巧言什么“武士风范”，搞一对一的决斗，想从中讨点便宜。现在的问题是，咱们能否打胜他们？

狗儿点燃了大烟袋锅，猛劲地抽了几口，喷出了浓浓的烟雾。他说，我在琢磨，这伙儿奸细为啥从分散行动变成现在的集中行动？有可能是侦察已经结束，很可能是在绘制一张完整的图纸……时不我待！明晨决斗，要是咱们不答应，那是自扫威风！他们人手目前比我方多，如果咱们去副都统衙门找人帮忙，报告、请示来回一扯扯，恐怕让小鬼子得逞……眼下的形势十分清楚，狼过去总是偷袭咱们，如今是找上门来挑战，狂妄透顶！如果拒绝挑战，丢的不是咱们几个人的脸，是锄奸队的脸，中国人的脸！唉，不就是比武嘛，要是咱们胜了，就怕他们说话不算数……

袁方说，我听说日本的武士讲究“武士道”，虽然狂妄凶悍，号称神国武士，可很有自尊心，说话应该是算数的。

邱峰使劲拍了拍胸脯说，神国个屌！我支持队长，跟他们打一架！

陆途木滋滋地呆坐着，叹了口气。

狗儿扫视了大家一眼，烟袋锅在炕沿边磕了磕，说道，既然要打，就得讲究排兵布阵。我想起孙膑赛马的故事，当时双方实力基本差不多，和现在的形势仿佛。他用上马对付中马，中马对付下马，再用下马对付上马，保证三局赢两局。鬼子们也肯定熟读兵书战策，主力一定会集中在头两阵上，而第一个出场的肯定是先锋，第二个出场的才是主帅。因此……我打算请陆大哥打第一场……

啥？让我打头一炮？！陆途瞪大了眼睛，吓了一跳。

对，让你打头炮。狗儿说，而且你这位先锋出马，是只准输，不准赢！狗儿说完这句话心想，想让你打胜也难啊！

啥？让我去输！这……这不是寒碜人吗？陆途说着，脑袋摇得像拨浪鼓，显然他是没弄懂狗儿这葫芦里卖的是什么药。其实，不但是陆途糊涂了，连小诸葛和山狸猫也如坠五里雾中，找不着北了。

狗儿胸有成竹地继续说，陆大哥，你输是输，可十招之内不准输，十招以后，要输得像模像样，这叫诈败，是骄兵之计，懂了吗？见陆途点点头，他又接着说，接下来，由我上场，跟那位大川十步先生一决高下！看看他到底是十步还是百步，是大川还是小川，是啥成色。

陆途说，队长呀，我说句不该说的话，那个叫大川十步的日本武士十分凶悍，你要对付他，我看……有点难啊！

狗儿笑笑说，不厉害，人家咋能上门叫阵？可如今是想躲也来不及了，只好血拼一场啦！

邱峰着急地问道，那我呢？

狗儿哈哈一笑说，你跟袁方大哥“杠老头儿”，石头剪子布，谁赢谁就打第三场。

陆途说，队长，你就铁定你能赢？要是你也输了呢？

狗儿微微一笑说，我要是输了，你们就给我收尸，然后骑快马去旅顺，让龚大人带人来捉他们就是了。

邱峰说，得得得，别说那不吉利的话。袁先生是文秀才，舞文弄墨是行家里手，打仗，一定得由我这粗人上场！这些日子不打架，浑身上下都锈住了……

袁方神秘地一笑说，咱们俩呀，不用争，恐怕到时候谁都上不去场。

依你的说法，队长上场是肯定输了不成？邱峰不解地问。

袁方不阴不阳地说，明早儿要有一场好戏看喽……巅峰对决，神鬼莫测，我这个算命先生活了半世，这回可要开眼了。

行了，行了，别酸啦！来，杠老头儿——邱峰来到袁方对面，捋胳膊挽袖子，伸出了大手。两个人吆喝，石头剪子布——袁方伸出的是一个巴掌，邱峰亮出的是一个拳头。邱峰输了，一个劲嚷嚷道，不算不算，得三盘两胜才行。袁方说，君子一言，驷马难追，岂能不算！

倒是狗儿给圆了场，说袁大哥，你就让邱大哥打第三场吧——你来观敌料阵，当你的诸葛亮。

遵命！袁方说。他瞧着狗儿，心中不禁慨叹：认识这年轻人才半年光景，想不到他竟进步如此之快。从刚出道时莽莽撞撞的小生荒子，到几经摔打历练成如今模样，连我这老江湖也自愧不如！

邱峰开心地拍打着肌肉结实的胸脯，兴高采烈地说，这擂台要是上不去，我就不是山狸猫喽，就成了家猫啦！

当狗儿与三位大哥骑马从永安门走过时，已是天光大亮，东边升起的旭日虽然被大和尚山苍莽雄浑的身姿遮掩着，但满天的霞彩却把头上的蓝天铺陈、渲染得格外好看，这是个大晴天。约定的决斗地点在北大河沙滩处，离北门仅三里来路，马一撒欢儿就到了。目光所及，日本人已经早早在那儿等候，但见有五个人面朝东方，正跪在地上遥拜……

锄奸队的人走过去，将马系在沙滩上方的柳树林里。平源叶子从阵中走出，手拿一张纸摇晃着，喊道，狗儿，你过来，这是双方比武的生死文书，你是领头的，先看看，同意的话就画个押！

狗儿回身止住了大家的脚步，自己大步向小叶子走去。这是自旅顺一别，三个多月以来两个人头一回见面，此时，比武场中央只有这对生死冤家。狗儿看了一眼穿着男装、面露微笑的叶子，想起几个月前，俩人曾经有过的那段甜蜜的依恋，一时间感慨万千，禁不住问道，小叶子，你好狠心，竟然不辞而别。你一个女人，干吗非要当间谍，想永远离开我吗？

各为其主，我没有办法。小叶子说，你要是真想和我在一起，今天就有机会，放下屠刀，立地成佛，跟我走吧！

该放下屠刀的是你们！我没有跑到日本岛上去杀人放火，去猎取情报，去梦想霸占人家的地盘……狗儿有些激动地说，中国有句老话，叫做“人心不足蛇吞象”，到头来，你们只能是搬起石头砸自己的脚，玩火者必自焚！

小叶子说，狗儿，啥时候练得伶牙俐齿的？说这些大道理没用，满洲早晚要挂上日本国旗，到时候，你就变成丧家之犬，搞不好还得我收留你……

说啥鬼话呢，小叶子——狗儿嘻嘻一笑说，你一个娘们儿家，搞什么打打杀杀的，当什么奸细……你要是回心转意，帮我灭了这些兔崽子王八羔子，我就娶你！

我已经说过了，我们都是军人，各为其主。那个大川十步，是日本第一流的武士，你——

狗儿见叶子欲言又止，似想对他暗中关照，心中一软说，小叶子，你可想好了，你看这大和尚山多美，又能看海景，又能漫山遍野地随处打猎，跟了我，不委屈你，你好好想想吧，过了这个村可没那个店喽。

面对狗儿的调侃，小叶子泪水含在眼圈里，一时不能自持，她喃喃地说，狗儿，你好坏哟，我已经有了……算了算了，今天的比武，你可要小心了。

狗儿见叶子吞吞吐吐，欲言又止，一时有些丈二和尚——摸不着头脑，便追问道，你有了……有什么？

我恨你！有……杀你的心！把这个拿过去，你们哥们儿看看，同意，就签字画押。小叶子说着，将比武的生死文书递了过去。

狗儿接过文书，转身向自己的阵中走去，大家争相传阅，见上面写着：

使刀弄拳，悉听尊便。

生死相搏，概不后悔。

武士之道，信义为先。

比武三场，胜二为赢。

有言在先，信守诺言。

神国武士　大川十步

狗儿见大家认可，便接过袁方递来的毛笔，大笔一挥写上：

中华义士　黄勇

狗儿拿着这张文书，大步来到两阵中间，朗声叫道，谁是大川先生？

日方阵中蠕动一下，一位中年武士站起身子，迈着沉稳的脚步走过来，伸手接过那纸文书，眼睛一扫，嘀咕道，黄桑（日语，黄先生），就是你吗？

皇上？我不是皇上，皇上在京城呢！狗儿调侃道。

平源叶子赶紧走过去，用眼角扫了一下比武文书，对大川十步说，他的小名叫狗儿——

大川十步微微颔首，又定睛看了一下年轻的狗儿，问道，你就是锄奸队的首领？

没错！我就是抓日本奸细的头儿。狗儿点头说。

哟西，哟西！我的徒弟森井守信，也是个年轻人，他来打头一场，你们两个棋逢对手！大川十步说着，向后一挥手，森井守信阔步走来。

狗儿见状说，不，他不配跟我交手，我的对手是你——大川先生！说完也向后一挥手，我的先锋陆途在此——

陆途拎着鬼头大刀上场，向森井守信一拱手说，来将通报姓名，我的祖传大刀不砍无名之鬼！

森井守信忙躬身施了一礼，自我介绍说，我是福冈武士，叫森井守信，请你也通报姓名——

江湖人称铁弹子陆途，就是我！

森井守信认真瞧了一眼陆途，叫道，我见过你，你就是卖刀伤药的那个人……

陆途担心对方再说下去，会道破自己的行藏，便大喝一声：看刀！一招“力劈华山”，早劈将过去。赤手空拳的森井守信脚步十分灵活，闪身避过刀锋，腰一拧，瞅准对手的空当，一记虎尾脚蹬出，险些将陆途的大刀踢飞。陆途慌忙倒退三步，连连拧了三个刀花，方才封住森井守信连环脚的进击……

森井守信的功夫，最初是跟一位琉球武师学的。中国武术自十四世纪由福建人传入琉球群岛后，岛上曾先后出现两次大规模的禁武行动。第一次是1429年，琉球的尚巴志王平定群岛长期战乱之后，宣布以文治国，提出“废刀令”。其后是尚真王时代，更是大力推行禁武政策。第二次是1609年，鹿儿岛的萨摩蕃侵占琉球后，为防止老百姓反抗，颁发了武器禁止令。长期的禁武政策，迫使当地人秘密传习“唐手”，以求防身和抗暴。唐手在民间十分流行。所谓“唐手”，即中国拳法（唐，在当时是日本人对中国的尊称，故日本人取名“唐手”，以示不忘本源）。森井守信的师傅就是一位一流的琉球唐手，他是后来才跟大川十步学习柔道的。这唐手最讲究空手格斗技术，对付的对象恰好是手持刀械之人，今天森井守信碰到使刀的陆途，可谓是正中下怀，有了用武之地。

三个回合过后，陆途看到对手不但步法灵活，出拳刚猛，而且尤擅腿功，心想要在十个回合之内不落败，必须采取拖延战术，于是一改着力劈砍、猛烈进攻的招式，用八卦步带刀游走于对手的身侧……这样一来，森井守信只得频频移动步伐，寻找陆途的破绽。两人团团转着，脚下沙尘飞扬，看着令人眼花缭乱……

看着这场面，面对东方而坐的大川十步歪过头对叶子说，这个“内奸”，内劲不足，功夫花哨，他不是森井守信的对手。叶子说，按理说，这位陆先生是从山东天地会过来，到金州开设香坛的，功夫应该不错。只是这人骨头没有了，心就虚了……

森井守信猛然间摆腿横踢，陆途忙使一招“风摆荷叶”，大刀顺势向旁一推，没想到此腿进攻是个虚招，看准对手露出空当，森井守信矮下身子，出拳变掌，以手刀猛戳陆途软肋……饶是陆途躲闪甚快，肋间也被掌风抹了一下。陆途顿觉气血上翻，呼吸困难，慌忙侧步拖刀，拦住森井守信的攻势。

五、六、七……已经是第八回合了，狗儿数着双方来来往往的招数。邱峰压低了声音嘀咕道，这老陆今天是咋的了，大刀对付人家一双肉掌，还被逼得满场绕圈，手忙脚乱。要是我呀，非片了这个小鬼子不可！

狗儿说，你也先别吹牛，森井守信这小子拳脚可是不含糊……

也许是让森井守信凌厉的攻势逼急了，陆途大吼一声，如猛虎下山一般，连连使出全身力气，一招“秋风扫落叶”过后，又是一招“水漫金山寺”，斜劈对方的腰间和下盘。森井守信晃动身形，连连躲开杀招，猛然间，两腿疾出，直奔陆途面门踹去……

陆途身子向后一仰，忙使出“缠头裹脸”的招式，化解了这一险招。大概是用力过猛，陆途脸上的汗珠已然滚落下来，正当他下意识地揩了把脸的当口，森井守信一手拄地，用剪腿直攻他的下盘，陆途慌忙双手举刀……

森井守信又是一记弹腿，脚尖直点陆途的心口窝，只听“嘭”的一声，陆途整个身子飞了起来，鬼头大刀撒手抛出。那森井守信得势不饶人，一个鱼跃前滚翻，一记重拳正砸在陆途的鼻梁骨上，“咔嚓”一声，陆途脸上已然开了染料铺，顿时昏厥过去。

大川十步吼了一声，止住了徒弟悬在半空的拳头。这一场结束，日方胜出。

邱峰和袁方一齐跃出，忙把陆途抬了回来。狗儿掏出怀里的药瓶扔给袁方，然后拍拍屁股上的沙土，缓缓步入场中。

正在这时，只见石头从远处跑来，气喘吁吁地交给狗儿一封信，说，旅顺来了一个骑马的官差，让我尽快交给你，他人已经走了……

狗儿将信往怀里一揣，对石头说，你先不用回去，在这儿看看热闹吧……

第二十四章 巅峰对决

看见狗儿进了场子，日本浪人大川十步腰上斜插着日本刀，拍拍手，乐哈哈地走过来说，我的徒弟出手有点重，请黄桑见谅。说着，给狗儿鞠了一躬。

狗儿打着哈哈说，跟皇上说话，要行三叩九拜之礼，光是大哈腰，不行！

听着狗儿的调侃，大川十步嘴角深陷，脸色变得有点难看。他一字一句地说，你，不是皇上，是黄桑——

那不都是一回事吗？这个词在中国不能乱说，叫错了是要杀头的。狗儿说着，用手在脖子上比画了一下，他是想气气这个鬼子……

你们支那人武功的不行，像你们的国家一样，光耍嘴皮子没有用，要拿出真本领才行！快快地，快快地来，我的拳头生气了，要喝血了！大川十步恼羞成怒地挥了挥青筋鼓凸的拳头，样子有些骇人。

狗儿面色温和，笑嘻嘻地直盯着大川十步，竟想起去年冬天和老爹去步云山狩猎的情景……那天下起了暴烟雪，大山里的路被封死了，连个人毛都找不着。爷儿俩"麻达山"（迷路）了，转来转去，却意外地发现一个黑瞎子蹲仓的枯树洞。那是个需六七个人合围才能抱住的半截子树洞，洞口挂满了厚厚的白霜，行家一看，就知道那是黑熊冬眠的哈气形成的。爷儿俩用手势比画完，互相会意地点点头，待狗儿躲好，老爹缓缓地上前，用斧子一下下地敲击着树干，"嘭嘭"的响声在空旷的老林子里回荡……

黑瞎子冬眠时，最烦的就是被惊扰，它从洞口探出头来，转动着毛茸茸的大脑袋，眯缝着小眼四下里张望，老爹早躲在大树的背后。它见没人，又缩进洞去睡觉……刚刚阖上眼睛，"嘭嘭"的声音又开始了。经过这三番五次的折腾，黑瞎子睡意全消，终于愤怒地从树洞口探出半截身子，接着猛地朝外一蹿，就在这一刹那，枪声骤然响起。狗儿开枪击中了黑瞎子胸前那撮白毛，那是心脏的要害处，黑瞎子一头栽在雪地上。

眼前的大川十步，黝黑的脸膛，粗壮的身形，颇像那头黑瞎子，一气他，他就张牙舞爪，气急败坏地大叫，快快地，快快地来，你的害怕啦？

狗儿说，我是这地方的主人，你是外鬼。要说害怕，那是你……你先出招吧，快快地，看看你有啥本领——

大川十步说，你的……狗眼看人低！他终于忍不住了，张开手抓住腰间日本战刀的刀柄，猛地抽出，向空中一抛，“嗖”的一声，那刀在半空中旋转着，呈一个优美的弧线落在身后的沙滩上，直没至刀柄。大川十步用这样一个精确的手法，展示自己上乘的武功，想先声夺人，震慑对手。

狗儿笑嘻嘻地说，行，好样的！甩得不错，快快地来吧……不过，以后不准骂狗，“皇上”的小名叫狗儿，犯忌——

大川十步挥舞着一对铁拳，真想一下子将面前这个戏弄他的年轻人敲成肉饼。虽然恼怒，可他毕竟是一个成名的武士，多年的修炼和砥砺，使他实战经验十分丰富，他告诫自己，要制怒，要冷静。他用低沉的声音说，我，大川十步，要用纯正、正宗的日本武道跟你决斗！

狗儿笑道，我见过你们日本正宗的武道，那得脱光了衣服，光着屁股跟我摔跤，像一只蹲着的光膀儿的大黑瞎子。他想起和顺旅馆里那幅日本相扑的画来了……

你说的那是相扑，不是光屁股，没有光屁股。大川十步解释着，挥手比画着说，我今天，要用日本最高水平的柔道与你比武，让你见识见识纯正的日本功夫！

净吹牛皮！你们小日本，哪有啥纯正的功夫，还不是早年间跑到中国偷学了几招，然后改头换面，说成是你们的。狗儿一个劲地挖苦他说，就像你们日本字儿一样，我见过，有一多半是汉字，你们造的像曲蛇一样的符号掺杂在里边，这就是你们所谓的“正宗”、“纯正”，真是不害羞！

狗儿此话一出，大川十步吧嗒吧嗒嘴一品，觉得颇有些道理，脸色不觉涨成猪肝色。但他嘴上却不服软，强词夺理道，那叫加工、改进，就像小孩子上学，得有一个学习的过程。

这就对喽……今天中国爷爷就来教教日本孙子怎么打架。爷爷和孙子过招，怎么能先动手呢？还是你先出招吧！狗儿是在使用心理战术，想先激怒他。

大川十步翻楞了几下眼睛，咬着牙，一字一顿地说，看来，你是敬酒不吃吃罚酒！那好，今天，我就放弃日本的武道，用你们中国的功夫跟你打，非让你跪地求饶不可！说着话，他猛提一口气，然后气沉丹田，气贯四肢、全身，浑身上下的骨头节“咯咯吱吱”一阵响动，紧接着双臂微微抬起，猛地分手一错，势如举鼎，大吼一声，使出形意拳中的一套崩拳，密如雨点般地朝狗儿打去……

好！狗儿亦大吼一声，同样用形意拳中的钻拳变招相迎，以快制快，一个前手压住对方，扯带着后手撵锥子似的撵进去……两个人你来我往，势如翻浪，跌宕起伏。

深谙中国武功招法的大川十步，先以力沉劲猛的崩拳夹杂着横拳，先声夺人，逼得狗儿只有招架之功，没有还手之力。两人一攻一守，你来我往……

“手是两扇门，全凭腿打人”，大川十步身子往下一沉，猛地蹿起提膝，狗儿见对手要变招飞脚旋踢，即刻心领神会，前手一晃，移形换步，顺势一招“猴子撸枣”，大川十步飞腿踹空的瞬间，自己的腋窝早挨了一掌。顿时，大川十步惊出一身冷汗，直到此时，他才真正感觉到，眼前这个比自己矮半头的中国武士，原来是一个顶尖的高手！自己学的形意拳，一时拿狗儿没办法。但大川十步毕竟是个火候老到的武士，他看出对手的优势是灵活多变，手法小巧，不足是雄沉不足，力量不如自己，便立刻调整了战术。

只见大川十步调匀呼吸，舒展双臂，做了两个云手，佯做守势……陡然间一个虎扑，上手就是一连串炮拳，只有出手没有收手，攻击十分猛烈，逼得狗儿连连后退，两人脚下如同腾云驾雾一般，飞沙走石……

这厢一旁观看的石头，大张着嘴，眼睛都直了。邱峰紧张地用手抓住袁方的胳膊，捏得袁方大叫一声，这个山狸猫，爪子把我抓疼啦！邱峰这才感到失态，松手一看，袁方的手腕都变紫了，便不好意思地说，这个大川十步真是生猛，我怕队长撑不住哇。

别瞎说，刚才队长不是给了他一掌吗？袁方说，“老太太上街——这才哪儿到哪儿啊”！

面对大川十步两手一高一低的炮拳攻势，狗儿突然扎住脚步，双手齐出，以炮对炮，翻腕抢拳，脚步微抬，冲着对手的胫骨、脚腕就踏过去……这是马形的脚击法，动作小，隐蔽性强，一脚踏在大川十步的脚腕处，大川十步“哼”的一声，侧步旋转，利用腰部的拧劲，飞起一脚，直朝狗儿的面门踢去，狗儿躲闪不及，毅然不退反进，身形一缩，一个虎托，避过对手右腿，却未能躲过左腿的二踢脚，肩膀被踹了一下，顿时翻身扑倒……

呀！平源叶子看到这儿，情不自禁地叫了一声。

猪口一郎猛地一拍掌，站起身来大叫，哟西！好，好！

真是凶险极了，大川十步跨步上前，刚要举腿朝狗儿腰椎踏去，却因为脚腕处刚刚被踏伤起了个大血包，腿一软，自己险些一屁股坐在地上。

时机稍纵即逝，狗儿已经一个“鲤鱼打挺”化险为夷了。狗儿持拳伫立，望着眼前的对手，心中暗忖：这个大川十步，身手果然十分了得！如果是在一个平台上比武打擂，怕是真要输给他。好在现在脚下是河滩上一片开阔地，回旋余地大，进退自如，可以不断与之周旋，消耗对手的蛮力……要十分小心呀，接下来该是最危险的，看大川十步那张毫无表情的脸，不知他心里在打啥鬼主意……

大川十步脚腕处刀剜般地隐隐作痛，为了不让对手觉察出自己的伤处，他原地做了两个摆腿的动作，又活动了一下手腕，显得十分轻松的样子。他在想，这个对手太滑头，自己刚才的招法有点像拳头打跳蚤，有力气使不上，不过，胜利只是个时间问题！蓦地，禅宗有句名言涌上心头：“三藏十二部，曹溪一句亡。”说的是佛经有百万卷，但禅宗六祖彗能一句话就表达清楚了。自己比武决斗前说的话太过，中国武术实在太过博杂，索性出一险招，即使先受伤，亦能一招制服对手。思及此，改拳为掌，手若飞叉，一时间风在掌上，劲在指间，变以拳打人为以意打人……

狗儿一惊，未想到这鬼子形意拳练到如此精进的境界，心内灵光一闪，立刻欺身上前，以捏、拿、点、戳的点穴功，直奔对手掌心、虎口以及肘腕处的穴位袭去，但见两人腿如老树盘根，上身前倾，掌花翻飞，柔指劲挑，杀在一处。

陡然间，大川十步大吼一声，脚踏中门，双臂暴出，借双掌、两腕一抖的猝劲，发出一记少林武功绝技“推山掌”。这是大川十步所练拳法的看家功夫，着实有千斤之力。当年他来到河南嵩山少林寺，硬是给武僧们挑了一年水，才学到这手本领，学成后，每遇强敌，均用此掌打得对手魂飞魄散，似风筝一般飞出丈外……

比武，就是比谁悟得早，比谁后发先至。形意拳的后发制人，不是等对方动手我再动手，而是对方动手的征兆一起，我就动了手，正所谓“秋风未动蝉先觉”。面对大川十步开山裂石的一击，好狗儿侧体滑步，借用八卦的“回身掌”动作，变指为掌，借力横行，如螃蟹一般，闪过“推山掌”的掌力，移步同时甩手一记“猴挂印”！这“猴挂印”先手虚晃，好似泼妇抓脸，惊扰对方，膝盖大骨如同一方大印，借力打力，直挂对手胸前，正中大川十步两胸间的膻中穴。

大川十步这下子可吃了大亏，连连倒退七八步，五脏六腑如同涨潮一般，一口鲜血喷吐出来，要不是脚后跟被插在地面上的日本刀挡住，恐怕立时会仰倒在地。这膻中穴位于前胸正中，两乳之间，乃是人的藏气之所。古人云：“胸脯者，藏府之廓，膻中者，心主之官城也。”可见此穴之重要。

大川十步抓住先前插在地上的战刀刀柄，恰好卸去了对手的劲力。他稳了稳身子，将雪亮的日本刀顺势抽出，阳光下寒光熠熠……

狗儿望着那刀光，身上掠过一丝寒意，知道自己刚才是出了一身冷汗，才想起一句俗话：“富贵险中求，比武败中胜。”刚才分明是大川十步破釜沉舟，先出凶招，自己是万不得已险中争胜，好在老天爷有眼，一招打入空门！否则的话……会比大川十步输得还要惨！这正应了那句老话：“高手过招，毫厘之间。”

狗儿这次与大川十步交手所用的功夫，无一不是父亲黄大河所教的形意拳，只不过狗儿悟性极高，更加敏捷就是了。对于形意拳的十二形——龙、虎、猴、马、鼍、鸡、燕、鹞、蛇、鹰等，他只拣合自己意的练，由着兴趣玩，见十二形中没有狗形，自己又叫狗儿，便琢磨狼与狗的动作，而且把十二形中有用的招式糅合进狗拳当中。他有一套自己的理论，中国的武师教徒弟大多像猫教老虎，留一手上树的本领不传，秦琼留了一手“撒手锏”，罗成留了一手“回马枪”……学得再像，也学不全，何必在一棵树上吊死！老爹对儿子挑三拣四的学法很不以为然，认为是性情浮躁，不肯下苦工夫。岂知狗儿只是不死练而已，是活学活用。今天的实战演练，更让狗儿感到进入了一个新天地、新境界：真功夫是没有套路的，就像天地四季一样，春夏秋冬大体上有，却绝不会一成不变，譬如春夏之交也有“六月雪”，隆冬时节常有“小阳春”一样，无非是因时而进，因地制宜，因人而动，与天地同悟。大川十步刚才吃了亏，就是以己之短对付我之所长，以死套路对付活招式；另外，他多少有点轻敌了！狗儿心想，现在大川十步该发挥自己的特长，跟我玩命啦！

果然，大川十步在摸到自己战刀的瞬间，也意识到自己舍己之长迎敌，未免轻敌，让对手讨了便宜，大大地长了对手的志气，扫了自家的威风。他双手握住刀柄，缓缓地擎起，让瀑布般的阳光淬在刀锋上，整个天空在他眼里仿佛被割裂一般，他内心涌动着澎湃的激情，暗暗祈祷：天照大神，保佑我！你的神国武士——要用犀利的战刀劈开广阔的天空，劈开坚实的大地，让你泽被大陆，让你的光辉照耀满洲土地，让眼前这些支那人匍匐在你的脚下，成为你的顺民……

祈祷完毕，大川十步瞧着眼前这个面容平和、依然笑嘻嘻模样的年轻人，再不敢生轻慢之心，他揩了一下嘴角上的鲜血，大声说，黄桑，请拿起你的武器，我要用刀了——

“皇上”不用刀，“皇上”爱抽烟，就用这根大烟袋锅跟你打。狗儿依然是那副油滑的腔调，他从腰间取下那杆烟袋锅来……

处于庄严心境中的大川十步，被那大烟袋锅震惊了，他愕然地想，这东西难道也是兵器？他觉得自己受到了侮辱，面对一位神岛大武术家，支那小子竟然不使用中国十八般兵器中的任何一样，这事要是传到神岛上去，岂不成了大笑话！日本刀对阵烟袋锅，即使赢了，也会惹人耻笑的。他十分认真地摆摆手说，黄桑，这是生死相搏，不要开玩笑，快快地，收起你手里的玩具！

大川先生，这东西可不是玩具。真正的武士，视天地万物皆为兵器，视天地万物皆无一物。说着，狗儿右手将那烟袋杆在手心里一托，掌心稍一用力，那烟袋锅竟似着了魔一般滴溜溜地飞旋……

邱峰和袁方被这精彩如魔术般的表演所感染，大声地叫喊，好！好啊！

大川十步此时已经无话可说，烟袋杆在对手的手中飞旋着，一时间看到的只是一团金光，那分明是黄铜的烟袋锅在旋转……他深深地感到，这个“玩具”果然非同凡响，是一件真正的独门兵器！他又重新举起刀，暗自运气，慢慢地感到周身劲爆，手指缝、脚趾缝间迅速地长满了肌肉，坚硬似铁，充沛的力量如洪水决堤般地澎湃四射……

狗儿盯着大川十步的一举一动，眼底虚空，渐渐入境……他感到如站在高山之巅，身如一叶；如与大海为伴，似沧海一粟。自己陡然间那么渺小，那样微不足道……蓦地，眼前高峰坠石，浪遏飞舟……身体内血液流速加快，浑身上下的毛孔纷纷张开，好似都在呼吸，都在谛听，都在感觉，慢慢地，这种感觉凝结在一点上：雪亮的刀锋，寒霜般的刀尖……整个天地都虚化了……

刀，终于出发。

劈、砍、刺、扫……好似旋风中的一根白色的翎毛……

铜质的烟袋锅，如同天地间的一个小精灵，滑、游、弹、射……像海中的金鱼……

近代日本战刀造型柔美、轻便、锋利，钢口是世界首屈一指的。大川十步的这把刀，是名家打造，名叫“黑雾”。在这位大武士手中，果然像一团雾，密不透风的雾，十余个回合下来，就将狗儿罩在这一团黑色、迷离的刀雾之中。

邱峰紧张得大气都不敢喘，他从未见过这么快的刀法，这么凶狠的杀招，他不住地打冷战……心想，一般人上去，恐怕早成了刀下的肉馅！

袁方也看呆了，他早知道这是一场巅峰对决，他后悔没有早早地提醒队长，怎么可以用烟袋锅对付这么厉害的鬼子！他下意识地搂住邱峰和石头，三个人抖在了一处……

忽然之间，场上那团雾渐渐散去，刀变得凝重、沉稳、滞涩起来；烟袋锅重又变成烟袋锅……以命搏杀中的两个人一下子变得斯文起来，手里的武器好似文人手中的兔毫毛笔，视对方为一张宣纸，面对面地书写着力透纸背的大字……

“外行看热闹，内行看门道”，场上场下的人，无不知道天崩地裂、血溅沙场的那一刻就要呈现了！

“呀”的一声，“黑雾”猛地劈向狗儿的脖子，狗儿一个收腹，仰头腾空而起，万万没有料到，大川十步此招是虚，刀顺势向前一推，从狗儿两胯间挑过，只听“嘶”的一声，刀尖早已将其裤裆挑破，太悬啦！

场外的平源叶子“呀”地轻叫一声，身子一下子站了起来，但见狗儿一个虎跳倒纵，躲过紧接着的几记杀招，她自己心脏兀自跳个不住……

忽听狗儿嚷嚷道，大川先生，过分了，太过分啦！刚才还叫我“皇上”，现在要让我变成太监——

大川十步收住刀势，双手将刀抱在怀中左侧，大喘了几口粗气，难得一见地露出笑意，说，太监，那是你们支那人的特产。坏小子，就应该让你断子绝孙！

那是不可能的，我还要跨洋过海，上你们岛子上多娶几个日本老婆呢……不过你刚才这招不错，倒是帮了我的大忙，现在裤裆破了，好凉快呀！说到这儿，狗儿将上身的小褂子脱去，将烟袋锅插在腰间，拍了拍胸脯说道，好凉快呀！

大川十步见对手赤手空拳，忍不住叫道，我要让你好好凉快凉快！说着挥刀上前……

他哪里知道，狗儿要拿出自创的“看家拳”跟他拼命了。狗儿使出“看家拳”的第一招“兴奋抖毛”，周身发力，浑身劲抖，仿佛烈火烧身。大川十步见状，一下子呆住了，他弄不懂对手在搞什么名堂。就在他迟疑的当口，狗儿全身的劲力已然凝聚于双臂、双手和双腿、双脚之中，看到大川十步狐疑的动作和浑然不解的目光，狗儿的第二招“流星滚地”如瓶浆乍破般地突然使出。

说时迟，那时快，一个上步虎扑加头钻，狗儿如鬼魅一般，人已弹射过去……愕然间，大川十步再举刀，已然慢了半拍。狗儿欺身而上，连续七八个“霸王肘”，一势地贴身击打，令大川十步手中的“黑雾”无法挥动起来，只好连连后退。狗儿步步紧逼，丝毫不给对手以喘息的机会……

为了变被动为主动，原本双手持刀的大川十步，只好腾出右手，狂吼一声，上手就是一个“黑虎掏心”，妄想一拳毙敌于门前。面对这一记重拳，狗儿双睛如电，脚步稍侧，右手一个蛇形鹰爪，又拍击在大川十步的膻中穴上，左手抽出烟袋锅“啪”地刨在对方左手腕的内关穴上。大川十步顿时感到五内俱焚，一阵撕心裂肺的疼痛，令他再也掌握不住身体的平衡，身子如断线风筝一般飞了出去，“黑雾”随之抛出，人也重重地仰面摔在沙地上。

狗儿上前，脚尖一勾一挑，那柄“黑雾”就已落入自己手中，看看大川十步，此时面色惨白，正大口大口地呕血。狗儿将刀尖冲下，掌心一用力，宝刀“黑雾”早已陷入黄沙之中。此时，平源叶子和森井守信、猪口一郎等人纷纷跑了过来，扶起倒在地上的大川十步……

场外那边，邱峰和袁方、石头乐得直蹦高儿，嗷嗷直叫。此时，陆途已经休息过来，跑过来一把抱住狗儿说，队长啊，你太了不起啦！替我报了一掌之仇……

狗儿见状，一挥手，说了声，行了行了……袁大哥，把药拿过来！袁方快步跑来，狗儿对他说，袁先生，麻烦你动动手，先留大川十步一命——

原来，在狗儿眼里，这个大川十步虽然个性张狂、态度倨傲，是一个视中国无人的狂徒，但他信守武士风范，在比武中不搞歪门邪道，这一点还是令狗儿佩服的。袁方拿着一瓶云南白药走过去，正瞧见森井守信拿着一包从陆途手中买的所谓刀伤药，要给大川十步服用。袁方上前，劈手将那包药一把夺了过来，丢在地上，说，别扯淡了！那药是假药，真正的好药在这儿！

大川十步服了狗儿那瓶中的药，又经袁方一阵推拿，这才稍稍止住了疼痛，气息也喘匀了些，眼睛渐渐睁开了……

偏在这个时候，猪口一郎来了精神，疯狂地挥舞着两手，高声叫道，来来来！不是才一比一嘛，我来跟你们决个最后的胜负！

八嘎！猪口一郎——井里蛤蟆的是！大川十步坐直了身子，骂完猪口一郎，对站在一旁的狗儿说道，黄桑，我的败了！没有想到，中国还有你这样的年轻人！中国，亡不掉了……金州，日本武士的耻辱之地！可惜，像你这样的中国人太少太少……他挣扎着站立起来，在森井守信和小原正树的搀扶下，向狗儿深深地鞠了一躬。

狗儿说，免礼免礼，既然承认败了，就得按规矩办！明天早晨，你们所有日本奸细，要束手待擒……我要带人到你们住的和顺旅馆去。小叶子，今天就到这儿，我要回去补裤子了……不过，你们应当知道，中日已经宣战，你们这些日本的奸细是中国的敌人，我一个也不放过！

望着日本奸细一行的背影，邱峰扎撒着手（方言，指摊开双手）说，哎，这就完事儿啦，完事儿了吗？一会儿他们要是跑了呢？

狗儿说，跑不掉的！

石头说，我认出来了，那个叫什么……猪口的，眉骨上有一道疤，他……就是在客栈里杀人放火那小子……

狗儿点点头说，放心吧，冤有头，债有主，要让他拿命抵命！

袁方说，我早就说嘛，这一仗，没你们的份儿……

狗儿这才想起石头送来的那封信，忙从怀里拿出来一看，原来是北洋营务处总办龚照玙大人的亲笔信，上面写着：

黄勇队长，三日之内，无论锄奸队任务是否完成，必须来吾处报到，另有要事差遣。切切！

狗儿心道：是啥要事呢？会比锄奸的事还重要？

他哪里知道，他将要去办的差事，跟大清国最有权势的慈禧太后有关……

第二十五章　太后心事

住在北京颐和园里头的慈禧太后，这几天眼皮老在跳，好像有什么事儿要发生……

她是在今天早晨得知日本在丰岛海面击沉大清运兵船“高升”号的快报的。

夏日的颐和园，楼台亭榭装饰一新，偌大的昆明湖水波荡漾，芙蓉千叠，然而这静幽的美景却无法令慈禧兴奋。在万寿山佛香阁内，她伫立许久，轻拍栏杆，恨声说道，这个小日本，看来是专门跟我作对！眼瞅着这六十大寿就要到了，偏不让我好好过个风风光光的生日，竟然不宣而战！

此时的清王朝，光绪皇帝已经“亲裁大政”五年了，名义上慈禧是撤帘归政，其实是归政不归权，这大清国的真正当家人，依然是她这位年近花甲的老太婆。面对这位手握权柄的“老佛爷”、“亲阿玛”的六十大寿，二十四岁的光绪皇帝岂敢怠慢，早在光绪十八年（1892年）年底，即颁下上谕，提前两年为慈禧六十寿诞做准备。上谕称：“甲午年，欣逢（慈禧太后）花甲昌期，寿宇宏开，朕当率天下臣民胪欢祝嘏。所有应备仪文典礼，必应专派大臣敬谨办理，以昭慎重……”转年光绪十九年（1893年）春，朝廷又专门成立庆典处，专司办理庆典事宜。可谓举国上下，普天同庆。面对这等大规模的铺张庆寿，慈禧太后却并不满足，生怕搞得不火爆，不豪华，不隆重，她亲自下令设计“万寿点景”画稿，计划从西华门到颐和园的数十里路上，用彩绸搭建六十处彩棚、戏台、牌楼、经坛和各种楼阁等点景工程。至于要花多少银子，那不是她老人家要考虑的。

为了享受荣华富贵，慈禧花钱如流水，对此，光绪皇帝当然心知肚明。而花钱最多的，要数眼下慈禧太后住的颐和园了。

位于北京西郊的颐和园，是万寿山和昆明湖的总称。早在十二世纪金朝时，就在这一带建过“金山行宫”。那时的万寿山叫“金山”，昆明湖称“金水”或“金海”。到了元代，金水改成瓮山泊，湖水除了从玉泉山引来的泉水外，元世祖忽必烈还采用了水利官员郭守敬的方案，巧引昌平凤凰山下的白浮泉水，增大了水量。由于它地处北京西郊，也叫“西湖”。西湖以其风光秀丽而称为“西湖景”。到了清代乾隆年间，乾隆皇帝为了给他母亲钮钴禄氏庆祝六十寿辰，在瓮山上修了个大报恩延寿寺，始改为万寿山，将西湖改为昆明湖，园名也改称清漪园。这一大片皇家园林，历时十五年，耗银四百五十万两。然而好景不长，咸丰十年（1860年），英法联军入侵北京，纵火焚烧圆明园的同时，又派一队人马冲入颐和园，将园中珍宝抢劫一空，又将园内建筑焚烧殆尽。在此后的二十余年间，这座皇家园林已成杂草丛生、野狐出没的废园。

为了晚年归政后有个炫耀游逸的去处，慈禧在九年前决定重修颐和园。可这是个大工程呀，钱打哪儿来呢？修园子，她是有教训的。同治十二年（1873年）重修圆明园的计划一颁布，就遭到举朝上下的反对，使她没打着狐狸惹了一身骚。眼下，银子更加匮乏，加上黄河又决了口子，河北、河南均闹水灾，朝廷财政更加拮据艰窘，上哪儿去弄银子呢？深谙曲径通幽之道的慈禧找来贴心太监李莲英商量，太监总管李莲英也对此一筹莫展，倒是慈禧胸有成竹，说，小李子，你去找找军机大臣醇亲王奕譞，看看他可有法子。

李莲英心想，怪了，修颐和园是内务府的事，怎能找军机大臣呢？可是老佛爷既然说了，这其中必有机关。于是，他就去了。

这位醇亲王奕譞，就是光绪皇帝的亲爹，也是慈禧的妹夫。他原是一个普通的亲王，因为同治死了没有人继位，慈禧拍板让四岁的载湉进宫继承了帝位。儿子一当上皇帝，他就抖起来了，从一个没有实权的亲王，当上了军机大臣。为了讨好慈禧太后，他一上任，就大修“三海”。这三海就是前海、中海、后海。光绪十一年（1885年）九月，朝廷成立了海军衙门，奕譞就当上了总理海军事务大臣，成了大清的海军司令。

大太监李莲英找到奕譞，一说修园子的事，奕譞就明白了。他想，这是叫我用海军军费修啊，可是要动用海军军费，总得师出有名呀！他脑袋一晃，想出了一个妙招儿，在昆明湖里操练水师，那么重修清漪园自然是加强海防的重要步骤，经费也就理所当然可以从海军军费中挪用了。

这条瞒天过海修园子的计策，令慈禧十分满意。光绪十二年（1886年）十二月，奕譞与李鸿章商筹，以创建京师水操学堂为名，借款八十万两。四十天后，颐和园挂出了“水操内学堂”的牌子，学堂便大张旗鼓地在昆明湖畔开学了。慈禧一高兴，准许奕譞连海防捐、海关税也可以动用。就这样，大量经费源源不断地进入颐和园修建工程，总费用达一千万两银子，其中，挪用海军经费达七百五十万两。其实，当年北洋海军的七艘主力舰的购置费才七百七十八万两。如果把这笔钱用到海军建设上，到甲午年，北洋海军的规模扩大一倍当是绰绰有余。

园子修成了，慈禧率领文武百官参观，走到长廊西头，过了听鹂馆，穿过石丈亭，一看，这儿有个石头做的大兵船，上头有石缆石炮，很是雄壮威武，就是炮口对着万寿山。慈禧一看就火了：怎么在这儿修了这么个怪物？赶紧给我拆掉！

李莲英忙俯过身子，悄声说，老佛爷息怒。这兵船不过是个摆件，要是没了它，这海军军费可不好……

醇亲王奕譞也凑上来说，启禀太后，这不过是个门面罢了，请不必介意。

慈禧心里明白，可就是感觉这个兵船放在颐和园里头太煞风景，就说，把炮拿掉吧。

臣子们都心照不宣，西太后要的是雕楼画舫，湖光山色，饮酒游乐。于是就把石炮拆掉，重新修成一座十分豪华壮观的石舫。

又过了一段时间，慈禧太后索性又把水操学堂也给赶了出去，颐和园彻底变成了慈禧独享的皇家禁园。从此以后，每年的四月初一，慈禧都要乘坐八抬大轿从紫禁城搬到颐和园来住，一直到天冷时再搬回去。

小鬼子先动了手，令慈禧始料未及。她想：皇帝年轻气盛，极力主战，他身边的翁同龢等文人也在一旁鼓噪，非要誓死一战；而掌控北洋水师和淮军的李鸿章却不想打，千方百计想通过外交斡旋，阻止小日本的军事行动。可眼下小鬼子先动了手，大清只有打了，不给小鬼子点颜色看看，任凭他得寸进尺，没完没了地无理挑衅纠缠，我大清还有何颜面面对国人……大主意一定，她的心情平静了许多。她知道，今天皇帝会到这颐和园来，当面向她请示"懿旨"的，在国家方针大计上，光绪帝依然要坚持"秉承慈训，始见施行"的原则，只有我老太婆这双手，才能控制朝廷的军政大局。想到这儿，她喊了一嗓子，来人——

嗻。李莲英忙应了一声，请太后示下，是听戏呢，还是让说书的讲一段？

咱们到湖上溜达溜达。慈禧说，带上说书的吧——

嗻，李莲英答应着，又问道，老佛爷今儿个，还接上回书听吕后那一段？

宫廷里专门养着十几个会说书的老太监，原是给慈宁宫的太妃们解闷的，现在挑了几个好的跟着老太后到颐和园里来了。慈禧见问，便说道，吕后的事就不听了，听一段程咬金的吧，他可是员福将呀，"家贫盼孝子，国难思良将"，但愿大清能多出几个程咬金，忠心耿耿地守住大清的家业，把小日本撵走……

好嘞！李莲英答应着，忙下去张罗。

在慈禧的内心深处，觉得自己是中国历史上三个有权的女人之一，跟武则天尚不能比，人家毕竟当过二十年的大周皇帝；跟吕后比，自己一点也不差，吕后这人太湖涂，大将们都是刘邦的人，封许多姓吕的当王有什么用处，搞得姓吕的最后让人家杀得惨不忍睹！

高悬黄龙旗的龙舟，悠悠地滑入碧绿的湖水中，好似一座金碧辉煌的宫殿进入水晶宫。陪伴慈禧太后游龙舟的人，不仅是有头有脸的人物，还有一个挺重要的关系，即大都来自对修建颐和园有贡献的人家。你瞧，修建颐和园的主管是庆王，他的女儿四格格就是太后喜欢的人。她是老太后指的婚，刚结婚就守寡，慈禧很过意不去，就把她接到园子里一块儿住。这位四格格极聪明伶俐，嘴甜手巧，做事八面玲珑，很得慈禧的欢心。给颐和园置办陈设的是内务府大臣庆善，他的女儿被大家伙儿称为元大奶奶，也是老太后指婚许配给自己娘家弟弟桂祥的儿子，刚订了婚，庚帖已过，单等喇叭一响花轿进门，结果这桂公子就一命呜呼了，庆善家的女儿就成了“望门寡妇”。看在庆善的面上，慈禧也常接她到园子里住。还有一个特殊的人物，就是人称李大姑娘的李莲英的妹妹。园子里头的女人，清一色是旗装，唯有她一个人穿着汉人的服饰。她模样一般，也不像她哥哥能说会道，可大家都清楚，里里外外张罗修园子的是李莲英，那是老佛爷身边的红人。

龙舟不一会儿就到了湖面上，在它的前边，有两只开路的小船，参差在龙舟的左右，活像是龙舟的两只触角。另外有两只小船驶来，在龙舟两旁，一只是御茶房的船，伺候老太后用茶水的；另一只炊烟袅袅，是寿膳房的船，是伺候老太后用膳的。湖面上远处还三三两两点缀着一些小船，那是造景用的。太监们管这些小船叫瓢扇扇，由一个艄公划着，还有人蹲在船上，泊在荷花丛里，仿佛采莲模样，营造出江南水乡的味道。

龙舟在镜子样的水面上滑行着，老太后斜倚在龙椅上，耳边是说书人朗朗的说书声，眼睛却直视着远方，仿佛陷入了沉思……

突然，远处的水面上传来笛声，配合着檀板轻敲慢点声，悠扬抒情，忽高忽低，随风飘动，更引人思绪万千。笛声曲尽，箫声又起，呜呜咽咽，时断时续，声音又沉又远，愈发令人感伤忘情……

此时，一段程咬金洞中得皇袍的故事讲完了，慈禧挥挥手说，今儿个到这儿吧。她把李莲英叫至近前，又转头瞧了瞧身边这几个伴游的女人，意味深长地说，你们呢，都年轻，经的事儿少，别看我一天风风光光的，其实我是个好没福气的人呢！

李莲英忙搭茬儿奉承说，老佛爷是仙人下凡，洪福齐天！

慈禧像没听见一般，接着说道，寻常百姓家的老奶奶，到了过大寿的时候，儿女们也会操办得有鼻子有眼的，风风光光，热热闹闹一番。轮到我呢，哪一次都不走点。二十年前，过四十岁生日时，正赶上吾儿同治皇帝大病一场，不久就殡天了。十年前，五十岁生日，本想好好大办一场，可赶上中法之战，国内又遭了灾，弄得我昼夜不宁，一点心思也没有。眼下，六十岁生日要到了，小日本又来凑热闹……

李莲英和慈禧身边的女伴们纷纷给老太后吃宽心丸：

老佛爷，你就放心吧，小日本，一个弹丸小国，远在海岛，还能闹腾到哪儿去！

听说小鬼子一个个长得跟土豆似的，球球蛋蛋、瘪瘪塌塌的，哪是咱大清的对手呀？

大不了，给他们点银子，就打发了……

放屁！你们懂个什么？慈禧骂了一声，缓了缓又说道，打仗是最花钱的事情，现今朝廷财政拮据，四下里都张着嘴要银子，六十大寿还咋办？午后皇帝要来，指不定那些个大臣还会胡扯些什么呢！

老佛爷，消消气，该用膳了。李莲英小声说着。

慈禧太后点点头，吩咐一声，传膳吧。

李莲英便溜到船尾，用准备好的竹筒喇叭一吹——因为这儿是不许用金属响器的，怕惊了驾——低低的三长声，后边的小船，包括奏乐的小船都来了，用翘板跟龙舟连接起来，太监们各就各位，肃然站立，鸦雀无声，上菜开始了……

不大一会儿，正桌和副桌的菜已经摆满了。无论何时何地，老太后的一百二十样菜是不能少的，除非国家遭了大灾难，才能下诏减膳。

晌午一过，光绪帝的轿子就到了。在乐寿堂内，慈禧太后靠在矮榻上的倚枕上，接受了光绪帝的问安。光绪落座后，端起玉碗，喝了口冰糖酸梅汤，慈禧这才说道，说吧，宫里现在该热闹了吧？

光绪说，启禀皇阿玛，军机处和各部大臣们均义愤填膺，纷纷决心誓死一战！我想在七月初一这天，颁发谕旨，昭告天下，并由总理衙门通知各国使领馆，正式与日本国宣战。

慈禧不露声色地问道，主战的大臣，都由哪些人带的头啊？其实她心里很清楚，一定是翁同龢一伙儿在底下捣鬼。有人私下对翁同龢说，中国军力实不如人，岂能硬打硬拼？翁同龢却说，李鸿章治军数十年，扫荡了多少坏人啊！现在，北洋有海军、陆军，正如火如荼，岂能连一仗都打不了？我正想让他到战场上试一试，看他到底是骡子还是马……

光绪说，启禀皇阿玛，是文廷式，他已经联合几十个人上疏，力主对日作战，并提出……说到这儿，皇帝缄口了。

提出什么了？慈禧追问道。

他提出停办太后六十岁生日大庆，把钱花在刀刃上，以支付庞大的军费……

慈禧脸都气歪了，可她毕竟是一个胸有城府、极富韬略的女人，深知如今的大清，朝野上下谁主战谁光荣，谁主和谁将被视为胆小怕事……停了片刻，便说道，好啊，就这么办吧！你回去，替我发布一道懿旨：内而王公、一二品文武大臣，外而将军、督抚、都统、副都统、提督、总兵，照例应进贡缎匹等贡品，就都免了吧！省下钱，多购进一些枪炮，好好给我教训一下小日本！

谢谢皇阿玛！光绪帝有些高兴起来，没想到今天办事儿能这么顺利。他又接着问道，那和日本国宣战的日期呢？

就按你说的日子吧——七月初一！

光绪帝再次跪安，退出乐寿堂。顶着盛夏的烈日，光绪皇帝又被轿子颠颠地抬了数十里地，回到紫禁城中，兴奋地开始筹划对日作战了。

小皇帝一走，慈禧闭目养了一会儿精神，便起身来到后殿最东头一间静室里，这儿是她礼佛的地方。北面条几上的东北角，摆着一大盆葱葱绿绿的天竹豆，像樱桃大小暗红色的天竹豆，璎珞般地垂拂下来，仿佛是普陀山上的一片紫竹林，把观音菩萨的白色玉雕像陪衬得十分生动……

慈禧太后点燃几根藏香，轻轻地插在香炉上，双手合十，眼皮下垂，静默祈祷：白衣大士、圣天子百灵相助，小日本已经欺负到我们头上了，大清决心一战！菩萨呀，保佑我大清一战成功，江山稳固！让我的生日过得安稳、风光些……

一只黑尾巴、浑身雪白的小猫，从条几上跳到慈禧的脚前，吓了她一跳。

这只小猫，是外国的贡品，深得慈禧的喜爱，是她的心尖子。宫女们都叫它小白或玉狮子，慈禧却管它叫“雪里拖枪”。慈禧睁开眼睛，抱起小猫，亲昵地说，哟，我的活宝贝，你今儿个来得正是时候，你是雪里拖枪呀，回头给小日本一枪，扎死这帮王八羔子！

说完这句话，慈禧太后又想起翁同龢、文廷式那帮主战的文人来。他们竟敢要求停办我老佛爷的六十大寿，真是吃了熊心豹子胆！一定是让猪油糊住了心，哪里还有一丁点孝心、忠心可言。想到这儿，她不禁自言自语道，哼，今天谁让我不高兴，我就让他一辈子不乐和！等着瞧——

站在门外的李莲英听到慈禧太后的话，忙搭茬儿说，老佛爷呀，您也甭跟那些个小人生气，气坏了身子，不值当。我这儿有好消息了……

什么好消息呀？说说看——

李莲英说，那个在旅顺口沿海营务处当总办的龚照玙，托人捎信儿来说，长白山冒出一苗大人参，人参的模样极像千手观音，是棵千年的参王，此乃大清国祥瑞之兆啊！他说，这苗六匹叶的参王，暗合皇太后六十圣寿，他已令人购得，立秋后将亲自送往颐和园，请皇太后服用……

有这样的事？呵呵……

慈禧高兴起来，喜滋滋地说，这猴崽子，难得有这份孝心！走，到大戏楼看戏去——

第二十六章　狼窝锄奸

上午决斗结束，狗儿不顾大家辛苦，立刻作了部署：邱峰和袁方全副武装，带枪直接去了南门，死死盯住这个通向旅顺的出口，别让一个奸细溜了；陆途和石头看住和顺旅馆的前门和后门，不许暴露身份，发现有日本奸细出来，要立刻跟踪；狗儿则去仙客来守着，希望能再见到堂兄猫崽……

正午时分，狗儿赶到仙客来。店内吃饭喝酒的有三四桌，约占三分之一，生意一般。狗儿撒目一圈，没见着猫崽的影子，心中不禁有点惆怅。也许是比武累的，看到什么都没有食欲，只点了一大盘酱牛肉，要了一坛黄酒，独自闷头喝起来。

忽听店门口人声嘈杂，只听店小二叫道，你一大把年纪，没皮没脸，总来讨吃的，出去，出去！

一个老人哀求的声音，不给吃的，赏一碗水也好……

这声音狗儿听着耳熟，忙起身去看，见是在何掌柜生日那天唱莲花落的老叫花子，猛地想起邱大哥曾说起的这“老疯子”的来历，便上前对小二说，别吵吵了，这老人家我请了。一边说着，一边一把拉住老者那双脏兮兮的手，说，我说过，要请你老人家喝酒，听你唱曲！记得吗？

老者眼睛一眯缝，乐了，说，咋不记得，可找到你了！

两个人入座后，狗儿说，想吃啥菜，点两个吧——

那老者将破褡裢放在脚下，有点不好意思地说，来盘片白肉吧，解解馋……

狗儿招手唤来小二说，来盘片白肉，再来一个清蒸大黄花鱼，再上一坛黄酒，快点！

两人干了一碗黄酒，老者操起筷子，夹起一片五花三层的片白肉，蘸了蒜泥，边吃边吧嗒嘴说，真香啊！你知道吗？一般的满族人家，等到三十下晚，才能吃到这个好嚼咕……小时候，每到除夕夜里，这盘菜是管够吃，吃得我呀，每回都伤食，多亏了冻秋梨，才把胃口调整过来。

狗儿说，您老慢慢逮，别着急，今天咱也管够。

老者挥挥手说，谢谢了，人老了，吃不动了。

狗儿说，听你唱曲，那唱词风趣俏皮，您可不是一般的人呀，为何现今落到这步田地?

老者自已端起酒碗干了一个，用手捋了捋花白的胡须，说常人眼里，我是一个老叫花子，老疯子，没出息！你还夸我不一般……哈哈哈……

狗儿说，我说的是真心话。

唉！老者叹了口气，摇晃着头说，我呀，正应了前朝人说的一席话，学书不成，学剑不成，学节义不成，学文章不成，学仙、学佛、学农、学圃俱不成……任世人呼之为败家子，为废物，为顽民，为钝秀才，为瞌睡汉，为死老魅而已矣！

我可不那么看你，狗儿诚恳地说，我头一次在城隍庙根听你唱曲，真是精彩！记得有这么几句：裤裆破了，才知道是个太监；园子烧了，咸丰才没了颜面……

哈哈哈……老者乐了，说好小子，你是我的知音，难得，难得呀！还想听吗？见狗儿点头，老者遂即兴唱道：

嘴馋了，吃一片肉五花；
阳痿了，喝碗鹿血吧；
傻了吧唧的吃鱼脑；
要是胆子小啊，
就砍颗倭寇的脑袋瓜。

吞蛇胆，治眼睛花；
腿颤颤，把虎骨汤喝啦；
彪乎乎的喝碗凉水；
要想睡个安稳觉儿，
就让小鬼子回老家。
……

好！狗儿叫道，来，我敬你老一碗！

没意思，没意思！老者一口喝干了酒，意犹未尽地说，这是应景的，叫《补啥吃啥》，现编现卖，还是给你唱一个故事吧。老者操起筷子，敲着酒碗打点，情绪激昂地唱了起来：

永乐年间倭寇狂，
金州百姓遭了殃。
杀了妇孺杀老人，
临走又抢猪和羊。
海水变成血红色，

哭声百里怒涛扬。
朝廷派来总兵叫刘江，
走马上任巡逻忙。
烽火台修到旅顺口，
望海埚上筑城墙。
刘江原本叫刘荣，
年轻时替父刘江穿了军装。
五年之前曾轻敌，
倭寇入塞逞凶狂。
失败教训牢牢记，
戴罪立功守边防。
永乐十七年六月间，
鬼子策划犯海疆。
三十一条贼船载倭寇，
悄悄逼近樱桃园。
刘将军巧设天罗网，
三面埋伏等豺狼！

唱到这儿，不少人已围拢上来，有的人喊好，有的人叫道，这下子有小鬼子好看的，给我上酒！老者又接着唱下去：

刘江已是花甲人，
威风凛凛不减当年。
两千倭寇上了岸，
刘江举剑号炮响。
贼船着火没了退路，
岸上伏兵挥刀枪。
倭寇顿时吓破了胆，
无头苍蝇四处藏。
杀声好似连天浪，
倭寇声声喊爹娘……

好！好好……酒店里群情沸腾，一些有点血性的人纷纷过来，给老者敬酒。这时，店老板娜塔莎走过来，说，狗哥哥，怎么是你呀？我说这酒店生意怎么好了起来。

狗儿说，你来得正好，往后哇，这位老人家来喝酒，随到随请，全记在我的账上……你不怕我不给你钱吧？

娜塔莎嘴角一撇说，你说这话，不是砢碜我嘛！罚酒——

说着吩咐伙计再取一坛子酒和一副碗筷来，她亲自给老者斟满了酒，说，先敬老人家一碗，往后没事儿你老就过来，高兴了就唱几段，客人都爱听……酒钱店里给结，算是对你老人家的酬谢！

狗儿说，这话我愿意听。

老者说，你一个洋人，也喜欢这调调？

她不是外国人，她是……她爹是咱中国人！狗儿解释道。

中！往后我再嘴馋了，就到这仙客来，常来就成仙啦！老者哈哈地笑了。

狗儿说，对了，还没请教你老尊姓大名呢！

免了免了，老者挥挥手说，说出来辱没了祖宗……我知道你叫狗儿，这就行了。

那老人家，您还会唱些啥呢？狗儿问。

我呀，真正会唱的，是跳大神那些玩意儿。老者说，我信萨满教，以后，要有请神送神、祭天祭地祭祖宗鬼灵的事儿，找我就行——那些神歌，都在我肚子里装着呢！

那以后，我就管你叫“老疯子”，人有疯劲，活得才有味，咋样？狗儿问。

中！本来我就是人来疯。老者说。

又说了会儿闲话，狗儿说，今天我有大事要办，失陪了。说着话，从怀里掏出两张五十两的银票，一张递给老疯子，说你老人家去买两身新衣服穿，把自己打扮得干干净净的，往后你就是这儿的常客了，别太寒酸了。这张是你的——娜姑娘，不要不行，哪天我还要跟你单独喝一杯……

当天晚上，天刚擦黑，和顺旅馆后院小门“吱呀”一声打开，一个身披黑色斗篷的人，牵着一匹白额红马蹑手蹑脚地走了出来。上了街，那人认镫扳鞍，一翻身便骑在马上，刚要打马飞奔，被斜刺里蹿出的石头一把薅了下来……

那“黑斗篷”也不示弱，从腰间抽出一把匕首，上去就刺。石头一挥铁掌，那人“哎哟”一声尖叫，匕首已落到地上。石头上去将黑斗篷扯了下来，正待挥拳砸下去，一看竟然是一个胖胖的秃头，正是熟人陆途，小钵般的拳头便停在了半空中。陆途见石头没下手，以为有机可乘，捡起地上的匕首，向石头腹部猛刺过去……石头出手迅疾，抬掌直朝陆途脸上掴去，只听“咔嚓”一声，陆途顿时疼得满地打滚。

正当石头手足无措的当口，全副武装的狗儿和邱峰、袁方恰好赶到。天色暗淡迷蒙，石头也看不清是谁过来，吓得连忙蹲在地上。狗儿走到近前，伸手拉起哆嗦嗦的石头说，石头大哥，你是蔫人出豹子，这回你的铁掌才用到正地方……

石头心有余悸地说，我……我打错了，出手太重，伤了自己人，把陆兄弟打坏了。

狗儿说，不重，这姓陆的不是好人，跟日本奸细是一伙儿的。

啊？！石头和袁方几乎是同时惊叫了一声，大张着嘴巴……

狗儿说，我正式告诉二位老兄，陆途早已经变节投敌，多次到妓院给小叶子通风报信，就连何老掌柜的死也跟他报信有关。这小子偷偷从鬼子家中溜出来，不知又在耍什么把戏。

邱峰说，嗑瓜子嗑出个臭虫——啥人（仁）都有，队长，咋不早点收拾这个王八蛋？

狗儿说，早早揭穿了，陆途就变不了戏法，他变不了戏法，咱们就无法拿到小鬼子犯罪的证据，就无法掌握敌情。这就叫欲擒故纵！

队长，袁方心事重重地说，真没想到，这小子能干这种吃里爬外、丢人现眼的事儿！老陆出事，我也有责任……

狗儿说，今天不说这些了，邱大哥你去搜搜他的身，看看有啥好东西。

邱峰蹲下身子一看，见陆途半拉脸血肉模糊，人已昏死过去。他从陆途怀中搜出一张折叠的纸来。狗儿接过来，打开一看，嚯，是一张比八仙桌还大的地图！地图上以金州为轴心，各条道路如蚯蚓一般爬满了图纸，上面密密麻麻地注着中日两国文字和一些阿拉伯数字……

狗儿长吁一口气，搓了搓手说，不用看了，这东西，就是咱们跟日本奸细争夺的宝贝，也是证明这伙儿日本人是间谍的证据。他将图纸小心翼翼地叠好，揣进怀中，然后说，石头大哥立下大功一件，这匹马不错，赏你了！麻烦你继续在这后门守着；咱们三个人从前门进去，一个也别让他们跑了！

袁方说，队长，你是说小日本的间谍让陆途把图纸送出去？

难道……这里边会有啥不对劲？狗儿问。

既然是宝贝，他们能这么信任陆途吗？袁方问。

也许……因为老陆是咱们的人，他们想瞒天过海吧。狗儿说，难道这里有啥花招？

邱峰说，哪有那么复杂呀，这不秃头上的虱子——明摆着嘛！鬼子谁也不敢出来，只能派陆途混出城去。

狗儿心想，但愿如此吧。哥儿仨不再戗戗这事，绕到和顺旅馆的前门口，狗儿说，眼下到了关键时刻，咱们都操起家伙，一会儿他们要是反抗，就毙了他们，千万别手软！邱大哥，请你把这大门弄开。

好嘞！邱峰答应了一声，背好枪，一个“狸猫上树”，翻过板樟，悄无声息地落到地上，从里面将大门闩拉开。哥儿仨一齐奔大厅走去，到大厅门口，三人止住了脚步，听到里边传来一声声低沉、瘆人的歌声，叽里呱啦的，全是日文的唱词，谁也听不懂。

狗儿从怀里掏出手枪，将子弹推上了膛，第一个推开门走了进去，屋里顿时变得一片寂静……

大厅里挂着几盏红纱灯笼，屋里流泻着血色的暗光，几个日本人席地而坐，围在一张矮几旁，正在饮酒，看见狗儿他们进来，大川十步冷静地开腔说，黄桑，你不是说明天早晨来吗，为什么这么性急？

这叫兵不厌诈！狗儿说。

来，一起喝几杯……这是正宗的日本清酒，真是好酒啊！大川十步举杯邀客。

狗儿说，我看就不必了吧，不过你们倒是可以继续喝下去，不急。说完，狗儿小声对邱峰说，去把陆途带进来。

日本奸细们旁若无人地斟上酒，猪口一郎哇啦哇啦地唱了起来，其他鬼子也摇头晃脑地附和着……

邱峰把陆途推搡着弄进屋来，鬼子奸细们一阵愕然。

大概是轮到大川十步唱了，他双手击节，用日语唱道：

人说春日风光好，
我愿秋风早来到。
春日花开随风散，
秋色斑斓最美妙。
缘起缘灭天注定，
但愿魂归日本岛……

一人唱，众人和，接着碰杯喝酒……狗儿把短枪又重新放入怀中，掏出烟袋来，装上烟点上火，边抽边盯着这伙儿日本人。他有些纳闷，这小鬼子又喝又唱，是在庆祝完成了图纸，还是在寻欢作乐？看样子都不像，听那歌儿的味道，却如秋虫哀鸣，声声愁肠百结，惆怅哀怨……

平源叶子撂下酒杯，也轻轻地唱了起来，她却是用汉语唱的，这回大厅里头的人，都能听得清楚：

我仿佛回到梦中，
你的笑脸总是在我眼前浮动……
清晨，露珠缀挂在草丛，
黄昏，云霞铺满了天空，
不用再去寻找，那就是你生动的笑容。
不管是悲伤也好，还是高兴也罢，
我都想你那灿烂的笑容。
你会想我吗？
虽然你我都是这世上的过客匆匆，
我却相信总有一天我们还会重逢！
我感到孤独，感到眷恋，
我已经泪流满面，睡眼惺忪……
但愿一切都在梦中。
……

听到这里，狗儿不禁黯然神伤，眼泪止不住流了下来……

叶子唱罢，站起身来，向里屋缓缓走去，那是她的卧室。见平源叶子走了，大川十步对狗儿说，黄桑，按照你们中国的话说，天下没有不散的筵席！曲终人散，已经到了我们自己上路的时候了。

那就跟我们走吧。狗儿说。

不，不！大川十步摆着手说，等一下，你的就会明白，一个真正的日本武士，是怎样自裁的！说完，大川十步带着森井守信、猪口一郎和小原正树，一齐来到东面的墙下，那里挂着一幅天照大神的画像。四个人站定，由大川十步神情痛苦地叽里呱啦说了一通，大意是：天照大神啊，你的不肖子孙已经败于支那武士之手，无颜活在世间，请您保佑我们，让我们的灵魂早些回到东瀛故乡！

四个人齐刷刷地跪倒在地，行了大礼。大川十步神情肃穆地说，你们三个人先走一步吧——我要看看你们切腹的动作是否准确。

那三个人闻听此言，都脱光了上身，纷纷亮出短刀和匕首，大川十步拿着一碗酒，分别浇在他们的利刃上……

忽然，大川十步的弟子森井守信说，老师，我没见过切腹，想请老师先做个样子，弟子再仿效。

大川十步点点头，眼含泪花说，好小子！希望你做个勇敢的武士，不要愧对天皇陛下，不要愧对神国武士的光荣称号！如果，你们哪一位不愿意自裁，请现在退出，一切还来得及！说到这儿，大川十步目光一瞥，看到陆途站在一边，便吼了一声，你——卖药的，是一个胆小鬼！可怜虫！滚出去，你没有资格待在这里——

陆途闻听此言，拔腿就往外跑。

狗儿手疾眼快，用烟袋锅在他衣领上一勾，就将他拽了回来。他对大川十步说，大川先生，这个人既然已经投靠了你们日本人，就让他在这儿学一学。

不！他不配。大川十步说，只有高贵的神国武士，才有资格面向神佛切腹谢罪。变节的懦夫、叛徒，不行！

见大家不再言语，大川十步跪了下去，把上衣脱到系带那里，裸露到腰部，然后小心翼翼地将两只袖子掖进膝盖下面。他说，看清楚了，这样做，是为了不向后仰面倒下，一个高贵的武士必须向前伏下而死。记住，刀不要切得太深，切得深了，身子就会向后倒。眼睛要使劲睁，睁得大大的……

大川十步上身袒胸露腹，双手高高地举起日本名刀——“黑雾”，用依依不舍的目光注视着刀尖，看着它缓缓地送入自己的左腹，再慢慢地拉向右腹，再拉回来，稍微向上一划。他的身子抽搐了一下，大概是在忍受极大的痛苦，但面部肌肉却一动不动……他拔出刀，身子向前倒去，再也不出声了……

接着是森井守信和小原正树如法炮制，一声不吭地倒下。轮到猪口一郎这家伙，他手里拿着刀，比画半天，突然站直了身子，飞刀朝狗儿面门刺去。就在这一刹那，狗儿出手，用烟袋锅一拨，那飞刀好似长了眼睛，突然变了方向，飞向猪口一郎的咽喉，这家伙哼了一声，“扑通”栽倒在地。

大厅内一下子静了下来，静得有些瘆人，只能听见“咕嘟咕嘟”的声响，那是血液从刀口中向外涌流的声音……

面对这场血腥残忍的切腹仪式，陆途早已魂飞魄散，腿一软，跪在了地上，又向前爬了几步，一把抱住狗儿的双腿，哭着哀求说，队长……狗儿兄弟，你饶了我吧，念在咱们哥们儿相交一场，我……我不是人，我……

狗儿说，陆大哥，请你站起来。一个中国人，怎么连东洋鬼子都不如？你可以不在锄奸队里干，但不可以当汉奸！看在往日的情分上，我给你一次当爷们儿的机会，自己了断吧——有啥后事，跟袁大哥交代一下……

陆途"唉"地长叹一口气，冲着袁方说，袁先生，我对不住你，对不住……说到这儿，他捡起鬼子切腹用过的匕首，对准心口窝，"扑哧"一下捅了进去。

狗儿猛地想起小叶子，这么半天也没出来，不好！他连忙奔向那间卧室，拉开门一看，惊呆了。只见在微弱的烛光里，小叶子一身素缟，双手交叉放在胸前，躺在一个窄小的薄皮棺材里。胸前，放着一封信和那个漂亮的烟荷包，信皮上写着：狗儿亲启。

狗儿拿起信，抽出信瓤，一字一句地仔细看起来。他仿佛听到小叶子的声音：

狗儿：

当你看到这封信时，我已喝下毒药，大概已经死了。你知道吗？这瓶毒药本来是高桥先生让我给你用的，可是我不忍心，还是留给了自己。与你的交往，我从来没有后悔过，那是我人生最美好的一段回忆。别了，狗儿！我唯一的遗憾是，你我爱的结晶——腹中的孩子无法来到这个世界上……千万别说我残忍。要恨，就恨日本国发动的战争，恨清国的不争气！有缘的话，来生再见。

我有一事相求，我要回到日本，跟家人团聚。你看完这封信后，请盖上棺盖，将我的遗体送到北院的马车上，我已雇好人，车夫会送我到海边……

我从来没告诉过你我的真实姓名，我叫平源叶子。忘记这个日本间谍平源叶子吧，记住那个曾经令你快乐过的小叫花子、小叶子。

叶子绝笔

信，像风中的树叶，在狗儿手中簌簌地颤动着……

狗儿看了一眼叶子那张平静安详的脸，昔日那个漂亮、活泼又有些顽皮的小叶子的一桩桩、一件件故事，生动地浮现在他的眼前。可如今，竟然往事如烟，生死相隔两茫茫……她走了，带着对人生的眷恋，对未出世孩子的抱憾，匆匆地离开……她那颗心，一定是破碎的，痛苦的。我没有去保护她，去爱护她，没有能进一步去接触她，把她拉回到自己的阵营中来，我都做了些什么呀！

狗儿哭了，哭得好伤心，泪水滴在小叶子的脸上，他伸手去抚摸那张娇嫩的脸颊，轻轻地揩掉上面的泪痕……

狗儿最后想，她是被这场战争逼死的，被那个叫高桥的间谍头子逼死的！我要报仇！给小叶子报仇！他拿起烟荷包，毅然地合上了棺盖。

不知啥时进屋的邱峰，看着他点燃了那封信，轻声说，队长，别难过了，早些把他们的后事办了吧。袁方问，队长，我这就去买棺材吧？

狗儿点了点头，说，好吧，袁大哥去买四副棺材，喊上石头一块儿去。我和邱大哥把小叶子抬到北院去，那里有大车等着……

袁方从邱峰那儿拿到了银票，转身去办了。

狗儿抬着棺材头，邱峰抬着棺材尾，两人一起将小叶子的遗体送到北院来，那里果然有一挂马车在等候。天很黑，车老板戴一顶大草帽，看不清人脸……见棺材送上了车，车老板用绳索将棺材缚紧，然后跳上车，一挥鞭子，马车动了。出了大门，车老板在半空中甩了一记响鞭，喊了一嗓子“驾——”大车飞快地急驰而去……

狗儿心想，这个车夫是谁呢？他猛地一拍大腿，我真是昏了头，这个人一定是那个货郎子！可转念一想，算了，不追了，还是网开一面，让小叶子平安上路吧……谅那个货郎子也跑不到天边去！

这一夜，注定是一个不平凡的夜晚。深邃的天空，群星俱闪着诡秘的怪眼，俯瞰着这个充满了杀机和躁动不安的大地……

和顺旅馆的女仆云子，看见平源叶子和大川十步他们去比武赌命，急得不行，没有办法，只好从马厩里牵出一匹快马，风也似的朝旅顺口奔去。她不仅是高桥卫的情妇，也是高桥卫安插在平源叶子身边的暗探，平时的身份，是侍候叶子起居的女仆，不到万不得已，是不准暴露自己身份的。

大约是在大川十步等人自杀的时间，她终于赶到了旅顺口，见到了她的上司高桥卫。当她将大川十步力主比武和金州谍报组受到监视的处境向高桥卫汇报之后，高桥卫大骂这些浪人好不晓事！他说，即使比武胜了，又岂能阻挡锄奸队的脚步？真是幼稚可笑！这个狗儿尤其可恨，当初没有杀他，是想放长线钓大鱼，没想到却留下了祸根，让这小子成了精！

云子说，目前图纸已经完成，已经由森井守信用相机拍了下来。叶子不想冒险送出来，她说她会想一个瞒天过海的法子，拼死也要把图纸完好地传递出去。

高桥卫听到这句话，“哦”的一声，我明白了，叶子小姐肯定会不辱使命，把秘密图纸送出来！看看吧，那就让事实来说话吧……

云子问道，下一步，我应当怎么办？

高桥卫在深思，双手绞动着，手指关节“咔吧咔吧”直响，他走至柜子前，从里面拿出一把手枪，递给云子说，云子，你的明天回去，找到小松一郎，告诉他，要想尽一切办法，干掉那个令人讨厌的狗儿！具体联系方法是这样的……

就在高桥卫会见云子时，日本间谍太正浩一已将马车赶到南砣子海边的沙滩上。

这里礁石林立，海浪在海风的裹挟下，一波一波地向黑糊糊的礁石冲去，发出了“哗啦哗啦”的低吼声……海猫子也不示弱，用长长的翅膀拍打着浪花，炫技般地掠过海面，发出了一声声尖细的叫声，十分凄厉刺耳。

太正浩一跳下马车，把事先准备好的煤油灯点亮，对着海面晃了三圈，又在衣服的遮挡下让灯光闪了三次……

不一会儿，海面上有了回应：有灯光也闪了三次。伴着轻微的马达声，一条魅影般的机帆船悄悄地驶过来……

太正浩一对前来接应的人说，你们一定要保护好这具棺材，里边是叶子少尉的遗体，情报已经被她吞进了胃里……请速将她运到指定舰船。

运送叶子的船于拂晓前被日本军舰“扶桑”号接到。海军军部的少将参谋指示，迅速将平源叶子的遗体放进医疗舱内，准备手术，同时立即通知叶子的父亲——平源春上大佐。

军医官平源春上大佐年轻时是日本东京帝国大学医疗系的高材生，明治维新一开始，日本国雄心勃勃地脱亚入欧、向帝国崛起的计划，也同时催化了这个年轻人的野心。大学毕业后不久，他就要求进入军队服务，很快就得到海军军部的赏识。他渴望日本对清王朝早日宣战，使自己能够为大日本帝国开疆裂土贡献力量；他还把希望寄托于自己的女儿叶子身上，从小就让她进入汉学堂学习汉语，早早地就让她考上了日本军方在上海的“日清贸易研究所”，那是一个以经商为掩护的间谍机构。平源叶子成为金州谍报组的头头，他心中十分得意，并以此为骄傲。刚才海军军部的少将参谋正式通知他与女儿告别，他的心情很沉重。可当他得知女儿为了完成情报传递任务，不惜牺牲个人生命的壮举将要受到嘉奖时，他周身的血液又再一次地燃烧起来……

平源春上揩干了泪水，向军部的上司表示：将军阁下，请相信我吧，我要亲自给女儿动手术，取出她腹腔内的胶卷，以此表达我们平源一家对天皇陛下的忠诚！

军部的少将参谋对他说，春上大佐，你的忠心我们是不会怀疑的。可她毕竟是你的女儿，父女连心，你能下得去手吗？

放心吧，这也许是我女儿的心愿呢！平源春上说，我毕竟是高级军医官，我会安全取出图纸来，以不辜负女儿以生命为代价换取的宝贵情报……将军阁下，请给我这样一个机会，让我向女儿做最后的告别吧——

好吧。少将同意了。

在两名女护士的陪同下，平源春上进入了医疗舱。望了一眼白色盖布下的女儿，他与护士迅速地穿上手术服，吩咐道，请把叶子小姐抬上手术架吧……

无影灯下，平源春上手持手术刀，他已经忘记了他面对的是一个死人，习惯性地用刀柄在手术部位轻轻地划一下，以测试病人的麻醉程度。就在刀柄划过叶子腹部皮肤的刹那，那部位的肌肉竟轻轻地抽搐了一下。怎么回事？平源春上大吃一惊，叶子有生命征兆，她还活着！他忙抓过听诊器，按在叶子的心脏处一听，不禁惊呼道，快！她还活着，快快抢救——

经过一番折腾后，叶子渐渐苏醒过来。

叶子首先看见父亲那张脸，她微微一笑说，妈妈呢？我是来跟你们告别的……

父亲抓住他的手，激动地说，叶子呀，你醒醒吧，你已经被抢救过来了，起死回生了！

不可能！我是吃了高桥先生的毒药，高桥说过，那是日本化学家的最新发明，吃一点就会死的……你，爸爸，不要哄我……吻我一下吧……

……

第二十七章　圣寿贡品

当四个人把尸体装敛好时，天已经放亮了。

狗儿找来纸笔，写了两张封条。上面分别写着：大清旅顺口营务处封。大家最后看了一眼四具并排置放着的棺材，然后走出大门，用封条把和顺旅馆的前门和后门全部封死。四个人来到茂达客栈后，狗儿对石头说，石头大哥，想不想当兵去？

石头疑惑地说，能行吗，人家能要我呀？狗儿问，你个头大，力气大，凭啥不要？

我太能吃了，还不把人家吃穷喽。

大家听后都笑了，狗儿说，开店的不怕大肚子汉。接着狗儿将锄奸队的事儿扼要地介绍一遍，然后又说，要打仗了，谁都不想这时候扛枪当兵，你要是怕死，可以不去。

石头说，我已经见过血了，现在不害怕了！

见石头答应了，狗儿拿出陆途那套清军服装和一杆毛瑟枪，放到石头的眼前说，从今天起，你就是锄奸队里的人了。往后有啥事儿，多找袁大哥和邱大哥商量！

石头费力地将陆途那套军装套在自己身上，又短又紧，大家一看，一阵大笑。邱峰说，这真像是捆猪呀……

狗儿对大家说，咱们现在的任务是睡觉，明天走马旅顺，龚大人有重要事儿交给咱们办。

大家也是真累坏了，忙上了炕，不一会儿，屋里就鼾声四起……

翌日一早，吃过早饭，邱峰到客栈柜台前结了店钱，狗儿又嘱咐了何掌柜的儿子几句，四个人便牵着马出了客栈。四个人此时全部是清军打扮，来到南门口，看见一大帮人指指点点，围着城墙的布告看，便凑上前去，见那布告上写着：

赏民女李氏除奸公告

民女李氏系南金社南砣子村人，今年春上与一游乡货郎成婚。该货郎每至夜里，常去海边，行为乖张，被李氏察觉。跟踪后发现，货郎常举灯向海面不明渔船发信号。前天深夜，货郎又向海面发信号，并送一棺材到船。返回家中后，李氏多次询问货郎缘由，货郎招认自己系日本人，望李氏念其夫妻情分，切勿报官。李氏深明大义，以嫁日本奸细为耻，扭打中货郎被李氏用菜刀砍死，后报官。经搜查，发现货郎留有一日记，证明其日本名为太正浩一，以搜集金州地区情报为业。

李氏大义灭亲，严惩奸细，为国除害，现赏银一百两，以示奖励。切望乡民提高警惕，严防奸细。特此公告。

金州副都统衙门

金州厅海防同知衙门

狗儿看过之后，长长地吁了口气，没想到，那个货郎子被民妇宰了，了却我一块心病，真是大快人心！

小诸葛袁方说，这叫人算不如天算……

石头问道，我大字不识，那上面写的啥？

邱峰告诉他说，漏网之鱼逮着了。

出了城门，狗儿想，这个货郎也算做了一件好事，把小叶子的棺材送了出去，了却了小叶子的心愿……

四个人一路疾奔，黄昏时来到旅顺口。在北洋沿海水陆营务处大门口，哥儿四个下了马，见大门口双岗巡逻，守备严密，忙向守门的兵丁通报说，我们是龚大人急着要见的人，望速速通禀。卫兵说，今天不行了，等明天再说吧——

老于世故的邱峰上前，向卫兵手里塞了块银子，那卫兵才笑嘻嘻地说，告诉你们吧，龚大人的六姨太今天接来了，这个时候正是人家热乎乎团聚的时候，你们就别凑热闹了。天大的事，等明儿个再说！

邱峰问，龚大人有几个姨太太呀？

卫兵用手一比量，八个！

邱峰说，龚大人好艳福啊——

狗儿说，那行了，咱们走吧！

石头说，我饿啦，咱们要去哪儿？

“老干榨——”那三个人几乎是异口同声地喊，把石头吓了一跳。他连忙问道，“老干榨”是啥东西？

狗儿附在他耳边说，是马尿！

石头马上想起那天在金州城小饭馆里喝的“马尿”，连忙嚷嚷道，好，马尿好喝——

听到这句话，邱峰和袁方一时愣了……

邱峰嘀咕了一句，这人咋彪乎乎的呢！

翌日上午，狗儿一行终于见到了营务处总办龚照玙。此时，驻扎在旅顺的清军共有六位统领，总兵姜桂题、张光前、黄士林、程允和、卫汝贵、赵怀业，各统领一支军队。这六位总兵都由直隶总督兼北洋大臣李鸿章直接管辖，他不来旅顺，北洋营务处总办龚照屿在事实上就成了旅顺各路驻军开会时的召集人。在龚大人行辕的会客厅内，狗儿详细汇报了剿灭日本金州谍报网的过程。

龚照玙听得一惊一乍，连连说，了不起，了不起呀！他将精致的鼻烟壶重重地敲在八仙桌上，说道，一下子干掉了五个，连锅端掉，好，我要给你们请功！

狗儿说，是四个，另一名奸细是一位民女杀的。他从怀中拿出缴获的图纸，双手递给了龚照玙说，大人请看，这就是他们的罪证，请过目。

龚照玙将图纸摊铺在青砖地上，趴在上面举着放大镜，左右端视，说，果然是小日本间谍所为，这小鬼子真是下了血本，画的这图比大清制的图要详细得多，我也开眼啦！来人——

一名书吏应声走了进来。龚照玙说，立刻给李中堂发报，就说：日前，金州日本间谍被一举剿灭，所绘制金州交通军事详图，已经缴获；四名奸细均已落网自尽。我拟奖励有功人员，擢升锄奸队队长黄勇武职官阶，请中堂大人示下。

嗻！书吏答应一声，刚要退下，又被龚大人喊住，还有，电告金州副都统连顺大人及金州海防同知衙门，就说：北洋沿海水陆营务处锄奸队，日前已剿灭日本在金州所设谍报网，日方四人已死亡，尸体现存放在金州城内和顺旅馆大厅里，请协助勘验并将其掩埋处理，旅馆内一应物品及房产，全部充公。

嗻！书吏忙着去草拟电文，发电报了。龚照玙这才长舒口气，转过身对狗儿说，黄勇啊，对我的处置，可有意见？

狗儿说，谢过龚大人！只是不能光奖赏我一个人。

龚照玙打着哈哈说，放心吧，都是一家人嘛！你立了功，我脸上也有光啊，哈哈哈……中堂大人知道了，也会高兴的！哈哈哈……

狗儿道，我说的是锄奸队这帮弟兄，要赏！

我说了，人人有份嘛！龚照玙有些不悦地说。狗儿遂问道，大人说有急事召见，不知是啥事儿？

真是个急脾气，好！龚照玙这才正色道，这件事嘛，也是天大的事。我且问你，今年初冬，咱大清国有什么大事要发生呀？

狗儿说，自然是中日两国打架呗！

龚照玙晃晃脑袋说，再猜猜看——

狗儿摇摇头说，不知道，莫非龚大人有先见之明？

唉，哪里是什么先见之明呀，你们年轻人，一定要关心国家大事！龚照玙用教训的口吻说，今年十月初十，是慈禧皇太后六十圣寿，这是举国的庆典啊！怎么连这事儿都不知道呢……她老人家功德昭著，震古烁今，训政之年，功在宗社，德被生民；归政之后，依然是咱们大清国的一片天呀！

说到这儿，龚照玙轻呷了口茶水，接着说，咱们做臣子的，一定要尽孝道。你们哪里知道呀，从去年开始，上自皇上，下至各省大吏、内务府大臣，都在想法子进献贡物。我家乡安徽的巡抚沈秉成，进献的贡品就有文玉如意成对，一统万年成座，翠玉麻姑全尊，景泰铜鹤成对，灵璧乐石九座，铁花挂屏四扇，黄山景松九盆，花卉围屏九扇，牡丹画册四本。

这么多啊！狗儿叫道。

龚照玙嘿嘿一笑道，所以我也不能落后！从去年秋天开始，我就打发一伙儿人去了长白山，四处打探老山参的信息……托皇太后的洪福，最近找到了，那是一苗人参王，上千年的棒槌精呀！我给取了名，叫“千手观音”。我花了八千两银子，从放山人手里买了下来。谁承想撞见鬼了，半路杀出了个程咬金，让一伙儿土匪绑了票……

邱峰插嘴说，我听说过，照山里山规讲，土匪是不抢放山人的。

哦，你懂得不少呀。龚照玙说，你说得对，按一般常理讲是如此。这俗话说：“关东山，一大怪，山山都有土匪在。”这伙儿土匪，大概不是一般绺子，不按规矩出牌，胆子也忒大了，竟敢抢“皇杠”。

狗儿关切地问道，现在人参在哪里？

龚照玙说，在吉林通化境内，那里有个英戈布湖，旁边有座棒槌山……

袁方说，我听说过那个地方，那儿有座孙良墓，也就是老把头坟。

对对对，看来你们知道的真不少。龚照玙说，土匪把他们拘在那里，捎信儿来说，让拿十万两银子去赎。他们以为我龚某是邓通哇，专管造钱的？我哪里有那么多银子！所以我想啊，派你们去那里辛苦一趟，带一万两银票去，见机行事，人，我是管不了那么多，“千手观音”务必完好地请回来！不知你们可有胆量跑一趟？

面对龚照玙的激将法，狗儿心里直画魂儿（方言，指心里琢磨）：这龚大人自己买人参献寿，又动用兵丁，有点假公济私的味道！我是去还是不去呢？

见狗儿有些犹豫，龚照玙以为他是怯阵了，便激励道，这一路上匪患、兵患不少，加之道路崎岖、山路难行，一定会遇到很多麻烦，如果不是困难重重的话，我断不会起用你们这些能人的！这事办好了，我会重重赏你们的……

狗儿心想，长白山，多么令人神往的大山呀！自己老早就想去长白山那儿闯荡一下了，这回倒是个机会！反正锄奸队现在也没啥事儿了，索性走一趟，弄回人参再说。想到这儿，他站起身一抱拳说，回龚大人话，黄勇愿带队前往！

好，有种！龚照玙高兴起来，他得意地说道，关东三件宝，人参、貂皮、乌拉草。这古代的民谣，就把人参列为三宝之首。李时珍在《本草纲目》中也称人参为“土精”“地精”“玉精”。旗人把人参叫做“奥尔厚达”，即“百草之王”之意。有民谣是这样吟诵的：

天神采来带露的星火，

打扮你的梳妆，奥尔厚达；
地母流出滚烫的鲜血，
沐浴你的肌肤，奥尔厚达；
日月光华造下你，奥尔厚达。
你是生命的根呀，奥尔厚达！
起死回生的灵丹妙药啊，奥尔厚达！
……

大家为龚大人对人参的迷恋多少感到有些吃惊。狗儿问道，龚大人，我请教一下，这人参当真有那么神奇，有起死回生的功效？

龚照玙说，那是当然了。我给你们举出一个例证。明朝蓟辽总督洪承畴，你们都知道此人吧？当年兵败被清军捉住，绝食数日，气息奄奄，只因饮了太宗皇太极妃博尔济吉特氏，也就是后来的孝庄皇太后端上来的一小壶人参汤，顿时精神大振。其补益之功，真是独魁群草啊！要不然，我岂能花重金寻得此宝献给皇太后？好了，今天就到这儿吧。说完这句话，他打了个长长的哈欠，又叮嘱道，今天你们好好休整一下，明天来我这儿取赏金和银票，还有进长白山必备的一些手续……看茶——

狗儿知道这是逐客令，便招呼大家起身告退了。

当天中午，“老干榨”酒店。

狗儿问小诸葛袁方，袁大哥，上午你对龚大人说的老把头坟是咋一回事，讲讲……

袁方说，孙良墓，就是老把头坟，传说采参始祖孙良葬在那里。早年，山东莱阳遭了灾荒，百姓饿死无数。当时流传一句话，叫“一年跑关东，三年吃不穷”。为了活命，孙良告别妻儿老小，北上闯关东。大清满族人，一直把长白山视为祖宗的龙兴之地，是圣山，也是禁地，卡住了穷人偷采人参的路，要想闯关东，得拿命来换。孙良凭着胆量和过人的机智，硬是闯过了官兵把守的道道关卡，历尽艰险来到长白山。孙良一个人放山（指采挖野生人参），又没有经验，所以一直没开眼。有一天，忽然听到有人说话：“深山密林，向阳背阴，欲要见我，椴树下寻。”孙良连忙找人，却连个人影也没瞅见。于是，孙良就来到向阳背阴的椴树下，见到一个叫张禄的放山人，两个人依山用三块石头搭了个小庙，插草秆为香，拾树叶当纸，取泉水做酒，结拜为异姓兄弟。

张禄是个热心肠，他告诉孙良人参长得啥模样，喜欢长在啥地方，怎么挖人参。孙良都一一记在心里。两个人先是一起采，好几天没开眼，于是又分开采。张禄说，咱俩别走丢了，每三天回地窨里见一面，不见不散。

第三天头上，孙良发现了人参，高兴地大叫一声：棒槌！急忙把红线绳拴在人参枝叶上。刚要抬参，想起今天是跟张禄会面的日子，便急忙回来。在地窨子里，孙良苦苦地等了一夜。第二天，孙良去寻找兄弟张禄，一连找了三天，却不见张禄的踪影。实在走不动了，就顺着蝲蛄河往下爬；爬不动了，捉了一个蝲蛄吃。用尽最后一点力气，在一块大卧牛石上咬破手指，用鲜血写下了绝命诗：

家住莱阳本姓孙，
漂洋过海来挖参。
路上丢了亲兄弟，
沿着蝲蛄河往上寻。
三天吃了个蝲蝲蛄，
找不到兄弟不甘心。

孙良死了，可他忠于兄弟的心没死，他的魂在继续寻找结义兄弟张禄，从蝲蛄河尽头一直找到棒槌山。刚到棒槌山，刮起了狂风，一只猛虎扑向孙良，孙良奋起搏斗，打退了拦路虎。来到棒槌山前的转水湖，又被七个姑娘拦住，叫孙良和她们结婚。孙良为了找张禄，百般不依。姑娘们见他心诚，放他到了棒槌山。棒槌山上全是人参，一片连一片，全都拉了红朵。孙良也不挖，继续找张禄，被一棵特大的人参枝挂住了，怎么也过不去。孙良说，我不是来挖你的，我是找不到兄弟不甘心啊！我听说人参有灵气，你就告诉我，我兄弟在哪儿，让我快找到他。那棵大人参摇了摇不见了，张禄突然出现在孙良的面前。

原来，那张禄是长白山里的千年棒槌精，变成了人，正寻找长白山的守护神。他见孙良不怕艰险，对友赤诚，不为老虎所惧，不为美女所诱，不为财宝所动，决意要度他成神，掌管长白山。张禄告诉孙良，受了皇封才能当上山神爷老把头。

不知过了几年，康熙爷到长白山巡视，进到山里就迷了路，找来一位白胡子老人做向导。白胡子老人把他们领出了麻魂圈子（迷路之地）。康熙见老人对大山熟悉，怕他拉旗造反夺江山，叫人把他杀了。杀了之后，尸体不倒，康熙心里害怕了，有大臣说，他向皇上讨封呢！这时有人报告皇上，江边卧牛石上有血诗，这才知晓他是第一位进山挖参的孙良。康熙说，朕念他是勇敢忠义之人，封他为山神爷老把头，管理龙兴之地长白山。话说完，孙良尸体还是不倒。聪明的康熙命人在树下砍去一块皮，挂上红布，领众臣跪拜，说这是山神爷老把头的府第，请入府落座。拜完，孙良坐在树下一个树墩上。从此，孙良成了长白山的守护神，受到世代采参人的尊崇。

听完这一故事，大家都拍手叫好！

狗儿问，这次进山，能看见老把头坟吗？

袁方说，不但能遇见，还必须去拜一拜呢！没有山神老把头的佑护，进山就得麻达山。

老袁，你咋对长白山这么熟悉呢？邱峰问道。

小诸葛神秘地一笑说，这是天机，不可泄露！

狗儿知道，袁大哥的行藏一直透露着古怪，也不便多问。大家边喝酒边扯了些闲话，早早投店歇息了。下午，狗儿提议，大家一起到兵营的靶场，把原先发的子弹全部打光，练练手……

第二天上午，一行四人又来到龚大人的行辕。龚照屿令书吏拿出一万两银票、铲除谍报网的四百两赏银和五百两盘缠，另有旅顺口营务处的印信、进山的腰牌。见狗儿收验过后，龚大人说，中堂大人已经回电，破格提升黄勇为七品武职顶戴！

狗儿高兴，起身谢中堂大人提拔，谢龚大人提携！

龚大人说，免了，免了，你小小年纪，已经是正七品的武官了，不简单呀。从今往后，更要为国家尽心竭力办事！还有什么困难，尽管提出来。

狗儿说，子弹已经全部打光，请大人再补发些。

龚大人二话没说，立刻让人拿来二百发子弹。他又单独跟狗儿交代了人参的具体位置和联络方式等事宜……

临走时，龚大人送出门，最后还叮嘱说，一定早去早回，省得我牵挂！

马快人心急，一百多里地，两个多时辰就赶回到金州城。狗儿说，今晚咱们住在城里，明天早上再开拔。邱大哥回家安排一下，袁大哥城里有事去办事，我带石头大哥去仙客来住，明早辰时在那儿聚齐。

狗儿与石头把马牵到仙客来酒店后院，便来到小酒店。狗儿心里的小九九，是想能再见猫崽一面，可根本没他的影子，却撞见老疯子在那儿喝酒，有说有笑的，身边聚拢着一帮人。见狗儿过来，老疯子忙起身招呼，把他和石头拽过来……

老疯子说，狗儿，你走这几天，可把我想坏了。今天，我给你好生唱个有意思的……

狗儿说，大热天，别唱了，你就说个有意思的吧。

三个人干了一碗酒，老疯子说，金州城里有个丁大财主，你听说过没？

狗儿心道，太熟悉不过了，可嘴上却说，就是那个一根刺吧？

对对！老疯子说，他死了，今天早晨出的殡。这老东西，今年春天摊上了官司，本来上下打点都没事儿了，偏偏赶上省府来人追究，下了大狱……头些日子他得病快要死了，加上中日宣战，朝廷大赦了一批人犯，就把他给放回了家。

太便宜了他！狗儿说。

老疯子说，这丁财主临死前把三个儿子叫到跟前，他要考察一下，他死了以后，谁能当这个家的掌家人。他给儿子们出了一道考题：爹死了，你们打算怎么发送呀？

大儿子说，爹，你老人家辛苦一辈子，舍不得吃，舍不得穿，养大了一群儿孙，置下这么大的家业……你死后，我一定要让你风光一回。我要请个风水先生，找一块儿风水宝地，不论多少钱，把它买下来；再给你打一口黄花松棺材，让你老人家长眠安息。你死了以后，我要请道士、和尚念经超度亡灵，搭彩棚，雇三班吹手，还要扎纸人、纸马……

住口！丁财主打断了他的话，老二你说——

二儿子一听，心里有了底儿，便说道，爹，你老人家节俭了一辈子，我们既要尽孝道，还得保持你老人家传下来的家风：勤俭守业，造福子孙。你老百年之后，一切从简，就在自家的田里，选一块坟地，立一块石碑，让子子孙孙在种地时，常能看你一眼……

好了，好了！丁财主听得不耐烦了，老三呢，你是咋打算的?

老三心里早就有了谱儿，他说，爹，你常教导我们：人活一世，草木一秋，树叶落下，尚知肥土。你死了之后，不买棺，不建坟，把你大卸八块，不，是无数块！埋于咱家的田里，让你老的血肉变成肥料，增加地力，一点都不糟践，让儿孙种下的庄稼年年丰收！

丁财主听到这一席话，流下了眼泪，抬起手，从枕头下取出一大串钥匙，交给了三儿子，这才脑袋一歪，走了……

“哄”的一声，周围人群大笑起来。连平时不苟言笑的石头，都笑得下巴疼起来。

狗儿说，有意思！心甘情愿落下个碎尸万段的下场，真是前无古人，后无来者啊！这故事要让说书唱戏的知道，准能编一出好戏……

大家伙儿正说笑着，忽听得大街上一片闹嚷嚷的声音，不知发生了什么事，狗儿让石头出去看看。

一会儿工夫，石头回来说，是金州谈大老爷离任，有乡民在送他。

狗儿一听，说，走，咱们也出去卖卖呆儿，我还从来未见过谈大老爷哩。

金州厅海防同知谈广庆的轿子，此时正停在路中央，衙役一挑帘子，谈大人从轿子里钻了出来。狗儿一看，是个胖胖的老头儿。只见他冲着前来送行的乡绅们作揖行礼，说了几句客套话，又冲聚在路边看热闹的百姓挥挥手，说，乡亲们，我谈某在金州为官两任，有不到之处，请乡亲们多担待！听到这话，一些不明就里的乡民黑压压跪倒一片。

狗儿正兀自看得有趣，忽然“啪”的一下，一个小纸团打在脸上，忙弯腰捡起纸团一看，上面写着：快走，小心暗算！

狗儿心里一激灵，顾不上去找扔纸团的人，一扯石头的衣袖，两人匆匆离开，回到了酒店里边。

第二十八章 黄雀在后

狗儿一行四人的行军路线，是从金州出发，经亮甲店、貔子窝、凤凰城、宽甸、桓仁，然后进入通化境内。哥儿几个此时已换成便装，人与马个个精神头十足，出了金州城，一口气就蹽到了石门子。

狗儿问邱峰，邱大哥，那天在龚大人处，你说土匪按山里山规，是不应当抢放山人的，这是咋回事？咱们四个人，只有你当过土匪，快给大家伙儿讲讲，让咱们也长点见识。

邱峰说，关东的棒槌市有两处，一处在营口，一处就在鸭绿江的出海口——南海，就是安东。小时候常听大人们讲放山的故事……大帮的土匪是有山规的，有不拘杀僧人、道士、郎中、病人、邮差等“七不拘八不杀五不准”的框框。土匪不抢放山人，主要是考虑到这两类人有共同之处。放山人放山，走山过岭，钻林子蹚棵子，四处乱窜，跟土匪绺子差不多，双方互相帮衬的时候不少……我现在肚子叫了，天又这么热，说话都没劲，队长，你看咋办？

狗儿笑道，你这家伙，一到节骨眼儿上就卖关子。好，天色也晚了，前面好像有个酒幌在晃荡——咱们就去那儿。

正走间，只见一个人赶着一支驴队，缓慢地从岔道走了过来。狗儿定睛一瞧，来人正是张本真。他一下子想起张本真给日本奸细送信的事情来，便下了马，打招呼说，张大哥，你的生意不错啊，这次咋跑这么远的道？

张本真也瞅见了来人，忙一抱拳说，哎哟，原来是大兄弟呀。哟！还有老邱呀……去貔子窝了，弄点皮货回来。

狗儿走过去，拍了拍头驴说，颠颠，还认得我吗？小青驴“咴咴”地叫着，又低头连打几个响鼻……

张本真说，好驴子通人性啊！不知该咋谢你呢。

狗儿说，不用谢，这驴呀，哪天我得收回来。

张本真吓了一大跳，一时愣了，不知说啥才好。

这么好的驴，我怕跟你学坏喽！狗儿点拨着说，人要走正道，道走差了，小心崴了脚脖子！

张本真怔在那儿，品味着这话……好半天，才赶驴上路。

果然，在弯道的老榆树下，有一家小酒馆。

进了小酒馆，要了些煮毛豆、煮苞米、拍黄瓜、酱大骨，大家边吃边喝。邱峰抿了几口酒，来了精神，重又绘声绘色地讲起路上的话题……

放山遇上土匪，参帮把头上前搭话。土匪大当家的问，干什么发财？

把头一施抱拳礼，回答，跑山的——

什么帮？

跑山的多了，有木帮、金帮、围帮等等，大当家的自然要刨根问底，问个仔细。邱峰解释道。

放山的。把头明确回答。

哦！都是蹲树棵的，把头快当（祝福放山人的话）！

大当家的快当！

有啥大货，让咱亮亮眼（开开眼）。

老把头保佑，抬点小捻子（小人参）。

这时候参帮把头从背篓里拿出棒槌包子，打开让大当家的过过眼。然后分出一半，剥块红松树皮，揭张青苔，把棒槌打上包子，送给大当家的。这是放山的规矩，见面分一半，见到土匪也是如此。

大当家的接过棒槌包子，问把头，带点黑土（大烟）还是片儿（钱）？

把头说，见面劈一半，哪能让大当家的拉露水（赏钱）呢？

都是跑山的，拿着！大当家的说完，掏出一把钱或是一包黑土，扔给把头，还留下放山的吃一顿。吃饭时，好酒好菜满招待。放山人也不见外，海吃海喝，相互间挺热乎的，像老朋友一样。

这是挖到棒槌，放山人和土匪相遇时的情景。邱峰说，如果没开眼，则如同遇见路人一样，彼此相安无事。大家说上几句吉利话，大当家的也会满招待，如果参帮缺粮少衣的，还会送点儿。

狗儿说，好，这一趟出门，邱大哥和袁大哥，你们俩要多出点子。石头大哥是关里人，我经验又少，全都仰仗二位啦！

正说到这儿，打外边进来一个客人。这人头戴一顶又大又破的草帽，谁也瞧不清他长得啥模样，喊小二点了两样小菜，背对着狗儿一伙儿吃起来。

小诸葛袁方问道，队长，这次进山，怎样联系接头？

狗儿说，事情是这样的：龚大人对我说，他的一位幕僚叫周桐，写了封信来，内容很简单，说是被绑了票，让赶快派人带钱去赎人参和他本人……接头地点在通化县棒槌山下一个酒店，叫“棒槌酒馆”。唉，不知情况有没有变化。

邱峰说，我看，这事没那么简单！

袁方说，那封信里说没说收人参的过程？

狗儿说没有，这里边一定有一个精彩的故事。

邱峰说，这个龚大人可真是多事，如今中日要打大仗了，他还在一门心思弄人参给慈禧太后进贡，这人不是啥好鸟！

狗儿说，这事儿我也想过……有事儿干，总比没事儿强。再说，长白山我也想去看看，会一会那帮胡子，也是挺有意思的。

一直不说话的石头，突然冒出了一句：我要是能挖一棵大人参就好了。

邱峰说，挖着了，你想干吗？

石头说，在我们老家那儿，都说人参是一个穿着红肚兜、绿裤褂的胖娃娃变的。我要是有一棵人参，就好好养着，那就是我儿子……

大家伙儿一阵笑……

那个戴破草帽的人也偷偷地乐了一下。他不是别人，正是猫崽。

刚开始，猫崽对偷听来的话不知所云，渐渐的，他将这些只言片语连缀在一起：龚大人、人参、绑票、通化县棒槌山下棒槌酒馆、给慈禧进贡……他对狗儿此行的任务有了一个粗线条的了解。他想，这棵人参绝非凡品，否则龚照玙不会如此兴师动众。哈哈……他能给慈禧太后进贡，我也能给天皇陛下进贡！狗儿啊狗儿，猫崽这回对不住你了。有人要杀你，我可以阻止，可这宝贝人参我就当仁不让啦，也让你好好瞧瞧你堂兄的手段！

两个多月前，长白山的莽林中发生了一件轰动的事件。

山里人说，放山人有四大怕：麻达山，不开眼，滚砬子，遭熊舔。

找不到人参，不开眼，是参帮最要命的事。宋把头这伙儿人已经出来半个多月了，愣是没开眼。拜老爷府、拿蹲（休息）、拿房子（搬家）、圆梦、验香火、求老把头指路……宋把头把他的绝招使了一个又一个，天一亮一黑，人一睁眼一闭眼，就是不开眼！

参帮里的人个个急得团团转，谁家不等米下锅？哪个不想开了眼卖了货，宽绰一下紧巴日子？还是宋把头沉得住气，一句泄气话也不说，为的是稳住参帮人的心。可他满嘴起的大燎泡，已把他心中的燠燥告诉了大家。

宋把头终于不情愿地拿出了放山的“撒手锏”：讨臊！

讨臊，就是自讨羞臊。由把头派参帮里边的人下山到有人家处，专门去撩臊女人，讨回了骂，把头再决定到哪里去放山。用这种有些下作的办法开眼，实是无奈之举。

参帮里有个伙计，外号叫“大头”，平时爱打哈哈开玩笑，满嘴的屁溜嗑儿，也常撩臊女人，没少让大姑娘小媳妇们骑大马、扒裤子。

宋把头派大头下山了。大头走了十来里路，看见一户人家，人没进屋，声音先撩进去了：大妹子，哥哥走道走渴了，就喝你舀的水，才能解我心中的火呀！

大头知道，秋头子男人多不在家，都下地干活儿去了，只有女人在家喂猪、做饭、哄孩子。还没见到人，他就先撩臊上了。

大头进了屋也没听见人应声，便直往里屋去，一看才知道没有人。他转身去了外屋，找到水缸，一瓢冷水底朝天，灌了个西瓜肚。

“吧嗒，吧嗒……”不远处传来捶衣声。

大头像个野狍子，蹿出屋朝声音奔去。

这家房山头不远处，有条小河，房主人正在河边洗衣裳。

哟，大妹子呀！大头头一句就有股子臊味。

大白天的，穷喊个啥？那个女子回应了一句，显然不是个善茬子。

给你自己洗呀，还是给相好的洗呀？大头直接就撩上了。

没看到屎壳郎子，光看到滚来个驴粪蛋。女主人不客气地回骂了一句。

你拿的是棒槌呀？

这时，若那女人说，你才像个棒槌呢，大头就算讨到臊了。因为棒槌是人参的别名，大头是棒槌，那他就是人参，还是大山货。把头会让他随意去一个地点，说不定会挖到人参。

可那女人挖了大头一眼，却说，狗眼不是（识）物！

大头讪了吧唧地说，你的棒槌呀？

这时，若那女人说，不是我的还是你的棒槌呀，大头也算讨到臊了。

可那女人看了一眼大头，哈哈笑了，你可没棒槌，你有丫丫葫芦。

啥丫丫葫芦，我没有呀！

那不在下边吊吊着？那女人指指大头的腰带下面，笑得衣裳忘了捶，直喊肚子疼。

大头没讨到臊，还挨了骂，自觉没趣，往前走了。

又走了二里地，进到一个住户很少的村子里，看见一个小媳妇在路边摘黄瓜，大头赶紧上前又撩上臊了：

哟，是大小姐呀！

小媳妇一看，是个生瓜脸，没吭声。

大头蹬鼻子上脸，又撩逗上了：

头刀韭菜，香椿芽，新娶的媳妇，嫩黄瓜。大小姐和黄瓜纽一样嫩头。

小媳妇漫不经心地指着一根老黄瓜回敬了一句：越大它越尿臊气。

大小姐是喜欢大的了？

留给你妹子吧——

大头乐了，又撩上一句，那么大小姐更喜欢顶花带刺的了？

园子里有的是，你家下三辈子也用不完。

谢谢大小姐！大头乐得一蹦高儿，把黄瓜架都碰歪了。

谢我，我那是咒你呢！

大头讨到了“臊”，乐得一蹿一蹿往山里跑，比躲鹰的兔子还快。

大头讨回的“臊”，就是那句“下三辈”。下三辈，放山人根据谐音，解为下三背，往下走到第三个山背子，即为放山开眼地。

宋把头立马下令，翻三道岭，下力在山背阴处压山（拨拉草寻找人参）。

深山里，大家排成一排，用索拨棍寻找人参……

宋把头看看天色，还有一竿子高太阳就要落山了，心里边直劲打鼓，刚要举起索拨棍，向参帮发出下山的指令，突然，边侧方向爆出一声岔了气的喊山声：

棒槌！

什么货？宋把头撂下手中的索拨棍问。那边急忙接山：落地托天掌——

快当，快当！大家兴奋得像野兽一般叫唤。这是在贺山呢。

苍莽的大山，在黄昏的夕照中沸腾了……

悬崖边，一棵高大的椴树下，挺立着一棵六匹叶的大山参。看那参，叶大茎粗杆壮，是棵六匹叶转胎，不知经历了多少岁月，吸取了多少山石精华……

原来，这长白山是个苦寒之地，山参生长得格外缓慢。种子落地要经过数年才能出土，出土后，一至两年仅一枚叶柄着三片小叶，俗称“三花”。三至五年，一枚叶柄上除三片大叶外，又着两片小叶，俗称“巴掌”。六至八年，一根直立茎上，生着两枚叶柄，一枚叶柄有五片叶，另一枚叶柄由三片小叶逐年变成五片叶，这样的参株俗称“二夹子”。以后由于参龄增长逐渐出现三枚叶柄，称“灯台子”。四枚叶柄称“四匹叶”。到六匹叶后不再增加，要回过头变成“二夹子”或者双茎参和多茎参。山参中，五匹叶、六匹叶已是极难得的大山参。山参每出现灯台子时，由三个叶梗中间生出一个花苞，开花结实。个别的也有二夹子就结实的。大山参成熟，最长要历经百年或数百年，称之为价值连城的稀世珍宝，一点也不为过！

宋把头用索拨棍“噼噼啪啪”把四周的杂草打倒，把索拨棍插在人参旁，然后从棒槌兜里拿出棒槌锁，把拴有“嘉庆”铜钱的红绳拴在人参上，把两头的铜钱搭在两边的小树枝上。这样，人参就逃不掉了。

放山人有谚语：这本事，那本事，抬出棒槌才算真本事！

这棵人参，整整抬了五天。宋把头使出看家的本领，终于将大山参完好无损地抬了出来。不得了！这苗人参从喷血的参花到根须，高达四尺多，皮老纹深，五形全美，根须清晰不乱，上面结满了纷繁的珍珠疙瘩……

山参俗称“七两为珍，八两为宝”。这苗参十分压手，宋把头用手掂了掂，足有二十两开外，是棵人参精啊！

面对这棵大山货，放山人齐刷刷地跪倒，宋把头领头磕头，致谢山词：

山神老把头在上，小的们今天拿了大货，全亏你老人家显灵保佑！我们下山以后，一定杀猪宰羊，置办香火，感谢你老人家！

放山人的规矩，抬到大货要谢山，何况他们找到的是千年难遇的人参王！

谢山，是放山人的节日，放山人的庆典。谢山不仅仅是感谢这季山开眼发了大财，为的还是求老把头神保佑以后开眼。

谢山这天可热闹了，热闹劲不亚于娶媳妇、过大年。

宋把头领着参帮的人，拿着香、纸、蜡烛、鞭炮，抬着大猪头、大公鸡、雪白的大馒头、各种果子、五色菜蔬等供品，还带上附近最好的关东酒，欢天喜地进了山。许多想沾点喜气的人，也跟着进山。谢山时，谁都可以去，人越多越好。最惹眼的是一伙儿唱二人转的艺人，吹吹打打，连蹦带跳，自愿跟着进山。

刚走出二里地，一伙儿人拦住谢山的队伍。其中一人一抱拳说，老把头发大财啦！

托山神老把头的福——

是片还是堆？

六匹叶转胎——

把头想出手，还是到山货庄？

宋把头一看来人屁股后别个狍头骨，知道是遇见了收参客。忙问道，那头（指山货庄）有价码了吗？

亏不了兄弟们！收参客这话的意思是有了价码。

那好！宋把头说，等谢山回来，咱们再验参、开秤。

收参客指着身边一位穿戴齐整的人介绍说，这位是我的东家——周掌柜。周桐一拱手说，宋把头，你们发财我就来！

快当，快当！

那边吹唢呐的汉子一双眼睛滴溜溜乱转，他看见那个周掌柜的身后站着四个精壮的汉子，分明是有功夫的保镖。他冲唱曲的女子使了个眼色，唢呐过门一响，女子唱道：

一路人敬一路神，
跳神的敬胡黄（指狐狸、黄鼠狼），
放山的敬山神。
放山人心诚，老把头显灵；
放山人心不诚，准保你受大穷。
请山神，供山神，
挖到大棒槌敬山神。
三块石头搭小庙，
山神爷老把头先请到。
庙小神通大，山高日月明。
虎是山神爷，蛇是护宝虫。
……

吹唢呐的汉子，正是棒槌山的匪首大棒槌。他本想趁进山之时，将宋把头一伙儿拿了，却不承想遇见周桐一伙儿收参客，心中不禁暗忖：真他娘的不赖，该着我大棒槌发财！今晚再下手，既收了山参又能收了收参客的银子，一箭双雕！

谢山的队伍来到抬出大货的地方，唢呐又变了调，悲怆凄凉……

那女子唱道：

家住莱阳本姓孙，
翻江过海来挖参。
三天吃个蝲蝲蛄，
让我伤心不伤心。
嗣后有人来找我，
顺着蝲蛄河往上寻。
入山再有迷路者，
我当作为引路人。

摆上供品，点上香，烧上纸，开始祭奠山神把头。宋把头下令放鞭炮，大山里顿时鞭炮齐鸣，香烟缭绕，纸灰飞扬……大家纷纷跪下，听宋把头的祷告词：

山神爷老把头在上，你老人家保佑小的们平安，保佑小的们开了眼，抬到了大山货，卖上了好价码，你老人家的大恩大德我们不能忘记。今天小的们供上点薄礼，上来谢你老人家，请你老人家收下我们的心意。小的们求你老人家今后保佑再保佑，保佑放山平平安安，保佑开眼拿到大货，小的们会永远孝敬你老人家的！

祷告结束后，看着香火燃尽，才撤掉供品。

祭拜山神爷，只是谢山仪式的一半。回到村里，大家还要吃喜。吃喜的人越多越好，过路的人赶上了，也会被请进来喝酒吃肉……

那边客人在吃喜，这边宋把头起回了票子（放山人将棒槌包子叫票子）。宋把头之所以想将大山参早点脱手，是因为这棵参太惹眼，实在是怕夜长梦多。在一间密室里，周掌柜说，老把头，把宝亮出来吧！

宋把头拿出棒槌包子，轻轻地打开，说道，周掌柜，请上眼——

周掌柜让他雇来的收参客验货。收参客走了过去，一看那参，惊得目瞪口呆，但他是有经验的行家，立时静下心来，侃侃而谈，道出一套鉴别人参的秘诀来："芦碗紧密相互生，圆膀圆芦枣核艼；紧皮细纹疙瘩体，须似皮条长又清；珍珠点点缀须下，此具方是纯山参。"他冲周掌柜点点头。

接下来，周掌柜与宋把头袖口对袖口，用手指谈起了价钱……

成交！成交！

周掌柜当场拿出八千两银票，递了过去。

宋把头接过一看，见是有信誉的盛京府宝通钱庄的银票，便十分满意地收下了。

周掌柜一拱手说，这次进山，收到好货，今晚的宴席我做东了！

宋把头说，哪里，哪里……还是让我参帮把头做东才对！

周掌柜吩咐一声，四个保镖吃喝就在这个房间，寸步不离，守住棒槌包子。

宋把头和周掌柜手拉手，笑呵呵地走进喝酒的场院。宋把头端起一碗酒，发话道：

放山人和收山人，还有各路朋友，相碰是缘分。大碗肉，猛劲吃，大碗酒，可劲造！干，不醉不是关东汉！

周掌柜周桐，是旅顺营务处总办龚照玙专门派来采购人参的心腹幕僚。他心里高兴，心想总算可以回去交差，能让龚大人满意了。他也举起酒碗说道，买卖成交缘分到。这仁义酒，咱们喝个痛快！

“乒乒乓乓”，一阵碰碗的声音……

手拎唢呐的大棒槌也站起身，兴致勃勃地叫道，我们今天也沾了不少喜气，不能白吃白喝，让我妹子彩云唱一曲，来！

唢呐、锣鼓响处，彩云早已飘进了场子中央，四下里给大家道了万福，放声唱道：

放山苦，放山苦，
衣服挂破没人补。
放山苦，放山苦，
被窝凉了没人焐。
放山苦，放山苦，
吃菜没油白水煮。
放山苦，放山苦，
不是碰狼就遇虎。
放山苦，放山苦，
要不开眼白辛苦。
……

彩云唱到这儿，也端起一碗酒说，我也敬放山人和收山人一碗！说着，跟宋把头和周掌柜、收参客干了一碗酒。

彩云接着又唱起了采参歌：

南山来个小胖孩，
我们两个一起玩。
炕上玩够上锅台，
锅台玩够上釜台。
骑够釜台要回家，
一根绒线拴上他。
蹦蹦跳跳回南山，
眨眼工夫就不见。
扯着绒线找小孩，
挖出一个棒槌孩。
……

大碗肉，猛劲吃，大碗酒，可劲造，整个村庄都沉浸在欢乐的气氛中。

子时末刻，欢庆的人们都呼噜山响地睡过去了，收参客在周桐的带领下，带着人参包子悄悄地走了。

住店不住村，这是收参客的风俗。货已到手，自然不会在村里住的。

可奇怪的是，那伙儿唱二人转的，也在半夜里走得一个也不剩。

第二十九章 棒槌酒馆

山月弯弯，繁星点点，山野里不时地传来一声声瘆人的狼嗥和野狗的叫声……

周桐带着四个保镖和收参客，护着大山参，放马疾奔。刚走出五里来路，突然被绊马索绊倒，摔了个迷迷糊糊。

那四个保镖挣扎着爬起来，被大棒槌一伙儿胡子冲上去，一顿大棒子削得没了气，扯着腿扔进了山下沟趟子……

周桐和收参客被五花大绑地捆起来，活像两个大粽子。大棒槌下令：护好棒槌，把两个"秧子"（绑来的男人）让风子（马）驮上，滑了（快走）！

这里距离棒槌山三十来里地，一色的山路，坎坷难行，第二天中午，才到达位于三岔路口的棒槌酒馆。这儿是大棒槌这群胡子的老巢。

棒槌酒馆建得很别致，整个建筑依山势逶迤而上，周遭清一色两人多高的樟子松圆木障子，十分结实坚固，外边一瞅，像个土寨子，顶住土炮、鸟铳的袭击大概一点问题没有。左右两扇门一大一小，一扇走车，一扇走人。门旁高挑一帘，上书"棒槌酒馆"，精精神神，迎风飘舞。大门里头，有能装下七八十号人的厅堂，后院有一眼甜水井，还有大车店、造酒的作坊，再后边还有柴火垛、晒烟楼、苞米楼。顺着台阶往上走，有岗楼，再后边是胡子们睡觉的地方。室内有地窖，胡子们管这里叫"秧子房"，里头有刑讯室，绑来的"肉票"一般都关在那里。周桐和收参客这对"秧子"，此时就被扔在里边。

大棒槌净了手，双手举着棒槌包子，在山神老把头牌位前焚香祷告：

山神老把头呀，我这个大当家的是被逼无奈，才下手别梁子（劫路）。手下弟兄上有老，下有小，都张嘴等吃的……保佑我们发财吧，将来下地狱、进油锅，都由我一个人顶着！

那帮小喽啰一听这话感动了，纷纷跪倒磕头说，山神老把头啊，我们都是些穷棒子，等米下锅呢，可不怨大当家的……

祷告完了，大棒槌吩咐两个有经验的喽啰，你们先去找个压票（藏人参）的好地方，别把棒槌包子弄病了，弄残了，也别让小花鼠子嗑了……这可是咱们的萝卜片（钱）！

喽啰们答应着，小心翼翼地抱着棒槌包子走了。

大棒槌冲众喽啰双手一举，说道，这趟活儿干得不错，山寨要大宴三天！上酒——

酒喝得差不多了，大棒槌呼彩云说，二当家的，你好好陪陪弟兄们。说完，独自一人进了秧子房，他要好好审一审这两位收参客。

这时，秧子房里早已做好了准备。过梁上搭着一条绳索，凳子上放着马鞭，旁边还放着一小堆灰。几个土匪袒胸露怀，目射凶光，铁青的脸上挂着丝丝狞笑……

大棒槌进了秧子房，一使眼色，几个小喽啰知趣地退到门外。大棒槌盯着地上捆着的两个秧子看了好一会儿，发话道，说吧，从哪儿来的？

周桐说，从南海（安东）来……大当家的，给口水喝吧——

大棒槌冲门外喊了一嗓子，秧子要富海（喝水），上点！

一小会儿，两个土匪端来两瓢凉水，让周桐和收参客喝了个够。

收参客是常在江湖上走动的人，他问道，大当家的，你们是要项（钱）啊，还是要我们的核头（脑袋）？

大棒槌说，要你们的狗头有啥用，当然是要银子啦！

周桐结结巴巴地说，大……大当家的，你高抬贵手吧，我们是小本买卖，为了这苗人参，银子基本上花……花光了。

你是抱钱匣子跳井——要钱不要命！大棒槌喊道，来人——拷秧子！

进来四个土匪，上来就用布蒙上他们的眼睛，扒掉上衣，用扁担把胳膊支起来，再用绳子把两个人吊到过梁上……

收参客忙叫道，有话好商量，救命啊——

周桐一看大事不好，连声喊道，各位大爷，行行好，行行好！

土匪吼道，行好？你上庙里找和尚老道去——这儿是卖人肉的地方，得拿钱来买！

两个土匪站在过梁的两侧，抡起马鞭子，疯狂地抽起来。鞭子抡过，一条条血痕，一滴滴鲜血，一声声惨叫……

只要那撕心裂肺的叫声一响，土匪就抓把灰扬进他们的嘴里，渐渐地，叫声越来越小，最后消失了，从口腔和鼻腔里喷出血水来……

大棒槌一挥手，两个人被放了下来。过了好一会儿，两个人才缓过气来，周桐完全服气了，他有气无力地说，大当家的，说吧，说啥我都答应你。

哎，这就对啰！大棒槌说，早这样识相，免了多少皮肉之苦！不过这顿鞭子，还是要的，这是咱老祖宗立下的规矩，我也没法子。当年好汉林冲、武松进大狱，也得来一顿杀威棒，是不是？说，是不是？

两个人鸡叨米一般，不住地点头说，是是是……

这样吧，写封家信，报个平安，告诉你们大掌柜的，麻溜拿五万两银子来，我这立马就放人放参——嘿嘿，我君子一言，驷马难追！

大当家的，你老人家出手太重，能不能少要几个？周桐心想五万两太多了，龚照玙是个极其吝啬之人，哪里会出这么多血！

看样子你骨头挺硬，比那门洞的风、霸王的弓还硬实！大棒槌说，刚才那好滋味，还没尝够？

够了……够了！大当家的饶命啊——

举人出身的周桐吓坏了。

小崽子们，拿书案、纸笔来——

周桐本是书吏，写信自然不在话下，略一思忖，一挥而就。

小喽啰将信纸拿起，递到大当家的手里，大棒槌一看，骂道，我要是识文断字，还能上山当胡子？念，一个字也别落下。

周桐一字一句地念道：

龚大人钧鉴：属僚周桐奉命采购老山参，已花白银八千两购得一棵千年难遇的参王。然半路被一山大王劫持，望火速带五万两银票前来赎买。联络地点：通化县境内棒槌山下棒槌酒馆。

大棒槌听了，一阵得意，说，大的意思有了，只是，这个龚大人是哪路神仙呀？

周桐说，龚大人叫龚照玙，是北洋沿海营务处总办……

总办，看样子是个官儿，跟县太爷比，谁大？

龚大人是大清的正四品。周桐说。

嚯，比县太爷大一个来回还带拐弯！他娘的，原先以为逮了个大花鞋（蛤蟆），想不到抓了个大哼哼（猪），该着我大棒槌今年有财运！哈哈哈……

大棒槌又高兴了一回说，这位四品大老爷真是有福气，弄到一苗人参王，他还想长生不老啊？！

周桐说，这苗人参是进贡给慈禧皇太后的——

嚯！原来是四品官打溜须用的。大棒槌兴奋道，既然是这样，五万两银子要少了，信要改一下，要十万两银子才行！

一句话吓得周桐一下子尿了裤子，他带着哭腔说，大王，使不得，那样我就没命啦！

大棒槌来了精神，对小喽啰吩咐道，弄点梦头春（酒）、翻张子（烙饼），别让客人饿着。

接下来，大棒槌找了个伶俐的土匪，带上两匹马轮换着骑，将周桐写的信火速送往旅顺口营务处龚大人处。

十多天了，赎票的人依然像老林子里的草，一星点动静也没有。大棒槌心里着急，在沿途放了不少眼线，他最担心的是旅顺那边的什么狗屁龚大人会派大队官兵来围剿……这几天山寨内外如临大敌，对棒槌酒馆里往来的一些陌生面孔都要严加盘查。

这天晌午头，棒槌酒馆来了位骑马的客人。这客人不是别人，正是日本人的奸细——猫崽。他进屋一落座，就一碗接一碗地喝水，然后用破草帽扇凉风，不住地打量着酒馆里的陈设：这儿所有的桌椅板凳，全是红松破开的毛茬板子，乍看上去，样子十分粗俗，然而却透出一种别样的野性。这种装饰他在日本见过，可那是刻意做出来的，比不上这里的自然天成，与屋外的苍茫大山浑然一体。再往墙上看去，四周挂着各种各样的兽皮，还有鹿头、狍子角、大砍刀、开山斧、鸟铳和弓箭……只是摆放得太密了，显得有些粗野杂乱……

老板娘彩云见这人有些面善，却一时想不起打哪儿见过，便前去招呼，这位大爷，打哪儿来呀？用点啥？

猫崽单刀直入地说，我要见你们大当家的。

旁边正在抹桌子的小二说，这位就是我们的老板娘、二当家的，有啥事儿跟她说吧——

这件事情重大，还是直接跟大当家的说比较好。猫崽不客气地回绝了。

那……到里屋单间坐等吧。彩云吩咐小二说，去把大当家的请来，就说有远道的朋友来了。

彩云把猫崽让到单间坐好，心里琢磨，这人长得太像邱大哥的好朋友沙公子了，要真是的话，可不能慢待了，那可是救命恩人呀！想到这儿，她问道，这位爷，你是不是打金州来呀？

这一问，把猫崽吓了一跳，心想这女子我从来没见过，怕是又跟狗儿弄混了吧？他回答道，老板娘，你认错人了，我从貔子窝来。

哦，是认错了，对不起。彩云想，这人是比那个沙公子长得老相一些，唇上的一抹小黑胡好重……

是哪儿来的客呀？人未到，话声先到了，只见大棒槌大大咧咧地一掀门帘走了进来。猫崽忙站起身来，一抱拳说，我就是。

大棒槌一见是个生面孔，也双手抱拳举过左肩，向后一伸说，我就是大当家的，有啥事儿，坐下说。饿了吧？快挑好的上几样，再打一斤酒来——

见彩云和小二出去了，大棒槌问道，春点开不开（会不会说行话）？

猫崽如坠五里雾中，摇了摇头。

哈哈哈……原来是个空子（外行人）。大棒槌说，这没外人，说吧，见我有啥事儿？

猫崽见此人一身匪气，知道跟这种人打交道不需要拐弯抹角，便直截了当地说，大当家的，要有祸事了！你抢了龚大人的人参，又绑了他的人，眼下有四个身手不凡的高手，明后天就要到了，你可要小心啊！

大棒槌不动声色地盯着猫崽看，良久才说，怎么称呼你？

在下猫崽。

大棒槌说，咱这山野里有四大瘆：春猫叫，夜猫哭，被窝蜈蚣，野狼嗥。莫非，你是个花舌子（*双方说合人*），想从中捞点外快？

这事儿我是在半道上偷听到的。猫崽说，我一不图钱，二不图参……

人为财死，鸟为食亡。大棒槌好奇地问，那……你图啥？

我在外头犯了人命官司，就想到你的山头里避避风。请大当家的看在小人通风报信的功劳上，收留我！猫崽一口气把谎话说了。

酒菜上来了，有山鸡炖猴头、扒猪头肉、清蒸细鳞鱼和一个拍黄瓜。大棒槌抓过酒壶，给两人碗里倒满了酒，说，来，走一个——

看着匪首"咕咚咕咚"地喝干了酒，猫崽只好硬着头皮一小口一小口地把酒喝了下去，辣得半天上不来气……大棒槌见状，哈哈大笑着说，行，有种！你先留在山寨，帮我盯住那四个鸟人，待事儿过去了再说。我有事，先走了——

大棒槌一走，猫崽长吁了一口气，心道，这帮胡子貌似粗鲁，其实心细着哩，真不好对付！这头一关总算是闯了过去……下一步棋我应该咋下呢？但愿土匪们能把狗儿一伙儿关起来，使我能有机会拿走大山参！

从新宾老城出来，沿江上行，走不多久，就进入了通化县境内。狗儿一行骑着马，站在一个山冈上朝东北方向望去，秋季，正是长白山最动人的"五花山"季节，但见层峦叠嶂，满世界像彩色的海浪，无边无际地漫延开去……浸着松脂香味的鸟兽叫声，不时从四下里传来，令长白山充满了神秘的气息。

再往前走就要到目的地了，因为情况不明，大家戗戗来戗戗去，始终也没拿出个可行的方案。人累了，那漫山遍野的知了却不知疲倦，"吱——吱——"地叫个不住，扰得人心绪不宁。

距离他们身后一箭之地，有一个挑着柴的樵夫尾随着……

邱峰乐了，说，后边那小子跟随咱们有一个多时辰了，信不信那家伙多半是个眼线。

狗儿说，逮住他，问问？

转过一道山弯，四个人埋伏在树棵里。

那樵夫像没事儿似的晃悠过来，哼哼唧唧唱着小曲：

小三姐，十八啦，
三根头发披肩啦。
东街里染红布，西街里买绿裙，
打发三姐快出门。
爹跺脚，妈拍手，
不如从小喂了狗。
……

邱峰和石头上前拦住，将他带到狗儿面前。

干啥的？

打柴的——

这儿到处是林子，还用跑这么老远去打柴？

这……

我让你不招，老子有招儿对付你！说着，邱峰将“樵夫”上身捆在一棵核桃楸树上，两腿也捆上，整个人成曲尺形，然后扒去鞋子，把一个糖饼掰开，将糖浆涂抹在“樵夫”的脚底板上，不一会儿，大黑蚂蚁、小红蚂蚁纷纷爬上脚心……

“樵夫”蛇一般扭动着身子，咧着嘴，龇着牙，一会儿是笑一会儿是哭，嘴里发出奇怪的声音：嘻嘻嘻……哈哈哈……唔唔唔……我招，我全招啊！

说吧，你是哪个山头的？

我说，我说，我是大棒槌那伙儿的，叫山蛐蛐。昨天晌午头，棒槌酒馆里来了个“空子”……

说人话，别说匪话！邱峰教训道。

来……来了个外乡人，跟大当家的说，官家派来四个功夫高强的人，要来这块“砸窑”，就是来抢“肉票”和人参。大当家的命令我出来盯紧点……也是巧了，四位大爷就来了……快把蚂蚁拿走，我受不了了……

那个人长得啥模样？

我没见到那人……饶命啊！我要死了……

邱峰这才薅了把草，把小土匪的脚心擦干净。

狗儿问道，这儿离棒槌酒馆有多远？

不远，四里地吧——

山蛐蛐你别害怕，说说你们大当家的是个什么来历。狗儿问。

大当家的报号“大棒槌”，起事才两年多。从前是个吹手，喇叭匠，只念过半年书，家里穷，靠村里村外的红白喜事混口饭吃。大前年秋天，快大茂镇的官军到这一带挨家挨户搜人参，说是解决兵饷。老百姓不缴，官军比胡子还坏，就明抢，结果把大当家的媳妇打死了。事后一个月，大当家的领一伙儿穷哥们儿溜进了镇里，夺了七八条枪，就扯旗造反了。

官军不来剿吗？

来！起先是不知道谁干的，后来知道了，去年冬天来了几十号人，让大当家的给收拾了一半。听说本来今年要派大队来剿，春天那会儿，朝鲜那边乱了，官军都调到了朝鲜；眼下跟小日本干上了，谁还顾得上山里几个土匪……

你知道的不少啊？

都是听大当家的说的。别看他念书少，可他记性好，什么唱词一听就记住了。他走南闯北，人精得很！今年五月份，去了趟安东山货庄卖榛子、松子，顺便还整回一个媳妇，盘亮（脸蛋漂亮）哩，现今成了二当家的，嘻嘻……

有个叫周桐的，你知道关在哪儿了？

姓周的，我不知道，肯定关在秧子房里——

那棵大人参你见过吗？放哪儿了？

山里有规矩，咱是个小崽子，哪能让咱开眼？棒槌放在哪儿，那是大当家的事，我上哪儿知道去？

狗儿说，我问完了，你们看看还有啥要问的。大家说，没了。邱峰问狗儿，队长，这人咋处理？是杀还是留？

都是苦出身，留他一命吧。狗儿吩咐道。

邱峰说，山蛐蛐，委屈你了，先在山里待着吧——

山蛐蛐叫道，大爷饶命啊，在山里待一宿，小咬蚊子就把我血喝干了！

真是个蛐蛐，太能叫唤！邱峰捡起地上一个山核桃，顺手塞进山蛐蛐的嘴里，又用破布条将嘴丫子勒紧。

四个人重又骑上马，边走边商量。最后狗儿决定，既然行踪已经被人识破，再不能四个人同行了。由袁方扮成算命先生，先去棒槌酒馆探探路，摸摸底，回头再想办法。

那……我要是回不来呢？袁方问。

放心去吧，狗儿说，活人不能让尿憋死，我自有办法。

小诸葛袁方一手牵马，一手擎着卦幡，来到棒槌酒馆。早有小伙计迎上来，把马牵走，他便大摇大摆进了酒馆。正是上午时分，里边人不多，显得挺清静，老板娘彩云走过来，问道，先生用点什么？

袁方抬起头一看来人，一时间怔住了……

彩云也好似受到了电击，嘴唇哆嗦着说，你……你是方哥？你还活着！

袁方说，彩云，怎么是你呀？你可是让我找得好苦哇！说着，情不自禁地站起身来……

彩云悄声说，别动，就说你是我的表哥。她走上前去，一边拍打着袁方长衫上的灰尘，一边大着嗓门说，哎哟，表哥呀，多年未见，你咋钻到这长白山林子里头来了呢？

彩云，谁是你的表哥？大嗓门响过，大棒槌从一旁转出来。

彩云忙介绍道，当家的，这位就是我姑姑的儿子，方哥。

大棒槌走过来说，从未听说过你还有个表哥，还会算命。

彩云说，咱俩认识日子短，你哪里能把这些未见过面的亲戚认全……

袁方赶紧一抱拳说，幸会——今天真是巧了！

太好了，方哥，你可是头一个来这儿的娘家客呀！大棒槌客气起来，忙吩咐下去，小崽子们，有啥好吃的，快上来几样，我要跟方哥好好喝喝……

趁酒菜没上来之际，大棒槌给袁方倒上茶水说，喝吧，这是紫椴树上长的苦苦茶，长白山的特产，喝了败火。

袁方喝了口苦苦茶说，味道挺冲，不错——

大棒槌说，方哥是小诸葛，一定会算命，能不能给我算算今年的财运应在何处？

中！不知道妹夫是看相、打卦，还是批八字、测字……袁方问。

大棒槌说，测字吧——我报号“大棒槌”，就测这个“大”字！

小诸葛解下背囊，拿出笔墨砚台，在一小张宣纸上一笔一画地写下一个“大”字。

他已经想好了，盯着面前的匪首说，“大”字，多一杠为天，少一杠为人。天者天意也，天意呀！你今年的财运，就应在这“人”字上！

大棒槌翻棱翻棱眼睛，“嘭”地一拍红松板子桌面，挥舞着大手，兴奋地叫道，高人呀，高人呀！

彩云吓得心里“噗噗”直跳，连忙问，咋回事？

大棒槌说，这不秃头上的虱子——明摆着！这“人”，不就是人参，不就是大棒槌嘛！

酒菜陆续上来了，山珍还真不少，有猴头炖山鸡、榆黄蘑炒小白菜、飞龙汆丸子、溪水煮白鱼……彩云给两个男人倒好了酒，看着他们痛快地大吃大喝起来，心里这才渐渐平静下来。

酒至半酣，闲话唠得差不多了，大棒槌说，方哥是大秀才，我听过一个谜语，拿出来献丑，助助酒兴，咋样？没等对方表示，便摇头晃脑地吟诵道：

一对候鸟晴空飞，公的瘦来母的肥；

一年四季来一次，月月见君啼三回。

袁方本是个秀才，一时间望文生义，想到自己爱情的不幸，想那云中的候鸟尚能一年见一次面，而自己与心爱的彩云姑娘，却在数年间仿佛远隔重洋，生死未卜……一时竟然忘了猜谜。

把个彩云急的，直劲催促道，方哥，快猜呀！想啥呢？一边说着，一边在桌下用手偷偷比画出个“八”字。

彩云的提示，提醒了袁方。“八”！“八”字两画，一撇细，一捺粗，谓之瘦、肥两只鸟，生动而形象；一年只一个八月，每月却有初八、十八、二十八。此谜制得绝佳，如果不是彩云暗中道破天机，肯定是难以猜中的。想到这儿，袁方大声说，谜底是个“八”字——

“嘭”的一声，大棒槌一拳砸在桌子上，震得酒碗跳起老高。只听他嚷嚷道，可不得了！方哥果然是诸葛重生、孔明再世……行啦！这回方哥你哪儿也不准去，就留在这儿，在山寨当军师，给我当诸葛亮！

正说着，一个小土匪走上前来，小声对大棒槌耳语道，眼线的海东青回来了，捎来了信。说着递给大当家的一个小纸卷。

袁方知道，海东青是大山里的一种猛禽，也叫白鹰、玉雕、青雕，驯化好了以后，能替人捕猎、送信……

大棒槌打开小纸卷一看，气急败坏地说，山蛐蛐让人给绑了，看样子那四个高人要来了。彩云，你陪表哥慢慢聊，我去巡巡哨。

见大棒槌走了，彩云这才问袁方，方哥，那年那伙儿歹人把你捆了，我亲眼瞧见他们从悬崖上把你扔进了海里，你是怎么死里逃生的?

唉，说来真是命大呀！袁方说，我是被一个海碰子救下的，那人当时正在海底摸海参、鲍鱼，就把我捞了上来……等我能动弹了，去找你，音信皆无。我就找啊找，沿海边找完了，从塘沽上岸，走到保定府。为了活命，我这个秀才只得扮作算命的，勉强支撑到现在……你这几年都到哪儿去了?

彩云边流泪边哽咽着说，我被金高丽那伙儿人抓走后，又逃了出来，跟上了一伙儿走乡卖艺的，好歹我会唱两口，人家就收留了我。今年初春时候，我们这帮人又来到安东，不巧又让金高丽的爪牙盯上了，把我抓到金州二十里堡，逼着我跟他成亲，给他做小。也是命不该绝，被一个叫山狸猫的大盗救了下来……

谁?你说的是山狸猫——邱峰?

正是，你认识邱大哥?

岂止是认识，我们是一伙儿的。估计下午他们就能来这儿。袁方说。

彩云恍然大悟，你们就是那四个来赎票的人！那你现在是官家的人了?

对！袁方说，与其说是来赎票，不如说是来夺人参……那后来呢?你是怎么跟大棒槌认识的?

彩云说，长话短说吧，后来为了活命，我又跑到安东来，在一个戏班子里头唱两嗓，被大棒槌看上了，死活让我嫁给他……我寻思你已经不在人世了，他又实实在在对我好，我就答应了他，跟他进了山……

别说了，是我对不起你呀，彩云——

别那么说，方哥——我也是身不由己啊……唉，昨晚上当家的还跟我说，要是赎票的能送来十万两银子，就从此隐姓埋名，老死山林，不再当土匪了。彩云说着，又流下了眼泪。

袁方说，看样子，你现在跟大棒槌是真好上了。

彩云说，唉，人总得活下去呀……这个人当土匪也是被逼无奈的。他外表看起来挺粗，其实精明得很，待我也挺好，但当起土匪来挺歹毒的，说是无毒不丈夫嘛!

那你是跟我走，还是跟定了大棒槌?

方哥，说啥呢！只要你有一口气，我就跟你走。只是……我已经不是原来的小云了，你不嫌弃我吗?

只要你没变心，你方哥还是原先的方哥!

彩云破涕为笑，轻轻地哼唱起当年俩人相恋时的一支曲子：

一呀更啊里呀，
月儿上树梢。
心上的俏哥哥呀，
快来度良宵。

红灯绿酒配骏马，
妹爱哥打店擒狼刀……

听着听着，袁方眼里噙满了泪水。他想起当年彩云在城里唱蹦蹦戏（二人转）时，自己不顾家人的阻挠，想方设法接近彩云时的情景……

想啥呢？

彩云的问话，令袁方又回到了现实。他说，彩云，大棒槌既然是苦出身，我们也不想害他性命……我们只要拿到参，救下秧子，就走人！

彩云说，光是救秧子，这事好办。可要是拿参，只怕大当家的不撒手……我来想想办法吧——

第三十章 匪窝遇险

立秋后的日头，秋老虎。

晌午刚过，火辣辣的毒日头尽情地往大山里倾泻着热浪，狗儿和邱峰、石头个个敞着怀，汗流浃背地牵着马来到棒槌酒馆大门前。正在四下里观瞧，门外的“料水”（放哨的喽啰）喊道，什么蔓（干什么的）？

邱峰知道，这是土匪们在盘道，必须用黑话对答。他双手向上一拱，口里念道：

西北悬天一只鸡，

绿林不把绿林欺。

绿林若把绿林欺，

伤了绿林好和气！

那“料水”见是道上人，立刻打开大门，放他们进去。早有人上前，帮着牵马，领他们来到当家的“柜房”门口。门口有把门的问道，爷们儿从哪儿来？

邱峰说道，称不起爷们儿，在马二爷那儿混碗饭吃。

是路过是候着（待一会儿）？

要见你们大当家的！

进来抽口烟吧——

好嘞！哥儿仨大摇大摆地往里走。见到两个小匪，邱峰还老练地主动搭讪道，弟兄们管亮（枪法好），人强马壮，福泰！边说边行土匪礼。

靠近大厅的门口，有一个管事的土匪，下了他们身上的枪。

在小喽啰的指引下，见到了坐在虎皮椅子上的大棒槌。三人忙行了正规的土匪礼，邱峰朗声说道：

西北悬天一块云，

乌鸦落到凤凰群，
有心我把真主拜，
不知哪位是君来哪位是臣？
大棒槌坐在那儿纹丝不动，口里答道：
西北悬天一块云，
君是君来臣是臣，
不知黑云是白云？
邱峰忙又行礼，接口道：
黑云过后是白云，
白云黑云都是云。

这可不是在背诗，大棒槌的意思是，你闯进来干啥？谁是当家的不很清楚了吗？你是哪儿来的？邱峰的意思是，咱们是一家人，要不也不敢闯进来，今天来有事。

黑话对上了，还没算完。邱峰又伸直左手的中指、无名指和小指，指向自身，意思是我是来商量大事的。大棒槌立马伸直右手的中指和小指，掌心向身，意思是我是大当家的，有话说吧。

见面礼结束，大棒槌说，台儿拐着（炕上来坐着）。

来客这才纷纷坐了下来。邱峰向主人介绍狗儿道，这位是我们当家的，他有话对你说。狗儿抱拳行礼说，真人不说假话，我们是奉北洋营务处总办龚大人之命，前来跟你协商赎票的事儿。

大棒槌说，那好哇！你们应当是四个人，怎么少了一个人呢？

狗儿说，大当家的，有啥根据说我们来了四个人呀？

大棒槌嘿嘿一笑说，带猫崽——

话音刚落，猫崽走了进来，冲大棒槌一抱拳说，大当家的有何吩咐？

你把眼珠子瞪大了，好好看看。大棒槌问道，你说的四位贵客，是不是他们几个？

回大当家的话，正是他们。

狗儿突然爆发出一阵大笑，说，大当家的，你知道他是什么人呢，你就敢听信他的话？！

猫崽是来“靠窑”（投靠）的，现在是我的人了。大棒槌自信地说。

狗儿闪动着狡黠的目光，说道，大当家的，你刚才不是说，我这儿的人少一个吗？现在告诉你，少的那个人就是猫崽……

胡扯！猫崽反驳道。

大棒槌鹰隼般的目光扫视着他们两个。

狗儿一摆手说，这次奉龚大人之命，携带十万两银票前来赎票，不承想，猫崽这小子卖主求荣，半路上偷走了九万两银票……想不到，又蹽到大当家这块儿，是不是有所图哇？大当家的是山里人，心眼儿实诚，可千万别上当啊！

你说猫崽背叛了你们，有啥证据？大棒槌问狗儿。

有！狗儿说着，伸手从怀中拿出一沓银票，大当家的你数数，这是一万两银票，正缺九万两，这是其一。其二嘛，你好好看看猫崽的长相，是不是跟我差不多，他是我的堂兄！

这一席真一半假一半的话说出来，把猫崽惊得目瞪口呆，他真是有口难辩，心想，这个堂弟果然心思缜密，心眼儿转得快。想溜，四下里土匪们黑洞洞的枪口对着……心下不禁悚然一惊，要坏事！

大棒槌不知道猫崽是不是拿了九万两银票，但两个人的长相的确十分相像……宁可信其有，不可信其无！他大吼一声，猫崽！你知道我最恨啥人，就是吃里爬外的小人！莫非你真的独吞了那九万两银子？

猫崽到底是个训练有素的间谍，他嘿嘿冷笑一声，不慌不忙地说，大当家的，我刚才看见山蛐蛐回来了，是谁绑了他，你一问便知……

大棒槌便喊道，带山蛐蛐——

不大一会儿，山蛐蛐进到大厅。大棒槌指着坐在他对面的三个人问道，这哥儿仨，你碰过面吗？

山蛐蛐小眼睛一觑觑说，上午碰过，老交情了。他指着邱峰说，这小子特歹毒！大当家的，就是他把小的"码上"（捆上），还用糖抹在脚心，让蚂蚁折腾我，小的差点儿睡了（死了）！

大棒槌说，那好啊，一会儿你也给他点颜色，让他瞧瞧！

山蛐蛐说，咦，咋少了一个人呢？

话音刚落，邱峰一猫腰，拔出腿插子（匕首）一甩，正中山蛐蛐的心口窝，山蛐蛐一声未吭，一头栽倒在地。

见邱大哥先发制人，狗儿与石头迅即站起，扑向大棒槌……就在这一刹那，大棒槌掀动座旁的机枢，他们三个人脚下的地板立时翻倒，只听"轰隆"一声，三人一齐掉进地窖内。与此同时，大棒槌飞起一脚，冷不防将猫崽也一脚踢进地窖中。地窖的盖板瞬间合上。

"哈哈哈……"大棒槌得意地大笑起来，吩咐道，小崽子们，等会儿下去把他们码了！

这地窖原本是个山间溶洞，大当家的"柜房"设在此，既能在危急时刻从这儿的暗道中逃跑，也可以对危险的"客人"突然下手。今天突遭事变，果然就用上了。

狗儿等人眼前一黑，落入了人家设置的陷阱，才真正感觉到这个大棒槌真是不一般。好在这里边凉快，倒是个消夏避暑的好地方。狗儿说，大家找一找，看看哪儿有暗道的开关。

里边漆黑一片，几个人摸索半天，四周全是滑湿的石壁，找不到出口。

狗儿倚在石壁上说，猫崽，你大老远的跟到这儿，是想打人参的主意吧？

猫崽说，老山参可是个好东西呀，在日本，人参被称作"千草之灵，百药之长”。我亲眼看见城里的姑娘和媳妇，因为没钱给自己的亲人看病，插标卖身，换钱来购买人参，老百姓还称她们是孝女烈妇呢！这么好的东西，你能取得，我为啥不能？

狗儿说，老山参生在长白山，是中国的国宝，你不能动！猫崽问，为啥？狗儿说，因为你现在是小鬼子的人！

猫崽说，你们龚大人要拿这棵参给慈禧太后进贡，他图的是一己的私利。你们替他卖力气，也不是正大光明之举。话再说回来，你们那位慈禧太后吃了这棵人参，活得越久长越精神，中国就越没希望……所以，我取走这棵参，对你们只有好处，没坏处。

你这是强盗的说法！狗儿说，你跟你的日本主子一样，见到好东西不是偷，就是抢！毫无廉耻，我真为你脸红。

邱峰说，队长，你这个堂兄太无耻，你要是想大义灭亲，我就替你下手了。

石头也说，队长，你说句话，我……我就把他做了！

别！狗儿说，咱们现在都是落难的兄弟，俗话说得好，浪子回头金不换！猫崽还没坏透腔。我问你，在金州城里，是不是你给我写的纸条，救我一命？！

还算是有悟性！猫崽说。

正说到这儿，地窖里边一侧的门“哗啷”一声被打开，眼前顿时火把通明，十分刺眼。数个土匪端着武器，冲里边吆喝道，都不准动！大当家的请你们这些贵客出来，看看山寨的风光——

进来两个土匪，用绳索将这地窖中的四个人拴成一串，走上地面，那是个场院。大棒槌早已坐在那里等候，四下里炮手戒备森严……

大棒槌发话道，把他们身上的“喷子”（枪）、“青子”（刀）都搜出来，别漏了，省得惹麻烦。话音一落，上去两个小匪，一一从他们腰间或绑腿里搜出手枪、匕首和小攮子，用一只筐装着，拎到大当家的面前。

大棒槌说，今天，我的客来得正是时候，上秋了，赶上小崽子们要做牛皮靰鞡。做靰鞡要取上好的牛皮，请大家开开眼——

话音一落，一个土匪牵来一头黄牛，绑在场院当中，牛的四条腿分别缚在四根立柱上。又上来两个土匪，蹲下身子，抽出尖刀，把牛的四蹄从跟腱处割开。黄牛“哞哞”地叫着，似乎知道大难来临，眼睛里淌出了大滴的泪珠……

刚才牵牛的土匪站在那里，从腰间拔出一把锃亮的匕首，很仔细地把牛嘴割破，用手将牛头的皮往下卷，一直卷到脖梗儿处，然后一拧，用铁丝拴在立柱上。过来两个拎木棒的土匪，抡起木棒狠狠地朝牛屁股打去。木棒打处，发出“嘭嘭”的声响，牛无法忍受剧烈的疼痛，只好朝前方猛地蹿去，只听“刺啦”一声，整张牛皮从头到尾被活剥了下来……

一个小匪拎着这张去掉四蹄的整张牛皮，来到大当家的面前，大棒槌夸赞道，好，干得利索！这样剥下来的牛皮，皮不充血，板正，薄厚匀称，正是做靰鞡鞋的好材料。接着，大棒槌站起身来说，今天当着四位兄弟的面，显露了一下山里人祖传的剥皮技艺，不为别的，就是想告诉大家，我——大棒槌，不但会剥牛皮，还会剥人皮！

挨着狗儿坐在地上的石头，不由自主地颤抖起来……

不过，我大棒槌也不是不讲理的人。只要你们乖乖地交出银票，可以立马走人，还送给每人一双上好的牛皮靰鞡。怎么样，谁先招？都不吱声，那就猫崽先来，看看你这张猫皮能不能做靰鞡。

两个土匪走了过来。

慢着，狗儿喊了一声，我是他们当家的，先从我这儿来吧！我的小名叫狗儿，狗皮可能比猫皮更结实耐用——

大棒槌嘿嘿一笑，说，行，有种！还有主动要求送死的。不过，我这个人有个毛病，你越不怕死，我还偏不让你死……

狗儿说，做人莫要贪心，你大当家的拿了人参，也拿了银子，见好就收吧，为啥要再折磨人？

大棒槌用手指着邱峰说，是这个人先折磨山蛐蛐的，又杀死了他。狗儿，你的话倒是给我提了个醒，把这个黑瘦子绑过来！

上去几个土匪，用枪逼着，把邱峰带到场子中央。邱峰自我解嘲道，老子好几天没洗澡，皮子正痒痒哩……

大棒槌吩咐下去，把这小子绑在春凳上，去把二当家的请来，让她带些蜂蜜来。

大家伙儿都有点莫名其妙，这大当家的要干啥呢？

小土匪回来报信说，二当家的不在，蜂蜜我带来了。

大棒槌说，好，把蜂蜜抹在这小子脚心上，把“皮子”（狗）牵来！

两条大笨狗被牵来了，那狗见到蜂蜜，果然十分喜欢，伸出粗糙的大舌头，“呱唧呱唧”地舔起来……

邱峰顿时感到奇痒难耐，不住声地大叫道，好舒服哇！啊啊……啊……

大棒槌一伙儿土匪乐得哈哈大笑起来。

大棒槌兴奋地说，这下酒菜不错，拿“梦头春”（酒）来！

邱峰挣扎着，破口大骂道，大棒槌你不是人，早晚得被人活吃了……

狗儿转头四下里看看，心想：袁方上哪儿去了？他不会在一边瞧热闹吧？

此时，袁方在彩云的配合、帮助下，已经在一个山洞里取出了棒槌包子。在山坡的隐匿处，袁方将棒槌包子背在身上，对彩云说，你在这块儿守着，千万千万别动！我去放把火，把他们引开——

场子上，匪徒们抱起酒坛子，将酒“哗哗”地倾倒在大碗里……

土匪们纷纷端起酒碗，在大棒槌的带领下，高唱酒令：

当朝一品卿，

两眼大花翎，
三星高照四季到五更。
六合六同春，
七巧八马九眼盗花翎，
十全福禄增。
打开窗户扇，
明月照当心。
……

突然，山寨里腾起了滚滚浓烟，紧接着有多处地方蹿出了通红的火焰……

大棒槌刚刚喝完这碗酒，大叫一声，不好！将酒碗摔在地上大喊，快去救火！大部分土匪扔下酒碗，一窝蜂似的跑向失火现场。

大棒槌气急败坏地抽出腰刀，挥舞着说道，娘的，一会儿要查出是你们的人干的，我一个都不留！

正说得起劲，彩云忽然跑到场院上来，二话不说，上去把两条大笨狗撵走，从筐里拿出一把匕首，割开绑邱峰的绳索……

大棒槌一时间愣住了，问道，彩云，你这是干啥？

彩云说，当家的，这位邱大哥在二十里堡救过我！还有那位兄弟，他们还给了我一千两银子，这事儿我跟你说过……

你……你咋不早说呢！大棒槌犹豫了一下，又改口恨声说，不行，现在要是放了他们，咱俩就没了养老钱！

彩云说，江湖上讲的是“义气”二字，滴水之恩，当涌泉相报！你要是条汉子，千万不能干忘恩负义的事！

女人家，就是头发长，见识短！大棒槌说着，下了狠心，心想先杀他一个，女人就死心了。他挥刀朝正在为兄弟们松绑的邱峰砍去……

在这节骨眼儿上，彩云已经没了选择，她拼尽全力，将手中的匕首直插进大棒槌的后心。匪首手中的刀“当啷”一声掉在地上，沉重的身子立时扑倒在地。

一边站着的小土匪冲了过来，彩云大叫一声，你们敢！我是二当家的，大当家的不义，我已经杀了他，你们要想活命，就乖乖地老实听话！

正在这时，袁方背着棒槌包子跑了过来。急切间，他拉着彩云的手，对狗儿他们说，弟兄们，我终于把相好的找了回来。彩云姑娘，是我……以后就是你们的嫂子了。

彩云有些忸怩地说，邱大哥和沙兄弟，我们早就认识了。

袁方一听这话，人再精明，一时也糊涂了，说，什么沙兄弟？哦，你是说狗儿吧？你连他也认识？哦，知道了，你说的在金州城里的好心人就是他们啊！

大棒槌并没有气绝，他听着这伙儿人的对话，看着小诸葛身上背的棒槌包子，一时间什么都明白了。他挣扎着抓起地上那把腰刀，拼尽最后一点力气，一跃而起，将刀刺向袁方……

狗儿眼尖，一看不好，飞起一脚，可还是晚了半拍，那刀从袁方的脖颈划过，鲜血立时喷射出来……

石头上前，一掌将大棒槌的脑袋拍碎。

彩云抢上前去，抱住袁方的身子，哭喊道，方哥哟，你好命苦啊！你要死了，彩云可咋活呀……

袁方脸上露出恬淡的微笑，说，队长，我把人参拿回来了。

狗儿蹲下身子，说，袁大哥，你是好样的！

有……一件事儿，我要对你说——队长，我和陆途……原本是天地会的成员，原来，想拉你入伙，后来，我却跟定了你……

狗儿全明白了，他拉着袁方的手说，你跟我在一起，没享一天福。我对不起你呀，袁大哥！

袁方有气无力地说，别这么说，我这辈子最得意的一件事，就是跟着兄弟你打小日本……锄奸……这是最大的福哇。下辈子，大哥还给你牵马坠镫，跟你干……

邱峰在一旁说，老袁，你要挺住啊！

袁方面色惨白地冲彩云说，小云，唱个……曲儿，给我听听吧……

彩云将她的方哥搂在怀里，哽咽着唱道：

一呀更啊里呀
月儿上树梢，
心上的俏哥哥呀
快来度良宵；
红灯绿酒配骏马，
妹爱哥打店擒狼刀……
……

渐渐地，袁方像是累了，阖了眼敛，脸上却挂着一丝欣慰的微笑……

彩云轻轻地说，方哥，你慢点走，妹子这就来了。说完，用刺死大棒槌的那把匕首，猛地刺向了自己的心窝……

山寨中，土匪们吼叫着，大当家、二当家……殡天了……弟兄们扯乎（快跑）啦……

土匪们群龙无首，一时作鸟兽散。

棒槌山上，松风飒飒，一处背北向南的风水之地，垒起了两座坟茔，那是袁方和他的心上人彩云永远长眠的地方。

周桐和收参客是被抬着从秧子房里出来的。两个人受了很重的内伤，附近又没有郎中，只好在房子里边将息了三天，才渐渐好转一些。

这天，大家都来到袁方和彩云的墓地，准备拜别老朋友。摆上供品，点上线香，大家祭拜一番，均默默无语。倒是猫崽首先打破沉默，对狗儿说，兄弟，这次你救了我一命，咱俩两清了，谁也不欠谁的。就此别过，有缘的话，将来还能再见面——

狗儿挥挥手，说，大哥，你走吧。晚上睡不着，好好想想，早点悬崖勒马。

猫崽下了山，骑上马，一溜烟似的走了。

望着猫崽远去的背影，邱峰说，这小子是不到黄河不死心呢！

狗儿喃喃地说，我不相信猫崽真的不回头。话音刚落地，大家望见猫崽又鬼使神差地骑着马转了回来。咋回事？

猫崽真的又转了回来。在山根下边，他带住了马，向上挥着手叫喊，狗儿——你快下来，我有事忘了告诉你！

狗儿颠颠地跑下去。猫崽也下了马，长吁了一口气说，兄弟，这句话我本来不想说，刚才琢磨了一下，还是告诉你吧——

别神神道道的，快说吧！狗儿说。

平源叶子没死！

啥？！

平源叶子没死！她把那张图纸用照相机拍成胶卷，吞进了肚子里，安全送了出去……因为功劳大，还受到日本军部的嘉奖，被天皇亲自授予金鵄勋章！

狗儿说，你说的是真的？

是的。猫崽点点头说，当时，平源叶子确实想死，可是没死成……

狗儿不解地问，难道她喝的不是毒药？

猫崽说，听高桥说，当初这包药给平源叶子，是想考验她对他是否忠诚，也用来试探平源叶子与你的关系……其实，这只是一包烈性的安眠药，没想到，歪打正着，倒让平源叶子想死没死成，而且顺利地骗过你们，完成了递交情报的任务。

狗儿一屁股跌坐在地上，眼泪流了下来。

你是高兴呢，还是悲伤？猫崽不解地问。

狗儿缓缓地站起身来，突然哈哈大笑起来，双手举向空中，大叫道，老天爷呀，咋会是这样啊！啊？

猫崽有些害怕，说了句，兄弟，你要冷静啊，多多保重，往后的日子还长着呢！说完便翻身上马，飞奔而去……

良久，狗儿面色煞白地回来了。

邱峰急忙问道，队长，发生了什么事？你哪儿不舒服了……

狗儿一摆手说，你们老哥儿俩先下去吧，我想在这儿单独待一会儿。

见两个人下山去了，狗儿转身来到袁方的坟前，突然跪倒在地，双手拍着地面，痛哭道，袁大哥啊，从陆途身上搜出图纸那会儿，你曾经给我提过醒呀，可我当时昏了头，哪能想到小鬼子施了障眼法，到底把情报送了出去……我太轻敌了！李大帅啊，我对不起你老人家呀……爹呀，我也对不住你呀，我是个不忠不孝的人啊……

哭了好一阵子，狗儿才安静下来。

狗儿红着眼睛下了山，邱峰没敢搭话，倒是石头岔过话头说，队长，这次咱是摸了老虎须子，好悬呢，差点儿让人家剥了皮……

狗儿说道，你是天生胆小，多多历练几回就好了。你没想想，大棒槌是冲银子来的，钱没到手，他咋会下死手呢？顶多是吓唬咱们一下。

石头点点头说，说得在理呀……

第三十一章　归途遭灾

准备启程了，大家带上了不少干粮、水和酱牛肉，袁方留下的那匹马给大家驮枪和一些杂物。为了稳妥，狗儿让邱峰背棒槌包子，叮嘱他要看好宝贝。

如今，狗儿要办的头一件事情，就是去安东县城，找到袁大哥和彩云的家人，送去抚恤金。可是周桐却不乐意，他以命令的口吻说，现在必须直接回旅顺，拐向安东要耽误不少时间，龚大人会怪罪下来的。

邱峰说，你咋呼个屌儿，没我们，你还在秧子房被“熬鹰”（折腾）呢！

收参客倚老卖老地说，周大人是龚大人身边的红人，你们得听他的。回头呀，他好在龚大人面前给你们邀功请赏。

邱峰说，屁！你们两个太没良心！人家为了救你们，命都搭上了，还不想着去慰问一下恩人的家人！

周桐说，咱们护送的是天朝贡品，不能因小失大。

狗儿笑一笑说，都别争了，我是奉命来赎票的，在我的眼里，你们俩是我赎出来的肉票，因此都得听我的！现在我要下第一道命令，打马快跑！谁落后让胡子再逮了去，我可不管了！边说边纵马急驰而去。

这招还真灵，周桐和收参客不得不在后边紧追下去。由于挨了打，浑身是伤，再让马一颠，两个人疼得直咧嘴。

周桐对收参客说，咱们是秀才遇到兵——有理说不清！小不忍则乱大谋，待回去我再收拾他们！

一路上，狗儿再也没说过一句话。小叶子死而复生的消息，使他的神经受到了强烈的刺激。小叶子生还，他当然高兴不已；小叶子将军事地图胶卷送回日本，恨得他牙根痒痒！想来想去，他终于明白了：小叶子这个人跟自己是一路人，在国家利益和个人感情的天平上，国家利益是放在第一位的。他与小叶子两个人之间的感情，今生今世不可能再有结果，道理很简单，因为两个人再好，却各为其主，身负着两个敌对国家的利益，必然要撞车。锄奸队出师第一仗，不是赢了，而是输了，而且输得很惨！狗儿心里背上了这个包袱，心情自然是十分沮丧。

过了宽甸，依然是高山峻岭、苍莽森林。

周桐和收参客被马颠得旧伤复发，你一口我一口地吐起血来，伏在马背上直哼哼，一个劲地求情说，队长……大人，饶了我们吧……

狗儿说，行啊，这回慢点骑，前边遇到店，咱们就歇马住下。

收参客一听，忙凑了过来，拍马屁说，还是队长善解人意，虽然年轻，却会疼人，将来必定有个好前程。

老人家，你是个老江湖。狗儿对收参客说，你们现在身子虚弱，吐了不少血，应当补点啥，怎么治啊？

收参客揩了揩嘴角上的血迹，叹了口气说，这事说简单也简单，说不容易也不容易，只是这荒山野岭的……

但说无妨。狗儿说，有病要早点治，别耽误了。

我和周大人受的是内伤，失血过多，元气大亏啊。收参客振振有词地说，本朝医家陈士铎《本草新编》中说得好："夫独参汤可治疗阳脱于一时，血失于顷刻，精走于须臾，阳决于旦夕，他药缓不济事，必须用人参一二两或三四两，作一剂煎服以救之，否则阳气遂散而死矣。"《本草正》中也赞叹："人参，阳气虚竭者，此能回之于无何有之乡；阴血崩溃者，此能彰之于已决裂之后。"

邱峰凑过来说，老人家不愧是山货庄的老把式，说起人参来，一套套的。

收参客大概是受到了鼓励，愈发兴奋地说，上午路过的宽甸县，有个叫石柱子的地方，就是个有名的产参地方。明朝万历年间，村里有个老头儿在山上放羊，天突然下起大雨，他急忙把羊往破庙里头赶。可是，一百多只羊聚在山崖的阴处，好像在争吃什么东西，老头儿推开羊群一看，原来是在抢吃参叶。他小心地把人参挖了出来，这棵参形体秀美，芦长皮老，须长且清，有珍珠疙瘩，据纹深推算，少说也有三百多年，村里人视之为"参神"。

邱峰问道，有没有我后背上这棵参值钱？

说实在的，不如！收参客说，那老头儿把"参神"进贡给了皇上，龙颜大喜，遂将石柱参御赐为"大明国宝"，下诏在村上择地培植，从那时起到现在，关外的参行，每逢秋季人参上市的时候，参商云集，但石柱参不到，不好定价，就没法开市。

狗儿说，你老早说呀，咱们弄点石柱参，给你们疗伤。

收参客说，岂敢，岂敢！你们在前头跑得飞快，我们要是落后了，遇到胡子咋办？

大家伙儿哈哈地笑起来……

说笑间，路过一小山村，见有一大车店，旁边还有一间包子铺。这包子铺的店名颇为奇特，叫“一加一包子铺”。大家下了马，早有店小二迎出来，嘻嘻地笑着说，各位爷，今儿个是八月十五，就在这儿吃顿团圆饭吧。你们有福气，新蒸的包子香着呢！

一路奔波艰辛，大家早已忘记了日子，此时才恍然大悟……

狗儿说，想不到会在这山野之间过节，今天得好好吃点。

邱峰问道，你这店名是啥意思？怪怪的……

看来，几位爷是头一回光临咱这山野小店。店小二说，这一加一嘛，就是一半牛肉，一半鸟肉。有学问的人品尝过，说是不亚于那个河南开封的灌汤包……

邱峰说，一个鸡毛小店，还能赶上开封的灌汤包，净瞎鸡巴吹！

店里掌柜的听外边嚷嚷，忙过来打圆场说，屋里请，好不好，尝一尝就知道了。

热腾腾的四屉包子先端上了桌，大家也着实饿了，忙拿筷子，蘸着老醋蒜泥，大口地吃起来。老于事故的收参客说，我看就是牛肉馅的，吃不出飞禽的味道。

周桐有些卖弄地说，开封灌汤包我吃过，首先打眼一看，那个白，像景德镇细瓷，透明，摆在白瓷盘上，包子个个似白菊一般。抬箸夹起来，悬如灯笼；吃之，内有肉馅，底层有鲜汤，味道真是美极了……啧啧，哪里像这儿的包子，一坨肉，膻了吧唧的，就是牛肉！

狗儿笑问掌柜的，你这一加一的包子，里头的肉馅有说道吧？

小兄弟脑子灵，你要是能破解其中的道道，这顿包子算我白送。掌柜的说着，冲店小二挤了挤眼。

大家你瞅瞅我，我瞧瞧你，谁也搞不懂。

狗儿笑一笑说，你这是一头牛，一只鸟，所以呀，上哪儿吃出鸟肉味来？

掌柜的一下子怔住了，大叫道，哎呀！你这小子脑袋瓜怎么长的，咋这么好使呢？

狗儿问，老掌柜的，你读过书？

掌柜的说，山野村夫，上哪儿念书去？我今年快五十岁了，斗大的字不识一笸箩。

那……你咋能想出这么打眼的店名来？

掌柜的瞅了瞅后厨那边，欲言又止。

狗儿说，你说吧，说出来，我照样付你饭钱。

掌柜的压低了声音说，原先这个小店，就叫“牛肉包子铺”。四五天前，来了个老娘们儿，说自己没儿没女，从前在馆子里做过饭，如今想找个养老的地方，看好这疙瘩了，不要工钱，供吃供住就行。我见她人长得干净，就把她留下了。这小店的名就是她起的，说叫“一加一包子铺”，夺人眼球，生意红火！

石头说，你……你这不是骗人嘛！

掌柜的说，咋骗人了？一头牛，一只鸟，不就是一半是牛肉，一半是鸟肉吗？说是一加一，二眼也不差！

狗儿说，不算骗，这玩的是文字游戏，让咱们长学问了！

大家边吃边唠，周桐和收参客身体虚弱，吃几口就撂筷了，倒是石头饭量大，又要了两屉包子。哥儿仨又喝了点酒，说了几句闲话，说着说着，又想起了小诸葛袁方来，一时间心情又低落下来。

吃完了饭，银盘似的月亮已经从东天边升起，晚风阵阵吹来，好不凉爽。掌柜的说，你们就住这儿吧，这儿比大车店强，那里人多，咬牙放屁说梦话，还竟闻臭脚丫子味……

周桐忙说，好好，就住这里——

周桐和收参客胸口疼，早早就躺下了。

隔壁的房间内，狗儿躺在枕头上，对邱峰悄声说，邱大哥，那两个人病恹恹的，我有个想法……

邱峰听完后，一下子坐了起来，说，队长，你心眼儿太好了，这可是要毁了人参王啊！

狗儿说，他们两人都四五十岁了，不救，身子就残了，下一个八月十五，怕是没了……

那，咋向龚大人交代？你这不是犯上作乱吗？邱峰说。

大哥，你还指望我让龚照玙拿这宝贝去溜须慈禧太后哇？狗儿说，慈禧太后那儿，不缺人参，她老人家要知道我这样做，兴许会奖赏我呢！去吧，按我说的去办——

邱峰穿上衣服，不情愿地打开棒槌包子，看了半天，捧起人参亲吻一下，小声说，人参王啊人参精，队长要救人，得用你几根须发，对不起了！

他狠狠心，扯下一条参腿、两根参须子，然后去了后厨……

天色向晚，满天的星星眨着眼睛，月光如水，群山如兽，几声狗吠从星星点点的庄户人家中传来。

邱峰见灶坑里还有余烬，便动手把锅洗涮干净，又添了两瓢水，开始煎煮人参。

忽然，屋角处转出来一个人的话声，黑灯瞎火的，你在煮什么呢？

邱峰一看是个中年女人，心想，她大概就是那位给店取名的女大厨，便回答说，打扰了，熬点汤药。

那我来帮你，这哪是大老爷们儿干的活？中年女人凑过来，一挽袖子说，你只管添柴火，煎药我来做。

邱峰说，好，这可是人参，金贵哩。

中年女人俯身向锅中一看，嚯，这人参真是不小，只须子就这么长……这东西得文火煎，药劲才能出来。

趁邱峰低头添柴之际，中年女人从怀里取出一团黑糊糊的东西，偷偷放入锅里，一边搅和一边说，这人参是好东西呀，你们五个人，每人都喝一碗吧，喝了长劲，精力也充沛！

邱峰说，只给两个人喝，他们俩被土匪绑了票，折腾得半死，喝了这还阳草，能让他们起死回生。

鼓捣了小半个时辰，汤药煎好了。中年女人说，快点送给大家喝吧，我把水放多了，一人一碗都够了。邱峰答应着，端着两小碗汤，先送进隔壁的房间。

周桐和收参客正浑身难受，不住地咳嗽，难以入睡，听说熬了两碗草药，很是感激，便爬起身“咕嘟咕嘟”地喝了下去。那收参客吧嗒吧嗒嘴，说，这里有蜂蜜，苦森森的，好像还有人参……

周桐说，扯淡，上哪儿去弄人参？顶多是黄芪、党参一类的东西。

邱峰说，你们俩管那么多干啥？能拔出脓来，就是好膏药！他心想，要是告诉你们是进贡用的老山参，打死你们，怕也不敢喝呀！

邱峰收了两人的碗，推开门正要往外走，就听见两人“哎哟、哎哟”地满炕打滚，直喊肚子疼……

邱峰一时慌了神，手中的碗掉在地上，一迭声地大叫，队长，队长！快来呀——

狗儿不知道上哪儿去了，却见石头光着膀子跑进来，问，咋回事？

邱峰心道，不好，没准儿是中毒了！他想起那个中年女人来，又想起一个土匪们解毒的土办法……他对石头说，你赶紧去弄点新鲜牛屎来，再去弄点碱，牛屎泡碱水，快去！

周桐和收参客此时在炕上直劲打滚，邱峰一手抱一个，直冲出门外，一阵忙活，将两个人大头朝下绑在拴马桩上……

狗儿见邱大哥去了厨房，半天也没动静，便悄悄爬起来。听见厨房有说话声，借着灶间一闪一闪的火光，看到锅台上那中年女人的身影，矮矮的，胖胖的，虽然形象模糊，却似乎感觉在哪儿见过这个人。

邱峰端着两碗汤药去了周桐的房间，那女人动作迅速地进了自己的卧室……

狗儿忙跟了过去，从窗外将窗户纸捅一小眼，偷偷窥视进去：黑暗中，那女人从铺盖底下拿出一个东西，用力一抽，明晃晃的，是一把匕首。匕首一闪，藏进袖管内，轻轻地开了门，朝客人住的房间摸去……

大门外，周桐和收参客大头朝下被绑在拴马桩上，哇哇地叫骂，你们这是作孽呀！

邱峰和石头蹲在地上，一人手里拎只碗，朝屎盆子里舀着粪汁，然后分头灌进周桐和收参客的嘴里……

救命啊！大过节的……不，不！

邱峰说，别狗咬吕洞宾——不识好人心！这是在救你们呢——

慢……慢点喝，小心别……别呛着。石头颇有耐心地劝说着，这是药，不是牛粪汤，是加了碱的牛粪汤药……

中年女人站在墙角的阴影里，看见外边的一幕闹剧，细细一数，少一人，而且是这伙儿人的头头——狗儿。她打定了主意，开始了她的“斩首”行动。她蹑手蹑脚地来到客房这边，轻轻推开房门，见狗儿正躺在炕上，心中暗喜，举起匕首，一个箭步跃上去，浑身的力量集中于一点，狠狠地刺向狗儿的胸膛……

狗儿身子微微一侧，伸出一腿弹出……由于眼前的对手来路不明，他不想一下踢死她，饶是腿下留情，中年女人的身子一下子冲上房间的棚顶，只听“嘭”的一声，连着“咔嚓”一响。矮胖女人将纸棚撞了个大窟窿，又从窟窿里掉了下来，跌在地上一动不动，像死猪一般。

狗儿点着油灯，借着光亮，上前轻轻地踢了那女人一脚。

见那女人不吭声，狗儿蹲下身去，用手试了一试，看是否还有活气。就在这一瞬间，那女人闪电般地拿住狗儿手腕的反关节，脚下发力，踹向狗儿的小腹。

狗儿躲闪不及，被踢了个跟头……

中年女人经验老到，旋即起身，抓起油灯，劈面砸向狗儿的头部。狗儿抬手一架，油灯里面的煤油全都泼在自己的身上，上身的衣服立时被燃着，狗儿忙着脱衣服……趁这个机会，那女人一个“燕子穿帘”，身子撞破纸窗，跃出窗外。

狗儿急了，双足点地，随着跃出窗外，发足便撵。那女人短打格斗有一套，可跑起来却不是狗儿的对手。像狗撵兔子一般，不到十几步，女人就被狗儿按倒在地上。几番挣扎，狗儿一记重拳，打得她昏死过去。

借着皎洁的月光，狗儿仔细一瞧，原来是在和顺旅馆见过的女佣人，心想，连这个佣人都有这等身手，小鬼子真是用心良苦哇！他一伸手，将胖女人拎起来，来到邱峰给周桐他们灌“药”的地方，朝地上一掼，对邱峰说，大哥，你看看这人是谁？

邱峰扎撒着手过来一瞅，说，这不是帮我熬药的那个女厨子嘛！

你再好好瞅瞅……

哎呀，原来是和顺旅馆的女佣人啊！邱峰认了出来，大叫道，这鬼子娘们儿真是用心良苦啊，在这儿守株待兔，等咱们呢！

狗儿光着膀子，揉了揉身上被灼伤的地方，说，这日本奸细伪装得不赖，颇有心机啊，琢磨了这么个“一加一包子铺”的店名，吸引咱们上钩。真不知道她下的是啥毒。

这活儿就交给我了。邱峰说着，三下五除二，动手将日本奸细绑在柱子上，所不同的是，是站立着的姿势。他对石头说，石头大哥，周桐他们俩先吐着，待会儿再灌药。现在咱们俩给这个小鬼子奸细弄点“药”来……

给她吃啥药？她也中毒了？石头问。

邱峰哈哈地笑着说，她原本就是一条毒蛇，浑身是毒。去弄点药来，跟这两位老哥哥喝的药一样，就是不用加碱水。

石头会意了，立时去忙活了。不大一会儿，石头弄来了一大盆牛屎。

那中年女人渐渐苏醒过来，看到自己被绑在那儿，急头白脸地说，算你们命大，你们杀了我吧！杀一个女人，算什么本事——

邱峰手里挥着一只破瓢说，不会杀你的，可你要说实话，你在厨房里，下的是啥毒？

我好心帮你干活儿，你却污蔑我投毒！

邱峰说，你还蒙我呢，差点儿着了你的道！他向石头一招手，石头端一盆牛屎走了过来。

一股粪臭味直冲鼻子，女人看了一眼说，你们要干什么？

今晚过节，给你弄点美食，换换胃口！邱峰说着，伸手一掐那女人的脖子，女人一张嘴，半瓢牛粪汤倒了进去……

啊，啊啊……女人哪里尝过这种滋味，鼻涕、眼泪全出来了。

狗儿说，现在中日已经宣战，按照你的间谍罪名，可以马上处决你！说吧，你下的是啥毒？

我说，我说，是……是大烟土——

邱峰高兴起来，说，这就对了，我这汤药正好对症！你叫什么名字？

我，我叫云子……

云子，多好听的名字，遗憾的是，你是日本派来的奸细，是倭寇侵略中国的马前卒！狗儿继续追问道，老实回答我，你的任务是什么？受谁的指使？

杀你们！云子满腔仇恨地说。

邱峰上去一掐脖子，半瓢粪汤又灌了进去。

云子半天没上来气，气得眼睛一翻白，头一耷拉，再也不出声。

石头凑到跟前，看了看，说，她死……死了……

狗儿说，罪有应得！找个地方把她埋了吧。

三个人挖了个坑，将日本奸细的尸体埋了之后，又返回到那两个老哥的跟前。

狗儿问，是不是可以放下来了？邱峰说，不行，还得灌药，得让他们彻底吐干净才行！

天快亮时，才将周桐和收参客松绑。

那包子铺掌柜的和店小二一直往外窥视着，一夜未敢合眼，这时才战战兢兢地出了房门，问有啥需要帮忙的。狗儿吩咐道，多多烧水，大家都要洗澡……

三天后的黄昏时分，两个病号才缓过神来。

狗儿对邱峰说，他俩元气大伤，还得用人参来补。

邱峰这一次不再犹豫了，又扯下两根人参须子，仔细煎了，出锅时又放了些蜂蜜，端给周桐和收参客喝了。这一宿，两个病号睡得特别踏实。原来，人参主补五脏，有安精神、止惊悸、除邪气的功效。两人早上起来，顿觉神清气爽，底气足了，人也精神了，连忙来到狗儿房间，不住声地道谢。

周桐说，想不到邱峰匪里匪气的，还会用药，真是佩服、佩服呀……

邱峰笑道，我用的都是土法子，有得罪之处，请周师爷多多担待。

收参客一眼看见棒槌包子，走上前去，打开松树皮，掀开碧绿的青苔，边看那苗大山参，边嘀咕，人参娇贵，可别捂了，得抓紧时间送回旅顺去。

狗儿和邱峰对视了一下，邱峰忙凑过去，说，别看了，“人参精”怕见人，省得受风。

咦？不对呀，这……这“人参精”怎么残了？收参客眼睛贼，看出了破绽。

周桐闻听，大吃一惊，慌忙走过来看。收参客老到地指给他看，你看这儿，还有这儿……

不像是蹭掉的。

周桐转过头来，眼睛瞪得像铃铛，冲着大家伙儿大吼道，谁偷吃了人参？大胆包天！天理难容，不得好死！快说——

沉默了一会儿，石头憋不住了，说，你……你别贼喊捉贼，就是你们俩吃了。

一听这话，周桐的脸色由红转白，由白转黑，他看了看收参客，心里啥都明白了。他感到一阵天旋地转，胃里剧烈地痉挛起来，早晨喝的稀粥，一下子从嘴里喷了出来……

周桐跑到门外，冲着北京城方向，双膝跪倒，连连磕头，嘶声叫喊着，万岁爷呀，皇太后呀，我把皇太后的圣寿大礼给吃了，我罪该万死！我死有余辜！我……

他边喊边狠抽自己的嘴巴。

狗儿走过去，拍拍周桐的后背说，周师爷，你别害怕，这事是我拿的主意，有罪的是我，要杀要剐，一切由我承担！

你……你……人小鬼大，闯下塌天大祸啦！知不知道啊？周桐说完这句话，脸上肌肉一阵痉挛，双手向空中胡乱抓去，声嘶力竭地叫道：

龚大人，龚大人啊，你饶了我吧！我上有老，下有小，全都托付给你了，我自裁，我自裁！说着说着，他猛地一下子站起，朝前面的一块卧牛石一头撞去，“嘭”的一声响，顿时脑浆迸裂，气绝身亡。

大家目瞪口呆地对视着，谁也没想到会出现这样尴尬的不幸结局。

狗儿喃喃地说，周桐身居官衙，既怕官也怕管，他是被吓死了。

邱峰说，幸亏是一加一，要是一加五，咱们都得搭进去——

为了及早赶路，狗儿他们就地买口棺材，找了块背北向南的坡地，把周桐装殓后就地掩埋了，然后做了记号，准备日后待其家人来安排他的安息之地。

第二天一大早，哥儿仨带着收参客，打马向安东城奔去。

第三十二章　岸边巧遇

狗儿尚不知道，农历八月十八（公历9月17日），就在他们奔向安东县城的这一天，在距离安东不远的黄海大东沟海面上，爆发了中日大海战，史称中日甲午海战。双方主力对决，其规模之巨大，战斗之激烈，实是海战史上所罕见。经过五个小时的激战，大清北洋海军遭受重创，日本海军掌握了黄海制海权。

旅顺大顺浴池一房间内，日本间谍头目高桥卫接到海军军部的指令，称此次海战中，大清国有四艘军舰被击沉，日舰多艘受伤，日本旗舰“松岛”号海防舰受到重击，死伤一百余人，另有十几人落入海中，下落不明，令其沿大东沟海岸线寻找落水生还者……

此时，高桥卫身边已经无人可用，小松次郎和云子执行任务，至今未回。没办法，他只好亲自出马了。

狗儿一行到了安东县城后，这里的局势已经很乱，大批的清兵从朝鲜前线败退下来，搞得人心惶惶。他们把收参客送回家疗伤，接着马上找到袁方和彩云的亲人，送去了一大笔抚恤金，了却了一桩心事。直到这时，他们才听说大东沟的洋面上，中日进行了一场大规模的海战对决，老百姓传得沸沸扬扬，但不知双方胜负情况。

出城向南走，哥儿仨感觉轻松了不少，邱峰下了官道，跑到渔民家中，买来一篮子煮得通红的大螃蟹。此时仲秋刚过，正是蟹子肥美的时候，母蟹蟹黄流油香，公蟹个个肉顶盖。三个人骑在马上，边吃边唠，好不开心。狗儿开玩笑说，邱大哥，这时候要是遇上歹人，你就有用武之地了……

邱峰哈哈地笑起来，说，这么好的蟹子，给了他们，岂不糟蹋了。

石头不明就里，急忙问道，这……这是咋回事？

邱峰说，过去我为匪那咱，杀了坏蛋，恨他们横行霸道，也不想连累别人，总是在他们尸体上扔个死螃蟹……

狗儿望着前面高冈上，有一群人在追撵一个汉子，那汉子好似有些疯癫，一会儿往前跑，一会儿又折了回去，双手舞动，口里还哇啦哇啦叫喊着什么。忙说道，两位大哥，你们看，前头好像出什么事了，咱们过去帮把手——

三个人纵马上前，那汉子光着膀子，径直向这边直冲过来，嘴里喊着：

吉野！那就是吉野——干掉它！撞碎它！杀呀，弟兄们——

邱峰和石头连忙下马，拦腰抱住了那汉子。狗儿看得真切，那汉子胸肌疙里疙瘩，虽然多处划伤，却依然十分健壮。只见那汉子双眼通红，大叫一声，挣脱了束缚，朝邱峰脸上就是一记直拳，邱峰躲闪不及，被打个满脸花，顿时血流不止。石头见状，挥起铁拳刚要砸下，狗儿大吼一声，慢着！飞身下马，伸腿一踢，正中那汉子腿弯处的委中穴，汉子一下子扑倒在地……

那群渔民装束的人，气喘吁吁地跑了过来，一个年纪稍大的人说，别……别打呀！他……他不是疯子，是咱北洋水师舰上的人——

我说嘛，这小子劲真不小！邱峰捂着鼻子说。

狗儿抱起那汉子，见他浑身抽搐，口吐白沫，忙一手按住汉子嘴唇上的人中穴，一手掐住手上的合谷穴。不一会儿，那汉子苏醒过来，瞅瞅周围的人，个个是陌生面孔，长叹了口气，泪水顺着瘦削的颧骨缓缓地流淌下来，却一句话也不说。

狗儿问周围的渔民，你们都是哪疙瘩的人？

我们都是大鹿岛的渔民——

咋了？发生了啥事儿？狗儿连声问道。

渔民们说，他醒过来了，让他自己说吧——

那汉子吃力地挥着手说，我……我是谁？你们是谁？这儿没事儿了，你们都走吧——

一位年纪较大像是领头的渔民说，那可不行，你还病着呢，我们可放心不下！要走，我们得抬着你走。

狗儿看见，前方不远处，地上摆着一副担架，他对那渔民说，老大哥，你把事儿对我说说，我也是当兵的，兴许能帮上忙……

那渔民头领说，老天有眼，这可太好啦！唉，是这样：三天前的下午，在海边，我们看见潮水冲上来一个死人，细一打量，还有口气，就把他弄到家里。他醒过来，人却傻了，啥都想不起来。我们从他穿的号裤，猜出他是北洋水师舰上的人，可能是跟小鬼子打仗，船沉了……乍一看，他好人一个，可一会儿就犯糊涂了，疯疯癫癫地到处乱跑。岛子上没郎中，怕把他病耽误了，就招来这些打鱼的哥们儿，送他到县城治病，刚才他又犯病了，跳下担架就跑，要不是你们，我们真没咒念了……

狗儿听明白了，问那汉子，你会骑马吗？

当兵的，哪有不会骑马的？汉子清醒过来说话了。

狗儿说，好！知道自己是当兵的就好。我们这儿还闲一匹马，送你回旅顺口。说完，他站起身来，对那帮渔民说，各位渔老大，谢谢你们啦，你们可以回家了，剩下的事情，我们管了！邱大哥，送他们每人五两银子，算是感谢各位了。

渔民们纷纷说，免了，免了！帮咱大清的兵，还客气啥！

邱峰向渔民怀里挨个塞了一张银票。渔民们道不尽的感激，扛起地上的担架，朝大鹿岛方向走去。

狗儿与石头扶着那汉子进了路边的柳树林，那汉子倚着树身，喝了几口水，情绪稳定多了。他对狗儿说，你们是哪部分的？怎么穿便衣？

狗儿回答说，我们是旅顺营务处的人，去长白山执行一项特殊任务，刚刚回来。大哥，你是哪个舰的？怎么称呼你？

我是致远舰上的机械师，叫陈思远。

狗儿惊喜地叫道，陈大哥，莫非你是金州凤凰村人，小名叫老疙瘩，你爹叫陈宝财？

对呀！陈思远说，你是谁？咋对我家这么熟悉呢？

哎呀，真是太巧啦！狗儿说，我姓黄，你就叫我狗儿吧。

陈思远说，哎哟，我想起来了，我爹给我写过信，说你是老吴家小凤的未过门女婿，还打死了野猪，是家父的救命恩人呢！哥哥在这儿给你行礼了。说着连连拱手，称谢不已。

陈大哥，太客气了。狗儿说，傍晌午了，日头太毒，此地不可久留。走，先找一家店住下，好好养养身子再说，来日方长……

此时，远处的大路上，腾起一片尘土，一个人骑着一匹快马飞奔过来……

陈思远的眼睛一下子直了，大喊了一声，那是吉野，不能让它跑了！说着，身子猝然跃起，像一支离弦的箭，朝来人奔去。

骑马之人猝不及防，被陈思远迎头从马上掀了下来……

那人倒在地上，哇哇大叫，干什么的，光天化日之下，打劫呀！

锄奸队的弟兄们慌忙跑上前去，死死抱住陈思远。只听邱峰惊叫一声，高大哥，是你吗？

哎呀，是邱老弟啊！那人站起身子，拍打着身上的尘土说，你这个山狸猫还干老本行啊，打劫都打到我头上来了！

邱峰哈哈大笑着，上前抱住那人说，误会，误会！我们这个哥们儿，脑子出了点毛病……要不是他，咱们可就擦肩而过了。

狗儿打量着这位高大哥，商人打扮，三十多岁的年纪，样子很精干。他想了起来，邱峰曾经跟他说起过这人，曾经救过邱峰的命。他忙走过去，边说对不起，边帮助拍打对方后背的尘土。那高大哥忙闪身躲避……

邱峰见状，给他的高大哥介绍起来，说，这位是我的队长，也是我的磕头兄弟……

队长？高大哥眨巴了几下眼睛，有点莫名其妙。

邱峰刚要解释，见狗儿给他使了个眼色，忙又改口说，今天是个好日子，我的两个拜把子兄弟都齐了，得找个地方好好喝一顿。

高大哥摆摆手说，不急，我现在有一桩重要的买卖要办，身不由己，得马上走。你们有病人要照顾，我想也走不快，回头我再追你们，有缘的话，还能碰上。说着，拉过马缰绳，翻身上马，拱拱手，绝尘而去。

大家把陈思远扶上了马背，相拥着，走不多远，已经望见前边岔路边上有一大片村庄。

安顿下来之后，狗儿问，陈大哥，你想吃点啥，尽管说——

陈思远这时又清醒过来，有点不好意思地说，我分文没有，实在不好意思。多弄点青菜吧，在船上和岛子上，最馋的就是新鲜蔬菜。

狗儿对邱峰说，邱大哥，麻烦你去安排吧，再要些酒来，好好给陈大哥压惊洗尘。

这位邱大哥，脸咋受伤了？陈思远问。

大家都笑起来，狗儿解释道，你病那会儿，太祖长拳练得不错，拳头挺硬……

陈思远明白了，不好意思地说，都怪我，多有冒犯，兄弟在这儿赔罪了——

邱峰忙说道，别，都是当兵的，不打不相识嘛！说着，转身出去张罗酒菜了。

狗儿拉着陈思远的手说，你是受了强烈刺激，再加上死里逃生，身子极度疲劳，才会时时产生幻觉……不要紧，好生调养一段时间，就顺过劲来了。

不大一会儿，酒菜就摆满了一桌子。菜肴以青菜为主，有萝卜片、小葱、香菜等蘸酱菜，菠菜炒鸡蛋，小白菜炖粉条，土豆片炒尖椒，煮花生，还有一大盘猪头肉，加上早晨剩下的大螃蟹，挺丰盛。大家边吃边喝边唠，谁也不敢提海上打仗的事。陈思远身子虚弱，早早地撂下筷子，身子一歪躺下睡着了。

狗儿这才问道，邱大哥，你那位高老兄叫什么名字？

邱峰说，哎呀，我这人心太粗，从来就没问过，一直就叫他高大哥。

你说过，他是个商人？

对，他跟我说过，他经营一家浴池，在旅顺口。

狗儿说，这人身上有短枪……

邱峰吃惊地张大了嘴巴，说，真的？不会是……兴许是买来防身的，这高大哥多年经商，是个有钱的主儿。

这人很警觉，我替他扑撸（方言，意为拍打、抹）身上的尘土，他闪躲的身法也不一般。狗儿说。

邱峰说，队长，你也太过虑了吧！现如今在道上跑的人，谁还没点功夫防身。

狗儿说，反正我真的觉得这人不一般，有点担心就是。

你年纪轻，见识还是少了点。邱峰说，不是我倚老卖老，别人不敢说，这位高大哥对我恩重如山，侠义心肠，绝对不是旁门左道之人。我山狸猫眼睛不瞎！

在狗儿的记忆里，邱峰很少跟他顶牛，今天见邱大哥抢白他，便笑笑说，不急，出水才看两腿泥，走着看吧。

陈思远一觉睡到太阳落山，待他醒来时，一碗苦森森的人参汤饮下肚子，一翻身，又睡了过去。这一觉，一直睡到翌日的中午。醒来之后，顿觉精神清爽了许多。他这才问道，这偏僻山村，哪里来的人参？

石头说，你别问了，知道了，怕你又犯病。

邱峰也添油加醋地说，对对，真要是知晓了，容易出人命。

陈思远有些丈二和尚——摸不着头脑，问，有那么严重，人参是偷的，还是抢的？

狗儿笑道，非偷非抢。他怕陈思远犯合计，便详细讲了这苗人参的来历和它的故事。讲完后，狗儿问道，咋样，这人参贵重吧，陈大哥，还敢不敢吃它？

陈思远重重地一拍桌子，说道，我太佩服你了——狗儿兄弟！慈禧那老乌龟，她能吃得，我们咋吃不得？咱们吃了长劲，好打小鬼子；她吃了长寿，就会多搜刮民脂民膏，多让自己享受！

石头说，你……你胆子不小，敢骂太后！

陈思远说，别人我不知道，现如今舰上的人，没有不骂的。十年前，咱们北洋水师的舰艇比小日本强多了，可如今，人家一下子赶了上来，那是人家从天皇到百姓共同勒紧裤带的结果。相比之下，唉，别提了！老太后听政时，还真舍得花钱办海军；退政后，只管自家享受。皇上稀里糊涂，好像北洋水师就是李中堂自己家的，大臣们个个互相掣肘，只管自己的一亩三分地，银子也不下拨了……一打起来，焉能不败？我说得对不对？

对！大家异口同声地喊起来。

也许是受到了情绪的感染，陈思远说，感谢各位兄弟的关照，我——陈老疙瘩饿了，也有点馋了，想好好喝一顿！

邱峰说，早就安排妥了，就等你睁开眼睛了——

原来邱峰买了只羊，在他的指挥下，做了一桌全羊席：烤羊腿、手抓羊排、扒羊脸、烩羊肚、爆羊肝、羊杂汤……外加蘸酱菜，摆满了一大桌子。陈思远一上来，先喝了两大碗羊杂汤，喝得浑身大汗淋漓，连连夸奖邱大哥的手艺高超。邱峰得意地说，这地方佐料不全，要是在城里，汤的味道调得会更美！

陈思远低下头，叹了口气说，舰上的那帮弟兄，要是能喝上这汤，该有多好啊！

听到这有点伤感的话，谁也没敢接茬儿。倒是狗儿想明白了，举起酒碗说，陈大哥，你要是有话，也别老闷在心里头了，都吐出来，也许会好受些。来，干了这碗酒！

“叮叮当当”一阵碰碗声，大家喝干了这碗酒。再看陈思远，早已是满面泪水，不住抽泣，良久，他讲述了自己亲身经历的黄海大海战的一幕……

丰岛海战之后，北洋水师的将士决心给“高升”号殉难的哥们儿报仇，个个求战心切，士气高涨。为了表示血战到底、决不退缩的决心，各舰将舢板全部解除，仅仅留下六桨小艇一只，也是为作战需要。所有舰上人员均各就各位，严阵以待，战斗喇叭声响未尽，战斗人员就全部准备完毕。八月十八中午，发现敌舰，我北洋舰队将阵势向扁“人”字形展开，犹如一把尖刀向敌舰冲击。开战之时，我方参战的军舰为十艘，日方参战的军舰为十二艘，虽然相差不大，但军舰的吨位、员兵、航速、火炮速度，日方均占有优势。双方先是展开激烈的炮战，北洋舰队右翼的两艘弱舰“超勇”号、“扬威”号，成为日舰第一游击队集中打击的目标，二舰虽连伤敌舰，但终因强弱悬殊，中弹起火，相继沉没。而北洋舰队也将敌阵冲断，重创敌舰“比睿”号、“赤城”号，使之逃出战列。

两个多小时后，海战进入到第二阶段。我旗舰定远舰中弹起火，我致远舰管带邓世昌大人为保护旗舰，命令大副陈金揆开足马力，驶向定远舰前方，迎战来敌。邓大人激励将士们：吾辈从军卫国，早已置生死于度外，今天血战疆场，死得其所！他还说，人死了，不要紧，有中国海军军威在，就算是报国啦！

定远舰扑灭了大火，得救了，我们致远舰由于冲杀在前，受到敌舰的集中轰击，多处受伤，舰身倾斜。你们知道，为什么舰身迅速倾斜，那是因为截堵水门的橡皮年久破烂，多次报批，朝廷总说没钱，以致舰艇中炮，迅速下沉。更为严重的是，我舰的炮弹已经打尽。邓世昌大人高举指挥刀，对陈大副说，敌舰前锋吉野，横行无忌，撞沉它，争取全军胜利！

致远舰全速行驶，奋然冲入敌阵，朝吉野撞去。大家同仇敌忾，高喊“撞沉吉野！撞沉吉野！”日舰集中炮火向我们打来，我舰的舰首先行下沉……

大家一迭声地问道，邓大人呢？弟兄们呢？

我亲眼看见，邓大人落海后，他的仆人刘忠递救生圈给他，他坚决不要。从左边还来了一艘鱼雷艇来救他，他也不肯上去。更令人感动的是，邓大人的义犬“太阳”——一只英国的纯种狗，见主人落水，就游了过去，死死地叼住主人的胳膊，不让下沉。邓大人就推它走开，一心救主的“太阳”转身又游回来，咬住邓大人的头发不放……誓与军舰共存亡的邓大人，只好搂着自己的爱犬，一块儿沉入汹涌的波涛之中……

狗儿脱下白色的褂子，“刺啦”一扯，一绺白布撕下来，朝头上一扎，然后神情庄严地站起身，端起酒碗说，各位大哥，让我们把这碗酒洒向中华大地，祭奠为保卫中国海疆、奋不顾身、英勇杀敌而牺牲的海军将士！他们的英雄壮举和视死如归的豪迈气概，与天地长存，与日月同辉！必将永远激励中华儿女同一切洋鬼子，血战到底！

大家走出门外，面朝大海方向，纷纷跪拜下去，将酒碗高高地举过头顶，然后将酒洒向大地……

陈思远大喊道，邓大人啊，弟兄们啊——我一定会为你们报仇雪恨的！

英灵不远，当他们听到在他们用生命和鲜血捍卫的土地上，有几个年轻人洒酒祭拜时发出的铁血誓言，相信定会得到些许慰藉。

日谍高桥卫沿大东沟海岸线跑了两个来回，也没发现日舰落水失踪人员，只得由原路往回返。

他想撵上邱峰一伙儿人，他觉得这些人的来路有些蹊跷：山狸猫邱峰这人他是很清楚的，直性子，胆子大，专爱打抱不平，听说一向独来独往，如今怎么和人聚堆儿了呢？当初是自己设计杀邱峰，想劫他身上的银子，后来没下手，是因为邱峰头脑简单，秉性憨直，考虑到将来兴许有用他之处。他有点后悔，人手不够时，怎么没有想起他来？应该像拉拢张本真一样，把邱峰拉到自己的阵营里头……他清楚对症下药的道理，拉拢张本真用的只是银子，拉拢邱峰须用江湖义气。

走到大孤山一带，高桥卫终于与他的磕头弟兄邱峰相遇了。

那天，大家雇了一挂大车，让陈思远舒舒服服地躺卧在里边，弟兄们边走边唠。忽然，后边一阵马蹄声传来，邱峰向后一瞅，叫一声高大哥，便迎了过去……

与此同时，狗儿俯下身去，对躺在车里的陈思远悄悄地耳语几句。陈思远会意地说，明白，就按你说的办！

狗儿打着哈哈也迎上前去，拱拱手说，高大哥真是守信用的人呀，说回来就回来。这些日子，邱大哥可是天天叨咕你，怕见不到你——

我说我这耳朵天天发烧嘛！磕头弟兄嘛，哪能不想，我也是一样的心情。高桥卫说，那位生病的哥们儿，好些了吗？

邱峰说，好多了！

狗儿说，还是没太好利索，刚才还说胡话呢。一会儿明白，一会儿糊涂的……

他的病是怎么得的？高桥卫问道。

邱峰直言相告，还不是让小日本鬼子气的！他是北洋海军战舰上的，这次海战，军舰沉了，死里逃生……

高桥卫微微点了点头，催马走了过来，看了看双眼迷离的陈思远，说，气色好多了，只是这脑子的病不大好办，得慢慢调养才行。兄弟，你还能认出我来吗？

陈思远两眼一翻，惊诧地说，认……认得，你是吉野——快，快干掉它！

高桥卫一惊，一时间有些不知所措。

邱峰嘀咕道，刚才还好好的……你们两个人有点犯向（方言，指合不来、不对路），一见面咋就喊你是吉野？

高桥卫下意识地“嗯”了一声，我明白了……

邱峰忙问，明白了？咋回事？

高桥卫忽觉失言，慌忙改口说，他大概是认错人了。人在糊涂的时候，容易走神！

狗儿将这一切都看在眼里，觉得疑窦重重，这高大哥来路确有问题。他对邱峰说，这回相见不容易，你得做东，给高大哥接风洗尘，好好唠扯唠扯。

邱峰高兴起来，说，车老板，快点赶，找一家好一点的店铺打尖。

“驾——”车老板甩了一记响鞭，大车向前急驶而去。

一路上，邱峰兴奋地与高桥卫攀谈着。忽然，邱峰问道，高大哥，我这人心粗，只知道你姓高，还不知道你的大名呢。

我呀，姓高名桥。高桥卫回答说。

邱峰喊道，狗儿兄弟，队长，高大哥叫高桥——

知道了。狗儿答应着，心里却“咯噔”一下。他想了起来，那天在仙客来，张本真错把他当做猫崽认下了，捎来一封信，那信的落款之人，正是高桥。莫非眼前这个高桥，就是住在旅顺口的日本奸细头子——小叶子和猫崽的顶头上司？

与此同时，精明的高桥卫也意识到，他遇见的这个狗儿、这个队长，就是金州锄奸队的头头无疑，他是杀死山口纯一郎、大川十步、森井守信、猪口一郎的罪魁祸首。小松次郎和云子两个人真是一对窝囊废！派他们去杀这个狗儿，自己却不知去向，到现在也音讯皆无。好啊，用中国人的话说，“踏破铁鞋无觅处，得来全不费工夫”。狗儿狗儿，你是只支那狗，那我就是一匹日本狼，看我怎么咬死你！

想到这儿，他驱马向前，凑近邱峰，试探地说道，这狗儿兄弟，年纪不大，却是很有点英雄气概呀！

邱峰说，那是当然！我交的朋友，哪有孬种！告诉你吧，我山狸猫就是有福气，总能逢凶化吉、遇难成祥，他和你一样，也救过我的命。

原来如此！高桥卫说，难道狗儿兄弟也会武功？

啧啧……大哥，这回你可是走眼了，他的武功是这个！邱峰摇晃着脑袋说着，伸出了大拇指，使劲地比画了几下。

哎呀，那可是太好了！高桥卫提高了嗓门说，我现在买卖做大了，急需人手，跟我干吧，我绝不会亏待弟兄们，怎么样，跟狗儿兄弟商量商量？

说啥呢？邱峰大嘴一撇说，人家现在是七品武职顶戴，整个一个县太爷！还能给你去扛活儿，你也太小瞧人了……

这两个人的一席话，狗儿听得真切，心想：得，我这点秘密，全让邱大哥抖搂出去了。这样也好，我们两个人心照不宣，彼此彼此，只有邱大哥自己还蒙在鼓里呢！

高桥卫这时候心里开始有点发毛，心想：要是这狗儿知道我的底细，这不等于狼肉掉进虎嘴里？我得试探一下，看看他是否对我有所察觉。想到这儿，他脚后跟一磕马肚子，来到狗儿跟前，说道，狗儿兄弟，不知者无罪，刚才大哥自不量力，还想请你帮我做事呢，还望多多海涵，见谅见谅……

狗儿哈哈一笑说，高大哥说到哪儿去了，你是大富商，有钱有势，呼风得风，唤雨得雨，风光得很啊。哪里似我等当兵的，正如俗话所说，“好铁不碾钉，好男不当兵”，眼下中日打仗，搞不好，小命就没了……

“哈哈哈……”狗儿兄弟说话真是有意思！高桥卫此时完全释然了，便以商人的口吻说道，你们保家卫国，大大地有功，我们这些买卖人感谢你们哟！

狗儿说，高大哥过谦了，没有你们买卖人纳税、捐款，海防、陆防上哪儿去弄银子？论功劳，你们也不差呀！

敢问兄弟，这一趟出的是什么差？高桥卫问。

这个嘛……狗儿迟疑了一下。

呃，你瞧我，买卖人忘了规矩，这是军事机密。对不起，对不起！高桥卫自我解嘲地说。

狗儿笑笑说，没啥，没啥！高大哥又不是外人，说了也无妨。这次出差，是奉了上峰之命，去长白山弄回一苗千年老山参，那是慈禧皇太后六十大寿的贡品。这差事真是不好干呢，好几次险遭毒手，多亏我命大造化大，否则就见不到你高大哥喽……

是吗？有这么严重！高桥卫吃惊地说，出门真是不易呀，中国古人云："行车走马三分险。"此话果然不虚啊！

狗儿想好了，既然你装糊涂，我就索性狠狠地恶心你一下，让你吃个大苍蝇！又听高桥说道，不过，兄弟英武过人，谁敢在老虎嘴上拔毛，真是吃了熊心豹子胆！

唉，我哪里是啥老虎，只不过是条看家护院的狗而已。狗儿继续调侃起来，先是来一个男的，长相嘛跟我有点像，一直在我们后边跟踪……后来嘛，又出现一个女的，偷偷下毒，好悬呢，差点儿要了我们哥儿几个的命……

到了关键处，狗儿卖了个关子，打住不说了。

高桥卫心下一惊，为了探听到他手下那两个人的下落，只好涎着脸，讨好地骂道，这一对王八蛋、狗男女，竟敢下黑手！后来怎么样了？

哎，在我面前，不要拿狗说事骂人！狗儿显得有点认真的样子说。

是，是……大哥一时粗心。高桥卫嘴上这样说，心里这个气呀，就别提了。

后来嘛，故事有点像镰刀，挺拐弯，高大哥既然喜欢听，我就删繁就简地说一说吧。狗儿慢悠悠地说，那个男的，听说我们去长白山取人参，起了贪心，一直尾随着我们，后来跑到土匪头子那里，乘机挑拨，想借匪首的刀杀掉我们，结果被我们的内线拆穿了他的阴谋，吓得逃之夭夭，不知所踪。

哦，有趣得很！那男的叫啥名字？高桥卫问。

叫猫崽。

真是一只蠢猫！高桥卫啐了一口唾沫。

狗儿接着说，那个女的，下场就更惨了。俗话说，"最毒不过妇人心"，那娘们儿可是够狠的，为了引我们上钩，她来到宽甸境内的一家小店帮厨，给小店起了个惹眼的"一加一包子铺"的名，我们走到那里，真的就上钩了。到了晚上，趁我们熬汤之机，她就下了毒，与我们同行的两个收参客先喝了汤，肚子疼得满地打滚，邱大哥急中生智，把他们绑了起来，把加了碱的牛尿灌进他们的嘴里，让他们把毒吐出来，折腾了大半宿，才捡回来一条命……

后来呢？高桥卫急迫地问道。

中国有句老话说得好，叫做"以其人之道，还治其人之身"。这女人下毒害得咱们哥们儿喝了一宿牛尿汤，那咱们逮着她，也只好如法炮制喽……

见狗儿又不说下文了，高桥卫说，你们到底把……把她怎么样了？

简单，也让她喝了一肚子牛尿呗！

哎呀！我的天啊！高桥卫失态地大叫起来，险些从马上栽下来。

狗儿装作好奇地问，高大哥，你咋的了？

哦，我……我是觉得太……太离谱、太有意思了。高桥卫支支吾吾地说。

狗儿说，本来咱们都是心慈面软之人，咋能这么对待一个女人，特别是东洋女人。可你猜怎么着？那女人一开始像煮熟的鸭子——就是嘴硬！等牛尿一灌进去，就什么都招认了，承认自己叫云子，是小日本的奸细！

好！大快人心！躺在车里边的陈思远是头一回听到这故事，竟忍不住喊起来。

大家伙儿都哈哈哈地大笑起来……

唯有一边的高桥卫，呼哧呼哧地喘着粗气，一张脸涨成猪肝色。

近中午时分，大家来到滨海一个叫大孤山的小镇，找了家宽敞的酒店坐了下来。邱峰对掌柜的说，店里有啥好吃的，山珍海味、好酒，通通端上来。

高桥卫说，秋天气燥，要喝酒就喝米酒才妥。

狗儿说，就按高大哥说的，大家都喝米酒吧——

给高桥卫接风的宴席由邱峰主持，他端起酒碗说，我这人跟酒亲，当年到船上买酒，遭遇歹人，被下了蒙汗药，差点儿被扔到海里喂了王八，是前来喝酒的高大哥拔刀相助，救了我。后一次，我被金州衙门的捕快逮着了，是狗儿兄弟在酒里下了迷魂药，把捕快药倒，把我救了出来，要不我这颗脑袋早就搬家了。今天是个好日子，秋高气爽，两位救命恩人都凑到一块堆儿了，难得呀，来，干了！祝哥们儿的情义像这碗里的酒，永远热乎！

喝干了这碗酒，高桥卫端起了第二碗酒说，这碗酒我提议，为中国海军虽然败了，但陈老弟捡了条命干杯！

陈思远听了这话，心里有点不是滋味，撂下酒碗说道，说中国海军败了，结论还太早吧？应该是各有伤亡、胜败未分。我是偷生啊，看到邓大人他们壮烈殉国，我要活下来，好让世人知道弟兄们英勇杀敌的壮举和沉舰的教训！

高桥卫心想，你们在路上给我喝下了一肚子苦酒，现在我也要让你们品尝一下难受的滋味！于是，他一抹小黑胡说，我听说，中国水师这次有四艘军舰被击沉，日本人的军舰一艘也没沉，这不能说是各有伤亡、胜败未分吧？

高桥卫又接着说，我还听说，清廷几年前花了不少银子，买进不少日本产的舰用炮弹，这次海战时，有的竟打不响，一定是当官的贪贿所致……

狗儿听着高桥卫的话，心想，要真是像他说的那样，身为北洋大臣的李鸿章大人，现在的日子恐怕不好过呀！

第三十三章 鬼子上岸

黄海海战的翌日清晨，李鸿章接到旅顺水陆营务处总办龚照玙发来的急电，报告了中日两国海军在黄海大东沟外洋面上交战的情况。战报上有关战况虽然不很详细，但其中“经过激战遭到严重损失”的句子，令他十分担忧。

他急得在屋里来来回回地踱着步，身上披着的睡衣滑到了地上，也全然没有发觉。他自言自语地骂道，中日海军主力交战，这么重要的战况，身为海军提督，你丁汝昌死到哪儿去了？！怎么还不迅速报来详细战况？……还有龚照玙这个蠢货，战况通报写得如此粗线条，除了会拍马屁，正经事办得一塌糊涂！

他喊来书办，命令：即刻发电，令丁汝昌、龚照玙速查各舰损毁情况，火速报来！

不久接二连三的战报纷纷呈递上来，他为北洋水师损失致远、经远、超勇、扬威四舰，阵亡近千名官兵而痛心不已。陆上赴朝的淮军败了，海上的北洋水师如今也严重受挫，多年的惨淡经营，一朝付之东流。他知道，朝廷那一帮“做糖不甜，做醋却酸”的家伙们，这回可逮着弹劾他的说辞了。

紫禁城内，光绪皇帝气急败坏地吼叫着，怎么办？怎么办？你们给朕拿主意呀！

大臣们一个个呆若木鸡，大眼瞪小眼……

皇上泪流满面，愤怒之情溢于言表，入朝军队惨败，如今北洋水师亦败，战火马上要烧过鸭绿江，此事关乎大清社稷的安危，这样下去可怎么得了，下一步应该怎么办？

翁同龢终于趋前奏道，当前最为重要的是，要查清败因，查办失责之人，论功行赏，按罪行罚，否则无法振奋军心……

军机大臣李鸿藻也上前奏道，军心乃大清之根本，唯有赏罚严明，才能激勇慑懦……

皇上听到这两位朝廷重臣的奏禀，心里透亮了些，连声说道，拟旨……

海战的第三天早晨，天津直隶总督衙门内，书办呈上总理衙门发来的电报。李鸿章拆开一看，头一下子“嗡”的一声，那上面写着：

内阁奉上谕：

倭人渝盟肇衅，迫胁朝鲜；朝廷眷念藩封，兴师致讨。北洋大臣李鸿章总统师干，通筹全局，是其专责。乃未能迅赴戎机，以致日久无功，殊负委任，著拔去三眼花翎，褫去黄马褂，以示薄惩。该大臣务当力图振作，督促各路将领，实力进剿，以赎前愆。钦此。

李鸿章瘫坐在太师椅上，喃喃自语道，拔去三眼花翎，褫去黄马褂……三十二年前，因诛杀太平军将领有功，朝廷赐太子太保衔，赏穿黄马褂；今年春天，赏戴三眼花翎，才刚刚几个月的时间，又被褫去……我这是越活越回旋儿了，往下坡走了……

站在一旁的书办瞅着老泪纵横的李鸿章，不忍心地说，中堂大人，到卧房躺一会儿吧，别太伤心了。

李鸿章强自振作地说，不要紧，只是一时伤感。你坐下，我说你记，给皇上和皇太后发折子，就叫《奏军事紧急情形折》……

三天后的中午，李鸿章正与儿子李经方在一起边吃饭边议事，书办将一封密函呈上，李鸿章以为又是军机处发来的上谕，一挥手说，念吧——

军机大臣字寄北洋大臣李：

奉上谕：朕钦奉慈禧端佑康颐昭豫庄诚寿恭献崇熙皇太后懿旨……

听到是慈禧太后的来信，李经方一把抢了过来，亲自大声念起来：

李鸿章奏军情益急，奉天地广兵单，请特简重臣督办，并历陈统筹全局情形一折。倭人构衅以后，办理军务为难情节，早在深宫洞鉴之中。北洋门户最关重要，该大臣布置有素，筹备自臻严密。现在东沟业经开仗，须防其进窥港口；畿辅安危所系，该大臣责无旁贷。至奉省边防同时吃紧，本日已派宋庆为帮办大臣，驰赴九连城驻扎，与定安、裕禄合力筹防。该大臣亦应统筹兼顾，不得稍有诿卸。近闻该大臣因军事劳瘁，气体不甚如常。著随时加意调摄，毋负朝廷委任至意，勉之！将此由四百里谕令知之。钦此。

听着听着，李鸿章眼睛湿润了。光绪帝的信与皇太后的这封信，两相比较，判若鸿泥，态度截然相反。一面是严责、威胁；一面是关怀、勉励。他情不自禁地感叹道，生我者父母，知我、信我者太后也！

仿佛打了一针强心剂，李鸿章立刻精神大振，吩咐道，快上一碗莲子羹！

农历八月二十五（公历9月24日），是中日黄海海战后的第七天。光绪皇帝在宫中宣布慈禧太后懿旨：

前因念士卒临阵之苦，特颁内帑三百万金，俾资饱腾。兹者庆辰将届，予亦何心肆耳目之观，受台口之祝耶？所有庆辰典礼，着仍在宫中举行，其颐和园受贺事宜，即行停办。钦此。

慈禧懿旨的意思是，从国库中拨出三百万两银子，来激励前线士卒打仗。虽然我的生日将近，可我不能只为自己快乐。庆典要从简，原计划在颐和园受贺，停办；只在宫中举行。

懿旨经上谕转达下去，很快传到直隶总督府衙门，李鸿章拿起懿旨看了看，轻轻地摇了下头，自言自语地说，出手真是大方啊！大清国库里边，哪里还有三百万两银子？

李经方说，可她狮子大开口，一下子让拨出三百万两银子，上哪儿去弄呀？

你还年轻，太后不过是掩人耳目罢了。李鸿章意味深长地说，其实啊，从颐和园到紫禁城跸路所经点景工程，早已大体完成，二百万两白花花的银子已经花得差不多了。所谓停办云云，无异自我作秀，目的很明显，就是为了堵住不满者的嘴巴。

李经方在一边问道，父亲大人，不是可以向洋人借吗？

李鸿章叹了口气说，与日本宣战前，朝廷冷手抓热馒头，为了向英、德订购快船，加强沿海布防，也是为了太后生日庆典，责成户部尚书翁同龢筹款，翁同龢没法子，违背太后“不准借洋债”的懿旨，于六月底，已通过海关总税务司赫德，拟向英国借银一千万两，年息七厘半，商定十年后本息一千四百二十万两。

懿旨宣布的第二天，皇上和慈禧突然在紫禁城中的颐年殿东暖阁分三批召见庆亲王奕劻、军机大臣翁同龢、李鸿藻等人，其实是慈禧要听取这些权臣对当下中日战争时局的策略。她是最后召见翁、李二人的，因为两个人是帝党，是主战派。

奏对时，翁同龢见慈禧和颜悦色，便大着胆子在说了一通战争形势如何严峻后，郑重说道，陆战一败再败，从平壤退至鸭绿江西岸，是淮军将领无能、贻误战机所致；北洋水师又遭受重创，与北洋大臣一贯主张列强调停、衅不自我开的策略密不可分！

够了！慈禧听翁同龢说来说去，矛头全对准李鸿章，她生气了，指着翁同龢的鼻子说，你身为军机大臣，难道就一点责任没有吗？

“扑通”一声，翁同龢立刻跪倒在地……

起来吧。慈禧说，有一事，还要请翁太傅来办。

太后差遣就是！翁同龢连忙说。

请你迅速赶往天津，面见李鸿章。慈禧慢悠悠地说，中日战争前夕，俄国公使喀西尼曾提出过三条同保朝鲜的意见，今喀西尼假期已满，将去天津，令李鸿章设法弄清俄国政府的明确态度。

翁同龢连连摆手说，此事断不可为，俄国亦是虎狼之邦，请彼调停，必将后患无穷！他瞥了一眼慈禧那张冷若冰霜的脸，双膝一软，跪倒在地说，恳请太后，另差别人去吧！

慈禧不动声色地说，太傅是误解了我的意思。以夷制夷，乃大清国策。再说，谈判调停，并不意味着议和投降，你害什么怕！

见太后斥责，翁同龢忙恭敬回禀道，太后息怒，老臣遵旨前去就是——

那好，快去快回，七天之内一定要回来！慈禧叮嘱道。

翌日，翁同龢秘密赶往天津。

李鸿章闻报，忙迎出大厅，一番官场的寒暄客套之后，翁同龢居高临下地传达：

宣皇太后、皇上口谕：目前中日战事吃紧，著北洋大臣李鸿章即刻与俄国公使喀西尼会面……

臣接旨！李鸿章说，叩请皇太后、皇上圣安——

喝茶时，翁同龢带着嘲笑的口吻说，少荃（李鸿章的号）啊，如今，你的北洋舰队哪里去了？

李鸿章一听这话，气就不打一处来，他愤恨地说道，翁师傅，你是总理度支的，银子归你管，这几年请你拨款，你没一回不驳回。现在仗打成这样，你来问兵舰了！兵舰果真能济事吗？

翁同龢说，唉，不要翻老账了嘛，我们当臣子的，凡事应该以节约为本嘛！行了，你可以再写一份拨款申请，我给你捎回去——

李鸿章说，我哪里还敢写什么拨款申请！弄不好，翁师傅告我个假公济私、中饱私囊，我还能活过今年吗？

两个人如斗鸡似的怒目对视着，又都把头转向一边，彼此都在品味着对方刚才话中的潜台词……

话不投机，翁同龢马上离开了直隶总督府。李鸿章送走翁同龢，一时心中不快，大叫道，拿酒来——

拿酒来！狗儿喊了一嗓子，他想好了，先稳住这个高桥再说，等到明天早晨抓他也不迟。他端起酒碗说，高大哥，难得邱大哥能见你一面，今天一定要喝个痛快，喝个一醉方休！

高桥卫心里头窝着火，又不能表露出来，只好勉强作出笑脸应付着，心里却想：此地不是久留之处，应该及早脱身才是。走之前，我也得挑拨一下你们的关系，让你们起内讧、窝里斗，方称我意！于是他端起酒碗对狗儿说，咱们俩虽说都跟邱峰磕头拜过把子，可身份大不一样，你是大清国的官儿，我们是平头百姓，往后有些事，还要多多包涵才是啊！

狗儿一笑说，这话说远了，我可从来没拿自己当个官儿，再说，这芝麻绿豆大点的官，说不定哪天就让人撸下来了。

邱峰说，当官是好事啊，我想当还当不上哩！

石头说，狗儿兄弟心肠好，是个好官。

高桥卫见自己的话没有奏效，便又说道，对不起，狗儿兄弟，你的名号不好，都当官了，再不能叫狗儿。把狗跟官连在一起，不就是“狗官”嘛！哈哈哈……请原谅我的直言。

邱峰听这话不是味儿，便打岔说，我兄弟是大山里有血性的狗，自由自在的狗，可不是朝廷里那些贪官污吏。

高桥卫说，对不起，真正自由自在的是狼！狗行千里吃屎，狼行千里吃肉，那不一样！再说，狗总是靠人来养活的，只有狼才能在山野丛林中按照自然法则行事，弱肉强食，适者生存，不服不行啊！

高大哥，你喝醉了吧？邱峰说。

对不起，大哥我没醉，我说的这是真理！高桥卫就是想激狗儿生气。

狗儿心里明镜似的，这个高桥并未耍酒疯，而是要刺激自己，惹恼自己，从中渔利。想到这儿，他开口说道，我听说，这世界上的犬类，最厉害的，不是狼，而是由牙狗跟母狼相配，生出的第一代狼狗……

陈思远此时已经撂筷，他的心情不好，想着北洋军舰被日舰击沉四艘，而日舰虽然多艘舰船被击中起火，却没一艘沉的，越想越气。他知道，这都是因为弹药质量太差的缘故，一些炮弹铁质不佳，未出口先炸；一些炮弹引信拉火“不过引”，虽然击中敌舰却没有爆炸……他眼瞅着自己军舰的一颗重磅炮弹击中了吉野舰，炮弹从舰侧穿进去，可就是没有爆炸……

此时听到狗儿的话，陈思远忙插嘴说，这事儿是真的，我听舰上管理机务的英国人余锡尔讲过，德国人培养的狼狗“黑贝”，就是这么来的。

狗儿得意地说，还是陈大哥有见识。我听说小日本最狼性，有机会，我去趟日本岛，多娶几房日本姑娘当姨太太，多生几窝，改良一下日本人的品种，省得他们到处乱咬、四处侵略，扰得四邻不安！

石头接茬儿说，那……那可不行，黑啥宝贝生多了，小日本就更邪乎了！

高桥卫眼睛瞪得溜圆，呼呼直喘粗气，一根筷子在手中被“咔嚓”折断。

狗儿继续发挥着这一理论，不会的，我会好好教育他们的。由我管着这帮日本孙子，他们难道还敢造他爷爷我的反？

八嘎！高桥卫终于忍不住了，一句日本粗话脱口而出。

陈思远忽地一下子坐了起来，指着高桥卫的鼻子说，你……你是日本人！

日本人？邱峰吃惊地说。

你是鬼子？！石头突然间怔住了。

狗儿哈哈大笑起来，摆着手说，高大哥怎么会是小鬼子呢？他是说“八个”。八个九个，那怎么能够？不够，不够！咋也得生它个万儿八千的……

不对，他说的是日语，骂你是浑蛋！陈思远坚持自己的判断，我去过日本，跟日本水兵打过交道……

不会吧，绝对不会！高大哥咋会是日本人？邱峰说。

对不起——刚才我失言了。高桥卫鞠了一躬说，我常跟日本商人打交道，难免学上一句半句粗话。请原谅，对不起！我不应该说那样的话。

陈思远在一边端详着高桥卫，越瞅越觉得他像日本人。他忍不住说道，你们说，日本岛内为啥能出那么多的间谍？

对呀！这个问题我咋从来没寻思过？邱峰说，小日本的奸细咋跟蝗虫似的，太厚了！陈大哥快说说——

狗儿敲边鼓说，这个话题有意思，快讲讲！

陈思远用手里的筷子比画着说，日本岛面积不大，可在武士时代却分成了几百个小国，一个挨一个，彼此之间都相互戒备，恐怕哪一天遭到对手的暗算和袭击，因此不得不提心吊胆，保持十二分的警惕！于是，间谍、暗探、细作就有了用武之地，一来二去，就出现了许多天才级人物。长此以往，日本社会不自觉地就养成了喜欢运用诈术的习俗。其中最有名的，一个叫丰臣秀吉，一个叫德川家康，日本的老百姓分别给他们起了外号，前者叫“沐猴而冠”，后者叫“老狐狸”……我说的是吧，高桥先生？

高桥卫一听，吓了一跳，忙解释道，我……我哪里知道啊？

狗儿说，嗬，这外号起得好，真形象！是吧，高大哥？

高桥卫先是脸色铁青，继而又装作若无其事地嘿嘿笑了笑。

都说远亲不如近邻，可小日本这个邻居呀，是恶邻，咱们永远、永远得提防着它！陈思远意味深长地说。

邱峰忙打圆场说，你们几个人呀，怎么像刺猬，刚见面就扎！都是一家人，胡嘞嘞什么狗啊狼的，来来来，还是喝酒吧——

高桥卫气呼呼地说，酒无好酒，菜无好菜，我走了！说着，下地穿鞋，来到拴马桩旁，解开马的缰绳……

邱峰连忙拉住高桥卫的胳膊，劝说道，高大哥，酒桌上说的都是酒话，你何必认真呢！你年纪大，多担待些，咋能扔下弟兄们一拍屁股就走呢？

狗儿心道，他想溜！可眼下没有确凿的证据认定高桥是日本奸细，真就拿他没办法。

高桥卫翻身上了马，扔下一句话：他是当官的，我惹不起还躲不起吗？说着，打马一溜烟地跑了。

邱峰回到屋里，埋怨道，你们呀，真是搅牙，挺好的事儿，搅黄了！

陈思远说，这人来路不明，他说自己是南方人，闹不好，真就是个日本奸细。小心别上当！

邱峰正在气头上，哪里听得进去这种刺耳的话，一拍桌子，马上反驳道，哪来那么多日本奸细，真要是，他还能救我？人家图稀个啥？

狗儿对邱峰说，邱大哥，别反反（方言，意为抱怨）了，是也好，不是也罢，提高警惕还是对的。

邱峰有些不满地说，我看呀，你这个锄奸队队长当的，越来眼睛越花，瞅谁都像日本奸细！好不容易盼来了高大哥，又让你气跑了，赶明儿个，连我也拿了算了……

高桥卫打马疾奔，他想目前海战告一段落，进入满洲的陆战马上就要开始，自己手下顶用的人不多，要早点找到小松次郎……可怜我的云子……

回到旅顺口的大顺浴池老巢，高桥卫询问是否下属见到小松次郎，下属禀告说，没有见到小松次郎的人影。

高桥卫心里犯了合计，这人哪里去了呢？突然，他一拍大腿，肯定是偷偷溜回家见他的父母了！如果是不经请示、擅自回家，他要受到纪律的严惩！

这天夜里，猫崽父母的家莫名其妙地着了大火……

9月中旬之后，日本大本营进攻北京的方针既定，开始着手研究登陆作战的具体方案。日本情报人员所提供的侦察材料表明：欲攻取北京，除大沽、北塘外，以山海关为捷路。但是，旅顺口雄堡坚垒，而北洋舰队驻泊威海卫，共扼渤海门户，运兵深入渤海实行登陆作战，确实颇有困难。因此，决定先命第二军攻取金州。9月26日，日本大本营任命陆军大臣大山岩大将为第二军司令官。

此时，日本已经在广岛设立战时大本营。

10月14日，日本天皇睦仁在广岛召见出征将校数十人，赐以酒馔，并特赐大山岩大将骏马及宝刀，以示恩宠和鼓励。席间，将军们纷纷向天皇表忠心，第二军第一师团长山地元治中将说，此行，宁肯马革裹尸，不攻克北京决不罢休！旅团长乃木希典是日本军界有名的儒将，汉学修养很高，即席赋诗一首："肥马大刀无所酬，皇恩空沿几春秋。斗瓢倾尽醉余梦，踏破支那四百州。"侵略中国的野心被乃木希典用诗一装点，引来一片热烈的掌声和狼嗥般的叫好声。

10月15日，第二军第一师团开赴宇品港，依次登船……

10月22日，黄海海面波翻浪涌，冷风刺骨……上午8时，日本间谍向野坚一和藤崎秀、大熊鹏三个人来到"长门丸"号运输船上，那里还有山崎羔三郎、钟崎三郎和猪田正吉等三名间谍在等候他们。日本第二军司令官大山岩大将十分重视这六位由上海日清贸易研究所培训出来的精通中文的随军特务。大将接见了他们，鼓励他们说，眼下，你们为天皇作贡献的时候到了，必须把大连湾炮台和附近驻军情况尽快搞清楚。你们真是幸福，能够有机会大显身手，此乃人生最快乐的事情！

大山岩大将鼓励一番之后，便下令把刚刚杀掉的六个中国渔民的衣服拿来，叫他们穿上。六名间谍化装后，来到大山岩面前。大山岩挨个看了看，拍拍这个的肩膀，摸摸那个的辫子，最后满意地笑着说，很好，跟中国人的一模一样，祝你们马到成功！

10月23日，日本第二军乘运兵船四十余艘，从渔隐洞向中国的花园口进发。当晚，参谋长大寺安纯大佐和第二军第一师团长山地元治中将为即将上岸的六位间谍举行送别酒会。山地元治中将自幼崇尚武道，性情暴戾，因一只眼睛失明，人称“独眼龙”。现在，他一手举起酒杯，一手挥舞着军刀说：

既然大清国的舰队在海上不堪一击，他们的陆军碰到大日本皇军的战刀，必将立刻截成两段！

他的话，不但让在场的将军们群情激昂，更使间谍们一个个龇牙咧嘴，表情狂妄至极。

10月24日深夜，日本第二军即将从辽东半岛的花园口登陆。与此同时，日本第一军司令官山县有朋也在这天的中午，突破了清军鸭绿江防线，罪恶的狼爪踏上了中国的土地。

第二军司令部下达命令，山崎羔三郎、藤崎秀、钟崎三郎三人前往金州；猪田正吉、大熊鹏两人去大孤山；向野坚一去普兰店、复州等地进行侦察，刺探军情。

深夜，军部参谋官给每人都发了一张地图还有一块马蹄银，作为进入中国守军地盘的费用，同时还给每人发放了两个饭团和一块咸鱼，以便上岸后充饥。现在，他们都站在甲板上，紧张地眺望着黑幽幽的海岸线，生怕出现清军的舰艇或者岸上的伏兵……

乘坐小舢板的几个侦察兵出发了……

不一会儿，侦察兵们用灯光发出暗号：没有发现清兵！舰上的日本间谍们高兴地互相握了下手，紧绷的神经松弛了下来。

他们六人都是由花园口登陆的。令日本间谍庆幸的是，此地竟然无一名清军把守。

花园口位于庄河县的花园口村。港口南向，面临黄海。南与长山群岛隔海相望，背后三面为丘陵地带。西南距大连湾约一百公里，距金州约八十公里，距庄河约四十公里，是辽东半岛一个普通小港口。港口入口处有两块突出的壮观的礁石，形似龙虾守卫港口，亦称虾老石。口岸两端相距约三公里，港口近岸礁石嶙峋，陡壁峭立。港口近海滩为泥沙底面，浅而平坦。涨潮时水深约三米，各方面条件都适合登陆。因为这里古时遍地是艳丽诱人的花草，活像座花园，故名为花园口。也有人说，过去这里满山遍野是桃树和野玫瑰，是一座自然园林，因此得名。

猪田正吉和大熊鹏两个人被分在一个小组，任务是去庄河与大孤山一线侦察清军驻防的位置及其部署和道路交通情况。两个人都是日本福冈人，猪田正吉今年二十六岁，比大熊鹏年长两岁。他们都是在一两个月前从上海被紧急召回，赶到第一师团执行间谍任务的。

两个人上岸后，摸黑朝东偏北方向走去。10月下旬的黄海边，海风刺骨，四更天时，冷空气又使大地铺上一层厚厚的严霜。猪田正吉紧了紧身上的褡裢和棉坎肩说，这鬼天气，要冻死人的。

大熊鹏搓了搓手，朝猪田正吉靠了靠说，待会遇见村庄，找一家暖和暖和……

为了不暴露身份，上岸前，日谍们都把武器和手表、指南针一类东西留存在舰上。两个人跌跌撞撞向前走着，一不小心，大熊鹏绊了个跟头。猪田正吉扶起他说，大熊君，得辨别一下方向了，千万别迷了路。

大熊鹏说，黑灯瞎火的，怎么辨别方向？

猪田正吉望了一下天空，黑云笼罩，没有星斗；又看了一下四野周围，连棵大树也没有……他想找棵大白菜一类的植物，植物的根部纤维也可以判断方向。然而根本不可能，因为季节的关系，大白菜早已被人们储存起来。他忽地感觉到身子一阵发痒，那是虱子遇见冷风往裤腰间爬……

猪田正吉说，有了，老师上课时讲过，虱子可以辨别方向：虱子头喜欢朝北。

天气这么冷，咱们穿得又这样单薄……大熊鹏说着，浑身直打冷战。

那也得脱衣服抓虱子，否则容易迷路，万一南辕北辙，就糟糕了！猪田正吉说着，拉紧大熊鹏的胳膊，钻进了旁边的灌木丛。两个人蹲下，头顶着头，脱下衣服抓虱子，一小会儿，就逮着七八个。两人把逮着的虱子放在大熊鹏的手心里，猪田正吉划着火柴，看那虱子蠕动着，大部分的头都朝一个方向拱着……

两人笑了，赶紧嘶嘶哈哈地穿上衣服，加快脚步朝大孤山方向奔去。

太阳从海面上冉冉升起，大陆迅速亮堂起来。两个日本间谍兴奋得大声叫起来，忘乎所以地跪在地上，面向东方拜了几拜。

日军登陆花园口的第二天，旅顺驻军的探马就已经得到了消息。10月26日，旅顺水陆营务处总办龚照玙发电报，向北洋大臣李鸿章报告：

庆军探马称：在貔子窝东北花园口，亲见倭船三十六只，带小划船百余只，在彼处上岸扎营，约有三万人。

对于日本的登陆企图，驻扎在金州的清军将领们推断，日军登陆后的行动有两种可能，或是袭安东县后路，或是进攻金州和大连湾。正在争论不休时，捷胜营马队营官荣安押来了刚刚捕获的两名日本间谍。日谍钟崎三郎、山崎羔三郎是在偷渡碧流河时，因为没有红色通行证，被清兵抓住的。藤崎秀后来在曲家屯被清军马队捕获。经过突击审讯，钟崎三郎、山崎羔三郎供认，日军在花园口登陆，其目的是进攻金州和大连湾。金州副都统连顺立即将审讯结果报知大连湾守将赵怀业。

10月27日，赵怀业发电报，向李鸿章报告：

金州连副都统报称：皮口（貔子窝）有倭船三十六只，拿获奸细二人，供称约三万人，已登岸三千余人，驻花园口……军情紧急，湾防已严密预备。

接下来，金州和大连湾守军纷纷发出告急电报，李鸿章更是方寸大乱，坐卧不安。

10月28日，盛宣怀拿着一纸电报晋见李鸿章，说，中堂大人，刚刚收来连顺、赵怀业和徐邦道的联名致函，再次告急！他们建议要设法挽救。

李鸿章问道，用什么法子挽救？

盛宣怀说，貔子窝到花园口共长九十里，滩头水浅，民船和小驳船很多，敌人很容易登陆，万一分路来攻，实在防不胜防。他们的意思是调动兵力，阻敌于金州之外，以确保大连湾及旅顺的安全。

李鸿章连连拍桌案，大声斥责道，目前兵员短缺，哪里还有兵可调？我们有那么多地雷，赶紧埋呀，真是糊涂胆小！给赵怀业等人发电报，就说：倭匪尚未过貔子窝而南，汝等只各守营盘，来路多设地雷埋伏，并无守城之责。旅顺兵单，同一吃紧，岂能分拨过湾？可谓糊涂胆小！再给丁汝昌发报：如贼水陆来逼，兵船应驶出口，依傍炮台外，互相攻击，使彼运船不得登岸。

庄河县青堆子镇的农民孙老汉闲不住，早起背上粪箕子，手拎把铲子，出来捡粪。走上一里来地，跟两个渔民打扮的汉子走了个顶头碰，一个汉子问他，大叔，前头有村子？

不远。孙老汉朝后头指了指说，看见没，有的家烟囱冒烟了，那就是。你们找人呀？

不，不是。我们是路过的。那汉子解释道。

约莫半个时辰，孙老汉转回家中，他将捡来的大粪倒在自家菜地的粪堆上，然后进了屋子。大儿子告诉他说，爹，咱家来了两个过路的，讨点热乎饭吃。

当地人淳朴，待人热诚，孙老汉点了点头，推门进了里屋。里屋炕上，坐着两个渔民打扮的汉子，巧了，正是一大早捡粪时遇见的那两个人。孙老汉热情地跟客人唠起来，客人自称是南方福建人，到关外贩货赔了本钱，想去大孤山投亲靠友。老汉说，变天了，你们俩穿得太少了。客人说，你们家的热炕头真是暖和呀，谢谢了。

孙老汉的老伴端上了热乎乎的玉米面粥、大饼子和小咸鱼、黑豆豆酱。客人大概是饿急了，每人吃了两个大饼子，喝了两碗粥。吃完饭，其中一个客人从口袋里取出白净的纸，揩拭着嘴角……

这情形让孙老汉一愣，心想：不对呀，渔民哪有这么讲究的？中国城里有钱人也不过是用手绢擦嘴。这两个人说话生硬，行为蹊跷，不会是县衙门布告里说的日本奸细吧？得留点神，别让他们糊弄了。

这两个人不是别人，正是日本间谍猪田正吉和大熊鹏。两个人见老汉一会儿东拉西扯，一会儿问东问西，立刻有些紧张起来。孙老汉拿过烟笸箩，对两位客人说，来，抽一口，这烟是我自己种的，味道不坏，尝尝——

猪田正吉和大熊鹏连忙说，不会，我们都不会抽烟。

孙老汉自己端起烟袋锅抽了一口，喷出浓浓的烟雾，然后慢悠悠地说，不是嫌我家的烟没劲吧？

不是，不是！我们是真的不会抽——

你们不会抽烟，那褡裢上咋还挂一个烟袋呢？老汉边说边朝炕上两个人解下的褡裢指了指。

猪田正吉和大熊鹏一下子蒙了：当时穿上中国渔民的服装，只是为了化装像些，原封未动地将一尺来长的烟袋挂在了褡裢上，未想到在这个地方出了纰漏！

还是大熊鹏脑子转得快些，他慌忙解释说，我们是买卖人，为了谈生意，有时得给客人准备一袋烟。

猪田正吉偷偷给大熊鹏使了个眼色，从口袋里摸出一把铜钱，放到饭桌上，对孙老汉说，大叔，我们暖和过来了，谢谢了，我们这就走了。

吃顿便饭给钱，不是我这儿的规矩。孙老汉拉长着脸说，麻溜把钱拿回去！

我们不是要饭的，哪能不给钱呢？两个人边说边下了炕。

孙老汉忽然大喝一声，谁也不许走！

猪田正吉和大熊鹏听到这当头一喝，顿时吓得像避猫鼠，推开门，撒腿就跑。

孙老汉急忙招呼儿子，快去喊人，这两个人不是好鸟，带上家伙，追！

两个日本奸细在前头跑，乡亲们举着扁担、耙子和木棍在后边撵……

毕竟是训练有素的特务，跑出二里地，双方的距离渐渐开始拉大。

迎头一辆大车驶过来，车上拉着的人，是在庄河养病、身子刚刚恢复的陈思远。骑在马上的狗儿、邱峰和石头，把这追撵的场景看在眼里。没等队长发话，邱峰大喊一声，站住！跳下马，伸手拦住了气喘吁吁的两个鬼子奸细。

奸细们也不含糊，举拳上手就打……邱峰一时间双拳难抵四手。

石头飞身下马，只一巴掌，打得猪田正吉"哼哧"一声，像一截木头似的倒在地上。与此同时，邱峰也骑在大熊鹏的身上，将其按倒在地……

乡亲们纷纷聚拢过来，最后跑来的是孙老汉，他喘了喘说，谢谢爷们儿，这两个人不是好鸟！

狗儿说，大叔甭着急，慢慢说。

孙老汉把如何发现两人的破绽学说了一遍。狗儿说，两位大哥，仔细搜一搜，看看有啥证据没有。

邱峰和石头认真地在两个人身上搜着，衣服、裤子、褡裢，包括头发里边，没有发现可疑的物件。大熊鹏一个劲地喊冤枉，说我们是福建人，是去大孤山访亲戚的。

狗儿上前，仔细瞅了瞅，说，把鞋子扒下来看看！

果然从两个人的鞋子里，各搜出一张地图来。狗儿拿在手里，递给车上的陈思远说，陈大哥，你看看，上头净是洋文……

陈思远打眼一看，叫道，没错，这是小日本画的军用地图，这两个家伙是鬼子奸细！

话音刚落地，大熊鹏身子一晃，猛地挣脱邱峰的束缚，扑向孙老汉，一个“擒拿锁喉”的动作，使孙老汉顿时陷入绝境，这情景令全场人一下子傻了眼。

大熊鹏叫道，谁也不准动！老东西的命就在我手里——我就是大日本帝国的军人，都听好喽，皇军三万兵马已经从花园口登陆，满洲过不了多久就是日本的地盘啦！

狗儿说，放屁！我就是专门收拾小鬼子奸细的，快放了老人家！

放了？可以。大熊鹏狡诈地说道，给我们两匹马，你们都退出一百米！快点，再不识相，我就下手了！

狗儿犹豫了一下说，大家伙儿都散开，把马牵过来，放他们走——

马牵了过来，大家都往后退去。大熊鹏见差不多了，放下孙老汉，扶起身子软软的猪田正吉，见其头骨破裂，已经死了。他一人跳上马，向东边急驰……

狗儿从大车上翻出一支长枪，向尘埃飞起的方向一举，仔细瞄了瞄，但听“砰”的一声枪响，马上之人应声滚落下来。

邱峰说，队长，你打枪啥时瞄准过？这回是咋的了？

狗儿说，你睁开眼睛看看，那坏蛋骑的是谁的马？

邱峰笑了，不就是你那匹干草黄嘛！

这就对了，谁的东西谁珍惜！狗儿有些俏皮地说。

邱峰和石头跑了过去，一看，那子弹从后脑勺射进去，从左眼窝钻出来。邱峰说，可惜呀，口袋里边没有死螃蟹……

狗儿对孙老汉说，乡亲们，你们把这两张日本奸细画的地图拿着，带着这两个死鬼，到县衙去领赏吧——

乡亲们“唔嗷”地喊叫、欢呼……

陈思远从大车上跳下来，对狗儿说，大车给乡亲们用吧，我骑马走。

你身子骨行吗？狗儿问。

行！陈思远说，如果鬼子间谍说的是真的，咱们得赶快回金州，鬼子兴许是奔旅顺口去的！

狗儿说，过去鬼子奸细到咱这儿串门，都是偷偷摸摸的。现在他们依仗着人多，是明目张胆地来了，此行可是凶险得很呢！金貔大道上，一下子钻出这么多鬼子，咱们得合计一下，怎么才能通过。

邱峰此时有些沮丧，他没有想到鬼子的奸细无处不在，眼下又引来了这么多鬼子兵！听到狗儿的话，他回答说，要是不嫌麻烦，就绕道走吧——

不行！狗儿说，时间有限，现在要千方百计往回赶，越快越好！这样吧，这挂大车咱们买下来，邱大哥你来掌鞭，拉上一车高粱秆，把咱们的枪藏在里边，然后见机行事——

第三十四章　身陷虎口

马是不能骑了，大家只能坐在车上。

这辆大车可不一般，驾辕和拉边套的四匹马，全部是哥儿几个原先的坐骑，好不威风。邱峰使出看家本领，大鞭子高高扬起，一个劲喊“驾——”，车轮飞转，不久便来到花园口的岔路口。

这里已经全然没了来时的静寂，但见鸡飞狗跳，人喊马嘶，全副武装的日本兵，举着日本膏药旗、日本陆军军旗，一队队地通过。从船上搬下来的军备物资堆得像小山，到处都是。还有用一天两块银元的高价雇来的附近村子里的马车，正为他们装运弹药和粮草……

狗儿看见，日本军队和马匹、物资，全部是从海边搭的临时栈桥上岸的，海面上还有不少舰船，估计还得几天时间才能全部运上陆地。

由于路窄车多，邱峰赶的车只好缓慢前行，过了约莫半个时辰，又来到一个小岔路口，忽然上来两个日本兵，端着枪把车拦住。鬼子兵“哇啦哇啦”说了一通话，上来一个瘦高个头的翻译官说，皇军说了，你们的马车留下，为皇军拉粮食……皇军会给你们赏钱的！

邱峰说，这可不行，这车是东家的，他让我们把这车高粱秆送到貔子窝亲戚家去，回头再帮皇军拉东西，行吗？

日本翻译官说，真是不识抬举，敬酒不吃吃罚酒！快快地，把高粱秆卸下来……

狗儿见这地方人少，如果拐进岔路就不容易被发现，便立刻有了主意，冲大家使了个眼色，然后对日本兵说，庄稼人胆小，我们吃敬酒……请皇军大大地放心，这就卸车。说着，大家纷纷跳下车来，在高粱秆的遮挡下，冷不防把俩小鬼子嘴一捂，脑袋一拧，鬼子兵立时就瘫了……

日本翻译官一看不好，撒腿就跑。邱峰将大鞭子一甩，鞭子立时勒住日本翻译官的脖子，往自己身边一带，然后抽出匕首刺进他的后心，日本翻译官立刻毙命。

大家七手八脚地将三个鬼子抬上车，塞进高粱秆底下……

邱峰把大鞭子一扬，将马车拐进另一岔路上。

找了个没人的地方，狗儿说，把鬼子身上的军装扒下来，穿在咱们身上，咱们也当回“鬼子”……

说笑间，车上哥儿仨把鬼子衣服扒了下来。狗儿和陈思远穿上还算合身，石头却有点麻烦，尽管挑的是高个头的翻译官的衣服，可穿上紧紧绷绷的，多亏邱峰捅的那一刀，后背裂开个大口子，才好歹穿在身上，只是后背血污一片。大家开玩笑说，鬼子的裁缝不咋样，手艺不行不说，做衣服还偷工减料……

狗儿见状，对石头说，你坐在车后头，后背朝里，小心别让鬼子发现了。

把鬼子尸体藏在乱草丛中之后，大车重又折回，上了去往金州的大道……

这回邱峰赶的车，就变成有三个日本兵押送马料的车，再也没人阻拦了。

陈思远夸赞道，还是狗儿兄弟有心眼儿，道道多!

邱峰说，这小子从小吃百家奶，比咱们多长了九十九个心眼儿，我早就服了。

狗儿说，你们知道吗？狼为了吃到更多的羊，采取啥招儿？

大家都问，啥招儿？

狗儿说，狼进了羊圈以后，先不动声色地装成羊，悄悄藏在羊的肚子底下，等看准了，再下口，专门挑肥大的羊，一个个掐脖子……咱们这回就当一次狼!

邱峰说，难啊，咱们不是进羊圈，是钻进了狼堆里，与狼同行。

狗儿说，道理是一样的。他扭头问坐在一旁的石头，石头大哥，你们老家那里，没有山，狼是咋吃羊的？

石头说，我打小时也放过羊。在平原上，羊群要是不乱动，狼也没招儿。它们先得把羊群轰赶起来……这时候，羊胆小害怕，挣命疯跑，胆小的羊会吓得昏过去，这样狼群就可以花很少的力气，吃到羊肉了。

狗儿说，好！咱们现在就学一回狼的招式。看见没有，敌人刚刚从日本来，又是紧张又是害怕，如今是一片乱糟糟的，来到中国的地盘上，脚跟不稳，心虚得很呢……得想法子把他们轰起来。

袭击他们的司令部！陈思远说，海战的时候，我们致远舰的管带邓世昌大人，就是采用这个战术，可把小鬼子吓坏了……

好！咱们也学一回邓大人。狗儿说。

大家都笑了起来……

大车上坐着“鬼子兵”，一路上就顺当多了。遇见有日本兵打招呼，他们就挥挥手，陈思远有时还来一句“撒由那拉……”

鬼子兵也会兴奋狂妄地高喊：

咱们战场上见——

早早拿到军功章——

大日本皇军万岁——

……

这一路上，当地逃难的人不少，有扶老携幼举家一起走的，有牵着毛驴和黄牛走的，有大姑娘、小媳妇结伴同行的，他们不敢走大路，秋收后的大地里，到处都是躲避日本兵的老百姓。

第二天黄昏时分，大车来到距离金州城东六十里的繁华小镇——亮甲店。

镇里镇外，到处驻扎着荷枪实弹的日本兵。经过仔细观察，狗儿他们发现，各个路口均有重兵把守，盘查森严，好像再往前行，就是清军的防线。显然，这是第一批登陆的日本先头部队，他们聚集在这里，像一群准备进攻的狼，肢爪紧抠地面，喘息粗重而急促，随时等待司令部发出新的冲锋命令。

狗儿小声问邱峰，邱大哥，前边是啥地方？

前边是刘家店，再往前是石门子，那里是通往金州的必经之路，往右拐是去复州。石门子那儿地形险要，应该有咱们的军队把守。邱峰回答道。

这时候，他们看见一个妇人领着两个七八岁的孩子正跪在路边，频频叩头乞求着，赏点吃的吧，这两个孩子两天没吃东西了……

狗儿和陈思远跳下车，拉起女人，抱起孩子，说，快点上车。

那妇人见是“日本人”，吓得抖成一团。

狗儿说，别害怕，我们不是日本人。

大车上，孩子狼吞虎咽地吃起干粮来。狗儿问，大嫂，你们这是去哪儿呀？妇人说，想去金州避避难，可日本兵不让过去，这可咋整啊？

邱峰说，吃饱了，赶紧往回走，金州去不成了，要打仗啦！

……

这车上的一幕，进入了一双贼眼的视野。

这人举着望远镜，看着看着，嘴角露出一丝狞笑。他自言自语地说，骚嘎——狡猾狡猾的！竟敢装扮成皇军……

这人不是别人，正是狗儿的死对头——高桥卫。高桥卫自从与狗儿等人分手，寻觅不到猫崽，为了发泄私愤和绝了猫崽的后路，他放火点燃了黄家的房子，残忍地将其父母烧死。返回驻地后，便接到军部的通知：日军已经于10月24日在花园口登陆，令他立刻带人迎接第二军第一师团先头部队，到师团参谋长大寺安纯处报到。

昨天，他如愿见到了大寺安纯参谋长，大寺安纯命令他到先头部队第一旅团长乃木希典处报到，充当向导和翻译官。他当即兴奋地找人剪去留了三年多的辫子，换上了陆军军官服装，穿上黑色双排扣的军官制服和大皮靴，高桥卫神气十足地来到前哨巡查。

此时，高桥卫看见锄奸队这伙儿人，旧恨新仇一齐涌上心头，恨得牙根直痒痒，决心要好好报复一下。他的手指按得“咔吧咔吧”直响，眼珠子骨碌碌一转，计上心来……他叮嘱身边的鬼子兵几句，便转身朝镇中心走去。

妇人和两个孩子离开大车之后，狗儿对大家说，天马上就黑了，一会儿咱们开始行动。由石头大哥守在车上，你穿的鬼子衣服不合身，就待在车上别动，千万不能暴露；由邱大哥和陈大哥去弄些马料和水来，先喂喂牲口，然后再去老百姓家里买点吃的喝的来。眼下饭店和杂货铺都关门了，邱大哥是中国人打扮，容易和镇上的人打交道，陈大哥利用鬼子兵的身份，在暗中保护、接应邱大哥。我想到鬼子先头部队的司令部去转转，看看他们现在在打什么主意。反正不能让他们安稳睡大觉……

陈思远拿起一支枪，跳下车对狗儿说，你这是哪吒闹海，可得小心谨慎，祝你成功！

狗儿点点头，举起一只拳头晃了晃。

邱峰把大鞭子交给石头，带着陈思远，两人一前一后地朝居民稠密处走去……

见邱峰一行隐没在房山头，狗儿跳下车，他要做的头一件事，是要搞清楚鬼子司令部的位置。先来到镇中心的一个大院，看见那里净是马匹和小钢炮，空气里弥漫着马尿和马粪的味道，心想，司令部绝不会设在这里。

他又朝镇子东边溜达过去，这里的住户多是大户人家，宅子高大而有威势。一处有石头狮子的大门口，大红灯笼高高挂，朱漆大门两边，四个鬼子兵持枪站岗，守卫森严。仔细看去，那门楣上头钉着一块白茬木的牌子，上面写着“大日本顺民”几个字……狗儿心想，这里有点像那么回事了。

他若无其事地走过去，绕到这所大宅子的后边，见北边有一小角门，那里连着后厨，是下人们每天买菜购物的通道。他弯腰捡起一块石子，甩进院内，听了听，没人应，又见四下里没人，便一纵身翻过墙头。

脚尖刚一落地，就听到有狗低沉的“呜呜”声，仔细一瞧，看到树下拴着两条大狗，狗嘴里都勒上了皮绳，想是主人不让它们发出声音。狗儿心道：这里来的客人权势一定不一般，既霸道又特别喜欢安静，竟然连狗都不让叫唤……他凑上前，亲热地搂了搂两只大狗，摩挲摩挲狗的后背，然后解开狗嘴上的皮绳，两只狗不约而同地用舌头舔他的手背，感激得直摇晃尾巴。

穿过游廊转到厨房，嚯！这里可是灯火通明，亮亮堂堂，二十多个家丁和厨娘正在灶上灶下忙活着。狗儿见走过来两个人，便一闪身躲藏到一堆杂货后边。那两个人进了大厨房，只听一人高声说道：

大家听好喽——待会儿皇军用过膳之后，你们也抓紧开饭，收拾完了，赶紧和面烙葱花饼，烙得越多越好，今晚要干个通宵，谁也不许偷懒！下面请皇军的翻译官藤诚先生训话——

狗儿听着这话音有些耳熟，悄悄地抬起头朝那边望去。只听众人纷纷答应着，放心吧，东家！

狗儿认出了这个东家，禁不住自言自语道，关恩祟！他的脑海里顿时闪现出春日里的一天，这位富商带着四个姨太太来到金州一家面馆与袁方和他打赌的情形……原来这处大宅子是他家——果然富得流油！

站在关恩崇身边的那个人，身穿日本军服，就是日本翻译官藤诚龟彦，他开口说道，皇军的长官交代过了，你们是大日本皇军的朋友，皇军要在满洲建立王道乐土，部队行军需要大量干粮，你们要加倍干活儿。等忙活完了，皇军一定重重有赏！

不用赏，只要你们日本人不杀人放火，老百姓就烧高香了！一个正在劈柴的下人说了这番话。

徐三，闭上你的臭嘴！关恩崇骂道，太放肆，咋能跟皇军顶嘴——

那徐三再不敢吱声，抡起斧子，一下下用力劈起木柴。

关恩崇和日本翻译官交代完毕，走了。厨房里边，大厨们煎炒烹炸，四周的空气里顿时弥漫着诱人的油香味……

狗儿从杂货堆里钻了出来，整了整身上日本军装的衣襟，昂首挺胸来到厨房里。他四下里撒目了一圈，看见出锅的烧鸡已经摆放在大盘子内，便踱步上前，伸手撕下一只鸡腿，边吃边说道，我是奉命来品尝菜肴的。你们中国的皇上在用膳前，担心菜肴被人下毒，都要有专门的太监先来尝菜，我就是干这活儿的……

大厨们见是皇军来品尝菜肴，谁还敢说二话，只是点头哈腰地说，多多品尝，多多指教！

嗯，味道还说得过去！还有啥好吃的？狗儿问道。

徐三接过话茬儿说，听皇军的口音挺正宗啊，是当地人吧？

狗儿刚才偷听时，知道徐三这小子有正义感，不糠，有种！便对他说，你说得不错，皇军现在赏你一只鸡腿……说着，撕下另一只鸡腿，塞给徐三。

徐三胆大，也不客气，放下劈柴的斧子，“哼哧哼哧”地大口吃起来。

厨师头气得够戗，指点着徐三的脑门说，逮吧，逮吧——让东家看着了，这就是你这辈子最后一顿了！

厨房里头顿时笑闹成一片……

狗儿问道，这好嚼咕是当官吃的，士兵的饭菜在哪里？

厨师头说，左边是小灶，右边是大灶……

狗儿来到右边，说，皇军天天扛枪站岗，辛苦大大的！要多做一些汤，补一补身子。

有——这边有一大锅海菜鸡蛋汤！大厨指点着。

好好，你忙你的去，我来品尝一下。说着，狗儿独自走了过去，掀开锅盖，趁那热气蒸腾的当口，他从怀里掏出小凤给的药野鸡的迷魂药，撒将进去……

好了，待会儿可以给皇军上菜上饭了。狗儿一边说着，一边拍拍手走了出去。

日本兵突然入侵，引起老百姓的极度恐慌，家家都把粮食藏了起来。邱峰走了好几家，才买来一些苞米面大饼子和一些萝卜丝咸菜、鱼干，每弄来一些，出来后就交给陈思远拎着。现在他还想再买些酒来，天太冷，大家穿得太单薄，只有酒能祛祛寒气。

邱峰拎着两个酒葫芦，找到一家门面较阔的人家，便推门走了进去。还算顺利，这家老汉卖给他两葫芦酒，他走出房门，却不见了“鬼子兵”陈思远的身影，便轻轻地喊了几声“老疙瘩”……

没人应，正在着急，只见夜色中几个黑影扑了上来，他抡起葫芦击中了两个人，但还是由于猝不及防，被上来的鬼子兵将他死死地按在地上。

夜幕中，石头把大鞭子插在车上，自己抱着一杆枪歪在草垛里，不觉困劲上来了。刚合上眼睛打了个盹儿，只见好几个日本兵走了过来，他以为是自家的弟兄，便高兴地招呼道，兄弟们辛苦了——

可来的是真鬼子兵，一上来，就如狼似虎地拿绳索将他捆了个结结实实，最后还拿一团布塞进了他的嘴里……

日本第二军第一旅团长乃木希典刚刚吃完晚饭，便拎盏马灯，看墙上挂着的大幅辽东半岛地图，接着又来到桌子旁边，在一幅金州清军布防详图前，俯下身子，认真地观看着。他年轻时与人打架，被打坏了左眼，右眼视力较差，只好拿着一个放大镜仔细观看。高桥卫推门进来，“啪”地向乃木希典敬了一个军礼。

乃木希典问道，高桥君，有事吗？

高桥卫站直了身子，得意地报告说：

报告将军阁下一个好消息，刚才我抓到三个敌人。其中两个是旅顺水陆营务处锄奸队的人，他们是专门负责调查我方情报人员的密探，另外一人是北洋水师致远舰的机械师，是军舰沉没后的生还人员。

乃木希典高兴地听着，放下放大镜，挥着手说，哟西！高桥君果然是帝国的情报高手，一出手，就能捕到大鱼！

高桥卫说，谢谢旅团长的夸奖！不过，他们还算不上是大鱼。

乃木希典命令道，要抓紧审讯，尽快掌握清军的动向和部署，还有他们来到这里的目的。沉吟了片刻，他又问道，是否还有漏网的鱼？

高桥卫回答道，将军阁下猜得没错，有！据了解，锄奸队的队长暂时漏网，不过我已经布置好了，逮住这个人是早晚的事！

又是锄奸队！乃木希典倒背着双手，在屋子里踱了一圈，然后说，我听说这个锄奸队很是棘手，可是搞垮我金州谍报小组、打死大日本武术精英大川十步的那伙儿人？

正是。高桥卫立正回答道，目前漏网之人叫狗儿，他曾经是大和尚山一带有名的猎手，武功高强，枪法奇准，他很年轻，但十分的狡猾，他就是锄奸队的队长，也是击败大川君的人。

哦，我倒要看看，是什么人能有如此高深的修为，能够用拳脚将帝国第一流的武术家击垮！难道他有三头六臂吗？

高桥卫说，他们比武时，属下不在场。听说在场的日本人绝大部分都死了，也许只剩下平源叶子一个人了。他这样解释，是想撇清自己的责任。

乃木希典大声下命令说，我交给你一个中队的人马，你要抓紧盘查，今天夜里务必逮住这个狗儿。记住，要活的，到时候，我腾出手来亲自审问他——

哈咿！我这就去办！高桥卫转身下去，感觉后背“嗖嗖”直冒冷汗，心想：这个狗儿十分的难缠！这人现在躲藏在什么地方呢？他有些后悔，不该在旅团长面前夸下海口，说能逮住这个狗儿，使自己揽下这样一桩难办的差事！

高桥卫来到院内，发现站岗巡逻的警卫人员都歪坐在一边，像是睡着了。他上前挨个推了几下，却都哼哼着不起来，不禁自言自语道，警卫们真是辛苦呀！可再辛苦，也不应该放弃职守，偷偷睡大觉啊……

他转身回到屋内，向乃木希典报告，将军阁下，您的警卫人员大概是太辛苦了，应该加强警力、轮班睡觉才是……

怎么回事？乃木希典不解地问。

您出去看看就知道了。高桥卫心知，这些警卫人员都是将军的心腹嫡系，不能说难听的话得罪他们。

躲藏在窗外的狗儿，早已把屋里的情况看了个一清二楚。他虽然听不懂日本话，无法知道屋子里头的这个矮个子日本官是谁，但肯定是个大家伙！看墙上挂的大地图和高桥在他面前毕恭毕敬的㞞样，也能猜出个八九不离十。他见自己下的迷魂药已经奏效，负责警卫的鬼子兵个个不省人事，便悄悄地绕过墙角，摸进门口来……

狗儿见高桥来到大院内，发现警卫有问题后又返身回到日本大官的屋子里，兴奋地想：待会儿两个家伙一出来就下手！

高桥卫手拎一盏马灯走在前头，乃木希典身披军大衣紧随其后，两个人走到房门口，就在狗儿刚要下手的节骨眼儿上，却出现了谁也没有料到的意外情况。

大院门口传来一阵急促的脚步声，一个人手持明晃晃的利斧冲进来，刚巧遇见翻译官藤诚龟彦，就是傍晚陪关恩崇来到厨房的那个日本翻译，他忙伸手将来人拦住。那人举起斧头，“咔嚓”一声，将藤诚龟彦的脑袋瓜子一劈两半……

乃木希典慌忙掏出手枪，“砰砰”朝天上开了两枪……

枪声的震慑，把手持利斧的人吓得蹲在地上。蓦地，那人又站起来，举起斧子朝鬼子军官猛扑过来……

“砰砰……”几声枪响，高桥卫和鬼子军官同时下手，将来人打倒在地。狗儿瞧得真切，手持利斧之人，正是黄昏时在厨房劈柴的徐三。

一时间，大宅内外涌进来一大群鬼子兵……

狗儿见敌人人多势众，不敢久留，忙抽身来到后院，听到有杂沓的脚步追来，便麻利地解开树下两条大狗的绳索，向日本兵来的方向一指，两条狗“嗖”地蹿了过去……

狗儿伸手一搭后墙头，飞身跃过。院内传来日本兵的尖叫声和狗的撕咬声……后来又是一通杂乱的枪声和狗的哀叫声……

狗儿想，徐三这小子行，是个有血性的爷们儿，宁死也不当亡国奴，真是好样的！只可惜坏了我的好事！要不是徐三来搅和，今晚我非闹它个天翻地覆不可！

狗儿七拐八拐，最后才朝自家的马车走去，心想，这几位大哥一定等得心急火燎的。大约距离马车十来步远，他看清了，哥儿几个都在车上，他兴奋地喊了一嗓子，我回来了——

话音刚落，“刷”的一下，一张渔网一下子罩在他的身上……

高桥卫领着全副武装的士兵，将锄奸队这哥儿仨和陈思远押解到乃木希典下榻的大院里。为了防止这些俘虏认出他来，他让士兵将他们的眼睛全部用布蒙了起来。他掏出怀表看了看，时间已是九点多了。他正了正衣襟，推开外边的房门，向里边报告：将军阁下，高桥卫奉命完成任务，已经将清国锄奸队全部人员捕获，请求指示——

屋内传来乃木希典的声音：好，找个地方，把他们全都吊起来，严加看管，等候我的处置！

哈咿！高桥卫“啪”地一个立正，带着人员下去了。

房间里，乃木希典正在训斥关恩崇：你对下人平日管教不严，竟然会出现杀手，翻译官藤诚龟彦竟然被他杀死，请你给我一个解释——

关恩崇立正站着，大气也不敢喘，此时听见问话，慌忙回答说，乃木阁下，是我疏于管教，请责罚我吧！

哼，要不是因为你是日本国多年的老朋友，你今天就是一个字：死！乃木希典愤恨地说，用你们中国的话说，要诛灭九族，你懂吗？

我懂，我懂！关恩崇连连点头，好似鸡啄米一般。

还有，你的下人里边，一定还有坏人！乃木希典继续说道，我的警卫人员晚饭后都迷糊过去，是怎么一回事，是不是有人投毒？你要调查清楚——

是是，是！

好了，你的请回吧！乃木希典挥了挥手，下了逐客令。

关恩崇前脚走，屋子外边就传来一声清脆的报告声：

报告将军阁下，军部情报参谋平源叶子奉命前来向您报到——

乃木希典站起身，高兴地说，快快请进！

平源叶子一身军官服，“啪”地向乃木希典敬了一个军礼。

乃木希典以长者的口吻说道，快坐下，不必拘礼。我跟你的父亲是老朋友了，我的眼睛曾经得到你父亲的精心治疗……他的身体好吗？

家父健康，他让我转达对您的问候！平源叶子说。

谢谢！乃木希典说，叶子呀，你的身体恢复得怎么样了？到前线来，可是要吃苦啊，你能挺得住吗？

谢谢旅团长的关心！我已经没事儿了。平源叶子说，您可要多多保重，刚才我听说还有刺客来袭击……

乃木希典摆摆手说，没什么，支那人如果个个都是俯首帖耳的货色，那中国就不用等到大日本帝国出兵来收拾残局了，他们早就让西洋人给吞并了。出现几个有血性的反抗者，倒让我对这个古老的国家，多少还怀有一丝敬意。你说是吧，叶子中尉？

平源叶子点点头。

房门轻轻推开，但见关恩崇漂亮的四姨太双手端着茶盘走了进来。她给两个人倒上茶水，便又轻手轻脚地走了出去。

平源叶子说，旅团长，这么晚了，还喝茶水，当心睡不着啊。

茶水是我特意要的，好多事情要提前谋划。乃木希典说，明天上午，部队要向石门子前进，逐步展开全面攻击，然后向金州推进。军情紧急，我怎么能睡得安稳？索性就不睡了。

那我来陪将军吧。叶子说。

谢谢啦，叶子小姐！乃木希典说，我要向你学习呀……用中国人的话说，“活到老学到老”！

将军言重了，我有什么好学的？平源叶子说。

你这么年轻，就不畏艰险，把重要情报安全送回大本营，因此获得了天皇陛下亲自颁发的五级金鵄勋章，这是多么大的殊荣啊！这些，难道还不值得老夫学习吗？说到这儿，乃木希典伸出手来，能否将金鵄勋章让老夫开开眼？

原来，这金鵄勋章是日本军界授予战功卓著的海陆军人的军功章，共分七级，五级勋章是授予尉官和士官的。金色的鵄，是一种鹰。传说在两千多年前，日本第一代天皇——神武天皇远征，一只金色的鵄落在天皇手持的弓上，金色的鵄所发出的耀眼光芒，刺伤了敌人的眼睛，致使敌人向天皇投降。明治二十三年（1890年）二月，明治天皇为发动侵略战争做准备，以纪念神武天皇在橿原宫即位这个神话时代开始的第2550年为由头，设立了这一表彰军人的勋章。

平源叶子有些不好意思地解开领口，从左胸上摘下勋章，捧给了乃木希典。

乃木希典接过，对着灯光细细把赏：淡绿色的绶带下，勋章直径大约有4.5厘米，鵄为金色，剑为绿、紫、白和淡蓝色的七宝烧，盾牌为深蓝色，长矛是底色为银色的黄色七宝烧，发散的光线为银边红色七宝烧。所谓七宝烧工艺，与中国的景泰蓝相仿。

乃木希典一边看一边赞叹不已，好漂亮的勋章啊！与叶子小姐一样漂亮……

将军，这没有什么，请您多多指教。

乃木希典指着桌子上的地图说，你不要谦虚嘛，你看——这张金州区域的军事地图，就是以你送回来的地图为蓝本绘制的，内容很翔实，很了不起呀！

平源叶子站起身，朝地图看了看，仿佛是受到了某种激励，她对乃木希典说，将军阁下，请给我分派任务吧！

乃木希典微呷了一口茶水，说道，任务倒是有一个，很紧急，我太忙，腾不出手来了，就由你来办吧！

平源叶子重又挺直身子，说，请将军指示——

乃木希典说，今晚九点多钟时，高桥少佐带人将清军旅顺水陆营务处的一支锄奸队拿获，其中有一个叫狗儿的队长，一直是我们的心腹之患。我想这些人，你大概打过交道，比较熟悉，所谓“仇人相见，分外眼红”嘛，就交给你去审！要想办法撬开他的嘴巴，掏出对我们有用的东西。当然，最有效的办法是将他们策反过来，为我所用。从战略上讲，将来我们大日本皇军占领了满洲，需要很多有能力的支那人支持和帮助啊！

真是冤家路窄！怎么又遇见他了？平源叶子心里直打鼓，一时有些走神。

乃木希典见平源叶子没回答他的话，便问道，叶子小姐，有什么困难吗？

没有。平源叶子鼓起勇气说。

那好，你去找高桥吧，说我抽不出时间，那些俘虏就交给你办了。乃木希典又叮嘱道，顺便告诉高桥，让他到我这儿来一下。哦，请把勋章收好吧。

……

高桥卫对平源叶子的到来感到十分意外。他上下打量着平源叶子，听说她奉命来审讯这几个俘虏，心里一阵愕然。他极不情愿地将关押俘虏的房门钥匙交给平源叶子说，这回你又能见到你的老朋友啦，着急了吧？

平源叶子淡淡地说，这得感谢你啊，你的烈性毒药大概是质量不过关，让我没有死成。

高桥卫打着哈哈说，你是皇军的宝贝，要是死了，我岂不成了罪人？

平源叶子说，我终于明白了，狗儿没有被我毒死，大概也是因为你的毒药质量不行吧？！高桥卫禁不住冷笑了一声。平源叶子见状，便转身走了。

高桥卫随后来到乃木希典的住处报到。乃木希典说道，高桥君，大战在即，不得不辛苦你了。

不辛苦！请将军阁下指示。高桥卫大声说。

乃木希典说，是这样，先头部队明天要进军石门子，石门子地处要冲，易守难攻，我最担心的不是清军阵地上的火力，而是清军埋设的大量地雷，它的杀伤力太强，很容易造成大量伤兵的出现。你知道，咱们部队卫生兵十分缺乏，伤兵多了，难以救治不说，很容易导致军心动摇。你帮我出出主意，怎么样才能化解……

高桥卫说，消息准确吗？真的有很多地雷？

是的！乃木希典说，不瞒你说，几个月前，军部已经破译了清政府的电报密码，在破译的二百多封电报中，其中有北洋大臣李鸿章给金州、大连湾守军的电报，命令他们要沿途多埋设地雷。关于清国电报被破译之事，属于最高机密，切不可泄露！

是！高桥卫回答。

乃木希典说，据前线探马来报，石门子守军是大清正定总兵徐邦道的拱卫军，徐军战斗力颇为强悍，不可小觑呀！

有了！高桥卫说，我的一个支那朋友，叫张本真，他有一支三十多头驴的驮队，今天正好在亮甲店。明天在攻击石门子前，可以先让毛驴漫山遍野地蹚蹚路……

好！乃木希典称赞道，毛驴很熟悉山间小路，只是三十多头少了些。

不要紧，在镇子附近还可以多找一些牲口。高桥卫说，必要时，还可以押一些老百姓在部队前边走。

哟西！乃木希典高兴起来，双手举起说，感谢你啊，高桥君，你可以称为帝国的“智多星”了，打完这一仗，我要给你请功，好好干吧！快快去找你那个姓张的支那朋友，再多找一些牲口，准备明天上前线——

高桥卫说，是！报告将军阁下，我还有一件事，要向您禀告。

请讲——

请您看看这个。高桥卫说着，从怀里拿出一把黑色鲨鱼皮刀鞘的短刀，恭敬地用双手捧到乃木希典的面前。

乃木希典接过短刀，看了看上面的金色菊花图案，点了点头说，真是一把好刀啊！突然，乃木希典“刷”地抽出刀身，寒光一闪，惊得高桥卫退后两步。

乃木希典哈哈大笑道，怎么，这把刀有什么问题吗？

高桥卫有些神秘地俯过身子，悄声说，这把日本宝刀是从锄奸队队长狗儿身上搜出来的。可我知道，这把刀的真正主人是平源叶子……我怀疑，当初叶子小姐在对方当卧底时，有可能将此刀送给狗儿，作为两个年轻人的定情之物！

定情之物？有这样的事儿？乃木希典疑惑地问，有什么证据？

确切的证据倒是没有。高桥卫诡秘地说，不过，在叶子小姐担任金州谍报组组长期间，她曾经奉我之命，打入到锄奸队内部，也许是那个时候，两个人发生过什么关系……

“哈哈哈……”乃木希典一阵大笑，说道，怎么会呢？美丽的叶子小姐，帝国的军人，谍报之花，怎么会真心喜欢上一个支那人？这绝不可能，高桥君多虑啦！快快去忙大事吧，明天，我还等你的驴子干大事呢！

是！高桥卫转身走了，感觉下蛆没下成，有些无可奈何地摇了摇头。

望着他的背影，乃木希典禁不住摇晃了一下脑袋，自言自语地说，间谍的职业病，对谁都要怀疑……他将平源叶子那柄刀放在桌子上，收拾了一下桌子上的文件，带着参谋人员朝他的上司——第一师团司令官山地元治中将的住处走去。

第三十五章 千钧一发

“当啷”一声，临时监牢的门锁打开了。

一身戎装的平源叶子拎着一套日军饭盒和一坛子酒走了进去。这里原先是一家商号的仓库，一长溜儿间库房，有存放杂物的，有置放粮食的，四处显得很空旷。借着挂在墙上昏暗的马灯灯光，她看了一眼吊在房柁上被五花大绑的狗儿，命令看守士兵，把这个俘虏放下来，我要进行审问。

两个日本兵上前解开绳索，把狗儿放了下来。平源叶子对士兵说，你们出去，把门关上，都在外边候着，有事我会找你们的。

面对双手被绑着的狗儿，为了不让对方认出自己，平源叶子故意粗着嗓子说，坐下谈吧，你要如实招来，不准说谎话！

狗儿看了一眼对面的日本军官，由于是正对着墙角昏暗的灯光，无法看清来人的面目，他活动了一下筋骨说，你们就不怕我跑了？

我想，你是不会这么做的。平源叶子说，虽然你叫狗儿，跑得快，但是，你还有三个弟兄在我手里。你要是跑了，那哥儿仨就没命了。

想不到，你还挺了解我的。狗儿嬉笑着说。

知道你犯了什么罪吗？

知道。狗儿点头说，我犯了十恶不赦、贪心不足的罪。

哦，说说看。平源叶子心想，这家伙倒是挺痛快。

狗儿说，我这人有个毛病，看见邻居家有好东西，心里就痒痒，跟猫爪挠似的，不甘心呢，一直惦记着。这不，终于逮着个机会就进了邻居家，嘿嘿嘿……

原来你当了小偷，你偷了邻居家什么东西？

狗儿认真地回答说，哎呀，说出来不怕你笑话，这邻居家可不一般，我看啥都不错，比我家的东西多多了，都瞅花达眼（方言，即花眼）啦！最后我相中了人家的地，农民嘛，知道土地这东西是寸土寸金，是宝中宝。可这东西好是好，就是扛也扛不动，背也背不走，没法子，我就赖着不走了……邻居把我逮着了，说“远亲不如近邻”，你咋能干这缺德事呢？你猜我咋说？

平源叶子问道，你这事儿干得是有点缺德！用你们中国的话说，“兔子不吃窝边草”，你怎么能打邻居的主意呢？

狗儿说，哎呀，大道理我都懂，可是我“人心不足——蛇吞象”啊。我跟他们说呀，我要不是你家的邻居，哪能知道你们家的底细，是你们家地大物博勾引了我，这回我说啥也不走了，这地方归我了……

放屁！平源叶子终于听出味儿来，他是在讥讽日本进犯中国的事情。心想，这小子还是那副油滑的嘴脸，便骂道，真是狗改不了吃屎！

我的小名叫狗儿不假，可我最恨有人骂狗说事，拿狗撒气！

狗儿——你现在是阶下囚，还想要什么自尊吗？

那是当然！中国有句老话，叫做“士可杀不可辱”！

行了，别来弯弯绕了，说吧——到亮甲店来干什么？平源叶子问道。

我是路过此地，想讨口水喝，就被你们抓住吊了起来。

喝水？那为什么杀皇军的士兵，换上日本军服？你到底想干什么？平源叶子有些严厉起来。

这就不能怪我了。是你们日本兵太霸道，跑到中国的地盘上，又抢猪又抢羊，队伍把大路全占了，我们老百姓要是不穿上日本军装，就没法在路上走，迫不得已啊！狗儿感慨道。

平源叶子说，要是老百姓，怎么敢如此胆大妄为？说说你的身份吧，你到底是干什么的？

我是个炮手，就是在深山老林里打猎的。狗儿说，你到大和尚山一带打听打听，谁不知道，凡是祸害人的野兽，遇见我狗儿没有不哆嗦的……

那是从前！我问的是你现在是干什么的？

狗儿一愣，心想，“听话听音，锣鼓听声”，这小鬼子听起来好像知道我的底细……

不招是吧？平源叶子喊了一声，来人——

推门进来两个日本兵。平源叶子用日语吩咐道，用鞭子抽隔壁吊着的俘虏，使点劲！

不一会儿，隔壁的房间里传来“噼啪……”的声音，跟着又传出瘆人的喊叫声……

平源叶子对狗儿说，听见了吗？你要是不招，你的弟兄们可就受苦了。

狗儿连忙举手说，停，别打了！我招就是了。

平源叶子用日语喊了声“停”，骤然间隔壁的皮鞭声和叫喊声消失了。

狗儿说，我是他们的头头，一切事情都是由我说了算，跟他们没关系。皇军长官，我抽袋烟行不？

平源叶子说，别耍什么鬼花样，当心枪子儿可不长眼睛。我曾经听有人说过，神仙难躲一溜烟啊！

狗儿兀自点上烟，笑道，你还挺了解我的，我这腿就曾经挨过一枪。实话对你说，我是大清的军人，是旅顺水陆营务处实授七品武职顶戴、锄奸队队长，奉命去长白山取一苗千年老山参，回来被你们逮住了，就这些……

哎呀，官儿还不小呢！你真是大清的一条好狗呀。平源叶子用嘲笑的口吻说。她心里其实是想知道狗儿对她的感情，到底是怎样的。于是，她问道，你在锄奸队都干了什么？从实招来——

我对你们小日本在金州的奸细，进行了狠狠的打击。狗儿说，不过……虽说是灭掉了几个奸细，但还是让一只狡猾的狼跑了，说到底，还是我输了……

平源叶子有些纳闷，这么机密的事，他怎么会知道？便问道，怎么输了？

确实是输了，而且输得很惨！因为这个奸细把重要的军事图纸送回国去……我上当了，没能阻止她！

这件事属于高级军事机密，你怎么知道？平源叶子大吃一惊，脱口而出。

……是我猜出来的。

不可能！平源叶子说，你如果不坦白交代的话，隔壁的弟兄们还要吃苦头。

别着急啊，我说就是。是一个……是高桥手下的一个奸细对我说的。狗儿只好含糊其辞地回答。

原来是这样！一个猎手让一只狼逃跑了，一定觉得脸上好没光吧？平源叶子笑道，这只“狼”是谁？能跟我说说吗？

她叫平源叶子……

哦，听名字她是个女人！平源叶子故意问道，你连个日本女人都斗不过，心里肯定不是滋味吧！你是不是挺恨她呀？

不！为啥要恨她呢？狗儿说，我恨我自己，是我轻敌了。那时候，她躺在棺材里，我以为她死了，按照她的最后一点要求，我放过了她，同意送她的遗体回到日本的请求。唉，我现在也没搞明白，是她用“金蝉脱壳”之计骗了我呢，还是她那个时候真的以为自己确实是死了？不管咋样，她要是真的还活在世上，我心里还是高兴的。

为什么？你这个人好没原则，为一个敌人还活着，你会高兴？！

这你就不懂了……

说说看——

……

平源叶子见狗儿不回答，继续问道，你是不是跟她有了私情，爱上了你的敌人？

狗儿抬起了头，没有回答这个问题。他岔过话题问道，你认识平源叶子？

平源叶子说，我不但认识她，还曾经是她的好朋友。据军部战报上说，她为日本帝国立下了赫赫战功，上个月，受到睦仁天皇的亲自接见，并被授予五级金鵄勋章。如今她成了日本国的间谍之花，大日本军界的名人……

……

你怎么哑巴了?

狗儿嘿嘿地冷笑道,在你们眼里,她是一枝花;在我的眼里,她曾经也是一枝花,一个小叫花子。她死心塌地为倭寇卖命,她的功劳越大,欠中国人的债就越多,就越让我恶心!

沉默了片刻,平源叶子喃喃地说道,这说明,你还是恨她的……

狗儿使劲地抽了口烟,说,是啊,这不是男人女人之间的故事,我是大清的军人,知晓民族大义,守土有责!中国的大好河山,决不许你们日本人染指!

良久,平源叶子说,你我都是军人,既然是军人,就要理智判断形势。你应该了解,中国现在不是日本的对手,在朝鲜,在鸭绿江,在海上,你们都输得一塌糊涂。大日本帝国的陆军已经上岸,用不了多久,满洲的土地就要被全部占领,你高喊爱国口号是无济于事的。

狗儿说,也许你们可以得逞一时,但能得逞一世吗?这片土地的主人是最讲理、最爱和平的人,但这并不意味着他们好欺负!我是猎手出身,最知道山林里的事,林子里的野兽其实是很讲规矩的,老虎有老虎的地盘,黑瞎子有黑瞎子的地场,獐狍野鹿、山狼野猪也有它们的场子,不能乱来,谁要是乱了规矩,乱了辈分,那就是自找没趣。狼要是想充大个儿,窜到深山里去,总有一天,就是送到虎嘴里的肉!你们小日本,那么一丁点地盘,那么一丁点人口,偏偏不安分老实,也趁老虎打盹的时候,想捞点便宜。有朝一日,老虎醒了,你们小日本就是送到老虎嘴里的肉!信不?

平源叶子不动声色地品味着对方说的话,她说,你也不要乱了规矩,忘记了自己目前是什么身份。

我是阶下囚不假,是你逼哑巴说话的。

平源叶子重又缓和了口气说,实话对你说吧,像你这样的人才,日本是欢迎的,未来建设新满洲的王道乐土,也离不开你这样的能人。投降吧,皇军不会亏待你!兴许,那个平源叶子对你还有……有一点感情,说不定会嫁给你的……

你这是说梦话呢!除非……

除非什么?平源叶子激动地追问,你是担心她已经死了?

狗儿凄楚地笑了笑说,不,除非是我死了——

平源叶子说,死了,太不吉利。我听说,叶子她做了流产,那个可怜的孩子,未曾出世就夭折了,你难过吗?

狗儿沉默了一会儿说,你是谁?咋知道这些?

平源叶子从桌子底下摸出那坛烧酒,往桌上一放,又将饭盒往前推了推,说,你可以喝酒吃肉了。

狗儿看了一眼,笑了一下说,这大概是断头酒吧——你们日本人也有这个规矩?也是跟中国师傅学的吧?

平源叶子说,可以这么认为,吃喝完你就上路了,这算是最后的晚餐吧。

狗儿也不客气，用被绑着的双手撕开纸封的坛口，捧起酒坛子，“咕咚咕咚”地喝了一气……听到牢门有响声，再抬头一看，面前那个鬼子军官已经不见了。

狗儿朝桌子上看去，一个黄灿灿的物件跃入眼帘，抓起一看，竟然是自己送给小叶子的那把短剑。他心里顿时一惊，脑子里电光一闪，原来是她！他蓦地明白：刚才坐在自己对面的鬼子军官，不是别人，正是平源叶子！小叶子想干啥？是想救我，还是割断旧情，物归原主？只是她给我的那把黑鞘短刀，已经在被捕时被人搜去了……

他陷入了沉思……

高桥卫从乃木希典那里领到任务后，随即找到了张本真，将明天驴子蹚地雷的准备工作安排妥当。他对乃木希典让平源叶子审狗儿的事，一直心存狐疑，有些放心不下。最后决定，还是得亲自去看看。

在高桥卫的内心深处，他对平源叶子荣获天皇亲手颁发的金鸦勋章一直耿耿于怀，心怀不满。他想，叶子小姐功劳再大，毕竟是我的下属，她得到了勋章，受到嘉奖，我却只得到通报表扬，实在是不公平！

这个老牌间谍早就对平源叶子与狗儿之间的关系嗅出点异样的味道……当初在旅顺口，为了考验平源叶子，他将一包烈性安眠药说成是最新研制的毒药，让她去杀死狗儿，结果表明，她不等狗儿喝下那杯下了“毒药”的水，就逃了回来。也有另外一种可能，平源叶子根本就没把“毒药”给狗儿喝下去……无论哪一种情形，都已经露出破绽，说明俩人确有不一般的关系！他想，乃木将军不知其中机关，让叶子去夜审狗儿，搞不好等于是“羊肉包子打狗”。此时要是抓住平源叶子的把柄，正好可以趁机搞掉这两个人！想到这儿，他加快了脚步，朝关押俘虏的地方走去。

距离监押狗儿的房子还有五十米的地方，高桥卫回头间，发现墙角处闪过一个黑影，他喊了一声，是谁？没人应答，他警觉地掏出手枪，回头找了一下，再也没有发现那个黑影的踪迹，便迅速去了关押俘虏的仓库。

高桥卫偷偷地躲藏在门后，听到了平源叶子与狗儿的对话……

待平源叶子走出房间，高桥卫悄悄跟她到了大门外，缓缓地举起了手枪……

平源叶子来到大门口，呼吸了一口新鲜空气，正陶醉在与狗儿交谈的兴奋中。突然，身后响起一个冰冷的声音：

叶子小姐，举起手来——

……

狗儿瞧着那柄短剑，正在发呆时，门“呼啦”一声打开，两个鬼子军官走了进来。狗儿定睛一看，大吃一惊，原来那高个子的鬼子军官是高桥，正端着手枪威逼着叶子，推搡着进了屋。

狗儿刚想抽出短剑，无奈两只手腕还被缚着……

高桥卫见状，跨前一步，从狗儿手中夺下短剑，如获至宝一般哈哈大笑着说，狗儿兄弟，可不要乱动哟……

高桥卫抽出短剑仔细一瞧，“淮军总督李鸿章监制”几个金籀文赫然醒目。他收起短剑，断喝一声：平源叶子，你通敌判国，如今证据确凿，从实招来！

胡说八道！平源叶子斥骂道，何来叛国证据？

高桥卫晃动了一下手中的枪，嘿嘿冷笑道，叶子小姐，不要抵赖和狡辩啦，刚才，你们两个在屋子里的对话，我在门口可是听得一清二楚……你要不是旧情难忘，岂能给犯人送酒送肉？又岂能把狗儿赠予你的宝剑留在这里？想放走帝国的要犯，你好大的胆子！

高桥先生，你果然是一个鬼子奸细！狗儿说，邱大哥打了一辈子鹰，还是让鹰啄了眼……咋跟一个小鬼子拜了把子？

“哈哈哈……”高桥卫禁不住一阵狂笑，好似刚刚偷吃了母鸡的黄鼠狼的笑声。狗小子，你还是没逃过我的手心。说到这儿，他冲门外的日本兵说，快去，把那个房间的三个俘虏通通押过来，我有话要说——

不一会儿，鬼子兵把邱峰、石头和陈思远带了过来……

邱老弟，咱们又见面啦！高桥卫得意洋洋地说，陈工、石头，久违了……

高……高桥，你真是一个鬼子？！邱峰气愤地说，他娘的，我怎么瞎了眼，认你这个畜生当大哥！

不，不不！不是邱老弟眼瞎，是我的间谍水平高超。高桥卫得意地说，把你请过来，是想告诉你，当年在船上，开始我是设计想杀了你，然后再取走你身上的钱财。后来发现你彪乎乎的，为人挺义气，还有些利用价值，就留下你一条命……事后证明，我的想法是对的，否则的话，我怎么会认识锄奸队的人？怎么会在今天将你们全部抓住……这些都应该归功于你呀——我的好兄弟！

邱峰怒不可遏，飞起一脚去踢高桥卫，无奈三个人被绑在一起，踢不到。

“哈哈哈……”高桥卫放肆地大笑起来，挥舞着手枪说，都没话说了吧？全部押走！听候乃木将军的发落，这回也该轮到我获得勋章了，哈哈哈……

刚刚走出大门口，一个黑影突然闪出，劈手打掉高桥卫手中的枪，又挥拳向他的头部打去。

高桥卫定睛一看，大惊失色，他慌忙架住对方的手说，是你？小松君，别误会……别这样，有话好说！

原来袭击高桥卫的，是猫崽。他指着高桥卫的鼻子骂道，你这个禽兽不如的坏蛋，你为什么放火烧了我家的房子，杀害我的父母？！我跟你不共戴天——你的死期到啦！说着，抽出腰间的匕首，向仇人的胸部刺去……

那些看守监牢的鬼子兵，听两个人不约而同地用日语叱骂对方，见双方都是日本人，一时间分不清谁是敌人，无法下手，只好团团围着他们，看两个人在地上翻来滚去……

黑暗中，高桥卫抢去的那把短剑掉了出来，被狗儿拾起，忙将自己手腕上的绳索割断，又为弟兄们割开身上的绳索……

高桥卫毕竟受过严格的格斗训练，慌乱中，左手向外一架，右手直拳向猫崽的头部猛击。猫崽奋力回击，两个人扭打在一处。

平源叶子不认识猫崽，此时瞥见狗儿他们已经脱离险境，便抽身悄悄地溜掉了。

高桥卫大声叫道，我是高桥少佐，他是支那奸细——

猫崽骂道，你是一条披着人皮的豺狼！日本人的败类！

日本兵一拥而上，将两个人分开。高桥卫挣脱士兵的束缚，寻到掉在地上的手枪，“砰”的一枪将猫崽击倒在地……

猫崽在地上挣扎着，想爬起来。高桥卫上前朝他腿上连开两枪，然后得意地说，小松先生，这也怨不得我，你擅自抗令回家，我只能烧掉你家的房子，灭掉你的父母，彻底断了你的念想……

就在此时，腾出手来的狗儿，蹿到高桥卫的身后，夺下他手中的枪，一脚将其踢倒……

猫崽的手在地上盲目地摸索着，终于摸到自己掉在地上的匕首，拼力向高桥卫刺去……

高桥卫“啊——”地大叫一声，锃亮的匕首已刺向他的胸部。他“扑通”一声，仰面倒地。

猫崽见仇人倒下，自己也支撑不住，一头歪在一边。狗儿急忙上前，抱住了自己的堂兄，叫道，猫崽，哥——我背你走——

猫崽费力地说，你叫我哥，真好！我不行了，你快跑，替我多杀几个……鬼子……

黑暗中，狗儿的心“扑通扑通”跳个不停，他见大队的鬼子纷纷聚拢上来，不敢久留，趁着一片混乱，在夜色的掩护下，带着三个大哥起身就跑。拐了好几个弯，稀里糊涂地又跑回刚才被关押的地方，见没人把守，索性又跑进屋子，拿起小叶子送给他的肉和一坛子酒……

跑到一个僻静的大院子里，听听四下里没啥动静，只见一个马架上挂着一盏油灯，透过摇曳不定的灯光，看清了这里是一处挺大的牲口棚，一大群毛驴拴在槽头上……

狗儿这才拿出酒和肉来，让几个大哥分享。大家是饿急了，用手抓着肉，不住地往嘴里塞，轮流喝着烧酒。邱峰问，队长，这好东西哪儿来的？

狗儿说，你吃得倒美。这是我的断头酒——

石头说，脑袋掉了碗大个疤，也比当饿死鬼强，就……就是少了点……

“嘘——”狗儿把手指放在嘴边，示意别出声。果然，房门开处，一个穿着棉大衣的人拎着一大桶水，晃晃悠悠地来到牲口棚，抓起一袋子铡好的谷草和玉米秸，一捧一捧地往槽子里放……

是张本真！狗儿看清了喂毛驴的人。心想，这人要是不走歪歪道，还真是一个勤快的庄稼把式。他悄悄地凑上前去，一拍张本真的肩头，吓得他一哆嗦，谁……谁呀？

看不出，你还真是稀罕毛驴的人。狗儿说。

张本真揉了揉眼睛，一瞅，乐了，原来是你啊——小松先生！

狗儿这才明白，自己和猫崽一个模样，再加上穿一身鬼子军装，张本真又把自己错认成了猫崽。他借坡滚驴，顺嘴说，你咋来到亮甲店了？兵荒马乱的，你不害怕呀？

哧——怕啥呀？有你们大日本皇军护着，胆子壮哩！张本真说。

嗬，心劲还挺足！这么多小毛驴，你养得过来吗？

本来雇了两个小伙计，见了日本兵，吓得尥蹶子跑了，咋喊也不回头。张本真生气地数落着。

狗儿说，那这么多驴，咋养啊？狗儿心里惦记起自己的小青驴来。

这养驴呀，跟娘们儿侍弄孩子一样，得精心才行，平时刷毛皮、整蹄铁、剪鬃梳尾和饮水喂草，都得定时。每天都得清扫驴棚，要不就容易生病。毛驴虽说不娇贵，不像马得常喂点精料，可喂草前也要用筛子把饲草筛净，铡草也得讲究寸草三刀才行……眼下天冷了，就不能再给冷水喝了，这不，我拎的这桶水，是温水……

听张本真唠叨着怎么养驴，狗儿心下泛起一阵感动，情不自禁地说，张大哥，也真是难为你了。这次来这儿，贩啥货呀？

唉，别提了！张本真说，去貔子窝收来一些皮货，正赶上鬼子……不不，是皇军来了，非让我的毛驴给他们驮军粮。前天到了这亮甲店，巧了，遇见了高桥少佐……头一个时辰，他还专门来找过我，说毛驴可有大用场了……

狗儿一下子警觉起来，忙问道，他找你干啥？

小松先生，不是我不告诉你，是他……他让我保密……

保密？刚才他被人打死了！狗儿说。

啊？高桥少佐死了？张本真惊慌起来，一不留神，手中正给驴子喂水的木桶“嗵”地摔在地上。他带着哭腔嚷嚷起来，这可咋整啊？谁来付我驴钱！

狗儿知道，这里边一定有不可告人的秘密，便追问道，你别着急，兴许我能帮你的忙。

张本真这才缓过神来，慢慢地述说道，高桥说，在石门子一带的各条路上，清军埋设了不少地雷、碰雷……明天，现在说话是今天了，天亮之后皇军要打石门子，让我的毛驴给他们打头阵，去蹚地雷。我不乐意，这不是让驴送死嘛！人家管我叫张驴子，你应该知道我和驴好得跟一家人似的，咋能割舍？他说，这是皇军司令部的命令，不能违抗！我说，我是小商贩，全靠这些毛驴养家糊口，得给我钱。他说行，等打完仗，按市场价赔我……

狗儿说，这下行了，高桥人没了，谁还管你！

不行！张本真急忙说，高桥说，等早上吃完饭，皇军的先头部队有个叫斋藤德明的支队长，就会打发人来赶驴……

那你跑了不就完事了——

我要跑了，皇军赶不动驴，驴子就得让皇军打死，我咋舍得？这是我的全部家当呀。再说，我也不能干这缺德事！

冷风嗖嗖地刮着，狗儿搓了搓冻僵的手，说，这样吧，你这儿正缺人手，我这儿还有几个弟兄，给你当小工，行不？

那敢情好！张本真接着又摇头说，不行不行，你是皇军，哪能让你干这活儿？

狗儿赶忙说，我其实是金州人，战场上枪子儿不长眼睛，我们害怕，不干了，帮你侍候毛驴吧——快进屋去，人都冻硬了……

狗儿一招手，大家纷纷钻出来，一猫腰涌进了屋子。狗儿忙对张本真说，张大哥，得麻烦你再弄几套老百姓的衣服。

张本真答应着，有有，下屋就有，我这就拿去……

见张本真去了下屋，狗儿对大家说，刚才张驴子的话你们也都听到了，明天鬼子要打石门子，咱们要回金州，走大道是不行了，就得见机行事，想法子从大和尚山绕过去……

大家都嘶嘶哈哈地点点头。

天刚麻麻亮，张本真就起来熬高粱米粥，还偷偷地煮了五个咸鸭蛋。等这些忙活完了，他进里屋把大家喊起来，这才看清楚每个人的长相，他指着邱峰说，这不是山狸猫邱大哥吗？

张驴子，你咋呼个鸟儿！邱峰笑骂道。

张本真又歪着头，看看另外几个人，石头他也曾经见过，陈思远有些陌生，再瞧瞧穿上老百姓衣服的狗儿，一拍手说，你是狗儿兄弟！对不对？都是咱中国人吧——

大家都笑了起来。狗儿说，没错！我知道，你是怕朝我的面吧！告诉你，这回颠颠说啥也得还给我了！

一定，一定！张本真可不是傻瓜，他想了起来，那日在旅顺去金州的路上，这几个人骑着高头大马，别提多展扬了。此时此刻，他心里明镜似的，这伙儿人可不是吃素的，连忙说，颠颠也是我的心肝宝贝，是我一手调教出来的头驴，哪舍得去给皇……给小日本蹚地雷？造孽呀！王八羔子操的——小日本。

大家头不抬眼不睁，就着咸鸭蛋和小咸菜，“呼噜呼噜”地喝下一大锅粥，头上都冒出了白毛汗，甭提多舒服了。早饭吃完，张本真领着大伙儿喂牲口。

狗儿拍了拍小青驴颠颠的后背，颠颠直劲打着响鼻，亲昵地往老主人身上直蹭。张本真在一旁有点不是滋味，说道，到底是亲爹呀，打断骨头连着筋……

谁让你这个后爹不成人，偏要给小日本卖命！狗儿说，你要不跟高桥合伙做买卖，颠颠也不会离开你。

唉，人在矮檐下，不得不低头啊！张本真有点委屈。

正说着，大门被撞开，一大队日本兵冲了进来……

第三十六章 颠颠神了

日本兵冲进大院后，列队排开，一个挎指挥刀的军官缓缓踱了进来，用日语大声问道，谁是张桑？

在他身后的翻译官走上前来翻译说，斋藤德明支队长问你们，谁是张先生？

张本真连忙答应着说，我是，我是——皇军有什么吩咐？

斋藤德明一边说，翻译官一边用汉语译：支队长问你话，毛驴一共有多少头？都准备妥当了吗？张本真忙点头哈腰地回答，有三十多头，随时可以雇用。

狗儿听那翻译话音很熟，抬头一看，原来竟是平源叶子，心想：怪哉，又遇见了她，真是不是冤家不聚头啊！

叶子又说，不是雇用，是征用。战争时期，皇军有权征用一切军需物品，包括牲口和你们这些人。

不对吧！张本真辩解说，高桥少佐对我说，是雇用，要给钱的。

斋藤德明抽出军刀，“哇啦哇啦”地说了一通，叶子说，支队长说，高桥君已经受了重伤，搞不好他的神灵就要进靖国神社了，现在是他说了算！你必须服从他的指挥——

张本真“扑通”一下跪在地上，哀求说，求求皇军大老爷，我是小本生意，没了驴，再赔了本钱，就全玩儿完了，家人要饿死的……

斋藤德明一听，恼羞成怒地“哇啦”一通，挥起军刀，只听“咔嚓”一声，拴驴的木桩立时被拦腰斩断。叶子说，皇军的意思是，是你的头硬，还是木头硬？

头硬！不不……张本真立马改正口误，是木头硬！他从地上爬了起来，说我认栽了，服了！驴子全当送给皇军了，只要给我人……人留下个全须全尾就成。

听到翻译官的解释后，斋藤德明将军刀还鞘，满意地拍拍张本真的后背说，骚嘎（日语，原来如此），这还差不多！只要你的毛驴为皇军立了战功，皇军一定会有大大的奖赏，皇军有钱，钱的不是问题，你的明白？

明白，明白——我一定争取立功受奖！

出发！斋藤德明吼叫了一声。驴群一惊，顿时一阵骚动，几头毛驴还不失时机地“昂哧、昂哧……”地叫唤起来。

张本真赶忙向他的四个伙计呼喝道，快去牵驴——手脚都麻利点！大家一听，忙七手八脚地去解毛驴的缰绳……

张本真首先牵出头驴颠颠，将缰绳往狗儿手里一递，说我可是还你驴了，你在头里走吧，能不能牵回家去，全凭你的造化了。

狗儿牵着小青驴往外走，碰了一下邱峰，悄声说，那个翻译官是小叶子，别让他发现咱俩，省得惹麻烦，快去弄两顶草帽来。

邱峰瞅瞅已经走出去的小叶子背影，嘿嘿地坏笑道，那……那不是好事嘛！你小子又有艳遇了，还怕啥呀？

你懂个球——都啥时候了，还开这种玩笑。狗儿说。

真是的，不识好人心！邱峰嘀咕着，去屋里寻找草帽。

寒流袭来，天气骤冷，土路上，被大车碾压过的车辙印像两条大蛇，向前蜿蜒延伸，两边翻起的稀泥早已冻得邦邦硬，人走在上面，极不舒服。走在最前头的，是斋藤德明手下的侦察小队长小崎正满少尉和他的九名骑兵。接下来是狗儿和张本真的驴群，邱峰和陈思远在两侧守护，石头挥着一根苕条殿后。驴腚后边，是全副武装的步兵，举着太阳旗，还拉着数门小钢炮。斋藤德明和平源叶子两人都骑着洋马，走在二百多人的队伍中间。

狗儿转身向后边看了看，然后对张本真说，张大哥，你刚才在鬼子面前那一出戏，演得实在恶心。你就不能把脊梁杆子挺直点，干吗低三下四的？

张本真一听，也不生气，他说，兄弟呀，你太嫩了，人家又是枪又是炮的，连大清的兵都打不过人家，咱算个老几呀？你不要忘了，咱是一介草民，充啥大尾巴狼？看见这道边的小草没有，风一吹过来，就得赶紧弯腰低头，要不就折了；霜降变了天，就赶紧变色。知道咋回事不？这叫自我保护。

可你不是草，是一撇一捺的人！狗儿说，是人，就得有良心，就应该有气节……

气节，那是当官儿的事，老百姓只管种好地，秋后纳粮交租子，我是商贩，只管经商纳税，这就是良民，是好人。其他的事儿，不归老百姓管。张本真理直气壮地说。

你的脑子准是让驴踢了——狗儿生气地指责道，你也是读过几年书的人，咋这么二乎！你是中国人，家都让鬼子占了，你还帮着人家带路，帮着人家打中国人，你哪还有一丁点爱国心！

爱国？慈禧太后爱国，只管修园子自己享受；贪官污吏爱国，就知道欺下瞒上，往自己兜里划拉银子！张本真说，我一个小草民算啥？良心值钱，还是命值钱？草民要活！

狗儿说，你喊个屁呀！

这年头，我就是头叫驴，两眼一蒙，只管推磨就是，谁来赶，我都走，只要活着，比啥都强，好死不如赖活着——张本真越说越激动，嗓门越扯越高。

驴，你能赶上驴吗？狗儿讥讽道，驴还认人呢，你却认贼作父；驴还有犟脾气呢，你却只会点头哈腰……

日本人有啥不好，是日本人来了，才让我的生意做大，钱袋子才鼓起来！张本真不服气地说，大清朝的官，光知道拿鞭子抽我上税；人家日本人，用我的驴，咱还能立功受奖。人家日本人是顺毛摩挲，我心里舒坦，干着来劲，尥蹶子干，没脾气！知道不？

狗儿让他气乐了，心想：这小子是王八吃秤砣——铁了心！他伸手揪着张本真的耳朵说，行，我给你取个日本名吧：安尾则驴——

狗儿又回过身来，对身后的弟兄们叫道，我给老张取了个日本名，叫安尾则驴！

好，安尾则驴——安尾则驴——

驴子们一惊，纷纷扬起脖子，乱叫起来……气得张本真回头踢了毛驴一脚。

平源叶子昨晚趁乱逃出后，便来到乃木希典的屋里，她想直接向乃木希典报告高桥卫陷害自己的事。可是卫兵告诉她，乃木希典去师团长山地元治中将那里开会，请她在这里稍等。

叶子在地上徘徊了一会儿，想着刚刚发生的一切变故，真是太惊险了！忽然看到桌上放着一件她眼熟的物件，抓过来一瞧，原来是自己送给狗儿的那把刀，祖传的黑色鲨鱼皮刀鞘的短刀。她自言自语道，真是“踏破铁鞋无觅处，得来全不费工夫！”一定是高桥这家伙送到这儿的，可他为什么要把这把刀拿给乃木将军看呢？她庆幸自己有天照大神保佑，否则的话，自己今夜就要走上不归路。

正在暗自庆幸时，一个参谋人员匆匆跑来报告，高桥少佐与一个不知姓名的日本浪人斗殴，浪人已经死亡，高桥受了伤，正在抢救。

听到这一消息，叶子先是一阵紧张，继而又是一阵窃喜：狗儿一伙儿逃走，正愁找不到栽赃的人，这下子有了……

又过了一会儿，负责监管俘虏的日本军官来了，报告说，大事不好——有四个俘虏跑了！

叶子冷静地说道，别急，慢慢讲——

军官说，是因为高桥少佐跟一个日本浪人打架，看管监牢的士兵前去查明情况，结果监牢方面疏于防范，致使犯人逃走……

叶子高兴起来，今晚一场危机竟然意外地化解了，真是天助我也！她不动声色地吩咐道，乃木将军一会儿就会回来，由你们自己向将军直接禀报才好——

午夜时分，乃木希典开会归来，听取了各方面的汇报，他沉吟了片刻后，指示平源叶子来完成高桥君未竟的事业，由她来担任先头部队斋藤德明支队的翻译官，协助皇军前锋部队先期侦察和执行扫雷任务。说完，乃木希典又拿起桌子上的黑鞘短刀，递给叶子说：

物归原主吧——叶子小姐。你刚才审问那个叫狗儿的，可有什么结果？

叶子报告乃木希典说，狗儿一行是奉命去长白山取一支千年人参，给慈禧太后进贡。他是在返回途中被高桥君捕获，关于目前金州方面清军的情况，他们并不掌握。

乃木希典轻轻地点了点头。

就是这样，平源叶子接替了高桥卫的工作，早晨天一亮，便来到斋藤德明的先头部队报到，担任翻译官一职。大约近中午时分，队伍来到刘家店附近，立刻停了下来。但见前方丘陵起伏，沟壑纵横，地形十分险要。

斋藤德明用望远镜看了半天，隐约间，发现数千米之外，有清军的旗帜在林中飘舞，尘土飞扬，是清兵正在挖战壕，赶修防御工事……显然清军已经有所准备。

斋藤德明放出警戒哨后，马上召集属下军官开会，下达命令道：

正面进攻清军阵地是后续大部队的任务。我们的任务，一是由我带队，组织从正面佯攻，吸引清军的注意力；二是由小崎正满小队长率骑兵小队，从左边绕道插进大和尚山东侧，进入大和尚山这一辽南的制高点，侦察清军的部署，为主力部队下一步攻打金州提供最新情报……注意，在出发与进攻之前，都要有驴队负责蹚雷，此任务由平源中尉负责安排——

平源叶子找到张本真，向他交代说，皇军要进攻了，你的毛驴要分成两拨，大部分毛驴分在右侧，从正面一字排开，向前推进。少量的毛驴分在左侧，绕过清军的火力，给骑兵部队在前头带路……

说到这儿，她发现有两个人头戴大草帽，一直低着头，感觉有点蹊跷，便厉声问道，你们俩是什么人？

狗儿与邱峰不得不拉下草帽，叶子一看，明白了。心想，这帮家伙，还不逃得远远的，偏在这个关键时候待在这儿，想找死啊。她大声说，看好你们的毛驴，枪响之后，不可以乱跑……

报告皇军——张本真说，驴子胆小，枪炮一响，一准要炸棚，它们尥蹶子疯跑，谁也奈何不得。

要跑，也得让它们朝前跑……给皇军蹚地雷！叶子严厉地说。

狗儿问叶子，皇军阁下，看样子正面进攻是虚，骑兵侧翼迂回才是实，我说得对不对？

叶子骑在马上，回答道，什么我我的，真土！这是军事机密，你们不准胡说八道！

狗儿说，我的意思是，如果骑兵迂回是实，我就多带几个人给皇军开路——

可以！叶子说，不准逃跑，小心脑袋，枪子儿可不长眼睛——好了，派一个人去后边取葱油饼，赶紧吃，一会儿就要打仗了。

石头听说有吃的，赶紧去领葱油饼。狗儿分到一张饼，舍不得吃，一片片撕开，全塞进了颠颠的大嘴里。

狗儿对张本真说，分给我四头驴就行，我们四个人一人一头，赶着从左侧往前走，正面的事我们就不管了……

张本真不置可否地点点头，若有所思地说，我一个人带这么多驴，咋往前赶？头驴又让你带走了，这些驴就成了无头苍蝇……

邱峰说，少扯淡！我说张驴子，你是驴把式，内行啊——自己想辙去！

张本真急眼了，大声说，不行，咱们得找皇军评评理，没有头驴，我不干！

狗儿气愤地说，张驴子——你这个人咋这样，屙屎还往回坐，说话不算数！你想让我的颠颠送死啊！

听见争吵，平源叶子走了过来，问是怎么回事。

张本真把要头驴的理由说了出来……

叶子一听，当即拍板说，那好，头驴归你了——

张本真乐了，走过去，把颠颠从狗儿身旁牵了过来。

……

看见张本真牵着头驴颠颠下了道，走进秋收后的谷子地，朝山冈方向的清军正面阵地走去，斋藤德明举起指挥刀，吼叫道，进攻——

小钢炮开炮了，清军阵地上顿时腾起数股烟柱……

一时间，双方枪声像爆豆似的响作一团，清军阵地上也射出了炮弹，轰隆隆一阵响……

别看驴是个大牲畜，个头不小，胆子却不大，听到这“轰隆轰隆”的炮声和“砰砰”的枪响，还有“嗞嗞”的子弹划过天际的声音，一个个竖起了耳朵，眼睛睁得老大，身上的毛一耸一耸，有的四个蹄子钉子一般扎在地上，有的前蹄紧张地刨着地面……

头驴颠颠挣脱了缰绳，跳起来，一蹄子把张本真踹了个跟头……

驴子炸棚了！在大牲畜里头，马遇到突然惊吓狂奔起来，这叫“毛了”；驴就叫“炸棚”。这个时候，只要头驴首先躁动狂跑起来，其他驴子便会狂奔起来，毫不顾忌地相互冲撞、践踏，那麻烦可就大了！

张本真爬起来，拼命去追头驴……

头驴颠颠哪里会让他追上，带领驴群划着弧线跑了一大圈，又重新折回，冲入日军的队伍里。这一下，鬼子的阵营乱了套，有的被毛驴踩伤，有的让毛驴的大板牙咬了……

张本真不愧是张驴子，尽管摔得浑身是泥，好歹总算是逮着了颠颠，其他毛驴才渐渐地集拢过来。

斋藤德明气急败坏地跑过来，“刷”地抽出军刀，往张本真的脖子上一搁，咆哮道：

张桑，你的死拉死拉的——

张本真哆嗦着，眨巴眨巴小眼睛说，皇军，先别急。我有着啦！

平源叶子对斋藤德明翻译着，又对张本真说，快说，有什么办法？

这个头驴不能用了，得用鞭炮……

狗儿又重新将气喘吁吁的颠颠牵了回来。

……

过了半个多小时，几个日本兵骑着马，拿着许多鞭炮从镇里跑了回来……

斋藤德明再次发出进攻的指令。日军的枪炮重又响起……

张本真忙指挥日本兵，用火折子一齐点燃绑在驴尾巴上的串串鞭炮……

伴随着鞭炮“噼噼啪啪”的一阵炸响，驴群像离弦的箭，没命地向前头狂奔……

毛驴跃过田埂，跨过沟渠，奔向山冈……有的挨了清军阵地上飞来的子弹而跌倒、翻滚；有的踩着地雷，一下子炸翻了；还有的碰到了挂在树上的碰雷，被炸出老远……

望着这血腥场面，张本真一屁股坐在上，双手拍地，号啕大哭起来：这是造孽啊！我缺德，我不是人呢！我……我是王八蛋！是我害了你们呀……下辈子，我给你们当驴使……

据当地的老百姓说，张本真养驴贩货，走遍辽南的山山水水、沟沟岔岔，小鬼子来了，他给带路，没让鬼子踩响一颗地雷。当年谁敢当面骂他，只能骂他的驴缺德。金州一带的老百姓口中，至今流传着一句歇后语：张本真的驴——吃里爬外！说的就是他替小鬼子卖命的事。

相比较而言，狗儿他们四个人牵的四头驴，命运就好多了。

正面的佯攻，果然奏效，清军的火力全部被吸引过去。日军侦察小队长小崎正满率领其他九名骑兵，在狗儿牵着的小青驴颠颠的引导下，悄悄地从左侧绕道而行，进入到大和尚山的东侧。

清军徐邦道部来石门子一线布防，其实仅有两天时间，士兵们除修防御工事和垒炮台之外，用有限的时间，仓促地在主要路口和正面阵地前埋设了数百颗地雷。日军小崎的侦察小队向左绕了一大圈，才奔向大和尚山，因此避过了雷区。尽管如此，小鬼子还是战战兢兢的，不敢掉以轻心。

狗儿牵着小青驴走在最前头，他在琢磨，怎样才能甩掉这帮小鬼子。山间小路时缓时陡，有的地方需要下马，攀着灌木丛和石头砬子才能上去。日本骑兵面对这样的地形，只好尾随在驴队的身后，牵着马，艰难地向上攀行。

狗儿回头问三位大哥，这地方咋没人防守呢？这可是打伏击的好地方——

陈思远说，别急，我瞅这地方如此险要，清军不会不知道，应该是有防备的……

大约又走了一个多时辰，攀上南边最大的一座山头，他们当中除了石头是外来的人，其他哥儿仨都知道这里是唐王殿所在地。民间传说在唐代贞观年间，唐太宗李世民曾率兵东征，住过这里。唐王殿附近有饮马井，有唐王用过的石床、石枕。但据史书记载，李世民来到辽南一带，只抵达过辽阳城下，南止于盖州，并未到过金州。

唐王殿位于大和尚山正南端，山头上地势平缓，草木繁茂，驴子见了，有的兴奋地在草地上打滚，有的津津有味地啃吃起枯草来。

正是暮秋时节，天高云淡，山风、海风呼啸而至，登临此处，视野顿觉开阔。向南眺望，黄海中的三山岛以及海岸边的徐家山炮台、右边的和尚岛炮台，均历历在目。忽然，两个熟悉的身影从唐王殿里晃悠出来，狗儿仔细一看，原来竟是老疯子和娜塔莎……

狗儿忙迎上前去，一把拉住老疯子，说道，你们俩咋上这儿来了？

哎呀，原来是狗儿兄弟——老疯子大喜过望，说，是娜姑娘让我领她来这儿的。

狗哥哥？你这些日子上哪儿去疯了？

狗儿见娜姑娘手里拿着一本画册，一把抢过，打开一瞧，像是一张地形图，上面标的字是弯弯曲曲的俄文，不认识。他来不及多想，忙将画册还给娜姑娘说，眼下不是唠闲嗑儿的时候，你们赶紧从唐王殿后门出去，快走！鬼子——日本兵——马上就上来了，先找个地方躲躲……

正说着，小崎正满小队长已经扯着缰绳将战马拖了上来，并不住地吆喝着，大概是在招呼后面的鬼子快点上来。

狗儿催促道，快走吧，别啰唆了——

两个人转身刚要离开，却听到鬼子兵一迭声地吼叫……

娜塔莎一把拽住老疯子，收住了脚。狗儿焦急地问，咋还不走？

日本兵说了，再往前走，要开枪了——娜姑娘说。

狗儿想起来了，她是懂日语的。他回过身子一看，日本兵都爬了上来，个个端着枪，朝他们比画着……

那哥儿仨都凑了过来，纷纷问，咋办？拼了吧！

狗儿说，不行！人家手里有家伙，容易伤着咱们的人，得想个脱身的万全之策才行。

老疯子扯着狗儿的衣襟说，来的时候，我发现在松树沟一带有咱们的拱卫军在那里把守……一会儿瞅个机会，把他们引到那边去——

此计甚妙！狗儿说。

小崎小队长又“哇啦哇啦”地说了一通……

娜姑娘低声翻译道，他们让咱们分散开，不准说话！

有几个日本兵惊讶地叫道，有花姑娘！好漂亮啊——说着，便凑了过去，意欲动手动脚。

娜塔莎突然用日语说道，住手！不得无礼——我是俄罗斯公民，受万国公法保护。

这一句话，倒是将那几个鬼子兵镇住了。

小崎小队长走了过去，端详了一下娜塔莎说，俄罗斯公民怎么会说日语，趁对方不备，他伸手一把夺过她手中的画册，翻弄了几下，仔细瞧了瞧那幅标注着军事设施的图纸，嘿嘿地冷笑道，你的，狡猾狡猾的，良民的不是，俄罗斯间谍的干活！

娜塔莎矢口否认道，我不是间谍！我在写生，这是风景画……

你的骗不过我的眼睛！小崎小队长说，入伍之前，我是长崎艺术专科学校的学生，什么是写生，什么是风景画，我的一清二楚——看紧了，别让她跑了！

日本兵持枪看着这六个人，小崎小队长独自端着望远镜向远处眺望了一会儿，并不时地在一张军事地图上画着符号标记……

狗儿问娜姑娘，小日本跟你说啥？

他们说……说我的画画得很好，要留下作纪念。

狗儿心道，你在说谎啊！你画的东西，跟小鬼子奸细画的东西差不多。可嘴上却说，不对吧？你那画我看了，像鸡爪划拉的，哪有啥风景，还值得小鬼子留作纪念？真是大煞风景呀——

娜塔莎平淡地说，哎呀，小岛子上的人，没见过啥世面，瞧见啥都新鲜。这不，一把抢过去，非要收藏不可。

大家一听，都笑起来，紧张的空气顿时缓和了下来。

老疯子打趣地说，说不定是那小鬼子头儿看上你了……

去去去……老不正经！娜塔莎不屑地说，你瞅他那德行，垫三块砖还没我高呢——

大家正说笑间，小崎正满转了回来，对娜塔莎说，你的懂日语，对他们说，向北边走，牵毛驴给皇军带路——

……

狗儿一听正中下怀，牵着颠颠走在头里。趁鬼子兵正忙着牵马时，他传下命令：待会听见枪响，分开逃跑，我先回家找我爹，然后咱们在西边的凤凰村集合！邱大哥，你负责把娜姑娘和老疯子带过去——

石头说，我不认识路。

狗儿说，你跟着老陈跑，凤凰村是他的家。

不许说话，悄悄地前进——小崎命令道。

崎岖逶迤的山路间，这一行人下山上坡，左旋右绕……

松树沟西岭，松涛阵阵。

拱卫军右营左哨队长童福霖接到探马来报：有一小队日军由南边朝这里赶来！好像还有一些老百姓在前头带路……

童福霖立即召集各小队队长开会，下达了战斗命令：弟兄们，一小队鬼子骑兵来了，今天要开张，大家都精神点，回头我到徐大人那儿给大伙儿请功——

童哨长，你就指挥吧，咋打？

童大人，我可是憋得嗷嗷叫了——

童福霖用一根树枝一比画，说，好，那我就长话短说，咱们布置一个口袋阵，抬枪队埋伏在正面，洋枪队分在左右山坡上，刀矛队隐蔽在沟趟里边。谁也不准先出声，敌人进入口袋里，再打。记住，一定等老百姓过去再射击。好，快去准备吧——

……

深秋时节的山里，草虫都已经哑巴了，耳际间除了西北风的低吼，就是天空中偶尔掠过的一两只鹰隼发出的尖锐叫声……

队伍已经进入了松树沟，一时间，四周静极了。有两头狼从草丛中探出头来，悄悄地跟了上来……

狗儿弯腰扯下一根狗尾巴草，使劲往颠颠的鼻子眼里一搅和，颠颠忍不住打了个响亮的喷嚏，“昂哧昂哧”地大叫起来。那叫声惊动了林子里的栖鸟，它们叫着扑棱棱飞起来。几只松鼠抛掉嘴边的松塔，倏然出溜到树下。三四只獐子吓得撒腿飞奔，继而又回过身来，在树后探头探脑地张望……

小崎吼道，八嘎！八嘎——两个鬼子兵打马奔了过来，一左一右用马鞭狠劲抽小青驴和他的主人——狗儿。

狗儿抱住脑袋大叫，打死人啦，打死人啦——

狗儿的喊叫，不仅给清军通了风报了信，也同时惊动了尾随在后边的山狼。那是狗儿在山里的两个朋友——大宝、二宝，两匹狼一直尾随在这一支队伍的侧后，此时，骤然听到狗儿的喊叫声，不约而同地从草丛中蹿了出来，见好朋友被欺负，迅即张开血盆大嘴扑向那两个鬼子兵……

也就在这时，“嗵”的一声，伏兵的抬枪响了，紧接着是雨点般的洋枪射击声，再后来是刀矛队的喊杀声……

《甲午战争纪闻》中载，这一天是公元1894年11月4日。敌人进入口袋阵中之后，首先两骑中弹而倒，余骑向坡东转去，我军洋枪队开火，敌人又向回转，往返数次，无法逃脱，此役共击毙敌人六人，俘虏三人。鬼子骑兵小队长小崎正满躲藏在一个山洞里，侥幸逃走。

第三十七章 鬼子进村

枪声一响，狗儿牵着小青驴撒腿就跑……

他一边跑，一边叫，大宝！二宝！大宝……二宝……

可是大宝和二宝都没有跟上来，不知它们到底脱离了险境没有。

狗儿直接去了乌龙村，来到自家的大门外，没承想，竟是铜锁当家把门。他把毛驴拴在门外的老榆树下，自己跳障子进了院。一切是那样熟悉，又是那么陌生，三间草房经过翻修已焕然一新，他知道父亲为准备迎娶儿媳妇，花费了不少心血。

老爹到哪儿去了？

跃出障子，狗儿重新来到大门外，正发呆的时候，一个熟悉的身影出现在村外路口。定睛一看，正是自己想念已久的朝阳寺方丈正觉大师。

老和尚身披一袭灰布长衫，手拄一葛藤拐杖，脚穿麻鞋，神情极为凝重。狗儿迎上前去，顺势磕了一个响头，阿弥陀佛！正觉大师发现是狗儿，忙将他拉了起来。

狗儿鼻子一酸，可想死我了，大师——

大师问道，狗儿，怎么是你呀？

我想看看老爹，可他不在家……这些日子，您老见过我爹吗？

阿弥陀佛，见过见过，关于你的事，你爹是竹筒倒豆子——全都告诉老衲了。大师说，你爹一直着急，想给你和小凤早点完婚。可是，左等不来，右等不来……我估计，这几天四处枪声不断，他心里难安，大约是去凤凰村会亲家了，你去那里找他吧。

狗儿点点头，问大师，你咋到这儿来了？

我是路过这里……这几日，看到不少难民，西北方向和这山里经常传来枪炮声，心中不安呢，知道日本人要攻打金州了……正觉大师若有所思地说，历史上，咱这大和尚山就是兵家必争之地，如今战火又起，有几处古战场遗址，像卑沙城一线，我想再去看看。那里是隋朝以前高句丽建的山城，隋大业十年（614年），大将军来护儿曾率领军队攻下此城，不久又被高句丽人所占领。唐贞观十八年（644年），太宗李世民命张亮率水师自东莱乘船东渡，攻陷了这座山城……

狗儿说，我刚刚从那边跑过来，日本兵今天上来一队侦察骑兵，被拱卫军设伏消灭了。现在去那儿，太危险了。你老还是跟我一块去凤凰村吧，我有一肚子的话，要跟你说说，这段日子的经历，真是太刺激了！

既然这样，那咱们就走吧——

陈思远回到凤凰村的家中，给了陈家二老和乡亲们一个天大的意外惊喜。

老爹陈宝财紧紧搂抱着儿子，满面泪水地说，老疙瘩呀，我跟你娘都以为你战死了，家里还设了灵堂，天天给你烧香呢！上个月，旅顺口北洋营务处来通知，说中日海战，你们致远舰沉了，你属于失踪阵亡人员，旅顺口召开的追悼大会上，还有你的灵位呢。你娘偏不信你死了，说，未见到我儿的尸首，就不能说我儿死了！兴许还能捡条命……哎呀，真让你娘说着了！

陈思远当即跪倒在地，说，孩儿不孝，让父母大人受惊了——

陈母抱住儿子，一把鼻涕一把眼泪地说，儿啊，你可吓死老娘了……

接着，陈思远把海战经过讲了一遍，又叙说了狗儿兄弟如何保护、救治他的经过，感动得陈家二老拉起儿子，来到吴家面谢黄大河。

邱峰和石头、娜塔莎在小凤家见到了黄大河，介绍了一通在大和尚山历险的经过，说狗儿先去了乌龙村，不久就会赶到这儿。小凤和家人总算一块石头落了地。黄昏时分，小凤在村口迎着了狗儿和正觉大师……

当天晚上，凤凰村比过年还热闹。陈家的灵堂被拆掉，变成了欢迎宴会厅。村里每户人家都有人过来，大家凑到一块堆，为亲人的重逢唏嘘不已，为朋友的到来开怀痛饮。席间，小凤扯扯狗儿的衣襟，把狗儿悄悄叫到外边，嗫嚅地告诉他，我害怕，这兵荒马乱的，啥时是个头……你看，咱俩的事儿咋办？

狗儿一听，也不无忧虑地说，眼下小鬼子打了进来，怕是把咱俩的好事给搅了。

你能在家里待几天？

我是大清的兵，国难当头，得尽快赶回去——要不就成了逃兵。狗儿说，万一我有个好歹，我怕耽误了你，现在还是不成亲为好……

小凤依偎到狗儿的怀里，半天说了一句：这辈子，我活着是你的人，死了是你的鬼！

狗儿轻轻地拍了拍小凤的后背，动情地说，别怕，我命大着呢……忽然，他斩钉截铁地说，干脆，明天就把婚事给办了——

这么急？小凤说，冷手抓热馒头，能行吗？

没啥准备的，人都齐了，房子现成的，趁这个热闹劲，喇叭一吹，红布盖头一蒙，骑上颠颠，就把事儿办了！

小凤羞涩地用手指点了一下狗儿的脑门，瞧把你美的……

美的事儿在后头呢——狗儿说，这事好比打猎，看准了，就出手，一寻思，就飞了。

我啥时成你的猎物啦……

从我吃了你的炖蛤蟆，你就是了——

真没羞……我要是嫁了你，你可要保重自己，绝不兴变成“公狗子”，撒手离开我！

咋会呢！狗儿亲昵地搂住她说，那你是个“母抱子”，天天抱住我，不就成了。

美得你……

狗儿拉着小凤的手，回到座位上，高声向大家宣布了一条重要消息：

各位高堂大人，列位高邻好友，狗儿刚才和小凤商量，我想明天就迎娶小凤姑娘！希望得到大家的帮助和祝福——

也许是太意外了，狗儿话一出口，大家顿时愣住了。

黄大河先反应过来，说道，你这个臭小子！咋急捞捞的，这么大的事儿，事先也不打个招呼，言语一声。

吴长贵干咳了一声，说，这个……这事儿，总得选个黄道吉日吧？

陈宝财一捋胡子，哈哈一笑说，这事儿好办，正觉大师是得道高僧，请他老人家算算，看看明天是否利于婚嫁。

正觉和尚伸出手指，掐算一番，然后冲大家微微一笑说，明天是甲午年十月初八，出双入对，六合大全，好日子！正是娶亲的良辰吉日——

娜塔莎跑到小凤跟前说，你要是不嫌弃，我给你当伴娘……

陈思远说，我给狗儿兄弟当伴郎——

我给你组织鼓乐队、秧歌队，放鞭炮——再找几个“全活人”送亲！村长陈宝财吼了一嗓子。

我来给婚礼当司仪——中不中？

大伙儿一看，哇！原来是老疯子。纷纷说，那是你老人家的拿手好戏，打灯笼都难请呀。你是金州的名人呢，再好不过了——

黄大河对吴家二老说，亲家公、亲家母，你们看……

小凤娘用胳膊拐了一下丈夫说，快说话，别木滋滋的。

那还看啥，就这么着吧！吴长贵说，杀猪砍屁股——定（腚）下来啦——嫁妆现成的，明天中午，都到我家喝“出嫁酒”！请各位高邻、好友赏光捧场——

大家有的鼓起掌来，有的唔嗷直喊好……

小凤坐不住了，绯红着脸，站起身来，拉起老娘的手说，咱们走吧，帮我……

大家伙儿又是一阵大笑。

邱峰添火加油地说，看看，女大不中留吧，着急啦——

石头也插嘴说，男大不婚，女大不嫁，恐怕要闹出笑话……

邱峰说，你都三十好儿了，咋还不娶媳妇？

我，我不是石头嘛！石头大哥也幽默了一回。

翌日上午，凤凰村上下齐动员，大姑娘小媳妇都聚在吴家，帮着新娘绞脸、化妆，准备陪嫁的东西；老疯子组织人在村子中央的高坡上搭建临时彩棚，挂起大红剪纸的“囍”字；二愣子、白高丽那些后生们在井沿杀猪宰羊，忙得热火朝天。倒是把几位老汉闲了下来，结伴溜达到村口高冈处，南朝北国地聊天。

突然，一队全副武装的日军，打着太阳旗，从距离村子三四百米处的山脚下钻出来，一直朝南下去……

吴长贵指点说，谁家出殡，送葬队伍还挺齐整，那个灵灵幡咋怪模怪样的？

陈宝财说，不会吧，出了这么大的事情，我咋不知道。你眼睛花了吧？我咋没瞧见灵车和棺材呢——

倒是黄大河揉了揉眼睛，仔细观瞧，吃了一惊，说，你们老哥儿俩胡嘞嘞啥呢，什么出殡？打灵灵幡？那是小鬼子的军队，举的是日本军旗……

啊？这么快就来啦——

朝南下去了，这是去哪儿呀？

黄大河到底是行伍出身，马上判断说，这是鬼子的先头部队，一定是去抢占军事要塞，那个方向……应该是徐家山炮台！我估摸着，小鬼子没准儿也得到凤凰山来，咱凤凰村怕也是不能幸免啊……

吴长贵打了一个激灵，有些害怕地说，那可咋办呢？喜事还能办吗？

陈宝财一挽袖子，大声说，喜事该咋办就咋办。天塌了有大个儿，地陷了有矬子，没啥了不起的！小鬼子要是搅了咱的好事，咱们就跟他们拼了——

老哥儿仨急匆匆地回到村里，狗儿知道这一情况后，立刻派邱峰和石头到村口放哨，叮嘱二人发现情况，立即报告。又对祥子说，你到后山去，找一棵大树爬上去，有什么动静回来报告。祥子背着那杆“别拉弹克”俄式猎枪，兴奋地去了。

这边陈宝财召集村民说，各位老少爷们儿，听好喽——小鬼子已经开进山里，没准儿要进咱们村，大家先回去，把家里值钱的东西和粮食都掩藏起来。老人和女人、小孩都不要乱，村里的后生把应手的家伙都备好，这事由老疙瘩负责。完事，大家还是照常准备婚礼，不要乱，一切听我的号令——

陈老汉在凤凰村是说一不二的人物，吩咐下去之后，乡亲们马上开始行动起来。

半个时辰以后，一队鬼子骑兵，警惕地朝村口溜达过来。

负责放哨的邱峰眼尖，骂了一句，操！那个鬼子小队长的坐骑，就是我的乌骓，那个枪上挑军旗的，骑的正是狗儿的干草黄——

石头说，我……我那匹白额红马也在里边。

两个人从山坡上出溜下来，跑回来向狗儿报告：队长，鬼子的骑兵来了，咱们被抢去的马都在里边呢。

狗儿问，太好了，他们来了多少人？

不多，七八个吧。看样子，是来探听虚实的。邱峰回答。

好啊——狗儿兴奋地说，自打咱们在亮甲店被逮起来，手中的家伙都被缴了。现在好了，都说小鬼子狼心狗肺、没心没肺，这不挺孝顺嘛！又把咱们的枪和马送回来了——

陈宝财说，狗儿，你说咱们咋干？

狗儿说，陈大爷，咱们现在是一群老百姓，鬼子也不摸底，先看看再说。咱们的人该干啥还干啥，不要慌，以不变应万变，智取为上！我先出头招呼招呼他们。

好！陈老汉说，我去跟大伙儿说说——

……

凤凰村的地形格局很像一个葫芦，进出唯有一条路，这条路就是葫芦顶上的那根藤蔓。这条路，其实是一个沟趟子，很窄，仅能过一辆马车。一边是峭壁，一边是高高的山坡；峭壁下是一条清澈的小溪，距离脚下的路很深，另一侧是一片杂树和枯黄的茅草……

鬼子的侦察兵瞧见这里地形险峻，也不敢大意，沿途放了警戒哨。真正进村的，只有五个人。进了村，才发现村里挺热闹，人们好像在操办啥喜事，戒心随之放松下来，纷纷下了马，缓缓地走向村里。

狗儿叼着烟袋，嘴里喷着烟雾，凑上前去，一脸讨好的笑……

鬼子小队长见着他，“哇啦哇啦”地说了一通。狗儿听不懂，笑着摇摇头。

那匹干草黄见了主人，长嘶一声，甩开缰绳，凑到狗儿跟前又蹭又舔，多亏马不会说话，要不就露馅了……狗儿心一软，从怀里掏出个馒头，塞进马嘴里……

鬼子小队长二话不说，上去就是一鞭子，抽得狗儿浑身一颤。鬼子嘴里“哇啦哇啦”说了一通，意思是：马的，我是主人，你的不是主人，不能喂！你的一喂，就会跟你的亲热，跟我的不行——

狗儿忙退到一边，依然保持一副笑容可掬的样子。

鬼子小队长从上衣口袋里掏出一张纸和一支笔，利用马背当书案，一笔一画地写下一个字，递给狗儿。

狗儿拿将过来一瞅，是一个“湯”字。心想，奇了怪了，小鬼子是渴了，喝水不就行了，干吗想喝汤呀？……他不知道，日本人的“湯”，就是水的意思。鬼子的本意，是想弄些水，给马喝，人再喝点。

不管咋样，先稳住这群强盗再说。狗儿想到这儿，不住地点头说，请皇军稍等，汤，马上就做，不要着急——

狗儿立刻跑到井沿处，那里有一口大锅，正烧着热水，是准备刮猪毛用的。他对陈老汉说，鬼子要喝汤，就用这锅热水做就行，摘点菜叶子扔进去，再放点咸盐，对了，再甩几个鸡蛋进去，就是甩袖汤了……说完，他就往吴家跑去。

陈宝财立马吩咐下去，不大一会儿，一大锅热气腾腾的汤就做好了。村民们用水瓢舀了一大盆，又盛了五大碗汤，给五个鬼子一人备了一碗，一块儿放在一盘石磨顶上。

此时，狗儿已经跑了回来，他是到小凤那里取药野鸡的迷魂药去了。趁人不备，偷偷将一包药末撒进汤盆和汤碗里头。然后，他又殷勤地跑到鬼子小队长面前，招呼他们过来品尝甩袖汤。

鬼子们此时有点等得不耐烦了，见狗儿相请，便即刻牵着马，走了过来。近前一看，鬼子小队长露出失望的表情，使劲地摇了摇头……

狗儿以为鬼子嫌汤做得不地道，便伸出大拇指连连比画着，说这汤大大地好喝，请多多品尝，保你满意！

鬼子们歪着头看看，指着那盆和碗里的汤，说，“湯”的不是！鸡蛋很好，煮鸡蛋的要，多多地要——

狗儿听鬼子“哇啦哇啦”地说了一通，如坠五里雾中，不得要领，只好摇头。

没法子，小队长又掏出纸笔，写下一个字，然后递给狗儿。

狗儿一看，是个大大的“卵”字，愈发地糊涂了。

鬼子兵见主人弄不懂，灵机一动，挥舞着双臂，做出鸡奔跑的样子，又撅着腚，比画后屁股下蛋的样子……原来，日本人“卵”字的意思，就是汉字“蛋”的意思。他们看见汤里边有鸡蛋，顿时嘴馋起来，想要吃煮鸡蛋。

他们要吃牲口的卵子——狗儿对陈老汉说。

陈宝财气得胡子一个劲地抖，骂道，我操他们小日本八辈血祖宗！跑这儿来吃卵子，这不是要让咱们的牲口断子绝孙嘛——

站在一边的二愣子说，这帮畜生，等吃完牲口的卵子，就该吃咱们爷们儿的卵子了……他们这是要让咱们中国人绝种，断子绝孙呢！

先别吵吵。狗儿说，这么着吧，把刚宰的猪和羊的卵子找来，煮煮，给他们逮——

狗儿来到鬼子小队长跟前，用手在裤裆比画一下，再伸出大拇指一比画，意思是卵子大大地有，先别着急。然后做出手势，请他们一齐喝甩袖汤。

鬼子小队长明白了，也伸出大拇指晃了晃，拍了拍狗儿的肩膀说，哟西——你们良民的是，大大地好！皇军大大地高兴！

鬼子兵又冷又饿，早就等急了，纷纷凑上前去，端起汤碗就想喝。被小队长大喝一声，出手制止了。

在场的人心里一惊，心想，难道鬼子发现不对劲了？

只见鬼子小队长对狗儿说，你的，把那头驴牵过来——

狗儿扭头一看，是颠颠在不远处打滚玩耍……心里“咯噔”一下，他明白了，鬼子是让他把毛驴牵过来。多灾多难的颠颠哟，你跟了我，一天好日子也没过过，不是蹚地雷，就是挨枪子儿，这回又要喝迷魂药了……

狗儿没法子，只好把小毛驴牵了过来。

鬼子小队长跟身边的鬼子兵嘀咕了一句，那个鬼子兵端起汤盆，递到毛驴的嘴边，颠颠用鼻子闻了闻，头也不抬，张开大嘴美滋滋地喝起来……

不知是驴子身坯大有抗劲，还是想在鬼子面前英勇一把，反正颠颠此刻没倒下，摇头晃脑地跑到一边玩去了。

看见没啥事儿，鬼子们这才端起碗来，呼呼几下就喝了个底朝天。

鬼子小队长用手势比画着，吩咐狗儿，大锅里的汤拿来，战马的喝……喝……

话音刚落，鬼子兵的脚下像踩了西瓜皮，一个个都一出溜，摔在地上。

再看一边的颠颠，晃晃悠悠地，轰然一声也倒下了。

陈宝财高兴得直拍手，嚷嚷道，想吃咱的卵子，没门——

后生们一拥而上，七手八脚地把倒下的鬼子胖揍了一通……

二愣子和白高丽几个小伙子，跳上去，专往小鬼子裤裆上踩，边踩边说，想吃我的卵子，没门！我先把你们的卵子踩碎了……

狗儿对陈老汉耳语了几句，陈宝财冲大伙儿说，行了，把马先牵到后边藏起来，把鬼子都绑了，塞到我家地窖里……枪，就由狗儿来分配——

好！狗儿说，一共是五支枪，我、邱大哥、石头大哥、陈大哥和陈老前辈，一人一支。再加上我爹和小祥子的两把枪，咱们手中现在已经有七支快枪了。

陈宝财说，还有呢——再加上火铳、鸟枪、土炮、大刀、长矛、粪叉子、鱼叉子、镢头镐把，武装三四十人的队伍没问题！

几个年轻人还淘气地挥舞着手中的匕首和小攮子，左右比画着，一个劲地直蹦高儿，大伙儿兴奋地欢呼起来……

狗儿一摆手说，大家抓紧时间，听从陈老前辈的号令：行动！谁的枪谁保存，都先藏好，后面还有鬼子呢——

……

担当警戒任务的鬼子兵，发现去找水喝的人，好半天也不出来，不敢贸然进村，便登上高坡，挥舞两面三角旗，用旗语向村里发话：是否安全？快快地替换我们——

没人应答……

再次挥旗发话，依然没人应答。

这几个日本兵不是傻瓜，感觉情况有点不大妙，一起举枪，朝天上鸣枪……

然后仄着耳朵谛听，村子里边还是没有小队长他们的动静。这些鬼子兵慌忙骑上马，沿山路疾驰而去，向指挥官报告去了——

望着鬼子骑兵的背影，邱峰叮嘱石头继续盯住村口，他急忙返身跑了回来，向狗儿作了报告。狗儿说，小鬼子回去搬兵了，过会儿，一定有大的行动，来对付咱们。

陈宝财说，干脆，咱们在村口埋伏起来，等小鬼子来了，就往死里打——

黄大河说，大哥，这样恐怕不妥！村里二百来口人，一多半是女人和孩子、老人，硬拼不是办法。

陈思远说，要是能把老人和孩子先带出去，再打就稳妥一些……

邱峰说，不行！石门子阵地，看样子已经失守，鬼子正在从北边和西边包围金州城。眼下，山里各条道路上净是鬼子兵，村里的老百姓一出去，就得被抓去当炮灰、蹚地雷……

大家的目光又不约而同地投向狗儿。

狗儿面色严峻，沉吟片刻，说道，大家看，咱们来个将计就计，这样行不行……

听了狗儿的计策，大家不住地点头。

陈宝财大手一挥，这出戏盖了——就这么着！

第三十八章　狗儿娶亲

第二军第一师团第一旅团长乃木希典于中午时分，接到侦察兵快马来报：金州城东麓凤凰山凤凰村发现敌情，五名士兵进村后，下落不明。据分析，村里有可能存在清军武装人员。

四十五岁的乃木希典，武士家庭出身，明治维新时就参加了武装讨幕战斗。二十二岁时到东京成为新式陆军的一员，不久晋升为军官。在一次战斗中，他的部队丢失了军旗，他认为军旗是天皇的象征，对武士而言这是死罪，正准备切腹，被另一军官发现，大骂他是个胆小鬼，夺了他的军刀。战后，明治天皇不仅没有给他处分，反而因其作战勇敢给予嘉奖，为此乃木希典终身感念天皇之恩。这也为日后睦仁天皇死后，他也随之自杀埋下了伏笔。

此时，乃木希典听到前线侦察兵的报告后，一向自负的他问身边的军部间谍向野坚一：向野君，凤凰山里发现清军，有这种可能吗？

向野坚一是第一批从花园口上岸的六个日本间谍之一，此次出行，他是死里逃生，在复州城附近的王家屯，因为口袋中装有一块磁铁，被村民怀疑是奸细。在被捆绑押送的路上，他故意蹚河水走路，销毁了藏在鞋里边的侦察用的地图，趁夜黑时逃离险境。此时，日军第二师团正在做针对金州的进攻方案，可是由于未得到最新的金州城防和清军防御能力的准确情报，决定推迟作战计划，指挥官在等待间谍们返回。可他们哪里知道，钟崎三郎、山崎羔三郎和藤崎秀三名间谍，已经被清军押解到金州城西门外玉皇庙西，手起刀落，均已身首异处。探明金州城清军情况的任务，只能由向野坚一一个人来完成了。此时，他刚刚从金州城化装侦察回来，一身的打扮，还是大清国渔民的装束。听到乃木希典的问话，他回答说：

将军阁下，据情报显示，大和尚山东侧一线，一直由清军徐邦道部小股部队把守，他们在昨日袭击小崎正满骑兵小队之后，已在今天早上被我军击溃，现在已经逃往金州城内。防守石门子正面的，是徐邦道的拱卫军，目前在我军的攻击下，已经支撑不往，不久会败走金州城。在这种情势下，清军断然不会分兵到一个小小的凤凰村里。

可是，有五名士兵下落不明，不能不查清楚！乃木希典说。

向野坚一主动请缨：那就由我带些人去看看——

不！你刚刚从金州回来，熟悉那里的情况，我部署明天攻打金州城，还需要你。乃木希典说，还是让平源叶子跟斋藤支队长去吧。

向野坚一继续请求道，乃木将军，敌人在暗处，我军在明处，此行会很凶险，叶子小姐毕竟是个女子，而且大病初愈，还是由我担当吧——

既然向野君这样坚持，那好吧，但要快去快回！乃木希典说着，伸出手，拍了拍这个健壮小个子的肩膀，摸了摸他那留了四年、足足有一尺半长的辫子，显露出信任的目光。

是！向野坚一“啪”地敬了一个军礼，转身刚走，又返了回来。他对乃木希典说，卑职在金州城侦察时，发现城东门和北门口，均埋设大量地雷和挖了陷阱，为了减少皇军的伤亡，有必要用一些牲畜和支那人为前导……

乃木希典说，我明白了。就按你的想法，把凤凰村的人和牲畜借来一用，此事就让斋藤的队伍去办吧，他们已经有了经验，昨日在石门子阵地前，他们用毛驴蹚雷区，收效颇大。

是——

按照金州当地的娶亲风俗，迎娶的正日子，女方家早晨要做“出嫁酒”，也就是在花轿到来之前，准备好喜筵。中午的喜酒，是在男方家中喝。由于事情仓促，狗儿与小凤的喜事就成了急就章，男方家既没有准备啥彩礼，也没有准备花轿，甚至连媒人也没有。不过花轿还是有的，那是甲长陈宝财安排下的。媒人自然也不能缺，临时就由陈大娘担当起来。总之，一切都显得新鲜和不落俗套。

当伴娘的娜塔莎拉起小凤的手说，你真幸福，狗儿成了你的丈夫，让我很嫉妒。不知道你和狗儿互相送给对方什么东西当做定情之物?

小凤说，急三火四的，哪里有啥定情的物件。对了，我送他的烟荷包，还让小偷偷走了。

站在另一边的狗儿忙接过话茬儿说，小偷又还回来啦，看，在这儿呢——小凤看见自己绣的武松打虎图案的烟荷包，乐了，忙从自己怀里掏出狗儿送给她的匕首，对娜姑娘说，这是狗儿给我的——

娜塔莎一瞧，嗔怪地瞪了狗儿一眼，从自己怀里拿出了那把漂亮的德国造的左轮枪，来到狗儿面前说，物归原主，这才是新娘子应该拥有的！狗儿微微一笑，心中暗忖：你这家伙，是个俄罗斯间谍，还回来也好。便也不推辞，从自己的后腰间拔出“博查特”牌手枪递给娜塔莎。

一旁的小凤有些莫名其妙：他俩咋交换上礼物了？

狗儿抓起小凤的手，将左轮枪放到她的手里，说，这算是一只金戒指，李大帅给我的，你就留着打小鬼子吧！

凤姑娘嚷嚷道，我……我哪会使这玩意儿？娜姑娘说，我来教你。她抓起小凤的手，打开保险，三点成一线，开火！

“砰——”

枪声响过，担当司仪的老疯子高声喊喝，良辰吉时已到，奏乐——

喜庆的锣鼓和唢呐吹打起来，欢快的乐曲从村子里的烟囱上、山林的树梢上悠悠地掠过……

鸣放鞭炮，欢迎新人——

伴随着急如雨点的小鞭和“二踢脚”（鞭炮的一种）在空中的炸响，新娘子蒙着红盖头被簇拥出来，新郎也在一群年轻人的陪伴下走到前台。

新郎叩拜岳父岳母大人——

狗儿忙跪地磕头，又站起身来，呈上以其父黄大河名义写好的大红迎亲柬帖……

奏乐——开宴——请各位高邻、好友入席——

上了年纪的长辈们纷纷找到自己的座位入席，大姑娘、小媳妇们穿梭般地端上早已备好的凉菜和冷盘，并依次倒酒，厨师们掂起大勺，炒起了热菜，一切都在有条不紊地进行着……

凤凰村里乡民热闹大办喜事，与日本兵在村外的剑拔弩张，形成了强烈的反差。

刚才村里的吹打声，特别是那一阵“噼噼啪啪”的鞭炮炸响，让支队长斋藤德明心存疑惑，不敢轻举妄动。不一会儿，前边的侦察兵跑回报告，说没有发现清兵，只是一些村民在摆喜宴，好像是在娶媳妇。

向野坚一对斋藤德明说，当地的民俗，我还是了解一些，由我带一个小队进去看看虚实，大部队留在后面，伺机而动。

斋藤点点头，立刻命令小崎小队长：你的带一小队人马，随军部参谋向野君进村，切不可大意马虎，重犯上次轻敌、中了清军埋伏的过错……

小崎正满立正发誓，请支队长放心，小崎将会谨慎从事，服从向野参谋的指挥，坚决完成任务——

不大一会儿，一小队全副武装的日本兵向凤凰村开进。

他们骑着高头大马，举着日本国旗和陆军军旗，耀武扬威地在狗儿的婚宴前边排开。那架势仿佛是一伙儿外来的客人，准备看一出新戏。此时，婚宴正在热闹地举行，吴家老汉正举杯代表女方敬酒……

邱峰来到狗儿的身边，耳语道，鬼子带兵的，是那个叫小崎的小队长，他还没死。看样子，他们是来探风的，村外边还有大队的鬼子……

狗儿道，不管他们，按原定计划办，咱们喝酒就是——

小崎小队长跟向野坚一嘀咕了几句，便大声地“哇啦”了一通。向野坚一翻译说：

村民们不要惊慌，你们听好了，刚才小崎小队长说，有几个皇军进了你们村，可是不知去向，你们说说，他们的到什么地方去了？

狗儿凑了过去，大声说，皇军是来了，喝了一阵子汤，就走了！

小崎小队长晃了晃头，又说道，大日本皇军为了让大家过上好日子，建设大东亚的王道乐土，来到金州，这是千年未有的盛事，就像大唐年间，日本人大批到中国一样……

正说着，老疯子在一边拉着长音，唱道：

日头西升东边落，
一块烧饼飘半空，
屎壳郎打滚变大象，
黄豆粒发芽长出大葱……

村民们顿时笑成一团，邱峰嚷嚷道，说的是啥玩意儿，鸡巴毛炒韭菜——乱七八糟的！

陈宝财老汉说，好！不乱，有意思，我乐意听——

老疯子说，乐意听，我这儿还有！你们竖起耳朵好好听，还有哩——

猪毛松，长樱桃，
杨柳树，结辣椒，
吹着鼓，打着号，
抬着大车拉着轿。
木头沉了底，
石头水上漂，
黄嘴丫子叼来猫头鹰，
水耗子逮着大狸猫，
婚礼上飞来乌鸦叫，
半空中飘着块大膏药，
你说好笑不好笑？

婚宴上一下子沸腾起来，大家似乎忘记了眼皮底下就要发生的危险和不测，一个个都放肆地大笑着，不少人大叫道，反了！反了！

老疯子说，对，这首歌，就叫“反了歌”！

小崎小队长瞪着眼睛，看着这一场景，如同鸭子听雷——不知所以，他瞧着向野坚一，等待着他给翻译出来。

向野坚一是个中国通，当然知道唱词中的含意。他微微一笑说，那个老头子在讥讽皇军，说咱们说的话是不吉利的乌鸦叫，说日本的太阳旗是块烧饼，是块大膏药……

“刷”的一下，小崎抽出军刀，凶狠地骂道，八嘎——良心大大地坏了！竟敢辱骂、嘲笑大日本帝国和皇军，我要让支那人知道皇军的厉害！

不要急躁！向野对小崎小队长说，我们手中有枪，还能怕他们不成——他跳下马，走上前来，双手一抱拳，大声说，我是一个中国人，请你们相信我的话，皇军要请你们马上进金州城，一起参加大日本皇军入城的庆典……

人群一下子像开了锅，纷纷骂道：

这个王八羔子操的，你也能算个中国人——

就算你是个中国人，也他妈的是个汉奸！

甲长陈宝财站起身来，指着向野的鼻子斥责道，凭啥跟你们进城，腿脚长在我们身上，你去跟倭寇们说，赶快离开这儿，别搅了我们的喜事！

日本兵一看这阵势，纷纷举起了枪……

忽然“哗哗唧唧”一阵响，老疯子跳进场子中央，跳起了太平鼓舞，唱的竟是《太平神歌》中《点将》里的“打天门刀”。这太平鼓又称单鼓，是满族萨满教的降神舞，《太平神歌》是萨满教的跳神仪式歌，内容是咏唱对天地神灵和祖先神灵的崇敬。这是老疯子的拿手好戏，只见他左手持单鼓，右手持短鞭击鼓，鼓点铿锵，舞姿奔放，动作粗犷，歌声高亢，一下子镇住了场子……

日落西山天墨黑，
喜鹊老鸦奔山坡。
看牛童子往家赶，
打柴樵夫下高山。
东北上来一块乌云，
霹雳火闪吓死人。
一声喝开神人路，
二声喝开鬼府门，
三声打开三簧锁，
就地蹬开五花门。
神堂闪出刀两把，
拿在手中开路径。

不准再唱！再唱，死拉死拉的，老东西——小崎晃动闪亮的战刀，吼叫道。

娜塔莎凑近狗儿，将小崎的话翻译给他听。狗儿向陈宝财嘀咕了几句，陈老汉对乡民大声说，秧歌队准备——

老疯子哪里听得懂小鬼子的话，又接着唱下去：

钢刀是哪里生来哪里长，
哪块地方是它的家乡？
老君炉里生来老君炉里长，
老君炉里有家乡。
打刀用的是滨州的铁，
千锤打来万锤敲。
磨刀用的是三江水，
万年石上磨宝刀。

钢刀磨得刃子青，
存孝打虎在山中。
打死猛虎千百个，
临尾装了七车整。
钢刀磨得刃子红，
关老爷提刀奔古城。
回头他把蔡阳斩，
结义兄弟得相逢。
钢刀磨得刃子白，
山下走下两秀才。
前头走的是梁山伯，
后头跟的是祝英台。
念书同窗三年整，
不知英台是裙钗。
……

小崎正满再也忍不住了，挥舞着战刀，咆哮道，死拉死拉的——

忽然又是一阵锣鼓响，早已化妆等候多时的秧歌队上场了。

红绸绿带，如游龙戏凤，左右飞舞；“跑旱船”前摇后摆，左晃右动，如同在水中央，怡然自乐；“老汉推车”一男一女，推、拉、掀、抬，表现劳动的快乐与幽默；“跑驴”的女装丑角，尽情地表演骑驴的动作，转圈、甩头、尥蹄，煞是滑稽……还有金州特有的“四大海”也上场了。“四大海”也叫闹海秧歌，早年间，渔民以鱼、鳖、蛤、蟹等海产品供奉龙王，祈求海事平安，到了光绪年间，已经演变成头戴四种形象面具、模拟水族回游的舞蹈。

鬼子兵们看得呆住了，有的张大嘴巴，有的一脸傻笑，个个好似丢了魂儿，举着的枪不自觉地放了下来。

彩妆的队伍，如同色彩斑斓的河流，朝场子中央涌流过去，渐渐地，把鬼子的队伍淹没了……

老疯子边唱边舞得愈发癫狂起来，仿佛进入了无我的状态……

钢刀磨得刃子黑，
当阳桥头猛张飞。
一声大喝曹兵退，
滚滚河水倒流回。
两把钢刀长又长，
拿到堂前破五方。
……
神堂闪出两把刀。
两把神刀分左右，

拿在手中斩邪妖。
日头出来渐渐红，渐渐红，
神堂闪出刀二把。
两把铡刀闪又亮，
拿在手中开路径。

就在老疯子又唱又舞的同时，小崎小队长发现要坏事了，他咆哮着，向鬼子兵们下达了命令：快快地，立刻抓人！抓人！

双方人员扭打在一起，那飘舞的绸带竟成了绳索，勒住了日本兵的脖子；旱船也倒了，罩在了一个小鬼子的身上；“推车老汉”陈宝财从车上取下扎枪，一枪将一个鬼子送去见了阎王；娜塔莎被一个小鬼子抱住，厮打在一起，小凤用左轮枪一枪结果了那个家伙；“跑驴”的邱峰死死地抱住一个鬼子，掐得他翻了白眼……那些后生扮演的鱼、鳖、蛤、蟹，一时间纷纷出手，亮出了匕首……

鬼子小队长小崎恨死了唱《太平神歌》的老疯子，情急之下，他冲入人群，挥舞军刀砍倒两个村民，又向老疯子砍去，老人闪了一下，躲避不及，肩膀中了一刀，霎时间鲜血淋漓。

狗儿冲上前去，一脚踢飞了鬼子的战刀，两人战到了一处。小崎也是个练家子，可偏偏遇见了狗儿，没过两招，竟被狗儿用大烟袋锅敲漏了脑壳，一命呜呼上了西天。狗儿上前，摘下了小崎胸前的望远镜。

老疯子摇晃着站起身来，紧捂着伤口，继续大声唱道：

大家跟我高声喊：
左一刀，右一刀，
刀刀不离后脑勺。
金铡刀，银铡刀，
这刀脱过那一刀。
大家齐心保家园，
面向鬼子举神刀……

他的唱词，鼓舞了村民的斗志，大家越战越勇……

老疯子却再也支持不住，倒地昏迷过去。

日本间谍向野坚一看出风头不对，抓住自己的战马，翻身骑上跑出村子。还有两名机灵点的日本兵，也一瘸一拐地落荒而逃……

第三十九章　血染凤凰

这一仗打得真漂亮，未开一枪，就将一个小队的日本兵打败，凤凰村里的人兴奋得够戗。

大家打扫完战场，聚集在一起，虽然有些后怕，但还是欣喜地讲述着各自的心得。正觉大师将老疯子的伤口包扎妥当，对陈宝财说，陈村长，鬼子马上要来报复，不能让老百姓遭难，得赶紧想辙儿……

狗儿接过话茬儿说，事不宜迟，得马上把老人、孩子撤到安全地带……

狗儿，你能带兵打仗，大爷和乡亲们都信任你，你就拿主意吧。陈宝财说。

狗儿说，那好，我就点将了。他高喊道，陈思远——

到！老疙瘩举起枪，大声地答应。

你马上带领所有老人和孩子、伤员，由吴小凤带路，带些吃的喝的，去后山松树林里的一个洞穴躲藏！记住，外边发生啥情况，都不准出去。

得令——

陈思远和吴小凤立刻带人往下撤去。

邱峰、石头——

到！邱峰和石头答应道。小祥子也跑过来问，还有我呢。

好，算你一个！你们三个人跟我上，先到村口堵击敌人，不能轻易让鬼子进村，咱们得想办法延迟敌人进村的时间。陈大爷——

到！陈宝财高举红缨枪，一拍结实的胸脯答应着。

由您老人家带领所有能上阵的青壮人员，准备好枪支弹药、弓箭、长矛和大刀，还有鞭炮，埋伏在村子两侧的山上，等我们撤退下来之后，再伺机而动——

得令——

陈老汉答应着，一招手，大喊一声，乡亲们跟我来！

黄大河也跑了过来，陈宝财推他说，你跟老疙瘩他们走，躲起来。

黄大河说，笑话，我是军人出身，多少年不打仗了，手都痒痒。再说，过去打的都是内战，如今是打倭贼，我咋能落在儿子的后边。

见两个人推推搡搡，狗儿发话道，陈大爷，你们别争了，就让我爹跟你去吧，给你当帮手，当军师！

弟兄们，跟我上——

狗儿喊了一嗓子，邱峰、石头和小祥子拎着枪猫着腰尾随其后，朝村口的山坡奔去。

新娘子小凤站在高坡上，瞧见自己的心上人狗儿好似将军一般，威风凛凛地支使着各路人马，心里头一阵阵发热：我今天就是死了，这辈子也值了！

凤凰村村外的三岔路口，向野坚一向斋藤支队长作了报告：我们上当了！村里的支那人十分的狡猾，胆子比天还大，竟然利用婚礼麻痹皇军，采用跳大神、跳秧歌的方式，接近和袭击皇军……村里的地形我看了，他们出不去，除非插上翅膀，飞到天上去——

两名逃出来的日本伤兵，也气喘吁吁地报告，小崎小队长和那些士兵为天皇陛下尽忠了！

斋藤气得哇哇乱叫，说，太可恨啦！我要将凤凰村里的人碎尸万段，男女老幼一个的不留！

向野坚一说，斋藤君，你不要冲动。中国老话说得好，“小不忍则乱大谋”，咱们是有任务的，还是应该多抓些活的……

斋藤点了点头，说道，可惜呀，我的炮没有带来……向野君，请你立刻回去，向乃木将军汇报，请他支援我几门山炮、野炮！

向野坚一跳上马，将头上的辫子往脖子上绕了两圈，打马向北奔去。

斋藤德明立即让士兵封锁了村口。

大约过了一个多时辰，斋藤德明等得不耐烦了，火爆脾气又上来了，他不等炮队过来，重又跳上马，抽出指挥刀，向天空一举，高叫道，进攻——

鬼子兵端起枪向村子里射击，然后“呀呀”地怪叫着，向村子里边冲去……

狗儿对身边的小祥子说，枪子儿可不长眼睛，你得听话。我让你开枪你再开枪，让你趴着就别抬头，听明白了吗?

小祥子抱着枪，激动得直点头……

枪打出头鸟，只听“呯呯……”几声枪响，跑在前头的几个鬼子中弹倒地。

鬼子兵到底是训练有素的士兵，立刻借用地形地物，卧倒还击。狗儿一伙儿趴着的地方，子弹呼啸着飞过来，身旁的草木被齐根打断，岩石上火星四迸。一时间，四个人被压得抬不起头来。石头刚一露头，便“哎呀”大叫了一声，肩膀挨了一枪，顿时流血如注。邱峰的脸也被碎石划了一道大口子……

狗儿见有人挂彩，喊了一声，快扶石头大哥下去，包扎一下，往陈大爷那儿撤！我来掩护——

射击火力一弱，鬼子端着枪猫着腰冲了上来。

狗儿不时地换着射击位置，嘴里不停地叨咕着，五个、六个……六个半……他娘的，躲得倒快……不好，子弹没了……

一个大个子鬼子兵率先冲了上来，狗儿手握枪杆，抡圆了砸向这家伙的脑袋，“噗”的一声，脑浆子都射了出来。

狗儿被拦腰抱住，就势抽出李鸿章赐予父亲的短剑，向后插去……“死倒儿”偏不撒手，有两个鬼子端着枪上来，正在万分危急的时刻，身后的枪响了，给狗儿解了围。狗儿回头一看，是邱峰大哥又重新返了回来。

邱大哥，打得好！

邱峰笑着说，那是，这叫得势的狸猫赛猛虎哇！

此时，亮亮也跑来助阵，为了帮助主人甩掉身子后边的死尸，咬住鬼子的裤角使劲地拉扯……

狗儿对邱峰叫道，你快走——我来掩护！

队长——你先撤！邱峰大喊道。

快！咱们俩谁也别争了，一道撤，快——狗儿叫着，与邱峰分头边打边退了下去。

待狗儿与亮亮顺着山腰小路跑回自家的阵地，回头四下里一撒目，发现邱峰并没有跟上来。狗儿急得用双手攏成个喇叭状，向村口方向大喊：

邱大哥——邱大哥——你在哪里？

喊声在山谷中回荡，却没有邱峰的回应。

奇怪的是，鬼子此时也暂时停止了进攻，凤凰村一时变得平静下来。

山坡上，黄大河正指挥村民挖掩体，正觉大师正在给受伤的村民绑扎伤口。陈宝财带领一伙儿村民走过来，狗儿一看，忍不住乐了起来。原来，村民们在狗儿阻击敌人时想到如何对付敌人的长枪子弹，便各自回到家中，有的把铁锅拔下来，有的把墙上挂的乌龟壳摘下来，有的还拿来铜盆，纷纷顶在头上，作为防身之用……

陈宝财说，狗儿，你看看，行不行？

狗儿笑着说，太好啦！众人拾柴火焰高，大家的点子不错，远距离阻击敌人，这些东西还真顶用——

正在这时，小凤摇摇晃晃地握着枪又跑了回来，边跑边喊，我来啦，我会打枪了！急得陈宝财大声吼道，打仗不是女人家的事，小凤你来带路，正觉大师和大河兄弟带伤员撤下去。快，这是命令！

见谁也没挪窝，狗儿叫道，听老村长的，这是战场，谁也不准违抗军令！

……

鬼子那边之所以停止了进攻，是因为乃木希典亲自出马，带着炮队来了。乃木希典是在前来的路上，听到向野坚一的报告的。他下决心在攻打金州城之前，扫清金州城附近的制高点。他不能容忍在全面进攻金州城之前，其外围还有清军力量的存在。他命令向野坚一立刻去金州北门侦察清军动向，那里是明天攻城的突破口。

凤凰村村外，斋藤德明直接向乃木希典报告：将军阁下，我刚刚指挥小队步兵向村里发起一次小规模进攻，已将敌人的先锋击溃，并俘获一人。

乃木希典问道，敌人可是清军主力？

报告将军，斋藤德明说，敌人身穿普通老百姓的衣服，可是个个训练有素，十分勇敢，枪法很准。我估计，大概是清军主力。

乃木希典严厉地说，你身为前锋，跟对手打了一仗，才得出一个大概的结论，简直是糊涂虫！

是，属下无能！斋藤德明说。

捉到的俘虏审了没有？乃木希典缓和了一下口气问道。

他受了伤，刚刚苏醒过来……

乃木希典回头对平源叶子说，叶子小姐，请跟我来，审一下清军的俘虏。

我可是比向野君更熟悉金州了，乃木将军。叶子说。

乃木希典和平源叶子走到邱峰的面前。邱峰是在撤退时，被两个日本兵缠住，在搏斗中被打昏的。此时他刚醒转过来，感觉头疼欲裂，使劲张开血污的眼睛，朦胧中见一个挎着洋刀的鬼子官走到跟前……

邱峰疲惫地阖上眼皮，听见鬼子官“哇啦哇啦”地说了一通，又听见有人用流利的中国话说，乃木将军问你，你是清军哪部分的？叫什么名字？

这声音清脆悦耳，咋这么熟悉？邱峰再一次张开肿胀的眼睛，目光终于在那个年轻的鬼子翻译官脸上定了格。看清楚了，是小叶子！他嚅动了一下嘴唇，说，你不认识我啦，小叫花子……我是铁公鸡，这回还是没钱给你……

平源叶子细一端详，认出这个俘虏是邱峰，忙说，邱大哥，你们怎么又跑到这边来了？见邱峰没吱声，她对斋藤德明说，赶快给他包扎一下。回过头，对乃木希典说，这人我见过，是旅顺水路营务处锄奸队的，叫邱峰。此人过去曾在辽南一带当过土匪……匪号叫山狸猫。

八枯造（土匪），锄奸队的干活……跟那个叫狗儿的，是一伙儿的？乃木希典问。

是的，他们是一伙儿的，狗儿是他们的队长。叶子回答。

问他凤凰村里边有多少清兵。乃木希典说。

叶子翻译过去后，邱峰说，少啰唆！告诉你们的头头，大爷我今天落在你们鬼子手里，就没想活着回去！要杀要剐，随你们的便！

乃木希典说，这人骨头挺硬，倒是条汉子！

我要拿他的头祭奠战死的日本勇士！斋藤德明对乃木希典说。

不，不不！乃木希典一手扶着军刀，一手摇晃着说，把他绑在马车上，进村示众，让村里的清兵投降！

是——

斋藤德明立正，敬了个军礼。

狭窄的村口，终于出现了敌人。

狗儿趴在山坡上，透过缴获来的望远镜，看见一辆大车缓缓地驶近，车上竖立着一个大大的十字架，上面紧紧地绑缚着一个人。那人不是别人，正是邱峰。车子的后边，跟着一长队荷枪实弹的日本兵，还有骑在马上的指挥官。他知道，那人是斋藤德明……

狗儿焦急地对大家说，不好，邱大哥被他们抓去了……大家都准备好，来了不少鬼子！

大车走到村子中央停了下来，日本兵将大车团团围住……

只见斋藤德明对平源叶子嘀咕了几句，平源叶子高声喊话：凤凰村的村民和清兵们，你们听好了，乃木将军指示，只要你们放下武器，举手投降，大日本皇军就会放了邱峰……

邱峰大声叫道，队长——不要管我，我是一个死过多少次的人，命早就没有了。我已经杀了三个鬼子，够本啦！你们狠狠地教训小鬼子吧，不要管我！

斋藤德明猛地抽出军刀，在空中一挥，大叫，快快地投降，否则我立刻砍掉他的头！

平源叶子马上翻译道，狗儿——你们听着，你们已经被封锁包围了，打下去是没有活路的，立刻投降，否则邱峰就要被处死的！

直到这时，狗儿才看清是平源叶子在喊话，心里禁不住直打鼓：这小叶子是个灾星呀！自打碰见她开始，劫难就来了……老天爷啊，你非让我死在这个日本娘们儿手里吗？

斋藤德明再一次举起军刀，向邱峰的头劈去……

刀下留人！慢着——

狗儿突然大喊，将望远镜抛给了陈宝财，自己飞身下山，亮亮也紧随其后奔下山来。

不一会儿，狗儿就来到大车旁边，他推开鬼子兵端着的枪，来到斋藤德明跟前说，咱们来做一笔买卖吧，你们有五个日本兵在我们手里，我用其中的两个换邱峰一个，表面上看，是你们日本人不值钱，但是从买卖上讲，你们是赚了！

平源叶子把狗儿的话翻译给了斋藤德明，斋藤德明一翻棱眼睛，狡黠地说，连你也跑不掉了，还敢在这里跟大日本皇军讨价还价——哈哈哈……把他给我捆起来！

上来几个鬼子兵，想用绳子捆绑狗儿……

围狗亮亮斜刺里冲了过来，立刻扑翻了两个鬼子兵，上去就咬，一点也不留情，吓得鬼子们连声尖叫。

斋藤德明拔出手枪，只听“砰”“砰”两声枪响，亮亮倒在血泊中……

狗儿扑了上去，抱住爱犬的尸体，喊着亮亮的名字，忍不住大哭起来……又脱下身上的褂子，盖在爱犬身上。

瞧着这一情景，站在一旁的斋藤德明得意忘形地大笑起来……

这一切，都被乃木希典透过望远镜看得一清二楚。他站在风口处，禁不住打了个喷嚏，喃喃地说，斋藤这小子又发神经了！

……突然，狗儿一跃而起，大吼一声，伸手抓住斋藤德明，将他举起，在空中抡了两圈，使劲地将其掼在地上，只听“叭喳”一声，这个鬼子支队长被摔得满脸流血，手枪也甩出老远……

鬼子兵哇哇叫着，纷纷冲上前来，用枪指着狗儿。

平源叶子大喊一声，都住手！不准放肆——

斋藤德明挣扎着爬起来，手指点着狗儿，咆哮道，都退下去，我……我要亲手用战刀劈了他！说着，“刷”地抽出战刀，双手紧握刀柄，脚迈方步，直往狗儿跟前凑……见狗儿不动声色地瞧着他，他感到了一种莫大的羞辱，他大吼一声，白光一闪，刀锋劈向对手……

山冈上，乃木希典端着望远镜出神地看着，对身边的参谋说，你看看，斋藤这小子又出昏招了……

参谋说，都什么时候了，还要跟对手单打独斗！

那个跟斋藤支队长过招的人是谁？乃木希典说，快去打探一下——

村子中央，狗儿左躲右闪，脚步灵动……心里想，看我咋收拾你——

邱峰哈哈地笑着说，队长，这个鬼子是“打着灯笼捡粪——找死（屎）啊！”

狗儿说，邱大哥，先给他来一招儿啥吃？

先来一个“满脸花”，让他变成三花脸！邱峰大叫道。

话音刚落，斋藤德明舞刀泼风般地劈过去。狗儿一闪身，一记“摆莲腿”，此是虚招，趁斋藤德明身子一躲的瞬间，狗儿劈面一掌，打得鬼子满脸开花，鲜血四迸，哇哇怪叫。

好！打得好！邱峰喊道，再来一个“咸鱼翻身”——

狗儿飞起一腿，正中斋藤德明腹部，鬼子身子旋空翻了一个个儿，又结结实实地摔在地上。

好！臭咸鱼翻身了。邱峰高叫道，再来一个……

乃木希典嘟囔着，这个支那小子——好俊的身手啊！

报告将军阁下——打探情况的参谋回来报告说，跟斋藤支队长过招的人叫狗儿。

哦，我说嘛，难怪斋藤不是对手……乃木希典感慨地说，去，告诉斋藤，一定要想办法把狗儿留下来！记住，不准伤害他——

见狗儿还要继续打下去，平源叶子大喊一声：够了，别打了！狗儿——你刚才说的买卖成交！只是……两个换一个不行，得五个换一个。

狗儿说，你们日本人也太不值钱，五个换我们一个……

叶子没有理会狗儿的调侃，她走到刚被日本兵扶起的斋藤德明面前，说道，斋藤君，你的不知道，日本武术家大川十步先生就是败在他的手下，你的，不是他的对手！我已经对他说了，用他们两个人换回那五个被俘的士兵。

斋藤德明扶着指挥刀，愕然地望着狗儿，良久，才默默地点了下头。

平源叶子对狗儿说，斋藤支队长同意了交换条件。告诉你们的人，把五个皇军士兵送来，我这就放人。

骑快马的参谋到了，他向斋藤德明耳语了几句。斋藤德明立即改变了主意，命令他的士兵，把这个人带走！

平源叶子问，俘虏不换了？

斋藤德明说，乃木将军的命令，都带回去再说。

山坡上，黄大河放下望远镜说，不好，咱们中计啦！鬼子连狗儿也带走了……

“百战百胜，非善之善也；不战而屈人之兵，善之善也。”乃木希典此时想到了中国“兵圣”孙子的话。狗儿在他的眼里，是他踏上这片大陆以来，见过的最有骨气的人。敢于对抗日本皇军，除了那个敢在石门子阻击皇军的徐邦道总兵，就是眼前这个年轻人。他是武士出身，十分敬佩狗儿的武功和为朋友不怕死的精神。单凭狗儿这一身超群的武功，就使他觉得有策反狗儿的必要。人才难得，人才宝贵，如果此人能够为我所用，那将比攻下一座城池更重要。另外，他的心里又有点矛盾，高桥受伤前曾告诉他，平源叶子在金州从事情报工作期间，与这位狗儿关系特殊，叶子小姐有通敌之嫌……他也想利用这个机会考验一下平源叶子。

平源叶子上前对乃木希典说，按照将军的命令，我们把人带来了，这个人就是叫狗儿的。

乃木希典点了点头。

狗儿被五花大绑地押到乃木希典面前，他瞧着这个矮个子的鬼子军官，心想，他大概就是那位什么鸟将军吧——

乃木希典也上下打量了狗儿一番，见这个年轻人英气逼人，果然是人中之龙凤！他面露微笑，一挥手说，松绑！怎么能这么对待满洲武士呀……请原谅，真是对不起啦。

狗儿活动了一下四肢筋骨，看了一眼乃木希典，心想：鸟将军看上去面容和蔼，不知这葫芦里卖的是啥药？

乃木希典问叶子，你们的过去认识？

打过不少交道。叶子说。

那好，此人人才难得，我的很喜欢。乃木希典说，请叶子小姐运用攻心战术，想办法策反他，让这个狗儿为我所用。能把他拉拢过来，我将为你请功！

叶子心里“咯噔”一下，联想起自己那把家传的宝刀曾经被放在将军的桌子上，高桥这家伙不知在将军那儿下过什么蛆……这分明是在考验我……有可能是怀疑我跟狗儿的关系……我应该怎么做呢？她一边想着，一边缓缓地来到狗儿的身边，轻声说，狗儿，我有话跟你说——

狗儿嬉皮笑脸地说，小叶子，你是属白骨精的，现在又变成了鬼子鸟将军的翻译官，该不是又要耍啥花招了吧？

我是想救你的狗命！叶子说，实话实说吧，乃木将军看中你是个能人，是个人才，想……想让你弃暗投明，跟皇军合作，不知你愿意不愿意？

扯淡！狗儿说，是你想立功，想再得一枚勋章吧？

反正……我不想让你白白去死——叶子说。

狗儿上前，猝然出手，打了叶子一个响脆的耳光，大声说，你这个不知羞耻的女人，我是堂堂的中国军官，怎么能背信弃义当汉奸？谁相信你的鬼话，滚开——

叶子捂着火辣辣的脸，眼泪“哗”地流了出来。

乃木希典有些吃惊，心想高桥的怀疑真是多虑了，这个狗儿与平源叶子关系并不密切。

狗儿露出一副玩世不恭的神态，告诉鸟将军，我不相信女人的话，我要直接跟他谈。让我投降是啥条件？开出条件来，让我掂量掂量……

叶子心下明白了，狗儿打她的耳光，是在保护她！她马上将狗儿的话翻译了过去。

乃木希典说，哟西！赏他中尉军官，和你一样——

叶子对狗儿说，将军说了，赏你一个中尉军官。

狗儿突然爆发出一阵大笑，说，中尉？顶多算得上大清的哨长！你不是不知道，我现在是大清堂堂七品武职顶戴，虽然是个芝麻绿豆官，可按你们的军衔，咋也算个佐官……

叶子回头向乃木希典禀告说，狗儿说他在大清的军阶是七品武职……

哦，看来，我真是小看了他！乃木希典说，对他说，他要是能成为皇军的狗儿，一定会高官得做、骏马得骑，前途无量——

叶子将此话翻译了过去。狗儿又是一阵笑，说，中国俗话说得好，“儿不嫌母丑，狗不嫌家贫”，我是看中国家门的狗，凭啥给小日本当狗！真是笑话呀……

乃木希典听后说，看门狗……有意思，可是对不起呀，中国的大门已经被帝国的大炮轰开，狗也会被杀死的……

狗儿说，那有啥，临死前，我也得咬掉你们一块肉！

乃木希典听到这席话，沉默了一会儿，说道，那样的话，会发生很悲惨的事，会死很多很多的人。说完，他眯着眼睛向金州城方向望了望，口吟一诗道：

山月草木转荒凉，
十里血腥新战场。

征马不前人不语，

金州城外立斜阳。

平源叶子说，狗儿，乃木将军是诗人，你觉得这首诗……怎么样？

狗儿望了一眼西坠的残阳，说，我不懂什么湿（诗）啊干的，我来打个比方吧。比方说你有一个邻居，整天彬彬有礼、笑容可掬的，但有一天他偷偷爬进你家的花园里了，被发现后还笑嘻嘻地冲你鞠躬说，对不起，现在花园是我的了。你不同意，他就把你打了，还杀了你的家人，然后又假惺惺地作诗哀悼，你说你听了这诗会觉得怎样？

平源叶子一句一句地翻译给乃木希典听，乃木希典顿时哑然，沉默不语。他的手紧紧地握着日本天皇亲赐的战刀把柄，有些颤抖，良久，手又松开，那张紧绷着的脸也显出一丝令人难以琢磨的阴翳，缓缓地说道：

嗯，你并没说错……其实，就是这么一回事。比起中国这样的近邻来，日本太小，被大海包围着，地震、海啸频频发生，太危险啦！日本太像一个盆景，它很美丽，但是长不大，所以必须移栽到大陆上，方能让根须自由地伸展和生长，因为这里有广阔、肥沃的土壤！

狗儿笑答，这事简单，把日本变成中国的一个州县，不就行了。

不，不会那么简单！面对狗儿的调侃，乃木希典平静地说，是日本要成为中国的主人。中国，曾经是一棵大树，一棵令我们抬头仰望的大树，可是它已经太老了，腐朽了；日本，曾经是盆景，可它正在长大。四万万中国人，不久的将来会成为滋养日本人成长壮大的肥料……到那时，日本这个盆景，也会长成参天大树。

这一番话，令狗儿十分震惊！一个强盗竟能够把侵略别国的理由，说得如此堂皇，如此富有逻辑，如此富有诗意……那话中透露的玄机，会令世上所有强盗劫匪奉为圭臬。这个年轻人的心灵，第一次感觉到世界的复杂与残酷，生命的困顿和生存的尴尬……优胜劣汰、弱肉强食的道理，狗儿这一年来已经听到多次，可从来没有这样面对面地听一个敌酋在践踏别国土地时，毫无羞耻地说得这般从容。好像一只恶狼，在咬了人一口肉时，还张开血淋淋的嘴说，你也尝尝这肉吧，多么香甜！他想：大清国到底出了啥问题？李鸿章以夷制夷的策略是不顶用了？打又打不过人家，老大个中国就这样成了恶邻嘴里边的肉！

乃木希典那张脸依然线条柔和，一字一顿地说，回去，你的回去！把那几个日本士兵交还回来……咱们还是让枪炮说话吧——

听到这最后一句话，狗儿如梦初醒：中国人崇尚的天人合一的道理，是世界上永远的真理。可在紧要处，枪炮是最有发言权的，那个丛林法则、那个弱肉强食的理论，在这一时刻，却是颠扑不破的硬道理！

双方战俘交换完毕……

乃木希典这才凶相毕露，向斋藤德明发出战斗命令：天黑前，消灭凤凰村所有胆敢反抗的敌人，一个不留！

斋藤德明重又跳上马，抽出指挥刀，凶狠地叫道，全体集合——请旅团长训话！

乃木希典往高坡上一站，一挥手说：

士兵们，你们是大日本帝国的勇士，天皇陛下正盼着你们打胜仗呢！勇敢地冲进村里，杀死支那人，用他们的鲜血祭奠战死的勇士！放心地进攻去吧，如果为天皇尽了忠，相信靖国神社会有你们的一席之地！

在他的煽动下，日本兵嗷嗷直叫：

我决心以死来报答天皇的恩德！

我要像樱花一样凋谢在进攻旅顺的土地上！

天皇的勇士们，咱们在靖国神社见！

在一片魔鬼般的号叫声中，斋藤德明一挥战刀，厉声叫喊道，进攻——

狗儿扶着邱峰回到大家埋伏的地点。他对村长陈宝财说，陈大爷，鬼子人太多，来了个将军，钢炮都带来了，你带着村里的人赶紧到山洞里躲起来……

陈宝财一手拿红缨枪，一手拿杆步枪，双手高举大声说，凤凰村是我们的家园，我们不走，拼死也要保卫自己的家！大家伙儿说，是不是啊？

是——是！

咱们跟小鬼子拼啦——

狗儿说，来日方长，不用争这一时——

"轰！轰——"炮弹落在村庄里，打断了狗儿的声音。硝烟散去，房屋已经坍塌一片……

一阵炮击过后，鬼子兵冲了过来。

狗儿带着邱峰、石头和小祥子下了山坡，一头钻进民房里边，躲到倒塌的墙后，开始向外射击。与此同时，山上也响起了枪声……

枪声大作，双方互相对射着，各有伤亡……

村民们有铁锅、铜盆和乌龟壳的防护作用，人员损失较少。

乃木希典透过望远镜看得清楚，他愤怒地说，支那人狡猾狡猾的……炮兵准备——

此时，日本的炮兵已经发现了所有火力点，听到旅团长的命令，立刻重新瞄准，向村子猛烈开炮。

炮弹呼啸着在山头、山坡处炸开，伴随着轰隆隆的声声巨响，火光冲天，大树被炸断，尸体和铁锅、铜盆被抛上半空，村长陈宝财的一只胳膊也被炸断了……

乃木希典狰狞地狂叫道，打得好，继续开炮——

一颗炮弹落在了残墙附近，石头一下子被炸得血肉模糊，歪倒在一边……

邱峰奋力上前抢救，也被一块炮弹皮击中了后肩，顿时血流不止……狗儿见状，大喊一声"邱大哥——"赶紧跳出掩体，扶起邱峰往身上一背，就往山上奔去。小祥子不断射击，掩护着狗儿后撤……

炮声一停，鬼子兵唔嗷叫着，开始了新一轮的冲锋……

狗儿一口气把邱峰背到山顶上，回头看看邱峰，见其面色惨白，忙将他放了下来。邱峰张开双眼，微微一笑，有气无力地说，好兄弟，你快走吧……

邱大哥，你要挺住！狗儿说着，扯下一条衣襟，给邱峰的伤口紧紧地裹扎住。

邱峰说，你要活着，替我多杀几个鬼子……不要管我！

狗儿说，你在这儿好好躺着，千万别动，回头我再来背你。我再下去杀几个鬼子……

狗儿端起枪，大叫一声，冲下山去。此时村民们已经死伤大半。活着的人子弹也没了，开始跟日本兵展开了殊死的肉搏……

刘二愣子、张铁柱和白高丽被几个鬼子团团围住，毫不畏惧，手持长矛、铁耙跟敌人打在一处，终于寡不敌众，纷纷倒在血泊中……

狗儿见状，大喊一声杀入阵中，施展看家拳，徒手杀伤敌人。先是一个“流星滚地”，虎步上扑，双肘并用，将两个鬼子肋骨击断；接着运用“撕胸断喉”的招式，上钻下打，肩肘双行，穿梭纵横，往来高低，如入无人之境，打倒了一大片敌人……

鬼子兵又冲上来一帮……

狗儿从地上捡起一支枪，眼里充满了仇恨，朝正在挥刀叫喊的斋藤德明开了一枪，“叭”的一声，正中眉心，斋藤德明仰面倒地……

鬼子们开始放枪，子弹“嗖嗖”地响着，狗儿高喊，快撤——

鬼子兵一边追撵着，一边朝重伤的村民身上捅刺刀。山风中，因流血过多昏死过去的陈老汉苏醒过来，见上来一个鬼子兵，他用仅存的一只手抓起红缨枪，奋力朝敌人刺去……

鬼子倒地，陈老汉被另一个鬼子刺倒，鲜血染红了前胸……

乃木希典的望远镜一直跟踪着狗儿他们，他命令炮队向那山梁上开炮……

平源叶子用望远镜紧盯着狗儿一行，炮声隆隆，火光四迸，硝烟弥漫……几件衣衫似蝴蝶一般在山中飘荡……

她一下子瘫倒在地，喃喃地说，我可怜的狗儿——

第四十章　荒唐寿诞

在辽东前线的炮火声中，大清朝慈禧皇太后的六十圣寿庆典也热火朝天地铺排开来……

从农历九月二十五开始，北京城里的王公大臣以及外省各大臣陆续进呈万寿贡物，正式拉开了慈禧六旬庆典的序幕。十月初一起，内外臣工“穿蟒袍补褂一月”，隆重的祝寿活动算是正式开始。自此，宫里日日有隆重的庆祝活动，一直到十月十七六旬庆典才可以画上句号。

十月初十，是慈禧六旬庆典的高潮。

这一天，紫禁城内每一座宫殿都张灯结彩，彩绸缠绕。一大清早，在祥和喜庆的“百鸟朝凤”的乐奏中，慈禧穿着光鲜耀眼的礼服，乘八人花杆孔雀顶轿到寿皇殿列圣前拈香行礼。而后又来到承乾宫、毓庆宫、乾清宫东暖阁、天穹宝殿、钦安殿、斗坛等地拈香行礼。礼毕，又回到乐寿堂。大约一个时辰后，慈禧由乐寿堂乘轿出养性门，升皇极殿宝座，礼部堂官导引光绪帝于宁寿门中门入，诣慈禧前跪进表文，宫殿监侍一员跪接表文，安放在宝座旁黄案上。接着，光绪帝率诸王大臣等行三跪九叩礼。礼毕，还宫。接下来，慈禧又接受皇后、瑾妃、珍妃、荣寿固伦公主、福晋等人的参拜。礼毕，慈禧回乐寿堂，升宝座，光绪帝诣慈禧前跪递如意。而后，皇后率瑾妃、珍妃等人诣慈禧前跪递如意。接着，慈禧由乐寿堂乘轿来到阅是楼院内降舆，太监们燃起九个“大麻雷子”和一串串麻花绣炮，光绪帝率皇后及妃子跪迎，然后进膳，进果桌，边吃边看戏。

庆典搞得如此隆重豪华，对于慈禧本人来说，心情自然是亢奋的，她的整个身心沐浴在普天同庆的甘霖中，心灵由此获得极大满足。可尽管如此，她依然很委屈，没过上一个更加气派豪华、痛快淋漓的六旬庆典，都怨这个小日本，搅得人心不宁！对于年轻的光绪皇帝来说，三日不准理朝政，跪下起来，起来跪下，然后是随侍慈禧皇太后左右，用膳、听戏，令他十分厌倦，心灵处于极度的焦虑和惶恐之中。执掌政务的大臣们，面对满眼的流光溢彩、满耳的喧闹之声，心里掠过的不祥预兆，好似初冬天空中的冷风，浑身上下只感到一阵阵的发冷……

最感到难受的，当首推直隶总督、北洋大臣李鸿章。慈禧花甲大寿这天，一大早他就赶到紫禁城，给慈禧贺寿。繁缛的礼仪，一次次地跪下叩首，弄得已是七十二岁的老李双膝酸痛、两眼昏花，汗水早已湿透了贴身的汗衫……可这些比起内心的焦虑，真算不上什么。他是昨天午后接到“金州城已于当天上午沦陷敌手”的电报的。此时他想，如果没有倭寇进犯辽东，我老李手握大清最强悍的北洋海军和淮军，固守国防，擎天一柱，那该是慈禧皇太后六十大寿庆典上最丰厚的一份贺礼！可现在倒好，海军战败，日军两路进犯辽东，自己在皇上面前，早已是灰头土脸……如今金州城又失陷敌手，下一步不知该是个怎样的局面。但愿，防守大连湾的提督赵怀业恪尽职守，阻住日军的进攻势头，保住旅顺军港……

李鸿章正思谋到这儿，周馥喘息着赶来，在他的耳边小声嘀咕了几句：中堂大人，赵怀业不战而逃，自毁长城，大连湾失守！

“嗡”的一声，老李的头顿时涨得斗大，脸色苍白，冷汗早已从额头上沁出……金州失陷！大连湾失守！旅顺危在旦夕！他再也坐不住了，立刻起身去找刚刚被重新起用的督办军务的督办大臣恭亲王奕䜣、帮办军务的庆亲王奕劻商量对策……

光绪皇帝也得到了这个坏消息，他此时正在陪皇阿玛看戏。他侧过脸，瞥了一眼满头珠翠、容光焕发的慈禧，想离座又不敢，内心如焚，眼含泪珠……

与此同时，慈禧瞥了一眼光绪，见皇帝哭丧着脸，心里顿时腾起一股无名火来，毫不客气地指责道，皇帝，满朝吉庆，普天同乐，你干吗铁青着脸？让人瞅着不舒服。

听见如此一问，光绪帝只得如实相告：皇阿玛，金州、大连湾已于昨日和今天上午相继失守！旅顺告急呀！

慈禧嘴角一陷，望了一眼戏台，低低地说了句：败兴！晦气！

吓得光绪一哆嗦……又装作饶有兴趣地听戏。

过了一小会儿，慈禧又转过脸来，瞧了一眼惊魂未定的光绪，说，皇帝别急，天塌不下来！咱大清也不是头一回经着这事儿。庆典高潮，听戏三日，诸事延搁，别让那些倒霉的事儿败了我的兴致，让我安生几天吧——

李鸿章同两位亲王商量了半天，也没拿出个万全之策。他只好起身告退，想立刻赶往天津直隶总督府，亲自组织旅顺防守事宜，刚跨出厅门，就一眼看见翁同龢正在外面候着，等着见恭亲王奕䜣 。

翁同龢双手一揖，打着哈哈说，哟，是合肥呀，近来身体可好？天津一别，总想与中堂大人再叙，却总是难得一见啊！不知调停之事可有进展？

李鸿章自然听出其中的讽刺味道，便不软不硬地来了一句，叔平乃是天子近臣，始终不离皇上左右，何必明知故问？

合肥何必过谦，如调停能息外患解内忧，岂不是大好事？也不用朝廷耗巨资购舰炮、养重兵了。翁同龢丝毫不肯退让，反唇相讥。

若不是银绌库乏，多购些新舰快炮，兵强马壮，倭寇岂能如此猖狂？户部岂可推卸责任？李鸿章有些恼火。

见李鸿章有点恼怒，翁同龢颇感开心，他说，合肥差矣！尽管国库银子匮乏，可头些年你也真是没少花。若不是你一味主张调停，不敢言战，坐失战机，何至于兵败朝鲜，继而海上连遭败绩，如今连金州、大连湾也丢了，难道这些也要让老夫替你承担责任吗？说到这儿，翁同龢又缓和了一下口气，假作关心地说，合肥呀，事已至此，你也不必难堪……皇上将来怪罪下来，总不会让你一个人扛着的……

我有何难堪？李鸿章哈哈地笑出了声，胜败本来就是兵家之常事，我只是琢磨着，要总结一些教训罢了。若不是有人在背后多方掣肘，处处使绊，若不是有人不知深浅，一味盲目主战，何至于兵败到如此地步，令皇上难堪？

这番话一出口，翁同龢一时语塞。他涨红了脸，憋出一句：合肥既如此说，叔平就请中堂大人好自为之……

李鸿章双手一揖说，翁大人多保重吧——

一直躲在密室听二位大臣相互攻讦的恭亲王心想，一个有皇上撑腰，一个有慈禧当后台，所以才出言不逊，互不相让。此时，见气氛稍缓，忙出来打圆场：

哎呀，都是一家人，斗什么嘴啊！哈哈哈……

11月6日，日军攻占金州城之时，大连湾守将总兵赵怀业正在码头亲自督兵，搬运饷银、行李、什物装船，他准备逃往烟台。在此之前，他已经将大批的军粮装运到山东卖钱。金州失陷，徐邦道总兵率部退回旅顺。赵怀业见日军逼近大连，更是惶惶不可终日，决定弃城逃往旅顺。这个手握六营六哨共计三千三百兵士的清军将领，出逃的一路上，士兵到处抢掠百姓的财物，百姓们骂他“赵不打”。

11月7日拂晓，日军第二军第一师团长山地元治中将下达命令，兵分三路向大连湾进攻。令日军兴奋的是，一路上没遇到任何抵抗。大连军械库里储藏的大小炮一百二十尊，炮弹二百四十六万颗，德国式新枪六百余支，子弹三千三百八十万发，其他如马匹、行军帐及各式军用品无数，这些用大清白花花的银子买来的军备物资，全部成了日军的战利品。

更令山地元治中将高兴的是，清军在大连湾海面布设的水雷，因为布雷图被缴获，日军舰可畅行无阻了。山地纳闷，清军撤退也罢，逃跑也罢，为什么没有将这么多重要的武器、弹药以及图纸就地毁掉呢？

抓来一个清军俘虏，一审明白了，因为这些东西，在赵怀业眼里都是不能很快变卖成银子的东西，丢掉自然是不用可惜的。

就是这样，李鸿章经营多年的大连湾，不但没有成为国防的要塞，反倒成了日军扩大侵略战果的根据地。

山地元治师团长乐不可支，就地犒赏三军，同时下达命令，立刻寻找向导，分路进攻旅顺！

狗儿做了个梦，梦见自己变成了一头狼。

原野上，四处是蓝幽幽的冰、白皑皑的雪……它拖曳着长长的尾巴，用饿得发蓝的眼睛到处撒目着猎物，连只兔子都没看着。它实在是饿极了，只感到前心贴后背……

雪野周边是一望无涯的大海。它不甘心在这里等死，它要冲出这个孤岛，到广阔的大陆上去，虽然那里有令人恐惧的火枪，但也有取之不尽的猎物……

不论咋样，决不能坐以待毙！

生存，是要付出代价的；获得好的生存空间，是要靠尖利的牙齿、有力的爪子去拼、去争、去抢的……

它一路冲着，跟大陆上的狼群打在一处，最后眼睛打瞎了一只，牙齿撞断了五颗，一身好看的皮毛被火烧得没剩几块好地方……虽然狼狈不堪，但终于占据了一块领地！

……

第三天早晨，狗儿苏醒过来，忍着浑身剧烈的疼痛，四下一撒目，发现自己被挂在悬崖边一棵树枝上……

他哪里知道，自己被一炮震下山去，已经昏死过去两天两夜了，要不是习武出身，身体强健，恐怕早已去阎王爷那儿报到了。他侧耳谛听，金州城方向偶尔传来稀疏的枪声；活动一下四肢，还能动弹，便扯下绑腿，系在一起，一头固定在树干上，身子悠荡起来，飞向三丈外的槐树林。

落地后的狗儿，折下一根树干当做拐棍，挣扎着向南绕行，路上遇见捡柴的人，一打听，才知道金州城已经让小日本占了。他回到了凤凰村，劫后的村子里，一个人影也找不到，村子里边的房子几乎全都被烧光了，处处是残垣断壁，再就是余烬下的袅袅青烟……他来到松树林里，找到那个能够藏人的洞穴，却一丝人迹也未寻到。他四周眺望，大声呼唤：

人呢——人都哪儿去啦？

他又往上边走去，发现所有战死人员的尸体也都不见了。他猜想，鬼子撤走时一定把己方人员也搬走了；山洞中的人一定是后来出来，给自己人收了尸。大概是怕鬼子报复，劫后余生的人都躲到外村去了……

他又爬到山顶，来到自己遭到炮击的地方，连连大声喊，老爹——正觉大师——你们在哪里？你们不管孩儿了……

望着四周的山林、断崖以及残破的村庄，一种莫名的恐惧蓦地袭上心头……

这个在战场上勇猛杀敌、在林莽中狩猎从不知害怕为何物的年轻人，此时一下子瘫坐在地上，再也抑制不住满腹的痛楚和辛酸，泪水夺眶而出。

他在想，也许村里的人被正觉大师带到朝阳寺躲藏起来了，也可能让老爹领到乌龙村去了……

他算了一下日子，今天是农历十月初十，是朝廷为慈禧皇太后举行庆寿大典的正日子，这边国土沦丧，京城却在大庆，他觉得这真是天大的讽刺！蓦然间，他又想起堂兄猫崽跟他说过的一席话：看看人家日本，在天皇睦仁的带领下，全国上下，人心思上，猛劲学习西洋强国之法，国势如同日本旗一样，如日中天！为了建立强大的海军，日本天皇为节省开支，有时每天只吃一顿饭，他恨不能把“圣岳”富士山变成金山、铁山、钢山、火药山，把濑户内海的每一块礁石都变成战舰。而大清国手握实际大权的慈禧太后呢，为了享清福，过六十大寿，耗费了国库和建海军的钱，不知有多少！

是啊，两边一比较，中国焉能不败！可不管咋样，自己是一名军人，眼下要做的，是尽快找到队伍，跟鬼子继续拼下去，给死难的同胞报仇！他又想起了那个关于狼的梦，他终于理解了狼，理解了日本人的侵略。一时间，他的拳头攥得紧紧的……

不知过了多长时间，他忽然觉得饥渴难耐，走下山去，来到小溪边，掬了几捧水，使劲喝了一个饱，这才感觉好受些。他想，我该去哪儿？既然金州已经失陷，那就去旅顺口，哪里有敌人，就向哪里去。可手里的长白山老山参已经没了，旅顺营务处总办龚照玙一定会重重责罚自己，弄不好会对自己痛下杀手……

他哪里知道，龚照玙在金州失陷后的当晚，非但没有统领驻守旅顺口的六支军队的将军商讨御敌之策，竟托词以“商运粮米”为名，乘鱼雷艇先逃至烟台，又乘广济轮逃到天津，打着“请援”的旗号去见李鸿章。李鸿章见自己的部下如此贪生怕死，气得一阵头晕，大骂龚照玙一顿，责令其“星夜回防”，并指着龚照玙的脑门说，就是死，也得死在旅顺！

龚照玙到底是底气不足，心想要是有那棵“千手观音”的老山参，早早献给慈禧皇太后，讨得主子的欢心，自己有可能早就调出旅顺口这个是非之地……唉，现在说啥也晚了……这个挨千刀的狗儿，坏了我的大事！

没等到狗儿来救，邱峰连同身边的几棵大树就被一阵炮弹的气浪抛下山谷。昏迷中，他感到身子轻飘飘的，径直向下坠去，心想，这是往西天净土去了吧……

也许是有炸飞的大树托着，也许是命不该绝，当他摔下山谷的第二天，被金州一位出城采药的郎中发现，及时抢救过来。

好心的郎中想将他送回城里时，金州城已经被日军攻占。进城后的日军兽性发作，沿街逐户搜查，四处奸淫烧杀……城内鲜血横流，尸体布满街头。见城门口有日本兵恶狼一般地把守着，两个人只好抽身退出，躲藏到城外的老乡家中，一边疗伤，一边等待机会。

那几天，耳朵眼里灌满了小鬼子烧杀掠抢的事儿……

日本兵挨家挨户搜查，搜出男人，就捆成一串，赶到城外，去给他们蹚雷，稍有不从，不是枪杀就是刀砍。鬼子还在城内东街抓了四十多人，绑成一串，在刘家炉支了一口大锅，把这些人杀了往锅里放血，搞“人祭”。妇女们更是惨遭奸淫和杀戮，城西南头老曲家，七名妇女宁死不受日寇侮辱，怀抱三个幼儿，十人一同跳进院内的水井中……

听到这些，邱峰再也躺不住了。四天后，他装作卖柴的混进了城。

“刘寡妇鲜鱼铺”早已关门闭店，在密室内，邱峰找到媳妇和儿子。家人团圆，难免抱头痛哭一场，庆幸战乱中得以生还。可邱峰心情十分痛苦，一来是城中生灵涂炭，自己眼下没法子报仇；二来是想到锄奸队的弟兄们生死未卜，队长狗儿音信皆无，凤凰村一战，血染山林，夜里梦见的净是血腥厮杀的场面。另外自已的耳朵被炮弹震聋了，必须大声在耳边说话，才能听清只言片语。总之，心情十分压抑。

回到家中第三天，邱峰对老婆说，要回旅顺找清军，找队长，继续跟小鬼子斗。邱大嫂说，不行，你的伤还没好利索，去了也是送死。他说，这是和队长约好的，打散了，要到旅顺集合。我是个兵，不能在家里像个活死人似的待着……

邱大嫂拗不过他，也是被日本兵在城里的兽行气的，便支持丈夫说，行，去吧——你是个爷们儿，替我和金州的老百姓多灭几个鬼子……好歹活着回来，别忘了，还有我们娘儿俩等你哩……

邱峰又问，仓房里有没有螃蟹了？

邱大嫂说，当家的，真是对不住你，临走了，你也逮不上这一口了。自打小鬼子进城，别说是螃蟹，就连个小虾米也没人送来。

我不挑拣，死的、烂的、臭的都行！

再嘴馋，也不能逮这些腐烂的东西！邱大嫂说到这儿，猛地一拍脑门，瞧我这脑子，我明白了，有，还有半袋呢——

好，都给我装上！

山狸猫邱峰拄着一根拐棍，背个破口袋，晃晃地出了南门，老远一看，与叫花子无异。

第四十一章　壮哉梅一

进军旅顺中路的日军走到南三十里堡（南关岭）迷路了。因为打仗，附近的老百姓都吓跑了，临时找来的向导不是道路不熟，就是乱指点，弄得日军像没头苍蝇。

师团长山地元治中将对侦察参谋发火了，一群蠢猪！难道就找不到一个熟知去旅顺的路的人？参谋说，听高桥少佐说，倒是有一个，家住这附近的三道村，对去往旅顺的各条路都十分熟悉。就是他顽固不化，坚决不给皇军带路……

山地问，这人是干什么的？

是个教书先生，名字叫阎世开，字梅一。

好，有学问好哇……就去找他！山地中将说，高桥少佐的伤势怎么样了？

侦察参谋回答，匕首从他的右胸前划过，留下两寸长的伤口，并无大碍，只是流了不少的血，人有点虚弱……

山地中将吩咐，既然如此，快去把他请来，他可是个金州通、中国通啊！

在亮甲店的那个夜晚，突然半路杀出个“程咬金”——猫崽的突袭，把高桥卫设计的一盘棋搅了，他连日来不时地扼腕叹息：狗儿锄奸队一伙儿人跑了不说，平源叶子也躲了个一干二净，什么证据都没有了，再也无法对平源叶子构成威胁，这对他来讲是最大的憾事了！不仅如此，由于自己受了伤，平源叶子代替自己上了一线前沿，征用张本真的毛驴破了清军的地雷阵，又立了大功……可自己呢，是在前线大战的紧要关头跟部下拼命受的伤，而小松次郎又死于自己的枪下，对于这一事件，将来军部一定会追究责任，严厉处分是少不了的，真是“偷鸡不成，反蚀了把米”！他越想越懊恼，一连几天不愿露面见人，对外宣布自己伤重需要休息。

当听到山地中将请他出山相助的消息时，高桥卫庆幸自己有了一个将功赎罪的机会，便立刻处理了一下伤口，前去山地中将处报到了。

鬼子的队伍很快来到三道沟村，经当地人指点，找到阎世开的家。随军参谋和高桥卫一头闯了进去，见院内空荡荡的，杳无人迹。推开房门，瞧见里屋端坐一中年人，便径直走了过去。

你是阎世开阎先生吧?

阎世开一抬头，见是两个穿着日本军装的人，没理会，气定神闲地轻拈一颗白色棋子，“啪”的一声，敲在棋盘上……

请问，你是阎老先生吗?

阎先生依然不答理，举手拈一黑子，“啪”的一声，拍在棋盘上……

高桥卫忍着火，凑上前去说道，先生，眼下不是休闲下棋的时候，大日本皇军要请你带路，去旅顺——

阎先生站起身来，指着高桥卫的鼻子训斥道，笑话，真是笑话！你们攻城略地，杀了那么多中国人，还要中国人给你们带路?真是无耻到了极点。你们快给我出去，别玷污了这块传道解惑的圣地！

高桥卫说，请先生息怒，先生误会了，皇军是爱惜读书人的，不会加害于你，还会付您酬劳的！

出去——滚！阎先生斥责道。

八嘎！你的不想活了。随军参谋掏出了枪，对准了阎先生的头部。高桥卫忙出手阻拦，头一摆使了一个眼色，把那参谋叫了出去。

二人灰溜溜地出了大门，来到山地中将跟前，报告了刚才碰钉子的事。

山地元治师团长翻身下马，一挥手说，走，我亲自去请——

随军参谋说，区区小事，何劳将军亲自前往，把人抓来不就行了！

山地用马鞭抽了几下靴子上的灰土，又抻抻衣襟说，这你们就不懂了，要礼贤下士，中国的读书人是很要面子的，《三国演义》都看了吧……

看了，看了——参谋与高桥卫纷纷点头说。

刘备打天下，思贤若渴，求人才帮助他，曾经三次请诸葛亮出山帮助，难道你们都忘了?山地说。

可他不是诸葛亮——

可这人是个教书先生，文化人，不能轻视。一向狂傲的山地此时教训部下道，大日本皇军占领大陆仅仅是第一步，征服它、永远统治它才是目标！而要统治它，首先要教化百姓，而教化百姓，不征服文化人的心，怎么能行！懂了吗?

将军阁下高见！

一路说着，脚步已经踏进阎世开先生家的大门。山地对随军参谋说，你们都在外边候着，高桥君跟我进去就行了——

哈依！随军参谋立刻挥手让后边的鬼子兵持枪列队，把房前屋后围了个水泄不通。

高桥卫将大门推开，山地朝里面一看，挺宽敞的院落，有十多棵果树，有一小片菜地和一个小操场，五间草苫的房子一字排开。他整整衣领，正了正帽檐，这才迈步走了进去。

高桥卫轻车熟路地把山地师团长引到阎先生待的屋门外，山地元治狐疑地停下脚步，探头向屋子里张望。只见阎先生侧身端坐在书案前，面对一副棋盘，纹丝不动，如老僧入定一般。正面墙上高悬一幅字画，上书“八风不动”四个大字，魏碑字体，遒劲有力……

好一个“八风不动”！阎先生果然是雅人，此书斋一棋一画，透露无数玄机呀——山地中将喝了一声彩，走进屋子。

翻译官立刻将此话翻译出来，他告诉阎先生，山地元治师团长亲自看你来了。

阎世开用眼角一扫，见来者是一个日本将军，没答理他，重又眼观棋盘。

山地讨了个没趣，又搭讪道，我们日本流传一句话，叫做“会下围棋的没坏人”。先生品格高古，仿佛世外高人，真让我肃然起敬啊。如果不是大战在即，真想同先生对弈一盘，手谈一局……

既然将军懂棋，可识得此局？阎先生开口了。

哦，原来先生在打棋谱……山地赶紧凑上前去，用仅有的一只眼睛认真地瞧那棋局，良久，嗫嚅道，我对围棋只是一知半解，此局深奥复杂，还请阎先生赐教！

阎世开轻捋颌下长髯说，此棋局乃千古名局，是中日围棋史上首场争霸战。你身为懂棋的日本人，岂能数典忘祖？

此话怎讲？

此局白子一方，乃是你们日本王子所下……

哦，有这样的事？山地想不到遇见这样的事。不过，他知道这深奥玄妙的围棋，中国人是祖宗。日本人会下围棋，还是在初唐时，日本人去长安学的。

阎世开侃侃而谈：唐宣宗大中年间，日本王子来朝。那王子善弈，号称日本第一，提出要与中国高手一决高下。唐宣宗难拂远客之意，就命棋待诏顾师言与日本王子一战。那围棋本是中华文化的一枝奇葩，顾师言哪里将日本王子放在眼里，猜到先手后，一开局便随手应对。岂料那日本王子棋力非同凡响，趁顾先生大意之时，设下一个圈套，走到第四十四手时，他见时机已到，“啪”的一声把棋子拍到棋盘上，然后两臂抱在胸前，高傲地盯着对手……说到这儿，阎世开对山地挥挥手说，好好看看，就是这一子……

听到这儿，山地高兴起来，自己搬动椅子，殷勤地坐在了阎世开的对面。

……顾先生仔细一看棋局，见黑子已成被两征之势，围魏不能救赵，顾此必然失彼！他赶紧凝神静气，苦思对策。

结果如何？山地焦急地问。

……所谓“智者千虑，必有一失”，日本王子一心围捕对手，却未料到自己的棋势中也有一个虽小却足以致命的漏洞。顾先生抓住这一破绽，把棋子轻轻落到棋盘上，下出了弈林中谓为千古佳话的神奇妙着——“一子解双征”的镇神头势。

哦，请赐教——是哪一手棋？

就是这一手！

噢，后来呢？山地元治铁青着脸问。

后来嘛，日本王子冥思苦想，毫无良策，只好掩住棋盘，罢子认负。

那么，再后来呢？山地问。

后来嘛，日本王子问顾师言，你的棋品可列第几？顾先生说，第三。日本王子非要见第一。顾先生告诉他，中国的规矩，胜了第三方可见第二，胜了第二方能见第一。阁下不能胜第三，焉能见第一？日本王子听了，长叹一声，小国第一，还比不上大国的第三，真没想到竟然会是如此结局。

再后来呢？山地元治面部的肌肉抽搐着。

……光阴似箭，四十年之后，那位心情一直抑郁的日本王子在国内听到遣唐使说，顾师言此人，乃大唐第一国手也！日本王子听到这一消息，如闻霹雳，大叫一声“他骗我！”张口喷出一大口血，从此抑郁病也好了……

听到这里，山地元治霍地站起身，一伸手将棋盘上的棋子扫在地上，吼叫道，我的不信！你的胡说八道——

阎世开哈哈一乐，野兽终究是野兽，克制不了多长时间，终于露出本相！哈哈哈……

你……你在这里挖空心思，编造打败大日本帝国的神话，你……山地将腰间的军刀抽出来半截……

阎世开镇定地说，这是历史！棋虽小道，却可以令人“知其白，守其黑”，如同一面镜子，可以照鉴古今，何至于怒火中烧？历史上你们就自称是倭国，今日看来，你们不但人生得矮小，心胸则更是狭小！

听了这席话，山地把军刀又按了回去，他瞄了一眼墙上的字画，说，八风不动，我看未必吧！我天皇大军海陆并进，一帆风顺，战果赫赫；清国海军、陆军皆不堪一击，想阎先生心底不会波澜不惊吧……不知此时的心境，是悲苦还是羞耻呢？难道就一点也不动心吗？

“八风不动”，说的是人生的四顺四逆，讲的是个人道德素养的修炼。我跟你们说这些，那是对牛弹琴！如果事关一己之得失，我自然会置之度外。说到这儿，阎世开挺身而起，指着山地元治的鼻子怒斥道：

作为一个堂堂的中国人，我虽然是一个极普通的教书匠，但是国家有难，匹夫有责！面对毁我家园、杀我同胞的强盗，我岂能坐视不管！让我给你们这群野兽带路，你们真是痴心妄想！快从这里滚出去——

难道你不想活了吗？山地叫嚣着，抽出了军刀。

知道我为啥坐在家里吗？

你的说——

今天是个好日子，让我有了一个当面教训你们的机会！阎先生大义凛然地说，死，怕什么？“人生自古谁无死，留取丹心照汗青”！

好个丹心！我倒要看看你的心是不是红的。山地号叫着，如同一只挨了子弹的野兽。

阎世开微微一笑，顺手拿起一张宣纸铺于书案之上，抽出一支毛笔，饱蘸墨汁，悬笔而书，疾如风雨，片刻之间，一纸行书已经草就……

山地元治和高桥卫赶紧俯身观看，山地命令道，念——

高桥卫读道，宁做中华断头鬼，勿为倭奴屈膝人。倭国小贼，侵吾中华，必遭——天谴！

山地听罢，恼羞成怒，挥刀将书案上的宣纸切为数段，连声大叫，来人，拉他出去！

一小队日本兵闯了进来，把阎世开先生架了出去。不一会儿，阎世开先生就被绑在大门外一棵老榆树下。

怒气冲天的山地元治跟了出来，挥刀叫道，快快地——把他的心挖出来！

阎世开怒骂道，中国人是杀不绝的，杀死我一个，自有后来人！你们这群强盗、野兽，中国人不会饶过你们的！

阎世开大义凛然、视死如归的精神，极大地震撼、威慑了鬼子兵，他们个个面面相觑，谁也不敢下手……

山地急了，再一次挥舞着军刀，尖声号叫，快快地执行——

鬼子兵“呀呀”怪叫着，端起刺刀朝阎世开先生的胸膛刺去……

紫禁城里，慈禧圣寿高潮的第三天。

戏台上，杨猴子（杨小楼）的打炮戏《安天会》刚刚演完，慈禧心里想，孙悟空的行为，那是无父无君、大逆不道！只有如来佛祖收服了孙猴子，看着才觉得舒服。一通锣鼓响，是谭叫天（谭鑫培）的《空城计》。

唱腔一完，李莲英赶紧凑上前，附在慈禧皇太后的耳边说，老佛爷，下一出该皇上出场了。

哦，皇帝孝敬的是哪一出啊？慈禧高兴地问。

皇上让暂时保密……

原来，慈禧是个爱戏成癖的人，不光爱看名伶演戏，有时候还和李莲英等一伙儿太监们，戴上行头亲自登场。在她的影响下，连光绪皇帝也学会了打鼓，这一次为了让皇阿玛高兴，还特意排了一出《罗成叫关》。一阵锣鼓响，二黄导板过门，光绪扮的罗成手持银枪亮相出场，高声唱道：

勒马停蹄站城道，
银枪插在马鞍鞒。
临阵上并无有文房四宝，

拔宝剑，割白袍，修书长安。

银牙一咬中指破，
十指连心痛煞了人！
上写着罗成奏一本，
启奏秦王有道君。
尉迟恭在床前他身染重病，
无人挂帅统雄兵。
三王元吉掌帅印，
命我罗成做先行。
黄道日不叫臣出马，
黑煞之日出了兵。
从辰时杀到午时正，
午时又杀近黄昏。
连杀四门我的力已尽，
北门又遇小罗春。
多多拜上秦叔宝，
三岁罗通你看承。
本当再写各公位，
袍短血干写不成。
一封血书忙修定，
儿到长安搬救兵。
……

听到这儿，慈禧已然不悦，喃喃自语道，搬救兵，打打打……到底还是打不过人家！

身边的人见慈禧脸色不对劲，谁也不敢喊好。慈禧一欠身，宫女们忙上来扶着，她冲李莲英一招手，咱们去遛遛弯儿吧——

狗儿来到三道沟村时，鬼子们刚刚撤走。他亲眼目睹了梅一先生被害后的惨相。日本兵残忍地将先生的心脏和肝脏剖出腹外，血淋淋地挂在树枝上；先生两眼圆睁，死不瞑目……

阎世开先生被杀的悲惨一幕令狗儿十分震惊和痛苦。他咬紧牙关，欲哭无泪，同几个村民将先生的遗体收殓安葬了。

村民说，阎先生有骨气，是好样的，到死一直骂不绝口……

在阎先生的坟前，狗儿烧了纸，祭上供品，磕了几个响头……

回到阎先生的家中，他看到先生在生命最后时刻写下的字迹：宁做中华断头鬼，勿为倭奴屈膝人！倭国小贼，侵吾中华，必遭天谴！

狗儿捧起这张破碎的宣纸，一下子跪在地上，嘶声喊道，老天爷啊，你都看到了，这群畜生用这么残忍的手段杀了阎先生，你在天上显灵吧！赶紧报应啊！用雷劈死他们，用闪电殛死他们呢！

许久，狗儿走出阎先生的家门，将大门落了锁。他望了一眼阴云笼罩的天空，听到远处传来稀落的枪炮声……他判断了一下方位，是南边，那是旅顺方向，他抛掉手中的拐棍，大步坚定地向那边走去。

第四十二章　终极较量

日军顺利占领大连湾后，部队进行了几天休整，其间由少数骑兵侦察部队在金旅大小道路上来回侦察，为全面进攻旅顺做准备。十天后，也就是公元1894年11月18 日，这天拂晓，日本第二军骑兵第一大队长秋山好古率领骑兵搜索队从南关岭出发，向土城子附近行进。

清军总兵徐邦道从石门子、金州一路撤退到旅顺后，一直心有不甘，他决定率拱卫军残部与卫汝成“成字军”相配合，给大胆进犯的日军来一次出其不意的痛击，一雪前耻。

日军前哨骑兵中队在距离清军不足二里地的位置上，发现高地后面有数百清兵埋伏在那里。接到报告后，狂妄的中队长浅川敏靖说，根据以往的经验，只要枪声一响，清军大多一触即溃，因此不用在乎前面的伏兵。突然，高地上响起了嘹亮的军号声，清军居高临下，从正面用步兵阻击，并用一支骑兵从土城子以西方向包抄日军后路。

浅川敏靖见状，大呼不妙，立刻向秋山好古大队长建议撤退。秋山好古用望远镜仔细地观察了一下清军的阵势，说清军已经占领有利地形，无论防守还是作战，我军皆处于不利地位。我命令：坚持反击！骑兵大队据守沙河土堤，下马徒步作战；骑兵中队可以向西北方向撤退。

浅川敏靖不得已，只得率骑兵中队回头作战。不一会儿工夫，浅川敏靖中弹落马，被一士兵救起，侥幸未曾丧命。

双方刀枪相加，战况渐趋激烈。清军指挥有法，加之以逸待劳，士气旺盛，官兵奋勇，打得日军来不及收尸，便狼狈逃窜。土城子战役共杀死日军二十来人，伤敌近六十人，清军重新占领了土城子。此役是甲午战争期间清军少有的一次小胜仗。

土城子战役第二天早上，天空飘起了星星点点的小雪花，空气变得格外清冷。

雪野中，一个扎着毛围巾、身背一包袱的逃难农妇，两手抄袖，顺风疾行。这人正是平源叶子，她是奉命前去土城子前线侦察清军情况的。

叶子头上和肩上落满一层薄雪，她心想，大连冬天少雪，难得见点雪花。要不是战争，在家乡正是踏雪赏梅的时光……战争把一切美好的时光都打碎了，眼前的雪，愈看愈令人心碎，愈看愈让人揪心，像是祭奠死人的纸钱……

约莫一个时辰后，一挂三套马拉的大车也出发了，车上坐着扮成商人的高桥卫，还有四个扮成伙计的日本兵，他们奉命去拉日军丢在土城子阵地上的尸体。因为平源叶子是打前站的，他在等待她侦察的情报，情报送来后才能随机而动。

大车行进到一片树林附近，雇来的车老板停车解手，趁机溜掉了。风雪迷茫，上哪儿再去找人赶车，高桥卫十分气恼，大骂支那人狡猾狡猾的……

有一个小鬼子在岛上是农户出身，说在家时赶过车，结果拉车的牲口哪儿听得懂鬼子的口令，大车忽左忽右，在原地直打磨磨，没法前行。正在这扎撒着手、毫无办法的时刻，打远处走来一人，那人戴一大狗皮帽子，拄一拐棍，在雪中吃力地走着。高桥卫忙命令手下的人，快快……把那人带来——

那人被带到大车跟前，高桥卫惊叫一声，啊呀！真是太巧了，原来是邱老弟呀，幸会幸会呀……

是你——邱峰也认出眼前的人，是日谍高桥。他随即打了个哈哈说，你小子还没死啊?

哈哈哈……天照大神保佑我老高，没亲眼看到大日本皇军占领旅顺、占领满洲，哪里会死呢？高桥卫跳下车来，拍了拍车老板的位置，来来来，这位子归你了……

邱峰说，我的耳朵聋了，听不清你哇啦啥！

高桥卫又大声说了一遍，这位子归你了，请你当车老板——

邱峰说免了，咱们是两股道上跑的车，走的不是一条路。

哎，说这话就见外了，咱俩毕竟是磕过头的弟兄！我不会难为你的。高桥卫说，车老板刚才顺着尿道跑了，你来赶车，把车赶到土城子就放你走。

邱峰不知道土城子发生了什么，有心拒绝，又怕自己落单，以一抵五，难逃高桥的魔掌。他毕竟是老江湖，心想反正是往旅顺方向走，还是见机行事吧。想到这儿，他把装着冻螃蟹的破口袋和拐棍往车上一扔，一抬屁股跳上了车。待伸手落下车闸，扬起大鞭子之际，才看清楚一左一右两匹拉帮套的牲口，竟然是狗儿和自己的坐骑——干草黄和乌骓。他咧嘴一乐，喊了一声“老伙计！”猛地向空中甩出个响鞭，吆喝了一声“驾——”大车的车轮吱吱响着，缓缓碾过积雪，快速向前行去。

高桥卫坐在邱峰的身侧，见邱峰车赶得顺溜，有些高兴起来，故作亲昵地拍了一下邱峰的肩膀说，邱老弟，没想到，你这个家伙不但杀人越货，还会赶车。这下雪天，你不找个地方喝一盅，这是要去哪儿啊？

逃难！邱峰说，都是让你们小日本闹的，有家难回啊！

高桥卫见话不投机，便问道，你们锄奸队那伙儿人都哪儿去了，你的狗儿队长哪儿去了？

邱峰说，这是军事机密，哪能跟日本奸细泄露？

我可是真想他们啊！尤其那个狗儿，比你的狡猾，他早就怀疑我的真实身份了……高桥卫有些感慨地说，只是可惜呀，年纪轻轻的，却落下个粉身碎骨的下场……

闻听此语，邱峰喊了一声“吁——”停住了大车，说，高桥，你别“狗带嚼子——胡嘞嘞”！谁说狗儿死了？

高桥卫说，我也是听说的，在凤凰村，他被皇军的炮弹击中，尸首炸飞了，连个骨头渣儿……都没找到啊！

邱峰鼻子一酸，欲哭无泪，跳到地上，扬起大鞭子，“啪啪……”地甩了七八个响鞭，大叫道，苍天啊……啊……你有眼无珠哇！

高桥卫狞笑了一下说，行了行了，这年头死人的事是经常发生的，我也是觉得惋惜呀。我是个军人，少了真正的对手，我也会感到寂寞和孤独啊！

你放屁！邱峰骂道，你是“黄鼠狼给鸡拜年——没安啥好下水”！

兄弟，你不要太……太放肆！你的土匪习气要收敛一下。不要忘了，你现在可是在我手心里握着，你是一个俘虏哟……高桥卫有些得意地说。

邱峰没再言语，挥动鞭子，那鞭鞘猛地向辕马的嘴角抽去，辕马痛得一激灵，猛地向前一蹿，高桥卫毫无防备，向前一趴，又向后一仰，险些骨碌到车下去。吓得他慌忙告饶，老弟，邱老弟，我是开玩笑，何必当真呢！

邱峰哈哈大笑起来，问道，高老板，这下雪天，你到土城子干啥？

我这也是军事机密，不告诉你！高桥卫说。

平源叶子来到土城子战场时，雪已经停了。她目光所及，见那平平展展的田野上，隆起了许多不规则的土堆和雪堆，近前仔细一看，原来是日军的战马和士兵横七竖八的尸体，无情的寒风早已将他们冻僵。看到这一场景，她身上立时打了几个冷战，心里不禁诅咒起战争来：都是些二十岁上下的小伙子，不是因为战争，不是因为去侵占别人家的地盘，此时他们应该围坐在火炉旁，暖暖和和地与父母和兄弟姐妹聚在一起，那日子过得虽然清苦，但有亲人在身旁，也有米饭、煎咸鱼、豆腐汤，逢年过节也有清酒、寿司、生鱼片和歌声，享受亲朋团聚的天伦之乐……可如今，他们的家人肯定不知道，踏进大陆的亲人杀了许多中国人，双手沾满了血腥，而最终自己也命丧黄泉，在异国的雪野中变成了僵尸……没人收尸，连鬼也做不成……他们何时能够魂归故里呢？

面对这一切，叶子心里清楚，自己绝不是一个旁观者，也有自己的“功劳”在内。是自己把比炮弹和子弹厉害得多的军事图纸送回国内，给将军们的军刀安上了眼睛……

她下意识地走近一个士兵的尸体旁，缓缓地跪倒下去，双手掩面抽泣起来。

一个清军士兵拎着枪跑过来，大声吆喝，喂！你是什么人？

平源叶子站起身来，装作有些害怕地说，我……我……我看见了一个“死倒儿”，在那儿——

士兵见是一个中年女人，便斥责道，快点走吧，这是战场——

伫立在寒风中，叶子的心情坏到了极点，她用手背揩拭了一下眼角溢出的泪水，望了望四周的山冈，看见了许多火堆，那是负责警戒的清军在烤火。

她的侦察完成了，开始往回返。一路上，顶风逆行，冷得她浑身发抖。她想起刚跟狗儿认识时在海王庙前见面的情景，那只温暖的大手递给她银子，又握住自己那冰冷的小手……和锄奸队的人在一起喝酒，热乎乎的黄酒喝进肚子里，真是舒坦呀……热炕上，和狗儿面对面躺着，说着笑话，侃着南朝北国……棉被底下，她和狗儿在疯狂做爱，浑身大汗淋漓，气喘吁吁……

想到那些个温暖的感觉，她仿佛吃了一顿精神大餐，周身的血液加速流动起来，感觉比刚才好多了。她不禁又想起狗儿最后离开她的视线时那一幕……可怜的狗哥哥，难道你真的不在人世了吗？真的离我而去了吗？等这仗打完了，我要再回凤凰村去找你……渐渐地，她的思绪又回到与狗儿相处的那段甜蜜的日子里……

狗儿想抽袋烟，火柴早就用光了，风雪中火镰咋也打不着火。土城子这一带刚刚打了一仗，加上下雪，路上行人稀少，老百姓哪还能像往常那样出门办事，能猫起来就都不挪窝了。狗儿想找人借火，等了半天，终于看见一挂大车从远处驰来……

车老板大多会抽烟，狗儿心想，送火的来了。渐渐地，他看清了，马车只拉着一个戴护耳毡帽的人，大概是个商人，车后面跟着四个小伙计，快步疾行。

狗儿凑了上去，冲戴着大狗皮帽子的车老板说道，老板子，这是去哪儿啊？借个火儿——

邱峰把车停稳，从口袋中找出一盒火柴递了过去。就在这递火柴的瞬间，邱峰认出了眼前这个又黑又瘦、眼圈黑黑的人，是自己的队长狗儿，他掐了一下狗儿的手指……

狗儿抬眼一瞅，见车老板的大眼珠朝旁边转了几转……他警觉地向旁边仔细一瞧，那个戴毡帽的商人手中已经多了把短枪，黑洞洞的枪口对准了自己的胸口，四个小伙计也虎视眈眈地围了上来……

狗儿叼住烟袋嘴，冷静地划着火，把烟袋锅点燃，烟袋锅内发出滋滋的响声，狗儿嘴里喷出一股浓浓的烟，然后打了个哈哈说，高先生，咱们真是有缘啊！

队长先生，你说得很对，缘分还不浅呢！高桥卫说到这儿，压不住内心的狂喜，咧开嘴巴哈哈地大笑起来。

狗儿一仰脖，也哈哈地大笑起来，笑声比高桥卫大了好几倍。

你凭什么笑？高桥卫大惑不解地说，不许笑，你已经被逮捕啦——

我笑你们小日本昨天在土城子被人宰了一顿，你这是去收尸吧！

高桥卫被揭了伤疤，不禁怒火中烧，大叫，把他给我捆喽！由于着急，他这话是用汉语说的，那四个跟随谁也没听懂。

邱峰“啪”甩了一记响鞭，坐在座位上也大笑不止……

高桥卫莫名其妙地问，你，跟着起什么哄？笑什么？

邱峰笑得浑身乱颤说，你刚才还说我们队长被炮弹炸得连……连骨头渣子都找不着了，这不，整个一个大活人在这儿站着，我老邱哪能不乐呢！

说的是啊——狗儿，你是人还是鬼？高桥卫晃动着短枪问道。

我是专门杀鬼子的好汉！狗儿说着，“嗖”的一声蹿上了车，坐在高桥卫的身侧，吓得高桥卫慌忙用日语叫道，快快地，把他绑了！

那四个跟随终于听明白了主子的吩咐，拿出绳索就要下手绑人。就在这当口，邱峰甩动大鞭子，那鹿皮鞭梢既狠又准地抽在辕马的嘴角上，“啪”的一声响过，一道血痕立现，辕马痛得嘶鸣一声，一个高儿向前蹿去……

车上的人均向后一仰，狗儿就势一肘，打在高桥卫的胸膛上，旧伤加新创，痛得高桥卫“哇”地大叫一声，手中的枪掉在车上，气都喘不上来了……眨眼之间，他成了狗儿的俘虏。

邱峰抡起大鞭子，指东打西，挥南打北，不一会儿，四个鬼子跟随皆倒地号叫不止。狗儿拍手大叫道，打得好，打得好！想不到邱大哥还有这一手——

一个小鬼子爬起来，一把扯住鞭梢，那三个鬼子趁机起身抱住了邱峰，几个人打成一团。

狗儿看着这场面，心里头有点着急，眼睛一溜号，高桥卫趁机捡起车上那把短枪，迅速地扣动了扳机……

狗儿手疾眼快，抡起手中的烟袋锅，一下子刨在高桥卫手腕处的内关穴上，高桥卫手一麻，“啪”地放了一枪，这一枪没打中狗儿，却击中了一个跟高桥卫来的小鬼子，与此同时，短枪也被打飞到半空中。

眼瞅见短枪凌空画了一道弧线，直往地上落去，高桥卫一个鱼跃，伸手想接住这把枪。狗儿见状，也同时跃起……半空中两个人又厮扯在一起。

高桥卫毕竟是受过严格训练的老间谍，也是出名的格斗专家，尽管身上有伤，但此时以命相搏，招招凶狠无比。狗儿也是遍体鳞伤，实力大不如从前，否则早已将他拿下。两个人从车上打到车下，一直是贴身肉搏，喊杀声加上拳脚击中身体的声音，惊得驾车的马四蹄乱踏，长嘶不已……也吸引了过路的老百姓聚拢过来卖呆……

双方正打得难分难解的时候，突然，一个妇人从人群中走出，高声喊：

都住手——别打了！别打了！再不住手，我就开枪了——这枪子儿可不长眼睛，神仙难躲一溜烟……这女人一边说着，一边从包袱里头摸出一把短枪，子弹上膛，朝天上开了一枪。

围观的老百姓“哄”的一声散开了……

酣斗的双方听见枪声，瞬间都停止了攻击。

狗儿走上前去，一把扯下那妇人头上的围巾，露出了平源叶子的庐山真面目，真的是你？小叶子——

与此同时，叶子也看清了眼前这个胡子拉碴的男人，正是她做梦都想见到的人，她兴奋地叫喊了起来，是你，狗儿！你还活着——狗哥哥！边喊边张开双手扑过去。

面对小叶子的惊喜，狗儿却迟疑了，站在那里没挪窝，他高兴不起来，真是冤家路窄，又和她碰在了一起！他退后了几步说，小心，小心！当心手里的家伙走了火——

叶子没抱着狗儿，心里头老大不乐意，她举起枪，忘情地对狗儿说，狗东西，老实点，过来抱我一下，要不是我，你早就死好儿回了……

狗儿一听也是，便走上前去，拥抱了叶子。叶子在狗儿耳边小声嘀咕道，高桥后边有大部队，你和邱大哥赶紧走呀！狗儿说，那你怎么办？叶子说，我呀，我要回家……

那高桥卫瞧见这一幕，心里头“咯噔”一下，坏菜了！平源叶子来了，跟狗儿这么近乎，肯定要报复我……

倒是山狸猫邱峰嘻嘻哈哈地把话挑明了：

小叫花子，咱们可都是锄奸队的战友，赶紧把高桥这个王八蛋拿下，这小子一肚子坏下水，在亮甲店那天晚上，他还用枪逼着你，要去请赏呢！这事儿你没忘记吧？

高桥卫忙叫道，叶子小姐……叶子中尉，千万不要听支那人的挑拨离间，你来得真是大大地及时啊！这次你又立下大功啦！你是大日本帝国的骄傲，皇军的骄傲，快点把这两个支那人拿下……开枪，快快地，不要再犹豫了……

“叭”的一声，叶子手中的枪响了，高桥卫头上的毡帽应声飞了出去，吓得他的魂儿差点儿丢了，一下子蹲在地上。与此同时，他看见了大车轮子旁边有一把短枪，正是自己被狗儿打掉的那把……

高桥少佐，你名义上是个日本军部的间谍，其实你的骨子里是一头野兽！一头狡诈、阴险的恶狼！叶子用枪指点着他说，谁在你身边，你都会趁机咬一口，来满足你自己贪婪的私欲……

忽然，大道北边隐约传来马蹄声响，阳光下，马刀闪动着银光，格外耀眼。跟随高桥卫来的那几个小鬼子陡然间眼里放出光来，好似在说，皇军的骑兵来了，救星来了！

狗儿对邱峰说，邱大哥，快把驾车的马卸下来……

好嘞！邱峰答应了一声，抽出匕首，三下五除二地挑断了套在马身上的绳索，还没等他将马拉出来，旁边那三个小鬼子互相递了个眼色，然后一齐向他猛扑过去……

狗儿一看不好，大吼一声，直奔过去解救邱峰。

高桥卫趁机抓起了车轮旁边的手枪，身子倚着车轮，向狗儿瞄准……他恨死了准星前面这个年轻人，是他毁掉了自己精心编织的金州谍报网，是他杀死了云子小姐，是他送走了平源叶子让她立下大功，使自己丢人现眼，是他始终跟自己作对，使自己危机四伏……

眼前人影晃动得太厉害，无法瞄准……高桥卫紧张得手直劲颤抖。

狗儿与邱峰联手，很快就将三个小鬼子打趴在地上。就在这个紧急当口，小叶子眼尖，一把推开狗儿，抬手向高桥卫射击。

两把枪几乎是同时开火的……

高桥卫肩头中弹，身子一歪倒在地上，血染红了车轮。

叶子被击中胸口，手中的枪出溜到地上，鲜红的血一下子从嘴角流了出来……狗儿一把抱住了她，慌忙扯下她的围巾去堵伤口……他发现有一个硬硬的东西，掏出来一看，是一枚勋章。勋章上面沾满了鲜血，中央被子弹击穿了一个洞……

叶子瞥了一眼那个金鵄勋章，凄然一笑说，上次想死……没能死成，得了这东西……这次不想死，却活不成了。天皇的勋章也挡不住子弹，我是罪有应得啊……

狗儿紧紧地抱着她，别说了，小叶子，这回你没罪。是我没能保护好你，对不起了！

小叶子面色苍白，嚅动了下嘴唇说，狗哥哥，小叫花……花子，这回是死定了……我要到九泉之下，见……见咱俩的孩子去了……

胡说啥！你不能死——你命大，小叫花子命大，你说过的！

小叶子喉咙里发出咕噜咕噜的响声，血从嘴角里又流了出来，她断断续续地说，我，我真想和你……和你一起骑马，离开这儿……

蓦然间，狗儿想起正觉大师的话：和平、宁静的生活，要得之，是需要付出代价的！

可这代价太大了。狗儿大喊了一声，邱大哥，马备好了吗？

好了，快上马吧。邱峰说着，牵过来两匹马。

我……我好冷啊……抱紧我。小叶子脸上掠过一丝凄惨的笑，她使劲地睁大眼睛，看着狗儿。

狗儿将小叶子的身子抱紧，一扯马鬃骑上马背。那马身子滴溜一转，狗儿看见高桥卫正晃晃悠悠地站了起来，举起了枪……

就在这千钧一发之际，狗儿顺势从裹腿间抽出短剑，掷了过去。短剑寒光一闪，直插进高桥卫的喉咙……

邱峰跃上马背喝彩一声，好！高桥去见阎王啦！队长，小日本这些奸细都让咱们收拾了，绝种啦！这回可以放心了。

狗儿说，小日本的奸细绝种了？你想得美！我告诉你吧，有国家存在，有贪欲在，间谍就不会绝种，一百年、二百年以后，还会有——

邱峰旋即跳下马来，从大车上拿下那只破口袋，挑了一只大个儿的死螃蟹，走到高桥卫身边，朝这个间谍头子脸上一拍，看你再横行霸道，老子有的是螃蟹！说着话，顺势将剩下的死螃蟹全倒在那几个小鬼子的身上。

狗儿喊了一声，我的剑——

邱峰把短剑从高桥卫项下拔出，抛给了狗儿，又顺手从地上捡起那把短枪，掖在自己的腰间，一拍，说，这东西永远也不能丢！

邱大哥，你说得对！狗儿挥动着短剑说，只要有野牲口在，咱们手里的家伙就一定不能丢——

……

起风了。

雪粉在马蹄下搅动、翻转……

枪声和日本兵的吼叫声由后边传来。

狗儿瞥了一眼怀中的小叶子，见一个笑已经凝固在叶子那张年轻稚嫩又饱经沧桑的脸上。那是一个十分动人的凄美的笑，倏然间印在了狗儿的脑海里，使这个英勇的青年仿佛在刹那间长大了。

狗儿心想，得先找一个山冈，能望见东边大海的地方，把小叶子埋了……他小声说，小叶子啊，放心地睡吧，再醒过来，你就能看到家乡了。

……

雪野上，狗儿和邱峰骑着马，箭也似的向旅顺奔去，两个黑点愈来愈小，最终消逝在金旅大道的尽头，融化在灰莽的天宇间……